U0596229

中國古典文學基本叢書

柳宗元集校注

第四册

〔唐〕柳宗元　撰
尹占華　韓文奇　校注

中華書局

柳宗元集校注卷第三十四

書①

與太學諸生喜詣闕留陽城司業書

二十六日〔一〕，集賢殿正字柳宗元敬致尺牘大學諸生足下〔二〕：始朝廷用諫議大夫陽公爲司業〔三〕，諸生陶煦醇懿，熙然大洽，于兹四祀而已。詔書出爲道州〔四〕，僕時通籍光範門〔五〕，就職書府，聞之悒然不喜〔六〕。非特爲諸生戚戚也，乃僕亦失其師表，而莫有所矜式焉。而署吏有傳致詔草者②，僕得觀之，蓋主上知陽公甚熟，嘉美顯寵，勤至備厚，乃知欲煩陽公宣風裔土③，覃布美化于黎獻也。遂寬然少喜，如獲慰薦于天子休命。然而退自感悼，幸生明聖不諱之代，不能布露所蓄，論列大體，聞于下執事④，冀少見採取，而還陽公之南也。翌日，退自書府，就車于司馬門外，聞之於抱關掌管者，道諸生愛慕陽公之德教，不忍其去，頓首西闕下，懇悃至願，乞留如故者百數十人〔七〕。輒用撫手喜甚，震抃不寧，不意古道復形于今。僕嘗讀李元禮、嵇叔夜傳〔八〕，觀其言太學生徒仰闕赴訴者，僕謂訖千百年不可覿聞，乃今日聞而覩之，誠諸生見賜甚盛。

於戲〔九〕！始僕少時，嘗有意遊太學，受師説，以植志持身焉。當時説者咸曰：「太學生聚爲朋曹，侮老慢賢，有墮窳敗業而利口食者〔一〇〕，有崇飾惡言而肆鬬訟者〔一一〕，有淩傲長上而誶駡有司者〔一二〕。其退然自克，特殊於衆人者無幾耳。」僕聞之，恟駭怛悸〔一三〕，良痛其遊聖人之門，而衆爲是嗜嗜也〔一四〕。遂退託鄉閭家塾〔一五〕，考厲志業，過太學之門而不敢蹋顧〔一六〕，尚何能仰視其學徒者哉！今乃奮志厲義，出乎千百年之表，何聞見之乖剌歟〔一七〕？豈説者過也？將亦時異人異，無嚮時之桀害者耶？其無乃陽公之漸漬導訓明效所致乎〔一八〕？夫如是，服聖人遺教，居天子太學，可無愧矣。

於戲！陽公有博厚恢弘之德，能并容善僞⑤，來者不拒。曩聞有狂惑小生，依託門下〔一九〕，或乃飛文陳愚⑥，醜行無賴，而論者以爲言，謂陽公過於納汙〔二〇〕，無人師之道。是大不然。仲尼吾黨狂狷〔二一〕，南郭獻譏〔二二〕，曾參徒七十二人⑦，致禍負芻〔二三〕。孟軻館齊，從者竊屨〔二四〕。彼一聖兩賢人，繼爲大儒，然猶不免，如之何其拒人也〔二五〕？俞、扁之門〔二六〕，不拒病夫；繩墨之側，不拒枉材；師儒之席，不拒曲士。理固然也。且陽公之在于朝，四方聞風，仰而尊之，貪冒苟進邪薄之夫，庶得少沮其志，不遂其惡，雖微師尹之位，而人實具瞻焉。與其宣風一方，覃化一州，其功之遠近，又可量哉！諸生之言非獨爲己也，於國體實甚宜，願諸生勿得私之⑧。想復再上，故少佐筆端耳。勗此良志〔二七〕，俾爲史者有以紀述也。努力多賀〔二八〕。柳宗元白⑨。

【校記】

① 詁訓本「書」下有「一十二首」四字。

② 原注與世綵堂本注：「『而』上一有『既』字。」注釋音辯本、游居敬本、蔣之翹輯注本及《全唐文》「而」上有「既」字。

③ 世綵堂本注：「一無『知』字。」

④ 詁訓本無「下」字。

⑤ 世綵堂本注：「一無『并』字。」注釋音辯本無「并」字，並注：「一本『能』字下有『并』字。」

⑥ 愚，章士釗《柳文指要》上《體要之部》卷三四以爲「墨」之誤，云：「墨，各本皆作愚，釗敢斷是形僞，輒謬改定。又陳讀若陣，陣墨與陣馬爲類語。」

⑦ 詁訓本無「參」字。

⑧ 世綵堂本注：「一無『得』字。」

⑨ 詁訓本無「柳」字。

【解　題】

［注釋音辯］貞元十四年九月。［韓醇詁訓］新史《陽城傳》「城字亢宗，德宗召城爲諫議大夫。初，城未起，縉紳想見風采。既興草茅，處諫諍官，士以爲且死職，城聞得失且熟，猶未肯言。韓愈作《争臣論》譏切之。居位八年，人不能窺其際。及裴延齡誣逐陸贄、張滂、李充等，帝怒甚，無敢言。城聞曰：『吾諫官，不可使天子殺無罪大臣。』乃約拾遺王仲舒守延英閣，上疏極論延齡罪，且顯語曰：『延齡爲相，吾當取白麻壞之，哭於廷。』延齡不相，城力也。坐是下遷國子司業。有薛約者，狂而直，言事得罪，謫連州。城引約飲食訖，步至都外與别。帝惡城黨有罪，出爲道州刺史，太學諸生何蕃、季償、王魯卿、李儻等二百人頓首闕下，請留城。柳宗元聞之，遺蕃等書」云云，即此書也。「蕃等守闕下數日，爲吏遮抑不得上。既行，皆泣涕，立石紀德。」觀傳所載書之所言，可見公勉勵諸生之意也。公作集賢正字在貞元十四年云。［百家注集注］城字亢宗，自諫議大夫遷國子司業，以事出爲道州刺史。太學諸生詣闕請留之，公遺諸生書，勉勵其志。按：《資治通鑑》卷二三五唐德宗貞元十四年九月：「太學生薛約師事司業陽城，坐言事，徙連州。城送之郊外。上以城黨罪人，己巳，左遷城道州刺史。」此文即作於是年。文安禮《柳先生年譜》繫此文於貞元十五年，誤。陳景雲《柳集點勘》卷四《文安禮柳集年譜附》云：「譜則以《遺愛碣》及《與太學諸生書》並繫（貞元）十五年，與《通鑑》異，然諦觀碣文，則譜爲是。集中《與太學諸生書》題下注『貞元十四年』，乃後人承《通鑑》之文而失之，當據譜釐正。」其辨非是，可參看岑仲勉《唐集質疑·陽城出刺道州》條。章士釗《柳文指

要》上《體要之部》卷三四：「故子厚不得不爲善説辭以淬勵之，多方設譬以深感之，如貽留千年永讀不厭之此一文然。」此文實亦有對太學諸生行爲委婉之批評，讀者可自體會。

【注釋】

〔一〕［百家注引孫汝聽曰］貞元十四年九月也。

〔二〕［百家注引童宗説曰］《説文》：牘，書版也。長一尺，故云尺牘。

〔三〕［百家注引韓醇曰］《陽城傳》：「德宗召城爲諫議大夫。及裴延齡誣逐陸贄、張滂、李充等，城乃約拾遺王仲舒，守延英閣，上疏極論延齡罪，且顯語曰：『延齡爲相，吾當取白麻壞之。』」貞元十一年七月，坐是下遷國子司業。**按**：見《新唐書·卓行傳·陽城》。

〔四〕［百家注引韓醇曰］貞元十四年，太學生薛約言事得罪，謫連州，城送之郊外。帝惡城黨有罪，出爲道州刺史。

〔五〕［注釋音辯］按《漢書》志：通籍者，爲二尺竹牒，記其年紀、名字、物色，懸之宫門，按省相應乃得入。［百家注引王儔補注］通籍者，按《漢書》注，爲二尺竹牒，記其年紀、名字、物色，懸之宫門，按省相應乃得入，是爲通籍。**按**：見《漢書·元帝紀》初元五年。程大昌《雍録》卷四：「光範門在大明宫含元殿之西，而含元殿西廊有棲鳳閣，閣下即朝堂，有登聞鼓。」又下文司馬門，《漢書·項籍傳》「留司馬門三日」顔師古注：「凡言司馬門者，宫垣之内，兵衛所在，四面皆有司馬，司馬主武事，故總謂宮之外門爲司馬門。」

〔六〕〔注釋音辯〕悒，乙及切，不樂也。

〔七〕〔百家注引韓醇曰〕城之出，太學諸生何蕃、季償、王魯卿、李讜等二百人，頓首闕下，請留城。守闕下數日，爲吏遮抑不得上。

〔八〕〔注釋音辯〕李膺、嵇康。〔韓醇詁訓〕〔百家注引孫汝聽曰〕李元禮，李膺也。《傳》云：「太學諸生三萬餘人，郭林宗、賈偉節爲之冠，並與李膺、陳蕃、王暢更相褒重。學中語曰：『天下模楷李元禮。』」《晉書》：「嵇叔夜名康，坐呂安事，將刑東市，太學生三千人請以爲師，不許。」**按**：分別見《後漢書·黨錮列傳》、《晉書·嵇康傳》。

〔九〕〔注釋音辯〕（於戲）音烏希。潘（緯）云：與嗚呼同義。〔韓醇詁訓〕上音烏，下音希。

〔一〇〕〔注釋音辯〕墮，徒果切。窳，以主切。〔百家注〕窳音庾。

〔一一〕〔百家注引劉嵩曰〕文十八年《左氏》：「毁信廢忠，崇飾惡言。」

〔一二〕〔注釋音辯〕誶，蘇內、息醉二切，罵也。〔百家注引李氏曰〕《漢書》：「立而誶語。」誶，蘇內切，責讓也。**按**：見《漢書·賈誼傳》。

〔一三〕〔注釋音辯〕恟，虚勇、虚容二切。怛，當割切。悸，其季切。〔韓醇詁訓〕恟，許拱切。怛，當割切。悸，其季切。

〔一四〕〔注釋音辯〕潘（緯）云：嗒，徒合切。《詩》：「噂沓背憎。」《釋文》沓作嗒。注：「噂噂嗒嗒，相對談語，背則相憎。」〔韓醇詁訓〕嗒，徒合切。〔百家注引孫汝聽曰〕《孟子》：「事君無義，進退無禮，言則非先王之道者，猶嗒嗒也。」嗒，徒合切。與沓同。按：所引見《詩經·小雅·十月之交》、《孟子·離婁上》。

〔一五〕〔百家注〕塾音孰。

〔一六〕〔注釋音辯〕跼音局。

〔一七〕〔注釋音辯〕刺，盧達切，戾也。

〔一八〕〔韓醇詁訓〕漸，子廉切。漬，疾智切。

〔一九〕〔注釋音辯〕貞元十四年，太學生薛約言事得罪，謫連州。陽城送之郊外，帝惡城黨有罪，出爲道州刺史。〔百家注引孫汝聽曰〕即謂薛約也。

〔二〇〕〔百家注引童宗説曰〕《左氏》：「川澤納汙。」按：見《左傳》宣公十五年。

〔二一〕〔韓醇詁訓〕孔子在陳，曰：「歸歟！歸歟！吾黨之小子狂簡，斐然成章，不知所以裁之。」〔百家注引張敦頤曰〕《論語》：「吾黨之小子狂簡，斐然成章，不知所以裁之。」狷，古顯切，又古縣切。按：見《論語·公冶長》。

〔二二〕〔注釋音辯〕《荀子·法行》篇：「南郭惠子問於子貢曰：『夫子之門何其雜也？』」〔韓醇詁訓〕《荀子》：「南郭惠子問於子貢曰：『夫子之門，何其雜也？』」〔百家注引韓醇曰〕《荀子·法行》篇：「南郭惠子問于子貢曰：『夫子之門何其雜也？』子貢曰：『君子正身以俟，欲來者不拒，欲去者不止。良醫之門多病人，檃栝之側多枉材，是以雜也。』」

〔二三〕［韓醇詁訓］《孟子》：「曾子居武城，有越寇，寇退，曾子反。左右曰：『寇至則先去，以爲民望，寇退則反，殆於不可。』沈猶行曰：『是非汝所知也。』昔沈猶有負芻之禍，從先生者七十人，未有與焉。」注：「沈猶行，曾子弟子也。」［百家注引韓醇曰］《孟子》：「曾子居武城，有越寇。曾子曰：『無寓人於我室，毀傷其薪木。』寇退，則曰：『修我牆屋，我將反。』左右曰：『待先生如此其忠且敬也，寇至，則先去以爲民望。寇退則返，殆於不可。』沈猶行曰：『是非汝所知也。昔沈猶有負芻之禍，從先生者七十人，未有與焉。』」按：見《孟子·離婁下》。

〔二四〕［注釋音辯］並出《孟子》。［韓醇詁訓］《盡心下》：「孟子之滕，館於上宫。有業屨於牖上，館人求之，弗得。或曰：『若是乎從者之廋也。』曰：『子以是爲竊屨來歟？』曰：『殆非也。』」

〔二五〕［世綵堂］見《論語·子張》篇。

〔二六〕［注釋音辯］扁，婢典切。俞跗、扁鵲，古之良醫。［百家注引孫汝聽曰］俞跗、扁鵲，皆良醫也。

〔二七〕［韓醇詁訓］勖音旭。

〔二八〕［注釋音辯］努，奴古切，勉也。

【集評】

吴子良《荆溪林下偶談》卷三：余讀《何蕃傳》，朱泚之亂，太學諸生舉將從之，來請起蕃，蕃正色吡之，六館之士不從亂。嘗疑六館之士如此其衆，豈能守節義者獨蕃一人而已乎？至讀柳子厚《與太學諸生書》，云：「僕少時，常有意遊太學，受師説，以植志持身焉。當時説者咸曰：太學諸生聚爲朋黨，侮老慢賢，有墮竄敗業而利口食者，有崇飾惡言而肆鬬訟者，有陵傲長上而誶駡有司者。其退然自克，特殊異者無幾耳。」乃知當時太學風俗不美如此，其欲從泚無疑。

俞文豹《吹劍三録》：漢、唐間，太學生勇於義者，如王咸之救鮑宣，劉陶之薦朱穆，何蕃之留陽城，皆盛舉也。咸與陶之名載在信史，蕃之事，柳宗元貽書致賀，謂千百載不可復見，乃在今日。夫士之傳言，古以爲常，今以爲異。……宗元非端人，貽書不足效。謹準韓愈頌子産例，作頌二十一章，章十句。

王直《贈徐孟隆序》：予嘗讀柳子《與太學諸生書》，謂其嘗有志於太學以聞善植身，既而以其習之陋也，過太學而不敢踢顧，未嘗不駭其言。及讀韓子《何蕃傳》，知太學之士所以不果於從賊者，以蕃斥之也。蕃，純孝人也，孝於親，故能忠於君如此。然後信韓子之言，而知三代之所以教者，雖百世可行也。（《抑庵文集》後集卷一三）

《王荆石先生批評柳文》卷八：標論甚大，詞亦雋潔可誦。

茅坤《唐宋八大家文鈔》卷一八：意氣淋漓。

蔣之翹輯注《柳河東集》卷三四：意氣激昂，故其發越甚俊。又引王世貞曰：雋潔。又引茅坤曰：子厚此書意在竦踴諸生，何以攙入故訕者之口。

何焯《義門讀書記》卷三六：「乃知欲煩陽公」四句：婉轉。「始僕少時嘗有意遊太學」至「可無愧矣」：此段應「陶醇煦懿，熙然大洽」二句，言外亦見化百數人不爲功，坐一人即致累，恐失平也。「陽公有博厚恢宏之德」：以下皆所自欲論列者，惜與諸生書發之。先明其無罪，下則所謂大體，此以解德宗胸中之惑。下又見詔命雖優無以解於棄賢也。「故少佐筆端耳」：諸生之留陽公，意誠善，而不長於措詞，柳子蓋出此以佐之。「俾爲史者有以紀述也」：顧元禮、叔夜事。此文削其半，則及於古矣。

康熙敕纂《御選古文淵鑒》卷三七：辭旨雅暢中，寓有好賢與善之意，故倍覺娓娓可思。

乾隆敕纂《御選唐宋文醇》卷一四：聞人善，樂道之如己出，誘掖獎勸，以成其美。忠孝之性，鬱乎中而發作於外。

焦循批《柳文》卷四：得體。

答韋中立論師道書①

二十一日，宗元白：辱書云欲相師②，僕道不篤，業甚淺近，環顧其中，未見可師者。雖常好言論，爲文章，甚不自是也。不意吾子自京師來蠻夷間，乃幸見取。僕自卜固無取，假令有取③，亦不敢爲人師。爲衆人師且不敢，況敢爲吾子師乎？

孟子稱「人之患在好爲人師」〔一〕，由魏晉氏以下，人益不事師。今之世，不聞有師，有輒譁笑之，以爲狂人。獨韓愈奮不顧流俗，犯笑侮，收召後學，作《師説》，因抗顔而爲師。世果群怪聚罵，指目牽引，而增與爲言辭④。愈以是得狂名。居長安，炊不暇熟，又挈挈而東⑤，如是者數矣〔二〕。屈子賦曰：「邑犬群吠，吠所怪也〔三〕。」僕往聞庸蜀之南，恒雨少日，日出則犬吠，余以爲過言⑥。前六七年，僕來南二年⑦，冬，幸大雪，踰嶺被南越中數州，數州之犬，皆蒼黄吠噬，狂走者累日，至無雪乃已，然後始信前所聞者。今韓愈既自以爲蜀之日，而吾子又欲使吾爲越之雪，不以病乎？非獨見病，亦以病吾子。然雪與日豈有過哉？顧吠者犬耳。度今天下不吠者幾人，而誰敢衒怪於群目，以召鬧取怒乎⑧？

僕自謫過以來，益少志慮。居南中九年，增腳氣病，漸不喜鬧，豈可使呶呶者早暮咈吾耳、騷吾心〔四〕？則固僵仆煩憒〔五〕，愈不可過矣。平居望外，遭齒舌不少，獨欠爲人師耳。抑又聞之，古者重冠禮〔六〕，將以責成人之道，是聖人所尤用心者也。數百年來，人不復行。近有孫昌胤者〔七〕，獨發憤行之。既成禮，明日造朝至外廷，薦笏言於卿士曰〔八〕：「某子冠畢。」應之者咸憮然〔九〕。京兆尹鄭叔則怫然曳笏卻立〔一〇〕，曰：「何預我耶？」廷中皆大笑。天下不以非鄭尹而快孫子，何哉？獨爲所不爲也。今之命師者大類此。

吾子行厚而辭深，凡所作皆恢恢然有古人形貌，雖僕敢爲師，亦何所增加也？假而以僕年先吾子〔一一〕，聞道著書之日不後，誠欲往來言所聞，則僕固願悉陳中所得者，吾子苟自擇之，取某事去某事，則可矣。若定是非以教吾子，僕材不足，而又畏前所陳者，其爲不敢也決矣。吾子前所欲見吾文，既悉以陳之，非以耀明于子，聊欲以觀子氣色誠好惡何如也。今書來，言者皆大過。吾子誠非佞譽誣諛之徒，直見愛甚，故然耳。

始吾幼且少，爲文章，以辭爲工。及長，乃知文者以明道，是固不苟爲炳炳烺烺⑨〔一二〕，務采色、夸聲音而以爲能也。凡吾所陳，皆自謂近道，而不知道之果近乎？遠乎？吾子好道而可吾文，或者其於道不遠矣。故吾每爲文章，未嘗敢以輕心掉之〔一三〕，懼其剽而不留也〔一四〕；未嘗敢以怠心易之，懼其弛而不嚴也；未嘗敢以昏氣出之，懼其昧没而雜也；未嘗敢以矜氣作之，懼其偃蹇而驕也。抑之欲其奥，揚之欲其明，疏之欲其通，廉之欲其節，激而發之欲其清，固而存之欲其重，此吾所以羽翼夫道也。本之《書》以求其質，本之《詩》以求其恒，本之《禮》以求其宜，本之《春秋》以求其斷，本之《易》以求其動，此吾所以取道之原也。參之穀梁氏以厲其氣，參之《孟》、《荀》以暢其支，參之《莊》、《老》以肆其端，參之《國語》以博其趣，參之《離騷》以致其幽，參之太史公以著其潔⑩〔一五〕，此吾所以旁推交通而以爲之文也。凡若此者，果是耶，非耶？有取乎？抑其無取乎？吾子幸觀焉擇焉，有餘以告焉。苟亟來以廣是道，子不有得焉，則我得矣，又何以師云爾哉？取其實而去其名，無招越、蜀吠怪，而爲外廷所笑，則幸矣。宗元白⑪。

【校　記】

①詁訓本、《文粹》題無「論師道」三字。

②「書」下原脱「云」字，據諸本補。

③「令」原作「今」，據注釋音辯本、詁訓本及世綵堂本改。

④辭，注釋音辯本作「詞」，並注：「一本作辭，字同。」

⑤詁訓本下「挈」字作「淅」。

⑥余，詁訓本作「予」。

⑦二，詁訓本作「三」。來南二年當是元和元年。

⑧怒，詁訓本作「怨」。

⑨原注及世綵堂本注：「炳炳烺烺，一本作『炳炳燁燁』。」注釋音辯本注：「（烺）一作燁。」詁訓本注：「一作煜。」

⑩注釋音辯本「太史」下無「公」字。

⑪注釋音辯本、詁訓本及游居敬本「白」上有「復」字。注釋音辯本注：「一本無『復』字。」

【解　題】

［韓醇詁訓］中立，史無傳。新史年表：唐州刺史彪之孫。不書爵位。觀其求師好學之志，公答以數千言，盡以平生爲文真訣告之，必當時佳士也。其曰：「自京師來蠻夷間，乃幸見取。」又曰：「余居南中九年」，此書元和八年在永作。集又有《送韋七秀才下第序》，言中立文高行愿，而不録於有司，當在此書後作。［百家注引韓醇曰］中立於元和十四年中第。按：見《新唐書·宰相世系表·四上》東眷韋氏。韋中立爲永州刺史韋彪之孫，彪爲永州刺史在元和七、八年。林寶《元和姓纂》卷二東眷韋氏彭城公房：「彪，永州刺史。」岑仲勉《元和姓纂四校記》云：「知彪於元和七、八年刺永，其孫中立南來，當是省祖，由是可決《姓纂》稱永州刺史爲彪之見官。」柳宗元此文作於元和八年。

【注　釋】

〔一〕見《孟子·離婁上》。

〔二〕［注釋音辯］數，色角切，頻也。按：挈挈，孤獨貌。

〔三〕［注釋音辯］屈原楚詞《懷沙》篇云。屈，其勿切。［百家注引孫汝聽曰］出屈原《懷沙賦》。

〔四〕［注釋音辯］呶，尼交切。［韓醇詁訓］呶，尼交切。咈音佛。騷，蘇曹切。［百家注引童宗説曰］咈，戾也，音拂。

〔五〕［注釋音辯］僵音姜。仆，富、赴、匐三音。憒，古對切。［百家注］憒，乎外切。

〔六〕［蔣之翹輯注］冠，去聲。《禮》曰：「冠者禮之始也。」故古者聖王重冠。又已冠而字，之成人之道也。其筮日，筮賓冠於阼，醮於客位。諸禮亦詳見《冠義》篇中。

〔七〕《舊唐書·趙宗儒傳》：「又祕書少監鄭雲逵考其同官孫昌胤入上下，宗儒復入中上。」計有功《唐詩紀事》卷四六孫昌胤：「昌胤，登天寶進士第。」

〔八〕［百家注引孫汝聽曰］薦，搢也。

〔九〕［注釋音辯］憮音武，改容也。［韓醇詁訓］憮音武。《孟子》：「憮然爲間。」按：見《孟子·滕文公上》。

〔一〇〕［注釋音辯］佛，符弗切。［韓醇詁訓］佛音佛。［百家注引孫汝聽曰］貞元初，鄭叔則爲京兆尹。五年二月，貶永州長史。［世綵堂］貞元初，鄭叔則爲京兆尹。五年二月，貶永州刺史。按：陳景雲《柳集點勘》卷三：「叔則，滎陽人，貞元五年自京尹謫佐永州。後終福建廉使。」

〔一一〕胡鳴玉《訂譌雜録》卷四：「『假而』二字，今人習用，不知其爲『假如』也。柳子厚《答韋中立書》『假而以僕年先我子，聞道著書之日不後』，方崧卿謂『而』字應讀『如』（見《昌黎集》注）。古『而』、『如』字通用，說詳《四書字音砭俗》『望道而未之見』句。《日知録》云：《說文》需從雨，而聲。蓋即讀『而』爲『如』也。唐人詩多用『而今』亦作『如今』。今江西人言『如何』亦曰『而何』。」

〔一二〕［注釋音辯］童（宗說）云：烺音朗。燁烺，火明貌。［韓醇詁訓］烺音朗，火明貌。［百家注引童宗説曰〕烺，火明貌，音朗，又音郎。

〔一三〕〔注釋音辯〕〔韓醇詁訓〕掉，徒弔切。

〔一四〕〔注釋音辯〕剽，匹妙切。

〔一五〕〔百家注引孫汝聽曰〕太史公，謂司馬遷也。〔百家注引王儔補注〕梁劉勰《辨騷》云。

【集評】

楊萬里《誠齋詩話》：柳子厚《答韋中立書》云：「抑之欲其奧，揚之欲其明，疏之欲其通，廉之欲其節，激而發之欲其清，固而存之欲其重。」此用《周禮·考工記·函人》句法。

朱熹《朱子語類》卷一二一：又韓退之《答李翊》、柳子厚《答韋中立書》，言讀書用功之法，亦可見。某嘗歎息，以爲此數人者，但求文字言語聲響之工，用了許多功夫，費了許多精力，甚可惜也。

真德秀《真西山讀書記》卷二〇：予謂老蘇但欲學古人説話聲響，極爲細事，乃肯用功如此，故其成就亦非常人所及。如韓、柳亦是如此。其答李翊、韋中立書，可見然皆只是要作好文章，令人稱賞而已，究竟何預己事，卻用了許多歲月，費了許多精神，甚可惜也。

洪邁《容齋隨筆》卷七：韓退之自言作爲文章，上規姚姒《盤》、《誥》、《春秋》、《易》、《詩》、《左氏》、《莊》、《騷》、太史、子雲、相如，閎其中而肆其外。柳子厚自言每爲文章，本之《書》、《詩》、《禮》、《春秋》、《易》，參之穀梁氏以厲其氣，參之《孟》、《荀》以暢其支，參之《莊》、《老》以肆其端，參之《國語》以博其趣，參之《離騷》以致其幽，參之太史公以著其潔。此韓、柳爲文之旨要，學者宜思之。

黄震《黄氏日鈔》卷六〇：此書後段説爲文之法極詳。

王應麟《玉海》卷二〇一：朱文公曰：古人作文，多摹倣前人，學之既久，自然純熟。韓、柳答李翊、韋中立書，可見其用力處。

《新刊增廣百家詳補注唐柳先生文》卷三四「如是者數矣」句下引洪興祖曰：子厚《與韋中立書》云「韓愈奮不顧流俗，犯笑侮，收召後學，作《師説》，因抗顔而爲師」云云。《報嚴厚輿書》云：「僕才能勇敢不如韓退之，故不爲人師。」余觀退之《師説》，非好爲人師者也。學者不歸子厚歸退之，故子厚有此説耳。又「不以病乎」句下引李石曰：退之爲蜀之日，子厚爲越之雪。夫師至二子，可無憾也，然尚以怪取敗，是知師道固難矣。又「以著其潔」句下引王儔曰：唐韓、柳爲後世辭宗，未嘗極道原，而間見於詩文若書。愈《進學解》云：「下逮《莊》、《騷》，太史所録，子雲相如，同工異曲。」是以原介莊周、司馬遷之間也。宗元《與韋中立書》曰：「參之《莊》、《老》以肆其端，參之《國語》以博其趣，參之《離騷》以致其幽，參之太史以著其潔。」亦以其辭配莊、老、太史，與愈同。

廖瑩中（世綵堂）《河東先生集》卷三四「吠者犬耳」句下引樓昉曰：此子厚薄處。

葛勝仲《答李集正書》：昔韋中立見柳子厚於南州，欲北面就弟子列，子厚逡巡遜卻不受。至退之則不然，作《進學解》以誨諸生，又爲《師説》以授李氏子，抗顔爲師，不顧怪駡。夫二子以文藝卓

越，固爲一世宗仰，顧或抗或遜，矛盾如此，何哉？退之任教職，子厚居散地，故也。（《丹陽集》卷二）

黄仲元《鄭雲我存藁序》：其《與韋中立書》論作文源委，一一有所自來（柳），殆如《答李翊》與誨館下諸生時（韓）政未可少。柳而多韓，韓亦正患不能奇柳，亦正未易步趨也。（公文酷似柳，故甚取柳，以韓不及柳之奇也。）（《四如集》卷三）

樓昉《崇古文訣》卷一四：看後面三節，則子厚平生用力於文字之功一一可考。韓退之與本朝老蘇、陳後山，凡以文名家者，人人皆有經歷，但各有入頭處與自得處耳。

郝經《答友人論文法書》：至李唐，則韓、柳氏爲規矩大匠，如韓之《答李翊》、《上于襄陽》、《答尉遲生》、《與馮宿》，柳之《與楊京兆》、《答韋中立》、《報陳秀才》、《答韋珩》、《復杜温夫》及與友人等作，加之以李翺之《答王載言》、《寄從弟正辭》，皇甫湜之《答李生》、《復答李生》，下逮歐、王、蘇、黄之論議，則窮原極委，無所不至，其極無法，復可説百世有餘師矣。（《陵川集》卷二三）

白珽《湛淵静語》卷二：柳子厚《答韋中立書》云：「故吾每爲文章……」爲文之法，備於是矣。學者誠能如此用功，文其有不過人者乎？

茅坤《唐宋八大家文鈔》卷一九：子厚諸書中佳處，亦其生平所爲文大指處。又云：子厚中所論文章之旨，未敢必其盡能如所云，要之，亦本於鑱心研神者而後之。爲文者，特路剽富者之金，而以誇於天下曰：「吾且猗頓矣！」何其不自量之甚也！予故奮袂曰：有志於文，須本之六藝，以求聖人之道，其庶焉耳。

王霆震《古文集成》卷一七：「吠所怪也」句下：就引喻作議論。「吠者幾人」句下：以犬比當時之人，此子厚最薄處。「抑又聞之」句下：引類以證之。「所不爲也」句下：有力。「不敢也決矣」句下：應前。「故然耳」句下：自此以下，歷言畢生用工夫處。「不遠矣」句下：自此以下，皆歷陳所得。「欲其重」句下：一句中字，又更移易不得。「夫道也」句下：此心術中出，故直説羽翼夫道。「道之原也」句下：看他下許多「本」字，又看下面下許多「參」字。「以著其潔」句下：只是五經，用五個「本」字，其餘只用「參」字，不可移動。

葛鼐、葛鼒《古文正集》卷七：其自叙作文一節，必盡如其言，當與六經並駕，豈特爲柳子文哉！要其平生傾慕如是，學人不可無此。（林茂真）

陸夢龍《柳子厚集選》卷四：是此公得意之文。「凡吾所陳」眉批：子厚文章謹嚴，其用意如此。明闕名評選《柳文》卷一：以李斯書作本。林次崖（希元）曰：此謙己不敢爲師。「獨韓愈」眉批引王荆石（錫爵）曰：畢竟可以壓韓。「越之雪」眉批引馮叙吉曰：蜀日越雪之喻，意味最深，其憤世嫉俗之情，特借韓愈以洩忿耳，故子厚云云。「有古人形貌」眉批：此段承上接下，詞亦婉曲且古。林次崖曰：以上言己不敢爲師之意。此下言生平之所自得者以示之，蓋雖不敢當師之名，而所以教之者，大要不出此矣。王荆石曰：分明避其名，居其實。文末引林次崖曰：此應上擇取某事、去某事意。

蔣之翹輯注《柳河東集》卷三四：其論爲師爲作文處，一以嚴謹辨拒，一以端的拈示，然皆舂容詳當，與他書粗鹵矯健者又自不同。又引汪道昆曰：按羅景綸云：「文章一小技，於道未爲尊。」此論後世之文也。若子厚此論，方得文章正氣。不然，如巧女之刺繡，雖精妙絢爛，纔可人目，初無補於實用，後世之文耳。又引焦竑曰：名論鑿鑿。「如是者數矣」句下：柳宗元以韓愈抗顔爲師，因是得狂名，然學者仰之如泰山北斗，何云爲狂也？「不敢也決矣」句下：用此段承上。下詞亦婉曲，且占地步。

金聖歎批《才子古文》卷一二：此爲恣意恣筆之文。恣意恣筆之文最忌直，今看其筆筆中間皆作一折。後賢若要學其恣，必須學其折也。

吕留良《晚村先生八家古文精選·柳文精選》：前半篇去其名，後半篇取其實，中間一段更過接得好，都無痕跡。

張伯行《唐宋八大家文鈔》卷四：子厚不欲以師道自居，激而憤世疾俗之論，不無太尖刻處。至自叙其所以爲文之本，則皆精到實詣，足與韓昌黎並轡中原，有以也夫。

林雲銘《古文析義》二編卷六：師雖不載於五倫，然於人有相成之益，則功在朋友一倫之上。稱其徒爲弟子，則分在父兄兩論之列。《檀弓》以事親、事君、事師並稱，謂親生之、君治之、師教之，其有賴於人一也。乃古人有師，後世無師者，其故在古人從事於道德，今人從事於文章。古人以道德自治，其甘苦淺深，皆有明訓。今人以文章應世，其優劣取捨，本無定衡，所以不同如此。若論明道之文，是合道德而爲文章。别有單微一路，非藉師資無以自致。是書論文章處，曲盡平日揣摩苦心，雖不爲師而爲師過半矣。其前段雪日冠禮諸喻，把末世輕薄惡態，盡底描寫，嘻笑怒駡，兼而有之。想其落筆時，因平日横遭齒舌，有許多憤懣不平之氣，故不禁淋漓酣恣乃爾。

蔡世遠《古文雅正》卷九：此篇當與昌黎《答李翊書》參看。見古人以文章名家，皆由苦心力索之功。我輩才不逮古人，而用物取精，不能及其一二，偃然欲以文章自命，不亦深可愧哉！顧其自言曰「文以明道」，又曰「羽翼乎道」，則全未全未。觀其自言讀書苦心，不過以爲作文之資，何嘗有探討服行之功！朱子嘗曰：「聖學失傳，天下之士徒以文章爲事業。」余更曰：天下之士，徒以文章爲道術也。蓋漢、唐、五代之際，人不知道，傑者猶復不免。程、朱以後，而道始明。知讀其書者，便知其體段，但不能加克己力行之功，究竟與道無與耳。然則程、朱之功，誠不在禹下，深有望於立志者。

何焯《義門讀書記》卷三六：「僕自卜固無取」五句：筆善折，故常語皆遒峻，然不應若是之費墨也。吾以爲柳子之未遠於六代者，以此。「然雪與日豈有過哉」二句：李（光地）云：詞無涵蓄至此。「平居望外遭齒舌不少」二句：此等語亦何味，但覺其尖薄耳。「古者重冠禮」至「大類此」：李云：繁稱瑣引，子家修詞之一累，惟昌黎能免是矣。「故吾每爲文章」至「而以爲之文也」：李云：文章根本大病，作文精微之要，盡於此矣。「抑之欲其奥」二句：對輕。「疏之欲其通」二句：對怠。「激而發之欲其清」：對昏。「固而存之欲其重」：對矜。「本之書以求其質」：言實事也。質者道德之本，言其大體。「本之詩以求其恒」：言常理也。恒者性情之常，言其細微。「本之禮以求其宜」：節文之中。「本之春秋以求其斷」：是非之辨。「本之易以求其動」：變通之道。按「未嘗敢以輕心掉之」八句，以心氣言之，此存乎文之先者也。下六句乃即臨文言之。抑、揚二句，謂命意也。疏、廉二句，謂佈勢也。發、存二句，謂煉格也。此於逐句反復，先後尤當，彼此相成，斯爲意不浮，爲勢不窘，爲格不澀也。……「無招越蜀吠怪」：此等收法，亦有跡。

孫琮《山曉閣選唐大家柳柳州全集》卷一：合前後看來，雖是辭爲師之名，然已盡爲師之實。前半篇説世人不知有師，已罵盡世人。後半篇説自己爲文，亦是贊盡自己。蓋師以明道，今説己文章，所以明道，則是有得乎師之文者，即得以師之已。雖不言師，而師之能事已盡。一結説出通篇主意，真是全力大量。

儲欣《河東先生全集録》卷五：先生不敢爲人師，即此書已犖然爲百世之師。又引程載翼評：文因折而得勢，句以奥而生姿，望之蒼然如球圖赤貝。

儲欣《唐宋八大家類選》卷八：立言苦心，與其自喜處，俱見於此。余嘗謂柳州議論文業與昌黎公相軋，叙事微不及。然讀《段太尉狀》，亦何減韓也。惜所作者少，而天又不假之以年，否則司馬與班並時生矣。千古足當韓豪者，惟柳州一人。柳不永年，所以南海等碑，讓韓獨步。

康熙敕纂《御選古文淵鑒》卷三七：命意深厚，不爲苛激之音。又引東發黄震曰：此書後段説爲文之法，極詳。又引伯厚王應麟曰：韓柳並稱，而道不同。韓作《師説》，而柳不肯爲師；韓辟佛，而柳爲佛與聖人合；韓謂史有人禍天刑，而柳謂刑禍非所恐。又臣（陳）廷敬曰：此書與退之《與李翊書》參觀，乃知韓柳用工得力處。文特辯肆奡介，獨是篇中莊、老並舉，雖所見未純，固當節取其長。又臣(徐)乾學曰：於文章之根柢條葉，數詞皆備，上下千百年，作者無能出其環中。韓、歐諸公皆好論文，止自言其所得，未若此之閎深肅括也。

沈德潛《唐宋八家文讀本》卷七：前論師道，猶作詣謔語，後示爲文根柢，傾囊倒囷而出之，辭師之名，示師之實，在中立之自得之耳。較昌黎論文尤爲本末俱到。

浦起龍《古文眉詮》卷五二：體認命題，知是通論師道也。名不輕居，實堪共證。前帶客氣，後抉主根，以讓爲任，柳集中與韓匹敵之作。

焦循批《柳文》卷四：此文柳州得意之作。又：一句一折。忽引一韓昌黎，又引一孫昌允，魏冰叔往往效之，無如本原之太薄矣。又：痛罵矣，然不似後來輕佻口吻，蓋亦發其所憤也。又：學者見義不爲，正苦於見鄭尹耳。孝悌忠信，往往而衰也。又：柳子一生本領，於此見之。合柳州全集觀之，誠然。願天下後世之爲文者，書諸座右。又：前有浮聲，後有切響，此文亦然。

朱宗洛《古文一隅》卷中：峭。又：凡古人行文，必其胸先有主腦，然後下筆。故操縱反覆，雖長至數千百言，總從此主腦處發源。讀人之文者，先尋著主腦處，然後看他用意之緊，用筆之變，用字之有骨，用句之有脈，則我於古人之文，不難心領神會而得其解。如此文雖反覆馳騁，曲折頓挫，極文章之勝觀，然總不出結處「取其實而去其名」一句意。蓋前半極言師之取怪，正見當去其名意；後半自言文之足以明道，正見當取其實意。至中間「吾子行厚辭深」一段過脈處，固自泯然無跡也。其入手處，提出「師」字「道」字，及爲文章云云，則已握住通篇之綫，故下文反覆説來，而血脈自然融貫。

梁章鉅《退庵隨筆》卷一九：古之善論文者莫如柳子厚，然所云：「本之《詩》以求其恒，本之《禮》以求其宜，本之《易》以求其動，參之《穀梁》以厲其氣，參之《孟》、《荀》以暢其支，參之《國語》以博其趣。」此數語，分貼處實未能深切著明。今於指引初學，祇須淺淺言之。如要典重則學《書》，要婉麗則學《詩》，要古質則學《易》，要謹嚴則學《春秋》，要通達則學《戴記》，要博辨則學《左》、《國》。各就其性之所近，期於略得其意，微會其通，自然不同於世俗之爲文矣。

鄧繹《藻川堂譚藝·三代篇》：司馬遷之稱《離騷》曰：「其志潔，故其稱物芳。」柳宗元又曰：「參之《離騷》以致其幽，參之太史公以著其潔。」以潔言文，規摹似稍狹矣。然史遷之所言者志也，本《尚書》「詩言志」，與子夏序《詩》「在心爲志」之旨，深探騷人之隱，而顯發其秀。

劉熙載《藝概·文概》：柳文之所得力，具於《與韋中立論師道書》。東萊謂柳州文出於《國語》，蓋專指其一體而言。

又：柳州自言爲文章，「未嘗敢以昏氣出之，未嘗敢以矜氣作之」。余嘗以一語斷之曰：柳文無耗氣。凡昏氣、矜氣，皆耗氣也。惟昏之爲耗也易知，矜之爲耗也難知耳。

又：論文鮮有極稱《穀梁》、孫吴者，獨柳州曰「參之《穀梁》以厲其氣」，老泉曰「孫吴之簡切」，殆好必從其所類也。

又：出辭氣斯遠，鄙倍矣。此以氣論辭之始。至昌黎《與李翊書》，柳州《與韋中立書》，皆論及於氣，而韓以氣歸之於養，立言較有本原。

又：自《典論·論文》以及韓、柳，俱重一「氣」字。余謂文氣當如《樂記》二語，曰：「剛氣不怒，柔氣不懾。」

答貢士元公瑾論仕進書

二十八日，宗元白：前時所枉文章，諷讀累日，辱致來簡，受賜無量。然竊觀足下所以殷勤其文旨者，豈非深寡和之憤〔一〕，積無徒之歎〔二〕，懷不能已，赴訴於僕乎？如僕尚何爲者哉？且士之求售於有司，或以文進，或以行達者，稱之不患無成。足下之文，左馮翊崔公先唱之矣〔三〕，秉筆之徒由是增敬。足下之行，汝南周顗客又先唱之矣〔四〕，逢掖之列亦以加慕①〔五〕。夫如是，致隆隆之譽不久矣，又何戚焉？

古之道，上延乎下，下倍乎上②，上下洽通，而薦能之功行焉。故天子得宜爲天子者，薦之於天；諸侯得宜爲諸侯者，薦之於王；大夫得宜爲大夫者，薦之於君；士得宜爲士者，薦之於有司。薦於天，堯、舜是也〔六〕。薦於王，周公之徒是也。薦於君，鮑叔牙、子罕、子皮是也〔七〕。薦於有司而專其美者，則僕未之聞也，是誠難矣。古猶難之，而況今乎？

獨不得與足下偕生中古之間，進相援也，退相拯也，已乃出乎今世，雖王林國、韓長孺復生〔八〕，不能爲足下抗手而進，以取僇笑，矧僕之齷齪者哉〔九〕！若將致僕於奔走先後之地而役使之〔一〇〕，則勉充雅素，不敢告憊〔一一〕。

嗚呼！始僕之志學也，甚自尊大，頗慕古之大有爲者。汩没至今，自視缺然，知其不盈素望久矣。上之不能交誠明，達德行，延孔子之光燭于後來；次之未能勵材能，興功力，致大康于民，垂不滅之聲。退乃倀倀於下列〔一二〕，呫呫於末位〔一三〕，偃仰驕矜，道人短長，不亦冒先聖之誅乎？固吾不得已耳，樹勢使然也③。穀梁子曰：「心志既通，而名譽不聞，友之過也〔一四〕。」蓋舉知揚善，聖人不非。況足下有文行，唱之者有其人矣，繼其聲者，吾敢闕焉！其餘去就之説，則足下觀時而已。不悉。宗元白。

【校記】

① 注釋音辯本注：「逢，潘本作⿰衤逢。」蔣之翹輯注本注：「逢，一作縫。」

② 倍，蔣之翹輯注本及《全唐文》作「信」。

③ 世綵堂本注：「一無『使』字。」陳景雲《柳集點勘》卷三：「『樹』似當作『時』，上言『生乎今世』，下言『觀時而已』，蓋皆以時勢言之。」

【解　題】

［韓醇詁訓］集有《送元秀才下第東歸序》，即公瑾也。序所謂「從計京師，受丙科之薦，獻藝春卿，當三黜之辱」，與書所謂「深寡和之憤，積無徒之歎」之意同。書當在序之前。貞元十七八年尉藍田時作。［百家注引劉嵩曰］公嘗有《送元秀才下第東歸序》，即公瑾也。序所謂「從計京師，受丙科之薦，獻藝春卿，當三黜之辱」，與書所謂「深寡和之憤，積無徒之歎」之意同。書當在序之前。按：陳景雲《柳集點勘》卷二：「貞元十四年作。書言『左馮翊崔公先唱之』。《舊史》：『貞元十四年九月，以同州刺史崔宗爲陝虢觀察使。』此稱『馮翊』，蓋在九月前也。是歲子厚始授集賢殿正字，故有『倀倀下列』之語。」陳説是。此文當作於貞元十四年。

【注　釋】

〔一〕［注釋音辯］和，胡卧切。宋玉云：「其曲彌高，其和彌寡。」［百家注引孫汝聽曰］宋玉《對楚王問》：「其曲彌高，其和彌寡。」

〔二〕［蔣之翹輯注］《漢書·東方朔傳》：「水至清則無魚，人至察則無徒。」按：又見《文選》東方朔《答客難》。

〔三〕左馮翊崔公爲崔宗，見解題引陳景雲《柳集點勘》。《舊唐書·德宗紀下》：「（貞元十四年九月）乙卯，以同州刺史崔宗爲陝州大都督府長史、陝虢觀察水陸轉運使。」《新唐書·宰相世系

表二下》博陵安平崔氏第二房：「淙，同州刺史。」趙明誠《金石録》卷九：「《唐同州刺史崔淙遺愛碑》，楊憑撰，韋縱正書，貞元十七年立。」崔淙即崔宗，當以「淙」字爲正。

〔四〕陳景雲《柳集點勘》卷三：「汝南周潁客，疑是周君巢。殆因巢父隱潁水間，故以潁客爲字耶？」

〔五〕[注釋音辯]（逢）音逢，以鍼鉄衣也。掖音亦，與「腋」同。《禮記》：「衣逢掖之衣。」逢，猶大也。大袂襌衣也。[百家注引劉嵩曰]《禮記》：「孔子少居魯，衣逢掖之衣。」注：「逢，大也。大掖之衣，大袂襌衣也。」按：見《禮記・儒行》。

〔六〕[百家注引孫汝聽曰]《孟子》：「堯薦舜於天，舜薦禹於天。」按：見《孟子・萬章上》。

〔七〕[百家注引孫汝聽曰]《説苑》：「子貢問孔子：『今之人臣孰賢？』孔子曰：『吾未識也。往者齊有鮑叔，鄭有子皮。』子貢曰：『齊無管仲、鄭無子産乎？』子曰：『吾聞鮑叔之進管仲，子皮之進子産，未聞管仲、子産有所進也。』」按：見《説苑・臣術》。

〔八〕[注釋音辯]《説苑》：「衛靈公有士曰王林國，有賢人必進而任之，無不達也。不能達，退而與分其禄。」《前漢》：「韓安國字長儒，所推舉皆廉士賢於己者。」[百家注引孫汝聽曰]《説苑》：「魯哀公問於孔子曰：『當今之時，君子誰賢？』對曰：『衛靈公有士曰王林國，有賢人必進而任之，無不達也。不能達，退而與分其禄。而靈公尊之。』」韓安國字長孺，所推舉皆廉士賢於己者，於梁舉壺遂、臧固，至它皆天下名士，士亦以此稱慕之。按：見《説苑・尊賢》。姚範《援鶡堂筆記》卷四七：「《説苑·尊賢篇》：『孔子言衛靈公有士曰王林國，有賢人必進而用之，無不達也。』蓋其人曰王林，『國』字屬下，柳子厚文誤用。」《孔子家語》卷三：「又有士曰林國者，見賢必進之，而退與分其禄。」「王林國」名不誤。

〔九〕［注釋音辯］潘（緯）云：齷，乙角切。齪，測角切，小節也。《史記》作「握齪」。注：「急促之貌。」《前漢》作「握躖」。注：「局陿也。」［韓醇詁訓］齷音握。齪，側角切。

〔一〇〕［注釋音辯］先，蘇薦切。後，胡豆切。［百家注引王儔補注］《詩》：「予曰有奔走，予曰有先後。」［世綵堂］先後，並去聲。按：見《詩經·大雅·緜》。

〔一一〕［注釋音辯］（憊）蒲拜切。［百家注］步拜切。

〔一二〕［注釋音辯］倀音棖，又丑良切，無見貌。［韓醇詁訓］倀，仲良切，無見貌，又音棖。《記》曰：「治國而無禮，猶瞽者之無相，倀倀然。」［百家注引韓醇曰］倀倀，無見貌，失道貌。《禮記》：「治國而無禮，猶瞽者之無相，倀倀然。」音棖，又丑良切。按：《禮記·仲尼燕居》：「治國而無禮，譬猶瞽者之無相與，倀倀乎其何之？」

〔一三〕［注釋音辯］呫，他協、日涉二切。［韓醇詁訓］呫，他協切。

〔一四〕［注釋音辯］［百家注引王儔補注］出《穀梁傳》昭公九年。

【集評】

蔣之翹輯注《柳河東集》卷三四：意氣淋漓。

何焯《義門讀書記》卷三六：少作，殊無條理。「古之道」至「子皮是也」：所引闊誕無當。「是誠難矣」：非其難也，事至微淺，故美不歸。

焦循批《柳文》卷四：疏宕，唱歎出之。又：文氣疏宕，而纏綿不已。

答嚴厚輿秀才論爲師道書①

二十五日，某白，馮翊嚴生足下：得生書，言爲師之説，怪僕所作《師友箴》與《答韋中立書》，欲變僕不爲師之志，而屈己爲弟子②。凡僕所爲二文，其卒果不異。僕之所避者名也，所憂者其實也。實不可一日忘，僕聊歌以爲箴③，行且求中以益己，慄慄不敢暇，又不敢自謂有可師乎人者耳。若乃名者，方爲薄世笑罵，僕脆怯，尤不足當也。内不足爲，外不足當，衆口雖懇懇見迫，其若吾子何？實之要④，二文中皆是也，吾子其詳讀之，僕見解不出此。

吾子所云仲尼之説，豈易耶？仲尼可學不可爲也。學之至，斯則仲尼矣。未至而欲行仲尼之事，若宋襄公好霸而敗國，卒中矢而死〔一〕，仲尼豈易言耶？馬融、鄭玄者〔二〕，二子獨章句師耳。今世固不少章句師，僕幸非其人。吾子欲之，其有樂而望吾子者矣。言道、講古、窮文辭以爲師，則固吾屬事。僕才能勇敢不如韓退之，故又不爲人師。人之所見有同異，吾子無以韓責我。若曰僕拒千百人，又非也。僕之所拒，拒爲師、弟子名，而不敢當其禮者也⑤。若言道、講古、窮文辭，有來問我者，吾豈嘗瞋目閉口耶〔三〕？

敬叔吾所信愛〔四〕，今不得見其人，又不敢廢其言⑥。吾子文甚暢遠，恢恢乎其闢大路將疾馳也。攻其車，肥其馬，長其策〔五〕，調其六轡〔六〕，中道之行大都，捨是又奚師歟？亟謀於知道者而考諸古，師不乏矣。幸而亟來〔七〕，終日與吾子言，不敢倦，不敢愛，不敢肆。苟去其名，全其實，以其餘易其不足，亦可交以爲師矣。如此，無世俗累而有益乎己，古今未有好道而避是者。宗元白。

【校　記】

① 注釋音辯本作「答嚴厚輿論師道書」。

② 世綵堂本無「而」字。

③ 「僕」原闕，據諸本補。

④ 章士釗《柳文指要》上《體要之部》卷三四：「實之要，『實』字衍，『之要』誤倒。」按：章校非是。「實」謂名實之實，謂「實」之重要。

⑤ 敢，注釋音辯本作「取」。

⑥ 注釋音辯本注：「一本無『不』字，『其言』字下有『哉』字。」世綵堂本注：「一作『又敢廢其言哉。』」

【解　題】

〔韓醇詁訓〕《師友箴》、《答韋中立書》皆見於集。《答韋中立書》意，與此《答厚輿》及此下《答袁君陳書》意，大抵皆避爲師之名，而不欲當者。故二書皆與《答韋中立書》言之可以互見。集有《送嚴公貺下第序》，厚輿豈即公貺耶？《韋中立書》答於元和八年，則此書又在後云。〔百家注引韓醇曰〕公嘗有《答韋中立書》、《答袁君陳書》，與此書意皆合。大抵皆避爲師之名，而不敢當。集又有《送嚴公貺下第序》，厚輿豈即公貺耶？**按**：嚴厚輿非嚴公貺，蓋嚴公貺與柳宗元年輩相當，而此嚴厚輿顯然爲後生晚輩，且《送嚴公貺下第歸興元覲省詩序》作於貞元間，而此文作於元和八年之後。其人不可考。

【注　釋】

〔一〕〔注釋音辯〕事出《左傳》僖公二十三年。〔百家注引孫汝聽曰〕僖二十二年《左氏》：「宋公及楚人戰於泓。宋師敗績，公傷股。」二十三年五月卒，傷於泓故也。

〔二〕［蔣之翹輯注］馬融，扶風人。才高博洽，爲世通儒，教授諸生，計有千數。鄭玄，字康成，北海人。西入關事融三年，盡學其學。後所著書有百餘萬言。按：馬融、鄭玄，《後漢書》皆有傳。

〔三〕［注釋音辯］瞋，稱人切，怒目也。

〔四〕［注釋音辯］［百家注引王儔補注］吕恭，字敬叔。按：吕恭爲吕温弟。

〔五〕［注釋音辯］（筴）即策字。［百家注］音策。

〔六〕［百家注引童宗説曰］《詩》：「六轡在手。」注：「駟馬六轡。」按：見《詩經・秦風・駟驖》。

〔七〕［注釋音辯］亟，去吏切。［百家注］亟，丘異切。

【集評】

《王荆石先生批評柳文》卷八：此篇欠爽。

何焯《義門讀書記》卷三六：「仲尼可學不可爲也」：不可爲，言不可以居之不疑。「馬融鄭玄者」至「僕幸非其人」：如馬、鄭者，恐終唐之代不可見。柳子厚謂其不少，亦非也。乃云「幸非其人」，語尤浮薄。此作自然古雅。所引闊誕無當。

乾隆敕纂《御選唐宋文醇》卷一三：《答韋中立》人所膾炙，遂謂宗元與韓愈意見不侔，且有謂學者歸退之，不歸子厚，而子厚云耳者，讀此文可以解其惑矣。

報袁君陳秀才避師名書

秀才足下：僕避師名久矣。往在京都①，後學之士到僕門，日或數十人，僕不敢虛其來意，有長必出之，有不至必惎之〔一〕。雖若是②，當時無師、弟子之説。其所不樂爲者，非以師爲非、弟子爲罪也。有兩事，故不能。自視以爲不足爲，一也；世久無師弟子，决爲之，且見非，且見罪，懼而不爲，二也。其大説具《答韋中立書》，今以往，可觀之。

秀才貌甚堅，辭甚强，僕自始覿，固奇秀才。及見兩文，愈益奇。雖在京都，日數十人到門者，誰出秀才右耶？前已畢秀才可爲成人③，僕之心固虛矣，又何鯤鵬互鄉於尺牘哉④〔二〕！秋風益高⑤，暑氣益衰，可偶居卒談。秀才時見咨⑥，僕有諸内者不敢愛惜⑦。

大都文以行爲本⑧，在先誠其中。其外者當先讀六經，次《論語》、孟軻書，皆經言。《左氏》、《國語》、莊周、屈原之辭，稍采取之⑨。穀梁子、太史公甚峻潔，可以出入。餘書俟文成異日討也⑩。其歸在不出孔子，此其古人賢士所懔懔者。求孔子之道，不於異書⑪。秀才志於道，慎勿怪、勿雜、勿務速顯。道苟成，則慤然爾⑫〔三〕，久則蔚然爾〔四〕。源而流者歲旱不涸，蓄穀者不病凶年，蓄珠玉者不虞殍死矣〔五〕。然則成而久者，其術可見。雖孔子在，爲秀才計，未必過此。不具⑬。宗元白。

【校　記】

①都，注釋音辯本作「師」。

②「雖若是」上原有「其教也」三字，據世綵堂本及《全唐文》删。注釋音辯本亦有「其教也」三字。何焯《義門讀書記》卷三六：「『其教也雖若是』，上三字誤以注入行。」

③世綵堂本注：「畢，一作必。」《全唐文》作「必」。何焯《義門讀書記》卷三六：「『畢』作『必』。」

④原注與注釋音辯本、世綵堂本注：「一本『何』下有『辱』字。」

⑤世綵堂本注：「風，一作色。」

⑥世綵堂本注：「咨，一作客。」

⑦世綵堂本注：「一無『惜』字。」

⑧世綵堂本「大都」下注：「一有『爲』字。」

⑨世綵堂本注：「一無『取』字。」

⑩世綵堂本注：「『討』下一有『可』字。」何焯《義門讀書記》卷三六：「『討』下有『可』字。」

⑪世綵堂本注：「於，一作于。」

⑫原注與世綵堂本注：「愨，一作勃。」注釋音辯本作「勃」，並注：「勃，潘本作『愨』，曰角切。與

『慤』同。一本作『慤』字。」

⑬ 世綵堂本注：「一本無『不具』字。」注釋音辯本及詁訓本無「不具」二字。

【解　題】

〔韓醇詁訓〕袁君，集不復他見。其避師名之意，與前二書同。其曰：「往在京師，後學到門日或數十人。」可見，其作書時在永，與前二書相後云。

【注　釋】

〔一〕〔注釋音辯〕〔百家注引孫汝聽曰〕惎，渠記切，教也。〔韓醇詁訓〕惎，渠記切。

〔二〕〔百家注引童宗説曰〕《論語》：「互鄉難與言，童子見。」按：見《論語·述而》。

〔三〕〔注釋音辯〕慤然，恭謹貌。

〔四〕〔注釋音辯〕蔚音尉，又紆勿切。

〔五〕〔百家注〕殍，彼表切。

【集　評】

黄伯思《東觀餘論》卷下：柳子厚云：「穀梁子甚峻潔。」又云：「參之穀梁氏以厲其氣。」信哉！政和二年十一月七日，黄長睿書。

王應麟《困學紀聞》卷一七：韓、柳並稱，而道不同。韓作《師説》，而柳不肯爲師。韓闢佛，而柳謂佛與聖人合。韓謂史有人禍天刑，而柳謂刑禍非所恐。

茅坤《唐宋八大家文鈔》卷一九：蒼蔚可誦。

明闕名評選《柳文》卷二：「稍採取之」眉批引王荆石（錫爵）曰：柳自取穀梁子之言。

何焯《義門讀書記》卷三六：「次《論語》孟軻書皆經言」：子厚亦斷然以《孟子》爲經。……「道苟成則慤然爾」六句：似揚子。

儲欣《河東先生全集録》卷五：命之矣，且强説之矣。

乾隆敕纂《御選唐宋文醇》卷一三：宗元論文諸篇中，唯《答韋中立》最爲人所膾炙，謂可與韓愈《答李翺書》並馳，不知此篇所言「文以行爲本」、「在先誠其中」二語，及《報崔黯書》云「道之及，及乎物而已耳」、「斯取道之内者」二語，乃宗元自得之言，而爲論文之極詣也。若韋中立書中「本之書以求其質」、「本之詩以求其恒」等句，卻猶有罅漏。質也、恒也，寧盡《詩》、《書》之藴乎？

王昶《與蔣應嘉書》：作文詞不患不富，要歸於峻潔。曩時以柳州文瑰麗，疑從魏晉人出，今暇時讀之，乃知本於公羊、穀梁子及太史公，瀏然以清，孑然而峭，臒然而堅以貞，傅詞設采，咸有西漢風力。足下習而數之，當日工。子厚《與袁君陳書》「慎勿怪勿雜勿務速顯」，數語洞中肯綮。僕雖爲足下道之，何以加此？（轉引自章士釗《柳文指要》上《體要之部》卷三四）

焦循批《柳文》卷四：忠信之言。柳州以《孟子》與《論語》並言，則仲《孟子》者，不自皮日休始矣。

光聰諧《有不爲齋隨筆》辛：《報袁君陳秀才避師名書》云：「當先讀六經，次《論語》、孟軻書，皆經言。」此在宋人前表章孟子者。

劉熙載《藝概・文概》：昌黎論文之旨，於《答尉遲生書》見之，曰「君子慎其實」。柳州論文之旨，於《報袁君陳秀才書》見之，曰「大都以行爲本，在先誠其中」。

王文濡《唐文評注讀本》上册：辭名而就實，與昌黎之大張旗鼓者異矣。「以行爲本」、「先誠其中」兩言，的是文家要訣。

答韋珩示韓愈相推以文墨事書

足下所封示退之書，云欲推避僕以文墨事，且以勵足下。若退之之才，過僕數等①，尚不宜推避於僕，非其實可知②，固相假借爲之辭耳。退之所敬者，司馬遷、揚雄。遷於退之，固相上下。若雄者，如《太玄》、《法言》及四賦③〔一〕，退之獨未作耳，決作之④，加恢奇，至他文過揚雄遠甚。雄之遺言措意⑤，頗短局滯澀，不若退之猖狂恣睢，肆意有所作⑥〔二〕。若然者，使雄來尚不宜推避，而況僕耶？彼好獎人善，以爲不屈己，善不可獎，故慊慊云爾也⑦〔三〕。足下幸勿信之。

且足下志氣高，好讀南、北史書，通國朝事，穿穴古今⑧，後來無能和⑨〔四〕。而僕稚騃⑩〔五〕，卒無所爲，但趑趄文墨筆硯淺事〔六〕。今退之不以吾子勵僕，而反以僕勵吾子，愈非所宜。然卒篇欲足下自挫抑，合當世事，固當⑪〔七〕，雖僕亦知無出此。吾子年甚少⑫，知己者如麻⑬，不患不顯，患道不立爾⑭〔八〕。此僕以自勵，亦以佐退之勵足下。不宣。宗元頓首再拜⑮。

【校　記】

①等，注釋音辯本、游居敬本及蔣之翹輯注本作「人」。

②原注與注釋音辯本、世綵堂本注：「一本無『可知』二字。」詁訓本無『可知』二字。

③四賦，諸本皆作「四愁賦」，世綵堂本注：「一作『四賦』。」何焯《義門讀書記》卷三六：「作『四賦』。」揚雄未嘗作《四愁賦》，「四賦」指《甘泉》、《河東》、《羽獵》、《長楊》四賦。注釋音辯本曰：「後人妄加『愁』字。」百家注本引孫汝聽注亦曰：「而此云『四愁賦』，後人妄加之也。」故改。

④決，蔣之翹輯注本及《全唐文》作「使」。

⑤原注與世綵堂本注：「之，一作文。」注釋音辯本作「文」，並注：「文，一本作『之』字。」

⑥原注與世綵堂本注：「一作『猖狂恣肆，寓意有所作』。」注釋音辯本注：「睢、肆，一本作『肆』、

『寓』。」詁訓本作「猖狂恣肆，寓意有所作」，並注曰：「一作『猖狂恣睢，肆意有所作』。」

⑦原注與注釋音辯本、世綵堂本注：「一本無『也』字。」詁訓本無「也」字。

⑧穿穴，詁訓本及世綵堂本注：「一作『牢籠』。」

⑨和，原注與注釋音辯本、世綵堂本注：「一作『加』字。」

⑩陳景雲《柳集點勘》卷三：「『而僕稚騃，卒無所爲』，案書中目珩爲年少，則時作者之齒長矣。《與杜温夫書》中『吾性滯騃』語，則此『稚』字或『滯』字之誤。」其說有理。

⑪上二句諸本皆作「合當世事以固當」，世綵堂本注：「一無『以』字。」何焯《義門讀書記》卷三六：「無『以』字。」無「以」字句順，故從之删「以」字。

⑫詁訓本「年」下有「固」字。

⑬世綵堂本注：「一無『者』字。」

⑭爾，注釋音辯本及詁訓本作「耳」。

⑮詁訓本無「再拜」二字。

【解　題】

［注釋音辯］珩音行。［韓醇詁訓］退之書不見於集，而其略粗見於此，深可惜者。韋珩，夏卿之侄，正卿之子。夏卿，史有傳。正卿，附見於傳。珩，載於《年表》。子厚謂馬遷於退之固相上下，而

揚雄不若退之，其相推遜亦至矣。據書云「足下封示退之書」，此當與公《與退之論史書》相後先，元和八九年間也。集又有寄珩詩，在别卷。［蔣之翹輯注］貞元二十一年，珩中進士第。按：陳景雲《柳集點勘》卷三：「案書中目珩爲年少，則時作者之齒長矣。」《册府元龜》卷九二五：「蘇表，元和中以討淮西策干宰相武元衡，元衡不見，以監察御史宇文籍舊從事，使召表而訊之，因與表狎。後捕駙馬王承系，並窮按其門客，而表在焉。表被鞫，因言籍與往來，故籍坐貶江陵府士曹參軍。又被左衛騎曹參軍楊敬之爲吉州司户參軍，右神武倉曹韋衍爲温州司倉參軍，祕書省正字薛庶回爲柳州司兵參軍，太子正字王參元爲遂州司倉參軍，鄉貢進士楊處厚爲邛州太邑尉，並坐與表交遊故也。」「韋衍」爲「韋珩」之誤，即此韋珩。是爲元和十年七月事，見《舊唐書·憲宗紀下》。柳宗元《寄韋珩》詩云：「初拜柳州出東郊，道旁相送皆賢豪。」可知元和十年韋珩在京，並送柳宗元赴柳州。則此文當爲元和十年柳宗元奉召回京時作。

【注釋】

［一］［注釋音辯］揚雄以爲詞莫麗於相如，作四賦，謂《甘泉》、《河東》、《羽獵》、《長楊賦》，後人妄加「愁」字也。［百家注引孫汝聽曰］《揚雄贊》：「以爲經莫大於《易》，作《太玄》；傳莫大於《論語》，作《法言》；詞莫麗於相如，作四賦。」而此云「四愁賦」，後人妄加之也。按：見《漢書·揚雄傳》。

〔二〕〔注釋音辯〕潘（緯）云：恣，七咨切，又如字。睢，許維、許鼻二切，自得貌。
〔三〕〔韓醇詁訓〕〔百家注引張敦頤曰〕慊音歉，恨也。
〔四〕〔注釋音辯〕（和）胡卧切。
〔五〕〔注釋音辯〕〔韓醇詁訓〕騃，語駭切。
〔六〕〔注釋音辯〕趑，千咨切。趄，千余切。
〔七〕〔韓醇詁訓〕（當）丁浪切。
〔八〕〔百家注引孫汝聽曰〕貞元二十一年，珩中進士第。按：韋珩於元和四年又中才識兼茂明於體用科。見《唐會要》卷七六。

【集　評】

茅坤《唐宋八大家文鈔》卷一九：歐陽公書似柳子厚此書者爲多。

蔣之翹輯注《柳河東集》卷三四：雖短棹急節，而骨力自遒緊。又引郭正域曰：峭勁。

何焯《義門讀書記》卷三六：「若退之才過僕數等」：過僕數等，即謂下子雲之徒也。……「事以固當」：無「以」字。李（光地）云：柳子於文用力深，故善品題古人及當世高下。

儲欣《河東先生全集録》卷五：揚、韓優劣，定於此矣。韓、柳二公惟相匹，故交相知。惟相知，故交相推。必曰文人相輕，亦見其一耳。

乾隆敕纂《御選唐宋文醇》卷一四：吏部文章之宗。然其造詣深淺，須以柳州所論爲定，故録之。且可以見柳之不敢望韓，具所自道中。蓋實録，非謙辭也。

焦循批《柳文》卷四：雄《法言》自佳，此説未然。

答貢士廖有方論文書

三日，宗元白：自得秀才書①，知欲僕爲序。然吾爲文，非苟然易也。於秀才，則吾不敢愛。吾在京都時，好以文寵後輩，後輩由吾文知名者②，亦爲不少焉。自遭斥逐禁錮，益爲輕薄小兒譁囂，群朋增飾無狀，當途人率謂僕垢汙重厚③，舉將去而遠之。今不自料而序秀才，秀才無乃未得嚮時之益，而受後事之累〔一〕，吾是以懼。潔然盛服而與負塗者處〔二〕，而又何賴焉？然觀秀才勤懇，意甚久遠，不爲傾刻私利，欲以就文雅，則吾曷敢以讓？當爲秀才言之。然而無顯出於今之世視，不爲流俗所扇動者，乃以示之，既無以累秀才，亦不增僕之詬罵也。計無宜於此。若果能是，則吾之荒言出矣〔三〕。宗元白。

【校　記】

①注釋音辯本、詁訓本、蔣之翹輯注本無「自」字。

②注釋音辯本無「後輩」二字。

③卒，詁訓本作「卒」。

【解　題】

［韓醇詁訓］廖生書欲求公爲序，其端見於此。公既許之，故集有《送詩人廖有方序》，見別卷。有曰「廖生爲唐詩，有大雅之道」，即書所謂「觀秀才勤懇」，「欲以就文雅，則吾曷敢以讓？」其意同。雖不見其作之時日，書云「自遭斥逐禁錮」，皆在永州作也。［蔣之翹輯注］後有方於元和十一中進士第，改名游卿。按：范攄《雲溪友議》卷下《名義士》條：「廖有方校書，元和十年失意後遊蜀，至寶雞西界館，乏一旅逝之人，天下譽爲君子之道也。」又云：「明年李侍郎逢吉放有方及第，改名游卿。」計有功《唐詩紀事》卷四九云廖有方交州人。書稱廖有方爲「貢士」，當是有方由交州赴京試進士路經永州時作，時或在元和九年。章士釗《柳文指要》上《體要之部》卷三四云：「此書爲廖有方求作詩序而還答，並非論文，題應將『論文』二字改作『求詩序』。」

【注　釋】

〔一〕［注釋音辯］（累）去聲。

〔二〕［百家注引孫汝聽曰］《易・睽》：「見豕負塗。」塗，謂泥塗也。

〔三〕〔百家注引孫汝聽曰〕元和十一年，有方中進士第，改名游卿。

【集評】

茅坤《唐宋八大家文鈔》卷一九：中多自矜，亦自悲愴。

陸夢龍《柳子厚集選》卷四：書僅三百餘字，而曲折無限，絶類太史公。

蔣之翹輯注《柳河東集》卷三四引虞集曰：中多自矜語，而亦自悲愴。

金聖歎批《才子古文》卷一二：吾細讀其通篇筆態，並不是寫自家不肯輕易爲人作序，亦不是寫今日獨肯爲廖秀才作序，乃是刻寫當時無一人不要其作序，今則更無一人要其作序，以爲痛憤。

何焯《義門讀書記》卷三六：秀折。

孫琮《山曉閣選唐大家柳柳州全集》卷一：柳子此書，皆是憤世嫉俗之言，卻作兩半寫出。前一段説不欲作序，言世俗之囂譁輕薄，不作序固是憤世嫉俗之言。作序，戒其無示世人，欲作序亦是憤世嫉俗之言。看來世人炎涼習態，真有令人憤之嫉之也。

儲欣《河東先生全集録》卷五：悲婉。

常安《古文披金》卷一四：真情苦語，妙處在轉折。

焦循批《柳文》卷四：夭矯屈曲。又：真高朗，無一字扭捏，無一語滯泥。

答貢士蕭纂欲相師書①

十二日，宗元白：始者負戴經籍，退跡草廬，塊守蒙陋，坐自壅塞②，不意足下曲見記憶，遠辱書訊，貺以高文，開其知思〔一〕。而又超僕以宗師之位，貸僕以丘山之號，流汗伏地，不知逃匿，幸過厚也。

前時獲足下《灌鍾城銘》〔二〕，竊用唱導於聞人，僕常赧然〔三〕，羞其僭踰。今覽足下尺牘，慇懃備厚，似欲僕贊譽者，此固所願也。詳視所貺，曠然以喜，是何旨趣之博大，詞采之蔚然乎！鼓行於秀造之列，此其戈矛矣，舉以見投，爲賜甚大。俯用忖度③，不自謂宜，顧視何德而克堪哉！且又教以芸其蕪穢④，甚非所宜，僕不敢聞也⑤。其他唯命。宗元白。

【校記】

① 原注與世綵堂本注：「一云『求爲師書』。」注釋音辯本題作「答貢士蕭纂求爲師書」，並注：「求爲，一本作『欲相』字。」

② 世綵堂本注：「壅，一作擁。」注釋音辯本及詁訓本作「擁」。

③ 忖，注釋音辯本作「討」，游居敬本作「計」。
④ 芸，注釋音辯本作「耘」。
⑤ 「不」上原闕「僕」字，據諸本補。

【解　題】

〔韓醇詁訓〕蕭生不詳其何許人。據書云「始者負戴經籍，退跡野廬」，「不意足下曲見記憶」，此並非謫永州後文，未爲尉藍田時作。按：《全唐文》卷七八五穆員《成都功曹蕭公墓誌銘》云：「一子曰範，方齠而嗣，毁如成人。姪纂遵世母幼孤之請，見託爲誌。」即此蕭纂。蕭公卒貞元八年九月，柳宗元此文約作於貞元間。何焯《義門讀書記》卷三六亦云：「少作。」

【注　釋】

〔一〕〔注釋音辯〕〔韓醇詁訓〕（知思）二字並去聲。

〔二〕李吉甫《元和郡縣圖志》卷二京兆府：「鍾官故城一名灌鍾城，在（鄠）縣東北二十五里。蓋始皇收天下兵器，銷爲鍾鐻，此或其處。」

〔三〕〔韓醇詁訓〕赧，乃版切。

【集　評】

《王荆石先生批評柳文》卷八：此書未必真。

報崔黯秀才書①

崔生足下：辱書及文章，辭意良高，所嚮慕不凡近，誠有意乎聖人之言。然聖人之言，期以明道，學者務求諸道而遺其辭。辭之傳於世者，必由於書〔一〕。道假辭而明，辭假書而傳，要之，之道而已耳〔二〕。道之及，及乎物而已耳，斯取道之内者也。今世因貴辭而矜書，粉澤以爲工，遒密以爲能〔三〕，不亦外乎②？吾子之所言道，匪辭而書，其所望於僕，亦匪辭而書，是不亦去及物之道愈以遠乎？僕嘗學聖人之道，身雖窮，志求之不已，庶幾可以語於古。恨與吾子不同州部，閉口無所發明。觀吾子文章，自秀士可通聖人之説。今吾子求於道也外，而望於余也愈外③，是其可惜歟！吾且不言，是負吾子數千里不棄朽廢者之意，故復云爾也④。

凡人好辭工書者⑤，皆病癖也〔四〕。吾不幸蚤得二病，學道以來，日思砭鍼攻熨〔五〕，卒不能去，纏結心腑牢甚，顧斯須忘之而不克，竊嘗自毒。今吾子乃始欽欽思易吾病，不亦惑乎？斯固有潛塊積瘕〔六〕，中子之内藏〔七〕，恬而不悟，可憐哉，其卒與我何異？均之二病，書字益下⑥，而子之意又益下，則子之病又益篤。甚矣，子癖於伎也！

吾嘗見病心腹人，有思啗土炭〔八〕、嗜酸鹹者，不得則大戚。其親愛之者不忍其戚，因探而與之。觀吾子之意，亦已戚矣。吾雖未得親愛吾子，然亦重來意之勤，有不忍矣。誠欲分吾土炭酸鹹，吾不敢愛，但遠言其證不可也，俟面乃悉陳吾狀。未相見，且試求良醫爲方已之。苟能已，大善，則及物之道，專而易通。若積結既定，醫無所能已，幸期相見時，吾決分子其啗嗜者。不具。宗元白。

【校　記】

①原題作「報崔黯秀才論爲文書」，據注釋音辯本改。注釋音辯本題下注：「黯，潘本作翦。」詁訓本注：「黯，一本作剪。剪，史、集皆無見。」按：此書非論文，並言文辭及書法，且以言書法爲主，故「論爲文」三字衍。

②不亦，原作「亦不」，據諸本乙轉。

③余，注釋音辯本及詁訓本作「予」。

④蔣之翹輯注本：「云爾，一作『云云』。」

⑤世綵堂本無「者」字。

⑥ 原注與世綵堂本注：「字，一作示。」

【解　題】

〔韓醇詁訓〕黯，《新史》有傳，崔寧之子，後擢進士第。書云：「吾且不言，是負吾子數千里不棄朽廢者之意。」亦當是永州時作。按：韓注有誤。陳景雲《柳集點勘》卷二：「黯字直卿，僕射寧季弟密之孫，擢進士第，累官諫議大夫。大中初爲江州刺史。有《復東林寺碑》，文詞遒麗，爲歐公所稱。見《集古録》及趙德甫《金石録》。」崔黯爲崔繪之子、崔密之孫。據《舊唐書·崔寧傳》，崔寧季弟密，密子繪，繪生四子：蠡、黯、確、顔。崔黯大和二年進士擢第。陳思《寶刻叢編》卷一五江州：「《唐復東林寺碑》，唐湖南觀察使潭州刺史崔黯撰，散騎常侍柳公權書。寺在江州，先被廢，至宣宗時復立。碑以大中十一年四月立，在廬山東林寺。（《集古録目》）會昌中被廢，大中初，黯爲江州刺史而復之。（《集古録》）」文載《唐文粹》卷六五。文云「恨與吾子不同州部」，或作於柳州，然未詳崔黯時居何地。

【注　釋】

〔一〕〔百家注引孫汝聽曰〕書，字書。

〔二〕〔百家注引孫汝聽曰〕之道，謂適道也。

〔三〕［韓醇詁訓］遒音酋。

〔四〕［注釋音辯］［百家注引孫汝聽曰］癖音辟，腹病也。

〔五〕［注釋音辯］砭，悲廉、彼驗二切，以石刺病也。鍼，諸深切，與針同。熨，紆勿切，火熨也。［韓醇詁訓］砭，悲廉切，又陂驗切。鍼音針。［百家注引童宗説曰］《説文》：砭，以石刺病也。悲廉、彼驗二切。鍼音針。

〔六〕［注釋音辯］瘕音遐，大病也。《玉篇》又攻遐、攻許二切，久病也，腹中病也。［韓醇詁訓］瘕，何加切。［百家注引童宗説曰］病也，居牙切。

〔七〕［注釋音辯］中，丁仲切。藏，才浪切。［世綵堂］中、藏，並去聲。

〔八〕［注釋音辯］［世綵堂］啗，徒濫切，與噉同。

【集評】

《新刊增廣百家詳補注唐柳先生文》卷三四「因探而舉之」句下引王儔補注：東坡《醉墨堂》詩云：「乃知柳子語不妄，病嗜土炭如珍羞。」用此事。

陸夢龍《柳子厚集選》卷四：無聊賴之言。

蔣之翹輯注《柳河東集》卷三四：子厚以好辭攻書，皆爲病癖，豈自有進於伎者乎？文亦辨而雋。

乾隆敕纂《御選唐宋文醇》卷一四：禮、樂、射、禦、書、數，皆藝也。德成而上，藝成而下。其下焉者，君子之所游。游之云者，所執愈卑，所達彌上，莫非所以養其德也。若溺焉而進乎技，則是以其養德者害德矣。唐世重文章，尤重書法，其試士以身言書判拔萃，乃得爲近職。故黠以文章書法爲問。而宗元欲悉屏之，使及物之道，專而易通，又以及物爲取道之内，卓然名儒語也。宗元可謂既没，其言立矣。宗元善書，今「龍城柳」石刻猶存。

焦循批《柳文》卷四：「書」即書法也。以及物詮「道」字，柳子真知道者。後人但云明道，不知道爲何物也。又：柳子言蚤已學書，蓋柳子固善書，此秀才不知也，故爲此言。又：然則，秀才欲柳子效俗下書爾。蚤得二病，言蚤已學書矣，不勞勸也。又：比興無端。又：秀才必勸柳子習俗下書法耳，故斥之如此。又：壬戌，自京師歸，或勸余學習殿試策。明年家居，求得鼎平者之書，習之十日，甚不願也。仍取二王，法之月餘。

答吴秀才謝示新文書

某白：向得秀才書及文章，類前時所辱遠甚，多賀多賀①。秀才志爲文章，又在族父處②〔一〕，早夜孜孜，何畏不日新又日新也③！雖間不奉對，苟文益日新，則若亟見矣。夫觀文章，宜若懸衡然，增之銖兩則俯，反是則仰，無可私者。秀才誠欲令吾俯乎，則莫若增重其文。今觀秀才所增益者，不啻銖兩〔二〕，吾固伏膺而俯矣④〔三〕。愈重，則吾俯滋甚⑤，秀才其懋焉。苟增而不已，則吾首懼至地耳，又何間疏之患乎⑥？還答不悉。宗元白。

【校記】

①世綵堂本注：「一無『多賀』二字。」詁訓本「多賀多賀」作「多荷」。

②世綵堂本注：「一無『又在族父處』五字。」

③前「日新」，原作「日日新」，注釋音辯本、世綵堂本等同，詁訓本無重出「日」字。此從詁訓本删一「日」字。

④世綵堂本注：「一無『膺』字。」

⑤滋，注釋音辯本作「兹」。

⑥間，注釋音辯本作「聞」。

【解題】

〔韓醇詁訓〕吴秀才，不詳其名字，非武陵也。書言「秀才在叔父處，早夜孜孜，何畏不日新」，豈吴生者隨柳公綽在湖南耶？計其時則元和七年間也。〔百家注引孫汝聽曰〕吴秀才，當是武陵族子。按：此書既勉勵吴生學作文，亦有諷意。吴武陵兄子有吴汝納、吴湘，或其一耶？

【注　釋】

〔一〕［注釋音辯］族父，想謂吴武陵。或曰：子厚自謂其族父柳公綽耳。［百家注引孫汝聽曰］族父，言武陵。［百家注引韓醇曰］族父，公自言其族父也。豈吴生隨柳公綽在湖南耶？按：章士釗《柳文指要》上《體要之部》卷三四：「亟見者，謂吴生來見子厚也。不來見則不能奉對，成爲間疏。」則此吴生不在永州明矣，可知「族父」是柳宗元自謂其族父柳公綽。

〔二〕［蔣之翹輯注］《説文》：「銖，十二分也。十黍重曰銖，二十四銖爲兩。」

〔三〕［百家注引孫汝聽曰］《禮記》：「得一善則拳拳服膺，而弗失之矣。」謂奉持之也。按：見《禮記·中庸》。

【集　評】

茅坤《唐宋八大家文鈔》卷一九：短牘亦自澹宕。

陸夢龍《柳子厚集選》卷四：善誘。

儲欣《河東先生全集録》卷五：常語翻新。

焦循批《柳文》卷四：柳州善於取譬，得莊、孟諸子之風。

常安《古文披金》卷一四：別趣。

王文濡《評校音注古文辭類纂》卷二九：秀才原書似因不得亟見而發，答辭以詼諧出之，雋妙之至。

復杜温夫書①

二十五日②，宗元白：兩月來，三辱生書，書皆逾千言，意若相望僕以不對答引譽者③〔一〕。然僕誠過也。而生與吾文又十卷，噫！亦多矣。文多而書頻，吾不對答引譽④，宜可自反〔二〕。而來徵不肯相見⑤，亟拜亟問〔三〕，其得終無辭乎？

凡生十卷之文，吾已略觀之矣。吾性騃滯，多所未甚諭，安敢懸斷是且非耶？書抵吾必曰周孔，周孔安可當也⑥？儗人必於其倫⑦〔四〕，生以直躬見抵〔五〕，宜無所諛道⑧，而不幸乃曰周孔，吾豈得無駭怪⑨？且疑生悖亂浮誕，無所取幅尺，以故愈不對答。來柳州，見一刺史，即周孔之〔六〕。今而去我，道連而謁於潮〔七〕，之二邦，又得二周孔。去之京師，京師顯人爲文詞、立聲名以千數，又宜得周孔千百。何吾生胸中擾擾焉多周孔哉！

吾雖少爲文，不能自雕斵，引筆行墨，快意累累〔八〕，意盡便止，亦何所師法？立言狀物，未嘗求過人，亦不能明辨生之才致。但見生用助字，不當律令，唯以此奉答。所謂乎、歟、耶、哉、夫者，疑辭也。矣、耳、焉、也者，決辭也。今生則一之。宜考前聞人所使用，與吾言類且異，慎思之則一益也。庚桑子言藿蠋鵠卵者⑩〔九〕，吾取焉。道連而謁於潮，其卒可化乎？然世之求知音者，一遇其人，或爲十數文，即務往京師，急日月，犯風雨，走謁門户，以冀苟得。今生年非甚少，而自荆來柳，自柳將道連而謁於潮⑪，途遠而深矣⑫，則其志果有異乎？又狀貌嶷然類丈夫〔一〇〕，視端形直，心無歧徑，其質氣誠可也，獨要謹充之爾。謹充之，則非吾獨能，生勿怨⑬。亟之二邦以取法，時思吾言，非固拒生者。孟子曰：「余不屑之教誨也者，是亦教誨之而已矣⑭。」宗元白。

【校　記】

①原注與世綵堂本題下注：「一云『復杜温夫所用乎歟耶哉已耳焉也八字書』。」

②《文粹》無「二十五日」四字。

③若，原作「者」，據《文粹》及《全唐文》改。

④注釋音辯本「答」下有「而」字。

⑤原注與注釋音辯本、詁訓本、世綵堂本注：「肯，一本作日。」

⑥注釋音辯本及游居敬本不重出「周孔」二字。

⑦儗，原作「語」，據《文粹》、《全唐文》及何焯校本改。

⑧「訣」下原無「道」字，據諸本補。注釋音辯本注：「一本無『道』字。」

⑨ 世綵堂本注：「一本『吾』下又有『吾』字。」

⑩ 原注與世綵堂本注：「蠋，一作雞。」

⑪ 詁訓本無「自柳」二字。

⑫ 原注與世綵堂本注：「『途』下一有『愈』字。」

⑬ 原注與注釋音辯本、世綵堂本注：「一本『生』下一有『宜』字。」

⑭ 「教誨」下原無「之」字，據《文粹》及《孟子·告子下》補。

【解　題】

［韓醇詁訓］温夫，集無他見。書曰「來柳州見刺史，即周、孔之」，公時已謫於柳也。其曰「道連而謁於潮，之二邦」，「連」謂劉夢得，「潮」謂韓退之也。嘗以年考之。元和十年，公自永召之京，尋復謫刺柳州，劉夢得亦同時改連州。至元和十四年，退之亦以罪謫潮州。温夫來柳時，夢得、退之當皆在二邦，故書及之也。此書必十四年春作云。［世綵堂］按韓愈以元和十四年謫潮州，此書必十四年春作。按：陳景雲《柳集點勘》卷四《文安禮柳集年譜附》：「又《荅杜温夫書》繫十三年，亦誤。《書》云『今而去我道連而謁於潮，又得二周孔』，連謂劉夢得，潮謂韓退之也。韓以元和十四年貶潮州，則是書必在韓抵潮後，明矣。」

【注釋】

〔一〕［百家注引孫汝聽曰］望，怨也。

〔二〕［百家注引劉嵩曰］《孟子》：「自反而縮。」按：見《孟子·公孫丑上》。

〔三〕［百家注］亟，並音丘異切。

〔四〕［百家注引孫汝聽曰］倫，類也。出《禮記》之文。按：見《禮記·曲禮下》。儗，比擬。

〔五〕［百家注引孫汝聽曰］《論語》：「吾黨有直躬者。」直躬，謂直道也。按：見《論語·子路》。

〔六〕［韓醇詁訓］元和十年，公自永召至京，尋復謫柳州刺史。

〔七〕［百家注引韓醇曰］元和十年三月，以劉禹錫爲連州刺史。元和十四年正月，韓愈貶潮州刺史。

〔八〕［注釋音辯］［韓醇詁訓］（累）倫追切。

〔九〕［注釋音辯］潘（緯）云：蠋音蜀，豆藿中大青蟲也。鵠，胡沃切。《莊子》曰：「奔蜂不能化藿蠋，越雞不能伏鵠卵。」［百家注引孫汝聽曰］《莊子》：「庚桑子曰：『奔蜂不能化藿蠋，越雞不能伏鵠卵，魯雞固能矣。』」藿蠋，豆藿中大青蟲。越雞，小雞。按：見《莊子·庚桑楚》。

〔一〇〕［注釋音辯］嶷，魚力切。［韓醇詁訓］嶷，鄂力切。

【集評】

晁補之《答姚邦光秀才書》：昔杜温夫亦嘗引孔子爲説抵柳宗元，其與足下小異者，直以宗元在此位，宗元逡巡不敢答。觀足下詞旨，有求益之意，非若温夫茫洋不知類者，宗元固自奇大，猶不敢以是答温夫。補之雖文字愧宗元，然不爲宗元者，其敢以不升孔子之堂而受孔子室中之饋哉？故累日不報，冀足下之知其心也。（《雞肋集》卷五二）

洪邁《容齋隨筆》卷七：柳子厚《復杜温夫書》云：「生用助字，不當律令，所謂乎歟耶哉夫也者，疑辭也。矣耳焉也者，決辭也。今生則一之，宜考前聞人所使用，與吾言類且異。精思之，則益也。」予讀《孟子》百里奚一章曰：「曾不知以食牛干秦繆公之爲汙也，可謂智乎？不可諫而不諫，可謂不智乎？知虞公之將亡而先去之，不可謂不智也。時舉於秦，知繆公之可與有行也而相之，可謂不智乎？」味其所用助字開闔變化，使人之意飛動，此難以爲温夫輩言也。

又《容齋四筆》卷九：柳子厚《復杜温夫書》曰：「語人必於其倫。來柳州，見一刺史，即周孔之。今而去我，道連而謁於潮，之二邦，又得二周孔。去之京師，京師顯人爲文詞、立聲名以千數，又宜得周孔千百，何吾生胸中擾擾焉多周孔哉？」是時劉夢得在連，韓退之在潮，故子厚云然。此文人人能誦，然今之好爲諛者，固自若也。予表而出之，以爲子孫戒。

《新刊增廣百家詳補注唐柳先生文》卷三四「何吾生胸中擾擾焉多周孔哉」句下王儔補注引謝昌國曰：子厚之論正矣。然以史考之，方子厚與劉夢得附王叔文也，譽之爲伊、周復出，是子厚自處，初亦未善。温夫以子厚爲周、孔尚可也，子厚以叔文爲伊、周，其可乎？子厚爲司馬、刺史時，必覺今是而昨非者。非其初之嘗蹈於佞，則温夫安得而周、孔之哉！

《王荆石先生批評柳文》卷八：厭鄙之態可掬。又「唯以此奉答」眉批：他不足教。

茅坤《唐宋八大家文鈔》卷一九：書旨似倨，而語亦多光焰。

陸夢龍《柳子厚集選》卷四：温夫固是奇駿，復答書似謔而莊。「亦不能明辨」眉批：今世政不少。

蔣之翹輯注《柳河東集》卷三四：言太倨，而氣岸甚峻，大非獎進後學之意。

吕留良《晚村先生八家古文精選·柳文精選》：以古道自抗，文亦渾樸堅峭。子厚諸書中，此爲最醇。

儲欣《河東先生全集録》卷五：諸游客中，無行誼之尤者。然士君子讀之，且急自檢點，勿駡杜。

焦循批《柳文》卷四：柳州圭角如此，宜其不理人口。然不肯假借，胸中自有千古耳。又：責斥甚當，令好學爲謏詞者汗下。又：觀此，則杜生之文，虚字尚未順當耳。

上門下李夷簡相公陳情書①

月日②，使持節柳州諸軍事守柳州刺史柳宗元，謹再拜獻書于相公閣下③：宗元聞有行三塗之艱④，而墜千仞之下者〔一〕，仰望於道，號以求出，過之者日千百人，皆去而不顧。就令哀而顧之者，不過攀木俯首，深矉太息〔二〕，良久而去耳，其卒無可奈何。然其人猶望而不止也。俄而有若烏獲者〔三〕，持長綆千尋〔四〕，徐而過焉。其力足爲也，其器足施也，號之而不顧，顧而曰不能力，則其人知必死於大壑矣。何也？是時不可遇而幸遇焉⑤，而又不逮乎己⑥，然後知命之窮、勢之極，其卒呼憤自斃〔五〕，不復望於上矣。

宗元曩者齒少心鋭，徑行高步，不知道之艱以陷於大阨⑦，窮躓殞墜〔六〕，廢爲孤囚，日號而望者十四年矣〔七〕，其不顧而去與顧而深矉者，俱不乏焉。然猶仰首伸吭〔八〕，張目而視曰：「庶幾乎其有異俗之心，非常之力，當路而垂仁者耶？」及今閤下以仁義正直⑧，入居相位，宗元實拊心自慶⑨，以爲獲其所望，故敢致其辭以聲其哀。若又捨而不顧，則知沉埋踣斃無復振矣⑩〔九〕。伏惟動心焉⑪。

宗元得罪之由，致謗之自，以閤下之明，其知之久矣。繁言蔓辭，秖益爲黷。伏惟念墜者之至窮，錫烏獲之餘力，舒千尋之綆，垂千仞之艱，致其不可遇之遇，以卒成其幸。庶號而望者得畢其誠，無使呼憤自斃，没有餘恨，則士之死於門下者宜無先焉。生之通塞，決在此舉⑫，無任戰汗隕越之至。不宣。宗元惶恐再拜。

【校　記】

① 注釋音辯本、詁訓本「書」上無「陳情」二字。《文粹》題作「上李門下書」。

②月日，注釋音辯本作「日月」。

③注釋音辯本「謹」下無「再拜」二字，並注曰：「『謹』字下一本有『再拜』字。」詁訓本無「相公」二字。《文粹》無「月日，使持節柳州諸軍事守柳州刺史柳宗元，謹再拜獻書于相公閣下」二十八字。

④原注與世綵堂本注：「（『艱』下）一有『難』字。」詁訓本有「難」字。

⑤何焯《義門讀書記》卷三六：「『時』疑作『特』。」

⑥詁訓本無「又」字。

⑦於，詁訓本作「乎」。

⑧注釋音辯本無「及」字。

⑨注釋音辯本、游居敬本、蔣之翹輯注本及《全唐文》「拊」上有「竊」字。

⑩「知」原闕，據諸本補。

⑪《文粹》「惟」下有「閣下」二字。動心，《詁訓》作「心動」。

⑫《文粹》此句作「生死通塞在此一舉」。

【解　題】

〔韓醇詁訓〕新史《李夷簡傳》：元和十三年，召爲御史大夫，進門下侍郎同中書門下平章事。書當在是時柳州作。按：章士釗《柳文指要》上《體要之部》卷三四以爲此文文詞不類柳宗元；據李夷簡與楊憑有隙，柳宗元不應忘世仇而親匪人等理由，認爲此文非柳宗元所作。其説無據。

【注釋】

〔一〕［注釋音辯］《左傳》昭公四年注：「三塗，在河南陸渾縣南。」［百家注引孫汝聽曰］昭四年《左氏》：「晉司馬侯曰：『四岳、三塗、陽城、太室、荆山、終南，九州之險也。』」杜氏注云：「三塗，在河南陸渾縣南。」

〔二〕［注釋音辯］矉，頻、賓二音。［韓醇詁訓］矉音賓，恨視也。［百家注］童（宗説）曰：矉，張目也。韓（醇）曰：恨視也，毗真切，又音賓。

〔三〕［百家注引孫汝聽曰］烏獲，秦武王時有力人也。

〔四〕［注釋音辯］［韓醇詁訓］綆，古杏切，汲井繩也。

〔五〕［注釋音辯］［韓醇詁訓］斃音弊。

〔六〕［韓醇詁訓］躓，職利切。殞，羽敏切。

〔七〕［百家注引孫汝聽曰］永貞元年至是元和十三年，爲十四年矣。

〔八〕［注釋音辯］吭，抗、剛二音，咽也。［韓醇詁訓］吭，下浪切，咽也。［百家注引韓醇曰］吭，咽也，下浪、居郎二切。

〔九〕［注釋音辯］踣，滿墨切。

【集　評】

葛立方《韻語陽秋》卷一一：柳子厚可謂一世窮人矣。永貞之初得一禮部郎，席不暖，即斥去爲永州司馬，在貶所歷十一年。至憲宗元和十年，例召至京師，喜而成詠，所謂「投荒垂一紀，新詔下荆扉」，又云「十一年前南渡客，四千里外北歸人」是也。既至都，乃復不得用，以柳州云。由永至京，已四千里，自京徂柳，又復六千，往返殆萬里矣。故贈劉夢得詩云：「十年憔悴到秦京，誰料翻爲嶺外行」；贈宗一詩云：「一身去國六千里，萬死投荒十二年」是也。嗚呼，子厚之窮極矣！觀贈李夷簡書云：「曩者齒少心鋭，徑行高步，不知道之艱以陷於大阨，窮躓殞墜，廢爲孤囚。日號而望者十四年矣。」當時同貶之士，程异爲宰相，而夢得亦召用，則子厚望歸之心爲如何？然竟不生還，畢命於蛇虺瘴癘之區，可勝歎哉！韓退之有言曰：「子厚斥不久，窮不極，雖有出於人，其文學辭章，必不能自立，以致必傳於後如今無疑也。雖使得所願于一時，以彼易此，孰得失？」

茅坤《唐宋八大家文鈔》卷二〇：子厚困阨之久，故其書呼號哀吁若此。録而存之，以見其始末云。

蔣之翹輯注《柳河東集》卷三四：他每每自寫一段，不必有其事，而寓言之意已發明親切。昌黎三上宰相書亦時見此局。「不復望於上矣」句下：此樣語痛至，讀自有省，本不須著一字。

金聖歎批《才子古文》卷一二：沉困既久，其言至悲，與昌黎《應科目時書》絶不同。蓋彼段段句句字字，負氣傲岸。此段段句句字字，迫蹙掩抑，則所處之地不同也。……看他拉拉雜雜，將「墜者」

字、「烏獲」字、「千尋之綆」字、「千仞之艱」字、「不可遇」字、「幸遇」字、「號」字、「望」字、「呼憤自斃」字，如桃花紅雨，一齊亂落，便成絶妙收煞。

孫琮《山曉閣選唐大家柳柳州全集》卷一：此文分二半篇看。上半篇是隱喻，下半篇是實説。上半篇妙在將下半篇所欲言者句句影起，下半篇妙在將上半篇已言者句句點合。只是一篇前虚後實之文，藍本從昌黎《後十九日上宰相書》脱化出來。一結更見收拾全力。

何焯《義門讀書記》卷三六：此篇前仿《國策》，結參漢體。李(光地)云：此文格調似韓子。固知當日切礴相資，同工異曲也。按：此與《應科目日與人書》貌似而命意殊，不如韓之工，用筆亦煩簡紆徑差異。韓作於少年，柳作於晚歲，以一文論，則韓果數倍矣。求諸全集可也。

柳宗元集校注卷第三十五

啟①

上廣州趙尚書陳情啟②

某啟③：某天罰深重〔一〕，餘息苟存，沉竄俟罪，朝不圖夕。伏謁無路，不任荒戀之誠。伏念宗元初授御史之日〔二〕，尚書與杜司空先賜臨顧〔三〕，光耀里閭，下情至今尚增惶惕。頃以黨與進退，投竄零陵，囚繫所迫，不得歸奉松檟〔四〕。哀荒窮毒，人理所極，親故遺忘〔五〕，況於他人。朝夕之急，饘粥難繼〔六〕，宗祀所重，不敢死亡，偷視累息，已逾歲月④。

伏以尚書德量弘納，義風遠揚，收撫之恩，始於枯朽〔七〕，敢以餘喘，上累深仁。伏惟惻然見哀，使得存濟，慺慺荒懇〔八〕，叩顙南望。竊以動心於無情之地，施惠於不報之人，古烈尚難，況在今日？而率然干冒，決不自疑者，蓋以聞風之日久，嚮德之誠至，振高議於流俗之外，合大度於古人之中，獨有望於閣下而已，非敢以尋常祈向之禮，當大賢匍匐之仁〔九〕。夙夜忖度，果於自卜，方在困辱，不敢多言。伏紙惶恐，不勝戰越。謹啟⑤。

【校記】

① 詁訓本標作「啟八首」。

② 題原作「上廣州趙宗儒尚書陳情啟」，五百家注本、世綵堂本同。世綵堂本注：「一本無『廣州』字。」注釋音辯本無「陳情」二字，並注：「一本『啟』上更有『陳情』字。」詁訓本無「廣州」及「陳情」等字。按：此啟爲上廣州刺史、嶺南節度使趙昌之作。岑仲勉《唐集質疑》云：「按《舊書》一六七《宗儒傳》：元和初檢校禮尚，充東都留守，入爲禮、户二尚，尋出任荆南節度使，六年，又入爲刑尚。而同書一五一《(趙)昌傳》則云：憲宗即位，加檢校工尚，尋轉户尚，充嶺南節度，元和三年，遷鎮荆南。同書一四《本紀》：元和三年四月乙亥，以嶺南節度使趙昌爲江陵尹、荆南節度使。又《會要》七三：元和四年九月，安南副都護杜英策等奏趙昌到任日近，旋除廣州。(原注：李德裕貶死年月辨證，四年昌移荆南，四年，三年之訛。)是廣州趙尚書應爲昌而非宗儒，彰彰可據。一本雖無『廣州』字樣，但啟有云『叩顙南望』，廣在永之南，廣州字並不誤也。復考同集二二《送趙大秀才往江陵謁趙尚書序》『自吾竄永州三年』，三年一作四年，當是元和三年作。又云『宗人以碩德崇功，由交、廣臨荆州』，試觀上引兩傳，足證此趙尚書或宗人斷即趙昌，非爲宗儒。……竊嘗揣之，河東原稿，或祇題『上趙尚書陳情啟』，(劉)禹錫爲編遺集，一時失察，錯填宗

儒之名，故至今猶滋疑竇也。抑前舉兩篇，均題趙尚書，同集三五《賀辟符載啟》特題趙江陵宗儒，三六《寄所著文啟》題江陵趙相公，意當日自有分别，後人未之辨耳。」岑説甚是。「宗儒」二字當是後人注文竄入題中，故删。

③ 此二字原闕，據注釋音辯本、世綵堂本等及《全唐文》補。

④ 歲，注釋音辯本、游居敬本作「數」。

⑤ 詁訓本無此二字。

【解　題】

〔韓醇詁訓〕舊題云「上廣州趙宗儒尚書啟」，以新史考之，宗儒元和初檢校禮部尚書充東都留守，三遷至檢校吏部尚書、荆南節度使，歷山南西道、河中二鎮，拜御史大夫，改吏部尚書，未嘗爲廣州。然公《送趙大秀才序》亦云「尚書由交廣爲荆州」，必有所據也。啟云「已逾歲月」，即元和一二年間作。〔百家注引孫汝聽曰〕宗儒字秉文，鄧州穰人。未嘗爲廣州節度使。按此啟云「天罰深重」，當元和初公喪母之時。元和元年四月，以安南都護趙昌爲廣州刺史、嶺南節度使，則此啟當是與昌，而後來傳寫誤耳。〔蔣之翹輯注〕此啟云「天罰深重」，謂元和元年五月子厚母盧氏卒於永也。其四月，以安南都護趙昌爲廣州刺史、嶺南節度使，此啟當是與昌。然子厚作《趙大秀才序》亦云「尚書由交、廣爲刺史」，又必有所據。按：韓醇説非是而孫汝聽説是。此啟爲上嶺南節度使趙昌之作。《舊唐書・憲宗紀上》：「（元和元年四月）壬寅，以前安南經略使趙昌爲爲廣州刺史、嶺南節度使。」「（元和三年四月）乙亥，以嶺南節度使趙昌爲江陵尹、荆南節度使。」柳宗元永貞元年貶爲永州司馬，啟云「已逾歲月」，知作於元和元年。范攄《雲溪友議》卷中《贊皇勳》：「先是韋相公執誼得罪，薨變於此，今朱崖有韋公山。柳宗元員外與韋丞相有齠年之好，三致書與廣州趙尚書宗儒相公，勸表雪韋公之罪，始詔歸葬京兆，至今山名不革矣。」此本小説家言，不必認真，如云「三致書與廣州趙宗儒」，趙宗儒未曾爲廣州刺史。此啟題誤趙昌爲趙宗儒，此誤或由此乎？然此啟亦無一語言及昭雪韋執誼事也。此啟有云「動心於無情之地，施惠於不報之人」，或因此想像而來。趙昌當是一同情永貞革新者。

【注釋】

〔一〕［注釋音辯］元和元年，子厚母盧氏卒於永州。［百家注引孫汝聽曰］元和元年五月，公母盧氏卒於永州。

〔二〕［百家注引韓醇曰］貞元十九年閏十二月，以公爲監察御史。

〔三〕［注釋音辯］杜黄裳。［百家注引王儔補注］杜黄裳也。按：陳景雲《柳集點勘》卷三：「趙宗儒當作趙昌，孫注已辨其誤。啟言『始除御史，尚書與杜司空同過邸舍』，按子厚以貞元十九年入臺，時昌爲國子祭酒，杜司空黄裳則方官太子賓客也。」此杜司空當是杜佑。《舊唐書・杜佑傳》：「（貞元）十九年入朝，拜檢校司空、同平章事，充太清宫使。」

〔四〕［韓醇詁訓］（檟）古雅切。按：檟，即山楸，古人常植於墓前。故松檟指先人墓地。

〔五〕［注釋音辯］［韓醇詁訓］（忘）音望。

〔六〕［注釋音辯］饘，諸延切，亦作飦。［韓醇詁訓］饘，諸延切。按：粥厚者曰饘，稀者曰粥。

〔七〕章士釗《柳文指要》上《體要之部》卷三五：「『始』字費解，疑是『洽』字形訛。《書》『洽于民心』，注：『洽，霑也。』正合斯義。」

〔八〕［注釋音辯］僂音婁，恭謹貌，一曰勤也。［韓醇詁訓］僂音婁。

〔九〕［注釋音辯］匍音扶，又音蒲。匐音伏，又蒲墨切。《詩》云：「凡民有喪，匍匐救之。」［韓醇詁訓］匍，扶蒲切。匐，蒲墨切。按：百家注本引作童宗説曰。所引見《詩經·邶風·谷風》。

【集評】

黄震《黄氏日鈔》卷六〇：啟皆獻文求哀之辭，表多世俗稱頌之語，氣索理短，未見柳之能過人者。

蔣之翹輯注《柳河東集》卷三五：子厚諸啟，不拘拘於四六聲律，故其辭意蔚然，沈著痛切，近以《選》書。

林紓《韓柳文研究法·柳文研究法》：柳州啟事及章表，在唐人制詔中亦平平耳，故不録。

上西川武元衡相公謝撫問啟

某啟：某愚陋狂簡，不知周防，失於夷途，陷在大罪，伏匿嶺下，于今七年〔一〕。追念往愆，寒心飛魄，幸蒙在宥〔二〕，得自循省，豈敢徹聞於廊廟之上，見志於樽俎之際①，以求心於萬一者哉②〔三〕？

相公以含弘光大之德〔四〕，廣博淵泉之量〔五〕，不遺垢汙，先賜榮示。奉讀流涕〔六〕，以懼以悲，屏營舞躍〔七〕，不敢寧處。是將收孟明於三敗〔八〕，責曹沫於一舉〔九〕，俾折脅臏腳之倫〔一〇〕，得自拂飾，以期效命於鞭策之下。此誠大君子并容廣覽、棄瑕録用之道也。自顧孱鈍〔一一〕，無以克堪，祇受大賜，豈任負戴？精誠之至，炯然如日〔一二〕。拜伏無路，不勝惶惕，輕冒威重，戰汗交深。

【校　記】

① 志，詁訓本作「忘」。

② 心，《全唐文》作「必」。

【解　題】

〔韓醇詁訓〕《新史·武元衡傳》：「憲宗即位，蜀新定，高崇文爲節度，不知吏部，帝難其代，詔元衡檢校吏部尚書兼門下侍郎同平章事，爲劍南西川節度使。八年至自西川。」啟云「伏匿嶺下，於今七年」，元和六年作也。按：韓說是。章士釗《柳文指要》上《體要之部》卷三五：「相傳永貞之際，王叔文先使人誘元衡以爲黨，元衡不納，子厚尤不喜元衡爲人，坐是彼此成仇。劉夢得求爲判官，元衡復不許。計子厚上此啟時，八司馬貶竄已七年矣，而元衡卻對子厚先施撫問，此誠元衡存心忠厚，不念舊惡，至子厚作答，究如何方爲得體？殆戛戛乎難於下筆。觀此文明用孟明、曹沫，暗用范雎、孫臏，不卑不抗，無悔無懼，措詞深淺合度，切理饜心，使元衡得之，即平生積忤萬千，讀罷亦且一笑而解。斯殆文林之高手，政地之鴻才，以言即事輸誠，詞令復臻上品，如退之自謬排奡，混雜泥沙，不足與於是也。」並引劉禹錫《謝門下武相公啟》及柳宗元代作《謝賜櫻桃表》等，以證劉、柳與武元衡並非如某些書中所説關係齟齬、彼此不喜云云，甚是。

【注　釋】

〔一〕〔百家注引韓醇曰〕時元和六年。

〔二〕〔百家注引孫汝聽曰〕《莊子》：「聞在宥天下，不聞治天下。」在宥，謂寬宥也。按：見《莊子·在宥》。

〔三〕求心，即心求，心求萬一之機會。章士釗《柳文指要》上《體要之部》卷三五：「曹昭《女誡》：『得意一人，是謂永畢；失意一人，是謂永訖。由斯言之，夫不可不求其心。』求心之説，或本於此。求心也者，似與定命爲一類語。釗案：求心語太僻，簡牘中似不宜用。竊疑『心』字上誤奪一字，如甘心之甘、拊心之拊，《梁丘據贊》中順心之順，《愬螭文》中充心之充，皆得。釗又案：『心』或『必』字之誤，『求必』猶言『取必』。」

〔四〕［百家注引王儔補注］《易・坤卦》之辭。按：《周易・坤》：「含弘光大，品物咸亨。」意謂涵容弘大，胸懷寬闊。

〔五〕［百家注引王儔補注］《禮記》：「溥博淵泉，而時出之。」按：見《禮記・中庸》。溥博，廣大。淵泉，謂如湧泉之不竭也。

〔六〕奉，即「捧」。

〔七〕［注釋音辯］屏，步丁切。屏營，恐懼貌。按：百家注本引作童宗説曰。

〔八〕［注釋音辯］《左傳》：「秦孟明伐鄭，晉敗孟明於殽。乃三年，孟明伐晉，晉敗於彭衙。次年，孟明伐晉，濟河焚舟，晉師不出。」［韓醇詁訓］秦穆公伐鄭，使百里奚子孟明視將兵。至滑，孟明曰：「鄭有備矣，吾其還也。」滅滑而還。晉人興師，敗孟明於殽。及三年，孟明帥師伐晉，報殽之役，戰於彭衙，孟明敗績。繆公猶用孟明，增修國政。次年，孟明伐晉，繆公遂霸西戎。按：見《左傳》僖公三十三年等。

〔九〕〔注釋音辯〕沫，莫貝、莫佩二切。《史記》：「曹沫爲魯將，與齊戰，三敗北。莊公十三年，與齊相公盟於柯，沫執匕首劫桓公，公乃許盡歸魯之侵地。」〔韓醇詁訓〕曹沫事魯莊公，爲將，與齊戰，三敗北，莊公獻遂邑之地以和。猶復以爲將。桓公與莊公既盟於壇上，曹沫執匕首劫齊桓公，遂割魯侵地，曹沫三戰所亡地盡没與魯。沫音亡葛切。《左氏》、《穀梁》作曹劌。按：見《史記·刺客列傳》。百家注本引韓醇注尚云：「莊公十三年，與齊桓公盟於柯，沫執匕首劫桓公曰：『齊强魯弱，大國侵魯，亦以甚矣。』桓公乃許盡歸魯之侵地。」

〔一〇〕〔注釋音辯〕臏音牝，刑名。《前漢》鄒陽上書：「司馬喜臏腳於宋，卒相中山；范雎拉脅折齒於魏，卒爲應侯。」〔韓醇詁訓〕脅，迄業切。臏音牝，刖刑也。按：百家注本引孫汝聽注合注釋音辯本與韓醇之注。司馬喜，《史記·鄒陽列傳》裴駰集解：「晉灼曰：司馬喜三相中山。」蘇林曰：六國時人，被此刑也。」司馬貞索隱：「事見《戰國策》及《呂氏春秋》。」范雎，《漢書·鄒陽傳》顔師古注：「應劭曰：魏人也。魏相魏齊疑其以國陰事告齊，乃掠笞數百，拉脅折齒。師古曰：後入秦爲相，封爲應侯。」

〔一一〕〔韓醇詁訓〕孱，鉏山切。按：孱，軟弱。

〔一二〕〔韓醇詁訓〕炯，古迴切。按：炯然，光明貌。

【集　評】

茅坤《唐宋八大家文鈔》卷二〇：子厚諸啟，非爲四六而已，中多奇峭沉鬱之旨。予不能盡録，録凡四首。

儲欣《河東先生全集録》卷六：公此等啟，盛漢之氣彌深。

何焯《義門讀書記》卷三七：再召而復擠之，特以劉遇其長，尤無狀故。

謝襄陽李夷簡尚書委曲撫問啟①

某啟：當州員外司馬李幼清傳示尚書委曲〔一〕，特賜記憶，過蒙存問。捧讀喜懼，浪然涕流②〔二〕，慶幸之深，出自望外。

伏惟尚書鶚立朝端，風行天下，入統邦憲，出分主憂，控此上游〔三〕，式是南服〔四〕。凡海内奔走之士，思欲修容於轅門之外〔五〕，躡履於油幢之前〔六〕，譬之涉蓬瀛、登崑閬〔七〕，不可得而進也。某負罪淪伏，聲銷跡滅，固世俗之所棄，親友之所遺，敢希大賢，曲見存念。是以展轉歔欷③〔八〕，晝詠宵興，願爲廝役，以報恩遇。瞻仰霄漢，邈然無由④。網羅未解，縱羽翼而何施；囊檻方堅，雖虎豹其焉往？不任踴躍懇戀之至，謹奉啟起居，輕黷威嚴，倍增戰越。

【校　記】

① 注釋音辯本題無「委曲」二字。

② 涕流，詁訓本作「流涕」。

③ 歔欷，注釋音辯本作「欷歔」。

④ 然，注釋音辯本、詁訓本作「焉」。

【解　題】

［韓醇詁訓］《新史·夷簡傳》：元和初，以檢校禮部尚書山南東道節度使。啟云襄州，即此時也。此時公在永州。前卷《上門下李夷簡相公書》，蓋元和十三年夷簡爲相，公再謫柳時作。［百家注引韓醇曰］元和六年四月，以户部侍郎李夷簡檢校禮部尚書爲山南東道節度使。啟云襄州，即此時也。按：韓説是。元和四年，李夷簡曾彈劾楊憑贓汙，章士釗《柳文指要》上《體要之部》卷三五：「夷簡與楊憑爲仇，憑貶臨賀，即夷簡爲之。茲乃修好於憑門婿子厚，子厚亦即真誠謝之，凡此足見唐室宦情一斑。」

【注　釋】

〔一〕［百家注引韓醇曰］（當州）即永州也。［百家注引王儔補注］委曲，書也。［蔣之翹輯注］李幼清，即前所見李睦州也。按：李幼清即《與李睦州論服氣書》之李睦州，因遭誣陷貶來永州爲司馬。

〔二〕［注釋音辯］［韓醇詁訓］浪音郎。按：浪然，出涕貌。

〔三〕［百家注引孫汝聽曰］上游，猶言重地也。［世綵堂］見《漢書·項羽傳》。按：《漢書·項羽傳》：「古之王者，必居上游。」

〔四〕［百家注引劉崧曰］《詩》：「式是南邦。」式，法式也。按：見《詩經·大雅·崧高》。

〔五〕［百家注引孫汝聽曰］季孫之母死，曾子與子貢弔焉，閽人弗納，曾子與子貢入於其廄而修容焉。注云：「修容，更莊飾也。」轅門，以車爲門。按：曾子與子貢事見《禮記·檀弓下》。轅門以指軍營之門。

〔六〕［注釋音辯］幢，傳江切。［韓醇詁訓］躡音聶。［百家注引童宗説曰］幢，麾也。躡音聶。按：油幢，即油幕，主將所居的營帳。

〔七〕［注釋音辯］閬音浪。海中三神山曰蓬萊、方丈、瀛洲。又崑崙山有三角，一角正北，名閬風巔。一角正西北，名玄圃堂。一角正東，名崑崙宫。［韓醇詁訓］海中有三神山曰蓬萊、方丈、瀛洲，皆神仙所居。《十洲記》：「崑崙山有三角，一角正北，名閬風巔。一角正西北，名玄圃臺。一角正東，名崑崙宫。」按：閬風見舊題東方朔《海内十洲記》。

〔八〕［百家注］（歔欷）二字音虚希。

【集評】

《王荆石先生批評柳文》卷九：藻美之詞。

賀趙江陵宗儒辟符載啟

某啟：伏聞以武都符載爲記室，天下立志之士雜然相顧，繼以歎息，知爲善者得其歸嚮，流言者有所間執〔一〕。直道之所行，義風之所揚，堂堂焉實在荆山之南矣。幸甚，幸甚！

夫以符君之藝術志氣，爲時聞人，才位未會，盤桓固久，中間因緣，陷在危邦，與時偃仰，不廢其道〔二〕，而爲見忌嫉者横致脣吻〔三〕。房給事以高節特立，明之於朝；王吏部以清議自任，辨之於外〔四〕。然猶小人浮議，困在交戟〔五〕。凡諸侯之欲得符君者，城聯壤接①，而惑於騰沸，環視相讓，莫敢先舉。及受署之日，則皆閉口垂臂②，悵望悼悔，譬之求珠於海，而徑寸先得〔六〕，則衆皆怏然罷去，知奇寶之有所歸也。嗚呼！巧言難明，下流多訕③〔七〕，自非大君子出世之氣，則何望焉？瞻望清風，若在天外，無任感激欣躍之至。輕瀆陳賀，不勝戰越，不宣。謹啟④。

【校　記】

①城，《全唐文》作「域」。

②閉，原作「開」，據詁訓本改。

③訕，注釋音辯本作「謗」，並注：「一本作訕字。」詁訓本、《英華》亦作「謗」。世綵堂本注：「一作謗。」

④詁訓本無「不宣謹啟」四字，注釋音辯本無「謹啟」二字。

【解　題】

［韓醇詁訓］宗儒履歷具注前啟。作之時日當先後云。［百家注集注］符載字厚之，蜀郡人。有奇才，以王霸自許。按：《舊唐書·趙宗儒傳》：「入爲禮部、户部二尚書，尋檢校吏部尚書守江陵尹、兼御史大夫、荆南節度營田觀察等使。」《新唐書》本傳略同。《舊唐書·憲宗紀上》：「（元和六年四月己卯）以前荆南節度使趙宗儒爲刑部尚書。」其任荆南卻史無明文。趙昌元和三年四月由嶺南節度使遷荆南節度使，《舊唐書·趙昌傳》：「元和三年，遷鎮荆南，徵爲太子賓客。」則爲同一年事。趙宗儒爲趙昌後任，則趙宗儒爲荆南節度使亦在元和三年。符載，兩《唐書》無傳，其文集亦佚，事蹟散見於孫光憲《北夢瑣言》卷五、計有功《唐詩紀事》卷五一等。晁公武《郡齋讀書志》卷四中：「《符載集》十四卷。右唐符載字厚之，岐襄人。幼有弘達之志，隱居廬山，聚書萬卷，不爲章句學。

貞元中，李巽江西觀察，薦其材，授奉禮郎，爲南昌軍副使。繼辟西川韋皋掌書記、澤潞郗士美參謀。歷協律郎、監察御史。元和中卒。段文昌爲墓誌，附於後集。皆雜文，末篇有數詩而已。集前有崔群、王湘《送符處士歸覲序》，皆云載，蜀人，以比司馬、王、揚云。」此啟當作於元和四年。《文苑英華》卷七二七符載《荆州與楊衡説舊因送遊南越序》：「已歲，自成都至，中師自長安僑寓荆州，羈旅相依，各被婚娶，困於柴水。」已歲爲已丑，即元和四年。可知苻載自成都歸，寓居荆州，趙宗儒節度荆南，辟爲掌書記。陸增祥《八瓊室金石補正》卷六八有苻載撰《亡妻李氏墓誌》，苻載姓作「苻」不作「符」。岑仲勉《讀全唐詩札記》：「按載之姓從艹作苻，見載所爲《亡妻李氏誌》（《關中金石文字存逸考》二），普通文字苻、符通用，在姓恐不然也。載曾辟江陵趙宗儒記室，見《河東集》三五。」章士釗《柳文指要》上《體要之部》卷三五：「子厚不知與載有何淵源，而爲之輕瀆陳賀如此。別有《與邕州李中丞論陸卓啟》，自承與卓未曾相識，或與載亦爾。」又曰：「子厚在此謗議沸騰之下，公然爲其受人徵辟致賀，頗有司馬遷爲李陵抗辯之風。」

【注釋】

〔一〕［百家注引孫汝聽曰］《左氏》：「願以間執讒慝之口。」按：見《左傳》僖公二十八年。杜預注：「間執，猶塞也。」

〔二〕［注釋音辯］符載爲韋皋支使，時爲劉闢真贊云：「行義則固，輔仁則通。它年良覿，麟閣之中。」及闢敗，載素服請罪，高崇文以其贊有「行義輔仁」之語，禮而釋之。〔百家注引孫汝聽曰〕韋皋鎮蜀，以載爲支使。劉闢時爲倉曹參軍。載爲闢真贊，略云：「行義則固，輔仁乃通。他年良覿，麟閣之中。」及皋卒，闢擅總留務，載亦在幕中。闢敗，載素服請罪，高崇文以其贊有「行義輔仁」之語，禮而釋之。按：王讜《唐語林》卷一：「（高崇文）入成都日，有若閒暇，命節級將吏，凡軍府事無巨細，一取韋皋故事，一應爲闢脅從者，但自首，並不問。韋皋參佐房式、韋乾度、獨孤密、符載、郗士美，（原注：本名犯文宗廟諱。）皆即論薦。館驛巡官沈衍、段文昌，闢迫令刺按，禮同上介，亦接諸公後謁。崇文謂文昌曰：『公必爲將相，未敢奉薦。』叱起沈衍，令梟首於驛門外，舉酒與諸公盡歡。」

〔三〕〔蔣之翹輯注〕吻，武粉切。

〔四〕何焯《義門讀書記》卷三七：「王吏部以清議自任，吏部當是王仲舒宏中。」陳景雲《柳集點勘》卷三：「案房給事式，先與載同爲西川從事，後擢給事中。王吏部仲舒，時自南省出刺外州，故曰辨之於外。」按：符載曾事劉闢，自然成爲攻擊者之口實，房式爲給事中時曾爲符載辨解。房式本人亦有此遭遇，如《新唐書·房琯傳》附房式：「卒贈左散騎常侍，謚曰傾。吏部郎中韋乾度曰：『始式刺蜀州，劉闢構難，即謂闢曰：「向夢公爲上相，儀衛甚盛，幸無相忘。」闢喜，以爲祥。後闢發兵，署牒首曰：「闢副曰式，參謀曰符載。」大節已虧，不宜得謚。』博士李虞仲曰：『始闢反，爲其用者皆救死其頸，可盡被惡名乎？如式不能去，又不能死，可謂求生害仁者也。闢走西山，召所疑畏者，盡殺之，式在其間，會救得免。而曰大節已虧，近於謚言。』謚乃定。」王吏部指曾爲吏部員外郎之王仲舒。《新唐書·王仲舒傳》：「貞元中賢良方正高第，拜左拾遺。德宗欲相裴延齡，與陽城交章言不可，後入閤，帝顧宰相指曰：『是豈王仲舒邪？』俄改右補闕，遷禮部、考功員外郎。奏議詳雅，省中伏其能。坐累，爲連州司户參軍，再徙荆南節度參謀。元和初，召爲吏部員外郎。」王仲舒結識符載當在荆南，亦曾爲符載鳴不平。

〔五〕［注釋音辯］《前漢·劉向傳》注：「交戟，謂守衛者。」［百家注引孫汝聽曰］《劉向傳》：「今佞邪與賢臣並在交戟之中。」注：「交戟，謂宿衛者。」與此意同。

〔六〕［百家注引李檠曰］《廣雅》云：「有大珠徑寸，幾圍二寸已上。」

〔七〕［百家注引孫汝聽曰］司馬遷書云：「負下未易居，下流多謗議。」按：蔣之翹輯注本引作司馬遷《答任少卿書》。

【集評】

明闕名評選《柳文》卷三「以清議自任」眉批：點綴得感動人。

儲欣《河東先生全集録》卷六：借符君以泄胸中之五嶽。

何焯《義門讀書記》卷三七：「伏聞以武都符載爲記室」：蜀才自子昂之後，當數符厚之。

乾隆敕纂《御選唐宋文醇》卷一四：符載非必重係天下望，可以其出處卜士進退。然傷胎殺卵，則鳳凰不儀，毋謂一夫可寃也，況才俊之士哉！嗚犢戮晉仲尼迴，郭隗重燕樂毅至，無知在漢曲逆進，咸博結綬蕭男顯，杜季蒙難袁閎狂，同聲相應，同氣相求，一堂兩琴，宫商必應，草木臭味，奚敢差池？夫以人事君，人臣之大義也。宗元之賀趙宗儒，誠心不忘君也哉！

常安《古文披金》卷一四：寫得聲光赫然，令人手舞足蹈。

與邕州李域中丞論陸卓啟

某啟①：伏以至公之道，施恩而不求報，獎善而不爲功，所以振宣幽光，激勵頹俗，誠大君子所蓄積也。竊見故招討判官、試右衛冑曹參軍陸卓〔一〕，生禀清操，長於吏理，累仕所隸②，必獲休聲③。再舉府曹，績用茂著。頃以狂賊李元慶劫取留後〔二〕，擅樹兇徒，搆災扇禍，期在旦夕。一夫見刃，莫爲己用〔三〕，而卓以此時特立不懼，終前強暴，以寧師人。既而不幸，嬰疾物故，不獲一日趨事，以受其職。有功未報，有善未録。伏承閣下言論之餘，每所嗟異，優給家屬，恩禮特殊。行道之人，皆所欽伏。儻録其事跡，奏一贈官，使懷憤之魂知感恩於地下，秉志之士思受命於門庭，足以勸獎三軍〔四〕，豈止光榮一族。伏惟不棄狂瞽，特賜裁量，幸甚幸甚！某與卓未嘗相識，敢率愚直，以期至公。輕黷威嚴，伏增戰悚。謹啟。

【校 記】

① 詁訓本無此二字。

② 隸，注釋音辯本、世綵堂本、游居敬本、《全唐文》作「至」。注釋音辯本注：「至，一本作日。」

③ 獲，注釋音辯本、世綵堂本、游居敬本、《全唐文》作「有」。注釋音辯本注：「有，一本作獲。」世綵堂本注：「獲，一作有。」

【解 題】

［韓醇詁訓］公集中有《邕州李中丞墓誌》，或謂即域。然墓誌參以年表，則非域也，乃宗室子，名位，已詳見誌中。則此自有域者，亦以中丞爲邕州耳。陸卓，不見於傳。［世綵堂］公集中有《邕州李中丞墓誌》，然非域也。陸卓事亦不之見。按：疑李域爲李位後任，若此，則此文作於元和十三年。《新唐書·宰相世系表二上》趙郡李氏東祖房：「端，饒州刺史。生域。」《全唐文》卷五三〇顧況《饒州刺史趙郡李府君（端）墓誌銘》：「出泉、饒二州刺史……貞元八年秋七月終於郡署……夫人贊皇郡清河崔氏，從其子拭盡力哀敬。」則云李端子名拭。李拭爲李鄘子，見《新唐書·李鄘傳》，李端子當名域，然未知是否即柳文之李域。章士釗《柳文指要》上《體要之部》卷三五：「子厚自稱與卓未嘗相識，蓋徒激於義憤而爲之論列云。」

【注釋】

〔一〕［百家注引韓醇曰］卓不見於傳。

〔二〕李元慶事未詳。《新唐書·南蠻傳下·西原蠻》：「貞元十年，黄洞首領黄少卿者攻邕管，圍經略使孫公器，請發嶺南兵窮討之，德宗不許。命中人招諭，不從。俄陷欽、横、潯、貴四州。少卿子昌沔趫勇，前後陷十三州，氣益振。乃以唐州刺史陽旻爲容管招討經略使，引師掩賊。一日六七戰，皆破之，侵地悉復。元和初，邕州擒其别帥黄承慶。明年，少卿等歸欵，拜歸順州刺史，弟少高爲有州刺史。未幾復叛。」疑李元慶即黄承慶，蓋曾改姓爲李以示歸順。

〔三〕章士釗《柳文指要》上《體要之部》卷三五：「蓋此處之『莫』，亦當作『莫不』解。謂『吾於文莫不猶人』，與此啟莫不爲己用，其式如一。一夫者，以一代萬，猶言人人。見刃即言見脅。如此理解，脈絡即通，且反襯陸卓之特立不懼，格外有力。」

〔四〕［蔣之翹輯注］諸葛孔明《出師表》：「獎帥三軍。」

謝李中丞安撫崔簡戚屬啟①

某啟：伏見四月六日敕，刺史崔簡以前任贓罪，決一百，長流驩州〔一〕。伏奉去月二十三日牒，崔簡家口，牒州安存，並借官宅什器差人與驅使者②。伏惟中丞以直清去敗政，以惻隱撫窮人，罪跡暴著，則按之以至公；家屬流離，則施之以大惠。各由其道，咸適于中，威懷並行，仁義齊立。繩愆糾繆〔二〕，列郡肅澄清之風；匡困資無，闔境知噢咻之德〔三〕。凡在巡屬，慶懼交深。

伏見崔簡兒女十人，皆柳氏之出。簡之所犯，首末知之，蓋以風毒所加③，漸成狂易〔四〕，不知畏法，坐自抵刑。名爲贓賄，卒無儲蓄，得罪之日〔五〕，百口熬然，叫號羸頓〔六〕，不知所赴。儻非至仁厚德，深加憫恤，則流散轉死，期在須臾。某幸被縲囚〔七〕，久沐恩造，至於骨肉，又荷哀矜，循念始終，感懼無地。謹勒祇承人沈澹奉啟陳謝〔八〕，下情輕黷。

【校記】

① 注釋音辯本題作「謝李中丞啟安撫崔簡」，《英華》題作「謝李中丞安存崔簡家屬啟」。注釋音辯本注：「一本作『謝李中丞安德崔簡戚屬啟』。」

② 「者」原闕，據《英華》補。

③ 加，《英華》作「攻」，並校：「集作加。」

【解題】

〔韓醇詁訓〕此非前啟李中丞，乃以下湖南李中丞也。集凡有湖南李中丞啟三，此卷有其二，後卷有其一。公在永州，正隸湖南道，故云「凡在巡屬」，蓋其所部明矣。集有《崔簡權厝誌》，自連州移永州刺史，未至永，而連之人愬君，御史按章具獄，坐流驩州。幼弟訟於朝，天子黜連帥，罷御史，小吏咸死，投之荒外，而君不克復。以此觀之，連帥即李中丞也。但求之傳記，俱不得其名耳。誌又云「夫人河東柳氏」，與啟所謂簡兒女十人皆柳氏之出，意亦公之親屬云耳。簡卒在元和七年正月，書又當前云。**按**：崔簡爲柳宗元姐夫。陳景雲《柳集點勘》卷三：「謝啟外又有上中丞二啟，案吕温《湖南團練使廳壁記》：『元和三年冬，天子命御史中丞李公以永嘉之清政、京兆之懿則，廷賜大旆，俾綏衡湘。』蓋潭使薛苹移浙東，後除李代之，恃不得其名。此謝中丞安撫流人崔簡戚屬在六年夏。未幾簡弟策訟冤於朝中，中丞亦緣此去官矣。」未考出李中丞之名。此李中丞爲李衆。《新唐書・宰相世系表二上》李氏姑臧大房：「衆字師，湖南團練觀察使、左散騎常侍。」王溥《唐會要》卷六二：「（元和）六年九月，以前湖南觀察使李衆爲恩王傅。初衆舉按屬内刺史罪，御史盧則就鞫得實，使還，而衆以貨遺所推令史。至京，有告者，令史決流，盧則停官，故衆亦坐焉。」《册府元龜》卷五二二：「盧則爲監察御史，出按連州刺史崔簡，得實。及還，其下吏受觀察使李衆賂綾六百疋，簡弟計訴，推吏決杖配流。」據《册府元龜》及柳宗元《故永州刺史流配驩州崔君權厝誌》，先發崔簡之罪者並非李衆，而是有人告發，李衆賄賂前來核查之官員，是爲崔簡説情，故事發，李衆與盧則皆遭貶謫。此啟作於元和六年。

【注　釋】

〔一〕〔百家注引孫汝聽曰〕簡字子敬，公之姊夫。元和初爲連州刺史，徙永州，未至永而連之人愬簡，御史按章具獄，坐流驩州。

〔二〕〔百家注引王儔補注〕《書·冏命》之辭。按：《尚書·冏命》：「繩愆糾繆，格其非心。」

〔三〕〔注釋音辯〕潘（緯）云：噢，乞六切，又夾遇切。咻音休，又許主切。《左氏》作「燠休」，注：「痛念之聲。」〔韓醇詁訓〕噢，威遇切。咻，吁尤切。〔世綵堂〕噢，威遇切，又音郁。咻，吁尤切，又音煦。按：噢咻，即燠休，見《左傳》昭公三年。杜預注爲痛念之聲。王若虚《滹南遺老集》卷二《五經辨惑》：「《左傳》：『楚子將死，屬群臣以窀穸之事。』窀穸二字從穴，無疑其爲塚壙之稱也，而杜氏以爲長夜。晏子之論陳氏曰：『民人疾痛而燠休之。』燠休云者，亦温煦安息之意耳，而杜氏以爲痛念之聲，未曉其説也。」柳宗元此文「噢咻」亦爲撫慰之意。

〔四〕〔注釋音辯〕（易）音亦。〔百家注引韓醇曰〕簡餌五石，病瘍且亂。易音亦。

〔五〕百家注本引韓醇注已見解題。

〔六〕〔蔣之翹輯注〕號，平聲。

〔七〕〔百家注〕縲，倫追切。按：縲，黑色繩索，捆綁犯人之用。章士釗《柳文指要》上《體要之部》卷三五：「文章蓋謂：幸被縲囚於湖南道，即李中丞巡屬耳。」

〔八〕章士釗《柳文指要》上《體要之部》卷三五：「祗承人猶言執事人，乃地方衙署一種公差之名，可見之於公文書。《盧氏雜説》載『李據爲澠池丞，判決祇承人喫杖，決五下』，足證。」

【集　評】

陸夢龍《柳子厚集選》卷四：道悉情事，讀之黯然。

上湖南李中丞干廪食啟①

某啟②：某嘗讀《列子》書，有言於鄭子陽者曰：「列禦寇，蓋有道之士也。居君之地而窮，君不好士使之然乎③？」子陽於是以君命輸粟於列子，列子不受〔一〕。固常高其志。又讀《孟子》書，言諸侯之於士曰，使之窮於吾地則賙之，賙之亦可受也〔二〕。又怪孟子以希聖之才，命代而出，不卓然自異以潔白其德，取食於諸侯不以爲非。斷而言之，則列子獨任之士④〔三〕，唯己一毛之爲愛⑤〔四〕，故遁以自免。孟子兼濟之士⑥〔五〕，唯利萬物之爲謀，故當而不辭⑦。

今宗元處則無列子之道，出則無孟子之謀，窮則去讓而自求〔六〕，至則捧受而不慙⑧，斯固爲貪淩苟冒人矣。董生曰：「明明求財利，唯恐困乏者，庶人之事也〔七〕。」是皆詬恥之大者，而無所避之，何也？以爲士則黜辱，爲農則斥遠，無伎不可以爲工，無貲不可以爲商。抱大罪，處窮徼〔八〕，以當惡歲而無廩食，又不自列於閣下，則非所以待君子之意也⑨。伏惟覽子陽、孟子之説，以垂德惠，無使惶惶然控于他邦〔九〕，重爲董生所笑，則縲囚之幸大矣。謹啟⑩。

【校記】

①注釋音辯本題無「干廩食」三字，並注：「一本『啟』字上有『干廩食』字。」《英華》題作「與湖南李中丞啟」。

②某，《英華》作「宗元」。

③君，原作「若」，據游居敬本、蔣之翹輯注本改。見《列子·説符》。世綵堂本注：「若，一作居。」

④任，《英華》作「往」，並校：「集作任。」

⑤愛，注釋音辯本、游居敬本作「憂」。

⑥濟，原作「愛」，據注釋音辯本、詁訓本及《英華》改。

⑦「辭」下原有「命」，據諸本删。

⑧不，注釋音辯本、《英華》作「無」。世綵堂本注：「不，一作無。」

⑨原注與世綵堂本校：「待，一作侍，又轉作示。」詁訓本作「示」。《英華》校：「集作示。」

⑩ 二字原闕，據《英華》、《全唐文》補。

【解　題】

〔韓醇詁訓〕即前啟李中丞也。公謫在永，故以廩食告之，又在前書之前也。按：此啟作於元和六年。柳宗元在永州，物品匱乏，生活困難，不得已向湖南觀察使李衆伸手求助。此文並不展示自己的困境以博得憐憫，而是引列子、孟子之事而作爲求乞的道理，亦兼帶自嘲自諷之意。求乞而不失人格，以文章而論，誠爲大手筆。

【注　釋】

〔一〕〔注釋音辯〕出《列子·説符》篇。〔百家注引孫汝聽曰〕《列子·説符》之文。按：《列子·説符》：「子列子窮，容貌有飢色，客有言之鄭子陽者曰：『列禦寇，蓋有道之士也，居君之國而窮，君無乃爲不好士乎？』鄭子陽即令官遺之粟。列子出見使者，再拜而辭。使者去，子列子入，其妻望之而拊心曰：『妾聞爲有道者之妻子皆得佚樂，今有飢色，君遇而遺先生食，先生不受，豈不命也哉？』子列子笑謂之曰：『君非自知我也。以人之言而遺我粟，至其罪我也，又且以人之言，此吾所以不受也。』其卒，民果作難，而殺子陽。」

〔二〕《孟子·萬章下》：「萬章曰：『君餽之粟，則受之乎？』曰：『受之。』『受之何義也？』曰：『君之於氓也，固周之。』曰：『周之則受，賜之則不受。何也？』曰：『不敢也。』曰：『敢問其不敢，何也？』曰：『抱關擊柝者，皆有常職，以食於上。無常職而賜於上者，以爲不恭也。』」「周」通「賙」。

〔三〕獨任，獨斷。《史記·鄒陽列傳》鄒陽獄中上書：「故偏聽生姦，獨任成亂，昔者魯聽季孫之説而逐孔子，宋信子罕之計而囚墨翟。」

〔四〕［百家注引孫汝聽曰］《孟子》：「楊子取爲我，拔一毛而利天下，不爲也。」按：見《孟子·盡心上》。

〔五〕《孟子·盡心上》：「窮則獨善其身，達則兼善天下。」

〔六〕［世綵堂］定公《穀梁傳》：「求者請也。古之人重請，何重乎請？人之所以爲人者讓也。請道去讓也，則是捨其所以爲人也。」二字本此。按：見《穀梁傳》定公元年。

〔七〕［注釋音辯］董仲舒策云。［百家注引孫汝聽曰］董仲舒答武帝之策。按：《漢書·楊惲傳》楊惲報孫會宗書：「董生不云乎：明明求仁義，常恐不能化民者，卿大夫之意也。明明求財利，常恐困乏者，庶人之事也。故道不同不相爲謀。」《漢書·董仲舒傳》董仲舒對策作「皇皇求財利，常恐乏匱者，庶人之意也。皇皇求仁義，常恐不能化民者，大夫之意也。」

〔八〕［注釋音辯］（徼）音叫。

〔九〕［蔣之翹輯注］依《詩》「控於大邦」，注：「控，引也。」箋云：「欲求援引之力，助於大國之諸侯。」按：見《詩經・鄘風・載馳》。章士釗《柳文指要》上《體要之部》卷三五：「此即南走胡北走越意，全屬策士口吻。」

【集評】

陸夢龍《柳子厚集選》卷四：收得有力。

儲欣《河東先生全集録》卷六：干請書品骨，稜稜高峻。

上桂州李中丞薦盧遵啟

某啟[1]：凡士之當顯寵貴劇，則其受賜於人也，無德心焉，何也？彼將曰「吾勢能得之」，是其所出者大，而其報也必細。居窮厄困辱，則感概捧戴[2]〔一〕，萬萬有加焉，是其所出者小，而其報也必巨，審矣。故凡明智之君子[3]，務其巨以遺其細，則功業光乎當時，聲名流乎無窮，其所以激之於中者異也。若宗元者，可謂窮厄困辱者矣。世皆背去，顛頷曠野，獨賴大君子以明智垂仁，問訊如平生，光耀囚錮，若被文繡。嗚呼！世之知止足者鮮矣。既受厚遇，則又有不已之求，以黷閣下之嚴威，然而亦欲出其感概捧戴而效其巨者。

伏惟閣下留意裁擇，幸甚幸甚。

伏以外族積德儒厚，以爲家風。周、齊之間，兄弟三人，咸爲帝者師〔二〕。孝仁之譽，高於他門。伯舅叔仲，咸以孝德通于鬼神，爲文士所紀述，相國彭城公嘗號于天下〔三〕，名其孝以求其類。則其後咸宜碩大光寵，以充神明之心。乃今凋喪淪落④，莫有達者，豈與善之道無可取耶〔四〕？獨内弟盧遵，其行類諸父，静專温雅，好禮而信，飾以文墨，達于政事。今所以聞於閣下者⑤，無怍於心，無愧於色焉。以宗元棄逐枯槁，故不求達仕、務顯名⑥，而又難乎其進也。竊高閣下之舉賢容衆，故願委心焉。則施澤於遵，過於厚賜小人也遠矣〔五〕。以今日之形勢，而不廢其言〔六〕。使遵也有籍名於天官〔七〕，獲禄食以奉養，用成其志，一；舉而有知恩之士，二。焉可不謂務其巨者乎⑦？伏惟試詳擇焉。言而無實，罪也，其敢逃大譴⑧？進退恐懼，不知所裁。不宣⑨，謹啟。

【校　記】

① 二字原闕，據《英華》補。

② 概，原作「慨」，據注釋音辯本、蔣之翹輯注本及《英華》改。《漢書·游俠傳》云郭解「少時陰賊感概」，顔師古注：「感概者，感意氣而立節概也。」即由此出。下文「然而亦欲出其感概捧戴而效其

巨者」，「概」字亦從注釋音辯本、蔣之翹輯注本及《英華》。

③「之」原闕，據諸校本補。

④乃今，注釋音辯本、詁訓本、《英華》作「今乃」。

⑤詁訓本無「以」字。

⑥達，原作「遠」，據《英華》改。達仕即高官，與「顯名」相對。

⑦「謂」原闕，據注釋音辯本、詁訓本、《英華》補。

⑧言而無實罪也其敢逃大譴，原注與世綵堂本校：「一本止作『言而無實罪其敢逃』。」注釋音辯本作「言而無實罪其敢逃」，並校：「一本『罪』字下有『也』字，『逃』字下有『大譴』字。」《英華》校：「七字集作『罪其敢逃』。」

⑨詁訓本無此二字。

【解　題】

［韓醇詁訓］公，盧出。遵，其内弟也。集有序送遵遊桂州，在元和四年，當與此書同時。遵即韓昌黎所謂「自子厚之斥，遵從而家，逮其死不去，既往，葬子厚，又將經紀其家，庶幾有始終者」，即其人也。［蔣之翹輯注］集有序送遵遊桂州，在元和四五年間，當與此啟同時作。按：此桂州李中丞，名不詳。此文當元和四年作。章士釗《柳文指要》上《體要之部》卷三五云：「夫子厚之薦遵，其情

私也。薦書之出也，務使舉主洞悉其端委，了解其迫切，而爲之曲折以赴，使授受咸得如其量以底於成，然後一舉而有知恩之士二之非虚語，然後此一薦牘，能成爲人類公私質劑、坦蕩不欺之真實語言。」

【注　釋】

〔一〕［蔣之翹輯注］感概，感其節概也。見《漢書》。按：見《漢書·游俠傳》。

〔二〕［注釋音辯］解見前《送盧遵序》。［百家注］解在二十四卷《送内弟盧遵序》。按：盧靖三子：辯、景裕、景先。景裕，魏國子博士，齊文襄帝師。辯，西魏侍中、尚書令，周武帝師。景先，西魏侍中、將作大匠，周恭帝師。林寶《元和姓纂》卷三范陽盧氏：「昭玄孫辯、景裕、景先，兄弟三人，爲魏、周、齊三國帝師。」

〔三〕相國彭城公爲劉晏。其稱盧遵伯舅叔仲事未詳。

〔四〕［注釋音辯］［百家注引孫汝聽曰］《老子》云：「天道無親，常與善人。」

〔五〕［蔣之翹輯注］子厚送（盧）遵序云：「以余棄南服，來從余，居五年矣。以愛余，而慰其憂思，故不爲京師遊，以取名當世。以桂之邇也，而中丞之道光大，多容賢者，故樂附而趨，以出其中之有。」即此意也。

〔六〕［百家注引張敦頤曰］君子不以言舉人，不以人廢言。按：世綵堂本引作《論語》。見《論語·

衛靈公》。

〔七〕［百家注引劉崧曰］天官，謂吏部。按：陳景雲《柳集點勘》卷三：「考唐制：桂州二十餘郡，州掾而下，至邑長三百員，由吏部者十一，他皆廉使量才補授，故子厚特有是薦。曰籍名天官，蓋從廉使授官後始升名吏部也。遵後令桂之屬邑全義，子厚爲作《復北門記》，殆由此薦而得之。」

【集評】

陸夢龍《柳子厚集選》卷四：曲折之極，乃更高華。

儲欣《河東先生全集録》卷六：大意亦自《戰國策》出。

焦循批《柳文》卷三：委婉曲折。

柳宗元集校注卷第三十六

啟

上權德輿補闕温卷決進退啟①

補闕執事：宗元聞之，重遠輕邇，賤視貴聽，所由古矣。竊以宗元幼不知恥，少又躁進，拜揖長者，自于幼年。是以簉俊造之末跡〔一〕，廁牒計之下列〔二〕，賈藝求售〔三〕，閒無善價〔四〕。載文筆而都儒林者，匪親乃舊，率皆攜撫相示，談笑見昵〔五〕，喔咿逡巡〔六〕，爲達者嗤〔七〕。無乃覩其樸者鄙其成，狎其幼者薄其長耶〔八〕？將行不拔異〔九〕、操不砥礪、學不該廣、文不炳燿，實可鄙而薄耶？今鴛鷺充朝〔一〇〕，而獨干執事者，特以顧下念舊，收接儒素，異乎他人耳。敢問厥由，庶幾告之，俾識去就，幸甚幸甚。

今將慷慨激昂，奮攘布衣，縱談作者之筵，曳裾名卿之門〔一一〕，抵掌峨弁〔一二〕，厚自潤澤。進越無恧〔一三〕，汙達者之視聽，狂狷愚妄，固不可爲也。復欲俛默惕息，疊足榻翼②，拜祈公侯之閽，跪邀賢達之車，竦魂慄股，兢恪危懼，榮者倦之，彌忿厥心，又不可爲也。若慎守其常，確執厥中，固其所矣，則又色平氣柔，言訥性魯，無特達之節，無推擇之行〔一四〕，瑣瑣碌碌〔一五〕，一孺子耳。孰謂其可進？孰謂其可退？抑又聞之，不鼓踴無以超泥塗，不曲促無以由險艱，不守常無以處明分，不執中無以趨夷軌。今則鼓踴乎？曲促乎？守其常而執厥中乎？浩不知其宜矣。

進退無倚，宵不遑寐，乃訪于故人而咨度之。其人曰：「補闕權君，著名踰紀，行爲人高，言爲人信，力學掞文〔一六〕，朋儕稱雄③〔一七〕，子亟拜之，足以發揚。」對曰：「裒燕石而履玄圃〔一八〕，帶魚目而游漲海〔一九〕，秪取誚耳，曷予補乎？」其人曰：「跡之勤者，情必生焉；心之恭者，禮必報焉④。況子之文，不甚鄙薄者乎？苟或勤以奉之，恭以下之，則必勗勵爾行，輝燿爾能⑤。言爲建瓴〔二〇〕，晨發夕被，聲馳而響溢，風振而草靡。可使尺澤之鯢奮鱗而縱海〔二一〕，密網之鳥舉羽而翔霄。子之一名，何足就矣，庶爲終身之遇乎？曷不舉馳聲之資，挈成名之基，授之權君，然後退行守常執中之道，斯可也。」愚不敏，以爲信然，是以有前日之拜。又以爲色取象恭〔二二〕，大賢所飫〔二三〕，朝造夕謁，大賢所倦。性頗踈野，竊又不能，是以有今兹之問〔二四〕，仰惟覽其鄙心而去就之。潔誠齋慮，不勝至願。謹再拜。

【校　記】

①注釋音辯本題無「決進退」三字，並注：「一本『啟』字上有『決進退』字。」詁訓本題無「温卷決進退」五字。

②榻，世綵堂本、《全唐文》作「蹋」。何焯《義門讀書記》卷三七：「『榻』作『搨』。」然古書中「木」、「扌」部首常不分。搨翼，垂下翅膀，喻失志。

③朋，注釋音辯本作「時」，並校：「時，一本作朋。」

④禮，注釋音辯本作「情」。

⑤輝，注釋音辯本、詁訓本作「煇」，可通。

【解　題】

［注釋音辯］時年十八。［韓醇詁訓］公生於大曆八年，至貞元五年舉進士，年十七，來京師後一年上此書於權補闕。後三年，即貞元九年登第，故此書舊本題注云年十八，不誣矣。權德輿，史有傳。初，德宗聞其才，召爲太常博士，改左補闕。貞元中知禮部貢舉，真拜侍郎。凡三歲，甄品詳諦，所得士相繼爲公卿宰相。取明經初不限員，史所載如此。韓昌黎有《燕河南府秀才詩》，有云：「昨聞詔書下，權公作邦楨。文人得其職，文道當大行。」以此觀之，則德輿之在當時，誠多士之龍門也。公上書，求馳聲成名之資基，宜矣。［蔣之翹輯注］唐史：權德輿字載之，洛陽人。四歲能賦詩，未

冠，以文稱諸儒間。德宗聞其才，召爲太常博士，改左補闕。貞元中知禮部貢舉，其拜侍郎凡三歲，甄品詳諦，所得士相繼爲公卿宰相。取明經初不限員，故士多歸之。按：陳景雲《柳集點勘》卷三：「啟云『拜揖長者，自於幼年』，又有『顧下念舊』之語，則亦子厚父執也。德輿嘗爲江西廉使李兼判官，蓋與侍御夙有同官之舊，而《先友記》遺之，何也？」《舊唐書·權德輿傳》：「貞元初，復爲江西觀察使李兼判官。」陳説是。以時年十八計，此啟作於貞元六年，然權德輿貞元八年方爲左補闕。韓愈《韓昌黎全集》卷三〇《唐故相權公墓碑》云：「貞元八年以前江西府監察御史徵拜博士，朝士以得人相慶，改左補闕」；《舊唐書·權德輿傳》：「轉左補闕。八年，關東大水，上疏請降詔恤隱」；權德輿《權載之文集》卷一〇《貞元七年蒙恩除太常博士自江東來朝時與郡君同行西岳廟停車祝謁元和八年拜東都留守途次祠下追計前事已二十三年於兹矣時郡君以疾恙續發因代書卻寄》詩亦云貞元七年赴京，可定權德輿任左補闕在貞元八年。則柳宗元此啟不可能作於貞元六年，當作於貞元九年，時柳宗元已年二十一矣。舊注誤。關於温卷，王闢之《澠水燕談録》卷一〇：「國初襲唐末士風，舉子見先達，先投刺，謂之請見。既與之見，他日再投啟事，謂之謝見。又數日再投啟事，謂之温卷。或先達以書謝，或有稱譽，即别裁啟事，委曲叙謝，更求一見。當時舉子之於先達者，其禮如此之恭。近歲不復行此禮，而上官亦鮮有延譽後進者。」趙彦衛《雲麓漫鈔》卷八：「唐之舉人，多先藉當世顯人，以姓名達之主司，然後以所業投獻，踰數日又投，謂之温卷。如《幽怪録》、《傳奇》等皆是也。蓋此等文備衆體，可以見史才詩筆議論，至進士則多以詩爲贄。今有唐詩數百種行於世者，是也。」方以智《通雅》卷二二：「覓舉梯媒，言關節也。薛登曰：『方今舉士詔下，陳篇希恩，奏記誓報，俗號舉人，皆稱覓舉。』禮部采名，故預投公卷。柳宗元上權德輿温卷，後周竇儀請進士省卷，納五軸以上。崔鄾試士，吴武陵以杜牧《阿房賦》予之，請以第一人處牧之。錢徽不聽段文昌、李紳託而貶。蘇軾以題致李廌，而爲二章得。可見科場采名，或以關節買舉，自昔然矣。陶九成言關節謂之梯媒。」

【注釋】

〔一〕［注釋音辯］［韓醇詁訓］簉，初救切。［蔣之翹輯注］簉，就也，齊也。俊士、造士，見《禮記》。按：《禮記·王制》：「司徒論選士之秀者而升之學曰俊士，升於司徒者不徵於鄉，升於學者不徵於司徒曰造士。」簉，猶副也。

〔二〕［韓醇詁訓］廁，初吏切。按：廁即列。牒計，猶言文簿。

〔三〕［注釋音辯］［韓醇詁訓］賈音古。［蔣之翹輯注］《詩》：「賈用不售。」按：見《詩經·邶風·谷風》。

〔四〕［注釋音辯］（閴）苦必、苦覓二切。［韓醇詁訓］閴，苦壁切。按：閴同闃，寂寞。曹植《文帝誄》：「王綱帝典，閴爾無聞。」

〔五〕［韓醇詁訓］（昵）尼質切。

〔六〕［注釋音辯］喔，一角切。咿，於祈切。逡，七倫切。［韓醇詁訓］喔，乙角切。咿，於祇切。逡，七倫切。［百家注引舊注］《楚辭》：「喔咿嚅唲。」按：《楚辭·卜居》「喔咿嚅唲」，王逸注：「强笑，噱也。」

〔七〕［注釋音辯］［韓醇詁訓］嗤音蚩。［蔣之翹輯注］嗤，笑也。

〔八〕［蔣之翹輯注］長，上聲。

〔九〕［蔣之翹輯注］行，去聲。

〔一〇〕鴛鷺，皆水鳥名。以其止有班、立有序，故以喻朝官。

〔一一〕《漢書·鄒陽傳》鄒陽獄中上書：「飾固陋之心，則何王之門不可曳長裾乎？」

〔一二〕［百家注引童宗説曰］弁，冠也。按：抵掌，擊掌，表示高興。

〔一三〕恧，慚愧。

〔一四〕［百家注引孫汝聽曰］《漢書》：「以貧無行，不得推擇爲吏。」按：見《史記·淮陰侯列傳》、《漢書·韓信傳》。

〔一五〕［韓醇詁訓］瑣音鎖。碌音禄。［百家注引舊注］《晉書》：「瑣瑣常人，碌碌凡士。」碌音禄。按：《晉書·習鑿齒傳》習鑿齒與温祕書：「瑣瑣常流，碌碌凡士。」

〔一六〕［注釋音辯］掞，以冉切。［韓醇詁訓］掞音剡。按：掞，鋪張。

〔一七〕［韓醇詁訓］儕，牀皆切。

〔一八〕［注釋音辯］宋人得燕石，以爲寶，周客觀之，笑曰：「此燕石也，與瓦甓不殊。」又崑崙山有玄圃，《晉書》云：「若玄圃之積玉。」［韓醇詁訓］荀卿子曰：「宋人得燕石於梧桐臺，歸而藏之，以爲寶。周客聞而觀焉，主人齋七日，端冕玄服以發寶，革匱千重，緹巾十襲。客見之，掩口而笑曰：『此燕石也，與瓦甓不殊。』」《十洲記》：「崑崙山有玄圃臺。」［百家注引孫汝聽曰］衷，懷也。《葛仙公傳》：「崑崙，一名玄圃。」《爾雅》：「西北之美者，有崑崙之墟璆琳琅玕焉。」**按**：《後漢書·應劭傳》「宋愚夫亦寶燕石」李賢等注引《闕子》「宋之愚人得燕石梧臺之東」云云，《白孔六帖》卷五引作「荀卿子曰」。

〔一九〕［注釋音辯］《文選》盧諶詩序：「夜光投於魚目。」注：「夜光，寶珠也。魚目，亂真珠也。」［韓醇詁訓］《選》盧諶《贈劉琨詩序》云：「所謂咸池酬於北里，夜光報於魚目。」注云：「夜光，寶珠也。言琨能酬詩，是以寶珠而報魚目也。」［百家注引孫汝聽曰］《雒書》云：「秦失金鏡，魚目入珠。」**按**：《初學記》卷二五引《尚書考靈耀》：「秦失金鏡，魚目入珠。」漲海即南海。此句即以魚目混珠之意。

〔二〇〕［注釋音辯］建音謇。瓴音零。出《前·高祖紀》。［韓醇詁訓］建，紀偃切。瓴音零。［百家注引童宗説曰］《漢·高紀》：「田肯賀上曰：『陛下治秦中，地勢便利，其以下兵於諸侯，譬猶居高屋之上建瓴水也。』」瓴，盛水瓶。建音謇。瓴音零。

〔二一〕［注釋音辯］（鯢）研奚切。［百家注引張敦頤曰］《説文》：「鯢，刺魚也。」郭璞云：「似鯰，四足。」餽，研奚切。

〔二〕［百家注引張敦頤曰］《論語》：「色取仁而行違。」《書》：「象恭滔天。」象，貌也。按：見《論語·顔淵》、《尚書·堯典》。《尚書》孔安國傳：「貌象恭敬而心傲，很若漫天。」

〔三〕［韓醇詁訓］（飫）依據切。按：飫，飽。此猶厭意。

〔四〕何焯《義門讀書記》卷三七：「『是以有前日之拜』，『是以有今兹之問』：按《雲麓漫鈔》云：『唐之舉人，先籍當世顯人，以姓名達之主試，然後以所業投獻，踰數日又投，謂之温卷。』所謂前日之拜、今兹之問，指是也。」

【集評】

明闕名評選《柳文》卷三「敢問厥由」眉批引林次崖（希元）曰：以下三段詞采翩翩。「確執厥中」眉批引林次崖曰：此處關鍵尤佳，從前到此，方有收煞，承上起下，何等鮮明。「朋儕稱雄」眉批引林次崖曰：此段言其所以上啟之意，布出許多光景，許多説話。

蔣之翹輯注《柳河東集》卷三六：瑰琦而蒼古，馳騁而精工，最爲啟中高作。康海曰：句法騷快，氣概閒適，可見子厚少年文字便灑然出塵。「其可退」句下引林希元曰：此三段俱詞采翩翩。第一段言高談闊論，恐汗達者之聽。第二段巽軟觀望，恐爲榮者之醜。第三段言安常守分，又慮無推擇之行。蓋將以可進可退者，取決於德輿也。然可見子厚無頭腦處。「而咨度之」句下引王世貞曰：此處關鍵尤佳。

孫琮《山曉閣選唐大家柳柳州全集》卷一：一篇曲曲寫來，情辭俱極婉摯。首段説世俗所見如此。次段説自己行業薄劣又如彼，轉出今日不得不求教權君來。此是一意相承。中幅平列三段，請教權君，寫得左不是、右不是，寫出今日欲權君審擇來，亦是一意相承。後幅寫求見權君，妙在從旁人口中表揚出來，又妙在自己口中故作不敢求見，然後轉出求見權君，既不失之諂，頌揚權君又不失之諛，又是一意相承到底。又引鍾伯敬(惺)曰：此文如淮陰、孔明之用兵，其擺陣佈勢，弄巧出奇，真不可及。

上大理崔大卿應制舉不敏啟①

宗元啟：伏聞古之知己者②，不待來求而後施德，舉能而已。其受德者，不待成身而後拜賜，感知而已。故不叩而響，不介而合，則其舉必至，而其感亦甚。斯道遁去，遼闊千祀，何爲乎今之世哉！若宗元者③，智不能經大務、斷大事，非有恢傑之才；學不能探奥義、窮章句，爲腐爛之儒。雖或寘力於文學，勤勤懇懇于歲時，然而未能極聖人之規矩，恢作者之聞見，勞費翰墨，徒爾拖逢掖、曳大帶〔一〕，游於朋齒，且有愧色，豈有能乎哉？閣下何見待之厚也！始者自謂抱無用之文，戴不肖之容，雖振身泥塵④，仰睎雲霄⑤，何由而能哉？遂用收視内顧，頫首絶望〔二〕，甘以没没也。今者果不自意。他日瑣瑣之著述，幸得流於衽席，接在視聽，閣下乃謂可以蹈遠大之途，及制作之門，決然而不疑，介然而獨德，是何收採之特達，而顧念之勤備乎！且閣下知其爲人何如哉？其貌之美陋，質之細大，心之賢不肖，閣下固未知也。而一遇文字，志在濟拔，斯蓋古之知己者已。故曰古之知己者不待來求而後施德者也。然則亟來而求者，誠下科也。

宗元向以應博學宏詞之舉⑥，會閣下辱臨考第，司其升降。當此之時，意謂運合事并⑦，適丁厥時，其私心日以自負也。無何，閣下以鯤鱗之勢〔三〕，不容尺澤，悠爾而自放，廓然而高邁，其不我知者，遂排逐而委之。委之誠當也。使古之知己猶在，豈若是求多乎哉？夫仕進之路，昔者竊聞于師矣。太上有專達之能，乘時得君，不由乎表著之列而取將相〔四〕，行其政焉。其次有文行之美，積能累榮⑧，不由乎舉甲乙、歷科第，登乎表著之列，顯其名焉。又其次則曰：「吾未嘗舉甲乙也，未嘗歷科第也。彼朝廷之位，吾何修而可以登之乎⑨？」必求舉是科也，然後得而登之。其下不能知其利，又不能務其往，則曰：「舉天下而好之，吾何爲獨不然？」由是觀之，有愛錐刀者〔五〕，以舉是科爲悦者也。有爭尋常者〔六〕，以登乎朝廷爲悦者也。有慕權貴之位者，以將相爲悦者也。有樂行乎其政者⑩，以理天下爲悦者也。然則舉甲乙、歷科第，固爲末而已矣。得之不加榮，喪之不加憂，苟成其名，於遠大者何補焉？然而至於感知之道，則細大一矣，成敗亦一矣。故曰其受德者，不待成身而後拜賜。然則幸成其身者，固末節也。蓋不知來求之下者，不足以收特達之士，而不知成身之末者，不足以承賢達之遇，審矣。

伏以閣下德足以儀世，才足以輔聖，文足以當宗師之位，學足以冠儒術之首，誠爲賢達之表也。顧視下輩，豈容易而收哉！而宗元樸野昧劣，進不知退，不可以言乎德；不能植志於義，而必以文字求達，不可以言乎才；秉翰執簡，敗北而歸，不可以言乎文；登場應對，刺繆經旨〔七〕，不可以言乎學。固非特達之器也。忖省陋質，豈容易而承之哉！叨冒大遇⑪，穢累高鑒，喜懼交争，不克寧居。竊感荀罃如實出己之德〔八〕，敢希豫讓國士遇我之報〔九〕。伏候門屏，敢俟招納，謹奉啟以代投刺之禮。伏惟以知己之道，終撫薦焉。不宣，宗元謹啟⑫。

【校記】

①注釋音辯本、詁訓本題無「不敏」二字。注釋音辯本注：「一本『啟』字上有『不敏』字。」按：文云應博學宏詞之舉未第，博學宏詞爲吏部科目選，非制科，題中「制」字疑衍。

②「宗元啟伏聞」五字原闕，據《英華》補。

③宗元，《英華》作「某」。

④塵，《英華》作「塗」。

⑤晞，注釋音辯本作「睎」。睎，望也。

⑥宗元，《英華》作「某」。

⑦運，詁訓本作「遇」。

⑧犖，原作「勞」，據注釋音辯本及《英華》改。

⑨詁訓本「何」下有「以」。

⑩注釋音辯本、《英華》無「乎」字。

⑪遇，詁訓本作「過」。

⑫宗元，《英華》作「某」。

【解題】

［韓醇詁訓］新史年表崔同嘗爲大理少卿，崔鋭嘗爲大理卿，然皆不見於傳。公此書蓋未中博學宏詞時作。其書謂「向應此科，其不知我者，遂排逐而委之」，時貞元十二三年間也。按：所引當爲《宰相世系表》。《新唐書·宰相世系表二下》載崔鋭，大理少卿，亦非大理卿，故崔同與崔鋭皆非是，年代亦不相合。陳景雲《柳集點勘》卷三：「柳子年二十四，求博學宏詞，二年乃得仕。此啟蓋初試

不利後作，貞元十三年也。唐制：試吏部者，皆考功主其事。子厚應宏詞試時，適崔卿已自考功遷大理，故深以不遇知己爲恨，而更求其撫薦於再舉耳。崔卿名儆，歷右丞，卒。又按儆遷右丞，宰相趙憬所擢也。貞元十三年，儆方官丞轄，而此題仍稱前官，當更考之。」《舊唐書・趙憬傳》：「初，憬廉察湖南，令狐峘、崔儆並爲巡屬刺史，峘嘗歷中書舍人、禮部侍郎，儆久在朝列，所爲或虧法令，憬每以正道制之。峘、儆密遣人數憬罪狀，毁之於朝。及憬爲相，拔儆自大理卿爲尚書右丞。峘先貶官爲別駕，又擢爲吉州刺史。時人多之。」趙憬入相在貞元八年，至貞元十二年去世，則拔擢崔儆最晚也是貞元十二年事。博學宏詞爲吏部科目選，柳宗元《與楊誨之第二書》云：「吾年十七求進士，四年乃得舉。二十四求博學宏詞科，二年乃得仕。」求博學宏詞即謂博學宏詞登第，二年後授官。二十四歲爲貞元十二年，是年柳宗元宏詞登第。此文云應博學宏詞未第，則柳宗元曾兩次應博學宏詞試，初應宏詞未第之年自在貞元十年、十一年此二年間。沈晦《四明新本河東先生集後序》云「曾丞相家本，篇數不多於二本，而有邢郎中、楊常侍二行狀，《冬日可愛》、《平權衡》二賦，共四首，有其目而亡其文」。《平權衡賦》爲貞元九年進士試賦，是年柳宗元進士登第。《文苑英華》卷五有席夔《冬日可愛賦》律賦一首，席夔貞元十年進士登第，徐松《登科記考》貞元十年進士試《風過蕭賦》（孟二冬《登科記考補正》以爲試《進善旌賦》），則非進士試所作。據《登科記考》卷一三，博學宏詞貞元十年試《朱絲繩賦》、《冬日可愛》詩，貞元十一年試《披沙揀金賦》、《竹箭有筠》詩，貞元十一年所試賦、詩之題則闕如。席夔貞元十二年宏詞登第，《文苑英華》亦收其《披沙揀金賦》，則《冬日可愛賦》當是貞元十一年博學宏詞試題。柳宗元既然作有《冬日可愛賦》，則其初應宏詞試當在貞元十一年，然未第。可知貞元十一年即此文作年。博學宏詞試歸吏部，一般由吏部郎中或吏部員外郎主持，也有時由他官臨時代理。崔儆最遲貞元十二年已由大理卿爲尚書右丞，則其爲吏部郎官的時間當更在前，貞元十一年其在吏部任職，時間上亦相合。也即於是年遷大理卿，此文亦緣此稱其大理崔大卿。故此大理崔大卿即崔儆。由文義觀之，並非崔儆不録取柳宗元，而是崔儆先被任命主持博學宏詞考試，後被任爲大理卿，考試改由他人主持，結果柳宗元落選。故此文仍對崔儆表示謝意。施子愉《柳宗元年譜》定柳宗元貞元十二年應博學宏詞未第，貞元十四年宏詞登第，此啟爲貞元十二年上大理崔卿作，非是。章士釗《柳文指要》上《體要之部》卷三六云：「此啟雖怨與知己失之交臂，而求其再撫薦，文才氣縱橫，意志高抗，與退之三上宰相書乞情無已，自忘卑下者，有上下牀之别。」

【注釋】

〔一〕［百家注引孫汝聽曰］逢，大也。掖，袂也。掖音亦。按：胡鳴玉《訂譌雜録》卷二：「《記·儒行》：『丘少居魯，衣逢掖之衣。』鄭氏曰：『逢猶大也，大掖之衣。』疏曰：『謂肘腋之所寬大，故鄭云大袂襌衣也。』後世用作『縫掖』，非。柳子厚《上大理崔大卿啟》『徒爾拖逢掖曳大帶』，又《答貢士元公瑾書》『逢掖之列，亦以加慕』，注皆引《禮記》鄭氏之説，釋之良是。」

〔二〕［注釋音辯］「頫」與「俯」同。［韓醇詁訓］頫音俯。

〔三〕［蔣之翹輯注］宋玉《對楚王問》：「鯤魚朝發崑崙之墟，暴鬐於碣石，暮宿於孟諸，夫尺澤之鯢，豈能與之量江海之大哉？」按：見《文選》。

〔四〕［百家注引孫汝聽曰］昭十一年《左氏》：「叔向曰：『朝有著定，會有表，會朝之言，必聞於表著之位。』注云：『著定，朝内列位常處，謂之表著。表者，野會設表以爲位。』」著，張盧切。

〔五〕《三國志·魏書·陳思王曹植傳》曹植《求自試疏》：「若使陛下出不世之詔，效臣錐刀之用。」

〔六〕［世綵堂］《左傳》：「争尋常以盡其民。」按：見《左傳》成公十二年。

〔七〕［注釋音辯］剌，力葛切，乖也。［百家注引孫汝聽曰］剌，乖剌也。力葛切。按：胡鳴玉《訂譌雜録》卷四：「剌音辣，從束（音肅），非從朿（音次），僻也，戾也。《太史公書》『私心剌謬』。柳子厚《上大理崔大卿啟》：『剌繆經旨，不可以言乎學。』《劉向傳》『謬戾乖剌』，東方朔曰『吾强乖剌而無當』，杜欽曰『陛下無乖剌之心』，俗讀爲次，謬。乖次者，不明『剌』與『刺』（音次，又音戚）之别耳。」

〔八〕［注釋音辯］罃音罌。《左傳》成公三年：「荀罃之在楚也，鄭賈人有將寘諸褚中以出，既謀之，未行，而楚人歸之。賈人如晉，荀罃善視之，如實出己。」［韓醇詁訓］荀罃之在楚也，鄭賈人有將寘諸褚中以出，既謀之未行，而楚人歸之。賈人如晉，荀罃善視之，如實出己。賈人曰：「吾無其功，敢有其實乎？吾小人，不可以厚誣君子。」遂適齊。罃音鶯。晉公族也。

〔九〕［注釋音辯］《史記》云。［韓醇詁訓］豫讓事知伯，趙襄子以知伯頭爲飲器，豫讓乃變名姓，爲知伯報讎。襄子而數豫讓曰：「子嘗事范、中行氏乎？知伯滅范、中行氏，而子不爲報讎，反委質事知伯，又何爲報讎之深也？」豫讓曰：「中行氏以衆人遇臣，故衆人報之。知伯以國士遇臣，故國士報之。」按：見《史記・刺客列傳》。百家注本引作童宗説曰。

【集評】

沈作喆《寓簡》卷四：子厚集中又有《上大理崔卿啟》等，亦塵俗凡陋，非子厚文。

王世貞《上朱大卿書》：某昔者蓋讀柳子厚《上崔大卿啟》，其爲文僅千言，雖多委折瀾伏，大要不過求遇己耳。某高其文，竊復卑其人云。夫以子厚之才，不稍自貴重，蘄識於崔公，即才若子厚，公不先識之，而使其匍匐自獻，某以爲罪在崔公也。考唐史卒未見薦子厚，兹啟亦贅瘤哉！（轉引自章士釗《柳文指要》上《體要之部》卷三六）

《王荆石先生批評柳文》卷九：微覺忉忉，不見警策動人之語。

葛鼒、葛鼐《古文正集》卷七：筆勢簡直，文復曲折，昌黎正恐不能有此。（葛竑調）

蔣之翹輯注《柳河東集》卷三六：流暢開麗。

金聖歎批《才子古文》卷一二：通篇斜風細雨，枝幹離披，文字乃細細分之，卻是兩扇對寫到底，於極嚴整中故作恣意，於極恣意中故就嚴整，真乃翰墨之奇觀也。

儲欣《河東先生全集録》卷六：自命慷慨，有氣岸，是少年材盛之筆。

張伯行《唐宋八大家文鈔》卷四：崔大卿嘗稱子厚之文，子厚而因求薦。以爲崔之施德，不必待其來求，而己之拜賜，不必待其成身。兩意夾寫到末，總見文章知己之意。唐時投書獻啟以干薦舉者多，子厚特稍占地步耳。

孫琮《山曉閣選唐大家柳柳州全集》卷一：整整分寫到底，文徑易近直遂。妙在中幅分寫兩大段，忽作一束，然後詳寫。後幅二大段，便令文字蹊徑不致直遂，耳目一新。

上裴晉公度獻唐雅詩啟①

宗元啟：伏以周漢二宣，中興之業，歌於《大雅》，載在史官②。然而申甫作輔〔一〕，方召專淮夷之功〔二〕；魏邴謀謨③〔三〕，辛趙致罕羌之績④〔四〕。文武所注，中外莫同。伏惟相公天授皇家，聖賢克合，謀協一德⑤，以致太平。入有申、甫、魏、邴之勤，出兼方、召、辛、趙之事，東取淮右〔五〕，北服恒陽〔六〕，略不代出，功無與讓。故天下文士，皆願秉筆牘、勤思慮，以贊述洪烈⑥，闡揚大勳。宗元雖敗辱斥逐⑦，守在蠻裔〔七〕，猶欲振發枯槁，決疏潢汙〔八〕，罄效蚩鄙，少佐毫髮。謹撰《平淮夷雅》二篇〔九〕，恐懼不敢進獻，私願徹聲聞于下執事，庶宥罪戾，以明其心。出位僭言，惶戰交積，無任踊躍屏營之至。不宣，宗元謹啟⑧。

【校　記】

①詁訓本題無「度」字。《英華》題作「上裴門下啟」。

②在，原作「於」，據注釋音辯本、詁訓本、世綵堂本等及《英華》改。

③邴，《英華》作「丙」。下文「申甫魏邴之勤」，《英華》「邴」亦作「丙」。

④罕，注釋音辯本、詁訓本、《英華》作「罕」。二字可通用。

⑤一德，注釋音辯本、詁訓本作「德一」。

⑥烈，《英華》作「葉」。

⑦宗元，《英華》作「某」。

⑧宗元，《英華》作「某」。

【解　題】

［韓醇詁訓］詳見第一卷《平淮夷雅》注。雅有二，一曰《皇武》，爲晉公作，二曰《方城》，爲李愬作故也。［百家注引孫汝聽曰］《詩》：「雅者正也。言王政之所由廢興也。政有小大，故有《小雅》焉，有《大雅》焉。」公所作《唐雅》，見第一卷。［蔣之翹輯注］時爲柳州刺史，故啟云「守在蠻夷」也。

按：此啟作於元和十三年。

【注　釋】

〔一〕［注釋音辯］申伯、甫侯。［百家注引韓醇曰］《詩》：「維申及甫，維周之翰。」申謂申伯，甫謂甫侯。按：見《詩經・大雅・崧高》。

〔二〕［注釋音辯］方叔、召虎。［韓醇詁訓］方召，方叔、召虎也。［百家注引韓醇曰］方謂方叔，召謂召虎也。《詩・江漢》：「尹吉甫美宣王也。能興衰撥亂，命召公平淮夷。」又曰：「方叔元老，克壯其猷。」按：見《詩經・大雅・江漢》毛傳，後者見《小雅・采芑》。

〔三〕［注釋音辯］魏相、邴吉。［韓醇詁訓］魏邴，魏相、丙吉也。按：二人爲漢宣帝時丞相，《漢書》有傳。

〔四〕［注釋音辯］辛武賢、趙充國。潘（緯）云：罕，許旱切。字當作䍐，口堅切，羌之別種。［韓醇詁訓］辛趙，趙充國、辛武賢，同爲破羌將軍。［百家注引韓醇曰］辛趙，謂辛武賢、趙充國，同爲破羌將軍，有平先零之功。［蔣之翹輯注］《漢書》：䍐羌，皆氐羌種類。按：䍐羌，見《漢書・趙充國傳》。

〔五〕［注釋音辯］平吴元濟也。［百家注引孫汝聽曰］謂平吴元濟也。

〔六〕［注釋音辯］恒陽，恒州也。謂成德節度使王承宗獻德、棣二州，遣子入侍。按：百家注本引孫汝聽注同。

〔七〕［百家注引孫汝聽曰］時公爲柳州刺史。

〔八〕［韓醇詁訓］潢音黄。

〔九〕［百家注引王儔補注］一曰《皇武》，爲晉公作。二曰《方城》，爲李愬作。

上襄陽李僕射愬獻唐雅詩啟①

宗元啟：昔周宣中興，得賢臣召虎，師出江漢，以平淮夷，故其詩曰：「江漢之滸，王命召虎〔一〕。」其卒章曰：「于周受命，自召祖命〔二〕。」以明虎者召公之孫〔三〕，克承其先也。今天子中興，而得閣下，亦出江漢，以平淮夷，克承于先西平王〔四〕，其事正類。然而未有嗣《大雅》之説，以布天下，以施後代，豈聖唐之文雅，獨後於周室哉②？宗元身雖陷敗③，而其論著往往不爲世屈，意者殆不可自薄自匿以墜斯時，苟有輔萬分之一④，雖死無憾⑤。謹撰《平淮夷雅》二篇，齋沐上獻。誠醜言淫聲，不足以當金石，庶繼代洪烈，稗官里人〔五〕，得採而歌之⑥，不勝憤踊之至。輕黷威重⑦，戰越交深。謹啟。

【校　記】

①注釋音辯本題無「愬」字，詁訓本無「獻唐雅詩」四字，《英華》無「愬」及「獻唐雅詩」五字。

②後於，《英華》作「愧」。
③宗元，《英華》作「某」。
④輔，《英華》及《全唐文》作「補」。
⑤無，原作「不」，據注釋音辯本、詁訓本及《英華》改。
⑥詁訓本無「得」字。
⑦重，世綵堂本作「嚴」，《英華》作「尊」。

【解　題】

［韓醇詁訓］見上注。愬既平淮右，有詔進檢校尚書左僕射、山南東道節度使，封涼國公，故曰襄陽李僕射。唐分山南東道，其鎮在襄陽。西平王，李晟也，即愬之父云。［百家注引韓醇曰］愬，字元直。既平淮右，元和十二年十一月，有詔檢校尚書左僕射、襄州刺史、充山南東道節度、襄鄧隨唐復郢均房等州觀察使，賜爵涼國公。山南東道，其鎮在襄陽。按：此啟亦作於元和十三年。章士釗《柳文指要》上《體要之部》卷三六：「子厚將《平淮夷雅》獻之李愬，兩方處之泰然，韓退之則將《平淮西碑》獻之韓弘，卻得有大量之人事物，形於奏章，此足見兩公旨趣不同處。李、韓二將之自居何等，亦得於此看出。」

【注釋】

〔一〕［注釋音辯］滸音虎。召與邵同。［韓醇詁訓］（滸）音虎。［百家注］孫（汝聽）曰：滸，謂江岸也，音虎。童（宗説）曰：召穆公名虎。

〔二〕［百家注王儔補注］已上並《詩·江漢》之文。按：見《詩經·大雅·江漢》。

〔三〕［百家注引孫汝聽曰］《世本》云：虎，康公十六世孫。

〔四〕［注釋音辯］李晟封西平王，愬之父也。［百家注引韓醇曰］李晟封西平王。

〔五〕［注釋音辯］稗，蒲懈切。《前漢志》：「小説家者流，蓋出於稗官。」注：「細米爲稗。街談巷説，其細碎之言也。王者欲知閭巷風俗，故立稗官，使稱説之。」又《國語》云：「爲里人所命次。」注：「里，宰也。」［韓醇詁訓］《漢·藝文志》：「小説家者流，蓋出稗官，街談巷語，道聽塗説者所造也。」如淳曰：「王者欲知閭巷風俗，故立稗官，使稱説之。」師古曰：「稗，音稊稗之稗。」《國語》：「爲里人所命次。」注：「里，宰也。」稗，旁卦切。按：百家注本引韓醇注尚有云：「稗官，小官也。」

【集評】

茅坤《唐宋八大家文鈔》卷二〇：佳什。

蔣之翹輯注《柳河東集》卷三六引虞集曰：自是佳什。「承其先也」句下：借題命意，亦宛宛中竅。

儲欣《河東先生全集録》卷六：錯之漢文，當軼匡、劉而上。

上揚州李吉甫相公獻所著文啟①

宗元啟：始閣下爲尚書郎〔一〕，薦寵下輩〔二〕，士之顯於門闌者以十數，而某尚幼，不得與於斯役。及閣下遭讒妬，在外十餘年〔三〕，又不得效薄伎於前，以希一字之褒貶②。公道之行也，閣下乃始爲贊書訓辭，擅文雅於朝，以宗天下〔四〕。而某又以此時去表著之位〔五〕，受放逐之罰〔六〕，薦仍囚錮，視日請命〔七〕，進退違背，思欲一日伏在門下而不可得③。常恐抱斯志以没，卒無以知於門下，冥冥長懷，魂魄幽憤〔八〕。故敢及其能言，貢書編文，冒昧嚴威，以畢其志。伏惟觀覽焉④，幸甚幸甚。

閣下相天子，致太平，用之郊報〔九〕，則天神降、地祇出；用之經邦，則百貨殖、萬物成。用之文教，則經術興行；用之武事，則暴亂翦滅。依倚而冒榮者盡去，幽隱而懷道者畢出。然後中分主憂，以臨東諸侯〔一〇〕，而天下無患。盛德大業，光明如此，而又有周公接下之道〔一一〕，斯宗元所以廢錮濱死⑤，而猶欲致其志焉。閣下倘以一言而揚舉之，則畢命荒裔，固不恨矣。謹以雜文十首上獻。縲囚而干丞相，大罪也。寧爲有聞而死，不爲無聞而生。去就乖野，不勝大懼。謹啟。

【校　記】

①詁訓本題無「獻所著文」四字。所著，《英華》作「雜」。

②詁訓本無「之」字。

③在，《英華》作「於」。

④觀覽，《英華》作「覽觀」。

⑤宗元，《英華》作「某」。濱，《英華》作「擯」。「濱」可釋爲「臨」，作「擯」亦通。

【解　題】

［韓醇詁訓］《新史·宰相表》：元和二年，杜黃裳罷，吉甫自中書舍人拜中書侍郎、同中書門下平章事。三年九月，罷爲淮南節度使。六年正月，復爲中書侍郎同中書門下平章事。此啟云上揚州李相公，即元和四年，公在永州，吉甫節度淮南時也。據《吉甫傳》，德宗以來姑息藩鎮，有終身不易地者。吉甫爲相，歲餘，凡易三十六鎮，殿最分明。皆如啟所述云。［百家注引韓醇曰］吉甫罷相，爲淮南節度使。公時在永州上此啟。揚州，即淮南地也。**按**：《舊唐書·憲宗紀上》：「(元和三年九

月）戊戌，以中書侍郎平章事李吉甫檢校兵部尚書兼中書侍郎、平章事、揚州大都督府長史、淮南節度使。」至元和六年正月復入朝知政事。韓定此文作於元和四年，大致可從。

【注釋】

〔一〕［百家注引孫汝聽曰］貞元初，吉甫爲尚書屯田、駕部二員外郎。

〔二〕［百家注引劉崧曰］《漢書》：「灌夫稠人廣衆，薦寵下輩。」按：見《漢書·灌夫傳》。

〔三〕［百家注引孫汝聽曰］貞元七年四月，陸贄爲相，出吉甫明州刺史，歷忠、郴、饒三州。

〔四〕［注釋音辯］永貞元年，李吉甫爲考功郎中、知制誥。十二月，爲中書舍人、翰林學士。按：百家注本引孫汝聽注作「永貞元年八月」，餘同。

〔五〕［百家注引孫汝聽曰］野會則有表，朝會則有著位也。［蔣之翹輯注］表著見前《大理崔大卿啟》。

〔六〕［百家注引張敦頤曰］永貞元年九月，公自禮部員外郎責刺邵州，未至，十一月，再貶永州司馬，員外置。

〔七〕［百家注引孫汝聽曰］命，謂死命也。按：章士釗《柳文指要》上《體要之部》卷三六：「意謂日日求死不得。」

〔八〕［蔣之翹輯注］憤，怨也。言幽怨者，人莫能見明也。

〔九〕［百家注引孫汝聽曰］報，謂報本反始。

〔一〇〕［注釋音辯］［韓醇詁訓］元和三年九月，李吉甫罷爲淮南節度使。

〔一一〕《史記・魯周公世家》周公戒其子伯禽：「然我一沐三握髮，一飯三吐哺，起以待士，猶恐失天下之賢人。」

【集評】

儲欣《河東先生全集録》卷六：激切。

謝李吉甫相公示手札啟①

宗元啟②：六月二十九日〔一〕，衡州刺史吕温道過永州，辱示相公手札。省録狂瞽，收撫羈縲，沐以含弘之仁，忘其進越之罪。感深益懼，喜極增悲，五情交戰，不知所措。宗元性質庸塞③，行能無取〔二〕，著書每成於廢疾〔三〕，進德且乏其馨香〔四〕。常願操篲醫門〔五〕，掬溜蘭室〔六〕，良辰不與，夙志多違。昨者踊躍殘魂，奮揚蓄念，激以死灰之氣〔七〕，陳其弊箒之辭④〔八〕，致之煙霄，分絶流眄。今則垂露在手，清風入懷，華袞濫褒於赭衣〔九〕，龍門俯收於埳井〔一〇〕。藻鏡洞開〔一一〕，而秋毫在照；文律傍暢⑤，而寒谷生輝〔一二〕。化幽鬱之志，若覩清明；换兢危之心，如承撫薦。非常之幸，豈獨此生？伏以淮海劇九天之遥〔一三〕，瀟湘參百越之俗。傾心積念，長懸星漢之上；流形委骨，永淪魑魅之群〔一四〕。何以報恩，唯當結草〔一五〕。無任喜懼感戀之至。謹啟⑥。

【校　記】

①《英華》題作「謝李相公示手札啟」，注云「吉甫」。

②宗元，《英華》作「某」。

③性質，注釋音辯本、詁訓本、《英華》作「質性」。

④辭，注釋音辯本、《英華》作「詞」。注釋音辯本注：「詞，本作辭，同。」

⑤律，注釋音辯本作「津」。

⑥「謹啟」二字原闕，據《英華》補。

【解　題】

［韓醇詁訓］以前啟推之，吉甫尚在淮南，未再入相之時。其曰「六月二十九日，衡州刺史吕温道過永州」者，必五年六月也。蓋吕温自道州移衡州，五年六月過永之衡，至六年而温已卒矣。［蔣之

翹輯注」時元和五年作。按：韓説是，可從。章士釗《柳文指要》上《體要之部》卷三六：「夫啟者，與書大同小異，其所見爲異者，則措詞有取夫四六之形式居多，退之似對此全不習。」

【注　釋】

〔一〕［百家注引王儔補注］元和五年。

〔二〕［蔣之翹輯注］行，去聲。

〔三〕［百家注引孫汝聽曰］《鄭玄成别傳》云：「任城何休好《公羊》學，遂著《公羊墨守》、《左氏膏肓》、《穀梁廢疾》，玄成乃發《墨守》、鍼《膏肓》、起《廢疾》云。」按：見《後漢書·鄭玄傳》、《藝文類聚》卷五五引《鄭玄别傳》。

〔四〕［百家注引童宗説曰］《書》：「黍稷非馨，明德惟馨。」按：見《尚書·君陳》。

〔五〕［注釋音辯］操，蒼刀切。篲，旋芮、以醉二切。［韓醇詁訓］《莊子》：「醫門多疾，願以所聞思其則，庶幾國有瘳乎？」又：「良醫之門，不棄衆疾。」篲音遂。按：見《莊子·人間世》。後者所引未知所出。《莊子·達生》：「田開之曰：『開之操拔篲以侍門庭，亦何聞於夫子！』」「操篲」出此。篲，掃帚。

〔六〕［韓醇詁訓］［百家注引劉崧曰］《家語》：「與善人居，如入芝蘭之室。」按：見《孔子家語》卷四《六本》。

〔七〕［韓醇詁訓］《莊子》：「形如槁木，心若死灰。」［百家注引童宗説曰］《漢》韓安國云：「死灰獨不復然乎？」田甲曰：「然即溺之。」按：見《莊子・齊物論》、《漢書・韓安國傳》。

〔八〕［注釋音辯］箒，正西切。曹子建書云：「家有弊箒，享之千金。」［韓醇詁訓］班叔皮《王命論》：「家有敝箒，享之千金。」按：班固《東觀漢記》卷一吴漢破公孫述於成都，縱兵大掠，「帝聞之，下詔讓吴漢副將劉禹曰：『城降，嬰兒老母，口以萬數，一旦放兵縱火，聞之可爲酸鼻。家有敝帚，享之千金。禹宗室子孫，故嘗更職，何忍行此！』」又見《文選》曹丕《典論・論文》引里語，李善注亦引《東觀漢記》。

〔九〕［注釋音辯］赭音者。《前漢》注：「犯罪則衣赭衣。」［韓醇詁訓］《賈山傳》：「赭衣當道。」顔師古曰：「犯罪則衣赭衣。」［百家注引孫汝聽曰］范甯《穀梁序》云：「一字之褒，寵踰華袞之贈。」

〔一〇〕［注釋音辯］潘（緯）云：埳，坎、陷二音。《莊子》：「子獨不聞夫埳井之蛙。」［韓醇詁訓］《莊子》：「埳井之蛙，休於甃砌之崖。」埳，苦感切，坎同。［百家注引孫汝聽曰］龍門，河流所下之口，在今絳州龍門縣。《辛氏三秦記》曰：「河津一名龍門，水險不通，魚鱉之屬莫能上。江海大魚，薄集龍門下數千，不得上，上則爲龍也。」埳井，壞井也。［蔣之翹輯注］又陝西韓縣亦有龍門山，云亦與河津相接。按：見《莊子・秋水》、《藝文類聚》卷九六引《辛氏三秦記》。

〔一一〕［百家注引童宗説曰］藻，謂文藻也。按：《藝文類聚》卷四八引陳江總《讓尚書僕射表》：「藻鏡官方，品裁人物。」

〔二〕［百家注引孫汝聽曰］寒谷生輝，借鄒子吹律之義。已見上注。按：《藝文類聚》卷五引《劉向別録》：「鄒子在燕，燕有谷地，美而寒，不生五穀。鄒子居之，吹律而温氣至。今名黍谷。」

〔三〕［百家注引孫汝聽曰］《淮南子》：「何謂九天？中央曰鈞天，東方曰蒼天，東北曰變天，北方曰玄天，西北曰幽天，西方曰昊天，西南曰朱天，南方曰炎天，東南曰陽天。」按：見《淮南子·天文》，「九天」作「九野」。

〔四〕［注釋音辯］魑，抽知切。魅，莫覬切。韓文云：「居蠻夷之地，與魑魅爲群。」［韓醇詁訓］魑，抽知切。魅音寐。按：見韓愈《潮州刺史謝上表》。

〔五〕［注釋音辯］《左傳》魏顆事。［百家注引王儔補注］結草事出《左氏傳》。按：晉大夫魏武子臨死，命其子魏顆以妾殉葬，顆未從命而嫁其妾。後魏顆與秦力士杜回戰，見一老人結草使回仆地，遂擒杜回。夜夢老人曰：「余，而所嫁妾之父也。」見《左傳》宣公十五年。

【集評】

蔣之翹輯注《柳河東集》卷三六：意寡而詞濫，是四六本色。

王之績《鐵立文起》前編卷二引王懋公曰：書辭命如鄭歸生《與趙宣子書》，啟如梁任昉《上蕭太傅辭奪札啟》，俗如柳宗元《謝李吉甫示手札啟》。

上江陵趙相公寄所著文啟①

宗元啟：宗元往者嘗侍坐於崔比部②〔一〕，聞其言曰：「今之爲文，莫有居趙司勳右者〔二〕。」自是恒欲飾其所論著，薦之閤下，病其未就，將進且退者殆十數焉。幸以廢逐伏匿，獲伸其業，類於向者〔三〕，若有可觀。然又以罪惡顯大，甘死荒野，不能出其固陋以求知於閤下，則固昧昧徒生於世矣。謹獻雜文十首，倘還以數字，定其是非，使得存於世，則雖生與蠻夷居，魂與魑魅游，所不辭也。輕瀆威重③，伏增戰惶④。謹啟。

【校　記】

①《英華》題作「獻江陵趙相公雜文啟」。

②「宗元」二字原闕，據注釋音辯本、游居敬本、《全唐文》補。

③重，《英華》作「尊」。

④惶，《英華》、《全唐文》作「懼」。戰惶，原注：「一作惶灼。」注釋音辯本作「惶灼」，並注：「一本作戰惶。」世綵堂本注：「一作戰灼。」

【解　題】

［注釋音辯］趙宗儒。［韓醇詁訓］公與趙宗儒啟，前後凡三，此其一也。以前二啟之詞觀，此又當在前云。［百家注引韓醇曰］趙宗儒，字秉文，鄧州穰人。元和三年，自東都留守遷荆南節度使。公前後與宗儒啟凡三。［蔣之翹輯注］趙相公宗儒，已見前注。按：岑仲勉《唐集質疑》云：「『公前後與宗儒啟凡三』，即誤連《陳情啟》計入，故數有三，實祇兩啟而已。據本傳：宗儒自留守入爲禮、户二尚，乃出守江陵。前引卷二二注亦謂三遷爲荆南節度，非自留守逕遷荆南也。」此啟約作於元和四年。

【注　釋】

〔一〕［注釋音辯］崔鵬，字元翰。［百家注引孫汝聽曰］比部名鵬，字元翰。

〔二〕［注釋音辯］貞元年，趙宗儒自翰林學士再遷司勳員外郎。按：百家注本引孫汝聽注略同。

〔三〕章士釗《柳文指要》上《體要之部》卷三六：「類，比也。子厚慣以類作比，如《答吴秀才謝示新文》『向得秀才書與文章，類前時所辱遠甚』，即謂比前時所辱遠甚。」

上嚴東川寄劍門銘啟①

宗元啟②：伏惟僕射以仁厚蓄生人，以勇義平國難，而劍門用兵之事，最爲天下倡首。

取其險固，爲我要衝〔一〕，王師得以由其門而入，彷徉布濩③〔二〕，遂無留滯。是閣下之勳力，宜著於萬祀而不已也。宗元負罪俟命④，晷刻觀望，道里深遠，不得悉聞當時之威聲。然而竊以累受顧念，踊躍盛德，恐没身炎瘴⑤，卒無以少報於閣下。是以晝夜恂恂⑥〔三〕，不克自寧。今身雖敗棄，庶幾其文猶或傳於世，又焉知非因閣下之功烈，所以爲不朽之一端也，敢默默而已乎？謹撰《劍門銘》一首，惶恐獻上⑦，誠無以稱宏大之略，亦足以發平生之心。不勝慚懼戰越之至。謹啟⑧。

【校記】

①《英華》題作「寄嚴東川啟」。

②「啟」原闕，據《英華》補。

③濩，《英華》作「護」。

④宗元，《英華》作「某」。

⑤《英華》「恐」上有「唯」。

⑥恂恂，詁訓本作「恼恼」，並注：「恼，許拱切。」「恼」即「恂」字。

⑦獻上，《英華》作「上獻」。

⑧「謹啟」二字原闕，據《英華》補。

【解　題】

〔注釋音辯〕嚴礪。〔韓醇詁訓〕嚴東川，礪也。元和元年，劉闢反，自山南西道節度使討闢，以儲備有素，檢校尚書左僕射，節度東川。公作銘以紀其事，其詳已注《劍門銘》。礪在東川，時元和四年也。〔蔣之翹輯注〕詳注二十卷《劍門銘》中。按：百家注本引韓醇注尚云：「嚴礪，字元明，震之從祖弟也。」嚴礪由山南西道節度使移鎮東川在元和元年九月，至元和四年卒於鎮。此文作於嚴礪爲劍南東川節度使之初，約在元和元年十月。章士釗《柳文指要》上《體要之部》卷三六：「礪與高崇文同征劉闢，拔劍川，斬刺史文德昭，因分守險阻，大有與崇文争功之勢。子厚爲銘，意不無略有偏袒。」

【注　釋】

〔一〕〔注釋音辯〕元和元年，礪以山南西道節度討劉闢，拔劍州，斬其刺史文德昭，因分守險阻，潰其腹心。按：百家注本引孫汝聽注略同。

〔二〕〔注釋音辯〕彷，旁、傍二音。徉音羊。濩，胡故切。布濩，散也。〔韓醇詁訓〕徉音羊。濩，胡故切。布濩，散也。按：百家注本引作童宗説曰。

〔三〕〔注釋音辯〕（恟）平、上二音，恐也。〔百家注〕許拱切。

【集　評】

何焯《義門讀書記》卷三七：「庶幾其文猶或傳於世」：自知之明。

焦循批《柳文》卷三：柳子自信其文如是。

上江陵嚴司空獻所著文啟

宗元啟：伏念往歲司空由尚書郎出貳太原〔一〕，宗元獲於天長專用候謁〔二〕，伏蒙叙以世舊，許造門闌。自後司空累膺寵榮，位極公輔〔三〕，宗元得罪朝列，竄身湘南〔四〕。霄漢益高，泥塵永棄，瞻仰遼絶，陳露無由。司空統臨舊荆，控制南服，道路非遠，德化所覃，是敢奮起幽淪，仰希光耀。伏惟憫憐孤賤，特賜撫存①，則縲紲之辱〔五〕，有望蠲除〔六〕。嗚呋之能，猶希效用，謹獻雜文七首。伏惟以一字定其褒貶，終身之幸，無以加焉。輕黷威嚴②，伏增戰越。

【校　記】

①特，詁訓本作「將」。賜，注釋音辯本作「肆」。

②輕黷，注釋音辯本作「上瀆」。

【解　題】

〔注釋音辯〕嚴綬。〔韓醇詁訓〕司空嚴綬也。新史有傳。自刑部員外郎爲河東司馬，此啟故云「往歲司空由尚書郎出貳太原」，明年以檢校刑部尚書使。楊惠琳、劉闢平，進司空，拜右僕射，出爲荆南節度使。元和七年，吴元濟叛，綬尚在荆南。此書當作於七八年間，公尚在永州云。〔百家注引孫汝聽曰〕嚴綬，華州華陰人，挺之從孫也。元和六年三月，以綬檢校司空，出爲荆南節度觀察支度等使，兼江陵尹。按：此文當作於元和六年。章士釗《柳文指要》上《體要之部》卷三六：「吾屢言子厚是硬漢，從來不受人憐，行文不輕下一個憐字，然此亦道著八九而已。蓋子厚終屬人類，凡人類總脱離不了人窮返本、最後呼天一種表現。吾觀子厚貶後上東南諸侯啟事，頗有此感。」嚴綬素無人望，《舊唐書・嚴綬傳》：「綬雖名家子，爲吏有方略，然鋭於勢利，不存名節，人士以此薄之。」然喜與文士結交，故章士釗亦云：「綬才不踰中人，惟薦辟不乏賢士，亦是一得。」

【注　釋】

〔一〕〔百家注引孫汝聽曰〕貞元中，綬自刑部員外郎爲太原少尹，尋加北都副留守，又加行軍司馬。

〔二〕〔注釋音辯〕驛名也。〔百家注引孫汝聽曰〕天長，驛名也。按：天長疑爲觀名。王溥《唐會要》卷五〇：「天長觀在侍賢坊，本名會聖觀，隋開皇七年文帝爲秦孝王俊所立。開元二十八年改千秋觀，天寶七載改爲天長觀。」在長安東北隅。嚴綬貞元十六年檢校司封郎中充河東行軍司馬，見《舊唐書·嚴綬傳》及《德宗紀下》，柳宗元時爲集賢殿正字，奉送嚴綬離京赴太原。

〔三〕［百家注引韓醇曰］綬累遷尚書右僕射，檢校司空。

〔四〕［百家注引孫汝聽曰］湘南謂永州。

〔五〕《論語·公冶長》：「子謂：『公冶長可妻也，雖在縲絏之中，非其罪也。』以其子妻之。」紲同絏。縲絏，縛犯人的繩索。

〔六〕［蔣之翹輯注］蠲音涓。

上嶺南鄭相公獻所著文啟①

宗元啟：伏見與當州韋使君書〔一〕，猥賜存問，驚忭悼懼，交動於中，循念竟日，若無容措，幸甚幸甚。宗元素乏智能，復闕周慎，一自得罪，八年于今〔二〕。兢愧弔影，追咎既往，自以終身沉廢，無跡自明，不意相國垂愍，特記名姓。守突奥者忽仰晞於白日②〔三〕，負泥塗者遂自濯於清源，快心暢目，不知所喻。伏以聖人之道，與其進也不保其往，故敢藻飾文字，洗滌心神，致之門下，祇俟嚴命。伏惟收撫獎勵，以成其終，謹獻雜文三十六首，冒昧上黷。無任踊躍惶恐之至。

【校　記】

①注釋音辯本題無「獻」字。

②晞，注釋音辯本作「睎」。蔣之翹輯注本曰：「晞音希，從日，一作從目者非是。」按：晞爲乾意，睎爲望意，從日者非。

【解　題】

〔注釋音辯〕鄭絪。〔韓醇詁訓〕鄭相公，絪也。本傳：憲宗初，拜平章事，繼出爲嶺南節度使、廣州刺史。公嘗代爲《舉裴中丞自代表》，又爲《奏百姓産三男狀》，時在元和六七年，則此啟又當在前也。〔蔣之翹輯注〕啟云「一自得罪，於今八年」，時元和七年也。按：蔣説是，可定此文作於元和七年。

【注　釋】

〔一〕〔百家注引孫汝聽曰〕韋使君，永州刺史。按：鄭絪元和五年至八年爲廣州刺史、嶺南節度使，元和七年永州刺史爲韋彪。

〔二〕［百家注引孫汝聽曰］時元和七年也。

〔三〕［注釋音辯］潘（緯）云：奥，於到切。穾，一叫切。《爾雅》：「西南隅謂之奥，東南隅謂之穾。」郭璞云：「奥謂室中隱奥之處。」《禮》曰：「婦室聚穾。」穾亦隱奥也。［百家注引孫汝聽曰］穾奥，謂幽隱之處。［世綵堂］穾音要。按：見《爾雅·釋宫》。

上李中丞獻所著文啟①

宗元啟：宗元無異能，獨好爲文章，始用此以進，終用此以退。今者畏罪悔咎，伏匿惴慄，猶未能去之。時時舉首，長吟哀歌，舒泄幽鬱。因取筆以書，紉韋而編〔二〕，略成數卷。伏念閣下以文章昇大僚、統方隅，而宗元幸緣罪辜②，得與編人齒於部内〔三〕，不以此時露其所爲，以希大君子顧視，則爲陋劣而自棄也。敢飾近文及在京師官命所草者，凡三卷，合四十三篇③，不敢繁故也。儻或以爲有可采者，當繕録其餘，以增几席之汙。去就鄙野，伏用兢惶。謹啟④。

【校　記】

①注釋音辯本題無「獻」字。《英華》題作「與湖南李中丞啟」。

②宗元，《英華》作「某」。

③篇，注釋音辯本作「卷」。

④詁訓本無「謹啟」二字。

【解　題】

［注釋音辯］即湖南李中丞。［韓醇詁訓］即湖南李中丞，與前卷二啟同其人也。此啟云「幸緣罪辜，得與編人齒於部内」，與前卷啟中之意同。此元和五六年間相先後作。按：李中丞爲李衆，元和三年至六年爲潭州刺史、湖南觀察使。

【注　釋】

〔一〕［注釋音辯］紉，女巾切。［百家注引孫汝聽曰］紉，結也，女陳切。

〔二〕［百家注引童宗説曰］永州在湖南管内。

上裴行立中丞撰訾家洲亭記啟①

右伏奉處分，令撰《訾家洲亭記》〔一〕。伏以境之殊尤者，必待才之絶妙以極其詞。今是亭之勝，甲於天下，而猥顧鄙陋，使爲之記。伏受嚴命，不敢固讓②，退自揣度，惕然汗流，累奉游宴，竊觀物象，涉旬摸擬，不得萬一。竊復詳忖③，進退若墜。久稽篆刻，則有違慢之辜；速課空薄，又見疎蕪之累。僣期廢事〔二〕，尤所戰慄。謹修撰訖〔三〕，上獻。退自跼蹐〔四〕，不知所裁。無任隕越惶恐之至。

【校記】

① 「亭」原闕，據詁訓本補。柳宗元有《桂州裴中丞作訾家洲亭記》，即有「亭」字。

② 固，詁訓本作「齒」。

③ 復，注釋音辯本作「伏」。

【解題】

〔注釋音辯〕訾，即移切，又音紫。〔韓醇詁訓〕裴行立。本傳：嘗爲桂管觀察使，故以桂州此記屬公作。公自元和十年召至京師，復謫爲柳州，其《亭記》云：「元和十二年，御史中丞裴公來蒞兹邦。」又云：「當天子平淮夷、定河朔，告於諸侯。」據史：元和十二年冬，蔡州平。公至嶺表，皆在十二年，則貽書以獻記，當在十三年柳州作，明矣。〔世綵堂〕元和十二年，以御史中丞裴行立爲桂管觀察使。故以《桂州訾家洲亭記》屬公。公至是移書獻記，當在十二年後柳州時作。〔蔣之翹輯注〕記在二十七卷。按：《桂州裴中丞作訾家洲亭記》云「期年政成」，裴行立於元和十二年爲桂管觀察使，故《記》與此啟皆作於元和十三年。韓説是。

【注　釋】

〔一〕［韓醇詁訓］訾音紫。

〔二〕［注釋音辯］［韓醇詁訓］「僁」與「愆」同。按：愆，延誤。

〔三〕［百家注引孫汝聽曰］《記》在集中。

〔四〕［注釋音辯］（跼蹐）音局脊。［韓醇詁訓］跼音局，蹐音脊。

【集　評】

何焯《義門讀書記》卷三七：「累奉游宴」四句：略見爲文苦心，並知韓子於滕王閣所以但記新修，歐公作《有美堂記》不得已而出於蹈虚也。

上河陽烏尚書啟①

宗元啟：伏以尚書以碩德偉才，代著勳烈〔一〕。兩河定亂，三城建功〔二〕，鼎彝竹帛，未足云紀。進臨汝上，控制東方〔三〕，隱然長城〔四〕，朝野倚賴。宗元雖屏棄遐壤，而飽聞德聲，所恨不獲親執鞭弭〔五〕，以備戎伍。夙夜踊躍，不克寧居。伏以威稜所加，狂狡已震〔六〕，莫大之績，重復增崇。小子久以文字進身，嘗好古人事業，專當具筆札，拂縑緗〔七〕，贊揚大功，垂之不朽。瞻望霄漢，戀慕交深②，冒黷威嚴，伏增戰越。

【校　記】

① 原注與世綵堂本注：「一本題作『上河陽烏尚書重胤欲獻文啟』。」注釋音辯本題作「上河陽烏尚書重胤欲獻文啟」，並注：「一本作『上河陽烏尚書啟』。」

② 戀慕，詁訓本作「慕戀」。

【解　題】

〔韓醇詁訓〕尚書烏重胤也。新史本傳：「元和初，與吐突承璀縛盧從史帳下，憲宗嘉其功，擢河陽節度使。後徙鎮橫海。帝討淮蔡，詔重胤以兵壓賊境，割汝州隸其軍。」此啟云「進臨汝上，控制東方」，又云「威稜所加，狂狡已震，莫大之績，重復增崇」，蓋方以淮蔡之功期之，專當具筆札以揚大功也。時元和十年間云。按：元和十年正月柳宗元即奉詔進京，三月出爲柳州刺史，此文云「屏棄遐壤」，當作於永州，即元和九年烏重胤初爲汝州刺史、河陽懷汝節度使時。其年閏八月，彰義軍節度使吴少陽卒，其子元濟擅領軍務。《資治通鑑》卷二三九唐憲宗元和九年：「上自平蜀，即欲取淮西。……及（李）吉甫入相，田弘正以魏博附，吉甫以爲汝州扞蔽東都，河陽宿兵本以制魏博，今弘正歸順，則河陽爲内鎮，不應屯重兵以示猜阻。（閏八月）辛酉，以河陽節度使烏重胤爲汝州刺史，充河陽懷汝節度使。」其目的在於壓制淮西吴元濟。

【注　釋】

〔一〕［百家注引孫汝聽曰］重胤父承玭，事平盧軍有功。

〔二〕［注釋音辯］烏重胤少爲潞州牙將，盧從史奉詔討王承宗，陰與賊通，元和五年，重胤縛從史以獻，憲宗嘉重胤力，擢帥河陽。河陽有三城，故曰河陽三城節度使。［百家注引韓醇曰］重胤少爲潞州牙將，兼左司馬。節度使盧從史奉詔討王承宗，陰與賊連，吐突承璀將圖之，以告重胤。元和五年四月，重胤縛從史以獻。帳下士持兵合讙，重胤叱曰：「天子有命，從者賞，違者斬。」士斂手還部，無敢動。憲宗嘉重胤功，擢帥河陽。河陽有三城，故曰河陽三城節度。後徙鎮横海。帝討淮蔡，詔重胤以兵壓賊境。

〔三〕［注釋音辯］元和九年，以重胤爲汝州刺史充河陽淮汝節度使，徙治汝州。［百家注引孫汝聽曰］元和九年閏八月，以重胤爲汝州刺史，充河陽淮汝節度使，徙治汝州。按：「淮」當作「懷」。

〔四〕《南史·檀道濟傳》：「道濟見收，憤怒氣盛，目光如炬，俄爾間引飲一斛，乃脱幘投地曰：『乃壞汝萬里長城。』」

〔五〕［注釋音辯］潘（緯）云：弭音枚。《左氏》：「其左執鞭弭。」注：「弭，弓末無緣者。」［百家注引孫汝聽曰］僖二十三年《左氏》：「晉公子重耳曰：『左執鞭弭，右屬櫜鞬。』」《爾雅》：「弓有緣者爲弓，無者爲弭。」緣，骨飾首末。按：見《爾雅・釋器》。

〔六〕［注釋音辯］謂吴元濟。［百家注引韓醇曰］狂狡，謂吴元濟也。

〔七〕［注釋音辯］（縑緗）音兼襄。［韓醇詁訓］上音兼，下音襄。按：縑緗，供書寫用的細絹。

柳宗元集校注卷第三十七

表①

禮部爲百官上尊號表

臣某言：伏以聖王之纂承天位也，臣子必竭懇誠，獻尊號，安敢爲佞，禮在其中。一則以告天地神祇，二則以奉宗廟社稷，三則以安華夏蠻貊，巍巍大稱，其可廢乎？臣等誠懽誠望，頓首頓首。

伏惟皇帝陛下協周文之孝德〔一〕，齊大禹之約身〔二〕，弘帝堯之法天〔三〕，過殷湯之解網〔四〕。未逾周月，四海將致於時雍〔五〕；甫及元正②，率土更欣於再造。然神人之願③，億兆之情，有所不安，率謂未盡善者，以爲帝德廣運而尊號猶闕④〔六〕，郊廟備禮而祝嘏無詞〔七〕。凡百兢懷，華夷屬望⑤。臣謹按昔皋陶之頌舜〔八〕，伊尹之頌湯〔九〕，皆臣子至公，面揚君父，以敷於當代，以播於無窮，夫豈飾哉，率由事實，帝王尊號，蓋漸於此。皇家光被四表，祖宗烈文〔一〇〕，時當大和，尊號表德⑥，耳目所接，簡牘斯存，稽之於前典則如彼，考之於聖朝又如此⑦。今龜筮習吉〔一一〕，元正戒期，當品物維新之時⑧，乃皇天大禮之日⑨。陛下郊天地⑩，饗宗祧〔一二〕，陰陽協和，動植交暢，不建至尊之稱〔一三〕，恐違列聖之心。所以臣等冒死陳聞⑪，請上徽號⑫。伏惟陛下小謙讓之節，安延企之情，特詔名儒禮官，百寮庶尹，詳明故實，議崇聖德，則人望永厭⑬，神心獲安。山川效靈，光贊無疆之壽；祝史陳信⑭〔一四〕，永彰不朽之功。臣等蒙國寵榮，備位班列，無任懇望之至。

【校記】

①百家注本標作「表慶賀」，詁訓本同，且有「三十首」字樣。據百家注本總目及注釋音辯本等改。

②甫，原作「俯」，據游居敬本及《英華》、《全唐文》改。

③《英華》「然」下有「而」字。

④猶，《英華》作「獨」。

⑤夷，詁訓本作「夏」。

⑥此句《英華》作「德崇明號」，並注：「《類表》作『崇號表德』。」

⑦「又」上原有「則」字，據注釋音辯本、詁訓本及《英華》删。世綵堂本注：「一無則字。」

⑧維，注釋音辯本、五百家注本、世綵堂本均作「惟」。

⑨天，注釋音辯本、世綵堂本作「王」，《英華》作「上」。

⑩郊，《英華》作「交」。

⑪死，《英華》作「責」。

⑫徽，《英華》作「尊」。

⑬永，注釋音辯本、詁訓本及《英華》作「允」。

⑭原注引孫汝聽注曰：「信，或作『言』者，誤。」注釋音辯本、詁訓本作「言」。注釋音辯本注：「一本作信字。」

【解　題】

［注釋音辯］憲宗即位，宗元尚爲禮部員外郎，豫作此表。後元和三年，憲宗方上尊號。［韓醇詁訓］此爲憲宗作也。尊號，上古所無有，至唐高宗徇武后之意，稱天皇，武后稱天后，中宗從韋庶人之欲，稱應天，韋庶人稱順天，至明皇開元二十二年，遂有開元聖文神武之號，自是遂以爲法。肅宗即位之次年改元乾元，正月遂加册號。代宗即位之次年，改元廣德，七月群臣遂上尊號。德宗即位之次年改元建中，正月即上尊號。至憲宗立於永貞元年八月，禮部百官當復遵此議。公是時尚作禮部員外郎，故預作此表。其曰「未逾周月，四海將致於時雍；俯及元正，率土更欣於再造」，可見其即位方月餘已作此表也。公是年九月，即以王叔文黨黜爲邵州刺史，繼貶永州司馬，至元和三年憲宗方

上尊號之時，則公已在永，無與於禮部也。按：《文苑英華》卷五五五題下注曰：「永貞元年。」韓説是。章士釗《柳文指要》上《體要之部》卷三七：「當憲宗於永貞元年八月即位，子厚尚爲禮部員外郎，依職掌而擬定第一表，以備使用。因慮請而不準，又擬第二表……此都合乎當時情勢。」又曰：「之二表者，曾否使用，及何年月使用，子厚應皆不知。」

【注釋】

〔一〕［百家注引張敦頤曰］《禮記》「文王之爲世子，朝於王季日三」云云，是其孝德也。按：見《禮記·文王世子》。

〔二〕［百家注引孫汝聽曰］孔子言禹菲飲食，惡衣服，卑宫室，是其約也。按：見《論語·泰伯》。

〔三〕［百家注引張敦頤曰］《論語》：「惟天爲大，惟堯則之。」按：見《論語·泰伯》。

〔四〕［百家注引孫汝聽曰］《史記》：「湯出，見野張網四面，祝曰：『自天下四方皆入吾網。』湯曰：『嘻，盡之矣！』乃去其三面。」按：見《史記·殷本紀》。

〔五〕［百家注引童宗説曰］《書》：「黎民于變時雍。」按：見《尚書·堯典》。

〔六〕［百家注引童宗説曰］《書》：「帝德廣運，乃聖乃神。」按：見《尚書·大禹謨》。

〔七〕［注釋音辯］嘏，古雅切。［韓醇詁訓］嘏，古雅切。受福曰嘏。

〔八〕《尚書·臯陶謨》傳爲臯陶爲帝舜作，見其篇孔安國傳。

〔九〕《尚書·伊訓》傳爲伊尹明湯之成德，以訓于王。見其篇孔安國傳。

〔一〇〕［百家注引劉崧曰］《詩》：「烈文辟公。」按：見《詩經·周頌·烈文》。

〔一一〕［百家注引孫汝聽曰］《書》：「龜筮協從，卜不習吉。」注：「習，因也。」按：見《尚書·大禹謨》。

〔一二〕［注釋音辯］（祧）他凋切，遷祖廟。［韓醇詁訓］音挑，遷廟也。

〔一三〕［注釋音辯］（稱）尺證切。

〔一四〕《左傳》昭公二十年：「其祝史祭祀，陳信不愧。」

【集　評】

黄震《黄氏日鈔》卷六〇：啟皆獻文求哀之辭，表多世俗稱頌之語，氣索理短，未見柳之能過人者。

《王荆石先生批評柳文》卷九：一氣呵成。

何焯《義門讀書記》卷三三《昌黎集·賀册尊號表》：柳表中附會古有尊號及《白虎通道德論》，皆近於誣。韓公二表中不涉一語，雖順時爲之，其識自高也。

林紓《韓柳文研究法·柳文研究法》：柳州啟事及章表，在唐人制詔中，亦平平耳，故不録。

第二表

臣某等言：臣等再陳丹悃①，謹獻鴻名②，天意未從③，隕越無措④，臣某等誠惶誠恐⑤，頓首頓首。

謹按：堯曰「咨爾舜」，舜曰「格爾禹」〔一〕，湯曰「吾甚武」⑥，自號曰武王〔二〕，則堯、舜、禹、湯皆當時王者之號也。考皇帝之故實，徵往聖之憲章，允協禮經，焕乎圖牒。伏惟皇帝陛下允恭克讓，約己謙尊，參天兩地之功〔三〕，爲而不有；安上理人之德〔四〕，置而不論⑦。至哉王言⑧，非群下所仰望也⑨。然臣等伏以爲尊號者⑩，所以類上帝〔五〕，饗祖宗，萬人所稱，百蠻所仰，表聖德於率土，播天聲於無疆。臣下請之之謂禮，帝王承之之謂孝⑪，孝大於讓，禮先於謙⑫，百王不刊之典，安可得而廢也？臣等又以《春秋》本於五始〔六〕：元者一歲之首⑬，春者四時之首，王者受命之首，正月者政教之首，郊天大禮者立極之首。今天地交泰，俯臨元辰，正始之美，正當其運。陛下確違群願，固守謙沖，此臣等所以兢惕失圖，恛惶無措⑭，上冒嚴憲，敢逃厚責。伏乞俯垂天聽⑮，察納微誠，詔禮官議臣所請⑯，揆日推禮⑰〔七〕，虔奉鴻休，盡敬於此⑱。猶恐天光未照，三獻無徵，彷徨闕庭，伏待斧鑕〔八〕。無任聳望之至。

【校　記】

①悃，注釋音辯本、詁訓本、世綵堂本及《英華》作「懇」。
②謹，注釋音辯本、詁訓本及《英華》作「請」。
③意，注釋音辯本、《英華》、《全唐文》作「心」。世綵堂本注：「意，一作心。」
④《英華》作「伏增隕越」。
⑤據《英華》「某」下增「等」字。
⑥「湯」下原衍「自」字，據《英華》及《史記·殷本紀》删。
⑦《英華》「論」下有「此」字。
⑧哉，注釋音辯本作「心」。何焯校本改爲「王心王言」。
⑨《英華》「所」下有「能」字。
⑩《英華》無「者」字。
⑪承，《英華》作「允」。
⑫先，《英華》作「光」。
⑬一歲，《英華》作「五氣」。

⑭ 恫，《英華》作「回」，並校云：「集作徊。」

⑮ 垂，《英華》作「賜」。

⑯《英華》「詔」上有「特」字。

⑰ 禮，《英華》作「篋」。

⑱《英華》此句上有「區區懇誠」四字，「盡敬」作「期盡」。

【解　題】

《文苑英華》卷五五五題下注曰「順宗」，作者「前人」下注「同前」，意亦柳宗元永貞元年作。此篇亦爲憲宗上尊號所作，時順宗已遜位爲太上皇，注「順宗」未合。

【注　釋】

〔一〕［百家注引孫汝聽曰］皆《書》之文。按：見《尚書·舜典》及《大禹謨》，二「爾」字皆作「汝」。

〔二〕［注釋音辯］出《史記·商紀》。［百家注引孫汝聽曰］出《史記》。按：見《史記·殷本紀》。

〔三〕［百家注引童宗説曰］《易》：「參天兩地而倚數。」按：見《周易·説卦》。

〔四〕［百家注引張敦頤曰］《孝經》：「安上治人，莫善於禮。」按：見《孝經》卷六，「人」作「民」。

〔五〕［百家注引孫汝聽曰］《書》：「肆類于上帝。」類，祭名。按：見《尚書·舜典》。

〔六〕［百家注引孫汝聽曰］五始者，謂元年春王正月公即位是也。《王褒傳》：「記曰：共惟《春秋》法五始之要。」按：見《漢書·王褒傳》王褒《聖主得賢臣頌》。顔師古注引胡廣曰：「五始：一曰元，二曰春，三曰王，四曰正月，五曰公即位。」

〔七〕［百家注引孫汝聽曰］《詩》：「揆之以日，作于楚室。」揆，擇也。按：見《詩經·鄘風·定之方中》。

〔八〕［注釋音辯］（鑕）職日切。

賀册尊號表①

臣某伏奉月日制，陛下膺受尊號〔一〕，率土臣子，慶抃無窮。臣聞立極之大，四海無以報神功；配天之尊，萬物不能崇聖德。唯有徽號，是彰中興，所以上探天心，下極人欲。中謝。伏惟元和聖文神武法天應道皇帝陛下統承千載，光被六幽〔二〕，蟊蠈盡除②〔三〕，福應皆集，有首有趾，咸識太平。勳臣增爵禄之榮，戎士加賞延之寵，片善必録，微功盡昇。獨惟聖謨，事絶酬答，萬國觖望〔四〕，百功怨思。是以啟元和之盛典，延穹昊之景祚③，理曆凝命，實曰聖文；和衆定功，時惟神武。運行有法天之用，變化乃應道之方，鬼神協謀，夷夏同志，大禮既建，鴻恩遂行。歡呼遠匝於九圍④〔五〕，滲漉普周於八裔〔六〕，慶超遂古，美冠將來。臣獲守蠻荒〔七〕，遠承大典，潢汙比陋，河清幸遂於千年〔八〕；塵壤均微，山呼願同於萬歲〔九〕。無任慶賀屏營之至〔一〇〕。

【校記】

①題原作「禮部賀册尊號表」，據詁訓本删「禮部」二字。世綵堂本注：「一本無『禮部』字。」

②蠶，注釋音辯本、世綵堂本及《全唐文》作「賊」。

③穹昊，注釋音辯本、詁訓本、游居敬本及《全唐文》作「昊穹」。

④匝，注釋音辯本作「帀」，注曰：「帀即匝字。」

【解題】

〔注釋音辯〕元和十四年作。宗元時爲柳州刺史，當題云「柳州賀册尊號表」。〔韓醇詁訓〕古今集中皆題云「禮部賀册尊號表」，非也。憲宗元和三年初加尊號睿聖文武皇帝，至元和十四年七月再上元和聖文神武法天應道皇帝，公是時已爲柳州刺史，表、疏贊尊號甚詳。且云「獲守蠻荒，遠承大典」，可見在柳州作，非禮部表也。**按**：世綵堂本及蔣之翹輯注本皆云作於柳州，題當云「柳州賀册尊號表」，甚是。

【注　釋】

〔一〕［百家注引孫汝聽曰］元和十四年七月己丑，群臣上尊號。

〔二〕《文選》班固《典引》：「神靈日照，光被六幽。」六幽指天地四方幽遠之處。

〔三〕［韓醇詁訓］蝨音矛，蟹音賊，並食苗蟲。

〔四〕［注釋音辯］童（宗説）云：觖，古穴切，又窺睡切。［韓醇詁訓］觖，古穴切，又窺睡切。怨望也。按：百家注本引韓醇注作「絶望」。

〔五〕［百家注引童宗説曰］帝命式於九圍。［蔣之翹輯注］《詩》：「帝命式于九圍。」注：「九州也。」按：見《詩經·商頌·長發》。

〔六〕［注釋音辯］滲，所禁切，又所錦切。漉音鹿，謂潤澤下究。［韓醇詁訓］滲，所禁切。漉音鹿。

〔七〕［百家注引孫汝聽曰］公時爲柳州刺史。

〔八〕［韓醇詁訓］《文選·運命論》：「黄河清而聖人生。」注：「黄河千年一清。」按：見李康《運命論》。

〔九〕［韓醇詁訓］漢武帝元封元年用事華山，登嵩，吏卒咸聞呼萬歲者三。按：《史記·孝武本紀》：「登中岳，從官在山下聞若有言萬歲云。」

〔一〇〕［注釋音辯］屏，步丁切。

【集評】

蔣一葵《偶雋》卷三：舊大朝會、慶賀，及春秋謝賜衣、請上聽政之類，宰相率百官奉表，皆禮部郎官之職，唐謂之南宫舍人。柳河東在儀曹，表文多出其手。《賀册尊號》有云：「潢汙比陋，河清幸遂於千年；塵壤均微，山呼願同於萬歲。」其自叙處插入祝意，妙句也。凡此樣表，必有此樣句，乃能動人。

陸夢龍《柳子厚集選》卷四文首評：樸至。

孫琮《山曉閣選唐大家柳柳州全集》卷一：牋表自入駢麗，每皆浮泛不切，於題甚遠。然欲切貼，又入小家纖悉。此篇只將尊號十字逐字詳發，既不浮泛，又不纖悉，自是莊嚴得體。

何焯《義門讀書記》卷三七：「理歷凝命」以下：此賀尊號準格。

爲京兆府請復尊號表三首①

臣某言：某月日諸縣耆老某等若干人詣臣陳狀②，辭意迫切，以陛下尊號未復，請詣闕上表者。人心已鬱，安可久違，天意實勤，諒難固拒。撫狀感悦，深契微誠。臣某誠懇誠迫，頓首頓首。

伏惟皇帝陛下聖神之功，貫於天地，文武之道，超乎古今〔一〕。盛德愈大而謙光益深，玄化已成而徽號未復，遂使神祇觖望〔二〕，人庶怨思③。沐浴鴻澤者敢懷晷刻之安，捧戴皇恩者不知寢食之適。負媿懷憤，萬方一心，日日以冀④，遂淹星歲⑤。況今地不愛寶〔三〕，致百穀之豐穰，天惟降衷〔四〕，呈衆瑞而繁委。汙萊瘠鹵之地⑥〔五〕，混成大田〔六〕；草木蟲獸之微⑦，化爲神貺。萬靈垂鑒，昭然甚明，此而不從，臣所大惑。矧又兵戎永戢，夷狄咸懷⑧，昭然長春⑨，樂以終日⑩。是以耆老等深感聖育，踊躍不寧，上奉天恩⑪，跼蹐知懼〔七〕。頓顙闕下，願復鴻名，不謀而同，無期而至，此皆上玄幽贊以誘其衷，列聖垂靈以悟其意。臣以爲陛下當敬于斯旨⑫，不可忽也。臣又伏以陛下賞功與能，舉賢出滯，小言不廢，片善是褒，豈可使臣子之效雖微而必旌，君父之德盡美而無稱？凡在覆載⑬，不勝懇禱惶恐之至⑭，謹封耆老等狀，奉表昧死陳請以聞⑮。謹言。

【校　記】

① 《英華》題無「爲」及「三首」等字，僅收二篇，即此篇及《第三表》。

② 月日，《英華》作「日月」。

③ 原注與世綵堂本注：「思，一作深。」詁訓本作「深」。

④ 日日，世綵堂本、《全唐文》作「日月」。

⑤淹，詁訓本作「掩」。

⑥注釋音辯本注：「潘本『萊』作『來』。」

⑦蟲獸，世綵堂本注：「一作鳥獸，一作蟲魚。」蟲，《英華》注：「集作鳥。」

⑧原注與世綵堂本注：「一作夷夏懷柔。」

⑨原注與注釋音辯本、詁訓本、世綵堂本注：「昭，一作煦。」《英華》作「煦」，並注：「《英華》作照，非。」

⑩原注與世綵堂本注：「以，一作只。」

⑪恩，《英華》作「心」。

⑫于，《英華》注：「《類表》作『承』。」《全唐文》作「承」。

⑬原注與世綵堂本注：（「凡在覆載」下）「一有『孰不兢惶』四字。」注釋音辯本注：「一本此下更有『孰不驚惶』四字。」

⑭禱，注釋音辯本、詁訓本、《英華》作「倒」。原注與世綵堂本注：「惶恐，一作恐懼。」注釋音辯本、《英華》作「恐懼」。注釋音辯本注：「一本『恐懼』作『恐陳』。」

⑮奉，《英華》作「隨」。

【解題】

［注釋音辯］德宗時宗元爲藍田尉作。［韓醇詁訓］此爲德宗作也，下《爲耆老等請復尊號表》二

首皆同。蓋德宗建中改元，上聖神文武之號，至建中四年欲改明年，元議更益大號，時陸贄奏：不若引咎降名，以祇天戒。帝從之。尋改興元元年，去聖神文武號，大赦，改元。觀初表云「日日以冀，遂淹星歲」，《耆老表》云「尊號未復，一十九年」。自興元元年至貞元十八年壬午，恰一十九年。此前後表當是此時作。公時爲藍田尉云。［蔣之翹輯注］此表爲德宗所作也，下《爲耆老等復尊號表》二首皆同。蓋子厚爲藍田尉時作。按：韓説是，爲諸家所從。時京兆尹爲韋夏卿，此表即代夏卿作。《文苑英華》卷五五五作者名下注「貞元十九年」，非是。陳景雲《柳集點勘》卷三：「此三表及《爲耆老請復尊號表》、爲京畿父老上宰相、府尹二狀，並貞元十八年以藍田尉留府廷主文章時作。大尹韋夏卿以吏部侍郎除京兆，而結銜中尚帶前官，故上尹狀內稱侍郎是也。又爲韋夏卿《賀除竇群拾遺表》及《爲韋京兆祭杜河中文》，皆是年作。據舊史，群之除命在五月癸亥，而其歲三月除河中行軍司馬鄭元爲河中帥，故知前帥杜確當没於此春。」

【注　釋】

〔一〕［注釋音辯］德宗建中元年，群臣上尊號曰聖文神武皇帝，興元元年詔中外書奏不得言聖文神武之號。［百家注引孫汝聽曰］建中元年正月丁卯朔，群臣上尊號曰聖神文武皇帝，興元元年正月癸酉朔，詔中外書奏不得言聖神文武之號。

〔二〕［百家注］觖音決。按：觖望，即絶望。

〔三〕〔百家注引童宗説曰〕《禮》：「地不愛其寶。」按：見《禮記·禮運》。

〔四〕〔百家注引孫汝聽曰〕《書》：「惟黄上帝，降衷於下民。」〔蔣之翹輯注〕衷，善也。按：見《尚書·湯誥》。

〔五〕〔注釋音辯〕瘠，秦亦切，薄也。鹵，郎古切，鹹瀉也。〔百家注引孫汝聽曰〕鹵，鹹地。

〔六〕〔百家注引張敦頤曰〕《詩》：「大田多稼。」按：見《詩經·小雅·大田》。

〔七〕〔注釋音辯〕跼蹐，音局脊。〔韓醇詁訓〕跼音局，蹐音脊。按：跼蹐，局促不安貌。

第二表 闕①

【校記】

①注釋音辯本、游居敬本皆於題下注「闕」。百家注本、世綵堂本收有此表，然爲《爲耆老等請復尊號表》之《第二表》，題下注云：「一本云此第二表闕。此表乃下《爲耆老等請復尊號第三表》也。」注釋音辯本《爲耆老等請復尊號二首》之《第二表》題下注：「一本以此表補《京兆府請復尊號第二表》之闕。」蔣之翹輯注本云：「闕。或以下《爲耆老等請復尊號》第二表補之，非是。」按《文苑英華》卷五五五便將上表列爲《代京兆府耆老請復尊號表》第二表，與注釋音辯本、游居敬本同。當是。故從注釋音辯本、游居敬本、蔣之翹本、《英華》，將此表列爲闕文。

第三表①

臣某言：臣伏以耆老等並皆發丹誠②，將貫白日，請復徽號③，以光聖謨。臣以其懇款自中，不可禁止，遂抗表陳請，備述微誠。伏奉墨詔批答，未蒙允許者，衆心尚阻，天意未從，懇迫逾深，兢惶無措。

臣某伏惟皇帝陛下道大益謙④，化成彌損，雖江海善下〔一〕，每應朝宗之心〔二〕；而日月居高，久稱照臨之位。況復上承天命，下覩人誠，若然辭之，理有不可。伏以陛下功參造化，政體乾坤，萬邦宅心，百靈效職，此聖之至也。明并兩曜，信如四時，先天不違，窮神知化，此神之極也。道德純備⑤，禮樂興行，宸翰動於三光，睿藻窮於六義〔三〕，此文之備也。五兵不試〔四〕，七德咸宣〔五〕，殊方者知歸，負固者率服，此武之成也。黄龍皓兔，甘露慶雲，神禾嘉瓜，祥蓮瑞木，萬物暢遂，百穀茂滋，此天之至靈也。黎老班白，伏守闕庭，鰥嫠童幼〔六〕，謡歌道路，此人之至誠也。有其德而無其號，拒乎天而違乎人，雖陛下謙讓之至美⑥，抑非臣心之所安也。伏以賤志難明，微誠莫達，戴天彌懼⑦，履地益慚，不任懇迫屏營之至。伏願早建大號，以稱天人之心，謹再奉表昧死陳請以聞。

【校　記】

①《英華》列爲「第二表」。

②原注與詁訓本、世綵堂本注：「一無皆字。」《英華》無「皆」字。

③請復，世綵堂本作「復請」。

④《英華》「某」下有「中謝」二字。

⑤備，注釋音辯本、游居敬本、《英華》作「被」。

⑥原注：「一無謙字。」詁訓本無「謙」字，並注：「一有謙字。」

⑦戴，詁訓本作「對」。

【解　題】

此亦貞元十八年代京兆尹韋夏卿作，一請不允，再請不允，故有三也。

【注　釋】

〔一〕［注釋音辯］［百家注引孫汝聽曰］《老子》：「江海所以能爲百谷王者，以其善下之也。」

〔二〕［百家注引孫汝聽曰］《書》：「江漢朝宗于海。」按：見《尚書·禹貢》。

〔三〕［百家注引童宗説曰］《詩序》：「故詩有六義焉。」

〔四〕〔注釋音辯〕《周禮》「五兵」注：「戈、殳、戟、酋矛、夷矛。」〔百家注引孫汝聽曰〕《周禮》：「司兵掌五兵。」注云：「戈、殳、戟、酋矛、夷矛。」不試，不用也。按：見《周禮·夏官司馬·司兵》。

〔五〕〔注釋音辯〕《左傳》宣公十二年：「夫武，禁暴、戢兵、保大、定功、安民、和衆、豐財也。武有七德。」按：百家注本引王儔補注略同。

〔六〕〔注釋音辯〕嫠，陵之切。〔韓醇詁訓〕嫠，力之切，無夫也。

【集評】

陸夢龍《柳子厚集選》卷四：叙述略法左氏，而筆華氣俊，又似司馬長卿。

爲耆老等請復尊號表二首①

京兆府長安縣耆老臣石靈等言②：臣伏以陛下尊號未復一十九年〔一〕，盛德光大，玄化益被③，加以休徵咸集，福應具臻，至於今歲，紛綸尤盛。風雨必順，生長以時，五稼盡登④，萬方皆稔，神意人事⑤，正在於斯。天不可違，時不可棄⑥，臣等誠懇誠迫，頓首頓首。臣聞恩深必報，德盛必崇，以陛下九重之尊，推崇無上；以陛下四海之大，報效何施？唯有尊名，用光聖理，闕然未復，誰所敢安？臣心則微，天意甚重。伏惟皇帝陛下體昊穹以施化，虔上帝以致誠，今即萬祥應期⑦，百神奉職，飛走之物皆已效靈，草木之類咸能應聖。天命降於上，人誠發於中，此而可辭，孰云有奉？况復野多滯穗⑧〔二〕，畝有餘糧，足食之慶，充溢於京坻⑨〔三〕；阜財之謡，歡呼於道路。盡非人力，皆是天成，神祇之望既勤，遐邇之心又迫。况臣等得生邦甸，幸遇盛明，身體髮膚，盡歸於聖育；衣服飲食，悉自於皇恩。被玄化而益深，望鴻名而未覩，懇倒之至，夙夜不寧。謹詣光順門昧死請復聖神文武之號〔四〕，以副天地宗社之心，使海内赤子得安其所。臣等不勝懇倒迫切之至，謹奉表以聞⑩。

【校　記】

①「二首」二字原闕，詁訓本、世綵堂本同，《英華》題作「代京兆府耆老請復尊號表」，收入二篇。此爲前篇，後者題「第二表」。此從注釋音辯本。原注與世綵堂本注：「一本題云二首，即以前《爲京兆府請復尊號第二表》爲次篇。」注釋音辯本注：「一本無二首字。」

②原注與詁訓本注：「靈，一作霮。」石靈，注釋音辯本作「某」，並注云：「一本作石靈等，一本作石霮等。潘（緯）云：霮，徒感切。」世綵堂本「老」後無「臣」字，並注：「靈，一作霮，一作臣某等。」

③上二句原注與詁訓本、世綵堂本注：「一作『盛德彌光，大化益被』。」注釋音辯本、《英華》作「盛德彌光，大化益被」。注釋音辯本注：「光大，一本作『大玄』字。」
④稼，詁訓本作「穀」。
⑤意，《英華》注：「《類表》作應。」
⑥《英華》脱「違時不可」四字。
⑦即，《英華》作「則」。萬，注釋音辯本、游居敬本作「千」。
⑧「復」原闕，據諸本補。
⑨坻，注釋音辯本作「坵」，並注：「坵與坻同。」詁訓本注：「俗作坵。」五百家注本作「抵」。
⑩注釋音辯本無此句。

【解　題】

［韓醇詁訓］並見上《京兆府賀表》注。按：此爲膺京兆尹之命配合京兆府請復尊號所作。接二連三上表，實爲韋夏卿所導演的一出鬧劇。

【注　釋】

〔一〕［百家注引孫汝聽曰］時貞元十八年。

〔二〕［百家注引童宗説曰］《詩》：「此有滯穗，伊寡婦之利。」按：見《詩經·小雅·大田》。鄭玄箋：「成王之時，百穀既多，種同齊熟，收刈促遽，力皆不足，而有不穫不斂，遺秉滯穗，故聽矜寡取之以爲利。」

〔三〕［注釋音辯］（坻）直飢切，水中可居曰坻。《詩》：「曾孫之庾，如坻如京。」［韓醇詁訓］直饑切，水中可居曰坻。《方言》云：「坻，場也。梁宋間，蚍蜉犂鼠之場謂坻。」［百家注引孫汝聽曰］《詩》：「曾孫之庾，如坻如京。」坻，小丘，直飢切。按：百家注本引童宗説注同韓注。見《詩經·小雅·甫田》及揚雄《方言》卷六。

〔四〕光順門在唐大明宫宣政殿西側，爲臣下進獻章表及貢物之處。

第二表①

京兆府長安縣耆老臣石靈等言②：伏奉墨詔③，批臣所請復尊號④，未蒙允許者。捧對惶遽，不知所裁。天實命之，於臣何有？臣等誠懇誠懼，頓首頓首。

臣聞聖君以奉天爲心，不以謙沖爲德⑤；以順人爲大，不以崇讓爲優。今陛下深拒天人之誠，猶懷謙讓之道，臣等愚惑，未知所歸。且百祥荐臻，特表昊穹之睠〔一〕；五穀蓄熟，用彰后土之勤。億兆嗷嗷〔二〕，籲天請命〔三〕，上下交應，幽明同心，舉而違之，臣所未識。

況臣等共被仁育，同臻太和，陛下德達上玄，以豐臣之衣食⑥；道躋壽域，以延臣之歲年。沐浴皇風，二十餘載，兒童感化，鰥寡知恩。故臣等出鄉之時，歡呼遍野，閭里勉臣以不進不止，妻孥誓臣以不遂不歸⑦。唯竭血誠，退無面目，便當殞首闕下，終不徒還。伏惟陛下照臣懇迫之情⑧，哀臣羸老之命，臣等不勝嗚咽慙恨之至。謹奉表陳請以聞⑨。

【校　記】

①此篇原列爲《爲京兆府請復尊號表三首》之《第二表》，詁訓本、五百家注本、世綵堂本皆同，非是。據注釋音辯本及《英華》改正。

②原注與詁訓本、世綵堂本注：「靈，一作霑。」霑，原注與世綵堂本注：「徒濫切。」《英華》「縣」上有「等」字。

③《英華》無「詔」字。

④原注與世綵堂本注：「一作『批答臣等』云云。」《英華》「批」下有「答」字。

⑤謙沖，注釋音辯本、世綵堂本、《英華》、《全唐文》作「執謙」。

⑥臣，注釋音辯本、詁訓本作「人」。

⑦孥，詁訓本作「子」。

⑧情，原注與注釋音辯本、詁訓本、世綵堂本注：「一作誠。」

⑨請，原作「謝」，據世綵堂本及《英華》改。

【解 題】

此爲《爲耆老等請復尊號》之第二表，由二表皆云「耆老臣石靈」可知。一表未允，故復上第二表也。亦貞元十八年作。

【注 釋】

〔一〕［注釋音辯］（睠）旨倦切。［韓醇詁訓］音眷。按：睠，顧也。

〔二〕［韓醇詁訓］（嗷）音敖。按：呼號聲。

〔三〕［百家注引孫汝聽曰］《書》：「無辜籲天。」注：「籲，呼也。」按：見《尚書·泰誓中》。

【集 評】

陸夢龍《柳子厚集選》卷四：總是諛耳，何需說得如此痛切。又評：文自佳。

禮部爲文武百寮請聽政表三首①

臣某等言：臣聞大道必體於至公，大孝莫高於善繼②〔一〕，上觀列聖，旁考前王，罔不俯就禮文③，仰承大事，嚴奉宗廟，慰安元元④〔二〕，然後德教惟新，邦家永固。伏惟皇帝陛下寢苫泣血〔三〕，號慕無時，貫于神明，動于天地，未臨庶政，猶徇至誠。凡在人臣，孰不哀懼。伏惟先聖遺旨⑤，俾陛下抑哀而聽政，本朝乏人，使臣等竭忠以奉上⑥。非敢懼死，輒布懇詞，期於必從⑦，以慰寰宇。且王業至重，軍國方殷，一日萬機⑧，不可暫闕。伏願追遵顧命⑨，蹈履成規，恢王者華夷之望⑩，順上帝乃眷之懷。臣等不勝哀迫誠懇之至。

【校　記】

①《英華》「寮」作「官」。詁訓本、《英華》皆無「三首」二字。按：此有四表，其中有二表或署林逢作，非是。詳見各表之辯證。

②莫，《英華》作「無」。

③禮，詁訓本作「體」。

④《英華》「廟」作「社」，「元元」作「黎元」。

⑤惟，《英華》作「以」。

⑥以，《英華》作「而」。

⑦期，《英華》作「朝」。

⑧機，詁訓本、《全唐文》作「幾」。《英華》注：「一作萬機之事。」按：《尚書·皋陶謨》：「兢兢業業，一日二日萬幾。」孔安國傳：「幾，微也。言當戒懼萬事之微。」《漢書·王嘉傳》上封事引作「萬機」，顔師古解爲帝王當戒慎危懼，以理萬事之機。李匡乂《資暇集》卷上以「機」字爲非。然後人多通用。

⑨遵，游居敬本、《全唐文》作「尊」。

⑩夷，詁訓本作「夏」。

【解　題】

［注釋音辯］順宗時。潘本作四首。［韓醇詁訓］此爲順宗作也。《順宗實録》：「貞元二十一年正月癸巳，德宗崩。庚子，百寮請聽政。」公是時爲禮部郎官，當順宗未免喪作也。按：韓説是。《舊唐書·順宗紀》：「（貞元二十一年正月）庚子，群臣上書請聽政。」時順宗因病失音，百官奏事，自帷中可其奏。

【注釋】

〔一〕［百家注引孫汝聽曰］《禮記》："孝子善繼人志，善述人事。"按：見《禮記·中庸》。

〔二〕《戰國策·秦策一》："制海内，子元元。"元元，民衆。

〔三〕［注釋音辯］苫，詩廉切，草也。居喪以爲覆席。［韓醇詁訓］苫，失廉切，草也。居喪以爲覆蓆。

［百家注引韓醇曰］貞元二十一年正月癸巳，德宗崩。丙申，順宗即位。

第二表

伏惟大行皇帝知陛下至性自天①，恐陛下執哀過毁，上惟九廟之重，下念萬務之殷，故遺詔丁寧，俾遵舊典。今百辟卿士，顒然在庭，瞻望清光，已七日矣〔一〕。固陳誠請，猶未允從，内外憂惶，莫知所出。臣聞大孝之本，繼志爲難；酌禮之情，得中爲貴②。是以哀迷期數，哭泣有常，俯而就之〔二〕，聖人所重；知難繼也〔三〕，君子不爲。伏願少抑哀懷③，仰遵理命〔四〕，以副神祇之望，以安億兆之心。光祖業於無窮，流德化於天下④，凡在臣子，孰不悲戴。

【校　記】

①惟，原作「奉」，據詁訓本改。

②得，《英華》作「尚」。

③懷，《英華》作「情」。

④化於天下，《英華》作「教於千古」。

【解　題】

［注釋音辯］晏元獻本據《文苑英華》，此表乃是林逢《請聽政第三表》。［韓醇詁訓］晏元獻本據《文苑英華》，此表乃是林逢《請聽政第三表》，别有子厚《第二表》，今載於後。按：《文苑英華》卷五九九載林逢《宰臣等請聽政表七首》，此表列第三，校者云：「此篇柳宗元集中誤收作《第二表》，晏元獻公云：是林逢作，決非宗元。」蔣之翹輯注本將此表列爲「附」，確認其爲林逢作。岑仲勉《唐集質疑·柳柳州外集》：「依彭氏引文，晏殊《第二表》已疑之，而世綵堂本三七收入此表，且注云：『晏元獻本，據《文苑英華》，此表乃是林逢《請聽政第三表》，别有子厚第二表，今載於後。』注於晏氏之疑，引叙不明，恍若晏確認其爲柳文者。」岑氏已疑諸家所辯不確。此表云「已七日矣」，據《舊唐書·順宗紀》：德宗崩於貞元二十一年正月癸巳，庚子，群臣上書請聽政。庚子恰爲第八天，已過七日，若非柳宗元作，不應暗合如此。再據《憲宗紀》：順宗崩於元和元年正月甲申，辛卯，群臣請聽

政。爲第九日。《穆宗紀》：憲宗崩於元和十五年正月庚子，丙午，穆宗即皇帝位。爲第七日。《敬宗紀》：穆宗崩於長慶四年正月壬申，丙子，群臣準遺詔奏皇帝寶册，五上章請聽政。爲第五日，云林逢表請敬宗聽政，更爲不合。故知此表確爲柳宗元作。

【注釋】

〔一〕〔百家注引孫汝聽曰〕貞元二十一年正月庚子。

〔二〕〔注釋音辯〕《禮記·檀弓上》：「子思曰：先王之制禮也，過之者俯而就之，不至焉者跂而及之。」按：百家注本引作童宗説曰。

〔三〕〔注釋音辯〕同上：「季子皋曰：買道而葬，後難繼也。」

〔四〕〔注釋音辯〕理即治也。

又第二表①

臣某等言：臣聞聖凡殊塗，邦家異禮，故王者捨己從物，用身許天，雖居達喪〔一〕，猶以事奪。伏以大行皇帝道成鑄鼎〔二〕，仙等御龍〔三〕，萬姓長號〔四〕，九有顒望。陛下以聰明睿聖，嗣守寶圖，爰及宅憂〔五〕，迨兹累日。而孝思罔極〔六〕，尚輟乃讙之言②〔七〕；庶政未釐，頗闕如絲之命〔八〕。臣等嘗覽載籍，粗知喪紀，若成周《顧命》〔九〕，歷代猶遵；西漢詔音[③]〔一〇〕，前王所奉。我國家以孝理天下，文明應期，上用此法[④]，胥以傳授。蓋事歸至當，則不可不遵；禮貴從宜，則不得不守，理固然也。臣等是以上陳愚懇[⑤]，輕瀆宸嚴，冀遂血誠，俯親國政。而陛下執喪逾切，聽理未聞，億兆嗷嗷，不知所訴。臣以爲天子之孝，在於保安社稷，司牧烝黎，功超百王，慶流萬代，亦何必守臣下之小節，蔑皇王之大猷，固阻群情，務成謙德！伏願以遺詔爲念，奪在疚之懷，就臨軒之制，天下幸甚。不勝哀惶懇迫之至[⑥]。

【校　記】

① 題原作「又」，詁訓本、世綵堂本、五百家注本皆同，注釋音辯本作「又第二表」。《英華》列爲《禮部爲文武百官請聽政表》之《第二表》。按：此表亦爲柳宗元作，故題從注釋音辯本。

② 讙，注釋音辯本、五百家注本、游居敬本及《全唐文》作「雍」。按：《禮記·檀弓下》「言乃讙」，《尚書·無逸》作「言乃雍」，均通。

③ 原注與世綵堂本注：「一本云『西漢遺詔』。」注釋音辯本注：「『詔音』，一本作『遺詔』，謂漢文帝遺詔令天下以日易月。」《英華》即作「西漢遺詔」。

④ 上，《英華》注：「《類表》作『亦』。」

⑤ 以，《英華》作「敢」。

⑥末句各本皆無，據《英華》補。

【解題】

〔注釋音辯〕晏元獻本。按《文苑英華》，此乃宗元所作。〔韓醇詁訓〕此《文苑英華》所載子厚表也。〔蔣之翹輯注〕此晏元獻本據《文苑英華》所載子厚《第二表》也，謂舊表乃林逢《請聽政第三表》，今附篇末。按：此確爲柳宗元作，諸家已明之無誤。

【注釋】

〔一〕〔注釋音辯〕達即通也。〔百家注引孫汝聽曰〕孔子曰：「三年之喪，天下之通喪也。」通，達也。按：見《論語·陽貨》。

〔二〕〔注釋音辯〕謂德宗。

〔三〕〔注釋音辯〕黄帝採首山銅，鑄鼎荆山下。鼎既成，有龍垂胡髯下迎黄帝，黄帝上騎，後宫從上龍者七十餘人，因名其處曰鼎湖。按：百家注本引孫汝聽注同。見《史記·封禪書》。

〔四〕〔注釋音辯〕（號）平聲。

〔五〕〔百家注引劉崧曰〕《書》：「王宅憂，諒陰三祀。」宅，居也。按：見《尚書·説命上》。

〔六〕〔百家注引孫汝聽曰〕《詩》：「永言孝思。」又曰：「欲報之德，昊天罔極。」按：見《詩經·大雅・下武》及《小雅・蓼莪》。

〔七〕[注釋音辯]高宗諒陰，三年不言，言乃雍。[百家注引童宗説曰]《禮記》：「高宗諒陰，三年不言，言乃讙。」按：見《禮記・檀弓下》。

〔八〕[百家注引劉崧曰]《禮記》：「王言如絲，其出如綸。」按：見《禮記・緇衣》。

〔九〕[韓醇詁訓]成王將崩，命召公、畢公率諸侯相康王，作《顧命》。按：見《尚書・顧命》。

〔一〇〕[韓醇詁訓]文帝將崩，有遺詔以令天下。[百家注引孫汝聽曰]漢文帝將崩，有遺詔以令天下，以日易月。按：見《後漢書・荀爽傳》。

【集評】

《王荆石先生批評柳文》卷九：風行水上，自然成章。

陸夢龍《柳子厚集選》卷四：坦而莊。

第三表①

伏以萬機至重②，遺旨難違，再獻表章，上塵旒扆〔一〕。精誠徒竭③，天意未迴，内外遑遑，人神企望。臣聞王者之孝，異於匹夫，禮不相沿〔二〕，道資適變。當承平之代④，故殷帝宅憂而不言〔三〕；遇有事之時，則周王未葬而誓衆〔四〕。況今戎車猶駕，邊候多虞，兩河之寇盜難除⑤，百姓之瘡痍未合，亂者思理，危者求安，天下嗷嗷，正在今日。誠宜抑其至性，以副群心，成先帝之大功，繼中興之盛業。豈可寢苫啜泣〔五〕，庶政闕然？九廟之靈何報？萬方之望何塞？臣等職參樞近，誠切邦家，若陛下未忍臨軒，尚持前志，臣等有死而已，不敢奉詔。不勝哀迫懇切之至。

【校　記】

①諸本皆題作「第三表」，《英華》列林逢《宰臣等請聽政表七首》之《第四表》。

②至，《英華》作「事」。

③誠，詁訓本作「神」。

④當，《英華》作「向」。

⑤難，《英華》作「雖」，並注：「柳集作難，非。」

【解　題】

此表仍爲柳宗元代百官請順宗聽政之作，非林逢作，見辯證。

【注釋】

〔一〕［百家注引孫汝聽曰］旒，謂冕旒。扆，謂斧扆。

〔二〕［注釋音辯］（沿）餘專切。

〔三〕［注釋音辯］商高宗。按：《尚書·無逸》：「其在高宗，時舊勞于郊，爰暨小人，作其即位，乃或亮陰，三年不言。」孔安國傳：「言孝行者。」

〔四〕［注釋音辯］武王伐紂。［百家注引孫汝聽曰］周王，謂武王也。按：文王崩，武王爲文王木主，載以車，率軍伐紂。見《史記·周本紀》。

〔五〕［注釋音辯］苦，詩廉切。啜，株悦切。［百家注引童宗説曰］《詩》：「啜其泣矣，何嗟及矣。」按：見《詩經·王風·中谷有蓷》。

【集評】

《王荆石先生批評柳文》卷九：更出議論。

【辯證】

《文苑英華》卷五九九題下注：「此篇亦誤入柳宗元集，作《禮部爲文武百寮請聽政第三表》。」

按表文云『兩河之寇盜雖除，百姓之瘡痍未合』，乃是穆宗、敬宗時事，宗元元和十五年卒，誤收何疑。」彭叔夏《文苑英華辨證》卷五：「林逢《請聽政表七首》第三表載柳宗元集中，作《第二表》，晏元獻公云：柳集《第二表》，據《文苑》，乃林逢《第三表》，而柳集又自别有《第二表》，《第四表》亦載柳集，作《第三表》。詳表文云『兩河之寇盜雖除（柳集作難除，非），百姓之瘡痍未合』，又云『成先帝之大功，繼中興之盛業』，乃穆宗、敬宗時事。宗元當憲宗元和十四年已卒，此二表柳集誤收，何疑？」王應麟《困學紀聞》卷一七：「《請聽政第三表》，《文苑英華》乃林逢《第四表》。云『兩河之寇盜雖除，百姓之瘡痍未合』，乃穆宗、敬宗時事。」章士釗《柳文指要》上《體要之部》卷三七：「《第三表》辭情懇到，非子厚似不解著斯語。……中唐兩河戰役，亟肆疲我，憲、穆、敬三朝，並無多少出入，叔夏遽謂表中數語指穆宗、敬宗時事，難於涉及憲宗聽政之初，殊嫌武斷。何況穆宗初即位時，兩河略定，形勢甚好，蕭俛、段文昌等以爲漸宜削兵，請密詔天下有兵處每歲百人中，限八人逃死，上可其奏。……據此，穆宗初，有何寇盜難除、瘡疾未合云云之急迫現象，足資未葬誓衆者乎？」又云：「據上所述，將林逢七表限斷在敬宗朝内，當去史實不遠。蓋敬宗爲一童心熾盛之嗣皇，一入宫廷，即荒淫無度，日從嬖幸，以游畋爲日行公務，置國家正事於不問。時裴度、牛僧孺、柳公綽諸老宿皆在廷，而大抵踖踧莫可如何，卒之不到兩年，夜獵還宫，與宦寺輩擊毬飲酒，爲小宦蘇佐明手刃於更衣室内，時年尚不足十八歲。所謂請聽政者，借闇陰之美名，阻淫昏之實跡，兩年之間，連犿七表，號稱日日宅憂，職是日日荒淫，此乃有唐之顯明醜政，人道之極端荒唐。而輒累及當時之鴻才碩學，爲之草表以全顔面，甚且闌入子厚集中，圖飾中外後代觀聽，一何可恨！」按：章士釗前已肯定爲柳作，後又否之，前後矛盾。此表諸家皆以爲林逢作，非是。德宗建中二年，魏博田悦反，三年，田悦與幽州朱滔、鎮州王武俊、淄青李納結盟，皆自稱王。興元元年，田悦等方去王號，朝廷被迫承認其爲世襲藩鎮。表云「兩河之寇盜難除」，正是順宗即位時的實際情况。林逢《第五表》云「承二百年之丕圖，當十三聖之大業」，自高祖武德元年至穆宗長慶四年爲二百零六年，敬宗爲第十三君。《第七表》云「況元和已前十有一聖矣，皆以孝理化於萬國……大行皇帝恭承昌緒，亦遵前訓」，由憲宗上溯至高祖，適爲十一帝，大行皇帝指穆宗。此等表爲請敬宗聽政無疑。《舊唐書·敬宗紀》：「（長慶）四年正月壬申，穆宗崩。……丙子，群臣准遺詔奏皇帝寶册……群臣五上章請聽政，從之。」然林逢有七表，多出二表。若除去收入柳宗元集中的二表，恰爲五表。可知林逢七表中，五表爲林逢於穆宗崩後代宰臣作請敬宗聽政之作，二表則確爲柳宗元之作，《文苑英華》誤編入林逢表中也。林逢之表也非爲諫敬宗荒怠之作。《新唐書·藝文志四》著録林逢《續掌記略》十卷，鄭樵《通志》卷七〇《藝文略第八》：「《掌記略》十五卷。（原注：唐太華集牋奏表狀書檄，自晉至唐。又集唐者爲《新掌記》。）《新掌記略》十卷。（唐有九卷。）《續掌記略》十卷。（唐林逢集。）」則《文苑英華》林逢名下所收之表很可能皆出自林逢所輯《續掌記略》，若此，上述二表更當屬柳宗元。

賀踐祚表①

臣某言：太子中舍嚴公弼至〔一〕，奉某月日敕書慰諭②。伏承陛下以某月日虔奉典册，允昇寶位〔二〕，凡在群生，孰不慶幸。臣某誠懽誠抃，頓首頓首。

臣聞天地泰而聖人出，雷雨解而品物榮〔三〕，是以五行迭用，木火更其位；十葉重光③〔四〕，宗廟輔其德。殷宗龔默④，再開成湯之業⑤；漢文聰明，克承高祖之緒⑥。陛下重離出曜〔五〕，體乾繼統，主鬯彰孝恭之美，撫軍著神武之功〔六〕。欽奉遺訓⑦，永保鴻業，遏密之中，施雨露以被物；遐邇之地，覩日月之繼明。則四維之外，八極之表，人神胥悦，草木皆春，煦嫗生成〔七〕，不失覆載。況臣謬膺藩守⑧，累受國恩，爰自出身，洎乎領鎮，沐浴聖澤，優游昌時，不獲覩闕庭之禮，展臣庶之分。戴天賀聖⑨，倍萬恒情。

【校　記】

①《英華》題作「賀登極表」。

②《英華》「奉」上有「伏」。

③ 十，《柳柳州外集》作「千」。

④ 龔，《柳柳州外集》、《英華》、《全唐文》作「恭」。

⑤ 開，《柳柳州外集》作「闡」。《英華》注：「集作闡。」

⑥ 祖，《英華》注：「集作帝。」

⑦ 原注與詁訓本、世綵堂本注：「奉，一作承。」注釋音辯本、《英華》作「承」。注釋音辯本注：「承，一本作奉字。」

⑧ 藩守，《英華》作「守土」，並注：「集作蕃守。」

⑨ 賀，《英華》作「荷」。

【解　題】

［注釋音辯］順宗即位，宗元代節鎮作此。［韓醇詁訓］此順宗即位之日，公代一節鎮作也。表云「臣謬膺藩守，累受國恩」，即非公自作。又公自永貞元年憲宗即位即出爲邵州，繼爲永州司馬，再復召，貶柳州，盡元和十四年而卒，即無踐阼之事。又憲宗本受内禪，而表云「欽承遺訓，永保洪業」，不相應用，知其順宗踐阼之時代藩臣作也。按：二家注是，爲貞元二十一年正月順宗即位柳宗元代某節鎮作。

【注釋】

〔一〕［注釋音辯］公弼乃山南西道節度嚴震之子。［百家注引孫汝聽曰］嚴公弼，山南西道節度使震之子，貞元五年中第。

〔二〕［百家注引孫汝聽曰］貞元二十一年正月癸巳，德宗崩。丙申，順宗即位。

〔三〕［注釋音辯］［韓醇詁訓］解，下隘切。

〔四〕十葉，十世也。自高祖至順宗，恰爲十世。

〔五〕重離，重者二也，重離即日月。

〔六〕［百家注引孫汝聽曰］《左氏》：「行曰撫軍，守曰監國。」按：見《左傳》閔公二年，原文作「從曰撫軍」。

〔七〕［注釋音辯］潘（緯）云：煦，吁句切。嫗，於湡切。天以氣煦，地以形嫗。［韓醇詁訓］煦，吁句切。嫗，於武切。以氣曰煦，以體曰嫗。

禮部賀改永貞元年表

臣某等言：伏奉今日誥①，今月九日册皇帝，改貞元二十一年爲永貞元年。自貞元二十一年八月五日昧爽以前②〔一〕，應犯死罪特降從流，流已下遞降一等者〔二〕。寶命方始，聖曆用彰③，載宣臨照之明，遂施涣汗之澤。臣某等誠慶誠賀，頓首頓首。伏以重光下濟④，積慶旁行⑤，漢祖推奉教之尊〔三〕，文王遂無憂之志〔四〕。正名紀曆⑥，表運行於萬方；宥過輕刑，流汪濊於四海〔五〕。歡呼抃蹈，遐邇攸同。臣某等親奉聖謨，仰承大化，踊躍之至，倍萬恒情。無任蹈舞欣慶之至。

【校　記】

①誥，《英華》作「詔」，並注：「集作誥命。」。

②「五」原闕，據諸本補。

③用，注釋音辯本作「周」。

④《英華》「伏」上有「臣」字。以，《英華》注：「《類表》作惟。」

⑤行，《英華》作「流」。

⑥原注與注釋音辯本、詁訓本、世綵堂本皆注：「名，一作明。」

【解　題】

［注釋音辯］宗元爲禮部郎中，賀憲宗。［韓醇詁訓］此憲宗即位改元表也。正元二十一年正月，順宗即位，八月立皇太子爲皇帝，是爲憲宗，改元永貞。公是時爲禮部郎官作。

【注釋】

〔一〕《尚書·太甲上》：「先王昧爽丕顯，坐以待旦。」昧爽指天未全明之時。

〔二〕［百家注引孫汝聽曰］貞元二十一年八月庚子，順宗制令太子即皇帝位，朕稱太上皇，制敕稱誥。辛丑，誥改元永貞元年。

〔三〕［注釋音辯］《前漢·高祖紀》：「詔曰：子有天下，尊歸於父。朕被堅執鋭，平暴亂，立諸侯，皆太公教誨也。今尊太公曰太上皇。」［百家注引孫汝聽曰］漢高帝六年五月丙午詔曰：「父有天下，傳歸於子；子有天下，尊歸於父。朕被堅執鋭，平暴亂，立諸侯，皆太公教誨也。今尊太公曰太上皇。」

〔四〕［注釋音辯］《中庸》：「無憂者其唯文王乎？以王季爲父，以武王爲子。」按：百家注本引劉崧注引作《禮記》。見《禮記·中庸》。

〔五〕［注釋音辯］濊，於廢、烏外二切。汪濊，深廣也，又言饒多。［韓醇詁訓］濊音穢。

【集評】

陸夢龍《柳子厚集選》卷四：「重光下濟」：四語確甚。

禮部太上皇誥宜令皇帝即位賀表

臣某等言①：伏奉今日太上皇制，命陛下即皇帝位。光奉寶圖，丕承鴻業，溥天率土，慶躍難勝。臣某等誠喜誠抃，頓首頓首。臣聞皇建其極，存諸大訓〔一〕，帝出于震，著在《易經》〔二〕。繼明以照于四方〔三〕，重熙以臨於萬國，動植品彙，永賴昭蘇，山川鬼神，咸用欣戴。臣某等獲備班列，親仰聖明，踊躍之誠，倍萬恒品。無任抃躍喜慶之至。

【校　記】

① 五百家注本無「某」字。

【解　題】

［注釋音辯］順宗傳位憲宗。［韓醇詁訓］太上皇，順宗也。《本紀》：「永貞元年八月庚子，立皇太子爲皇帝，自稱曰太上皇。」皇帝即憲宗也。公在禮部作。

【注釋】

〔一〕「百家注引孫汝聽曰」大訓，謂《書・洪範》。按：《尚書・洪範》：「廢父興子，堯舜之道，天乃錫禹《洪範》九疇，彝倫攸叙。」其中「五曰建用皇極」，孔安國傳：「皇，大也。極，中也。」

〔二〕《周易・說卦》：「帝出乎震。」

〔三〕「百家注引童宗說曰」《易》：「大人以繼明照于四方。」按：見《周易・離》。

禮部賀立皇太子表①

臣某等言：伏奉今月二十四日制，廣陵郡王宜册爲皇太子，改名某〔一〕，仍令所司擇日備禮册命者。天序有奉，皇圖載寧②，臣某等誠慶誠賀，頓首頓首。臣聞《尚書》載「以貞」之文③〔二〕，漢史傳早建之議〔三〕，不惟立愛〔四〕，期在繼明④〔五〕。陛下奉率前規，敷揚盛典，顧茲守器之重〔六〕，爰正承華之位〔七〕。尊義方之教⑤〔八〕，載錫嘉名〔九〕；崇建樹之禮，式光典命⑥。以長而立〔一〇〕，自符於慎擇；必子之選⑦，遂合于至公。邦本不摇，王業彌固。此皆宗社垂祉，啟祐皇心，乾坤合謀⑧，保安聖運，足以播休氣於四海，洽大和於萬靈。食毛含齒〔一一〕，所同歡慶。臣等奉承制命，蹈舞周行，踊躍之誠，倍百恒品。無任慶抃感悦之至，謹奉表陳賀以聞⑨。

【校　記】

①《英華》「禮部」作「百寮」，「立」作「册」。

②圖，《英華》作「心」。

③尚，注釋音辯本、詁訓本、世綵堂本、《英華》作「商」。按：「以貞」出《尚書·太甲下》，作「尚」是。

④期，注釋音辯本、世綵堂本、游居敬本、《英華》作「其」。並注：「一本『其』作『期』字。」

⑤世綵堂本注：「尊，一作遵。」

⑥典命，詁訓本注：「一作令典。」

⑦之，《英華》作「而」。

⑧合，《英華》作「叶」。

⑨注釋音辯本無「謹奉表」等七字。「踴躍」以下，《英華》作「不勝歡抃之至」。

【解　題】

［注釋音辯］廣陵王，即憲宗。［韓醇詁訓］《順宗紀》：貞元二十一年三月，立廣陵郡王純爲皇太子。即憲宗也。初名淳，改名純。故表言「改名某」，又云「再錫嘉名」也。公在禮部作。

【注釋】

〔一〕［百家注引孫汝聽曰］順宗貞元二十一年三月二十四日，立子廣陵王淳爲太子，改名純。即憲宗也。

〔二〕［百家注引劉崧曰］《書》：「一人元良，萬邦以貞。」按：見《尚書·太甲下》。

〔三〕［注釋音辯］前漢《文帝紀》。［百家注引孫汝聽曰］漢文帝元年，有司請早建太子。

〔四〕［百家注引韓醇曰］《書》：「立愛惟親。」按：見《尚書·伊訓》。

〔五〕［百家注引王儔補注］《易》：「大人以繼明照于四方。」按：見《周易·離》。

〔六〕［百家注引張敦頤曰］《易》：「主器者莫若長子。」按：見《周易·説卦》。

〔七〕［百家注引孫汝聽曰］承華，太子官名。

〔八〕［百家注引王儔補注］《左傳》：「愛子，教之以義方，弗納於邪。」按：見《左傳》隱公三年。

〔九〕［百家注引孫汝聽曰］《離騷》：「皇攬揆予於初度兮，肇錫余以嘉名。」此謂改名爲純也。

〔一〇〕［百家注引孫汝聽曰］《春秋公羊傳》：「立嫡以長不以賢。」按：見《公羊傳》昭公二十年。

〔一一〕《左傳》昭公七年：「封略之内，何非君土？食土之毛，誰非君臣？」毛謂土地生長的植物。含齒指人類。《列子·黄帝》：「戴髮含齒，倚而趣者，謂之人。」

禮部賀皇太子册禮畢德音表①

臣某等言：伏奉今日制②，皇太子册禮云畢，思與萬方同其惠澤者③〔一〕。盛典斯舉，鴻恩遂行，凡在率土，不勝抃躍。臣某等誠喜誠賀，頓首頓首。

伏惟皇帝陛下克奉神休④，以正邦統，建天下之本，宗廟以安；致萬國之貞，兆人攸賴⑤。典册既備，慶澤載流，既廣愛而推恩，亦好生而布德，緩刑而囹圄知感，進勳而嗣續增榮〔二〕。崇教諭之方，忠良是舉〔三〕；嚴贊襄之禮⑥，賜與有加。旌孝悌以厚於人倫〔四〕，敬鬼神而修其祀事。況行禮之日，則屏翳收蹟〔五〕，太陽宣精，用彰出震之休〔六〕，更表重離之曜〔七〕。神化旁暢，皇風遠揚，自華及夷，異俗同慶。臣等謬參著定⑦〔八〕，倍百恒情，無任懽慶踊躍之至。

【校　記】

①《英華》題作「禮部賀赦册皇太子禮畢表」。

②《英華》、《全唐文》「制」下有「書」。

③思，《英華》作「恩」。

④《英華》無「皇帝」二字。

⑤攸，《英華》作「休」。

⑥原注與注釋音辯本、詁訓本、世綵堂本等注：「襄，一作相。」《英華》即作「相」。

⑦注釋音辯本、《英華》「臣」下有「某」。

【解　題】

［注釋音辯］貞元二十一年。［韓醇詁訓］見上注。［百家注引韓醇曰］公爲禮部郎官時作。

按：《舊唐書·順宗紀》：「（貞元二十一年四月）戊申，詔以册太子禮畢，赦京城繫囚，大辟降從流，流以下減一等。」

【注　釋】

〔一〕［百家注引孫汝聽曰］貞元二十一年四月戊申，詔曰：「册禮云畢，感慶交懷，赦京城繫囚，大辟降從流，流已下減一等。」

〔二〕［百家注引孫汝聽曰］詔云：「文武常參並州縣官子爲父後者，賜勳兩轉。」

〔三〕［百家注引孫汝聽曰］詔云：「古之所以教太子，必茂選師傅以翼輔之，法於訓詞而行其典禮。

左右前後，罔匪正人，是以教諭而成德也。給事中陸質、中書舍人崔樞，積學懿文，守經據古，夙夜講習，庶叶於中，並充皇太子侍讀。」

〔四〕［百家注引孫汝聽曰］詔云：「天下孝子順孫先旌表門閭者，委所營州縣各加存恤。」

〔五〕［百家注引孫汝聽曰］屏翳，雲師也。

〔六〕［百家注引童宗説曰］《易》：「帝出乎震。」按：見《周易·説卦》。

〔七〕重離，《周易·離》：「明兩作離，大人以繼明照于四方。」

〔八〕［百家注引孫汝聽曰］著定，位序也。按：《左傳》昭公十一年：「叔向曰：單子其將死乎？朝有著定，會有表，衣有禬，帶有結。」此代禮部作，禮部皆朝官，故曰著定。

爲王京兆皇帝即位禮畢賀表

臣某等言：臣聞大人繼明，百神所以受職；天子有道〔一〕，萬國由是承風。伏以皇帝陛下纘聖垂休，順時御極，負扆而會朝夷夏①〔二〕，踐祚而統和天人〔三〕，幽明感通，遐邇昭泰，遂使祥光下燭，嘉氣旁通。周王謝流火之符〔四〕，魯史愧書雲之典〔五〕，食毛含齒〔六〕，歡抃無窮。臣某等幸覩昌時，獲奉大慶，踊躍之至，倍萬恒情②。無任蹈舞欣躍之至③。

【校記】

① 會，原作「外」，據注釋音辯本、詁訓本、世綵堂本等改。

② 恒，注釋音辯本作「常」。

③ 詁訓本此句作「無任蹈舞」。

【解題】

［注釋音辯］代王權賀憲宗。［韓醇詁訓］王京兆權也。《新史·順宗紀》：「永貞元年二月，以鴻臚卿王權爲京兆尹。」至十一月貶爲雅王傅。此表是八月憲宗即位，公爲代作賀表。下有《代王京兆賀表》凡五，皆爲王權作也。按：當云貞元二十一年二月，是年八月方改元永貞。

【注釋】

〔一〕［百家注引孫汝聽曰］《左氏》：「天子守在四夷。」按：見《左傳》昭公二十三年。

〔二〕［注釋音辯］扆，隱豈切。［韓醇詁訓］扆，隱豈切，户牖間。［百家注引孫汝聽曰］《禮記·明堂位》：「天子負斧扆南面而立。」注云：「負，背也。扆，户牖間也。」扆，隱豈切。

〔三〕［百家注引童宗説曰］踐，履也。

〔四〕［韓醇詁訓］周王，武王也。師渡孟津，有火自上復於下，至於王屋，流爲烏。［百家注引韓醇曰」《書》：「武王渡孟津，白魚入于王舟。有火復于王屋，流而爲烏。」按：見《尚書·泰誓上》孔穎達疏。

〔五〕〔韓醇詁訓〕《左傳》僖公五年：「凡分至啟閉，必書雲物，爲備故也。」

〔六〕〔百家注引孫汝聽曰〕食毛者，食土之毛也。按：《左傳》昭公七年：「封略之内，何非君土？食土之毛，誰非君臣？」毛謂土地生長的植物。含齒指人類。《列子·黄帝》：「戴髮含齒，倚而趣者，謂之人。」

代韋中丞賀元和大赦表

臣某言：伏奉正月二日制①，大赦天下，永貞二年宜改元和元年②。太陽既昇，煦育資始，霈澤斯降〔一〕，膏潤無遺。臣某誠慶誠賀，頓首頓首。伏惟皇帝陛下仁化旁流，孝理弘闡，紀元示布和之令〔二〕，肆眚見恤人之心〔三〕。曠然滌瑕，得以遷善，涣發大號，申明舊章。農有薄征〔四〕，市無彊價〔五〕，勳勤是録，爵秩以班。寵寧間於幽明，澤必周於夷夏，近甸輕榷酤之入，遠人忘水旱之災。既行慶於官僚，亦推恩於天屬，諸生喜黌塾之廣，庶老加絮帛之優。量入所以備凶，興廉期於變俗，爰褒有客〔六〕，尊賢之典惟新；載奉素王，宗予之道斯在③〔七〕。綸言一降，庶政畢行，懷生之倫，感悦無量。臣某等守在遐遠④，親奉詔條，踊躍之誠，倍百恒品。無任感恩抃舞屏營之至，謹奉表陳賀以聞⑤。

【校記】

①《英華》、《全唐文》「制」下有「書」。

②《英華》、《全唐文》「改」下有「爲」，「元年」下有「者」。

③予，原作「子」，據注釋音辯本、世綵堂本、游居敬本及《英華》改。

④《英華》無「等」字。

⑤此句原闕，據《英華》、《全唐文》補。

【解題】

〔注釋音辯〕代永州刺史。〔韓醇詁訓〕據集題注云「永州」，蓋即憲宗即位之明年改元大赦，公到永之初，與刺史韋君作也。公在永州凡十年，凡歷刺史六人，韋其姓者二焉，而其名不可考。

【注釋】

〔一〕〔韓醇詁訓〕霈，普蓋切。

〔二〕〔百家注引孫汝聽曰〕《周禮》：「正月之吉，始和，布政於邦國都鄙。」按：見《周禮·天官冢宰·大宰》，「政」作「治」。
〔三〕〔百家注引孫汝聽曰〕《書》：「眚災肆赦。」莊二十二年《春秋》云：「正月，肆大眚。」
〔四〕〔百家注引童宗説曰〕《周禮》：「薄征緩刑，施捨已責。」按：見《周禮·地官司徒·大司徒》。
〔五〕〔百家注引孫汝聽曰〕《左氏》「價」作「賈」，賈，買也。按：見《左傳》昭公十六年。
〔六〕〔注釋音辯〕《詩·周頌·有客》，謂二王之後爲客。
〔七〕〔注釋音辯〕《記·檀弓》：「孔子曰：天下孰能宗予？」按：見《禮記·檀弓上》。

【集評】

何焯《義門讀書記》卷三七：中間歷叙赦條。

禮部賀册太上皇后表①

臣某等言：伏奉今月日誥，良娣王氏册太上皇后〔一〕，良媛董氏册太上皇德妃〔二〕，宜令所司備禮册命者〔三〕。母儀有光，坤道克順②，陰教方行於萬國，内理克和於六宫〔四〕。臣某等誠慶誠賀，頓首頓首。伏惟皇帝陛下對若天休，奉揚睿旨，長秋既登其正位③〔五〕，褕狄亦被於恩光④〔六〕。奉養見三朝之安〔七〕，周旋有四星之輔〔八〕。豈獨配乾稱大⑤，助日爲明⑥，所以表王化之源，知孝悌之本，冠映千古，儀刑四方⑦。臣某等捧戴施行⑧，踊躍無地。無任蹈舞欣喜之至。

【校記】

① 注釋音辯本、詁訓本「表」上有「賀」。《英華》題無「禮部」二字，「后」下有「及德妃」三字。按：此表雙言太后及德妃，《英華》題是。

② 原注與世綵堂本注：「一本『克』字作『已』。」克，詁訓本注：「一作已。」《英華》注：「集作成。」

③ 正，《英華》作「品」。

④ 被，《英華》作「洽」。

⑤ 獨，《英華》作「徒」。

⑥ 助，《英華》作「事」。

⑦ 刑，詁訓本作「型」。

⑧ 《英華》無「等」字。

【解　題】

［注釋音辯］憲宗即位，太上皇誥旨册之。［韓醇詁訓］《順宗紀》：「永貞元年八月，立皇太子爲皇帝，自稱曰太上皇。立良娣王氏爲太上皇后。」今表所賀即此也。董氏册太上德妃，紀所不載。公是時尚在禮部云。按：王太后即憲宗之母。

【注　釋】

〔一〕［注釋音辯］潘（緯）云：娣音弟。太子有妃，有良娣。

〔二〕［注釋音辯］媛，于眷切。

〔三〕［百家注引孫汝聽曰］永貞元年八月辛丑，太上皇誥曰：「良娣王氏，家承茂族，德冠中宫，雅修彤管之規，克佩姆師之訓。自服勤蘋藻，祇奉宗祧，令範益彰，母儀斯著。宜正長秋之位，以明繼體之尊。良媛董氏，備位後庭，素稱淑慎，進升號位，禮亦宜之。良娣可册爲太上皇后，良媛宜册爲太上皇德妃。仍令所司備禮，擇日册命。」

〔四〕［百家注引孫汝聽曰］《周禮·内宰》：「以陰禮教六宫，以陰禮教九嬪。」《禮記》：「天子后立六宫、三夫人、九嬪、二十七世婦、八十一御妻，以聽天下之内治。」

〔五〕［注釋音辯］長秋，皇后所居。此謂王后。［百家注引孫汝聽曰］長秋，皇后宫名。

〔六〕［注釋音辯］褕音摇。刻雉飾服也。《禮記》：「夫人褕狄。」此謂皇德妃。［百家注引孫汝聽曰」内司服掌王后之六服：褘衣、褕狄、闕狄、鞠衣、素沙。按：見《禮記・天官冢宰・司裘》。

〔七〕［注釋音辯］《禮記》：「文王朝王季日三。」［百家注引韓醇曰］《禮記》：「文王之爲世子，朝于王季日三。雞初鳴而衣服，至於寢門外，問内豎之御者曰：『今日安否？何如？』内豎曰：『安。』文王乃喜。及日中又至，亦如之。及暮，又至，亦如之。」按：見《禮記・文王世子》。

〔八〕［注釋音辯］《史記・天官書》：「後宮四星，末大星正妃，餘三星後宮。」［百家注集注］《史記・天官書》：「後句四星，末大星，正妃。餘三星，後宮之屬。」按：指北斗魁之四星。

【集評】

陸夢龍《柳子厚集選》卷四：句句緊切，故是子厚所長。

禮部賀太上皇后册畢賀表①

臣某等言：今月日太上皇后册禮云畢，率土臣妾，慶抃無窮，臣某等誠慶誠賀，頓首頓首。伏以太上皇后著虞嬪之至德②〔一〕，嗣周母之徽音③〔二〕，表率六宮，明彰萬國。陛下克修理本，以暢化源，神道知事地之方〔三〕，人倫識尊親之大。豈惟婦順斯備④〔四〕，陰禮用修⑤，足以播正始於王風⑥〔五〕，致時雍於帝典〔六〕。臣某等謬塵榮位⑦，獲覩盛儀，踊躍之誠，倍百恒品⑧。

【校記】

①《英華》題作「百寮賀册太上皇后禮畢表」。

②虞嬪，《英華》作「嬪虞」。

③周母，《英華》作「母周」。

④順，《英華》作「道」。

⑤禮，《英華》作「理」。

⑥足，注釋音辯本作「其」。王，《英華》注：「集作國。」王風，原注與注釋音辯本、詁訓本、世綵堂本等注曰：「一本作國風。」

⑦《英華》無「等」字。塵，《英華》作「叨」。

⑧原注與注釋音辯本、詁訓本、世綵堂本注等曰：「百，一本作萬。」《英華》作「萬」。

【解題】

［注釋音辯］永貞元年。［韓醇詁訓］見上注。按：此表亦作於永貞元年八月。

【注釋】

〔一〕［百家注引孫汝聽曰］《書》：「釐降二女于嬀汭，嬪于虞。」嬪，婦也。按：見《尚書·堯典》。

〔二〕［百家注引孫汝聽曰］《詩》：「太姒嗣徽音。」徽，美也。按：見《詩經·大雅·思齊》。太姒，有莘氏之女，文王妻，武王母。

〔三〕［百家注引童宗説曰］《禮記》：「因天事天，因地事地。」按：見《禮記·禮器》。

〔四〕［百家注引劉崧曰］《禮記》：「成婦禮，明婦順，又申之以著代，所以重責婦順焉者也。」按：見《禮記·昏義》。

〔五〕［百家注引王儔補注］《詩·周南》、《召南》，正始之道，王化之基。

〔六〕《尚書·堯典》：「百姓昭明，協和萬邦，黎民于變時雍。」時，善；雍，和也。

賀皇太子牋

某言：伏奉月日制書①〔一〕，殿下祇膺茂典，位副青宫〔二〕，温文光三善之名〔三〕，繼照協重離之慶〔四〕。萬葉固本，群方宅心，含生之徒，孰不欣戴。況某夙蒙期獎，職在藩方，懽抃之誠，倍萬恒品。

【校　記】

①月日，原作「日月」，據注釋音辯本、游居敬本乙轉。

【解　題】

［注釋音辯］代藩鎮賀廣陵王爲太子。［韓醇詁訓］永貞元年，立廣陵郡王爲皇太子，即憲宗也。牋云「職在藩方」，公尚在南宫，代一藩臣作。按：陳景雲《柳集點勘》卷四《文安禮柳集年譜附》：「元和七年有《賀皇太子牋》。案此牋乃元和十四年柳州作，與賀憲宗《受徽號表》同上也。作譜者以元和七年有建儲事，遂誤繫於此。」陳説是。此文元和十四年作於柳州，爲賀李恒（即穆宗）之立爲皇太子也。牋云「職在藩方」，爲代桂管觀察使裴行立作。

【注　釋】

〔一〕［百家注引韓醇曰］貞元二十一年三月癸巳，立廣陵郡王爲皇太子。

〔二〕［注釋音辯］青宫，東宫也。《神異經》曰：「東方有宫，青石爲牆，高三仞，門有銀榜，以青石碧鏤，題曰天地長男之宫。」按：百家注本引作童宗説曰。

〔三〕［注釋音辯］《禮記·文王世子》篇：「行一物而三善皆得者，唯世子而已。」又云：「恭敬而温文。」［百家注引孫汝聽曰］《禮記》：「行一物而三善皆得者，唯世子而已。其齒於學之謂也。

其一，知父子之禮；其二，知君臣之義；其三，知長幼之節。」

〔四〕［百家注引張敦頤曰］《易》：「明兩作離，大人以繼明照于四方。」按：見《周易·離》。

御史臺賀嘉禾表

臣某言：今月日宰臣以幽州、華州所進《嘉禾圖》各一軸示百寮者①〔一〕。伏以嘉穀順成，靈貺昭格，天人合應，遐邇同風。臣某誠懽誠慶，頓首頓首。伏惟皇帝陛下睿謀廣運，神化旁行，植物知仁，祥圖應聖。靈嶽不愆於贊祐〔二〕，燕谷用遂於生成〔三〕。豐稔既均，知朔南之被澤〔四〕；休嘉克協，見天地之同和。六穗慙稱於漢臣〔五〕，異畝恥書於周典〔六〕，自中形外，均慶同歡。臣某謬職憲司，獲覩休瑞，無任抃躍之至。

【校　記】

①「華州」二字原闕，據《柳柳州外集》補。表有「各一軸」及「靈嶽」字，有「華州」是。

【解　題】

［注釋音辯］貞元中劉濟所進。［韓醇詁訓］公貞元二十年尚爲監察御史，至二十一年方遷禮部

員外郎，當是爲御史時作。

【注釋】

〔一〕［百家注引孫汝聽曰］幽州節度使劉濟所進。按：貞元二十年至二十一年，華州刺史、潼關防禦使爲袁滋。

〔二〕［百家注引王儔補注］靈嶽，謂北嶽也。按：北嶽恒山不屬幽州，此靈嶽指西嶽華山。何焯《義門讀書記》卷三七：「靈嶽不愆於贊祐，切幽州。」亦誤。

〔三〕［注釋音辯］鄒衍黍谷事。［百家注引孫汝聽曰］劉向《别録》曰：「鄒衍在燕，燕有谷，地美而寒，不生五穀。鄒子居之，吹律而温氣至，百穀生。今名爲黍谷。」按：見王充《論衡》卷一四、《藝文類聚》卷五引劉向《别録》。

〔四〕［百家注引童宗説曰］《書》：「東漸於海，西被於流沙，朔南暨聲教，訖於四海。」按：見《尚書·禹貢》。

〔五〕［注釋音辯］司馬相如《封禪書》：「嘉穀六穗。」［韓醇詁訓］司馬相如《封禪書》：「導一莖六穗於庖。」注：「導，擇也。一莖六穗，謂嘉禾之米。於庖廚，以供祭祀也。」按：見《漢書·司馬相如傳》顔師古注引鄭氏。

〔六〕［韓醇詁訓］唐叔得禾，異畝同穎，獻諸天子。王命唐叔作《歸禾》、《嘉禾》。按：見《尚書·微子之命》。

禮部賀嘉禾及芝草表

臣某等言：伏見今月某日，内出劍南所進《嘉禾圖》〔一〕，及陝州所進紫芝草示百寮者〔二〕。珍圖焕開，瑞彩交映，遐邇偕至①，福應攸同。臣某等誠慶誠賀，頓首頓首。伏惟皇帝陛下緝熙至道，保合大和〔三〕，天惟發祥〔四〕，地不愛寶，嘉禾擢質，靈草抽英。獻于王庭，唐叔慚同潁之異〔五〕；薦諸郊廟，班史謝連葉之奇〔六〕。既呈蕤蕤之祥〔七〕，更覩煌煌之秀〔八〕。豐年斯著，聖壽用彰，飲和之乂②，懽抃無極。臣某等優游至化，披翫殊姿，慶抃之誠，倍百恒品。謹奉表陳賀以聞③。

【校　記】

①偕，《柳柳州外集》作「皆」。

②乂，原作「人」，據《柳柳州外集》改。乂，治也。

③此句原闕，據《柳柳州外集》補。

【解　題】

［注釋音辯］貞元中韋皋、崔宗所進。［韓醇詁訓］貞元二十一年爲禮部員外郎時作。史不書。

【注　釋】

〔一〕［百家注引孫汝聽曰］劍南西川節度使韋皋所進。

〔二〕［百家注引孫汝聽曰］陜虢觀察使崔宗所進。按：據《全唐文》卷六三一吕温《銀青光禄大夫守工部尚書致仕博陵崔公行狀》，爲陜虢觀察使者其名崔淙。

〔三〕［百家注引張敦頤曰］《易》：「首出庶物，保合大和。」按：見《周易·乾》。

〔四〕［百家注引童宗説曰］《詩》：「濬哲惟商，長發其祥。」按：見《詩經·商頌·長發》。

〔五〕［注釋音辯］《尚書》云。［韓醇詁訓］見上注。按：《尚書·微子之命》：「唐叔得禾，異畝同穎。」

〔六〕［注釋音辯］《前漢·武帝紀》：「甘泉宫生芝草，九莖連葉。」［韓醇詁訓］《漢書·武帝紀》：「甘泉宫生芝草，九莖連葉，乃作《芝房之歌》以薦郊廟。」

〔七〕［注釋音辯］潘（緯）云：薿，魚紀切，草盛貌，又魚力切。［百家注引孫汝聽曰］《詩》：「黍稷薿薿，收介攸止。」按：見《詩經·小雅·甫田》。薿，茂盛貌。陳景雲《柳集點勘》卷三：「薿薿之祥，注：草盛貌。誤。《詩》『黍稷薿薿』，鄭箋：薿然而茂盛。」

〔八〕陳景雲《柳集點勘》卷三：「煌煌之秀，按嵇康詩：『煌煌靈芝，一年三秀。』注亦未及。」所引爲《文選》嵇康《幽憤詩》。

京兆府賀嘉瓜白兔連理棠樹等表

臣某言：今月日①，中使王自寧出徐州刺史張愔所進《嘉瓜圖》及白兔兒一〔一〕，並出陳許等州觀察使上官説所進許州《連理棠樹圖》示百寮者②〔二〕。惟天眷命〔三〕，是降百祥〔四〕，惟聖欽承，用膺多福。臣某誠慶誠賀，頓首頓首。

臣伏以大和所蒸，至德斯應，圖物獻瑞，周於遠方。神瓜合形，式表緜緜之慶③〔五〕；異棠連質，用彰煒煒之榮④〔六〕。況金風發祥，白兔來擾〔七〕，告有秋之嘉應，著成歲於神功。雜遝紛綸〔八〕，如山斯委，人盡登於壽域，物咸暢於薰風。況臣特感深恩，欣逢衆瑞，踊躍之至，倍萬恒情。

【校記】

①《柳柳州外集》「日」上有「十八」。

②世綵堂本無「出」字。

③表緜緜，注釋音辯本作「緜表表」。

④榮，《柳柳州外集》作「休」。原注與注釋音辯本、詁訓本、世綵堂本等注：「一作休。」

【解　題】

［注釋音辯］貞元中。［韓醇詁訓］據題云「京兆」，貞元十八年間藍田時作，史不書。按：權德輿《權載之文集》卷四四《中書門下賀許州連理棠樹表》亦云「陳許州觀察使上官説所奏許州長社縣嘉禾鄉合穗村連理棠樹一株」，可知所賀爲一事。文後云「貞元十八年四月一日」。

【注　釋】

〔一〕［注釋音辯］愔，挹淫切。張建封之子。［百家注引孫汝聽曰］貞元十六年六月，以徐泗濠節度使張建封之子愔爲徐州刺史、節度觀察留後。

〔二〕［百家注引孫汝聽曰］貞元十五年八月，以上官説爲陳許等州觀察使。

〔三〕［百家注引劉崧曰］《書》：「皇天眷命，奄有四海。」按：見《尚書·大禹謨》。

〔四〕［百家注引張敦頤曰］《書》：「作善降之百祥。」按：見《尚書·伊訓》。

〔五〕［百家注引韓醇曰］《詩》：「緜緜瓜瓞。」按：見《詩經·大雅·緜》。

〔六〕〔韓醇詁訓〕曄，筠輒切。〔百家注〕爗音葉。

〔七〕〔百家注引孫汝聽曰〕擾，馴也。

〔八〕〔注釋音辯〕遝，大合切。雜遝，聚積之貌。〔韓醇詁訓〕遝音沓。

禮部賀甘露表

臣某言：中使王自寧至，伏奉宣聖旨，出延和殿前丁香樹甘露一大合示宰臣〔一〕，未時，又出一大合，令明日示百寮，甘露見降未止者①。玄化昇聞，靈貺昭答，必呈尤異之應，以告天地之和。臣某誠歡誠慶，頓首頓首。伏惟皇帝陛下均煦育之功②，敷滲漉之澤〔二〕，大和潛達，闓瑞克彰，發於天霄，特降宮樹。朝光初燭，方湛湛而不晞〔三〕；畏景轉炎③，更瀼瀼而未已④〔四〕。綴葉而珠璣積耀，盈器而冰玉呈姿，芳襲椒蘭，味兼飴醴〔五〕。然則零其庭而著異⑤〔六〕，紀於年以標奇〔七〕，徒矜往辰，孰並兹日。況樹有丁香之珍，殿即延和之號，所以著芳風之遠播，期聖壽於無疆。事絶古今，慶傳遐邇。臣謬承渥澤，獲覩殊祥，抃躍之誠，倍萬恒品。謹奉表陳賀以聞⑥。

【校　記】

①《柳柳州外集》「甘露」上有「其」字。

②「陛下」二字原闕，據注釋音辯本、詁訓本、世綵堂本等補。

③王志慶編《古儷府》卷一引柳宗元文「畏」字作「晨」。按：畏景指夏景，出《左傳》文公七年「冬日可愛，夏日可畏」語。「畏」字不誤。

④瀼瀼，注釋音辯本、詁訓本、五百家注本均作「穰穰」。

⑤其，注釋音辯本作「於」。

⑥此句原闕，據《柳柳州外集》補。

【解　題】

［注釋音辯］貞元二十一年，宗元遷禮部員外郎，掌尚書牋表。［韓醇詁訓］已下四表皆題「禮部」，公貞元二十一年二月遷禮部員外郎，掌尚書牋奏，時相先後作。

【注　釋】

〔一〕《錦繡萬花谷》前集卷八：「崇政殿前有延和殿。」崇政殿在唐西内太極宫。

〔二〕［百家注引孫汝聽曰］司馬相如《封禪頌》：「滋液滲漉，何生不育。」滲漉，謂潤澤下究也。上山禁切，下音鹿。

〔三〕［韓醇詁訓］湛，丈減切。《詩》：「湛湛露斯，匪陽不晞。」按：見《詩經·小雅·湛露》。

〔四〕［百家注引韓醇曰］「蓼彼蕭斯，零露瀼瀼」，（瀼）音穰。按：所引見《詩經·小雅·蓼蕭》。

〔五〕［注釋音辯］［韓醇詁訓］飴音怡，餳也。按：百家注本引作張敦頤曰。

〔六〕［韓醇詁訓］［百家注引孫汝聽曰］揚雄云：「昔二帝三王，國家殷富，上下交足，故有甘露零其庭。」按：見《漢書·揚雄傳》。

〔七〕［注釋音辯］漢宣帝。［韓醇詁訓］漢宣帝時，甘露降，於是以紀其年。［百家注引孫汝聽曰］漢宣帝元康元年，甘露降未央宮，大赦。於是以紀其年。

【集評】

蔣一葵《偶雋》卷三：唐初沿六朝綺麗之風，賓王輩四六，鞶帨實工，豐骨稍掩，至河東始麗以則。《賀甘露表》云：「朝光初燭，方湛湛而未晞；晨景轉炎，更瀼瀼而不已。綴葉而珠璣積耀，盈器而冰玉呈姿，芳襲椒蘭，味兼飴醴。」金莖玉露，只在河東公唇吻。

陸夢龍《柳子厚集選》卷四：雅則。

蔣之翹輯注《柳河東集》卷三七：李東陽曰：讀唐宋表，大都詞簡而意盡，格古而調高，子厚此作尤傑然者。

何焯《義門讀書記》卷三七：本色正佳。「畏景轉炎」二句，見降未止意。

禮部賀白龍並青蓮花合歡蓮子黄瓜等表

臣某言：伏見今月二十二日内出滄洲所進《白龍見圖》①，又出西内定禮池中青蓮花〔一〕，並神龍寺前合歡蓮子示百寮②〔二〕，二十三日又出鹽州所進《合歡黄瓜圖》者。二氣交泰，萬國同和，動植思協於殊祥，遐邇畢呈其嘉應③，披圖按牒，聖理彰明。臣誠懽誠慶，頓首頓首。

伏以天道非遠④，睿感必通，疊瑞重祥，累集宫禁。池蓮表異，靈化非常⑤，敷彼清光⑥，徵佛書而尤絶；成其嘉實，驗祥經而甚稀。積慶旁流，自中徂外，遂使龍騰白質，乘秋果應於金行；瓜合黄中，表聖更彰於土德。遠通邊徼〔三〕，近出苑園〔四〕，合慶同歡，周於億兆。況復邦畿之内，雨露必時，宿麥大穰，嘉穀滋茂，和風孕育⑦，靈氣陶蒸。是皆發自帝心，達於天意，周流升降，成此歲功，惠彼群生，自爲嘉瑞。臣某深惟多幸，獲遇斯時，觀靈貺之備臻，知人和之溥洽。無任慶抃躍蹈之至。

【校　記】

①「二十二」三字原闕，據《柳柳州外集》補。

②詁訓本無「前」字。

③呈，注釋音辯本、游居敬本作「陳」。

④道，原作「地」，據《柳柳州外集》改。

⑤化，詁訓本作「兆」。

⑥清，原作「青」，據注釋音辯本、游居敬本改。何焯《義門讀書記》卷三七亦云：「『青』作『清』。」

⑦育，原作「秀」，據注釋音辯本、詁訓本、《柳柳州外集》本等改。

【解　題】

〔注釋音辯〕一本此下注云「京兆」，恐非。〔韓醇詁訓〕或注云「京兆」，恐非是。按：當作於貞元二十一年柳宗元爲禮部員外郎時。

【注　釋】

〔一〕唐大明宫又稱西内。

〔二〕王溥《唐會要》卷四四：「會昌三年六月……西内神龍寺火。」可見神龍寺在大明宫内。

〔三〕［百家注引孫汝聽曰］邊徼，謂滄州也。按：此表所賀又有鹽州所進《合歡黄瓜圖》，故「邊徼」兼指二州。

〔四〕［百家注引孫汝聽曰］謂定禮池也。按：並指神龍寺。

【集　評】

蔣一葵《偶雋》卷三：河東又有《賀白龍並青蓮花合歡蓮子黄瓜等表》曰……青蓮、合歡、蓮子，瑞之小者，宿麥穰、嘉穀茂，瑞之大者，篇終及之，有旨。

陸夢龍《柳子厚集選》卷四文首評：頓置有法，不擾不漫。又「敷彼清光」下：看他作兩轉。

何焯《義門讀書記》卷三七：「疊瑞重祥」二句：以西内爲主。……「遠通邊徼」：總束。

禮部賀白鵲表

臣某言：伏奉進旨宣示前件白鵲者①，霜毛皎潔，玉羽鮮明，色實殊常，性惟馴狎。臣聞聖王之德，無所不至，有感則應，無幽不通。伏惟陛下恩霑動植，仁洽飛翔，故得兹禽，呈休效質。伏以白者正色〔一〕，實表金方②，鵲以知來〔二〕，式彰冠服③，用符歸化之兆，克耀太平之階。臣職參禁垣，獲覩嘉瑞，無任慶抃之至。

【校　記】

①何焯《義門讀書記》卷三七：「『旨』作『止』。」

②實，注釋音辯本作「式」。

③冠，原作「寇」，據詁訓本改。漢代有鶡尾冠，見《後漢書·輿服志下》。

【解　題】

亦貞元二十一年爲禮部員外郎時作。

【注　釋】

〔一〕《藝文類聚》卷九五晉殷仲堪《上白鹿表》：「白者正色，鹿者景福嘉義。」

〔二〕［注釋音辯］《淮南子》云。［百家注引孫汝聽曰］《淮南子》：「乾鵲知來而不知往。」按：見《藝文類聚》卷九二引《淮南子》。

禮部賀嘉瓜表

臣某等：今日内出浙東觀察使賈全所進越州山陰縣移風鄉百姓王獻朝園内産嘉瓜二實同蔕圖示百寮者〔一〕。寶祚惟新〔二〕，嘉瑞來應，式彰聖德，更表天心。臣某等誠慶誠賀，頓首頓首。

伏惟皇帝陛下保合大和，緝熙庶類，德馨上達〔三〕，神化旁行〔四〕。嘉瓜發祥，來自侯服，質惟同蔕，見車書之永均；地則移風，知化育之方始。雖七月而食，豳土歌王業之難①〔五〕；五色稱珍，東陵詠佳賓之會〔六〕，未聞感通若斯昭著者也。臣某等遭逢聖運②，親仰珍圖，抃躍之誠，倍百恒品。無任慶悦之至。

【校　記】

① 土，《柳柳州外集》作「工」。

② 遭，詁訓本作「遇」，《柳柳州外集》作「幸」。

【解　題】

亦貞元二十一年爲禮部員外郎時作。

【注　釋】

〔一〕［百家注引孫汝聽曰］貞元十八年正月，以常州刺史賈全爲浙東觀察使。

〔二〕［百家注引王儔補注］貞元二十一年正月丙申，順宗即位。

〔三〕［百家注引童宗説曰］《書》：「黍稷非馨，明德惟馨。」按：見《尚書·君陳》。

〔四〕［百家注引劉崧曰］《易》：「神而化之，使民宜之。」按：見《周易·繫辭下》。

〔五〕［韓醇詁訓］《大戴禮》：「五月治瓜，七月食瓜。」《詩·豳風·七月》，陳王業之艱難也。［百家注引孫汝聽曰］《詩·七月》，陳王業也。周公遭變，故陳后稷先公風化之所由，致王業之艱難也。「七月食瓜，八月斷壺。」又《大戴禮》：「五月治瓜，七月食瓜。」

〔六〕［注釋音辯］阮嗣宗詩：「昔聞東陵瓜，近在青門外。五色耀朝日，嘉賓四面會。」［韓醇詁訓］阮籍《瓜詩》「五色曜朝日」。漢邵平故爲秦東陵侯，秦破，爲布衣，種瓜長安城東，瓜美，世號東陵瓜。按：百家注本引韓醇注引阮嗣宗詩：「昔聞東陵瓜，近在青門外。連畛距阡陌，子母相鉤帶。五色曜朝日，嘉賓四面會。」東陵瓜事見《史記·蕭相國世家》。

【集　評】

蔣一葵《偶雋》卷三：越州山陰縣移風鄉產嘉瓜二實同蒂，觀察使賈全進圖，宣示百寮，河東表賀曰：「質惟同蔕，見車書之永均；地則移風，知化育之方始。雖七月而食，豳土歌王業之難；五色稱珍，東陵詠佳賓之會。」未聞感通若茲昭著者也。

爲王京兆賀嘉蓮表①

臣某言：今日某時中使某奉宣聖旨②，出西内神龍寺前水渠内《合歡蓮花圖》一軸示百寮者③。祥圖焕開，異彩交映，贊天地之合德，表神人以同歡。臣某誠懽誠慶，頓首頓首。伏惟皇帝陛下道協重華〔一〕，慶傳種德〔二〕，陶陰陽之粹美，孕造化之精英，吉慶每見於天心，發祥必自於禁掖。是使雙華擢秀，連蔕垂芳，香激大王之風〔三〕，影耀天泉之水④〔四〕。焕開宫沼，旁映給園〔五〕，靈貺應期，天龍護聖。寶曆夐超於小劫〔六〕，神功永洽於大千⑤〔七〕。臣某獲覩昇平，濫居榮寵，聞瑞應而稱慶，仰績事而增歡〔八〕。無任抃蹈喜躍之至。

【校　記】

①《英華》題作「賀西内嘉蓮表」，題下有「德宗」二字。

②「中使某」下《英華》有「至」字，《柳柳州外集》有「乙」字。

③《英華》無「者」字。

④耀，《英華》注：「集作輝。」

⑤永洽，注釋音辯本、詁訓本、世綵堂本、《英華》作「允洽」，《柳柳州外集》作「允協」。洽，《英華》注：「集作協。」

【解　題】

［注釋音辯］王權。［韓醇詁訓］王京兆曾見上《賀皇帝即位表》，注：「王京兆權也。」永貞元年二月爲京兆尹，至十一月貶。此下《賀雨》四表皆權爲京兆尹，公尚爲禮部員外郎時作。是年九月，公出爲邵州刺史。十一月，權亦罷去矣。

【注　釋】

〔一〕［百家注引孫汝聽曰］《書》：「重華協於帝。」按：見《尚書·舜典》。

〔二〕［百家注引孫汝聽曰］《書》：「皋陶邁種德。」李氏，皋陶之後，故云。按：見《尚書·大禹謨》。陳景雲《柳集點勘》卷三：「《虞書》『皋陶邁種德』，唐自謂出皋陶後，天寶初追尊爲德明皇帝，故表云爾。」

〔三〕［韓醇詁訓］宋玉《風賦序》：「楚王游蘭臺之宫，風颯然而下，乃曰：『此風，寡人與庶人共之耶？』宋玉奏曰：『此獨大王之雄風耳。』」按：見《文選》。

〔四〕［注釋音辯］沈約《宋書》文帝永嘉二十二年，天泉池二蓮同幹。［韓醇詁訓］沈約《宋書》：文帝元嘉二十一年，天淵池二蓮同幹。按：見《宋書·符瑞志下》。作「元嘉二十一年」是。

〔五〕［注釋音辯］謂給孤獨園，指言神龍寺也。按：給孤獨園，佛家園林名，又稱祇園。《法苑珠林》卷四九引證部：「《百緣經》云：佛往舍衛國祇樹給孤獨園，爾時世尊將諸比丘，著衣持鉢，將詣乞食。」

〔六〕佛教以天地一成一毁爲一劫，經八十小劫爲一大劫。

〔七〕佛教稱廣大無邊的世界爲大千世界。

〔八〕［百家注引張敦頤曰］《論語》：「繪事後素。」繪，或作「繢」。按：見《論語·八佾》。

【集評】

徐文靖《管城碩記》卷二六：義山詩「天泉水暖龍吟細」，朱注云：「《齊地記》：齊有天齊泉。《漢書》注：臨淄城南有天齊水，五泉並出。」按《宋書·符瑞志》文帝元嘉二十一年，天泉池池蓮同幹。《南史·劉苞傳》受詔詠天泉池荷，下筆即成。柳子厚《爲王京兆賀嘉蓮表》：「香激大王之風，影濯天泉之水。」義山「天泉」當謂此。

爲王京兆賀雨表一①

臣某言：臣昨日面奉進旨，以近日少雨，今月内無雨，即須祈禱，今日便降甘雨者。天且不違〔一〕，神必有據，密雲與綸言繼發，時雨將天澤並流。臣某誠懽誠慶，頓首頓首。伏惟皇帝陛下憂切蒸黎，慮深稼穡，思彼未兆，防於無形。滲漉每出於湛恩，變化必隨於廣運②。宸衷暫惕，已矯御天之龍〔二〕；聖謨既宣，遂洽漏泉之澤〔三〕。霮䨴周布〔四〕，霏微四施，黍稷盡成，公私皆及〔五〕。野夫鼓舞，知帝力之玄通；官吏歡呼，見天心之默喻。臣某牧人京邑，動仰皇靈，渥澤徒加，涓滴無助。無任感悦屏營之至。

【校　記】

①注釋音辯本無「一」字，並注曰：「一本表下有『一』字。」

②必，原作「亦」，據注釋音辯本、詁訓本、世綵堂本等改。

【解題】

［韓醇詁訓］見上注。按：王京兆亦爲王權。

【注釋】

〔一〕［百家注引孫汝聽曰］《易》：「天且不違，而况於人乎？」按：見《周易·乾》。

〔二〕［百家注引童宗説曰］《易》：「時乘六龍以御天。」按：見《周易·乾》。

〔三〕［百家注引孫汝聽曰］吾丘壽王曰：「德澤上昭，天下漏泉。」按：見《漢書·吾丘壽王傳》。

〔四〕［注釋音辯］霮，徒感切。䨴，徒對切。霮䨴，雲貌。［韓醇詁訓］霮，徒感切。䨴音隊。雲黑，霮䨴也。

〔五〕［百家注引孫汝聽曰］《詩》：「雨我公田，遂及我私。」按：見《詩經·小雅·大田》。

【集評】

蔣之翹輯注《柳河東集》卷三七引李東陽曰：此表出入經傳，而詞更琱琢可喜。

蔣一葵《偶雋》卷三：《賀雨表》凡五，有曰：「宸衷暫惕，已矯御天之龍；聖謨既宣，遂洽漏泉之澤。」有曰：「布濩垂陰，隨聖澤而俱遠；滂沱積潤，與恩波而俱深。」有曰：「未成旱暵之虞，已積幽勤之慮，衆靈受職，薈蔚且躋於南山；百穀仰榮，霶霈遂霑於東作。」有曰：「聖謨廣運，驅百靈以從風；神化旁行，滋五稼而流澤。油雲四合，膏雨溥周，農壤遂一於肥磽，滲漉盡霑於遐邇。蒸黎詠德，知必自於聖心；草木欣榮，如有感於皇化。」有曰：「瑞鳥迎舟，掩商羊之舞；仙雲覆水，協從龍之徵。初泛灑於上宫，遂霶霈於率土，殷后徒勤於自翦，周公空愧於舞雩。」昔人謂子厚諸山游記，將死物俱説活了，觀諸表説天人感應處，若有肸蠁，信筆端奪化工矣。

王志堅《四六法海》卷三：退之表啟，不盡作耦語，只是將平日文略加整齊而已。至子厚則神理膚澤，色色精工，不惟唐人技倆至此而極，即蘇、王一脈，亦隱隱逗漏一斑矣。

王京兆賀雨表二

臣某言：伏見今月二十四日時雨溥降①，伏以聖心積念，天意遽迴，移造化之玄功，革陰陽之常數。臣某誠慶誠抃，頓首頓首。

皇帝陛下仁育蒼生，恩同赤子，自頃天雨未降，時稼或愆，貶食齋戒，至誠幽達。又慮宿麥無備，播種失時，出於宸衷，特令賑貸②。睿謨潛運，甘雨遂周，布濩垂陰〔一〕，隨聖澤而俱遠；滂沱積潤〔二〕，與恩波而共深。臣某才術無聞，謬司邦甸，生成必資於帝力，進退何補於天工〔三〕。沐浴大和，慙荷無極，無任慶躍屏營之至。

【校　記】

①注釋音辯本「伏」上有「臣」字。

②特，五百家注本作「將」。注釋音辯本注：「特，一本作將字。」

【解　題】

王京兆仍爲王權。

【注　釋】

〔一〕［百家注引孫汝聽曰］司馬相如《封禪書》：「匪唯雨之，又潤澤之，匪唯偏我，氾布濩之。」布濩，布遍也。

〔二〕［百家注］滂，普浪切。沱音駝。按：雨大貌。

〔三〕［百家注引王儔補注］《書》：「天工人其代之。」按：見《尚書·皋陶謨》。

王京兆賀雨表三

臣某言：今月十三日面奉進旨，緣自春來少雨，宜即差官精誠祈禱者。十四日，臣便差官分赴靈跡，其日雲陰四合，至十五日甘雨遂降。伏惟皇帝陛下言爲神化，動合天心，未成旱暵之虞，已積憂勤之慮①。衆靈受職，薈蔚且躋於南山〔一〕；百穀仰榮〔二〕，滂霈遂霑於東作〔三〕。睿謨朝降，膏澤夕周，知天人之已交，識陰陽之不測。然則周王徒勤於方社②〔四〕，殷帝虚美於桑林〔五〕，豈若無災而早圖③，未禱而先應。化超前聖，道貫重玄，徧野同歡，傾都相慶。臣之欣躍，倍萬恒情。

【校記】

① 憂，注釋音辯本作「幽」。

② 原注與詁訓本、世綵堂本注：「方社，一本作方岳。」

③ 詁訓本無「若」字。

【注釋】

〔一〕〔注釋音辯〕薈，烏外切。〔韓醇詁訓〕薈，烏外切。蔚音鬱。〔百家注引孫汝聽曰〕《詩》：「薈兮蔚兮，南山朝隮。」薈，烏外切。蔚，紆勿切。按：見《詩經·曹風·候人》。

〔二〕〔注釋音辯〕仰，去聲。《左傳》：「百穀之仰膏雨。」〔百家注引劉崧曰〕《左氏》：「猶百穀之仰膏雨也。」按：見《左傳》襄公十九年。

〔三〕《尚書·堯典》：「寅賓出日，平秩東作。」孔安國傳：「歲起於東，而始就耕，謂之東作。」

〔四〕［韓醇詁訓］謂其事於山川也。［百家注引孫汝聽曰］《詩》：「以我齊明，與我犧羊。以社以方，我田既臧。」謂有事於山川也。按：見《詩經·小雅·甫田》。陳景雲《柳集點勘》卷三：「周王徒勤於方社，用《詩》『方社不莫』語。周王謂宣王也。舊注引『以社以方』，與賀雨無涉矣。」所引見《詩經·大雅·雲漢》。陳説是。

〔五〕［韓醇詁訓］湯既克夏，大旱，湯乃以身禱於桑林，翦爪髮，自以爲犧牲，以祈於天，雨乃大至。按：百家注本引韓醇注作《吕氏春秋》。事見《吕氏春秋·季秋·順民》。

【集評】

陸夢龍《柳子厚集選》卷四文首評：後先次第相逼而來。

王京兆賀雨表四

臣某言：臣於三月二十九日奉進旨，於諸靈跡處祈雨，至三十日甘雨遂降者。臣聞惟聖有作，先天不違，發令而祥風已興〔一〕，致誠而玄液旋被。臣某誠懽誠賀①，頓首頓首。伏惟皇帝陛下側身防患，道邁周王〔二〕；盡力勤人，功超夏后〔三〕。聖謨廣運，驅百靈以從風；神化旁行，滋五稼而流澤〔四〕。油雲四合〔五〕，膏雨溥周〔六〕，農壤遂一於肥磽②〔七〕，滲漉盡霑於遐邇。蒸黎詠德，知必自於聖心；草木欣榮，如有感於皇化。有年之慶，實在於斯。臣以無能，謬領京邑，上勞宸慮，運此歲功。無任喜懼屏營之至。

【校　記】

① 懽，注釋音辯本、詁訓本作「欣」。

② 農壤，世綵堂本注：「一作豐穰。」

【注　釋】

〔一〕〔百家注引孫汝聽曰〕《班固傳》：「習習祥風，祁祁甘雨。」按：見《後漢書·班固傳》。

〔二〕〔百家注引孫汝聽曰〕《詩·雲漢》，仍叔美宣王也。宣王遇災而懼，側身修行，欲銷去之。按：見《詩經·大雅·雲漢》。

〔三〕〔百家注引童宗説曰〕《論語》：「禹卑宫室而致力於溝洫。」按：見《論語·憲問》。

〔四〕〔百家注〕五稼，五穀也。

〔五〕〔百家注引張敦頤曰〕《孟子》：「天油然作雲，沛然下雨。」按：見《孟子·梁惠王上》。

〔六〕〔百家注引孫汝聽曰〕《詩》：「芃芃黍苗，陰雨膏之。」按：見《詩經·曹風·下泉》。

〔七〕〔注釋音辯〕〔韓醇詁訓〕（磽）丘交切，與墝同。按：磽，瘠薄之田。

賀親自祈雨有應表五

臣某言：臣得上都院官金部員外郎韓述狀報〔一〕，以時雨未降，親自於龍堂祈禱〔二〕，有靈禽群翔①，自成行列，如隨威鳳〔三〕，以翼龍舟，其日降雨者。中謝。伏以時或愆陽〔四〕，歲之常候，式當聖日②，無害豐年。陛下敦本務農，憂人閔雨，宸慮所至，天心自通。故得瑞鳥迎舟③，掩商羊之舞〔五〕；仙雲覆水，協從龍之徵〔六〕。初泛洒於上宫，遂滂霈於率土，自中徂外，皆荷生成，雨公及私〔七〕，靡不碩茂。殷后徒勤於自翦〔八〕，周公空媿於舞雩〔九〕。臣以庸虚，謬司垣翰〔一〇〕，有年之慶，惟聖之功。臣某不任云云。

【校　記】

① 群，詁訓本作「翺」。

② 式，五百家注本作「或」。

③ 舟，五百家注本作「州」。

【解　題】

［注釋音辯］想是爲外州刺史作。［韓醇詁訓］或亦以爲代王京兆作。然觀表言：「得上都院官金部員外郎韓述狀報，以時雨未降，親自於龍堂祈禱，其日降雨。」又言「臣以庸虚，謬司垣翰」，必外州刺史所上。在永州時代人作。按：陳景雲《柳集點勘》卷二：「表首言『得上都院官金部員外郎韓述狀報』，案上都者，京師也；院官者，進奏院也。唐代牧守得置院上都，有事關報者，唯諸道大帥及同、華二州耳。餘州刺史即皆無之。觀表中『謬司垣翰』語，當是代當時方鎮作。又同、華獨得置院如諸道者，因二州並不隸大府，異於支郡，故事權與連帥埒。或疑集有《代劉同州謝上表》，此表或亦代劉作。然以郎官掌上都留邸，恐同州幕吏尚不得有此，當更考之。」陳説有理。《舊唐書・德宗紀下》：「（貞元十三年）夏四月壬戌，上幸興慶宫龍堂祈雨。乙丑，大雪（雨）。」權德輿《權載之文集》卷四四《中書門下賀興慶池白鸕鷀表》：「臣某等言：伏承陛下以去九日幸興慶池龍堂爲人祈雨，忽有一白鸕鷀見於池上，衆鸕鷀羅列前後，如引御舟，明日之夕澍雨遂降者。」文後曰「貞元十三年四月十二日」。即此次祈雨事。觀權表所寫，與柳宗元此表所云「有靈禽群翔，自成行列，如隨威鳳，以翼龍舟」，則顯爲一事。貞元十二年至十四年，同州刺史爲崔淙，爲呂温之舅父。《全唐文》卷六三一呂温《銀青光禄大夫守工部尚書致仕上柱國中山郡開國公食邑二千户贈陝州大都督博陵崔公行狀》云其「擢同州刺史……遷於陝服」，即宗元《禮部賀嘉禾及芝草表》所云陝州進紫芝草之崔宗。則此表即貞元十三年代崔淙作。此表與以上代王京兆所作賀雨四表非同類，題目之「五」字宜删。

【注釋】

〔一〕林寶《元和姓纂》卷四昌黎韓氏：韓洽生述、武。述，朗州刺史。

〔二〕《唐六典》卷七興慶宫大同殿：「北入曰明光門，其内曰龍堂。」宋敏求《長安志》卷九：「龍堂五龍壇，唐王涇《郊祀録》曰：在勤政樓東通陽門内。」

〔三〕〔百家注引孫汝聽曰〕漢宣帝神爵元年詔曰：「南郡獲白虎威鳳爲寶。」晉灼曰：「偉鳳，鳳之有威儀者。」

〔四〕〔百家注引孫汝聽曰〕《左氏》：「冬無愆陽，夏無伏陰。」按：見《左傳》昭公四年。杜預注：「愆，過也。謂冬温。」

〔五〕〔注釋音辯〕《家語》：「齊有一足之鳥，舒翼而跳，孔子曰：『天將大雨，商羊鼓舞。』」〔百家注引孫汝聽曰〕《家語》：「齊有一足之鳥，舒翼而跳。齊侯遣使訪孔子，孔子曰：『此鳥名商羊。昔童謡云：天將大雨，商羊鼓舞。其應至矣，將有水災。』」按：見《孔子家語》卷三。

〔六〕〔百家注引張敦頤曰〕《易》：「雲從龍，風從虎。」按：見《周易·乾》。

〔七〕〔百家注引孫汝聽曰〕《詩》：「雨我公田，遂及我私。」私，謂私田也。按：見《詩經·小雅·大田》。

〔八〕〔注釋音辯〕《左氏春秋》：「湯克夏，不雨，乃以身禱於桑林，翦其髮，割其爪，以爲犧。」〔韓醇詁訓〕（自翦）見上注。按：見《左傳》襄公十年孔穎達疏引《書傳》。

〔九〕〔注釋音辯〕《周禮·春官·女巫》：「歲旱則舞雩。」〔韓醇詁訓〕《周禮·春官》：「女巫職歲旱，暵則舞雩。」

〔一〇〕翰，柱子。《詩經·大雅·崧高》：「維申及甫，維周之翰。」

【集評】

陸夢龍《柳子厚集選》卷四：句句典雅。

何焯《義門讀書記》卷三七：字字體要，玩諷彌佳。

柳宗元集校注卷第三十八

表

爲裴中丞賀克東平赦表

臣某言：伏奉月日德音，以淄青蕩平，褒功宥罪，布告遐邇者〔一〕。臣聞肅殺之後，每致陽和，雷霆既施，必聞膏澤。中謝。

伏惟陛下體乾剛以運行，協坤元之翕闢①〔二〕，百靈受職〔三〕，六合從風〔四〕，阻兵怙亂者必就梟擒，懷忠抱義者無不甄録②〔五〕。激其效順，特加旄節之榮〔六〕；寵以元功，遂兼鼎鉉之任〔七〕。戎行窮賞賚之重〔八〕，死事極褒卹之優③，劫脅之役盡除，聚斂之名皆去。傷痍受煦④〔九〕，老疾加恩，豐財已復其征徭，賜種更盈於穜稑〔一〇〕。嚴山川之祀，神必有依；申義烈之家，物無不感。周王推忠厚之化⑤〔一一〕，漢帝軫愷悌之風〔一二〕，太平之德，斯爲至盛⑥。然則虞巡可復〔一三〕，告成將慶於岱宗〔一四〕；漢典方行〔一五〕，講禮再榮於闕里〔一六〕。臣謬膺重寄，獲覩大和〔一七〕，抃蹈之誠，倍萬恒品。謹已施行郡邑，宣示軍戎，莫不動地歡呼，若醉千鍾之酒〔一八〕；騰天鼓舞，如聞九奏之音〔一九〕。無任慶賀踊躍之至。

【校　記】

① 元，注釋音辯本作「示」。
② 忠，詁訓本作「功」。
③ 優，原作「憂」，據詁訓本、世綵堂本及《全唐文》改。
④ 痍，詁訓本作「夷」。
⑤ 厚，詁訓本作「孝」。
⑥ 上二句原注與注釋音辯本、詁訓本、世綵堂本等皆注曰：「一本作『太平之業既崇，中興之德斯至』。」

【解　題】

［注釋音辯］桂管觀察使裴行立。［韓醇詁訓］淄青李師道，納之子，而師古之弟也。元和元年師古卒，師道遂爲留後，父子襲爵幾數十載，朝廷待之甚厚。俄有反謀悖亂，至不勝誅。元和十三年，憲宗憤之，乃詔削其官爵，令宣武、魏博、義成、武寧、横海等五鎮之師，分路進討。於是李愿、鄭權、

韓弘、李夷簡、田弘正之徒，轉戰必克。十四年二月，遂爲其將劉悟所擒，斬首，傳之京師。淄青等十二州由是悉平。朝廷乃命户部侍郎楊於陵爲宣撫使，且使分其地。於陵至，則按圖籍，視土地遠邇，以鄆、曹、濮爲一道，淄、青、齊、登、萊爲一道，兗、海、沂、密爲一道，此三道之所以分也。中丞，裴公行立，時督桂州云。［蔣之翹輯注］裴中丞，桂管觀察使裴行立也。元和十四年二月，淄青都知兵馬使劉悟斬其節度使李師道以降，師道所管淄、青、登、萊、沂、密、鄆、曹、濮、齊、兗、海十二州皆平。詔天下繫囚死罪降從流，流以下並放，故爲表云云。**按**：章士釗《柳文指要》上《體要之部》卷三八云：「尋行立，前鎮海節度使李錡之甥，充錡牙將，得其倚任。錡叛變，行立審其必敗，與錡兵馬使張子良等合謀建義，先由行立舉火鼓噪於内，而子良等引兵趨牙門，錡聞，大怒，洎知行立回應，撫膺曰：『吾何望矣！』遂敗。是行立以大義滅親起家，屢經征戰，馴致專閫。子厚爲草此表云：『阻兵怙亂者必就梟擒，懷忠抱義者無不甄録。激其效順，特加旄節之榮；寵以元功，遂兼鼎鉉之任。』此等於爲行立吐露平生心曲，迥異其他策勳受賞之例行文字。末云：『抃蹈之誠，倍萬恒品。』故自實際如是，不假强爲。李師道雖不由行立手戮，而論情不啻過之，子厚得其情而行文，因而字字力透紙背，使讀者『騰天鼓舞，如聞九奏之音』也以此。」

【注　釋】

〔一〕［注釋音辯］元和十四年，淄青都知兵馬使劉悟斬其節度使李師道以降，師道所管淄、青、登、萊、沂、密、鄆、曹、濮、齊、兗、海十二州皆平，詔赦天下。按：百家注本引孫汝聽注與上略同，爲是年二月事。見《舊唐書・憲宗紀下》。

〔二〕［百家注引孫汝聽曰］《易》：「至哉乾元。」又曰：「坤，其静也翕，其動也闢，是以廣生焉。」按：見《周易・乾》及《繫辭上》，作「大哉乾元」。

〔三〕［百家注引童宗説曰］百靈，百神也。

〔四〕［百家注引韓醇曰］天地四方曰六合。

〔五〕［注釋音辯］甄，稽延切。［韓醇詁訓］甄，稽延切，陶也。

〔六〕［注釋音辯］謂以劉悟爲義成節度使。［百家注引孫汝聽曰］是月，以悟爲義成軍節度使。

〔七〕［注釋音辯］謂田弘正加檢校司徒、同中書門下平章事。［韓醇詁訓］鉉，胡犬切，鼎也。［百家注引孫汝聽曰］癸丑，魏博節度使田弘正加檢校司徒、同中書門下平章事。弘正亦討師道者，故有是命。《易》：「鼎玉鉉。」鉉，鼎耳也，胡犬切。按：見《周易・鼎》。

〔八〕［注釋音辯］行，户剛切。［百家注引童宗説曰］賞賚，賜予也。行，胡剛切。

〔九〕［注釋音辯］（煦）吁句切。

〔一〇〕［注釋音辯］（穜稑）音童陸。［韓醇詁訓］穜音童，稑音陸。《詩》：「黍稷穜稑。」［百家注引孫汝聽曰］先種後熟曰穜，後種先熟曰稑。按：《詩經・豳風・七月》作「黍稷重穋」。

〔一一〕［百家注引韓醇曰］《詩》：「周家忠厚，仁及草木。」按：見《詩經・大雅・生民》毛傳。

〔一二〕《漢書·刑法志》載齊太倉令淳于公有罪當刑，其少女緹縈自願没爲官婢以贖父罪，文帝遂下詔廢除肉刑。詔書引《詩》「愷悌君子，民之父母」，有「吾甚自愧」之語。

〔一三〕［百家注引孫汝聽曰］《書》：「五載一巡守。」按：見《尚書·舜典》。

〔一四〕［韓醇詁訓］事見《書》。謂泰山在兗州，而兗屬淄青也。［百家注引孫汝聽曰］《書》：「歲二月東巡守，至於岱宗，柴。」岱宗在兗州，而兗屬淄青，故及之。按：見《尚書·舜典》。

〔一五〕［百家注引孫汝聽曰］漢武帝元封元年，登封太山。應劭云：「功成治定，告成於天。」漢典謂此也。按：見《漢書·武帝紀》。

〔一六〕［注釋音辯］後漢章帝過魯，幸闕里，以太牢祠孔子。［韓醇詁訓］後漢章帝元和二年，東巡狩，還，過魯，幸闕里，以太牢祠孔子。此謂淄青，蓋昔魯國之地也。按：見《後漢書·章帝紀》。

〔一七〕［百家注引童宗説曰］《易》曰：「保合大和。」按：見《周易·乾》。

〔一八〕［百家注引孫汝聽曰］孔融《與魏武書》曰：「堯非千鍾，無以建太平；孔非百觚，無以堪上聖。」

〔一九〕［注釋音辯］趙簡子夢游鈞天，廣樂九奏。［百家注引孫汝聽曰］《周禮·鐘師》注云：「王出入，奏王夏；尸出入，奏肆夏；牲出入，奏昭夏；四方賓來，奏納夏；臣有功，奏章夏；夫人祭，奏齊夏；族人侍，奏族夏；客醉而出，奏陔夏；公出入，奏驁夏。是爲九奏。」

【集評】

王志堅《四六法海》卷三：代宗時，李正己爲平盧節度使，雄據東方。子納自稱齊王，後師道嗣，爲其將劉悟所殺。

陸夢龍《柳子厚集選》卷四文首評：語有斟酌。

儲欣《河東先生全集録》卷六：柳州四六飽飫經史，緝練芬華，宫商諧和，濃纖稱適，天生尤物，爲厥體宗。余於正集得如干首，又於外集得數首録焉。

柳州賀破東平表

臣某言：即日被觀察使牒〔一〕，李師道以月日克就梟戮者〔二〕。帝德廣運〔三〕，唐命惟新〔四〕，霾曀廓清〔五〕，天地貞觀〔六〕，率土臣庶，慶抃無涯。中謝。

伏惟睿聖文武皇帝陛下威使百神①，德消六沴〔七〕，天降寶運，時歸太平。自克夏擒吴，翦蜀平蔡〔八〕，殊類稽顙，群疑革心。唯此凶妖，尚聞悖慢，庭議既得，廟謨必臧②。旌旗燭耀於洪河〔九〕，金鼓震驚於靈岳〔一〇〕。鄆城自潰，寧同莒魯之争〔一一〕；齊地悉平，無俟耿陳之戰〔一二〕。五兵永戢〔一三〕，七德無虧〔一四〕，含生比堯舜之仁〔一五〕，率土陋成康之俗③〔一六〕。介丘霧息〔一七〕，已望翠華之來〔一八〕；沂水風生〔一九〕，更起舞雩之詠〔二〇〕。千歲之統〔二一〕，實在於斯。臣守在蠻荒，獲承大慶，抃蹈之至④，倍萬恒情⑤。

【校記】

①聖文，原作「文聖」，注釋音辯本、世綵堂本同。陳景雲《柳集點勘》卷三：「案元和三年，群臣上睿聖文武皇帝尊號。『文聖』二字當乙。」據改。

②謨，注釋音辯本、詁訓本、游居敬本作「謀」。注釋音辯本注：「謀，一本作謨字。」

③原注與注釋音辯本、詁訓本、世綵堂本文後注：「晏本更有『伏以舜念克勤，禹思受益，無疆惟卹，既聞致理之方；靡不有初，願獻持盈之誡』六句。」或初稿有之，爲避嫌猜，進表時將此六句删去。

④蹈，注釋音辯本、游居敬本作「躍」。

⑤恒，注釋音辯本、游居敬本作「常」。

【解題】

［注釋音辯］元和十四年誅李師道。［百家注引王儔補注］破李師道。按：與上表同時作。章士釗《柳文指要》上《體要之部》卷三八：「此子厚以柳州刺史，被桂管觀察使牒知李師道就戮，單銜上表申賀之作。」

【注釋】

［一］［百家注引孫汝聽曰］桂管觀察使牒也。

〔二〕［注釋音辯］梟，堅堯切，斬首倒懸也。

〔三〕［百家注引王儔補注］《大禹謨》之文。

〔四〕［百家注引孫汝聽曰］《詩》：「周雖舊邦，其命惟新。」按：見《詩經·大雅·文王》，「惟」作「維」。

〔五〕［注釋音辯］霾（緯）云：霾，莫皆切。曀，一計切。霾，雨土也。陰而風曰曀。［韓醇詁訓］霾音埋，又暮拜切，《説文》「風雨土也」。曀音翳，陰風也。［百家注引孫汝聽曰］《詩》「終風且霾」、「終風且曀」，霾，雨土，曀，陰而風也。霾音埋，又莫拜切。曀音翳。按：見《詩經·邶風·終風》。

〔六〕［百家注引韓醇曰］《易》：「天地之道，貞觀者也。」按：見《周易·繫辭下》。

〔七〕［注釋音辯］潘（緯）云：（沴）作「沵」同，徒典、郎計二切。五行氣之相蕩曰沴，音戾。［韓醇詁訓］音戾，與「沵」同，妖氣也。［百家注集注］《五行傳》云：「凡六沴之作。」説曰：氣之相傷謂之沴。六沴，六事之沴也。沴音戾，俗作沵。按：所引見《尚書大傳·洪範五行傳》。

〔八〕［注釋音辯］夏謂楊惠琳，吴謂李錡，蜀謂劉闢，蔡謂吴元濟。［百家注引孫汝聽曰］夏謂夏綏銀節度使楊惠琳，吴謂鎮海節度使李錡，蜀謂西川節度留後劉闢，蔡謂淮西節度吴元濟。

〔九〕酈道元《水經注》卷一河水：「徐幹《齊都賦》曰：『川瀆則洪河洋洋，發源崑崙，九流分逝。』」

〔一〇〕［注釋音辯］東岳泰山。［百家注引童宗説曰］靈岳，太山。

〔一一〕［注釋音辯］鄆，王問切。唐鄆州東平郡。《左傳》昭公元年：「莒魯争鄆，爲日久矣。」［韓醇詁訓］《左傳》昭公元年：「季武子伐莒，取鄆。」注：「兵未加莒而鄆服，故書取而不言伐。」此謂李師道。初治鄆州城塹，修守備，而其將劉悟乃與諸公卷旗束甲，還入鄆州，以求效順也。［百家注引孫汝聽曰］昭元年《左氏》：「莒魯爭鄆，爲日久矣。」二十九年十月，鄆潰。

［一二］［注釋音辯］耿，古幸切。光武詔耿弇討張步，弇率陳俊等擊祝阿，齊地悉平。［韓醇詁訓］後漢光武初興，是時長安政亂，張步起琅邪。五年，帝乃遣耿弇率劉歆、陳俊二將軍討之。戰於臨淄，步衆大敗，步乃斬蘇茂以降。弇復引兵至城陽，降五校餘黨，齊地悉平。琅邪、臨淄，即青、海二州之屬邑也。

［一三］［百家注引孫汝聽曰］《周禮》：「司兵掌五兵之盾。」按：見《周禮·夏官司馬·司兵》。鄭玄注：「五兵者，戈、殳、戟、酋矛、夷矛。」

［一四］［注釋音辯］《左傳》：「武有七德。」［百家注引孫汝聽曰］《左氏》：「武有七德，我無一焉。」按：見《左傳》宣公十二年。

［一五］［百家注引孫汝聽曰］董仲舒策：「堯舜行德，則民仁壽。」按：見《漢書·董仲舒傳》。

［一六］《史記·主父偃列傳》徐樂上書言世務：「名何必湯武？俗何必成康？」

［一七］［韓醇詁訓］介丘，度必淄青諸州之地。［百家注引孫汝聽曰］介丘，太山。按：陳景雲《柳集點勘》卷三：「介丘，泰山也。司馬相如《封禪文》『以登介丘』。《藝文類聚》引《黄帝玄女戰法》曰：『黄帝與蚩尤戰，不勝，歸於泰山，三日三夜，天霧冥冥。』」所引見《藝文類聚》卷二引《黄

帝玄女之宫戰法》。

〔一八〕［注釋音辯］《文選·南都賦》：「翠華，車蓋也。」［韓醇詁訓］《選·南都賦》：「望翠華之葳蕤」。注：「翠華，車蓋也。」

〔一九〕［韓醇詁訓］沂水屬沂州，亦淄青十二州之一也。

〔二〇〕［百家注引孫汝聽曰］《論語》：「浴乎沂，風乎舞雩，詠而歸。」按：見《論語·先進》。

〔二一〕［百家注引孫汝聽曰］司馬遷《自序》曰：「今天子接千歲之統，封太山，而余不得從行。」按：見《史記·太史公自序》。

【集評】

儲欣《河東先生全集録》卷六：跳脱唐蹊，仍不落宋。

何焯《義門讀書記》卷三七：「五兵永戢」二句：東上生下。

代裴中丞賀分淄青爲三道節度表

臣某言：伏見某月日制，分淄青諸州爲三道節度、都團練、觀察等使者〔一〕。蛇豕之穴〔二〕，忽爲樂郊〔三〕，氛沴之餘，盡成和氣。伏惟皇帝陛下天付昌期，神開寶曆，復昇平之土宇，拔妖孽之根源①。自西自東，不違於指顧；我疆我理〔四〕，咸得其區分。山川備臨制之形，道途適征傜之便，俾侯既定②〔五〕，賜履以寧〔六〕。異青兗之封，爰從古制；解曹衛之地，實契雅謀③〔七〕。車甲永藏，馬牛勿用，俗被雍熙之化，代知仁壽之期。農事載盛於耨芟④〔八〕，儒風重興於俎豆。足使季札觀魯，更陳南籥之儀〔九〕；山甫徂齊，復正東方之賦〔一〇〕。臣總戎遠地，不獲陪賀闕庭。云云。

【校　記】

① 妖，注釋音辯本作「祅」。

② 侯，原作「疾」，據諸校本改。

③ 雅謀，原注與世綵堂本注：「一作新謀。」詁訓本注：「『雅』，一作『新』。」

④ 耨，注釋音辯本注：「潘本作耞，音加，連耞，治穀具也。又作枷。」按：耨，鋤草具。芟，大鎌刀。亦可與「俎豆」作對仗。

【解　題】

〔注釋音辯〕裴行立。〔韓醇詁訓〕注見上。按：此爲代桂管觀察使裴行立作，爲元和十四年二月事。

【注釋】

〔一〕［注釋音辯］元和十四年，分李師道所管十二州爲三道，以鄆、曹、濮爲一道，淄、青、齊、登、萊爲一道，兗、海、沂、密爲一道。

〔二〕［百家注引孫汝聽曰］《左氏》：「吴爲封豕長蛇，薦食上國。」按：見《左傳》定公四年。

〔三〕［百家注引童宗説曰］《詩》：「逝將去汝，適彼樂郊。」按：見《詩經·魏風·碩鼠》。

〔四〕［百家注引孫汝聽曰］《詩》：「我疆我理，南東其畝。」按：見《詩經·小雅·信南山》。

〔五〕［百家注引孫汝聽曰］《詩》：「俾侯于魯，大啟爾宇。」按：見《詩經·魯頌·閟宮》。

〔六〕［注釋音辯］《左傳》僖公四年：「齊管仲曰：賜我先君履。」注：「履，所踐履之界。」［百家注引王儔補注］僖四年《左氏》：「管仲曰：昔召康公命我先君太公曰：五侯九伯，汝實征之，以夾輔周室。賜我先君履，東至於海，西至於河，南至於穆陵，北至於無棣。」

〔七〕［注釋音辯］《左傳》僖公二十八年，分曹、衛之田。［百家注引孫汝聽曰］僖二十八年《左氏》：「晉文公分曹、衛之地以畀宋人。」

〔八〕［注釋音辯］耨，九豆切。

〔九〕［注釋音辯］《左傳》襄公二十九年，吴季札請觀周樂，見武象箾南籥者。［韓醇詁訓］《左傳》襄公二十九年：「吴季札聘魯，請觀周樂。見舞象箾南籥者，曰：『美哉！猶有憾。』」此謂魯地自是有禮之可觀也。按：百家注本引韓醇注尚有「南籥，以籥舞也。文王之樂」之語。

〔一〇〕［注釋音辯］《烝民》詩。［韓醇詁訓］《詩・烝民》：「王命仲山甫城彼東方。」注：「東方，齊也。」蓋去薄姑而遷於臨淄。臨淄在上注。按：見《詩經・大雅・烝民》。百家注本引韓醇注引《詩》尚多「仲山甫徂齊，式遄其歸」二句。

【集評】

陸夢龍《柳子厚集選》卷四文首評：深確。

何焯《義門讀書記》卷三七：「山川備臨制之形」：二句有骨。

爲韋侍郎賀布衣竇群除右拾遺表①

臣某伏見今月日制，除布衣竇群右拾遺者〔一〕。臣聞直道之行〔二〕，四方嚮德，逸人是舉〔三〕，天下歸心。中謝。臣伏以竇群肥遯居貞〔四〕，包蒙養正〔五〕，學術精果，操行堅明，讚詠道真，以求其志②。臣頃守藩服③〔六〕，特所委知，及歸朝廷，輒有聞薦。庶逃竊位之責〔七〕，以塞曠官之尤〔八〕。豈謂天聽曲從，瞽言無廢，況諫諍之職，政化是參，擢於布衣，久無其比。周行慶抃〔九〕，林藪震驚，晦跡寧慮於遺賢〔一〇〕，懷才盡思於展效。臣以性本庸疎，動無裨益，唯思進拔，以報恩榮。區區懇誠，實貫金石。言而不廢〔一一〕，微臣敢竊於薦雄〔一二〕；德必有鄰〔一三〕，聖代式光於尊隗④〔一四〕。自群受命，冀復面陳，迫以疾病，接於休假。注心蓄念，寤寐兢惶，無任喜躍屏營之至。

【校　記】

①《全唐文》「右」作「左」。文中之「右」《全唐文》亦作「左」。按兩唐書《竇群傳》均作「左拾遺」。

②《柳柳州外集》「讚」作「潛」，「求」作「永」。

③注釋音辯本無「臣」字。

④代，詁訓本作「政」。原注與世綵堂本注：「代，一作政。」

【解　題】

〔注釋音辯〕韋夏卿所薦。〔韓醇詁訓〕竇群，京兆金城人也，以處士客隱毗陵。蘇州刺史韋夏卿薦之朝並表其所著書，報聞不召。後夏卿入爲吏部侍郎，改京兆尹，復言於德宗，遂擢爲左拾遺。據群傳曰：「陛下即位二十年，始自草茅擢臣爲拾遺。」蓋自大曆十四年己未至貞元十四年戊寅，德宗即位爲二十年也。公時爲集賢殿正字。作新、舊史皆以擢群爲左拾遺，而諸本皆題右拾遺，未知孰是。按：《竇氏聯珠集》褚藏言《竇群傳》：「韋公（夏卿）入爲天官侍郎，改京兆尹。中謝之日，德宗與之緒言，韋進曰：『臣忝居達官，而竊有其位。』上曰：『卿有何負？』奏曰：『臣守毗陵日，薦處士竇群，於時獨蒙不録。後臣任蘇州，又進竇群所著《名臣疏》，又蒙不答。臣以爲以人而廢，在臣則當然，言群則屈。』上乃驚曰：『卿之知人固無疑，卒不問者，乃宰執之失也。』便宣即令召對。此貞元十八年也。……即除（竇群）諫官，釋褐授右拾遺。」可知竇群除右拾遺在貞元十八年，亦見《舊唐書·德宗紀下》，「右拾遺」作「左拾遺」。時韋夏卿已由吏部侍郎改京兆尹。《舊唐書·竇群傳》：「王叔文之黨柳宗元、劉禹錫皆慢群，群不附之，其黨議欲貶群官，韋執誼止之。群嘗謁王叔文，叔文命徹榻而進，群揖之曰：『夫事有不可知者。』叔文曰：『如何？』群曰：『去年李實伐恩恃貴，傾動一時，此時公逡巡路旁，乃江南一吏耳。今公已處實形勢，又安得不慮路旁有公者乎？』叔文雖異其言，竟不之用。」竇群實爲一政治投機者，章士釗《柳文指要》上《體要之部》卷三八云：「觀此表，夏卿失人，子厚亦不免失言。」

【注釋】

〔一〕［百家注引孫汝聽曰］群字丹列，京兆金城人。以處士隱於毗陵。蘇州刺史韋夏卿薦之朝，並表其所爲書數十篇，不召。貞元十六年十一月，夏卿爲京兆尹，復言之。十八年三月，召群爲左拾遺。

〔二〕［百家注引劉崧曰］《論語》：「孔子曰：『斯民也，三代之所以直道而行也。』」按：見《論語·衛靈公》。

〔三〕［百家注引孫汝聽曰］子曰：「舉逸民，天下之民歸心矣。」按：見《論語·堯曰》。

〔四〕［百家注引孫汝聽曰］《易》：「肥遯無不利。」又曰：「遯，亨，小利貞。」肥，優也。按：見《周易·遯》。

〔五〕［百家注引孫汝聽曰］《易》：「包蒙吉。」又曰：「蒙以養正，聖功也。」按：見《周易·蒙》。

〔六〕［百家注引王儔補注］在蘇州。

〔七〕［百家注引韓醇曰］孔子曰：「臧文仲其竊位者歟？知柳下惠之賢而不與立也。」按：見《論語·衛靈公》。

〔八〕［百家注引韓醇曰］《書》：「無曠庶官。」曠，廢也。按：見《尚書·皋陶謨》。

〔九〕［百家注引孫汝聽曰］《詩》：「嗟我懷人，置彼周行。」周行，列位也。按：見《詩經·周南·卷耳》。

〔一〇〕［百家注引王儔補注］《書》：「野無遺賢。」按：見《尚書·大禹謨》。

〔一一〕［百家注引孫汝聽曰］孔子曰：「君子不以言舉人，不以人廢言。」按：見《論語·衛靈公》。

〔一二〕［注釋音辯］王音薦揚雄待詔。［韓醇詁訓］《漢·左雄傳》：「順帝新立，大臣懈怠，朝多闕政。雄數言事，其辭深切，尚書僕射虞詡以雄有忠公節，上疏薦之。由是拜雄尚書，再遷尚書令。」［百家注引孫汝聽曰］《揚雄傳贊》：「雄年四十餘，自蜀來京師，大司馬車騎將軍王音奇其文雅，召以爲門下吏，薦雄待詔。」按：各見《漢書·揚雄傳》及《後漢書·左雄傳》。二典皆通。

〔一三〕［百家注引韓醇曰］《語》曰：「德不孤，必有鄰。」鄰，謂朋鄰。按：見《論語·里仁》。

〔一四〕［注釋音辯］燕昭王尊郭隗。［韓醇詁訓］《史記》：「燕昭王欲厚幣以招賢者，謂郭隗曰：『誠欲得賢士與共國，以雪先王之恥。』隗曰：『王必欲致士，先從隗始，況賢於隗者，豈遠千里哉？』於是昭王築宮而師事之。士争趣燕。」按：見《史記·燕召公世家》。

【集評】

陸夢龍《柳子厚集選》卷四文首評：真。

爲樊左丞讓官表①

臣某言：伏奉今月二十八日制，除臣尚書左丞。寵命俯臨，慚顔自失。泛大鯨之海，但覺魂摇；戴巨鼇之山，未如恩重〔一〕。中謝。

臣聞尚書百揆，翊亮萬機，故天上尊北斗中樞，陛下有南宫左轄〔二〕。晉昇孔坦，諒直當時〔三〕；漢拜楊喬，閑練故事〔四〕。庶得百寮有憚於會府，諸侯取法於京師。臣實謏才〔五〕，謬登清貫，握蘭起草〔六〕，昔忝朝經；剖竹頒條〔七〕，近貽人瘼〔八〕。備歷中外，無聞聲彩。版圖載緝②，貢賦未均於九州〔九〕；銅印更操，威儀不檢於三署〔一〇〕。次郎補闕，豈易其人？聖主求才，宜難此受。切謂旁求俊乂〔一一〕，側訪瓌奇〔一二〕，必使德合準繩，言成綱紀，興化致理，時無間言。況安上必在於薦賢，危身莫踰於曠職。倘蒙垂收紫涣③〔一三〕，俯矜丹誠，愚臣保陳力之言〔一四〕，聖鑒有責成之地，無任覥冒惶悚之極〔一五〕。謹詣朝堂奉表陳讓以聞。臣所讓人，别狀封進。

【校　記】

①原注與世綵堂本注：「樊左丞或作韋左丞。」注釋音辯本注：「一本作韋左丞。」

②載，原作「再」，據注釋音辯本、游居敬本及《全唐文》改。

③紫涣，詁訓本作「紫綬」。注釋音辯本注：「謂詔書也。今本作紫綬，非。」原注與世綵堂本亦云作「紫綬」非。何焯《義門讀書記》卷三七：「『紫涣』乃不成語，應作『紫泥』。」

【解　題】

［韓醇詁訓］左丞公名字及作之年月俱未詳，然當在京師作。附次貞元十五六年文章後。按：章士釗《柳文指要》上《體要之部》卷三八云：「本事無可考。樊，一作韋。然表未必爲子厚作，如其是也，事當在貞元末年。」元富大用《古今事文類聚》新集卷八收有此表，然不著撰人。

【注釋】

〔一〕［百家注引孫汝聽曰］《列子》：「渤海之東，有無底之谷，其中有五山焉，常隨潮波上下。帝恐流於西極，乃命禺彊使巨鼇十五舉首而戴之，五山始峙而不動。」按：見《列子·湯問》。

〔二〕［百家注引孫汝聽曰］李固策曰：「陛下之有尚書，猶天之有北斗也。北斗爲天喉舌，尚書亦爲陛下喉舌。」左轄，即左丞。按：見《後漢書·李固傳》。

〔三〕［韓醇詁訓］孔坦少方直，有雅望，初爲太子舍人，遷尚書郎。建議慷慨，繼遷尚書左丞，深爲臺中之所敬憚。年五十一卒，追贈光禄勳，謚曰簡諒。按：見《晉書·孔坦傳》。

〔四〕［韓醇詁訓］後漢楊喬，桓帝時爲尚書。容儀偉麗，數上言政事，帝甚愛之。後以黨錮坐獄，竇武等上疏曰：「今臺閣近臣尚書朱寓等皆國之貞士，朝之良佐。尚書郎楊喬等文質彬彬，明建國典。陛下乃委任近習，專任饕餮，宜以次貶黜，信任忠良。」於是帝意稍解。按：楊喬事見《後漢書·竇武傳》及《楊琁傳》。

〔五〕［注釋音辯］謏，先鳥切，小也。［韓醇詁訓］謏音篠。《禮記》：「足以謏聞。」按：百家注本引作童宗説曰。所引見《禮記·學記》。

〔六〕［韓醇詁訓］《漢官儀》：「尚書郎主作文書起草，更直於建禮門内，懷香握蘭，趨走於丹墀。」按：見《説郛》弓五九應劭《漢官儀》。

〔七〕［韓醇詁訓］《漢書·文帝紀》：「初與郡守爲銅虎符、竹使符。」師古曰：「符者，謂各分其半，右留京師，左以與之。」又武帝初置部刺史，掌奉詔六條察訪。

〔八〕［韓醇詁訓］瘼音莫。

〔九〕［百家注引孫汝聽曰］謂爲户部尚書。

〔一〇〕［韓醇詁訓］漢中郎將分掌三署，郎有議郎、中郎，比六百石。侍郎比三百石，郎中比二百石。

［百家注引孫汝聽曰］蔡質《漢儀》曰：「尚書郎初從三署試，初上臺稱守尚書郎中，歲滿稱尚書郎，三年稱侍郎。」

〔一一〕［百家注引童宗説曰］《書》：「旁求俊乂，啟迪後人。」按：見《尚書·太甲上》。「俊乂」作「俊彦」。

〔一二〕［注釋音辯］瓌，古回切。

〔一三〕［百家注集注］紫涣，謂詔書也。舊傳武都紫泥用封璽，故詔有紫泥之名。今階州故武都山，水皆赤，爲泥正紫色。然泥安能作封？當是用爲印色耳。涣者，取《易》「涣汗其大號」之意。按：蔣之翹輯注本「今階州故武都山」以下引爲童宗説曰。古代以泥作封書之用，不僅見於記載，且有大量出土文物可證。舊注云「泥安能作封」誤。

〔一四〕［百家注引韓醇曰］孔子曰：「陳力就列，不能者止。」按：見《論語·季氏》。

〔一五〕［韓醇詁訓］靦，他典切。

爲王户部薦李諒表

臣某言：臣聞知賢必進，忠臣之大方①；擇善而居②，明主之要道。況臣特受恩遇，超絶古今，報國之誠，寤寐深切③。是敢竭愚臣之微分，助陛下之至明，恢張羽儀，弘輔治化④。臣某誠惶誠恐，頓首頓首。

竊見新授某官李諒清明直方⑤，柔惠端信，强以有禮，敏而甚文⑥，求之後來，略無其比。臣自任度支副使⑦〔一〕，以諒爲巡官，未及薦聞，至某月日荆南奏官敕下赴本道⑧。諒實國器，合在朝行，臣之所知，尤惜其去。伏望天恩授以諫官，使備獻納，冀他日公卿之任，斯焉取斯，則聖朝無乏士之名，微臣緩蔽賢之罰〔二〕。無任誠懇屏營之至。

【校　記】

① 大，《英華》作「多」。

② 原注與世綵堂本注：「居，一作舉。」詁訓本、《英華》作「舉」。詁訓本注：「一作居。」

③ 深，《英華》作「所」。世綵堂本注：「深，一作斯。」

④治，《英華》作「理」。

⑤授，詁訓本作「採」。

⑥原注與世綵堂本注：「敏，一作幹。」注釋音辯本、游居敬本作「幹」。注釋音辯本注：「幹，一本作敏。」

⑦注釋音辯本、游居敬本、《英華》「度支」下有「等」字。

⑧《英華》「赴」上有「今見」二字。

【解　題】

〔注釋音辯〕王叔文。〔韓醇詁訓〕户部王叔文也。以《順宗實録》考之，貞元二十一年五月，以王叔文爲户部侍郎。據《叔文太夫人墓誌》云：「户部執事四旬有六日，而夫人終於堂。」此表當在五六月間作也。按：陳景雲《柳集點勘》卷三：「諒，長慶初除泗州刺史，未之任，改壽州。白樂天集有制詞，而吳文定《姑蘇志》云：『諒，長慶四年自泗州刺史奏最，以御史中丞徙蘇州，賜紫。』未知採何書也。」章士釗《柳文指要》上《體要之部》卷三八：「據下孝萱所考見者，有如下數義：一，李諒爲附叔文之重要黨人。初任度支鹽鐵巡官，此直接爲叔文奔走疏附之職，以叔文於貞元二十一年二月充度支鹽鐵副使也。諒依職當外調，叔文遂薦充諫官。查《白居易集》，有《華陽觀招李六拾遺飲》，及《城東以詩招李六拾遺》等詩，李六拾遺者即諒也，可見諒作諫官是實。二，諒與著《續幽怪録》之李復言是一人。《唐詩紀事》卷四十三載諒與元稹、白居易《杭越寄和詩》，明言諒字復言。可證。釗案：古人名字，義每相聯。諒，信也。《論語》：『信近於義，言可復也。』是諒與復言爲一人，於義適合。」

【注　釋】

〔一〕〔百家注引孫汝聽曰〕貞元二十一年三月，以叔文爲度支、鹽鐵副使。

〔二〕〔百家注引孫汝聽曰〕漢武帝詔：「進賢受上賞，蔽賢蒙顯戮。」按：見《漢書·武帝紀》元朔元年。

爲户部王叔文陳情表①

臣某言：臣母劉氏，今月十三日忽患瘖風發動②〔一〕，狀候非常，今雖似退③，猶甚虚惙④〔二〕，驚惶憂苦，不知所圖。臣唯一身，更無兄弟，侍疾嘗藥，難闕須臾。伏乞聖恩，停臣所職。今臣見在家扶侍，其官吏等並已發遣訖。臣以庸微，特承顧遇⑤，拔自卑品，委以劇司，夙夜兢惶，唯思答效，至誠至懇，天瞻所知。豈慮未效涓塵，遽迫方寸〔三〕，以開塞重輕之務〔四〕，加焦勞憂灼之懷⑥，雖欲徇公，無由枉志。況忠孝同道，臣子之心⑦，許國誠切於死生，報親忍忘於顧復〔五〕，進退窮蹙，昧死上陳。候母劉氏疾疢小瘳，冀微臣駑蹇再效⑧。無任惶懼懇倒嗚咽之至⑨〔六〕。

【校　記】

①詁訓本題作「爲王户部陳情表」，《英華》題作「爲王户部叔文陳情表」。

②瘖，注釋音辯本、游居敬本、《英華》作「喑」。原注與詁訓本、世綵堂本注：「瘖，一作喑。」注釋音辯本注：「喑，一本作瘖。」

③似，詁訓本作「自」。

④惙，原作「掇」，據注釋音辯本、詁訓本、世綵堂本等改。

⑤承，注釋音辯本、游居敬本作「久」。

⑥憂，《英華》作「皇」。

⑦之，《英華》作「一」。

⑧上二句注釋音辯本、游居敬本無。原注與世綵堂本注：「一本無此兩句。」詁訓本注：「一無『候母劉氏疾疢小瘳冀微臣駑蹇再效』字。」注釋音辯本注：「一本作『昧死上陳候母劉氏疾疢小瘳冀微臣駑蹇再效無任』云云。」

⑨嗚咽，《英華》作「哀嗚」。

【解　題】

〔注釋音辯〕貞元二十一年，王叔文母死，匿喪不發，置酒翰林，自稱母疾病，今當請急。左右竊語曰：「母死已腐，方留此，將何爲？」〔韓醇詁訓〕公嘗誌户部侍郎王公太夫人劉氏墓云「貞元二十一年六月二十日終」，此表當在是時作。蓋叔文本傳：叔文母死，匿不發，置酒翰林，自稱：「親疾病，以身任國家大事，朝夕不得侍，今當請急，宜聽。然一去此，百謗至，孰爲吾助者？」左右竊語曰：「母死已腐矣，留此，將何爲？」此表即爲叔文請急者也。按：章士釗《柳文指要》上《體要之部》卷三八：「子厚集中，一字不及王伾，而於叔文，獨不諱言親善。既爲叔文母劉氏作誌，而陳情表亦子厚執筆。此表在柳文中平平無奇，特爲表見王柳交誼，亦彌可誦。」

【注　釋】

〔一〕〔百家注引孫汝聽曰〕貞元二十一年六月庚戌。

〔二〕〔注釋音辯〕（惙）都活、陟雪二切。〔韓醇詁訓〕都活切。按：虚惙，虚弱也。

〔三〕〔注釋音辯〕蜀徐庶指心曰：「今失老母，方寸亂矣。」〔百家注引孫汝聽曰〕蜀先主南奔，諸葛亮、徐庶並從，爲曹公所追，獲庶母。庶辭先主而指其心曰：「本欲與將軍共圖伯業者，以此方寸之地也。今失老母，方寸亂矣。」按：見《三國志・蜀書・諸葛亮傳》。

〔四〕〔百家注引孫汝聽曰〕謂爲度支、鹽鐵轉運副使。

〔五〕［百家注引韓醇曰］《詩》：「顧我復我。」按：《詩經・小雅・蓼莪》：「父兮生我，母兮鞠我。拊我畜我，長我育我，顧我復我，出入腹我。」

〔六〕［百家注引孫汝聽曰］是月丁巳，叔文以母喪去位。按：「丁巳」原作「丁丑」，《資治通鑑》卷二三六唐順宗永貞元年六月：「丁巳，叔文以母喪去位。」據改。即六月二十日。

【集評】

陸夢龍《柳子厚集選》卷四文首評：惻然。

代裴中丞謝討黃少卿賊表

臣某云云：即日奉事官米蘭迴〔一〕，伏奉手詔云云者〔二〕。臣聞膚革既平，雖疥癬而必去〔三〕；豺狼已斃，在狐鼠而宜除〔四〕。臣某中謝。

伏惟元和聖文神武法天應道皇帝陛下受命上玄，底寧下土，凶渠盡殄，威武載揚。蠢爾腥膻，尚聞凌暴，靈旗斜指〔五〕，銅獸俯臨〔六〕。三軍知必勝之方，萬姓喜永清之路①〔七〕。微臣忝司戎律，親列顏行〔八〕，躡伏波之舊規〔九〕，乘下瀨之故事〔一〇〕。盡瘁事國〔一一〕，期畢命於戈矛；不宿於家〔一二〕，思奮身於原野。即以今日某時出師就道，便披榛蹶石，摩壘陷堅〔一三〕，蕩清海隅，永息邊徼〔一四〕。竊以材非充國，敢自贊於無踰〔一五〕；志慕孟公，庶追蹤於不伐〔一六〕。謬承重委，寤寐兢惶。無任感恩隕越之至。

【校　記】

①喜，詁訓本作「嘉」。

【解　題】

［注釋音辯］元和十四年，詔桂管觀察使裴行立討黃洞蠻。［韓醇詁訓］黃少卿。據傳：貞元十年，黃洞首領黃少卿攻邕管等州，經略使孫公器請發嶺南兵討之，德宗不許，遣中人招諭，不從，自是叛服無定。元和間曰黃承慶，曰黃少度，曰黃昌瓘，皆迭起爲患，桂管觀察使裴行立與容管經略使陽旻徼幸有功，爭欲攻討，議者以爲不可，而憲宗許之，實元和十四年也。表是時作。惟《新史·行立傳》謂黃家洞賊叛，行立討平之。而《資治通鑑》則曰「行立、旻竟無功」，其抵梧如此。韓文公嘗有《論黃家賊事宜狀》，其別白利害甚明，正罪裴、陽二公之輕用其兵，誠得之矣。

【注釋】

〔一〕莫休符《桂林風土記·米蘭美績》：「長慶中，前政李給事名渤，字濬之，自給事中除桂林，奏請名儒吴武陵爲倅。故事，副使上任，具櫜鞬，通詩文，數日於毬場致宴。酒酣，吴乃致詞云：『奉約同游山水，奈何以紅帛繫予首？仍命婦女於看棚聚觀相恥，既彼我酡顔，各争意氣。』吴爲臺盤，坐褰衣裸露以溺，給事怒，命衙士拉送衙司梟首。時都押衙米蘭知其不可，遂引而寢，多遣人護衛。給事扶歸寢堂，夜半而覺，聞家衆聚哭甚悲，驚而問焉，乃曰：『昨聞設亭喧噪，又聞命衙司斬副使，不知其由，憂及禍，是以悲泣。』給事大驚，亟命遞問之，米蘭具啟：『昨雖奉嚴旨，未敢承命，副使猶寢在衙院，無苦。』給事達明，早至衙院，卑詞引過，上下俱自克責，益相敬。」當即此米蘭。

〔二〕［百家注引孫汝聽曰］元和十四年，詔桂管觀察使裴行立討黄洞蠻黄少卿。

〔三〕［注釋音辯］《國語》：「申胥曰：夫齊、魯譬諸疾疥癬也。」［百家注引孫汝聽曰］《國語》：「伍胥諫吴王夫差曰：『今王非越是圖，而齊、魯以爲憂。夫齊、魯譬諸疾疥癬也。』」按：見《國語·吴語》。

〔四〕［百家注引孫汝聽曰］《漢書·孫寶傳》：「侯文曰：『豺狼當道，安問狐狸。』」

〔五〕［注釋音辯］漢武帝代粤，以牡荆畫幡，日月、北斗、登龍爲泰一靈旗，爲兵禱，則太史奉以指所伐國。［百家注引孫汝聽曰］漢武帝爲伐南越，告禱太一，以牡荆畫幡，日月、北斗、登龍以象太一三星，爲泰一鋒，名曰靈旗，爲兵禱，則太史奉以指所伐國。按：見《史記·孝武本紀》及《封禪書》。

〔六〕[注釋音辯]即銅虎符，所以發兵。[百家注引孫汝聽曰]漢文帝二年，初與郡國爲銅虎符第一至第五，國家當發兵，遣使者至郡合符，符合，乃聽受之。按：見《漢書·文帝紀》。

〔七〕[百家注引王儔補注]《書》曰：「永清四海。」按：見《尚書·泰誓上》。

〔八〕[注釋音辯]行，户郎切。《前漢·嚴助傳》注：「顔行，猶雁行，在前行，故曰顔也。」[百家注引孫汝聽曰]《漢·嚴助傳》：「如使越人蒙死徼幸，以逆執事之顔行。」注云：「顔行，猶雁行，在前行，故曰顔也。」行，户郎切。

〔九〕[注釋音辯]光武時，伏波將軍馬援擊交趾。[百家注引孫汝聽曰]漢光武建武十八年，遣伏波將軍馬援擊交趾賊徵側等。

〔一〇〕[注釋音辯]漢武帝元鼎五年，遣伏波將軍路博德出桂陽，下湟水，甲爲下瀨將軍，下蒼梧。注：「甲，故越人歸漢者也。瀨，灘也。吴越謂之瀨。」[韓醇詁訓]漢武帝征南越、東甌，有伏波、樓船、下瀨、横海之號。元鼎五年，遣伏波將軍路博德出桂陽，下湟水，甲爲下瀨將軍，下蒼梧。服虔曰：「甲，故越人歸漢者也。」臣瓚曰：「瀨，湍也。吴越謂之瀨。」音賴。桂陽、蒼梧皆隸嶺南，所謂黄賊，正爲患於嶺南耳。按：見《漢書·武帝紀》。

〔一一〕[百家注引童宗説曰]《詩》曰：「或燕燕居息，或盡瘁事國。」按：見《詩經·小雅·北山》。

〔一二〕［百家注引王儔補注］將受命之日，不宿於家。按：《禮記·曲禮上》：「凡爲君使者，已受命君，言不宿於家。」

〔一三〕［注釋音辯］《左傳》宣公十二年：「靡旌，摩壘而還。」［百家注引孫汝聽曰］《左氏》宣十二年傳：「楚許伯曰：『吾聞致師者，御靡旌，摩壘而還。』」注云：「摩，近也。」

〔一四〕［韓醇詁訓］（徼）音叫，境也。

〔一五〕［注釋音辯］前趙充國曰：「無踰於老臣。」［韓醇詁訓］漢神爵元年，趙充國年七十餘，上老之，使御史大夫丙吉問：「誰可將者？」充國對曰：「無踰於老臣者矣。」按：見《漢書·趙充國傳》。百家注本引韓醇注尚有「西羌犯塞」語。

〔一六〕［注釋音辯］《論語》：「孟之反不伐。」［韓醇詁訓］《語》：「孟之反不伐，奔而殿。將入門，策其馬曰：『非敢後也，馬不進也。』」注：「魯大夫孟之側與齊戰，軍大敗，不自伐其功，故獨殿後也。」按：見《論語·雍也》。何焯《義門讀書記》卷三七：「孟之側軍敗而殿，何以引用？」

【集評】

蔣之翹輯注《柳河東集》卷三八：王世貞曰：子厚《代裴中丞表》，詞不甚工，特善於張大聲勢，最得謝討賊表之體。

爲裴中丞舉人自代伐黄賊表

伏以某官器宇端方，風姿詳雅，謙虚内敏，籌略共推。前佐湖南，悉心匡佐，後歷郡掾①，深負政聲。惠愛在人，姦邪屏息，勤勞已著，幹蠱無倫〔一〕。今黄賊尚據荒陬，犬巢未覆，儻以某代某之任，必能掃蕩氛祲〔二〕，廓清海濱。竊惟斯人，雅堪厥職。云云。

【校　記】

①陳景雲《柳集點勘》卷三：「案佐湖南猶爲大府從事，至郡掾乃州佐以下，參軍之屬，若自府從事爲之，即下遷矣，況中丞方膺專征重任，不應薦郡掾末僚代爲元帥也。『掾』疑當是『篆』或『守』字之訛。」

【解　題】

〔韓醇詁訓〕次前篇作。按：《資治通鑑》卷二四一唐憲宗元和十四年：「初蠻賊黄少卿自貞元以來數反覆，桂管觀察使裴行立、容管經略使陽旻欲徼幸立功，争請討之，上從之。嶺南節度使孔戣屢諫曰：『此禽獸耳，但可自計利害，不足與論是非。』上不聽。大發江湖兵，會容、桂二管入討。士卒被瘴癘死者，不可勝計。安南乘之，遂殺都護。行立、旻竟無功，二管彫弊，惟戣所部晏然。」章士釗《柳文指要》上《體要之部》卷三八：「此或裴行立討黄賊無功，求舉人自代，果爾，此足證《通鑑》所載不誣，而子厚代作諸表之誇張失當，詳見《代行立謝移鎮表》簽注。」

【注釋】

〔一〕〔百家注引孫汝聽曰〕蠱，事也。《易》：「幹父之蠱。」按：見《周易·蠱》。

〔二〕〔注釋音辯〕氛音分。祲，子鴆、咨林二切。妖氣。按：百家注本引作童宗説曰。

爲崔中丞請朝覲表

臣歷刺三州〔一〕，連總二府〔二〕，外任逾紀，入覲無階，就日望雲，魂飛心注。伏惟睿聖文武皇帝陛下覆載無私，邇遐同致①，復昇平之故事，繼前聖之高蹤，中外踐更，出入迭用。臣以虛薄，叨受恩榮，徒竭夙夜之心，未申朝夕之敬〔三〕。天威咫尺〔四〕，誠寤寐而無違；雲漢昭回〔五〕，固瞻仰而何及。是以前在朗寧〔六〕，封章累上，及移臨桂〔七〕，星紀屢周。微衷尚隔於戴盆〔八〕，積望徒懸於窺管〔九〕，葵藿之誠彌切，犬馬之戀逾深。人欲天從〔一〇〕，於茲未驗，下情上達，終冀不誣，敢瀆宸嚴，罄陳丹懇。伏乞賜臣除替，許至闕庭，廁蹈舞於群寮〔一一〕，備班行於散地，足趨中禁，目覩大明，俾成九族之榮，以盡百生之幸。非敢竊國賓五獻之禮〔一二〕，希康侯三接之恩〔一三〕，一覿龍顏〔一四〕，萬死爲足。無任懇迫激切之至〔一五〕。

【校　記】

① 邇遐，注釋音辯本作「遐邇」。

【解　題】

〔注釋音辯〕桂管觀察崔詠，或謂崔能者非。〔韓醇詁訓〕或以爲崔能，非是。據能傳：元和六年爲黔中觀察使，長慶四年爲嶺南節度使。初不爲臨桂，而長慶初則子厚已死。考之舊史：憲宗元和五年，以鄧州刺史崔詠爲邕管經略使，八年十二月，復自邕管移桂管。表謂「前在朗寧，封章累上，及移臨桂，星紀屢周」，蓋朗寧即邕州。公下卷又有《代上中書門下狀》，云「理戎典郡，十有四年，頃在邕州，累陳誠懇」，即此謂也。又云「自領桂管，又逾再周」，自八年十二月至十年是月，即再周矣。至十一年，方以裴行立爲桂管觀察使。則此表當在十一年作。〔百家注引孫汝聽曰〕代桂管觀察使崔詠作。〔蔣之翹輯注〕代桂管觀察使崔詠作。或以爲崔能，非是。按：陳景雲《柳集點勘》卷三：

「『及移臨桂，星紀屢周』，又《上中書門下狀》云：『自領桂管，又逾再周。』據舊史，崔詠以元和八年十二月自邕移桂，觀『逾再周』語，則表、狀皆十年作也。子厚於十年春奉詔赴都，除守柳州，乃桂管巡屬，其之官也，蓋先至桂而後至理所，有《桂州望秦驛》詩。表、狀二篇，蓋進謁大府時奉命所作。未幾中丞遷鎮廣南，竟未及赴闕也。」此表代崔詠作，韓醇考之已詳。陳景雲又證其爲元和十年作，甚是。《全唐文》卷六九三又將此文收爲杜周士作，未知何據。

【注釋】

〔一〕〔百家注引孫汝聽曰〕詠累遷鄧州刺史。

〔二〕〔百家注引韓醇曰〕《舊史》：「憲宗元和五年，以鄧州刺史崔詠爲邕管經略使。」八年十二月，復自邕管移桂管。

〔三〕〔百家注引孫汝聽曰〕傳曰：「朝不廢朝，暮不廢夕。」按：見《禮記·鄉飲酒義》。

〔四〕〔百家注引孫汝聽曰〕僖九年《左氏》：「王使宰孔賜齊侯胙，孔曰：『天子以伯舅耋老，無下拜。』對曰：『天威不違顔咫尺，小白余敢貪天子之命，無下拜？』」

〔五〕〔百家注引韓醇曰〕《詩》：「倬彼雲漢，昭回於天。」按：見《詩經·大雅·雲漢》。

〔六〕〔注釋音辯〕邕州也。〔百家注引孫汝聽曰〕朗寧，邕州。

〔七〕〔注釋音辯〕桂州，今静江府。〔百家注引孫汝聽曰〕臨桂，桂州。

〔八〕〔韓醇詁訓〕《史》：「戴盆何以望天。」〔百家注引韓醇曰〕司馬遷書云：「僕以爲戴盆何以望天」。按：見司馬遷《報任少卿書》。

〔九〕〔韓醇詁訓〕《莊子》：「用管窺天，用錐指地，不亦小乎？」〔百家注集注〕《莊子》：「用管窺天，用錐指地。」《東方朔傳》：「以管窺天，以蠡測海。」按：見《莊子・秋水》及《漢書・東方朔傳》。《史記・扁鵲列傳》作「以管窺天，以郄視文」。

〔一〇〕〔百家注引童宗説曰〕《書》：「民之所欲，天必從之。」按：見《尚書・泰誓上》。

〔一一〕〔百家注引孫汝聽曰〕《詩》：「手之舞之，足之蹈之。」按：見《詩經・大序》。

〔一二〕〔注釋音辯〕《周禮・秋官》。按：《周禮・秋官司徒・大行人》：「饗禮五獻，食禮五舉。」

〔一三〕〔注釋音辯〕《周易・晉卦》。〔百家注引孫汝聽曰〕《易》：「晉康侯，用錫馬蕃庶，晝日三接也。」按：見《周易・晉》。

〔一四〕〔韓醇詁訓〕覿音迪。

〔一五〕〔百家注引韓醇曰〕至十一年，方以裴行立代詠爲桂管觀察使。

代柳公綽謝上任表

肅恭休命，晨夜趨程，祇荷寵私，不遑寢食，以月日到所部上訖〔一〕。云云。臣聞古之制爵禄者，爵以居有德，禄以養有功。臣本書生〔二〕，宦不期達①，值某皇帝文明撫運〔三〕，大闡玄猷，搜采衆材，幸忝甄録〔四〕。歷踐中外，星霜屢移，曾無涓塵，上答鴻造。忘其薄陋，委以雄藩②，顧無綏馭之能，謬忝澄清之寄〔五〕。將何以敷宣皇澤，普諭天慈？唯當察慝以爲防，視俗而爲教③，蠲除細故，務安黎獻，庶幾清静無擾，以慰遠人。臣不勝忝冒荷恩之至。

【校記】

① 宦，詁訓本、世綵堂本作「官」。

② 以，注釋音辯本、游居敬本作「之」。

③ 而，詁訓本作「以」。

【解題】

〔注釋音辯〕元和六年爲潭州刺史、湖南觀察使。〔韓醇詁訓〕公綽，史有傳。憲宗元和六年自御史中丞出爲湖南觀察使。表謂：「忘其疎陋，委以雄藩，顧無綏馭之能，謬忝澄清之寄。」當即是時作。〔百家注引王儔補注〕公綽，字起之，京兆華原人。史有傳。按：章士釗《柳文指要》上《體要之部》卷三八：「柳州此表措詞，接續處每嫌文氣不貫，如『曾無涓塵，上答鴻造，忘其薄陋，委以雄藩』，

『無』、『忘』兩動詞並不屬同一主詞，疑『忘其薄陋』上應增加『竊荷』者兩字，使詞意能轉疊下去。可見此類文字，是柳州應酬敷衍、漫不經心之作。鄙意除《爲王户部薦李諒》、《爲叔文陳情》，及其他二三足證史跡之表外，多數應從删汰。吴摯甫即主是説。」

【注釋】

〔一〕［百家注引韓醇曰］憲宗元和六年六月，公綽自御史中丞爲潭州刺史、兼御史中丞、充湖南觀察使。

〔二〕［百家注引孫汝聽曰］貞元元年四月，公綽再中賢良方正能言極諫科。

〔三〕［注釋音辯］睿聖文武皇帝。［百家注引韓醇曰］《書》：「濬哲文明。」按：指唐德宗。所引見《尚書·舜典》。

〔四〕［百家注引王儔補注］甄，察也，居延切。

〔五〕［百家注引韓醇曰］公綽先爲西川節度判官，召爲吏部郎中，踰月拜御史中丞。今又兼中丞，爲觀察，故云。［蔣之翹輯注］《後漢·范滂傳》：「滂登車攬轡，慨然有澄清天下之志。」

【集評】

夏燮《明通鑑》卷五洪武六年：九月庚戌，命翰林院儒臣擇唐宋名臣箋表可爲法式者，詞臣以柳宗元《代柳公綽謝表》及韓愈《賀雨表》進，令中書省頒爲式，並禁駢麗對偶體。

儲欣《河東先生全集録》卷六：亦時表式也，録之。

王士禛《池北偶談》卷一六：宋王銍作《四六話》二卷，與《詩話》、《賦話》、《文話》並傳於時。又有作《四六談塵》者，唐宋以來重四六如此。故温公知制誥，以不能作四六辭。《識小編》載：洪武六年，諭禮部尚書牛諒，禁止四六文字，並表箋亦然。諒等乃録柳子厚《代柳公綽謝上任表》、韓退之《賀雨表》以上，命頒行天下以爲式。然其後制誥表箋皆用四六，未嘗變也。

代李愬襄州謝上任表

捧對絲綸〔一〕，慙悸無地，拜命兢悚，不知所裁。臣凡賤瑣材，智略無取，幸賴先臣緒業〔二〕，累忝國恩，天澤曲流，遂司節制〔三〕。寄深分閫，任重專征，顧無將領之才，謬處衆人之上。豈謂宸私軫念，仁育爲心，霈澤無涯，德音屢降，士衆感悦，咸思竭忠，遂得潛師暗入賊境，不意凶渠就戮〔四〕。此皆聖謨，豈敢叨天以爲己力〔五〕？仰荷殊造，重於丘山。臣以日月上訖。謹當敷宣皇化，普諭聖慈，綏撫三軍，乂安百姓，冀以塵露，上答鴻私。臣云云①。

【校　記】

① 詁訓本無「臣」字。《全唐文》無「臣云云」三字。

【解　題】

［注釋音辯］元和十二年。［韓醇詁訓］愬本傳：元和十二年，愬以夜入蔡州擒吴元濟，有詔進檢校尚書右僕射、山南東道節度使。然襄陽去嶺表遼絶，而公自柳州有爲謝上表，疑非公之文。表謂「幸賴先臣緒業，累忝國恩」，蓋愬即太師忠武公李晟之子，累有大功於唐焉。［蔣之翹輯注］李愬，隴右臨洮人。元和十二年夜入蔡州擒吴元濟，十一月有詔，進檢校尚書右僕射爲襄州刺史、山南東道節度使。子厚時在柳州，然襄州與嶺表遼絶，而謝上表又非能遲之月日者，恐非子厚所作，姑存之以俟考。按：此表又載宋乾道永州刻《柳柳州外集》。章士釗《柳文指要》上《體要之部》卷三八：「子厚與李愬了無淵源，惟獻唐雅曾與通書，又柳州去襄州遼遠，未易交接，子厚將何從爲李草此表乎？況表文平凡，稍通文墨者皆能下筆，吴摯甫主張將此表删去，不爲無理。」諸家對此表有疑，然此表爲擬作，也並非無此可能。觀此表寥寥數語，首尾不全，也不似實際應用者。

【注　釋】

［一］［百家注引孫汝聽曰］《禮記》：「王言如絲，其出如綸。」按：見《禮記·緇衣》。

〔二〕〔注釋音辯〕愬父李晟。〔百家注引韓醇曰〕愬即西平王晟之子，晟有大功於唐。

〔三〕〔百家注引孫汝聽曰〕元和十一年十二月，愬自宮苑閑廄使拜檢校左散騎常侍、兼鄧州刺史、充隨唐鄧節度使。

〔四〕〔注釋音辯〕吴元濟。

〔五〕〔韓醇詁訓〕《左氏》：「其敢貪天之功以爲己力乎。」〔百家注引韓醇曰〕僖二十四年《左氏》：「介之推曰：『竊人之財，猶謂之盜，況貪天之功以爲己力乎？』」

代節使謝遷鎮表

鴻私曲臨，獨越夷等，祇荷明命，寤寐不遑。臣才非器能，謬膺仕進，雖竭盡駑劣，力效忠勤，冀寡愆尤①，敢望宦達②。某宗皇帝不以臣儒術淺薄〔一〕，超授禮官，尋遷正郎，遂忝符郡。某皇帝不遺臣小善〔二〕，擢處諫曹，叨承厚恩，備職藩翰。顧惟瑣劣，多慚負恩。伏遇陛下〔三〕，德紹唐虞，無私庶政。臣尸素歲久，譴謫宜加，豈冀褒昇，更遷重鎮。再忝澄清之寄，仍同獻替之榮，將何以上答天慈，下安氓庶？臣當務修農稼，率勵遠人，鋤其姦慝，以副勤卹。無任云云。

【校　記】

①　愆，詁訓本作「僁」，並注：「僁與愆同。」

②　宧，《柳柳州外集》作「官」。

【解　題】

〔韓醇詁訓〕節使公史不可考。表謂「務修農稼，率勵遠人」，此在永州作，次元和九年文章後。按：此文作於永州抑或柳州不得而知。章士釗《柳文指要》上《體要之部》卷三八：「節使無可考。表文平凡，子厚似不應有此文。」

【注　釋】

〔一〕〔注釋音辯〕德宗也。〔百家注引孫汝聽曰〕德宗。

〔二〕〔注釋音辯〕順宗也。〔百家注引孫汝聽曰〕順宗。

〔三〕〔注釋音辯〕憲宗也。〔百家注引孫汝聽曰〕憲宗。

爲劉同州謝上表①

臣某言：伏奉某月日制，除臣同州刺史兼本州防禦、營田、長春宫使，某月日到州上任訖。臣初奉綸言，震抃無極②，及臨所部，驚懼逾深，役軀莫報於乾坤，陳力無裨於造化。臣某誠惶誠恐，頓首頓首。

臣出自諸生，不習爲吏，有恇懦之質〔一〕，無區處之能，託跡儒門，乏仲弓南面之德〔二〕；委身郎署，闕馮唐論將之對〔三〕。常懼叨冒清列，蕪穢聖朝，豈意天聽忽臨，鴻恩荐及，八命作牧〔四〕，一麾出守〔五〕。拔自下位，寄之雄藩，非臣庸瑣所宜膺據。況馮翊密邇王都〔六〕，古稱三輔，爰自近代，命秩逾崇。有兵食之虞，有宫室之制〔七〕，皆公卿將相出入由之。仰徵甲令〔八〕，俯窺圖記，跼蹐無地〔九〕，以兢以惶，恩重命輕，不知所效。庶當刻精運力③，夙夜祇勤，上奉雍熙，旁流愷悌。以日繫月，儻或有成，庶幾之心，懔懔增惕。徒望雲而就日〔一〇〕，喜近帝鄉〔一一〕；將擊壤以成風〔一二〕，共歌堯代。天威咫尺，敢布丹誠。無任悃懇屏營之至。

【校記】

①《柳柳州外集》「上」下有「任」。

②極，《柳柳州外集》作「措」。

③原注與注釋音辯本、詁訓本、世綵堂本注：「一作『刓精畢力』。」《柳柳州外集》即作「刓精畢力」。

【解題】

［注釋音辯］或云劉公濟。［韓醇詁訓］劉同州未詳。德宗貞元十八年，以同州刺史劉公濟爲鄜州刺史、鄜坊丹延節度使，豈即此耶？據爲劉同州，此當在京師時作。次貞元十六年文章後。按：劉同州當即劉公濟。《舊唐書·德宗紀下》：「（貞元十八年）十一月丙辰，以同州刺史劉公濟爲鄜州刺史、鄜坊丹延節度使。」權德輿《權載之文集》卷二《奉和崔評事寄外甥劉同州並呈杜賓客許給事王侍郎昆弟楊少尹李侍御並見寄之作》，劉同州亦謂劉公濟。劉公濟爲同州刺史約在貞元十五年。或以爲此劉同州爲劉禹錫，非是。沈作喆《寓簡》卷四：「又有《代劉禹錫同州謝上表》，予按子厚以元和十四年十月死柳州，而禹錫至文宗朝大和九年始遷同州，距子厚之死十七年矣，安得尚爲夢得作表？其文卑弱，僞作顯然，而編摩者踈謬，不能删去，讀其書者亦不復發擿，可歎也。《賓客集》中自有《同州刺史兼長春宫使謝表》，甚善。」誤以劉同州爲劉禹錫也。

【注釋】

〔一〕［注釋音辯］童（宗説）云：恇音匡。懦，奴卧切，弱也。［韓醇詁訓］恇音匡，怯也。懦，徒卧切，弱也。

〔二〕［韓醇詁訓］《語》：「雍也可使南面。」按：百家注本引韓醇曰尚有「雍，字仲弓」字。見《論語·雍也》。

〔三〕［韓醇詁訓］漢馮唐以孝著，爲郎中署長。文帝謂曰：「吾居代時，吾尚食監高祛數爲我言趙將李齊之賢，戰於鉅鹿下，吾每飲食，意未嘗不在鉅鹿也。」唐對「齊尚不如廉頗、李牧之爲將也」云云。［百家注引孫汝聽曰］《漢書》：「馮唐以孝著，爲郎中署長。文帝曰：『吾居代時，吾尚食監高祛數爲我言趙將李齊之賢，戰於鉅鹿下，吾每飲食，意未嘗不在鉅鹿也。父老知之乎？』唐曰：『齊尚不如廉頗、李牧之爲將也。』」云云。按：見《漢書·馮唐傳》。

〔四〕［百家注引孫汝聽曰］《周禮·春官》：「一命受職，再命受服，三命受位，四命受器，五命賜則，六命賜官，七命賜國，八命作牧，九命作伯。」按：見《周禮·春官宗伯·大宗伯》。

〔五〕［百家注引孫汝聽曰］顔延之《五君詠》：「屢薦不入官，一麾乃出守。」按：程大昌《演繁露》卷八：「自《五君詠》言顔延之『一麾出守』，而杜牧用其語曰『擬把一麾江海去』，人遂以建麾爲太守事。張師正辨《五君詠》曰：『麾猶秉白旄以麾也，一麾猶言爲人之所擠排也。屢薦不嘗得官，一遭擠排，遽出爲守，所以嘆也。』此説是也。」

〔六〕［注釋音辯］即同州。［韓醇詁訓］馮翊，同州郡名。左馮翊、右扶風、京兆，謂之三輔。按：百家注本引孫汝聽注與韓注略同。

〔七〕［百家注引孫汝聽曰］同州防禦、長春宫使，同州刺史領之。

〔八〕［百家注引孫汝聽曰］甲乙丙丁，令之篇次。猶言第一至第幾也。

〔九〕［注釋音辯］張（敦頤）云：跼，渠足切。跪跼，不伸也。按：百家注本引孫汝聽注與張注同。

〔一〇〕［百家注引孫汝聽曰］《史記》：「放勛其仁如天，其智如神，就之如日，望之如雲。」按：見《史記·五帝本紀》。放勛即堯。

〔一一〕［百家注引孫汝聽曰］《後漢》：「南陽帝鄉，多近親。」按：見《後漢書·劉隆傳》。

〔一二〕王充《論衡·感虚》：「堯時，五十之民擊壤於塗，觀者曰：『大哉堯之德也。』擊壤者曰：『吾日出而作，日入而息，鑿井而飲，耕田而食，堯何等力？』」

【集評】

陸夢龍《柳子厚集選》卷四文首評：似晉。

何焯《義門讀書記》卷三七：不似公文，亦殊質健。

代裴行立謝移鎮表

星言即駕〔一〕，便道之藩，祇荷寵榮，不敢寧息。臣某爰自弱齡，即忝推擇，階緣試吏，累忝清資。先聖以臣粗知兵要〔二〕，俾統師徒。交蠻俶擾，黄賊不馴，奉詔俾臣，撲滅氛祲〔三〕。士衆賈勇〔四〕，思酬渥恩，冀因此時，得立微效。豈謂時多疫癘，不副憂勤，知臣特深，復洗瑕責。夙夜感戴，捐軀有期，徒增憤勇，力未從願。微臣不幸，釁故重重，泣血摧肝，載崩載咽。陛下龍興御極〔五〕，寰海永清，道暢八埏〔六〕，威加九域，鴻和普洽①，靡不周泰。伏蒙累垂休命，遂越等夷，循省何人，過膺抽擢〔七〕。況臣比臨此鎮，備更夷險，故材舊壤②，宛在目前〔八〕，雖則殊鄉，還同衣錦〔九〕。量巨鼇之力〔一〇〕，未足負恩；猶蚊蚋之微〔一一〕，焉能報德。將何以宣揚聖造，撫慰疲羸？唯當遵守詔條，貶棄奸慝，平勻徭賦③，示以義方。持清静以臨人④，守無私以奉國，重修前志，再礪戈矛⑤，展駑駘之效〔一二〕，申鷹犬之用。庶荒陬夷獠〔一三〕，盡沐皇風；率土生靈，備聞斯慶，微臣之志也。限以職守，不獲奔詣闕庭，無任云云⑥。

【校記】

①和，詁訓本、世綵堂本作「私」。

②何焯《義門讀書記》卷三七：「『材』疑作『村』。」

③匀，《柳柳州外集》作「均」。

④静，注釋音辯本、詁訓本、游居敬本作「浄」。

⑤戈，詁訓本作「干」。

⑥「職守不獲奔詣闕庭無任」十字原闕，諸本同，據《柳柳州外集》補。

【解題】

［注釋音辯］穆宗時，恐非宗元所作。［韓醇詁訓］行立，即前裴中丞也。行立學兵有法，繇蘄州刺史遷安南經略使，徙桂管觀察使。元和十四年，代桂仲武爲安南都護。表謂「臣比臨此鎮，備更夷險，故材舊壞，宛在目前」，蓋前爲安南經略，今復爲都護也。表是時作。黄賊事詳見前表。［百家注引孫汝聽曰］行立移鎮在公卒後，表蓋他人之文，誤編在此。［蔣之翹輯注］穆宗時，行立移鎮，此在子厚卒後。此表爲他人所作無疑，今删去。按：王應麟《困學紀聞》卷一七：「行立移鎮在後，亦他人之文。」陳景雲《柳集點勘序》：「其有氏名莫考而以事證之，已在子厚殁後，因可決其誤入者，如《請聽政第四表》、《代裴行立謝移鎮表》、《代廣南節度使舉裴中丞》三表是也。」吴汝綸《柳州集點

勘》：「穆宗即位，子厚已卒，此非柳文。」《舊唐書·穆宗紀》：「（元和十五年二月）甲午，以桂管觀察使裴行立爲安南都護，充本管經略使。」又見《資治通鑑》卷二四一唐憲宗元和十五年。元和十五年三月，裴行立至海門而卒。柳宗元卒於元和十四年十一月，裴行立移鎮安南在柳宗元卒後，且宗元卒時，桂管觀察使裴行立尚營其喪事，可知此文確非柳宗元作，諸家之説是也。

【注釋】

〔一〕［百家注引童宗説曰］《詩》「星言夙駕」。按：見《詩經·鄘風·定之方中》。

〔二〕［注釋音辯］（先聖）憲宗。

〔三〕［百家注引孫汝聽曰］元和八年八月，以蘄州刺史裴行立爲安南都護。安南，漢交趾郡也。十二年，遷桂管觀察使。十四年，令行立討黄少卿。

〔四〕［注釋音辯］賈音古。《左傳》成公二年：「欲勇者，賈余餘勇。」［百家注引孫汝聽曰］《左氏傳》：「高固曰：『欲勇者賈予餘勇。』」

〔五〕［注釋音辯］穆宗也。［百家注引孫汝聽曰］元和十五年正月庚子，憲宗崩。閏月丙午，穆宗即位。

〔六〕［注釋音辯］（埏）延、羶二音，八方也。［韓醇詁訓］音禪。地有八埏。［百家注引孫汝聽曰］八埏，八際也。相如《封禪書》曰：「上暢九垓，下泝八埏。」埏音延。

〔七〕〔百家注引孫汝聽曰〕是歲二月，行立自桂管復徙安南。

〔八〕〔注釋音辯〕裴行立前爲安南經略，今復爲都護。〔百家注引韓醇曰〕蓋言前爲安南經略，今復爲都護也。

〔九〕《漢書·項籍傳》：「羽見秦皆已燒殘，又懷思東歸，曰：『富貴不歸故鄉，如衣錦夜行。』」

〔一〇〕《列子·湯問》載渤海之東有五山，常隨波上下，帝乃命禺彊，使巨鼇十五舉首而戴之，迭爲三番，六萬歲一交焉，五山始峙。

〔一一〕《莊子·應帝王》：「其於治天下也，猶涉海鑿河，而使蚊負山也。」

〔一二〕〔韓醇詁訓〕駘音臺。按：駑駘，劣馬。

〔一三〕〔注釋音辯〕（獠）瓜、老二音，西南夷名。

代韋永州謝上表①

臣某言：伏奉月日制書②，除臣永州刺史，以月日到州上訖③。受命若驚，臨職彌懼④。臣以無能，累更事任，神州赤縣〔一〕，實所備嘗，過量逾涯，每深兢惕。不謂聖恩推擇⑤，濫駕朱輪〔二〕，禄秩徒增，詎施乳哺之惠；服命虛受，寧興襦袴之謡〔三〕。況此州地極三湘，俗參百越，左袵居椎髻之半〔四〕，可墾乃石田之餘〔五〕。曠牧守於再秋，彌驕獷俗〔六〕；代征賦於三郡，重困疲人〔七〕。分災本出於一時〔八〕，積弊遂逾於十稔⑥。撫安未易，知法出而姦生〔九〕；子育誠難，懼力勞而功寡。夙夜憂切，不敢遑寧。庶當宣布天慈⑦，奉揚神化，以日繫月，儻或有成，少裨愷悌之風，用答生成之造⑧。無任感恩隕越之至⑨。

【校　記】

①《英華》題作「代永州韋刺史謝上表」。
②《英華》「伏」上有「臣」字，「月」上有「某」字。
③《英華》「月」上有「某」字。
④此句下《英華》有「臣某誠惶誠恐頓首頓首」十字。
⑤擇，詁訓本作「澤」。
⑥逾，注釋音辯本作「餘」。
⑦庶，《英華》作「謹」。
⑧用答，《英華》作「因荅」。
⑨《英華》「無」上有「臣」字。

【解　題】

〔韓醇詁訓〕自子厚謫佐永州，刺史之見本集者六人：元和元年刺史韋公，見《賀改元表》；二、三年刺史馮公，見《修浄土院記》；元和五年以前刺史崔君敏，見《南池讌集序》及《墓後誌》；又有刺史崔簡，未上被罪，見簡墓誌、祭文等篇。元和七年八月，刺史即此所謂韋永州也。蓋表云「曠牧守於再秋」，正言簡以罪去後，無其人耳。表當作於七年云。按：韓説是。韋公名彪。林寶《元和姓纂》卷二東眷韋氏彭城公房：「彪，永州刺史。」岑仲勉《元和姓纂四校記》：「知彪於元和七、八年刺永，其孫中立南來，當是省祖，由是可決《姓纂》稱永州刺史爲彪之見官。」又，陳景雲《柳集點勘》卷三：「據《文苑》，此表乃李邕作。」《文苑英華》卷五八五載此表，署「前人」，即柳宗元也。陳當誤記。

【注　釋】

〔一〕〔百家注引孫汝聽曰〕《史記》：鄒衍：「中國名曰赤縣神州，赤縣神州内自有九州，禹之序九州是也，不得爲州數。中國外如赤縣神州者九，乃所謂九州也。」神、赤，皆美言之。按：見《史記·孟子列傳》。

〔二〕〔百家注引孫汝聽曰〕《漢志》：「中二千石、二千石，車皂蓋，朱兩幡。」按：見《漢書·景帝紀》。

〔三〕〔蔣之翹輯注〕《東觀漢記》：「廉范字叔度，爲蜀郡太守。成都邑宇偪側，禁民夜作以防火，而更相掩，燒者日日相屬。范乃毁削前令，但嚴使儲水，百姓爲便，歌曰：『廉叔度，來何暮。不禁火，民安堵。昔無襦，今五袴。』」按：見《東觀漢記》卷一八，《後漢書·廉范傳》亦載。

〔四〕［注釋音辯］椎，傳追切。髻音計。椎髻者，一撮之髻，其形如椎。［百家注引孫汝聽曰］孔子曰：「微管仲，吾其被髮左衽矣。」陸賈使南越，南越王尉佗魋結箕倨見賈。魋，即椎。結，即髻。古字通用耳。按：見《論語·憲問》及《漢書·陸賈傳》。

〔五〕［注釋音辯］《左傳》哀公十一年：「猶石田，無所用之。」［百家注引孫汝聽曰］哀十一年《左氏》：「子胥曰：『得志於齊，猶石田，無所用之。』」

〔六〕［注釋音辯］獷，古猛切，《説文》「犬不可附也」。［韓醇詁訓］獷，古猛切。

〔七〕［蔣之翹輯注］重，平聲。

〔八〕［百家注引孫汝聽曰］《左傳》：「凡侯伯，救災、分災、討罪，禮也。」按：見《左傳》僖公元年。

〔九〕［百家注引孫汝聽曰］董仲舒策曰：「法出而姦生，令下而詐起。」按：見《漢書·董仲舒傳》。

【集評】

王志堅《四六法海》卷三：子厚深於吏治，每於文字中露一二語。

陸夢龍《柳子厚集選》卷四：寫得永州楚狀，正是狀自己淪落耳。

儲欣《河東先生全集録》卷六：敷陳明切，有陸敬輿之遺風。

何焯《義門讀書記》卷三七：此應用文字，兼備論事之體。

謝除柳州刺史表①

臣宗元言：臣伏奉三月十三日制，除臣使持節柳州諸軍事、守柳州刺史，以六月二十七日到任上訖。臣宗元誠惶誠恐，頓首頓首②。早以文律，參於士林，德宗選於衆流③，擢列御史〔一〕。陛下嗣登寶位，微臣官在禮司〔二〕，百寮稱賀，皆臣草奏。臣以不慎交友，旋及禍訟④〔三〕，聖恩弘貸，謫在善地。累更大赦，獲奉詔追，違離十年，一見宮闕。親受朝命，牧人遠方，漸輕不宥之辜，特奉分憂之寄。銘心鏤骨，無報上天。謹當宣布詔條，竭盡駑蹇⑤，皇風不異於遐邇，聖澤無間於華夷⑥，庶答鴻私⑦，以塞餘罪。無任感恩隕越喜懼之至，謹遣軍事十將劉伯通奉表以聞⑧。

【校　記】

① 《英華》題作「柳州刺史謝上表」。

② 注釋音辯本、詁訓本、世綵堂本皆云：「諸本此表首皆云：伏奉三月十三日制，除臣使持節柳州

諸軍事守柳州刺史，六月二十七日到任上訖。」《英華》此上尚有「臣宗元言」，此下尚有「臣宗元誠惶誠恐，頓首頓首」之字，故據以補表文。

③《英華》「德宗」下有「皇帝」二字。

④詡，原注與注釋音辯本注：「一本作誣字。」詁訓本作「誣」，並注：「一作詡。」《英華》注：「集作誣。」

⑤竭盡，世綵堂本、五百家注本、濟美堂本作「盡竭」。

⑥問，原作「問」，據諸本改。五百家注本作「聞」。

⑦私，《英華》作「恩」。

⑧「無任」等二十三字，諸本皆作「云云」，據《英華》改。

【解　題】

〔注釋音辯〕元和十年。〔韓醇詁訓〕諸本表首皆云：「伏奉三月十三日制，除臣使持節柳州諸軍事守柳州刺史，六月二十七日到任上訖。」惟《資治通鑑》三月乙酉除命，而長曆乙酉爲十四日，此云十三日，豈字之誤耶？

【注　釋】

〔一〕〔百家注引孫汝聽曰〕貞元十九年爲監察御史。

〔二〕［百家注引孫汝聽曰］憲宗即位時，爲禮部郎官。

〔三〕［注釋音辯］張（敦頤）云：訩，許容切。

【集　評】

俞文豹《吹劍録》：文豹見近世士大夫每求一闕、乞一郡，其未得之也，惟恐失之。纔到任，便訴窘乏，述艱難，若有迫其行者。柳子厚《柳州謝表》三百三十字，皆是祈哀謝過之辭。古大國僅百里，今一郡千里，何負於士大夫而若此！

陸夢龍《柳子厚集選》卷四：質古之中，無限情節。

儲欣《河東先生全集録》卷六：惻惻感人。

何焯《義門讀書記》卷三七：無一字不妙，深婉悽壯，可謂兼之。「早以文律」二句：言屈之久。「臣以不慎交游」二句：言過之輕。

柳州謝上表

臣某言：伏奉詔書，授臣柳州刺史①，以今月二日至部上訖②。中謝。臣前歲以久停官秩③，去年蒙聖恩除替，便欲裂裳裹足，趨赴京師，以舊疾所嬰，彌年未愈，逮及今夏，始就歸途。襄陽節度使于頔與臣早歲同官④〔一〕，見臣當暑在道，懇留在館⑤，尋假職名，意欲厚臣，非臣所願⑥。伏惟陛下光被之德，道已洽於區中，憂濟之勤，心每徧於天下。常以萬邦共理，必藉於循良；一物不遺，尚延於愚藐⑦〔二〕。假臣寵渥，重領方州，駑駘復效於奔馳⑧，枯朽更同於華秀⑨。中謝。

臣聞潢汙易竭〔三〕，抑有朝宗之願⑩〔四〕；犬馬無識，猶知戀主之誠。揣分則然，惟天知鑒⑪。況臣昔因左官⑫〔五〕，一紀于外，子牟馳心於魏闕〔六〕，汲黯積思於漢庭⑬〔七〕，豈非夫人⑭，獨無斯戀？去就者榮辱之主，朝廷者仕進之源，臣子之宜，忠貞所志。臣雖心同犬馬，而分比潢汙，幸躡康衢，意悲往蹇⑮〔八〕。臣之此誠，口不能諭，意欲悉達⑯，文非盡言。此臣所以自咎自恨⑰，復乖志願，猶冀苦心勵節，上奉詔條，惠寡卹貧⑱，下除人瘼〔九〕，恭宣皇化，少答鴻私。不勝慌欣之至⑲〔一〇〕。

【校記】

① 臣，《英華》作「任」。

② 《英華》「二日」作「二十五日」，「部」上有「所」字，「訖」下有「臣某誠惶誠恐頓首頓首」十字。詁訓本句下無「中謝」二小字。

③久，《英華》作「疾」，「官」下無「秩」字。

④陽，《英華》作「州」。

⑤在，《英華》作「就」。

⑥所，《英華》作「本」。

⑦藐，《英華》作「邈」。

⑧奔，《英華》作「馳」。

⑨《英華》此句下有「臣某誠懽誠喜頓首頓首」十字。

⑩抑，《英華》作「徒」。

⑪知，注釋音辯本、《英華》作「所」。

⑫左，原作「在」，據諸本改。

⑬積思，《英華》作「注意」。

⑭《英華》此句作「豈伊非夫」。並注：「《類表》作『臣豈非人』，集作『豈非其人』。」

⑮悲，原作「非」，據《英華》改。

⑯悉，《英華》作「自」。

⑰《英華》「恨」上有「傷」字，下句無「復」字。如此則「恨」字屬下句。

⑱衂，《英華》作「安」。

⑲《英華》「不勝」下有「感戴」二字。慌，《英華》、《全唐文》作「歡」，當是。《英華》此句下尚有「謹遣軍事衙前虞侯王國清奉表陳謝以聞」字。

【解　題】

［注釋音辯］［百家注引孫汝聽曰］［蔣之翹輯注］貞元中代人作。［韓醇詁訓］後表（按：即此表）非公之作。蓋公之爲柳州，正月已召至京師，三月方出，而表謂「蒙聖恩除替，便欲裂裳裹足，趨赴京師」，此自可見也。［世綵堂］貞元中代人作。此表恐僞。按：此非柳文，詳見辯證。

【注　釋】

〔一〕［注釋音辯］（嶓）徒歷切。［百家注引孫汝聽曰］貞元十四年九月，以嶓爲襄陽節度使。

〔二〕［注釋音辯］（藐）墨角、弭沼二切。［百家注引張敦頤曰］藐，遠也，莫角切。

〔三〕［百家注引孫汝聽曰］潢汙，小水也。《左氏傳》：「潢汙行潦之水。」按：見《左傳》隱公三年。

〔四〕［百家注引韓醇曰］《書》：「江、漢朝宗于海。」按：見《尚書·禹貢》。

〔五〕［注釋音辯］《漢書》：「仕諸侯爲左官。」［百家注引孫汝聽曰］《漢書·諸侯王表》：「武有衡山、淮南之謀，作左官之律。漢因上古法，朝廷之列以右爲尊，故降秩爲左遷，仕諸侯爲左官。」

〔六〕［注釋音辯］《莊子》：「中山公子牟。」［百家注引孫汝聽曰］《莊子》：「中山公子牟曰：『身在江海之上，心居乎魏闕之下，奈何？』」魏闕，象魏觀闕，人君門也。按：見《莊子·讓王》。

〔七〕［百家注引孫汝聽曰］漢武帝以汲黯爲淮陽太守，黯曰：「臣今病，力不能任郡事，願爲中郎，出入禁闥，補過拾遺，臣之願也。」按：見《漢書·汲黯傳》。

〔八〕［百家注引孫汝聽曰］《易》「往蹇來譽」，「往蹇來反」，言往則遇難，來則得譽且得位也。按：見《周易·蹇》。

〔九〕［蔣之翹輯注］瘼音莫。

〔一〇〕［注釋音辯］童（宗説）云：慌音荒。《博雅》曰：「忘也。」按：韓醇詁訓本同。

【集　評】

陸夢龍《柳子厚集選》卷四文首評：忠厚惻怛之意，溢於言表。又「意非往蹇」下：可念。

【辯　證】

沈作喆《寓簡》卷四：「柳子厚文集多假妄，如《柳州謝上表》云：『去年蒙恩追召，今夏始就歸途。襄陽節度使于頔與臣有舊，見臣暑月在道，相留就館，尋假職名，意欲厚臣，非臣所願。』予按于頔在鎮，跋扈日久，元和三年，聞憲宗英武，懼而入朝，九月拜司空。至八年二月，頔以罪貶爲恩王傅。而子厚詔追赴都乃是元和十年，頔之去襄陽久矣，豈得留子厚假職名哉？且謝上表不應言及此，文理不倫，定知其僞也。」彭叔夏《文苑英華辨證》卷五：「李吉甫《郴州刺史謝上表》亦載柳集，以『郴』作『柳』。按《新史·吉甫傳》改郴移饒，《舊史》乃以『郴』作『柳』，是致柳集誤收。況宗元自有《柳州謝表》，其題作『謝除』，云『奉三月十三日制，六月二十七日上訖』。今此表題作『謝上』，又云『今月二十日上訖』，考其日月、文理，皆非宗元事，其爲吉甫何疑？」王應麟《困學紀聞》卷一七：「《柳州謝上表》，其一乃李吉甫《郴州謝上表》也。」何焯批校王荆石本云：「此李吉甫《郴州謝表》，不類柳文。」陳景雲《柳集點勘》卷三：「此乃李吉甫文，周益公言編集者誤入是也。舊史言：陸贄作相，出吉甫爲明州長史，久之，遷忠州刺史，六年不徙官，以疾罷免，尋授柳州刺史。表云『左官一紀』，蓋通計貶明州後歲月也。又云『久停官秩』云云，停官即史所言以疾罷免。及聞除替之命，自忠州東下，故表中有『歸過襄陽』語。則此表爲吉甫作無疑。又吉甫乃刺郴州，非柳也。柳集有《和楊尚書追和故李中書》詩，即吉甫在郴州時作。舊史訛『郴』爲『柳』，至新史本傳已正之。柳集、《文苑》載此表並作柳州，正與舊史誤同。」吴汝綸《柳州集點勘》：「此非柳文。」岑仲勉《唐集質疑·柳柳州外集》：「陸贄以貞元十一年四月謫忠州，吉甫以十九年十月去郴州（見《金石補正》六七），吉甫除郴州，約在十六七年頃，正于頔官襄陽節度時也。又據《舊書》一五六，頔曾官駕部郎中，而吉甫嘗官駕部員外，早歲同官，殆即指此。彭氏謂吉甫所作，信而有徵。」章士釗《柳文指要》上《體要之部》卷三八：「柳集表章一類，誤收他人所作不一，如李吉甫《郴州謝上表》尤顯。」按：此表爲李吉甫《郴州刺史謝上表》，《文苑英華》卷五八五誤「郴」作「柳」，遂又致柳集誤收。此表與李吉甫行蹤正相吻合，爲李作無疑。諸家辨之已詳，不待言矣。

代廣南節度使舉裴中丞自代表

前件官器宇深沉，天才間出，爰從撫字，逮於察廉，所職恪勤，庶務皆勸。日者安南夷獠反叛①，害其連帥〔一〕，毒痡黎人②〔二〕。某皇帝以某威惠茂著，自某州刺史俾之撫臨〔三〕。夙夜經行，盡除兵器，賊徒識恩，黨種歸義〔四〕，炎荒之俗，靡不底寧。後改鎮容州〔五〕，勳效彌顯，澄清庶類，邁德前修，深負能名，合遷重鎮。臣自惟凡懦，不逮前人，伏乞天恩迴授某，非惟旌德，是亦飾能。庶微臣免尸禄之憂，某獲無私之舉。

【校　記】

① 日者，詁訓本作「頃」。

② 世綵堂本注：「痡，一作痛。」

【解　題】

［注釋音辯］或云當作桂中丞，恐非子厚所作。［韓醇詁訓］節度使鄭絪也。據絪傳：初拜中書

侍郎平章事，加集賢殿大學士，轉門下侍郎。憲宗初勵精求理，絪與杜黄裳同當國柄，黄裳多所關決，首建議誅惠琳、斬劉闢，及他制置，絪謙默多無所事，由是出爲嶺南節度觀察使、廣州刺史。故後謝出鎮表云：「天德薦臨，遂加台政，不能翊宣明聖，剿絶凶渠，實由臣不稱職，使此艱患。伐檀興議，負乘招譏。」皆禍咎之詞也。中丞裴公，非復行立，蓋自蘄州爲安南經略，則所謂「自某州刺史撫臨」安南者，若似可信。然行立自安南徙桂管，未嘗爲容州也。絪爲廣南在元和五年三月云。〔百家注引孫汝聽曰〕此表當是長慶後廣南節度使舉桂仲武自代，非裴中丞也。亦他人作，誤録於此。〔世綵堂〕一本注節度作鄭絪，非是。以桂仲武事與表合。絪爲廣南，乃元和五年也。按：此非柳宗元文，詳見辯證。

【注　釋】

〔一〕〔注釋音辯〕元和十四年，安南賊陽清陷都護府，殺都護李象古，及妻子、官屬、部曲千餘。〔百家注引孫汝聽曰〕元和十四年十月，容管奏安南賊楊清陷都護府，殺都護李象古，及妻子、官屬、部曲千餘。清世爲蠻酋，象古召爲牙將，清鬱鬱不得志。象古命清將兵三千討黄洞蠻，清引兵夜還，襲府城，陷之。

〔二〕〔注釋音辯〕痡，普吴切。〔百家注引孫汝聽曰〕《書》：「毒痡四海。」痡，病也。按：見《尚書·泰誓下》。

〔三〕［注釋音辯］［百家注引孫汝聽曰］是月，憲宗以唐州刺史桂仲武爲安南都護。

〔四〕［注釋音辯］仲武至安南，遣人説其酋豪，數月間降者相繼。［百家注引孫汝聽曰］仲武至安南，楊清距境不納。清用刑慘虐，其下離心，仲武遣人説其酋豪，數月間降者相繼，得兵七千餘人。

〔五〕［注釋音辯］穆宗長慶二年，以仲武爲容管經略使。［百家注引孫汝聽曰］長慶二年十一月，以仲武爲容管經略使。

【辯證】此表非柳宗元文。表文云安南「害其連帥」，「黨種歸義」，又「改鎮容州」，則此人非桂仲武莫屬，童宗説、孫汝聽所注是也。桂仲武由安南都護改容管經略使在長慶二年十一月，時柳宗元已故去，安能代作此表？非柳文明矣。長慶三年至四年，爲廣州刺史、嶺南節度使者爲鄭權。其出鎮廣州，韓愈有《送鄭尚書序》，張籍、王建等有詩送行。疑此表爲代鄭權作，爲鄭權舉桂仲武自代，然不知誰人所作。

奏薦從事表

某績茂戎軒，才優管記，操刀必割〔一〕，豈謝剸犀〔二〕，落筆不休〔三〕，寧慚倚馬〔四〕。況早登科選，夙洽時譚，匪惟詞藝雙美，抑亦器能多適。比於流輩，頗爲滯淹①。輒敢薦陳，伏希奬録。

【校記】

① 滯淹，詁訓本作「淹滯」。

【解題】

〔韓醇詁訓〕從事不可考。表次前篇，同時作。按：此文不知代何方節使作，也不知作於何時。

【注釋】

〔一〕〔百家注引孫汝聽曰〕《賈誼傳》：「日中必熭，操刀必割。」按：見《漢書·賈誼傳》。

〔二〕〔注釋音辯〕剸，旨兗、之轉二切，截也，斷也。〔韓醇詁訓〕王粲《刀銘》云：「陸剸犀兕，水截鯨鯢。」〔百家注引孫汝聽曰〕王褒《聖主得賢臣頌》曰：「巧冶鑄干將之樸，清水焠其鋒，越砥斂其鍔。水斷蛟龍，陸剸犀革。」

〔三〕〔世綵堂〕傅毅字武仲，爲文下筆不休。按：《北堂書鈔》卷六〇：「班固與弟超書云：『傅武仲以能屬文爲蘭臺令史，下筆不休。』」《梁書·徐勉傳》：「勉善屬文，勤著述，雖當幾務，下筆不休。」

〔四〕〔注釋音辯〕〔百家注引孫汝聽曰〕《世説》：「桓宣武北征，袁虎從行，時被責免。會草露布，喚袁倚馬前令作，手不輟筆，俄得七紙，殊可觀。」〔韓醇詁訓〕李白《與韓荊州書》云：「請日試萬言，倚馬可待。」按：見《世説新語·文學》。

代廣南節度使謝出鎮表①

鴻霈曲臨，惶駭交集，捧對綸綍〔一〕，不知所圖。臣中謝。

臣聞蕭曹佐漢〔二〕，六合爲家；奭望匡周〔三〕，萬方同軌〔四〕。臣幸以芻賤，累忝殊榮，天德薦臨，遂加台政。不能翊宣明聖，增日月之光，俾凶渠勦絶〔五〕，人用康寧，實由臣不稱職，使此艱患②。《伐檀》興議〔六〕，負乘招譏〔七〕，常懷覆餗之虞〔八〕，敢望專征之寄〔九〕。獻俘未遠，展效有期，希此微功，上答殊造。無任云云③。

【校　記】

① 「度」原闕，注釋音辯本、詁訓本同。據世綵堂本補。

② 原注與詁訓本、世綵堂本注：「使，一作役。」

③ 詁訓本無「無任」二字。

【解　題】

［注釋音辯］元和四年，鄭絪罷相。五年出鎮。［韓醇詁訓］作之年月及所叙事具前表。［百家注引韓醇曰］《鄭絪傳》：「初拜中書侍郎、平章事，加集賢殿大學士，轉門下侍郎。憲宗初，勵精求理，絪與杜黄裳同當國柄，黄裳多所關決，首建議誅惠琳、斬劉闢，及它制置，絪謙默多無所事，由是出爲嶺南節度觀察使、廣州刺史。」按：此表所叙與鄭絪出鎮嶺南事多有不合，題「廣」當是「荆」字之訛，爲元和六年代荆南節度使嚴綬作。詳見辯證。

【注　釋】

〔一〕［韓醇詁訓］（綸綍）上音倫，下音紼。［百家注引孫汝聽曰］《禮記》：「王言如綸，其出如綍。」按：見《禮記·緇衣》。

〔二〕蕭曹，蕭何、曹參。漢初，蕭何、曹參爲相國，有「蕭規曹隨」之稱。

〔三〕奭望，周初召公姬奭、太公望。《晉書·王導傳贊》：「夫蕭曹弼漢，六合爲家；奭望匡周，萬方同軌。」

〔四〕［百家注引孫汝聽曰］《記》曰：「書同文，車同軌。」按：見《禮記·中庸》。

〔五〕［注釋音辯］［韓醇詁訓］勦，子小切。［百家注引孫汝聽曰］《書》：「天用勦絶其命。」按：見《尚書·甘誓》。

〔六〕［韓醇詁訓］《詩·伐檀》，刺貪也。在位貪鄙無功而受禄，君子不得進仕爾。

〔七〕［韓醇詁訓］《易》：「負且乘，致寇至。」負也者，小人之事也。乘也者，君子之器也。小人而乘君子之器，盜斯奪之矣。按：見《周易·晉》。

〔八〕［注釋音辯］餗音速。［韓醇詁訓］餗音速，鼎實也。［百家注引孫汝聽曰］《易》：「鼎折足，覆公餗。」餗，鼎實也。餗音速。按：見《周易·鼎》。

〔九〕［百家注引孫汝聽曰］元和四年二月，絪罷爲太子賓客。五年二月，除嶺南。按：此表非代鄭絪作，爲代嚴綬作。元和六年三月，嚴綬出爲荆南節度使。

【辯　證】

陳景雲《柳集點勘序》：「至《代廣南節度使謝出鎮表》，舊注鄭絪，蓋以當子厚世，廣帥之嘗爲宰輔者，惟絪一人，故云爾。不知絪除廣帥時已去相位，在散地，非由政府出鎮，且亦無專征獻俘事，表中之言無一合者。則其爲他人作，尤灼然無疑，注家失考，因而附會耳。」又《柳集點勘》卷三：「舊注鄭絪。案絪雖在相位，然除廣帥非由政府出鎮，又時無專征、獻俘事，不當有此作。疑是僖宗時宰相王鐸自請督軍誅翦群盜，因除荆南節度使兼諸道兵馬都統，故謝表云爾。表中所言凶渠，蓋謂黄寇，專征即謂都統之命也。編者誤入，又訛『荆』爲『廣』，注家不辨，遂以鄭絪附會之。」岑仲勉《唐集質疑·柳柳州外集》：「唐稱嶺南，廣南乃宋稱，今題廣南節度使，正與前引僞文《舉裴中丞自代狀》所題相同，是題目之不合者一。謝上表之首，當云某月日到州上任訖，今表無其語，是體裁之不合者二。倘謂絪剛奉詔即上表謝，則絪以元和五年三月自太子賓客詔除廣州，宗元時方在永，官吏上任，於制不得久逗留，而謂數千里外托柳草此表乎？是時間之不合者三。表末云：『獻俘未遠，展效有期，希此微功，上答殊造。』嶺南時非用兵，絪並無專征之寄，是事實之不合者四。《吕和叔集》五有《代鄭南海謝上表》一首，長數百言，温卒元和六年，此正代絪所作，（原注：當是絪過衡州，托其代作。）兩相比觀，真僞便判，更作僞者所不及知也。」章士釗《柳文指要》上《體要之部》卷三八：「釗案：元和五年，絪以檢校禮部尚書出爲廣南節度使，何嘗非由政府出鎮？不知少章（陳景雲）何以云然？至謂時無專征獻俘事，不當有此作，恐亦未然。表謂『征剿凶渠，獻俘未遠』，並不必指廣南有征剿事。而自杜黄裳當國以來，朝廷節制藩鎮，用兵頻繁，凡一隅有功，恩綸可能兼及他鎮，以諸鎮相連，未必能獨外於戰伐也。況絪在朝爲黄裳所抑，凡有征討，往往不相關白，以致絪謙默多時，幾似左官外放。於是激發意氣，鋭圖展效，冀以轉移劇區，藉專閫以答殊恩，洗刷從前伐檀、負乘之恥，理之所有，而亦情所不禁。姑爲少章之説申駁如此，以待詳考。……釗又案：表稱『臣幸以芻賤，累忝殊恩，天德薦臨，遂加台政』。此似由軍功起家，歷膺外任，遥領台政，以酬殊勳，其人蓋未必躬踐台席，在朝負端揆庶寮之責。此律以鄭絪、王鐸，出身詞科，周迴内轉，薦升宰輔，久乃外簡者，皆不相符。少章以鍔代絪，全憑臆度，荆南誤廣，亦遷就而云然，別無官書可憑。」按：陳景雲、岑仲勉皆云此非柳文，證據不足；然云此表非代鄭絪作，卻言之成理。如云鄭絪時嶺南無征剿之事；云唐時稱嶺南節度使，無稱廣南者；云鄭絪由太子賓客出爲嶺南節度使，非由宰輔出鎮等，則深中要害。陳云此表爲代王鍔作，無據；云「廣南」爲「荆南」之誤，頗具啟迪意義。貞元後期及元和年間，由宰輔出鎮嶺南者唯鄭絪，鄭既不合，別考荆南。此一期間由宰輔出鎮荆南者則有嚴綬。《舊唐書·憲宗紀上》：「(元和六年三月)丁未，以檢校右僕射嚴綬爲江陵尹、荆南節度使。」時荆南有征討事。《舊唐書·嚴綬傳》：「有溆州蠻首張伯靖者，殺長吏，據辰、錦等州，連九洞以自固，詔綬出兵討之。綬遣部將李仲烈齎書曉諭，盡招降之。」《資治通鑑》卷二三八唐憲宗元和六年十二月：「閏月，辛卯朔。黔州奏：辰、溆賊帥張伯靖寇播州、費州。」繫其事雖在元和六年十二月閏月，反叛卻在前。《舊唐書·竇群傳》：「數日改黔州刺史、黔州觀察使。在黔中屬大水壞其城郭，復築其城，徵督谿洞諸蠻，程作頗急，於是辰、錦生蠻乘險作亂，群討之不能定。(元和)六年九月，貶開州刺史。」即指張伯靖事。《舊唐書·嚴綬傳》又載：「四年，入拜尚書右僕射。綬雖名家子，爲吏有方略，然銳於勢利，不存名節，人士以此薄之。嘗預百僚廊下食，上令中使馬江朝賜櫻桃，綬居兩班之首，在方鎮時識江朝，叙語次，不覺屈膝而拜，御史大夫高郢亦從而拜，是日爲御史所劾，綬待罪於朝，命釋之。……尋出鎮荆南。」所謂「興議」、「招議」，正謂此也。元和六年柳宗元在永州，江陵去永州未遠，差一介赴永求代書可也。柳宗元與嚴綬亦非無交往，《上江陵嚴司空獻所著文啟》即上嚴綬所作。嚴綬喜交文士，然無名望，代筆者亦有諱言之者，如令狐楚在太原代嚴綬所作數表，編集時卻題稱曰「鄭尚書」，即其例。

爲楊湖南謝設表①

臣某言：中使某乙至，奉宣聖旨，賜臣長樂驛設者〔一〕。恩榮特殊，宴飲斯及②，顧兹厚禮，猥集微躬。臣某誠懽誠慶，頓首頓首。

臣以多幸，屬此昌時，任重方隅，職忝文武③。甘受素餐之刺〔二〕，知無肉食之謀〔三〕，以憂以惶，寤寐無措④。豈謂鴻恩繼至⑤，豐膳爰來，陸海兼陳〔四〕，飴醴皆設⑥〔五〕。庶當奉揚聖澤，覃布遠人，流愷悌於皇風⑦，均乳哺於赤子。少陳微效，上答殊私，無任感恩欣躍之至⑧。

【校　記】

① 湖南，《英華》作「中丞」。《全唐文》「謝」下有「賜」字。

② 何焯《義門讀書記》卷三七：「『飲』作『飫』。」

③ 忝，《英華》作「參」。
④ 寤，注釋音辯本、游居敬本及《英華》作「寢」。
⑤ 恩，《英華》作「私」。
⑥ 原注與注釋音辯本、詁訓本、世綵堂本注：「飴，一作酒。」《英華》作「酒」。
⑦ 悌，諸本皆作「樂」。
⑧ 欣，《英華》作「抃」。

【解　題】

［注釋音辯］貞元十八年，楊憑。［韓醇詁訓］德宗貞元十八年九月乙卯朔，以太常少卿楊憑爲潭州刺史、湖南觀察使。癸亥，賜群臣宴於馬璘山池，上賦《九日賜宴》詩六韻賜之。敕設豈亦在其時耶？按：見《舊唐書·德宗紀下》。表云「鴻恩繼至」，當在送楊憑出京時。楊憑，柳宗元妻父也。

【注　釋】

〔一〕宋敏求《長安志》卷一一：「長樂驛在（萬年）縣東十五里長樂坡下。《兩京道里記》曰：聖曆元年敕：滋水驛去都亭驛路遠，馬多死損，中間置長樂驛。東去滋水驛一十三里，西去都亭驛一十三里。」

〔二〕［百家注引孫汝聽曰］《詩》：「彼君子兮，不素餐兮。」按：見《詩經·魏風·伐檀》。

〔三〕［注釋音辯］《左傳》莊公十年：「曹劌曰：肉食者鄙，未能遠謀。」［百家注引孫汝聽曰］《左氏》莊十年傳：「齊師伐我，莊公將戰，曹劌請見。其鄉人曰：『肉食者謀之，又何間焉？』劌曰：『肉食者鄙，未能遠謀。』」

〔四〕［百家注引童宗説曰］陸海，即水陸也。

〔五〕［韓醇詁訓］飴音怡。［百家注引孫汝聽曰］《説文》：「飴，米糵煎也。」醴，酒名。飴音怡。

爲武中丞謝賜櫻桃表

臣某言：中使某乙至①，奉宣聖旨，賜臣櫻桃若干者②。天睠特深，時珍洊降，寵驚里巷，恩溢圓方〔一〕。臣某誠喜誠懼，頓首頓首。

伏以含桃之羞，時令攸貴〔二〕，況今採因御苑，分自天廚。使發九霄，集繁星而積耀；味調六氣〔三〕，承湛露而不晞〔四〕。盈皆而外被恩光③〔五〕，適口而中含渥澤。顧慚素食〔六〕，彌切自公〔七〕，豈圖君子所先④，遂厭小人之腹〔八〕。無任感恩喜懼之至⑤。

【校　記】

①《英華》、《全唐文》無「乙」字。

②《英華》、《柳柳州外集》「者」上有「顆」字。

③皆，《英華》作「堦」。

④圖，《英華》作「徒」。

⑤末句原作「無任云云」，據《柳柳州外集》補。喜懼，《英華》作「喜荷」，《全唐文》作「欣喜」。

【解　題】

［注釋音辯］武元衡。［韓醇詁訓］中丞武元衡也，貞元二十年遷御史中丞。公集有《諸使兼御史中丞壁記》，曰：「武公以厚德在位，甚宜其職，遂命其屬書之。」明年二月，則公已遷禮部員外郎，而元衡亦罷爲右庶子。此表當在二十年夏作。憲宗即位，復以武元衡爲御史中丞，則時已永貞元年冬矣。按：韓考甚詳。陳景雲《柳集點勘》卷三：「按中丞李汶卒，武元衡代其位，集有《祭李中丞文》，乃貞元二十年五月，而元衡中丞之除，即是年三月也。有劉禹錫謝新茶、春衣二表，可證是表之作，蓋與劉同時。及明年正月，子厚已遷儀曹，三月，元衡又改庶子，皆不當有此表矣。」時柳宗元爲監察御史裏行，正武元衡屬下。胡仔《苕溪漁隱叢話》後集卷九：「唐自四月一日寢廟薦櫻桃，後頒賜百官各有差。摩詰（王維）詩：『歸鞍競帶青絲籠，中使頻傾赤玉盤。』退之（韓愈）詩：『香隨翠籠

擎初重，色映銀盤瀉未停。』二詩語意相似。」

【注　釋】

〔一〕［百家注引孫汝聽曰］圓方，謂俎豆。按：陳景雲《柳集點勘》卷三：「恩溢圓方，注：『圓方，俎豆。』非。毛萇《詩傳》：『方曰筐，圓曰筥。』皆竹器耳。張衡《南都賦》：『珍羞琅玕，充溢圓方。』此所本也。又集中《巽上人贈新茶》詩有『圓方麗奇色』語，亦謂貯茶竹器。」

〔二〕［注釋音辯］《月令·仲夏》：「羞以含桃。」［韓醇詁訓］《禮》仲夏之月：「天子羞以含桃，先薦寢廟。」按：含桃即櫻桃。

〔三〕六氣，天地四時之氣。

〔四〕［百家注引孫汝聽曰］《詩》：「湛湛露斯，匪陽不晞。」晞，乾也。按：見《詩經·小雅·湛露》。

〔五〕［注釋音辯］眥，疾智、才詣二切，目睚也。［韓醇詁訓］眥，疾智、才詣二切，目也。［百家注引童宗説曰］眥，目也。

〔六〕［百家注引孫汝聽曰］《詩》：「彼君子兮，不素食兮。」按：見《詩經·魏風·伐檀》。

〔七〕［百家注引孫汝聽曰］《詩》：「委蛇委蛇，自公退食。」按：見《詩經·召南·羔羊》。

〔八〕［注釋音辯］《左傳》昭公二十八年：「願以小人之腹，爲君子之心，屬厭而已。」厭，息廉切。按：百家注本引孫汝聽注與上同。

【集評】

王志堅《四六法海》卷三：摩詰、退之皆有賜櫻桃詩，蓋唐時有此制。

蔣一葵《偶雋》卷三：唐制：四月一日，内園進櫻桃，寢廟薦訖，頒賜百官各有差。王維詩云：「芙蓉闕下會千官，紫禁朱櫻出上欄。纔是寢園春薦後，非關御苑鳥銜殘。歸鞍競帶青絲籠，中使頻傾赤玉盤。飽食不須愁内熱，大官還有蔗漿寒。」子厚《爲武中丞謝賜表》曰：「使發九霄，集繁星而積耀；味調六氣，承湛露而不晞。盈眥而外被恩光，適口而中含渥澤。」此數語與摩詰詩並膾炙人口。

儲欣《河東先生全集録》卷六：六經鼓吹。

何焯《義門讀書記》卷三七：句句佳。王詩柳表，足以相當。

陳天定《古今小品》卷二：用典狀物，如哀家梨入口無滓。

謝賜時服表

祗荷寵私，啟處無地〔一〕。臣中謝。

臣久忝朝行，歷職無效，荏苒星紀，偷榮歲時。不能少益聖猷，以副深寄，致使賊遺君父〔二〕，艱難未息，合處嚴憲，以正國章。伏以陛下恢天覆之恩，廣地載之厚，不循彝典①，俾同冕紱，重劇丘山②。捧戴以入閨門，空知夕惕〔三〕；裁縫而爲衣服，固可晝行〔四〕。内省疲駑，將何答效。

【校　記】

① 何焯《義門讀書記》卷三七：「『不循彝典』下疑脱一句。」

② 章士釗《柳文指要》上《體要之部》卷三八：「『重劇丘山』上脱一四字句。」按：自「不循彝典」至「重劇丘山」當爲四句，中間只能脱一句，何、章之説，一是一非。

【解　題】

〔注釋音辯〕代人作。〔韓醇詁訓〕此表代人作。以文意考之，當是在京師時文也。〔百家注引孫汝聽曰〕此表代它人作。〔蔣之翹輯注〕代作。

【注　釋】

〔一〕〔百家注引孫汝聽曰〕《詩》：「不遑啟處。」按：《詩經·小雅·四牡》：「王事靡盬，不遑啟處。」

〔二〕〔注釋音辯〕後漢耿弇云。〔百家注引孫汝聽曰〕後漢耿弇征張步，帝在魯，聞弇爲步所攻，自往救之。未至，副將陳俊謂弇曰：「劇虜兵盛，可且閉營休士，以須上來。」弇曰：「乘輿且到，臣子當擊牛釃酒以待百官，反欲以賊虜遺君父耶？」按：見《後漢書·耿弇傳》。

〔三〕［百家注引王儔補注］《易》：「夕惕若厲，无咎。」按：見《周易·乾》。

〔四〕［百家注引孫汝聽曰］項羽曰：「富貴不歸故鄉，如衣繡夜行。」按：見《史記·項羽本紀》。章士釗《柳文指要》上《體要之部》卷三八：「『裁縫而爲衣服』，殊不成句，恐子厚筆下無此文。」

【集評】

何焯《義門讀書記》卷三七：「荏苒星紀」：貼時服。

謝賜端午綾帛衣服表

綸言曲臨，寵服薦至，跪奉殊錫，慶躍交并。臣中謝。臣謬典方州，效微涓滴，叨承大貺，榮重丘山，非才忝恩，俯伏慙荷。朱明啟節〔一〕，御府賜衣，沐聖澤而溟海方深，被仙衣而鶴龜齊壽。馳心向闕，蹻影望天〔二〕，慙分五嶺之憂〔三〕，莫副九重之詔。臣無任云云。

【解　題】

〔韓醇詁訓〕公元和十年三月出爲柳州，表云「謬典方州」，又云「慙分五嶺之憂」，此當是在柳時作也。〔百家注引孫汝聽曰〕亦代他人作。〔世綵堂〕公在柳州，亦代它人作。〔蔣之翹輯注〕子厚在柳州代人作。按：此表代他人作，頗疑在柳州時代某嶺南節度使作。表云「慚分五嶺之憂」，若云宗元爲柳州刺史時爲自己作，柳州在西，五嶺在東，未可以五嶺言之也。或有疑其僞者。章士釗《柳文指要》上《體要之部》卷三八：「『綸言曲臨』，與《代廣南節度使謝出鎮表》『鴻霈曲臨』，及《代節使謝遷鎮表》『鴻私曲臨』爲同類語，且都置在表首，一僞全僞，故此文不可能是子厚作。」文詞人皆可用，不必因此而致疑也。

【注　釋】

〔一〕〔百家注引孫汝聽曰〕《爾雅》：「夏爲朱明。」按：見《爾雅·釋天》。

〔二〕〔韓醇詁訓〕跼，渠足切。踡跼，不伸也。

〔三〕〔百家注引孫汝聽曰〕裴氏《廣州記》云：「大庾、始安、臨賀、桂陽、揭陽，是爲五嶺。五嶺者，西自衡山之南，東窮於海，一山之限耳，而别標名，則有五焉。」

柳宗元集校注卷第三十九

奏狀

爲廣南鄭相公奏百姓產三男狀

右，臣所部貞節坊百姓某妻產三男者。臣詳究往例，實謂休徵〔一〕，已量事給絹三十疋，充其乳養者。伏以陛下勤卹黎元，感通天地①，靈心昭答，景福已興〔二〕，方使億兆繁滋〔三〕，區夏充牣〔四〕，故表祥於字育，是啟運於昇平。事杳化源，慶延邦本，鱗羽之瑞，曾何足云。臣幸列藩維，嘗叨樞近，私賀之至。

【校記】

① 通，《全唐文》作「動」。

【解　題】

［注釋音辯］鄭絪。［韓醇詁訓］鄭相公即前鄭絪也，元和五年出爲廣南，九年五月，史載以前廣南節度使鄭絪爲工部尚書。則此狀當在元和六七年作。按：即三胞胎也。馬總《意林》卷四引《風俗通》「不養併生三子，俗説似六畜，妨父母」。按《春秋國語》：越王時，民生二子，與之餼；生三子，與之乳母。遂滅强吴。何害之有？

【注　釋】

〔一〕［百家注引孫汝聽曰］《洪範》：「曰休徵，曰咎徵。」徵，驗也。按：見《尚書·洪範》。

〔二〕［百家注引孫汝聽曰］《詩》：「介爾景福。」景，大也。按：見《詩經·小雅·小明》。

〔三〕［百家注引孫汝聽曰］《書》：「紂有億兆夷人，離心離德。」《風俗通》曰：「十萬曰億，十億曰兆。」按：見《尚書·泰誓中》。

〔四〕［注釋音辯］（㸐）音仞，滿也。［韓醇詁訓］音仞。

【集　評】

何焯《義門讀書記》卷三七：得體在質。按今制，但米五石、布十疋，折銀八兩。

【辯　證】

或疑其非柳文。岑仲勉《唐集質疑·柳柳州外集》：「三九之《爲廣南鄭相公奏百姓産三男狀》，僅寥寥數十字，題目誤與前同。此等瑣節，與謝上表異，於其人之進退休戚無關。且永不隸嶺南，更非巡察，上謁所至，幕縱無才，亦未必千里外干人爲之。注家以爲元和六七年代鄭絪作，余則謂題目苟不誤者，斷非柳文。」按：此代鄭絪作。表云「嘗叨樞近」，鄭絪曾爲宰輔，非絪莫屬。「廣南」當爲「廣州」或「嶺南」之誤。廣州進狀，必經永州，托宗元爲之，即奉進京矣，不爲費程。

爲薛中丞浙東奏五色雲狀

右，臣得管内台州奏〔一〕，月日五色雲見者。一州官吏、僧道、耆老，悉皆瞻覩，已具奏聞①，并寫圖奉進者。伏以景雲上瑞〔二〕，王者祉符②，焕彩彰之在天，知聖德之昭感。伏惟陛下化孚有截〔三〕，道洽無垠，承天地之貞明，導陰陽之和氣。遂使紛紛郁郁③〔四〕，自東而徂西；若煙非煙，一句而再至。徵諸古諜〔五〕，事罕前聞。伏乞宣付史館④，以昭簡册。

【校　記】

①　詁訓本無「具」字。

②世綵堂本注：「祉，一作禎。」

③「遂使」二字原闕，據注釋音辯本、詁訓本、游居敬本等補。何焯《義門讀書記》卷三七：「紛紛郁郁，四字上有『遂使』二字。」

④館，注釋音辯本、五百家注本、世綵堂本作「官」。

【解題】

［注釋音辯］元和中薛苹，或云薛戎。［韓醇詁訓］薛中丞戎也。韓文公嘗誌其墓，云元和十二年拜越州刺史、兼御史中丞、浙東觀察使。此狀當在柳州作。然兩地相去遼絶，況五色雲事亦便當敷奏，而公自柳州爲作奏狀，亦可疑云。［百家注引孫汝聽曰］元和三年正月，以湖南觀察使薛苹爲浙東觀察。［蔣之翹輯注］浙東觀察使未詳。按：陳景雲《柳集點勘》卷三：「舊注薛苹，或云薛戎。案：或説非也。子厚謫永之歲，苹自虢州遷湖南觀察，永州在所部。及三年，苹移浙東，後子厚爲舊府代作。」章士釗《柳文指要》上《體要之部》卷三九：「薛中丞，薛苹也。子厚謫永之歲，苹自虢州遷湖南觀察使，元和三年正月，再遷浙東觀察，子厚以舊部爲作文。或謂元和十二年薛戎拜越州刺史、兼御史中丞、浙東觀察使，此薛中丞疑指戎，非是。」陳、章説是。

【注釋】

〔一〕［百家注引孫汝聽曰］浙東管越、睦、衢、台、明、處、温七州。

〔二〕［百家注引孫汝聽曰］景雲者，慶雲也。《孫氏瑞應圖》曰：「景雲者，太平之應也。一曰慶雲。」按：見《藝文類聚》卷一所引。

〔三〕［百家注引孫汝聽曰］《詩》：「相土烈烈，海外有截。」注：「截，整齊也。」按：見《詩經·商頌·長發》。

〔四〕［百家注引孫汝聽曰］《史記》：「若煙非煙，若雲非雲，郁郁紛紛，蕭索輪囷，是謂卿雲。」按：見《史記·天官書》。

〔五〕［百家注］（諜）音牒。

爲裴中丞奏邕管黄家賊事宜狀

右，今月四日，邕管奏事官嚴訓過〔一〕，稱押衙譚叔向等與黄家賊五千餘人謀爲翻動，雖已誅斬，猶未清寧。當時差本道同十將某至邕管界首賓州以來迎探事宜①〔二〕，兼爲聲援。昨得十四日狀②，並嚴訓狀報同③，其黄家賊並已退散，各歸洞穴訖。伏以鼠竊狗偷，非足爲患。陛下威靈遠被，神化旁行，遂使姦猾之謀④，先期而自露；回邪之黨，不戮而盡夷⑤。伏恐飛章已達，吉語未聞，尚軫天心，猶煩廟算。臣謬居方鎮，忝接疆界，所得事宜，不敢不奏。

【校　記】

①《英華》、《全唐文》「當」上有「臣」字，「某」字作「試光禄卿雷逵」。迎，《英華》作「刺」。

②《英華》、《全唐文》「得」下有「雷逵」二字。

③《英華》、《全唐文》「同」下有「到」字。

④原注與世綵堂本注：「猾，一作狡。」注釋音辯本、《英華》、《全唐文》作「狡」。注釋音辯本注：「狡，一本作猾字。」

⑤夷，《英華》作「滅」。

【解　題】

〔注釋音辯〕裴行立。〔韓醇詁訓〕公嘗代裴中丞《謝討黄賊表》，在元和十四年，狀當次表後作。〔百家注引韓醇曰〕裴中丞，桂管觀察使裴行立也。前卷有《代裴中丞謝討黄賊表》。

【注釋】

〔一〕〔百家注引孫汝聽曰〕謂過桂州。

〔二〕章士釗《柳文指要》上《體要之部》卷三九：「此一『同』字，乃如儀同三司之同。十將，必當時本道官階相等之高級將領，今所差官雖名非十將，而職務正同，故曰同十將。」

【辯證】

《文苑英華》原署令狐楚作，今本卷六四三已改署柳宗元。彭叔夏《文苑英華辨證》卷五：《奏邕管黄家賊事宜狀》載《柳宗元集》，云代裴中丞作。按元和十一年裴行立爲桂帥，請發兵誅黄少卿，時宗元在柳州，代裴中丞論黄賊事，表、狀、牒凡六篇，内一首即此狀也。《文苑》乃以爲令狐楚作，楚時爲中書舍人，恐非。

讓監察御史狀

右，臣伏準《名例律》，諸官與父、祖諱同者，不合冒榮居之〔一〕。臣祖名察躬，今臣蒙恩授前件官，以幼年逮事王父〔二〕，禮律之制，所不敢踰，臣不勝進退惶恐之至。謹詣光順門奉狀以聞，伏聽敕旨。貞元十九年閏十月日，承議郎新除監察御史臣柳宗元奏①。

奉敕新除監察御史柳宗元，祖名察躬，準禮二名不偏諱②，不合辭讓。年月日，檢校司空同中書門下平章事杜佑宣。

【校記】

① 承議郎新除監察御史臣柳宗元，注釋音辯本、游居敬本作「具官臣某」。自「貞元」至「奏」，詁訓本無。世綵堂本注：「一本無『承議郎』至『柳宗元』十三字，只作『具位臣某奏』。又一本『議』作『奉』。」

② 何焯《義門讀書記》卷三七：「廖氏《九經總例》云：舊杭本作『不偏諱』。『偏』當作『偏』。」按：岳珂《九經三傳沿革例》：「《記·曲禮》『二名不偏諱』，『偏』合作『偏』。疏曰：不偏諱者，謂兩字作名，不一一諱之也。案舊杭本柳文載子厚除監察御史，以祖名察躬辭，奉敕，二名不遍諱，不合辭。據此，作『遍』字是。舊《禮》作『偏』字明矣。若謂二字不獨諱一字，亦通，但與鄭康成所注舊文意不合。可見傳寫之誤，然仍習日久，不敢如蜀大字本、興國本輕於改也。」沈濤《銅熨斗齋隨筆》：「濤案：二家之説非是。鄭注：言在不言徵，言徵不言在。正謂不單諱一字，所以謂之不偏諱。若作不偏諱，則是或諱徵，或諱在，與注意不合矣。且《開成石經》作『偏』不作『偏』，即據毛、岳二家之言，可見宋時《禮記》本皆不作『偏』字。塵據誤本柳文而欲改不誤之聖經，惑矣。《南史·蕭琛傳》：嘗犯武帝偏諱，帝斂容，琛從容曰：名不偏諱，陛下不應諱順。是六朝本

《禮記》不作『偏』字。若云嘗犯武帝偏諱，此何語耶？」於此文可見唐人避諱之嚴。李賀父名晉肅，而不得舉進士，是同音而諱，去禮更遠。

【解題】

［注釋音辯］宗元爲監察御史裏行。［韓醇詁訓］公拜監察御史裏行在貞元十九年閏十月，諸集皆載，且狀首有名銜云「承奉郎新除監察御史」，當云「裏行」，後人妄削之耳。按：陳景雲《柳集點勘》卷三：「子厚與夢得並以貞元十九年閏十月除御史，韓子詩謂『同官盡才俊，偏善柳與劉』是也。及十二月，韓即由御史貶陽山，蓋同官不滿百日。」柳宗元與劉禹錫同除，劉爲監察御史，柳爲監察御史裏行。

【注釋】

〔一〕［百家注引孫汝聽曰］《律》十二篇，《名例律》其第一也。節文諸府號官稱犯父祖名而冒榮居之者，免所居官。

〔二〕［注釋音辯］祖也。何焯《義門讀書記》卷三七：「《曲禮》：逮事父母，則諱王父母。不逮事父母，則不諱王父母。準禮，二名不偏諱。」

【集　評】

何焯《義門讀書記》卷三七：此狀可爲李賀當舉進士之一證。

爲京兆府昭應等九縣訴夏苗旱損狀

右，臣謬領京畿，已逾兩月，政術無取，誠懇莫申，遂使兩澤愆時，田苗微損。夙夜兢懼，寢食靡遑。今長安一十四縣〔一〕，並準常年例全徵①。其昭應等九縣，臣各得狀，並令詳審，各絶隱欺，謹具別狀封進。臣當府夏税通計約二十九萬石已上，據所損矜免，祇當三萬石有餘。恤人則深，減數非廣。伏以聖慈弘貸，憫念烝黎，臣忝職司，不敢不奏。無任慙懼之至，謹録奏聞，伏聽敕旨②。

【校　記】

① 原注與世綵堂本注：「並，一作皆。」詁訓本作「皆」，並注：「皆，一作並。」

② 詁訓本無最後八字。

【解　題】

〔韓醇詁訓〕貞元十九年，自正月不雨，至於七月。時京兆尹李實也。韓文公嘗上實書云：「今年以來不雨者百有餘日，未有赤心事上憂國如閣下者。」此狀正訴旱而欲蠲輸，則實仁人之心亦可概見矣。然史傳謂關中大歉，而實爲政猛，方務聚斂進奉，以固恩顧，百姓所訴，一不介意。繼以是坐貶。其説互相背戾如此。〔百家注集注〕或曰：貞元十九年自正月不雨，至於七月，時京兆尹李實也。然史傳謂關中大歉，而實爲政猛，顧百姓所訴，一不介意，其説恐未必然。按貞元二十一年二月，以鴻臚卿王權爲京兆尹。此狀訴夏苗旱損，而首云「謬領京畿，已逾兩月」，疑與此合耳。按：百家注本所注是也。柳宗元爲王權連續寫過《爲王京兆賀雨表》等，此篇亦爲代王權作。貞元二十一年春旱，雖然降了幾次雨，但肯定要影響夏糧收成，正狀中所云「兩澤愆時，田苗微損」。根據莊稼受災的情況減免税收，此表即向朝廷報告受災情況，以及夏税的徵收問題。

【注　釋】

〔一〕〔百家注引孫汝聽曰〕當作二十四縣。按：據李吉甫《元和郡縣圖志》卷一京兆府「管縣十二，又十一，」爲二十三縣，昭應等九縣爲減税縣，全徵之長安等縣恰爲十四縣。字不誤。

爲南承嗣請從軍狀①

故某官贈某官南霽雲男某官承嗣②。

右，臣亡父至德之歲，死節睢陽〔一〕，陛下每降鴻恩，必加褒寵〔二〕。臣自七歲即忝班榮〔三〕，垂五十年。常居禄秩，再守遐郡〔四〕，績用無成，終貽官謗，甘就嚴譴〔五〕。無以負荷先志，報效殊私，以慙以懼，隕越無地。伏見某月日敕〔六〕，以王承宗負恩干紀，命將徂征〔七〕，雷霆所加，殄滅在近③。臣竊不自揆，思竭忠誠④，願預一卒之任⑤，以答百生之幸。庶得摧鋒觸刃⑥，摩壘搴旗〔八〕，冀獲盡於微誠，儻不墜於遺烈。踊躍之至，夙夜不寧⑦，敢希皇明，俯鑒丹懇。

臣聞周官考藝，國子置車甲之司〔九〕；漢道推恩，孤兒備羽林之用〔一〇〕。千秋思奮於事越〔一一〕，仲孺期死於奔吴〔一二〕，義激君親，名高竹帛。臣雖無似，有慕昔人，雖身塗章野，死而不朽。披肝瀝血，昧死上陳。無任懇迫忠憤之至⑧，謹録奏聞，伏候敕旨。

【校記】

①「故某官贈某官南霽雲男某官承嗣」原列入題目，世綵堂本同，不合唐人狀文體例，故據注釋音辯本、詁訓本及《英華》、蔣之翹輯注本等書，將上述一行移入題下。

②注釋音辯本、詁訓本、游居敬本及《英華》「南霽雲」作「某乙」，「承嗣」亦作「某乙」。

③殄，《英華》作「殘」。

④世綵堂本注：「誠，一作效。」

⑤預，《英華》作「以」。

⑥摧，注釋音辯本、詁訓本、游居敬本作「推」。《英華》注：「集作推。」

⑦不，《英華》作「靡」。

⑧忠憤，《英華》作「憤激」。

【解題】

［注釋音辯］父南霽雲。［韓醇詁訓］承嗣，南霽雲之子。七歲爲婺州別駕，歷刺施、涪二州。元和元年劉闢叛，以無備，自涪謫永。集有送《南涪州量移澧州序》，云：「始由施州爲涪州，捍蜀道勍寇，敵畏不敢犯。然而筆削之吏，以簿書校計盈縮，受譴兹郡，凡二歲。」當是元和三年赦後自永移澧矣。王承宗負恩干紀，命將徂征，在元和四年十月。此狀，公至永後作也。所謂亡父「死節睢陽」，公

嘗有《南公睢陽廟碑》云。［世綵堂］按承嗣以元和元年謫永，至三年量移澧州。集有《送承嗣序》。王承宗事在四年，此狀必四年以後作。按：陳景雲《柳集點勘》卷三：「元和四年十月癸酉，下詔討王承宗。庚寅，立鄧王寧爲皇太子。癸巳，以册儲肆赦，南承嗣以永州司馬移澧州長史。此二狀乃甫聞癸酉之詔，未奉癸巳赦文前作。然狀雖上而所請不允，故尋有《送承嗣赴澧序》。」此狀代作於元和四年十月，陳考甚詳，可爲定論。

【注釋】

〔一〕［注釋音辯］睢，宣佳切。［百家注引孫汝聽曰］至德二載十月，安禄山陷睢陽，霽雲死之。

〔二〕［百家注引孫汝聽曰］霽雲初贈開府儀同三司，再贈揚州大都督。

〔三〕［注釋音辯］［百家注引韓醇曰］承嗣七歲爲婺州别駕。

〔四〕［注釋音辯］爲施、涪二州刺史。［百家注引韓醇曰］歷刺施、涪二州。

〔五〕［注釋音辯］劉闢反，承嗣以無備，謫永州。［百家注引孫汝聽曰］承嗣爲涪州，劉闢反，承嗣以無備，謫永州。

〔六〕［注釋音辯］元和四年十月。

〔七〕［百家注引王儔補注］元和四年十月，以神策左軍中尉吐突承璀討王承宗。

〔八〕［注釋音辯］潘（緯）云：《左氏傳》：「靡旌摩壘。」摩，近也。搴，愆、蹇二音，取敵之旗也。

按：見《左傳》宣公十二年。

〔九〕［注釋音辯］《周禮·夏官》：「諸子掌國子之倅，若有兵甲之事，則授之車甲。」［韓醇詁訓］《周禮·夏官司馬》有司甲之職，其文闕焉。

〔一〇〕［注釋音辯］武帝養死事之子，號羽林孤兒。［韓醇詁訓］事詳《南府君睢陽廟碑》及《送南涪州量移澧州序》。

〔一一〕［注釋音辯］漢武帝時，南越吕嘉反，韓千秋奮曰：「願得勇士三百人，必斬嘉以報。」［韓醇詁訓］《漢·南粤傳》：「高后時，粤頗爲患。文、景繼立，乃委心歸順。至武帝時，獨其相吕嘉不欲附從，武帝使莊參以二千人往，參辭不可，故濟北相韓千秋奮曰：『以區區粤，又有王應，獨相嘉爲害，願得勇士三百人，必斬嘉以報。』於是遣千秋入粤。」

〔一二〕［注釋音辯］前漢灌夫字仲孺。父死吴軍中，夫奮曰：「願取吴王若將軍頭，以報父仇。」遂馳入吴軍。［韓醇詁訓］西漢灌夫字仲孺，吴楚反時，潁陰侯灌嬰爲將軍，屬太尉，請夫之父孟爲校尉。夫以千人與父俱，時孟年老，潁陰侯强請之，鬱鬱不得意，故戰常陷堅，遂死吴軍中。漢法，父子俱，有死事，得與喪歸。夫不肯隨喪歸，奮曰：「願取吴王若將軍頭，以報父讎。」按：見《史記·魏其武安侯列傳》。

進農書狀

農書三卷①。

右，伏奉某月日敕②，宜以二月一日爲中和節，所司進農書，永以爲恒式者〔一〕。臣伏以平秩東作，虞書立制〔二〕；俶載南畝，周雅垂文〔三〕。此皆奉天時以授人，盡地力而豐食③。自陛下惟新令節〔四〕，益勵農功，既立典於可傳，每陳書而作則。耕鑿之利，敷帝力於嘉謨；稼穡之難④，動天心於睿覽。勤勞率下，超邁古先，凡在率土，不勝幸甚。前件農書，謹函封進。謹奏。

【校　記】

① 農書三卷，原作注文，注釋音辯本、世綵堂本等皆同，詁訓本、蔣之翹輯注本無之。陳景雲《柳集點勘》卷三：「《農書》乃則天后所删定，《兆人本記》見吕和叔《元和中代百官進農書表》，表云『徵有司之舊典，奉先后之遺文』。宋本題下有側注『農書三卷』四字。案此四字當作大字提行另起，低前一字，如前篇《爲南承嗣請從軍狀》次行『故某官』一條乃合體例，作側注非。又後篇《代

人進瓷器狀》篇首『瓷器若干事』五字當刊『右件瓷器』語之右，今合作一行，非也。外集中《與衛淮南石琴薦啟》篇首『疊石琴薦一』五字亦同。」故據《英華》正之。

②敕，《英華》作「制」。

③而豐食，原注：「一作『於農食』。」詁訓本作「於農食」，並注：「一作『而豐食』。」世綵堂本注：「而，一作於。」

④難，《英華》作「艱」。

【解題】

［韓醇詁訓］貞元五年正月乙卯，詔曰：「四序佳辰，歷代增置，漢崇上巳，晉紀重陽，或說禳除，雖因舊俗，與衆共樂，誠洽曆時。朕以春方發生，候及仲月，勾萌畢達，天地和同，俾其昭蘇，宜助暢茂。自今宜以二月一日爲中和節，以代正月晦日，備三令節數。內外官司，休假一日。」宰臣李泌遂請中和節日令百官進農書，司農獻穜稑之種，上從之。此狀謂「奉某月日敕，宜以二月一日爲中和節，所司進《農書》，永以爲常式」者，當即貞元五年二月作。所進《農書》，諸本皆作三卷。公時蓋未第云。按：此非柳文，詳見辯證。

【注　釋】

〔一〕［注釋音辯］貞元五年詔。［百家注引韓醇曰］貞元五年正月詔：「自今宜以二月一日爲中和節，以代正月晦日，備三令節，内外官司休假一日。」宰臣李泌請中和節日令百官進農書，司農獻穜稑之種，王公戚里上春服，士庶以刀尺相問遺，村社作中和酒，祭勾芒以祈年穀。從之。

〔二〕［百家注引孫汝聽曰］《書·堯典》之文。按：《尚書·堯典》：「寅賓出日，平秩東作。」

〔三〕［百家注引孫汝聽曰］《周頌·良耜》之詩。按：《詩經·周頌·良耜》：「俶載南畝，播厥百穀。」

〔四〕［注釋音辯］德宗也。

【辯　證】

《文苑英華》卷六四一仍收此文於柳宗元名下。陳景雲《柳集點勘》卷三：「狀首云：『奉某月日敕，宜以二月一日爲中和節，所司進農書，永以爲恒式。』案唐史：此敕在貞元五年正月，先是以正月晦日爲中和節，至是始易之。故狀云『自陛下惟新令節』是也。則狀乃貞元五年進，與《爲百官請復尊號》諸表同。表出崔元翰筆，編者誤入，周益公辨之甚詳。此狀亦非子厚作，但不得作者主名耳。」以二月一日爲中和節者，詔書頒於貞元五年正月，見《舊唐書·德宗紀下》、《唐會要》卷二九節日。正如章士釗所云：「時子厚尚不過十餘齡耳」，安得有此作？

代人進瓷器狀

瓷器若干事①。

右件瓷器等，並藝精埏埴〔一〕，制合規模。禀至德之陶蒸，自無苦窳〔二〕；合大和以融結，克保堅貞。且無瓦釜之鳴〔三〕，是稱土鉶之德〔四〕。器慙瑚璉〔五〕，貢異砮丹〔六〕，既尚質而爲先〔七〕，亦當無而有用〔八〕。謹遣某官某乙隨狀封進②。謹奏。

【校　記】

①原注與注釋音辯本注：「一本無此一句。」詁訓本無此句，並注：「一上有『瓷器若干事』字。」按：此爲交待事件語，依狀例，於文前另起行。

②封，《英華》作「奉」。

【解　題】

〔注釋音辯〕瓷，才資切。陶器之緻堅者。〔韓醇詁訓〕公集有元饒州一書，在元和八年。饒州當進瓷器，此必爲元作也。按：元饒州名洪，此代元洪作。元洪刺饒州在元和七八年間。瓷器以江西景德鎮最有名，宋景德中始置鎮，因名。地在饒州浮梁縣西南若干里。在唐則只知有浮梁。洪邁《容齋隨筆》卷四：「浮梁陶器」條：「彭器資尚書文集有《送許屯田》詩曰：『浮梁巧燒瓷，顔色比瓊玖。因官射利疾，衆喜君獨不。父老争歎息，此事古未有。』注云：『浮梁父老言：自來作知縣，不買瓷器者一人，君是也。作饒州，不買者一人，今程少卿嗣宗是也。』惜乎不載許君之名。」

【注　釋】

〔一〕〔注釋音辯〕埏音檀，和土也。埴，丞戰切，黏土也。〔百家注引孫汝聽曰〕埏，和也。土黏曰埴。《老子》：「埏埴以爲器。」埏，式延切。

〔二〕〔注釋音辯〕窳，游甫切，空也，病也，《史記》：「舜陶河濱，器不苦窳。」〔百家注引孫汝聽曰〕舜陶河濱，器皆不苦窳。窳，病也。音愈。按：見《史記·五帝本紀》。

〔三〕〔注釋音辯〕賈誼賦：「黄鐘毁棄，瓦釜雷鳴。」〔韓醇詁訓〕《選》：「黄鐘毁棄，瓦釜雷鳴。」注：「瓦釜喻庸下之人也。」〔蔣之翹輯注〕屈原《卜居》：「黄鐘毁棄，瓦釜雷鳴。」按：陳景雲《柳集點勘》卷三：「『且無瓦釜之鳴』注：賈誼賦：『黄鐘毁棄，瓦釜雷鳴。』案『黄鐘』二句乃《楚辭·卜居》篇文，注誤。」

〔四〕〔注釋音辯〕鉶音刑，當作型，瓦器也，以盛菜。《韓非子》曰：「堯舜啜土鉶。」〔韓醇詁訓〕

《漢・司馬遷傳》：「堯舜堂高三尺，茅茨不翦，飯土簋，歠土鉶。」音刑，以盛羹也。

〔五〕［注釋音辯］（璉）力展切，祭宗廟玉器。［韓醇詁訓］力展切。［百家注引童宗説曰］孔子謂子貢：「女，器也，瑚璉也。」瑚璉，祭宗廟之器。夏曰瑚，殷曰璉，周曰簠簋。璉，力展切。按：所引見《論語・公冶長》。

〔六〕［注釋音辯］砮音奴，石中矢鏃。《禹貢》荆州所貢。［韓醇詁訓］砮音奴。［百家注引孫汝聽曰］《書》：「厥貢，惟金三品，杶幹栝柏，礪砥砮丹。」砮音奴。

〔七〕［注釋音辯］［百家注引孫汝聽曰］《禮記・郊祭》：「器用陶匏。」尚質也。按：見《禮記・郊特牲》。

〔八〕［注釋音辯］《老子》：「埏埴以爲器，當其無，有器之用。」

【集評】

王志堅《四六法海》卷五：《負暄雜録》云：「陶冶自舜時便有，三代迄於秦漢，所謂甓器是也。末俗尚靡，不貴金玉，而貴銅甆，遂有祕色窑器。世言錢氏有國日，越州燒進，不得臣庶用，故云祕色。陸龜蒙詩：『九秋風露越窑開，奪得千峰翠色來。如向中宵盛沆瀣，共嵇中散鬭遺杯。』乃知唐世已有，非始於錢氏。」按子厚此狀，可以補《負暄》之遺，故録之。

蔣一葵《偶雋》卷三：《進瓷器狀》云：「藝精埏埴，制合規模，稟至德之陶蒸，自無苦窳；合太和以融結，克保堅貞。」所進陶器耳，而文雅乃如是。

儲欣《河東先生全集録》卷六：工切。時表得其千一，自足壓倒衆流。

柳州舉監察御史柳漢自代狀

右，伏準從前赦文①〔一〕，常參官上後舉一人自代者〔二〕。伏見前件官頗有才行，長於政術，久歷嶺南使職，臣之所知，敢舉自代。無任懇迫之至。

【校記】

①伏，注釋音辯本作「某」。「赦」當爲「敕」之訛。

【解題】

〔注釋音辯〕元和十年。〔韓醇詁訓〕公元和十年三月出爲柳州，六月二十七日到任。此狀在柳州作也。赦文在元和六年。詳下《上中書門下舉柳漢狀》。

【注 釋】

〔一〕〔注釋音辯〕元和六年敕。〔百家注引孫汝聽曰〕元和六年十月十七日敕。

〔二〕〔百家注引王儔補注〕三日後。

【辯 證】

陳景雲《柳集點勘》卷三：「此及《上中書門下狀》並疑有誤。一曰『準從前赦文，常參官上後舉一人自代』；一曰『準元和六年十月十七日敕，常參官授上後三日内舉一人自代』。案常參官乃常朝日赴朝參省者，文官五品以上及兩省供奉官、監察御史、員外郎、太常博士是也。若外州刺史非朝官，其薦人自代不得援以爲比。如韓子在元和、長慶間，凡除朝官有舉人自代狀，皆引建中元年正月五日制，其文與此所引正同。若元和六年復有此敕，韓子豈得遠引建中舊制？至刺史舉人自代，有元和十五年韓子《量移袁州薦韓泰自代狀》可證。其狀亦引建中元年正月敕，有常參官及刺史之文，尤爲明焉。此蓋當日刺史薦狀之準式。子厚二狀當是貞元十九年初除監察御史日進，與同時劉禹錫《始入臺薦崔群自代狀》同耳。群與柳漢皆使府御史，其資亦同。其中『柳州』二字及『準元和六年』云云殆皆傳寫之訛。禹錫狀亦引建中舉官制，與韓子諸狀悉合。則此狀『準從前赦文』語亦誤。」施子愉《柳宗元年譜》云：「案陳氏之説未諦。據《唐會要》卷二十六舉人自代條：『建中元年正月五日敕文：常參官及節度……諸州刺史……授訖三日内，於四方館上表，讓一人以自代，其外官與長吏勾當，附驛聞奏，其表付中書門下。每官缺，即以薦舉多者量而授之。』同條又載：『元和六年十月，中書門下奏：準建中元年敕，常參官舉人後，便具所奏舉人兼狀上中書門下，如官缺，於此選擇進擬。從之。』是元和六年本有新制，建中元年之敕文，規定授官後舉人自代，上表奏聞，元和六年之新制則更規定，舉人自代者除上表奏聞外並須兼狀中書門下。宗元授柳州刺史在元和十年，其《柳州上中書門下舉柳漢自代狀》正本元和六年之新制，原非傳寫之訛誤也。」按：陳説非是，施説是。若云此狀乃貞元十九年柳宗元初除監察御史裏行時上，柳漢已爲監察御史，安得舉以自代？此狀與《柳州上中書門下舉柳漢自代狀》顯爲一時所作，後者明云「準元和六年十月十七日敕」，若云此爲訛文，證據不足。此狀云柳漢「久歷嶺南使職」，柳州地接嶺南，作於柳州爲是。題不誤。王溥《唐會要》卷二六：「建中元年正月五日赦文：常參官及節度、觀察、防禦軍使、城使、都知兵馬使、諸州刺史、少尹、赤令、畿令並七品已上清望官，及大理司直、評事，授訖三日内於四方館上表讓一人以自代，其外官委長吏勾當附驛聞奏。其表付中書門下，每官闕，即以見舉多者量而授之。」又：「元和六年十月中書門下奏：準建中元年敕，常參官舉人後便具所舉人兼狀上中書門下，如官缺，於此選擇進擬。從之。」陳、施所引建中元年敕即上文。敕中諸州刺史亦得舉人自代，未有「若外州刺史非朝官，其薦人自代不得援以爲比」之語。且元和六年確又頒此敕，陳説未可據。此狀與同卷之《柳州上中書門下舉柳漢自代狀》正一爲奏狀，一爲上中書門下狀。

上户部狀

左降官員外置同正員俸料，舊用户部省員闕官錢充，今請改授正官，占闕不用上件錢，每年約計數萬貫①。

右，伏以左降官是受責之人，都不釐務，户部錢是準敕收貯，不合别支。又所授員外官，亦非舊制。宗元在永州日，見百姓莊宅公驗，有司户李邕判給處，足明皆是正官。今請悉依故事爲準，並廢員外所置。凡在貶黜，授以正員，責其成功②，俾無虚授。貯錢既免，支用加數，足應軍須，實冀貨不濫分，官無曠職③。謹狀。

【校　記】

① 以上諸本皆作注文，非是。韓醇詁訓本：「元注云：『左降官員外置同正員俸料，舊用户部省員闕官錢充，今請改授正官，占闕不用上件錢，每年約計數萬貫。』」「元注」即作者原注，可見爲文中語。今依唐人狀例改作交待事件語。

② 責，五百家注本作「貴」。

③ 無，詁訓本作「不」。

【解　題】

［韓醇詁訓］此在柳州作。按：陳景雲《柳集點勘》卷三：「『宗元在永州日，見百姓莊宅公驗有司户李邕判給處，足明皆是正官。』案唐史邕傳：嘗貶富州司户。非永州也。疑貶後嘗量移於永，而史略之。《文苑》有邕《代永州韋刺史謝表》，亦其嘗謫永州之證。」章士釗《柳文指要》上《體要之部》卷三九：「此狀在柳州作。説明唐之官制紊亂，財務廢弛，至關重要。」

柳州上本府狀

莫誠救兄莫蕩，以竹刺莫果右臂，經十二日身死，其莫誠禁在龍城縣。準律：以他物毆傷十二日保辜内死者〔一〕，各依殺人論①。

右，奉牒準律文處分者〔二〕，已帖縣準牒待秋分後舉處分訖②。伏以中丞慈惠化人③〔三〕，孝悌成俗，屬吏所見，皆許申明。至公之下，敢竭愚慮。竊以莫誠赴急而動，事出一時，解難爲心，豈思他物。救兄有急難之戚〔四〕，中臂非必死之瘡，不幸致殂，揣非本意。

按文固當恭守，撫事似可哀矜，斷手方迫於深哀④〔五〕，周身不違於遠慮〔六〕。律宜無赦，使司明至當之心；情或未安，守吏切惟輕之願〔七〕。況俟期尚遠，稟命不遥，伏乞俯賜興哀，特從屈法，幸全微命，以慰遠黎。則必闔境荷慈育之恩，豈惟一夫受生成之賜。儻以律文難變，使牒已行，則伏望此狀便令廢格〔八〕。輕肆塵黷⑤，惶戰交深，謹録狀上，奉聽處分。

【校　記】

① 以上諸本作注文。韓醇詁訓本：「元注云：救兄蕩，以竹刺莫果右臂，經十二日身死，其莫誠禁在龍城縣。準律以他物毆傷二十日辜内死者，各依殺人論。」故依唐人狀例，列爲狀前文待事件語。「救」上原脱「莫誠」二字，「莫蕩」作「傷」，據注釋音辯本、世綵堂本等改。「其」，原作「人」，據注釋音辯本、詁訓本改。保辜，注釋音辯本作「辜辜」，他本皆無「保」字，據《唐律》卷二一補。

② 世綵堂本注：「舉，一作與。」

③ 詁訓本無「中丞」二字。

④ 斷，原作「繼」，據諸本改。哀，注釋音辯本、游居敬本作「衷」。

⑤ 肆，原作「賜」，注釋音辯本、詁訓本同，據世綵堂本改。何焯《義門讀書記》卷三七：「『賜』作『肆』。」

【解題】

［注釋音辯］上桂管觀察府。［韓醇詁訓］本府謂桂管也。［百家注引孫汝聽曰］本府，謂桂管觀察府也。按：此狀爲在柳州時爲替莫誠求情而上桂管觀察使裴行立的狀文。

【注釋】

〔一〕杜佑《通典》卷一六五《刑制下》：「諸保辜者，手足毆傷人，限十日。以他物傷者，二十日。以刃傷者，三十日。折跌肢體及破骨者，五十日。限內死者，各依殺人論。其在限內及雖限內以他故死者，各依本鬬傷法。」所謂保辜，古代刑律規定，凡打人致傷，責令被告爲傷者治療，若傷者在限內因傷死，以死罪論；不死，以傷人論。史游《急就篇》卷四：「疻痏保辜謕呼號。」顏師古注：「保辜者，各隨其狀輕重，令毆者以日數保之，限內致死，則坐重辜也。」

〔二〕［注釋音辯］分，去聲。

〔三〕［注釋音辯］裴行立。［百家注引孫汝聽曰］謂裴行立。

〔四〕［百家注引王儔補注］《詩》：「兄弟急難。」按：見《詩經·小雅·棠棣》。

〔五〕［百家注引孫汝聽曰］田榮曰：「蝮螫手，則斬手。螫足，則斬足。」斷手，即謂此斬手也。［世綵堂］漢王修諫袁譚曰：「兄弟，左右手也，將鬬而斷其右手，可乎？」按：見《史記·田儋列傳》及《後漢書·袁紹傳》。世綵堂本注是，以斷手喻兄弟傷殘。

〔六〕〔百家注引童宗説曰〕周，防也。

〔七〕〔百家注引孫汝聽曰〕《書》：「罪疑惟輕。」按：見《尚書·大禹謨》。

〔八〕〔注釋音辯〕（格）音閣。

【集評】

儲欣《河東先生全集録》卷六：法家筆，仁人言。折獄仁恕，可謂忠信之長，慈惠之師矣。

何焯《義門讀書記》卷三七：「則伏望此狀便令廢格」：又申此語，明己非用邀名，動之以必從。

爲裴中丞伐黄賊轉牒

當管奉詔〔一〕，與諸管齊進〔二〕，誅討邕管草賊黄少卿。漢軍馬步等若干人，各具兵馬數及軍將若干，前牒奉處分。

竊以天啟昌期，大功畢集，神開興運，徽惡盡除。黄少卿等歷稔逋誅，舉宗肆暴〔三〕，恃狡兔之穴〔四〕，跧伏偷安〔五〕；憑孽狐之丘〔六〕，跳踉見怪〔七〕。以爲威弧不射①〔八〕，天網可逃〔九〕，侵逼使臣，隳犯王略，恣其毒虐，速我誅鋤。敵國盡在於舟中〔一〇〕，還師已期於席上〔一一〕。謂宜投戈頓顙，面縛乞身〔一二〕，歸郡邑於王官②，效黎獻於天吏〔一三〕。而乃繕兵補卒，增壘閉途③，正當天討之辰〔一四〕，更積鬼誅之罪〔一五〕。衆輕鬬蟻〔一六〕，勇劣怒蛙〔一七〕，纖縞當强弩之初〔一八〕，孤豚僨肥牛之下〔一九〕。事同拾芥〔二〇〕，力易摧枯〔二一〕，杪忽蜂腰，虚見辱於齊斧〔二二〕；突梯鼠首④，濫欲寄於旄頭〔二三〕。勦絶有時〔二四〕，不索何獲〔二五〕？某行立拱稽致命⑤〔二六〕，執鋭忘生〔二七〕，車甲既備於小戎〔二八〕，鯨鯢豈逃於誅戮〔二九〕。竊覩上略〔三〇〕，總制中權⑥〔三一〕，戰士義激於身心，列校勢成於臂指〔三二〕。蹶張之技⑦〔三三〕，盡出於山林；拔距之材〔三四〕，徧徵於川洞〔三五〕。賞懸香餌〔三六〕，令布疾雷，莫不鼓舞戎行，虔恭師律〔三七〕。投軀不憖於羽檄〔三八〕，跂足唯俟於牙璋〔三九〕。

今月某日，奏事官米蘭迴，捧受詔命，神飛首勇，足蹈心馳〔四〇〕，懽聲洽於萬夫，勝氣横於千里。國容不入，屨且及於寢門⑧〔四一〕；家事勿開⑨，土已填於左闔〔四二〕。即以月日全軍出次〔四三〕，分道並進，所期戮力，敢告同心。孔大夫貞直冠時〔四四〕，清明格物〔四五〕，全體許國，一心在公，兵精食浮〔四六〕，爲日固久。容府陽中丞以義烈爲己任⑩〔四七〕，勳襲太常〔四八〕。安南李中丞以英武爲家風〔四九〕，業傳彝器〔五〇〕。並膺邦寄，克達皇威，南則浮海濟師，共集堂堂之陣〔五一〕；東則横江誓衆，用成善善之功〔五二〕。以此鼓行，坐觀盡敵，刑惟勿喜，誅有可哀。儆側之勇冠一方，竟就伏波之戮〔五三〕；吕嘉之威行五嶺，終摧下瀨之師〔五四〕。嗟此陋微，自貽擒滅，勉成良畫，速致殊勳。雖荒徼之地〔五五〕，固不勞於有征；而昇平之年，將自此而何事。書之竹帛，實謂揚名，事須移牒鄰管，以成犄角〔五六〕。舉牒者。

【校記】

①弧，原作「狐」，據諸本改。

②官，詁訓本作「宫」。

③閑，詁訓本作「閑」，並注：「閑，一作閉。」

④鼠首，五百家注本作「首鼠」。

⑤注釋音辯本、詁訓本無「行立」二字。

⑥制，注釋音辯本、詁訓本、游居敬本作「帥」。

⑦技，原作「枝」，據諸本改。

⑧及，原作「入」，據諸本改。

⑨開，注釋音辯本、世綵堂本、游居敬本作「闢」，蔣之翹輯注本作「闢」。

⑩陽，原作「楊」，世綵堂本同，注釋音辯本作「揚」，據詁訓本改。原注與世綵堂本注：「御史中丞、容管經略使陽旻，本誤作『楊』耳。」注釋音辯本注：「『揚』當作『陽』，御史中丞、容管經略使陽旻。」

【解　題】

［注釋音辯］裴行立。［韓醇詁訓］次前《謝黄少卿賊表》作。孔大夫即嶺南節度使孔戣，陽中丞即容管經略使陽旻，李中丞即安南都護李象古也。［百家注引王儔補注］裴中丞，行立也。按：此文元和十四年作於柳州，代裴行立作。章士釗《柳文指要》上《體要之部》卷三九：「文過於典重，幾類俳體。子厚晚年爲此文，跡似以文爲戲，此等文字，宜入外集。」

【注　釋】

〔一〕［百家注引孫汝聽曰］當管，桂管。

〔二〕［注釋音辯］當管，桂管也。諸管，謂容管、邕管、廣南等路。［百家注引孫汝聽曰］諸管，謂容管、邕管、廣南等路。

〔三〕［注釋音辯］黄洞首領黄少卿、少度，少卿子昌沔、昌瓘等，自貞元以來，數爲邊害，前後陷十餘州。［百家注引孫汝聽曰］初，黄洞首領黄少卿、少度，少卿子昌沔、昌瓘等，自貞元以來，數爲邊患，前後陷十餘州。至是，行立與容管經略使陽旻欲僥幸立功，争請討之，上從之。

〔四〕［百家注引孫汝聽曰］《戰國策》：「狡兔有三窟，僅得免其死耳。」窟，穴也。按：見《戰國策·齊策四》。

〔五〕［注釋音辯］跧，徂頑、莊緣二切，縮足屈伏也。［百家注引孫汝聽曰］王文考《魯靈光殿賦》

曰：「狡兔跧伏於柎側。」跧，縮足也。

〔六〕〔注釋音辯〕孽，魚列切，妖也。〔百家注引孫汝聽曰〕《莊子》：「步仞之丘陵，巨獸無所隱其軀，而孽狐爲之祥。」孽，妖孽。祥，怪也。按：見《莊子·庚桑楚》。

〔七〕〔注釋音辯〕跳，徒彫切。踉，良、郎二音。見，賢遍切。〔韓醇詁訓〕跳音迢。踉音良，走也。〔百家注引孫汝聽曰〕跳音迢。踉音良。

〔八〕〔百家注引童宗説曰〕《易》：「弧矢之利，以威天下。」按：見《周易·繫辭下》。

〔九〕〔百家注引張敦頤曰〕《老子》：「天網恢恢，疏而不失。」

〔一〇〕〔注釋音辯〕吴起云。〔韓醇詁訓〕《史記》：吴起謂武侯曰：「君不修德，舟中之人，皆敵國也。」按：見《史記·吴起列傳》。

〔一一〕〔注釋音辯〕《家語》云。〔韓醇詁訓〕《史記》：蔡澤謂應侯曰：「君相秦，計不下席謀，不出廊廟，坐制諸侯，利施四海。」此謂當時席上之謀，蓋可以約還師之期也。〔百家注引孫汝聽曰〕趙充國上屯田十二事，其一事曰：治皇陿中道橋，令可至鮮水，以制西域，信威千里，從枕席上過師。按：童注引見《孔子家語》卷一《王言解》，韓注引見《史記·蔡澤列傳》，孫注引見《漢書·趙充國傳》。何焯《義門讀書記》卷三七：「《王言解》：『明王之道，其征也，則必還師衽席之上。』」即童注。引《家語》是。謂其征也必得勝，可回家安睡。

〔一二〕〔百家注引孫汝聽曰〕僖六年《左氏》：「許男面縛銜璧。」面縛者，謂縛手於後，唯見其面。

〔一三〕［百家注引孫汝聽曰］《書》：「萬邦黎獻。」黎獻，黎民之賢者。又曰：「天吏逸德，烈於猛火。」按：見《尚書·益稷》及《胤征》。

〔一四〕［韓醇詁訓］《書》：「天討有罪，五刑五用哉。」按：見《尚書·皋陶謨》。

〔一五〕［注釋音辯］［韓醇詁訓］《莊子》：「爲不善乎幽閒之中者，鬼得而誅之。」按：見《莊子·庚桑楚》。

〔一六〕［韓醇詁訓］晉殷仲堪父嘗患耳聰，聞牀下蟻動，謂之牛鬪。按：見《晉書·殷仲堪傳》。

〔一七〕［注釋音辯］［韓醇詁訓］《韓非子》：「越王伐吴，欲人之輕死也，出見怒蛙，乃爲之軾。從者曰：『奚敬於此？』王曰：『爲其有氣故也。』」［百家注引王儔補注］事亦見《吴越春秋》。按：見《韓非子·内儲説上·七術》及《吴越春秋》卷六。

〔一八〕［注釋音辯］縞，古老切。《前漢·韓安國傳》：「强弩之末，不能入魯縞。」［韓醇詁訓］《史》：「强弩之末，力不能以入魯縞。」［百家注引孫汝聽曰］《韓安國傳》：「强弩之末，不能入魯縞。」縞，素也。按：見《史記·韓長孺列傳》、《漢書·韓安國傳》，文字小有出入。此反用其語意。

〔一九〕［注釋音辯］僨，方問切，仆也。《左傳》昭公十三年：「牛雖瘠，僨於豚上，其畏不死。」［韓醇詁訓］孤豚事見《左傳》昭公十三年：「牛雖瘠，僨于豚上。」僨，弗問切。按：此亦反用其語意。

〔二〇〕《漢書·夏侯勝傳》：「勝每講授，常謂諸生曰：『士病不明經術，經術苟明，其取青紫，如俛拾地芥耳。』」

〔二一〕《後漢書・耿弇傳》：「歸發突騎，以轔烏合之衆，如摧枯折腐耳。」又《晉書・甘卓傳》：「將軍之舉吴昌，若摧枯拉朽，何所顧慮乎。」

〔二二〕［注釋音辯］齊，如字義，側皆切。張軌云：黄鉞，斧也。張晏云：整齊也。［韓醇詁訓］齊，側皆切。［百家注引孫汝聽曰］《易・旅卦》：「旅於處，得其資斧。」子夏傳及衆家並作「齊斧」。張軌云：齊斧，蓋黄鉞斧也。張晏云：整齊也。齊，側皆切。按：杪忽，渺小。蜂腰細，喻居中者最差。南朝梁周弘正、弘讓、弘直兄弟，《南史・周弘直傳》：「或問三周孰賢，人曰：『若蜂腰矣。』」黄少卿之叛，《新唐書・南蠻傳》云與其弟少高、少度，《舊唐書・憲宗紀上》：「（元和三年六月）癸亥，以邕管將黄少卿爲歸順州刺史，弟少高、少温並受官，西原蠻酋也。貞元中屢寇邕管，至是歸欵。」蓋反時有黄少卿與其弟少高、少度，三兄弟二强一弱，故以蜂腰喻之。齊斧則指官軍征伐也。

〔二三〕［注釋音辯］突，吐忽切。梯音脱。旄頭，胡星也，天子前驅。［蔣之翹輯注］《晉書・天文志》：「旄頭，胡星也，爲天子前驅。」按：突梯，圓滑。鼠首，喻微賤。《戰國策・魏策三》：「周訢對曰：『如臣之賤也，今人有謂臣曰：入不測之淵而必出不出，請以一鼠首爲汝殉者，臣必不爲也。今秦，不可知之國也，猶不測之淵也，而許綰之首，猶鼠首也。内王於不可知之秦，而殉王以鼠首，臣竊爲王不取也。』」《後漢書・光武帝紀下》建武二十八年：「賜東海王彊虎賁旄頭鍾虡之樂。」李賢等注：「《漢官儀》曰：舊選羽爲旄頭，被髮先驅。魏文帝《列異傳》曰：秦文公時，梓樹化爲牛，以騎擊之，騎不勝，或墮地髻解被髮，牛畏之，入水，故秦因置旄頭騎，使先驅。」此以旄頭指官軍也。

〔二四〕［注釋音辯］勦，子小切。［百家注引孫汝聽曰］《書》：「天用勦絶其命。」勦，子小切。按：見《尚書·甘誓》。

〔二五〕［注釋音辯］索，色窄切。《左傳》吴光云。［百家注引孫汝聽曰］《左氏》云：「上國有言曰：不索何獲？」按：見《左傳》昭公二十七年吴公子光曰。

〔二六〕［注釋音辯］《國語·吴語》：「擁鐸拱稽。」注：「拱，持也。稽，棨戟云。或云：稽，計兵名籍。」按：百家注本引孫汝聽注同。

〔二七〕［百家注引孫汝聽曰］被堅執鋭。鋭，兵也。按：見《史記·項羽本紀》。

〔二八〕［韓醇詁訓］《詩·小戎》，美襄公也。備其車甲，以討西戎。［百家注引韓醇曰］《詩》：「小戎俴收。」注云：「小戎，兵車也。」按：見《詩經·秦風·小戎》。

〔二九〕［注釋音辯］《左傳》宣公十二年：「取其鯨鯢而封之，以爲大戮。」注：「鯨鯢，大魚名，以喻不義之人吞食小國。」潘（緯）云：鯨，巨京切，其雌曰鯢，大者長千里，小者數千丈。［韓醇詁訓］《左傳》宣公十二年：「武非吾功也。古者明王伐不敬，取其鯨鯢而封之，以爲大戮。於是乎有京觀，以懲淫慝。」

〔三〇〕［百家注引王儔補注］兵法有上、中、下三略。

〔三一〕［注釋音辯］《左傳》宣公十二年：「中權後勁。」注：「權，謀也。謂軍中制謀。」［百家注引孫汝聽曰］宣十二年《左氏》：「前茅慮無，中權後勁。」權，謀也。中權者，謂中軍制謀。

〔三二〕［蔣之翹輯注］臂指，言如臂之使指，勢甚易也。

〔三三〕［注釋音辯］潘（緯）云：蹶音厥。《前漢》：「以材官蹶張。」注：「材官之多力，能腳踏强弩張之，故曰蹶張。律有蹶張士。師古曰：今之弩，以手張之曰擘張，以足蹋者曰蹶張。」［韓醇詁訓］《漢·申屠嘉傳》：「申屠嘉以材官蹶張，從高祖擊項籍。」如淳曰：「材官之多力，能腳踏强弩張之，故曰蹶張。」

〔三四〕［注釋音辯］《前漢·甘延壽傳》：「投石拔距。」注：「顔師古曰：拔距者，有人連坐相把據地，距以爲堅，而能拔取之。」［韓醇詁訓］《漢·甘延壽傳》：「投石拔距，絶於等倫。」顔師古曰：「拔距者，有人連坐相把據地，距以爲堅，而能拔取之，皆言其有手掣之力。」按：拔距，疑爲一對一的拔河，爲一種角力游戲。

〔三五〕［百家注引孫汝聽曰］南夷皆居洞穴，故云川洞。

〔三六〕［百家注引孫汝聽曰］《黄石公記》曰：「芳餌之下，必有懸魚，重賞之下，必有死夫。」按：見《太平御覽》卷三〇七引《黄石公記》，又見李筌《太白陰經》卷五。

〔三七〕［百家注引王儔補注］《易》：「師出以律，否臧凶。」律，法也。按：見《周易·師》。

〔三八〕［注釋音辯］憿與徼同。《漢·高祖紀》注：「檄，木簡，長二尺，徵召急，則插以鳥羽，示急也。」

〔韓醇詁訓〕漢高祖曰：「吾以羽檄徵天下兵，未有至者。」注：「檄，木簡，長尺二寸，用徵召，急則插以鳥羽，示急也。」

〔三九〕〔注釋音辯〕跂，遣爾切，舉踵也。《周禮・典瑞》注：「牙璋，象以爲牙。牙齒，兵象，故以發兵。」〔韓醇詁訓〕《周官・典瑞》：「掌牙璋，以起軍旅，以治兵守。」注云：「牙璋，瑑以爲牙，牙齒，兵象，故以牙璋發兵也。」

〔四〇〕〔百家注引童宗説曰〕蹈，舞蹈也。《詩》：「足之蹈之。」按：見《詩經・大序》。

〔四一〕〔注釋音辯〕《司馬法》：「古者，國容不入軍，軍容不入國也。」《左傳》宣公十四年：「楚子投袂而起，屨及於窒皇，劍及於寢門之外。」注：「窒皇，寢門闕也。」〔韓醇詁訓〕《漢・胡建傳》：「制曰：國容不入軍，軍容不入國。」《左傳》宣公十四年：「楚子使申舟聘於齊，無假道於宋。及宋，宋人止之，華元曰：『過我而不假道，鄙我也。鄙我，亡也。殺其使者必伐我，伐我亦亡也，亡一也。』乃殺之。楚子聞之，投袂而起，屨及於窒皇，劍及於寢門之外，車及於蒲胥之市。」注云：「窒皇，寢門闕也。」〔百家注引孫汝聽曰〕《漢書・胡建傳》：「制曰：《司馬法》曰：古者國容不入軍，軍容不入國。」

〔四二〕〔注釋音辯〕〔百家注引孫汝聽曰〕《國語》：「勾踐伐吴，入命夫人：『自今日以後，内政無出，外政無入。内有辱，是子也。外有辱，是我也。』王出，夫人送王，不出屏，乃闔左闔，填之以土。」〔韓醇詁訓〕《國語・吴語》：「越王句踐將伐吴，乃入命夫人，王背屏而立，夫人向屏。王曰：『自今日以後，内政無出，外政無入。内有辱，是子也。外有辱，是我也。吾見子，於此止矣。』王遂出，夫人送王，不出屏，乃闔左闔，填之以土。去笄，側席而坐，不埽。其命大夫亦然。」

〔四三〕〔百家注引孫汝聽曰〕莊三年《左氏》：「凡師一宿爲舍，再宿爲信，過信爲次。」

〔四四〕〔注釋音辯〕〔百家注引韓醇曰〕御史大夫、嶺南節度使孔戣。

〔四五〕〔百家注引孫汝聽曰〕《禮記》：「清明在躬。」又曰：「致知在格物。」注云：「格，來也。物，猶事也。」按：見《禮記・孔子閒居》及《大學》。

〔四六〕〔百家注引童宗説曰〕浮，足也。

〔四七〕〔百家注引孫汝聽曰〕御史中丞、容管經略使陽旻。按：陳景雲《柳集點勘》卷三：「容管經略使陽旻，神策行營節度使惠元少子。惠元立功建中、貞元間，死李懷光之難。」

〔四八〕〔百家注引王儔補注〕太常，以紀成績。

〔四九〕〔注釋音辯〕御史中丞、安南都護李象古，曹王李皋之子。〔百家注引韓醇曰〕象古，嗣曹王皋之子。

〔五〇〕〔百家注引王儔補注〕彝，謂宗彝。

〔五一〕〔韓醇詁訓〕《孫子》：「勿擊堂堂之陣。」按：見《孫子・軍争》。

〔五二〕〔韓醇詁訓〕《詩・緇衣》：「以明有國善善之功焉。」〔百家注集注〕《孫子》：「見勝不過衆人之所知，非善之善者也。」《詩·緇衣》序：「以明有國善善之功焉。」公此語，義取《孫子》，而句取《緇衣序》。按：見《詩經·鄭風·緇衣》、《孫子·謀攻》。

〔五三〕［注釋音辯］後漢高趾女子徵側反，伏波將軍馬援斬之。［韓醇詁訓］《馬援傳》：「交趾女子徵側及女弟徵貳反，於是璽書拜援伏波將軍，南擊之。軍至浪泊上，與賊戰，遂大破。援追徵側等，斬其首，傳洛陽。」

〔五四〕［注釋音辯］潘（緯）云：瀨音賴。《前漢·武帝紀》：「甲爲下瀨將軍，下蒼梧，得吕嘉首，遂定越地。」［韓醇詁訓］吕嘉，南粤相也。武帝時，粤王願欲内附，獨吕嘉建德反。朝廷於是命路博德爲伏波將軍，楊僕爲樓船將軍，及歸義、粤侯二人爲下瀨將軍，共討之。嘉遂與其屬數百人亡入海，尋復追降之，南粤乃平。事見《南粤傳》。［百家注引孫汝聽曰］漢武帝時，南越王願欲内附，其相吕嘉得衆心，遂殺王反。詔命路博德爲伏波將軍，楊僕爲樓船將軍，及歸義、粤侯二人爲戈船、下瀨將軍，共討之。嘉遂與其屬數百人入海，尋復追降之。南粤乃平。見《南粤傳》。

〔五五〕［注釋音辯］徼，吉弔切，邊隅。

〔五六〕［注釋音辯］犄，居綺反，偏引也。《左氏》：「譬諸捕鹿，晉人角之，諸戎犄之。」注：「犄其足也。」按：見《左傳》襄公十四年。百家注本引孫汝聽注同。

【集評】

王志堅《四六法海》卷九：讀《姚州露布》（按：駱賓王作）二篇，如入五都之市，令人目不給賞。然一再讀，意味亦只如此。子厚此牒未嘗不麗，未嘗不艷，然卻不必如此矜炫。此其塵垢粃糠，猶將陶鑄王、駱也。

《王荆石先生批評柳文》卷一〇：闊筆壯觀。

陸夢龍《柳子厚集選》卷四：典則固不待言，貴其不失討草賊本色。

蔣之翹輯注《柳河東集》卷三九：詞氣雄悍，得聲罪致討正體，此俳語之矯矯者。

儲欣《河東先生全集録》卷六：裴行立生事要功，五管之罪人也。此牒卻妙，如火如荼，如飛如翰，軍聲軍容，莫不捉搦。

何焯《義門讀書記》卷三七：猶並盧、王。……「纖縞當强弩之初」：翻新用事。

賀誅淄青逆賊李師道狀①

右，今月三日〔一〕，得知進奏官某報，前件賊以前月九日克就梟戮者〔二〕。伏以天啟聖期，神資良弼〔三〕，必有懲討，以致昇平。蠢爾兇渠〔四〕，敢行悖亂，締交於雷霆之下〔五〕，效逆於化育之辰，逞豺聲以欺天〔六〕，恣狼心而犯上〔七〕。嘉謨克協②，威命旁行，破竹寧比其發機〔八〕，走丸未喻於乘勝〔九〕。濁河清濟〔一〇〕，曾無溝洫之虞；大峴琅邪〔一一〕，不聞崖岸之阻③。天兵四合，賊衆屢摧，然後赦劫脅之辜，許其歸復；寬詿誤之典〔一二〕，期以撫循。外怛皇威，中感聖德，雖在梟鏡④〔一三〕，豈不知歸。是以未極誅鋤，遽聞内潰⑤，鯨鯢已戮，見東海之無波；氛沴盡消⑥〔一四〕，仰太陽之普照。功格于天地，化合于陰陽，一德方繼於商書〔一五〕，降神自同於周雅〔一六〕。遂使垂白遺老，再逢天寶之安⑦；搢紳諸生，遠期貞觀之理。某特承朝奬，謬列藩臣，常以突刃觸鋒，未爲效節，膏原潤草，豈足酬恩，痡瘝撫心，不遑寧處。今則削平之際，慙無尺寸之功；開泰方初，徒受丘山之寵。無任憤激屏營之至。抃舞歡慶，倍百恒情。

【校記】

①詁訓本「賀」下有「中書門下」四字。世綵堂本注：「一作賀中書門下。」陳景雲《柳集點勘》卷三：「宋本題前有『中書門下狀』五字一行，次行『賀誅』云低前一字。狀云『前件賊』者謂次行所列也。諸本皆脱此一行五字。又，此作與下二篇俱代裴中丞作，其《代中丞上裴相狀》中言已具中書門下狀賀訖，謂第一狀也。則題當作「代裴中丞上中書門下狀」乃合。宋本疑尚脱五字耳。又題後次行末衍一『狀』字。」按：陳説是。題當作「代裴中丞上中書門下狀」，題下爲「賀中書門

下誅淄青逆賊李師道」，爲交待事件語。以下二狀《賀平淄青後肆赦狀》、《賀分淄青諸州爲三道節度狀》題皆當作「代裴中丞上中書門下狀」，當是編者爲便於區分，遂將狀首語用作題目也。三狀爲同等格式。不一一出校。

②謨，詁訓本作「謀」。

③崖，注釋音辯本、詁訓本作「涯」。

④鏡，當從《全唐文》作「獍」。注釋音辯本、世綵堂本注：「鏡，當作獍。」

⑤潰，原作「遺」，據諸本改。

⑥消，注釋音辯本、詁訓本等皆作「銷」。

⑦原注：「天寶，一作大寶。」天，詁訓本、世綵堂本、五百家注本作「大」。世綵堂本注：「大寶，一作天寶。」蔣之翹輯注本：「天寶，一作大寶。以貞觀偶之，非是。」

【解　題】

〔注釋音辯〕賀中書門下。〔韓醇詁訓〕元和十四年，次前《柳州賀破東平表》作。〔百家注〕中書門下狀，下同。按：此代桂管觀察使裴行立作。表上皇帝，狀上中書門下。

【注　釋】

〔一〕〔百家注引孫汝聽曰〕元和十四年三月初三日。

〔二〕〔百家注引孫汝聽曰〕二月九日斬李師道。

〔三〕〔百家注引童宗説曰〕《書》：「夢帝賚予良弼。」按：見《尚書·説命上》。

〔四〕〔百家注引孫汝聽曰〕《詩》：「蠢爾荆蠻。」《説文》云：「蠢爾，動貌。」按：見《詩經·小雅·采芑》。

〔五〕〔注釋音辯〕締，丁計切。憲宗討吴元濟，李師道、王承宗陰黨援，乃伏盜京師，刺用事大臣。〔百家注引孫汝聽曰〕締，結也。締音帝。

〔六〕〔百家注引孫汝聽曰〕《左氏》：「蜂目而豺聲，忍人也。」按：見《左傳》文公元年。

〔七〕〔百家注引王儔補注〕《左氏》：「狼子野心。」按：見《左傳》宣公四年。

〔八〕〔韓醇詁訓〕杜預云：「用兵如破竹，數節之後，迎刃而解。」〔百家注引韓醇曰〕杜預伐吴，曰：「今兵威已振，譬曰破竹，數節之後，迎刃而解。」按：見《晉書·杜預傳》。

〔九〕〔韓醇詁訓〕《孫子序》：「如丸之走盤。」〔百家注引孫汝聽曰〕杜牧注《孫子序》：「如丸之走盤。」按：杜牧在柳宗元之後，不當引杜牧文。荀悦《前漢紀》卷一蒯通説武信君：「君計莫若以黄屋朱輪以迎范陽令，使馳騖乎燕趙之郊，則邊城皆喜，相率而降，此由以下坂而走丸也。」

〔一〇〕〔注釋音辯〕濟，子禮切。清濟貫濁河。〔百家注引童宗説曰〕濁河，黄河。

〔一一〕〔注釋音辯〕峴，胡典切。〔韓醇詁訓〕峴，胡典切。河、濟、大峴、琅邪，皆淄青間山水名也。〔百家注引孫汝聽曰〕劉裕伐南燕慕容超，公孫五樓請據大峴，超不從，遂敗。按：見《晉書·慕容超傳》。李吉甫《元和郡縣圖志》卷一一沂州：「大峴山在（沂水）縣北九十里。宋高祖北伐慕容超，大將公孫五樓説超曰：『吴兵輕鋭，難與争鋒，宜斷大峴，使不得入，上策也。』超曰：『引使過峴，我以鐵騎蹙之，此成擒耳。』不從。宋高祖兵遂得入。初是役也，或曰：『彼若嚴守大峴，軍無所資，何能自返？』高祖曰：『鮮卑性貪，且愛其穀，必將引我兵，一入大峴，吾何患焉。』及師過大峴，高祖喜曰：『天贊我也。』遂大破之。伍緝之《從征記》曰：『大峴去半城八十里，直度山二十五里，崖阪峭曲，石徑幽危，四岳三塗，不是過也。』」又密州：「琅琊山在（諸城）縣東南一百四十里。《史記》曰：『始皇二十六年滅齊，遂登琅琊，作層臺於山上，謂之琅琊臺，周迴二十里。秦王樂之，因留三月，徙黔首二萬户於山下。後十二年，刊石立碑，紀秦功德。』」

〔一二〕［注釋音辯］詿音邽。《前·文帝紀》：「濟北王反，詿誤吏民。」［韓醇詁訓］詿音邽。［百家注］詿，古賣切。

〔一三〕［注釋音辯］梟，堅堯切。鏡，當作獍。《前漢志》注：「梟，鳥名，食母。破獍，獸名，食父，如貙而虎眼。」［韓醇詁訓］《郊祀志》：「古者天子祠黄帝，用一梟、破鏡。」孟康曰：「梟，鳥名，食母。破鏡，獸名，食父。黄帝欲絶其類，使百吏祠皆用之。方士虚誕，云以歲始祓除凶災，令神仙之帝食惡逆之物，使爲逆者竟無有遺育也。」梟，堅堯切。

〔一四〕［百家注］沴音戾。

〔一五〕［韓醇詁訓］《書》：「咸有一德，克享天心。」［百家注引孫汝聽曰］《書》：「惟尹躬暨湯，咸有一德。」按：見《尚書·咸有一德》。

〔一六〕〔韓醇詁訓〕〔百家注引孫汝聽曰〕《詩》：「維岳降神，生甫及申。」按：見《詩經·大雅·崧高》。

【集評】

《王荆石先生批評柳文》卷一〇：逸調。

陸夢龍《柳子厚集選》卷四文首評：悉情事。

賀平淄青後肆赦狀①

某官某乙。

右，某伏奉二月二十二日德音②，以淄、青削平，慶賜大洽，率土之内，抃躍無窮。伏惟周滅三監，但明誅放之罰③〔一〕；漢平七國，更嚴斬殺之科〔二〕。未有翦覆凶渠，撫存疑類，威暫行而德洽，誅纔及而恩加。操兵者悉獲歸休，秉耒者更聞優復，與之種食〔三〕，豐以貨財④，疾苦盡除，鰥孤咸育。葬戰死之骨，增以賞延；憐刃傷之肌，存其廪給。滌山川之舊汙，申節義之餘冤，功多受三事之榮〔四〕，節著有十連之寵〔五〕。較然逆順，益以彰明，和氣遠周，罷七旬之干羽〔六〕；仁風溥暢，收六月之車徒〔七〕。寰海永康，夷夏均慶。某忝司戎旅，獲奉昇平，當伊尹無恥之辰〔八〕，見咎繇惟輕之德〔九〕。抃躍之至，倍萬恒情。無任慶賀之至。

【校　記】

①詁訓本「賀」下有「中書門下」四字，「狀」作「表」。

②原作「右伏奉二月日德音」，詁訓本、世綵堂本同，此據注釋音辯本改。原注與世綵堂本注：「一本云二十二日。」陳景雲《柳集點勘》卷三：「篇首『某官某乙』四字當刊『右某伏奉』云云之右，低前一字。」甚是。

③但，原作「俱」，世綵堂本同，據注釋音辯本、詁訓本、游居敬本等改。

④豐，原作「分」，世綵堂本同，據注釋音辯本、詁訓本、游居敬本等改。

【解　題】

〔注釋音辯〕賀中書門下云。〔韓醇詁訓〕元和十四年，次前《賀克東平赦表》作。按：此篇仍爲代裴行立作。

【注釋】

〔一〕［韓醇詁訓］事詳見《書》。［百家注引孫汝聽曰］《書》：「武王崩，三監及淮夷叛。」《漢書·地理志》：「周既滅殷，分其地爲三國，《詩·風》邶、鄘、衛是也。邶，以封紂子武庚。鄘，管叔尹之。衛，蔡叔尹之。以監殷民，謂之三監。」按：見《尚書·金縢》。

〔二〕［韓醇詁訓］《景帝紀》：「七國舉兵皆反，乃大赦天下，遣太尉周亞夫、將軍竇嬰將兵擊破之。斬首十餘萬級，追斬吴王濞於丹徒，膠西王等皆自殺。夏六月，詔曰：『迺者吴王濞等爲逆，起兵相脅，詿誤吏民，今濞等已滅，吏民當坐濞等，及逋逃亡軍者皆赦之。楚元王子藝等與濞等爲逆，朕不忍加法，除其籍，毋令汙宗室。』」

〔三〕［注釋音辯］種，章勇切。

〔四〕［注釋音辯］《詩》：「三事大夫。」注：「三事，三公也。」元和十四年斬李師道，田弘正奏捷，加弘正檢校司徒、同平章事。［韓醇詁訓］《詩》：「三事大夫，莫肯夙夜。」注云：「三事，謂三公也。」［百家注引孫汝聽曰］元和十四年二月丁巳，斬李師道。田弘正奏捷到。癸酉，加弘正檢校司徒、同平章事。故云。按：見《詩經·小雅·雨無正》。

〔五〕［注釋音辯］《禮記》：「十國以爲連，連有帥。」劉悟斬師道，詔以劉悟爲義成軍節度使。［韓醇詁訓］《禮記》：「十國以爲連，連有帥。」［百家注引孫汝聽曰］是月庚午，以淄青都知兵馬使劉悟爲義成軍節度使。故云。按：見《禮記·王制》。

〔六〕［韓醇詁訓］《書》：「舜舞干羽于兩堦，七旬，有苗格。」按：見《尚書·大禹謨》。

〔七〕［韓醇詁訓］《詩·六月》，宣王北伐也。［百家注引孫汝聽曰］《詩》：「六月棲棲，戎車既飭。」按：見《詩經·小雅·六月》。

〔八〕［韓醇詁訓］《書》：「伊尹曰：予弗克俾厥後爲堯舜，其心愧恥，若撻於市。」按：見《尚書·説命下》。

〔九〕［注釋音辯］咎繇，即臯陶字。［韓醇詁訓］《書》：「罪疑惟輕。」按：見《尚書·大禹謨》。

【集評】

陸夢龍《柳子厚集選》卷四：「當伊尹」一聯：新警。

何焯《義門讀書記》卷三七：「當伊尹無恥之辰」：「無」字未穩。

賀分淄青諸州爲三道節度狀①

右，某伏見某月日制，分淄青諸州爲三道節度、都團練、觀察等使者〔一〕。害氣盡除，和風溥暢②，裂壤既分其形勝，經野必正其提封〔二〕。河濟異宜〔三〕，海岱殊服〔四〕，八命作牧〔五〕，無聞威福之源；十國爲連〔六〕，已肅澄清之政。鼠無夜動〔七〕，鴞變好音〔八〕，惠澤豈俟於崇朝，仁化寧期於必代〔九〕。遂使琅邪即墨，田生無慮其異謀〔一〇〕；聊攝姑尤，晏子但聞其善祝〔一一〕。恭以相公暮參禹績〔一二〕，制出蕭規〔一三〕，光輔聖神〔一四〕，永康黎獻。某獲逢開泰，忝守方隅，抃躍之誠，倍百恒品。

【校　記】

① 詁訓本「賀」下有「中書門下」四字。原注與世綵堂本注：「（狀）一作使。」

② 溥暢，原注：「一作遠溥。」詁訓本作「遠溥」，並注：「一作溥暢。」世綵堂本注：「一作遠暢。」

【解　題】

〔注釋音辯〕賀中書門下。〔韓醇詁訓〕元和十四年，次前《代裴中丞賀分淄青爲三道節度表》作。按：仍爲元和十四年代桂管觀察使裴行立作。

【注　釋】

〔一〕〔百家注引孫汝聽曰〕元和十四年二月，命户部楊於陵爲淄青宣撫使，並分師道地。於陵按圖籍，視土地遠近，計士馬衆寡，校倉庫虚實，分爲三道，使之適均。以鄆、曹、濮爲一道，淄、青、齊、登、萊爲一道，兗、海、沂、密爲一道。

〔二〕［百家注引孫汝聽曰］《周禮》：「體國經野。」注云：「經，謂爲之里數。」按：見《周禮·天官冢宰》。

〔三〕［百家注引王儔補注］《書》：「濟、河惟兖州。」按：見《尚書·禹貢》。

〔四〕［百家注引王儔補注］《書》：「海、岱惟青州。」按：見《尚書·禹貢》。

〔五〕［百家注引韓醇曰］《周禮》：「八命作牧，九命作伯。」按：見《周禮·春官宗伯·大宗伯》。

〔六〕［百家注］見前篇注。按：見《禮記·王制》。

〔七〕［注釋音辯］《左傳》襄公二十三年：臧孫曰：「夫鼠，晝伏而夜動。」［百家注引孫汝聽曰］襄二十三年《左氏》：「夫鼠晝伏夜動，不穴於寢廟，畏人故也。」

〔八〕［注釋音辯］《詩·泮水》。［百家注引韓醇曰］《詩》：「翩彼飛鴞，集于泮林。食我桑椹，懷我好音。」按：見《詩經·魯頌·泮水》。

〔九〕［注釋音辯］《論語》：「必世而後仁。」［百家注引孫汝聽曰］孔子曰：「如有王者，必世而後仁。」按：見《論語·子路》。

〔一〇〕［注釋音辯］《前漢·高祖紀》：「田肯曰：『齊有琅邪、即墨之饒，南有泰山之固，西有濁河之限，非親子弟，莫可王齊者。』」［韓醇詁訓］《史記》：「齊湣王時，田單爲臨淄市掾，會燕使樂毅伐破齊，湣王出奔，已而保莒城。燕師長驅平齊，而田單走安平，燕軍尋復攻安平，城壞，單遂東保即墨。時燕既盡降齊城，獨莒、即墨不下。俄，燕昭王卒，惠王與樂毅有隙，單乃縱反間於燕，數出詭計，而燕果陷其術中。單乃縱火牛，且進軍擊之，燕軍大敗，所過城邑皆畔燕而歸單，齊故七十餘城皆歸舊。」按：百家注本引孫汝聽曰作「漢高帝六年，田肯賀上曰」，下同。韓注見《史記·田單列傳》。

〔一一〕［注釋音辯］《左傳》昭公二十年：晏子曰：「祝有益也，詛亦有損。聊、攝以東，姑、尤以西，爲人也多矣。」注：「聊、攝二城，齊西界。姑、尤二水，齊東界。」［韓醇詁訓］晏子嬰也，事齊景公。會公病，期月不瘳，諸侯之賓問疾者多在齊。梁丘據與裔欵言於公曰：「吾事鬼神豐於先君，有加矣。今君疾病，爲諸侯憂，是祝史之罪也，盍誅之以辭賓？」晏子曰：「聊、攝以東，姑、尤以西，其爲人也多矣，雖其善祝，豈能勝億兆之詛？君若誅於祝史，修德而後可。」聊、攝，齊西界也。平原聊城縣東北有攝城。姑、尤，齊東界也。姑水、尤水，皆在城陽郡，東南入海。按：百家注本引孫汝聽注與韓注略同。

〔一二〕［百家注引孫汝聽曰］《左傳》襄四年：「芒芒禹跡，畫爲九州。」

〔一三〕［注釋音辯］［百家注引孫汝聽曰］《揚子》：「蕭也規，曹也隨。」按：見揚雄《法言》卷八《淵騫》。

〔一四〕［百家注引孫汝聽曰］《左氏》：楚康王曰：「宜夫子之光輔五君，以爲諸侯主。」按：見《左傳》襄公二十七年。

【集評】

陸夢龍《柳子厚集選》卷四文首評：切事。

何焯《義門讀書記》卷三七：「鼠無夜動」二句：恰分貼齊魯，所以獨工。

爲裴中丞上裴相賀破東平狀①

右，伏以逆賊李師道克就梟擒，已具中書門下狀賀訖。某忝居末屬〔一〕，特受深恩，踊躍不寧，輒復披露。竊以自古中興之主，必有命代之臣，一德同功，以叶休運。故申甫方召②，成宣王復古之勳〔二〕；吴鄧寇耿③，致光武配天之業〔三〕。此皆上下齊志，中外悉心，雖成功則多，而陳力甚易。豈若閤下挺拔英氣，邁越常流，獨契聖謨，以昌鴻業。廟略初定，異議紛然，詆訕盈朝，萋斐成市〔四〕。閤下秉心不惑，定命彌堅〔五〕，討淮右之兇④，則下車而授首〔六〕；服恒陽之虜，則馳使而革心〔七〕。況師道惡稔禍盈，鬼怨神怒，恣行悖慢，敢肆欺誣，天兵四臨，所至皆捷。次又捨其將校，許以歸還，罪止一夫，恩加百姓，豺狼感化，梟鏡懷仁〔八〕。自致誅夷，以成開泰，萬方有慶，四海無虞。遂令率土之人，盡識太平之理，盛德大業，振古莫儔。然則布政明堂，勒功東嶽，光垂後祀，輝映前王，神化允屬於聖君⑤，崇勳實歸於宗衮〔九〕。慶賀之至，倍萬恒情。

【校記】

①爲，注釋音辯本、游居敬本、《全唐文》作「代」。

②召，原作「邵」，注釋音辯本、世綵堂本同，據詁訓本、蔣之翹輯注本改。世綵堂本注：「邵，當作召。謂申伯、尹吉甫、方叔、召虎。」

③世綵堂本注：「謂吴漢、鄧禹、寇恂、耿弇。一作寇鄧耿吴。」

④右，注釋音辯本作「有」。

⑤允，原作「永」，世綵堂本同，此據注釋音辯本、詁訓本、游居敬本改。

【解題】

〔注釋音辯〕裴行立賀裴度。〔韓醇詁訓〕次《柳州賀破東平表》作。裴相公，度也。〔百家注引孫汝聽曰〕裴中丞，行立。裴相，度。按：作於元和十四年三月。

【注釋】

〔一〕〔注釋音辯〕同族屬。〔百家注引孫汝聽曰〕行立與度同族。

〔二〕［注釋音辯］申伯、尹吉甫、方叔、召虎。［韓醇詁訓］謂申伯、尹吉甫、方叔、召伯也。［百家注引孫汝聽曰］《詩·車攻》序：「宣王復古也。宣王内修政事，外攘夷狄，復文、武之境土。」

〔三〕［注釋音辯］吴漢、鄧禹、寇恂、耿弇。［韓醇詁訓］謂吴漢、鄧禹、寇恂、耿弇也。

〔四〕［注釋音辯］［百家注引孫汝聽曰］萋音妻。斐音匪。《詩》云：「萋兮斐兮，成是貝錦。」［韓醇詁訓］萋音妻，盛貌。斐，妃尾切，分別文也。按：見《詩經·小雅·巷伯》。

〔五〕［百家注引孫汝聽曰］《詩》：「訏謨定命。」按：見《詩經·大雅·抑》。

〔六〕［注釋音辯］滅吴元濟。［韓醇詁訓］淮右，謂討吴元濟。

〔七〕［注釋音辯］裴度遣柏耆説王承宗，承宗遂獻德、棣二州。［韓醇詁訓］度既平蔡，乃遣華州刺史鄭權爲横海節度使，統德、棣、滄、景等州，而王承宗不敢爲亂也。［百家注引孫汝聽曰］恒陽，謂王承宗。度在淮西，布衣柏耆以策説度曰：「元濟既擒，王承宗破膽矣。願得書往説之，可不煩兵而服。」度遣之。承宗懼，請以二子爲質，及獻德、棣二州。

〔八〕［注釋音辯］梟，堅堯切。鏡，當作獍。［百家注］梟、鏡，已見上注。

〔九〕章士釗《柳文指要》上《體要之部》卷三九：「此用謝朓誄『阽危賴宗衮』，宗衮，謝安也。此指裴度。」

【集　評】

儲欣《河東先生全集録》卷六：一氣舒卷，騁議論於聲律排偶之中，坡公表啟，濫觴於此。

爲裴中丞上裴相乞討黄賊狀①

某材質無堪，授任非次。嘗有事之日，忠懇莫施；遇成功之辰，慙憤空積。陳力之志，誓死不渝②。伏惟仁恩，終賜展效。今者中華寧謐〔一〕，異類服從，唯此南方，尚餘寇孽。伏以黄少卿等憑培塿以自固〔二〕，合莖脆以爲强〔三〕，劫脅使臣，侵暴列郡。雖狐鼠之陋，無足示威，而蜂蠆之微〔四〕，猶能害物。必資翦伐，方致和平。庶盡駑蹇之勞，以答恩榮之重。撫心踊躍，夙夜不寧，私布丹誠，敢期明鑒。無任感激屏營之至。

【校　記】

①注釋音辯本、游居敬本無「上裴相」三字。注釋音辯本注：「一本『丞』字下有『上裴相』字。」陳景雲《柳集點勘》卷三：「案『中丞』下當有『上中書門下』五字。一本『賊』之下有『上裴相』三字。」

②渝，原作「逾」，據諸本改。

【解　題】

[韓醇詁訓]次前《謝討黃少卿賊表》作。按：作於元和十四年，代裴行立上裴度作。陳景雲《柳集點勘》卷四《文安禮柳集年譜附》：「元和十三年有《裴中丞乞討黃賊》、《上裴相狀》、《爲裴中丞伐黃賊轉牒》。案桂管請討黃賊在元和十四年淄青既平之後，《上裴相狀》當繫十四年《謝討黃賊表》前，而以《轉牒》次表後。今皆誤。」

【注　釋】

〔一〕[注釋音辯]（謐）覓畢切，静也。

〔二〕[注釋音辯]童（宗説）云：培，薄口切。塿，力狗切。自關而東，小塚謂之培塿。又云：小阜也。[韓醇詁訓]培，薄口切。塿，朗口切，小塚也，又小阜也。

〔三〕[注釋音辯]潘（緯）云：莝，寸卧切，斬芻也。脆，此芮切，少耎易斷也。莝，當作「遳」，七戈切。《選》：「稟質遳脆。」《廣雅》曰：「遳亦脆也。」[韓醇詁訓][百家注引張敦頤曰]莝，寸卧切。脆，此芮切，易斷也。按：所引爲《文選》左思《魏都賦》中語。

〔四〕[注釋音辯]蠆，丑邁切。

爲桂州崔中丞上中書門下乞朝覲狀①

右，某幸遇文明，叨承委寄，理戎典郡，十有四年。瞻戀闕庭，神魂飛越。頃在邕州〔一〕，累陳誠懇，謬尸進律之寵②〔二〕，未遂執珪之願〔三〕。相公膺賢輔聖，大叙彝倫③〔四〕，中外之臣，出入更踐。某自領桂管〔五〕，又逾再周。企鸞鷺於紫霄〔六〕，獨無羽翼；仰星辰於黄道〔七〕，徒竭丹誠④。況正月會朝〔八〕，遠夷皆至，六歲來見，要服有期〔九〕。豈使班超之望長懸〔一〇〕，子牟之戀空積〔一一〕。伏乞特申微願，録受冗員，徵故事而不遺，揆夙志而斯畢。入天子之國，願附禮於小侯；拜丞相之車⑤〔一二〕，敢希榮於下客⑥。無任懇禱屏營之至，輕瀆威重，戰汗伏深。謹狀⑦。

【校　記】

①世綵堂本注：「一本作『上宰相狀』。」何焯《義門讀書記》卷三七亦云：「一本作『上宰相狀』。」

②尸，詁訓本作「施」。

③彝倫，原作「倫彝」，據諸本乙轉。

④ 世綵堂本注：「丹，一作精。」

⑤ 丞，注釋音辯本、游居敬本作「宰」。

⑥ 原注與世綵堂本注：「下，一作上。」注釋音辯本作「上」，並注：「一本上作下。」

⑦ 原注與世綵堂本注：「一本止於『下客』，無後數句。」詁訓本無「無任」以下諸字，並注曰：「一更有『無任懇禱屏營之至輕瀆威重戰汗伏深謹狀』。」

【解　題】

〔注釋音辯〕崔詠。〔韓醇詁訓〕次前卷《請朝覲表作》。中丞，崔詠也。〔百家注引孫汝聽曰〕中丞，崔詠。按：元和十年作於柳州，爲代桂管觀察使崔詠作。

【注　釋】

〔一〕〔注釋音辯〕元和五年，鄧州刺史崔詠除爲邕管經略使。〔百家注引孫汝聽曰〕元和五年八月，詠自鄧州刺史除爲邕管經略使，故云。

〔二〕〔注釋音辯〕〔韓醇詁訓〕〔百家注引孫汝聽曰〕《禮記》：「有功德於民者，加地進律。」按：見《禮記·王制》。

〔三〕〔注釋音辯〕《左傳》：「朝聘有圭。」〔韓醇詁訓〕《左傳》：「朝聘有圭。」《周禮》大宗伯之職曰：

「公執鎮圭，侯執信，伯執躬圭。」［百家注引孫汝聽曰］《詩》：「以其介圭，入覲于王。」按：所引分别見《左傳》昭公五年、《周禮·春官宗伯·大宗伯》、《詩經·大雅·韓奕》。以執圭指覲見皇帝。何焯《義門讀書記》卷三七：「執珪，用曹王語。」《三國志·魏書·陳思王曹植傳》曹植朝京都上疏有「自分黄耇無復執珪之望」之語。

〔四〕［百家注引童宗説曰］《書》：「彝倫攸叙。」按：見《尚書·洪範》。

〔五〕［注釋音辯］元和八年十二月，崔詠遷桂管，至此元和十年，凡兩周歲。［百家注］注見前卷《爲崔中丞請朝覲表》。

〔六〕鸞爲鳳類神鳥，常以喻賢俊。鷺飛有序，常以喻朝廷班次。

〔七〕［韓醇詁訓］《渾天圖》：「天有黄、赤二道。」《禮記注疏》：「日月四時游於黄道，其方不同。」按：見《禮記·月令》季夏之月。

〔八〕［韓醇詁訓］《周官》：「春見曰朝。」按：見《周禮·春官宗伯·大宗伯》。

〔九〕［注釋音辯］要，一遥切。《國語》注：「要服，六歲一見。」［韓醇詁訓］《書》：「六年，五服一朝。」《國語》：「要服者貢。」注云：「要服，六歲一見。」按：見《尚書·周官》、《國語·周語上》。陳景雲《柳集點勘》卷三：「詠元和五年由虢守除邕管，至是在嶺外整六歲矣。用古精切如此。」

〔一〇〕［注釋音辯］東漢班超上疏曰：「遠處絶域，小臣能無首丘依風之思哉！」［韓醇詁訓］《東漢·

班超傳》：「超以久在絶域，年老思歸，十二年，上疏曰：『臣聞太公封齊，五世葬周，狐死首丘，代馬依風。夫周、齊同在中土千里之間，況於遠處絶域，小臣能無首丘依風之思哉？』」云云。

〔二〕［注釋音辯］《莊子》：魏公子牟曰：「身居江湖之上，心馳魏闕之下。」［韓醇詁訓］［百家注引孫汝聽曰］《莊子》：「魏公子牟曰：『身在江海之上，心居乎魏闕之下。』」按：見《莊子·讓王》。

〔三〕［百家注引孫汝聽曰］袁盎爲吴相，告歸，道逢丞相申屠嘉，下車拜謁。按：見《漢書·爰盎傳》。

【集評】

儲欣《河東先生全集録》卷六：入妙。

爲南承嗣上中書門下乞兩河效用狀

右，伏以越敗夫差，多會稽納官之子〔一〕；趙摧栗腹，即長平死事之孤〔二〕。何者？義烈之餘，色氣猛厲，上將效於國用，下欲濟其家聲，所以憤激悽愴，常思致命者也。某先父死難睢陽〔三〕，事存簡册，累降優詔，榮及子孫。爰自繈緥，超昇品秩〔四〕，肉食廪給，未嘗暫停。頃守涪州，屬西蜀遘逆〔五〕，將致死命，以盡夙心，寢戈嘗膽〔六〕，志願未究。會刀筆之吏置以深文，首級之差，今復誰辯〔七〕？薏苡之謗，不能自明〔八〕。猶賴舊勳，謫居樂土〔九〕。食人力之粟①，守無事之官，拳拳血誠，無所陳露。伏見明制興師，討伐恒冀〔一〇〕，蕞爾小醜，尚欲逋誅。某材非古人，志慕前烈，願得身當一隊〔一一〕，效死戎行〔一二〕，竭平生之忠懇，申幽明之冤痛。撫劍心往②，發言涕零。嘗聞漢法有奮擊匈奴者，諸侯不得擁遏，又況丞相總軍國之重，定廊廟之謀，固當弘獎，無所棄捐。伏乞哀憫收撫，以成其心。無任懇迫惶恐之至。

【校　記】

① 粟，注釋音辯本作「栗」。

② 陳景雲《柳集點勘》卷三：「撫劍心往，乃用陳思王《求自試表》『撫劍東顧，心馳吴會』語。宋刻一作『心在』，非是。」

【解　題】

〔韓醇詁訓〕次前《請從軍狀》作。事詳《南府君睢陽廟碑》及《送南涪州量移澧州序》。按：作於元和四年十月。

【注釋】

〔一〕［注釋音辯］《國語・越語》：「孤子寡婦疾疹貧病者，納官其子。」注：「仕其子而教之。」［百家注引孫汝聽曰］《越語》：「孤子寡婦疾疹貧病者，納宦其子。」注云：「宦，仕也。仕其子而教之。」按：「官」當是「宦」之誤。

〔二〕［注釋音辯］《史記》：「趙武成王十五年，栗腹報燕王曰：『趙壯者皆死長平，其孤未壯，可伐也。』燕師至趙，廉頗擊殺栗腹。」［韓醇詁訓］《史記・趙奢傳》：「趙成王時，秦與趙兵相距長平，時奢已死，趙以其子括代之。已而軍敗，數十萬之衆遂降秦，秦悉阬之。燕用栗腹之謀，曰：『趙壯者盡於長平，其孤未壯。』舉兵擊趙，趙使廉頗將，大破燕軍於鄗，殺栗腹，遂圍燕。燕割五城請和，乃聽之。」［百家注引孫汝聽曰］《趙世家》：「武成王十五年，燕王喜使丞相栗腹約歡於趙，還報燕王曰：『趙壯者皆死長平，其孤未壯，可伐也。』燕師至趙，廉頗逆擊之，破殺栗腹。」

〔三〕［注釋音辯］睢，宣隹切。至德二載，尹子奇陷睢陽，害南霽雲等。［百家注引韓醇曰］至德二載十月，賊將尹子奇陷睢陽，害張巡、姚誾、南霽雲等。霽雲，承嗣之父。

〔四〕［注釋音辯］南承嗣以父死事，七歲，爲婺州別駕，賜緋魚袋。［百家注引韓醇曰］承嗣七歲爲婺州別駕，賜緋魚袋，故云。

〔五〕［注釋音辯］承嗣爲涪州刺史，會劉闢反。［百家注引孫汝聽曰］永貞元年八月，劍南西川行軍司馬劉闢自爲節度留後。

〔六〕［注釋音辯］晉劉琨枕戈待旦。又越王勾踐嘗膽。按：分別見《晉書·劉琨傳》及《史記·越世家》。

〔七〕［注釋音辯］前漢馮唐曰：「雲中守魏尚，坐上功首虜差六級，陛下下之吏削其爵。」［百家注引孫汝聽曰］馮唐對文帝曰：「雲中守魏尚，坐上功首虜差六級，陛下下之吏削其爵，罰作之。」按：見《漢書·馮唐傳》。

〔八〕［注釋音辯］馬援征交趾，餌薏苡，軍還，載之一車。後有上書譖之者，以爲前所載還，皆明珠文犀。［韓醇詁訓］《馬援傳》：「援初在交趾，常服薏苡，欲以爲種。軍還，載之車中。時人以爲南土珍怪，權貴皆望之。援時方有寵，故莫以聞。及卒，有上書譖之者，以爲前所載還，皆明珠文犀。帝怒，援妻孥懼，不敢以喪還舊塋葬。」按：見《漢書·馬援傳》。

〔九〕［注釋音辯］劉闢反，承嗣以無備，謫永州。［百家注引孫汝聽曰］時承嗣謫永州。

〔一〇〕［注釋音辯］［百家注引孫汝聽曰］元和四年十月，制：削奪成德軍節度使王承宗官爵，以左神策中尉吐突承璀爲招討處置使，往征之。

〔一一〕［百家注引孫汝聽曰］李陵曰：「臣所將屯邊者，皆荆楚勇士奇才劍客，願得自當一隊。」按：見《漢書·李陵傳》。

〔一二〕［注釋音辯］（行）胡剛切。

【集　評】

王志堅《四六法海》卷五：承嗣歷涪州刺史，劉闢叛，以無備謫永州。《越語》：「句踐棲於會稽，乃令於三軍曰：孤子寡婦疾疹貧病者，納官其子。」官，仕也。仕其子而教之，廩以食之也。

《王荆石先生批評柳文》卷一〇：激爽。

陸夢龍《柳子厚集選》卷四文首評：讀之勃然。

何焯《義門讀書記》卷三七：勝奏狀。

柳州上中書門下舉柳漢自代狀

右，伏準元和六年十月十七日敕，常參官授上後三日内舉一人以自代，便具所舉人兼狀上中書門下者。今奏請前件官自代，謹連狀。

【解　題】

［注釋音辯］元和十年。［韓醇詁訓］次前《柳州舉監察御史柳漢自代表》作。［百家注］與前《舉監察御史柳漢自代表》同作。按：陳景雲《柳集點勘》卷三疑《舉柳漢自代》表狀皆爲貞元十九年初除監察御史時作，非是。參見前篇辯證。

爲長安等縣耆壽詣相府乞奏復尊號狀①

長安等縣耆壽某乙若干人②。

右，某等伏以生長明時，游泳皇澤，鼓腹且知於帝力〔一〕，食毛敢忘於君恩〔二〕。竊見近者祥瑞所呈③，周於百郡，豐稔之報，均于四方。有以知上玄降靈，誕告嘉應，彰我君文明之化，仁育之恩。大道既行，鴻名未舉，是以殷勤昭著，如斯而不已者也。某皆陶煦純仁〔三〕，成此耇老，生既無補，死而何求。唯願上聞帝閽，復建尊號，用彰聖德，以報皇慈。披露血誠，伏守天闕，糜軀碎骨，猶生之年，謹以今日詣光順門輒進表訖④〔四〕。伏惟相公贊翊明主，共致太平，而使名號尚鬱，天人失望，草野愚鄙，切有惑焉。伏望敷奏之際，開陳其要，俾下情允達，大願克從，退就泉壤，樂而無恨。輕黷相國⑤，伏待典刑。謹狀。

【校　記】

① 注釋音辯本、游居敬本、《全唐文》無「等」字。

② 「等」原闕，據注釋音辯本、游居敬本、《全唐文》補。詁訓本無此句，注曰：「一上更有『長安縣耆

壽某乙若干人』字。」原注與世綵堂本注：「一本無上文。」

③呈，原作「陳」，據注釋音辯本、詁訓本、游居敬本等改。

④原注與世綵堂本注：「表，一作奏。」詁訓本作「奏」，並注：「奏，一作表。」

⑤相國，注釋音辯本、詁訓本、游居敬本作「國相」。

【解　題】

〔注釋音辯〕德宗時。〔韓醇詁訓〕已具三十七卷《爲京兆府請復尊號表》注。〔百家注〕注已見三十七卷《請復尊號表》。按：作於貞元十八年，時柳宗元爲藍田尉。

【注　釋】

〔一〕《後漢書·岑彭傳》附岑熙，爲魏郡太守，無爲而化，輿人歌曰：「我有枳棘，岑君伐之。我有蟊賊，岑君遏之。狗吠不驚，足下生氂。含哺鼓腹，焉知凶災。我喜我生，獨丁斯時。美矣岑君，於戲休兹。」李賢等注：「哺，食也。鼓，擊也。」

〔二〕〔注釋音辯〕《左傳》昭公七年：「食土之毛，誰非君臣。」注：「毛，草也。」按：百家注本引孫汝聽注與童注同。

〔三〕〔韓醇詁訓〕煦，火羽切，烝也。〔百家注引童宗説曰〕煦，温也，吁具切。

〔四〕《唐六典》卷七：「（紫宸）殿之南面紫宸門，左曰崇明門，右曰光順門。」

【集評】

陸夢龍《柳子厚集選》卷四文首評：文甚似長卿，恨諛耳。

何焯《義門讀書記》卷三七：此等一字不遺，有所未喻。

爲京畿父老上府尹乞奏復尊號狀

長安縣耆老某乙等若干人①。

右，某等幸以羸老，獲覩昇平，蹈舞薰風，謳歌壽域。譬之草木，何以報天，瘖瘵焦勞，不知所措。伏見聖君臨御，玄化升聞〔一〕，瑞應帀於萬方〔二〕，豐報窮於四海。神祇注意，天地傾心，覺悟生人，必有爲者②。蓋以挹損徽號，近二十年〔三〕，盛德益光，大名未復，致遠邇積慮，幽明憤懷。故自古以來，嘉瑞之至，未有如今歲之盛也。斯乃上玄深旨，下人懇誠，勤勤相符，正在於此。某等眷戀明時，朝夕是切，唯願早復大號，以契天心。庶得聖政益光，鴻化彌遠，少遂踴躍之甚。今請詣光順門進表，昧死上陳。伏以侍郎道合君臣〔四〕，惠敷黎庶，儻遂收採愚慮，致貢天庭③，俾草萊微誠，得達萬乘，非所敢望，惶懼伏深。謹狀。

【校　記】

① 詁訓本無此句。原注與世綵堂本注：「一本無上文。」

② 原注與注釋音辯本、世綵堂本注：「一本作『必將有爲』。」

③ 天，詁訓本作「大」。

【解　題】

［注釋音辯］京兆尹韋夏卿。［韓醇詁訓］狀謂「今請詣光順門進表」，當在前狀之前作。按：章士釗《柳文指要》上《體要之部》卷三九：「蓋以唐室從興元以來，近二十年罷斥尊號之絶好時機，舉朝竟無人焉主持正義，繼續罷斥，而翻以長安耆壽請復尊號之表狀，即假子厚之手草擬提出，而子厚且不得不承諾，天下事之謬妄倒顛，其孰有過於斯？」

【注　釋】

〔一〕［百家注引孫汝聽曰］《書》：「玄德升聞。」按：見《尚書·舜典》。

〔二〕〔注釋音辯〕張（敦頤）云：匝，作答切，與帀同。按：韓醇詁訓本同。

〔三〕〔百家注引孫汝聽曰〕興元元年罷去徽號。

〔四〕〔百家注引孫汝聽曰〕貞元十七年十月，以吏部侍郎韋夏卿爲京兆尹。

柳宗元集校注卷第四十

祭　文①

祭楊憑詹事文

年月〔一〕，子壻謹以清酌庶羞之奠②，昭祭于丈人之靈〔二〕。卿雲輪囷〔三〕，天漢昭回〔四〕，自然物外，寧雜塵埃？公稟閒氣〔五〕，心靈洞開，翱翔自得，誰屑群猜〔六〕？孝友忠信〔七〕，聞于九垓〔八〕，摛華發藻〔九〕，其動如雷。世榮甲科〔一〇〕，亦務顯處③，公之俊德，有而不顧。御史之選，朝之所注，公勤于養，投劾引去〔一一〕。時任方隅，威刑是務，公施其惠〔一二〕，亦莫有遲④〔一三〕。京兆之難，下多怨怒，或由以黜，瓦石盈路〔一四〕。公捍其强，仁及童孺〔一五〕，左遷而出，擁道牽慕。道峻多謗，德優見憎，煩言既詆，倚法斯繩〔一六〕。南過九疑〔一七〕，東逾秣陵〔一八〕，顛沛三載，天書乃徵。入傅王國〔一九〕，嘉聲聿興，詹事東宫，致政是膺〔二〇〕。年唯始至，道則彌勵，頡頏今古〔二一〕，優游德藝。實期濬發，再光文陛，誰謂昊天，遽兹降厲〔二二〕。嗚呼哀哉！

某以通家承德，夙奉良姻，莫成子姓，早喪淑人〔二三〕。恩禮斯重，眷撫惟新，綢繆其志，實敬實勤。迨今挈然〔二四〕，十有八祀，家缺主婦，身還萬里。謗言未明，黜伏逾紀〔二五〕，德輝間絶，音塵莫俟。歲首發函，視遠如邇，雖當沉痼，心術猶治。撫膺頓首，流泣瞪視〔二六〕，既歛而還，莫傳音旨。嚮風長慟⑤，於兹已矣。嗚呼哀哉！

承訃之始，卜兆既逾，載馳斯文，出拜路隅。哀從海滋〔二七〕，禮致皇都，寸誠相續，終歲不渝。天道悠遠，人世多虞，寄心雙表〔二八〕，長恨囚拘。嗚呼哀哉！

【校　記】

①注釋音辯本標作「祭文哭辭」，並注：「一本無『哭辭』字。」詁訓本標作「祭文哭辭一十五首」。

②原注：「孫本有『使持節柳州諸軍事守柳州刺史柳某』一十五字。」世綵堂本注同。注釋音辯本注：「一本『子婿』字下有『使持節柳州諸軍事守柳州刺史柳某』字。」

③原注與世綵堂本注：「務，一作矜。」注釋音辯本作「矜」，並注：「矜，一本作務。」游居敬本、《全唐文》亦作「矜」。

④遻，注釋音辯本作「遌」，並注：「童（宗説）云：遌，五故切，與迕同。」

⑤嚮，原作「鄉」，據注釋音辯本、游居敬本改。

【解　題】

［注釋音辯］元和十二年。［韓醇詁訓］元和十二年柳州作。公集有《亡妻弘農楊氏墓誌》，云貞元十五年卒。此文謂「某以通家承德，夙奉良姻，莫成子姓，早喪淑人，迨今挈然，十有八祀」，蓋自貞元十五年己卯至元和十二年丁酉爲十八年也。據憑傳，元和四年爲京兆尹，以御史中丞李夷簡素與憑有隙，乃劾奏其贓罪及不法事，天子以憑自尹京兆，人頗懷之，遂詔出守賀州臨賀尉。公謂「京兆之難，下多怨怒，顛沛三載」，蓋謂此耳。［百家注］孫（汝聽）曰：憑字虚受，一字嗣仁，弘農人。公娶楊凝女，爲憑從子婿。韓（醇）曰：公即憑婿也。［世綵堂］然《楊凝墓碣》曰「若宗元者，以姻舊獲愛」，若凝婿不應曰姻舊。《楊氏誌》恐誤以「憑」爲「凝」。此文元和十二年柳州作。按：諸家所定此文作年甚是。柳宗元即楊憑之婿。

【注　釋】

〔一〕［百家注引韓醇曰］元和十二年。

〔二〕［注釋音辯］宗元娶憑弟楊凝女，爲憑之從子婿。或云即憑之婿也。

〔三〕［注釋音辯］「卿」即「慶」字。囷，區倫切。［韓醇詁訓］《西京雜記》：「慶雲或曰卿雲。」［百家注引孫汝聽曰］《史記·天官書》：「郁郁紛紛，蕭索輪囷，是謂慶雲。」慶雲即卿雲，蓋五色雲也。

〔四〕［韓醇詁訓］《詩》：「倬彼雲漢，昭回於天。」按：百家注本引韓醇注尚曰：「昭回，明也。」見《詩經·大雅·雲漢》。

〔五〕［注釋音辯］閒，居見切。［韓醇詁訓］閒，居莧切。［蔣之翹輯注］《春秋演孔圖》：「正氣爲帝，閒氣爲臣。」

〔六〕［百家注引童宗説曰］屑，顧也。

〔七〕［百家注引孫汝聽曰］憑工文詞，尚氣節，與母弟凝、凌相友愛。

〔八〕［注釋音辯］（晐）音該。［百家注引孫汝聽曰］《楚辭》：「天子之田九晐。」注云：「九州之内，有晐數也。」「晐」字與「垓」同。［世綵堂］垓，重也。天有九重。

〔九〕［韓醇詁訓］摛，抽知切，又音離，《説文》「張也」。

〔一〇〕［注釋音辯］［百家注引孫汝聽曰］大曆九年，憑舉進士甲科。

〔一一〕［注釋音辯］［百家注引孫汝聽曰］憑累事節度府，召爲監察御史，不樂檢束，輒自免去。

〔一二〕［百家注引孫汝聽曰］貞元十八年九月，自太常少卿出爲湖南觀察使。永貞元年十月，遷江西。

〔一三〕［韓醇詁訓］（遻）五故切，與「迕」同。［百家注引童宗説曰］遻，遇也，五故切，與「迕」字同。

〔一四〕［注釋音辯］貞元中，京兆尹李實貶通州長史，市里歡呼，皆袖瓦礫遮道伺之，實由間道獲免。

按：百家注本引孫汝聽注作「貞元二十一年二月」。

〔一五〕［注釋音辯］［百家注引孫汝聽曰］元和四年，憑自江西入爲京兆尹。

〔一六〕〔注釋音辯〕憑與御史中丞李夷簡素有隙，夷簡劾憑江西奸贓及他不法，詔即臺參訊，夷簡痛擿發，欲詆以死。憲宗以憑治京兆有績，但貶賀州臨賀尉。〔百家注〕韓（醇）曰：《書》：「無倚法以削。」孫（汝聽）曰：《左氏》：「嘖有煩言。」憑與御史中丞李夷簡素有隙，是歲（元和四年）七月，夷簡劾憑江西姦贓及它不法，詔刑部尚書李鄘、大理卿趙昌即臺參訊。時憑治第永寧里，功役叢煩，又幽妓妾於永樂別舍，謗議頗讙，故夷簡藉之痛擿發，欲抵以死。既置對，未得狀，即逮捕故官屬推攝，簿憑家貲。翰林學士李絳奏：「憑所坐贓，不當同逆人法。」乃止。憲宗以憑治京兆有績，丁卯，但貶賀州臨賀尉。按：韓引見《尚書·君陳》，孫引見《左傳》定公四年。

〔一七〕〔注釋音辯〕山名。謂謫臨賀時。〔百家注引孫汝聽曰〕九疑，山名，在永州界。謂謫臨賀。

〔一八〕〔注釋音辯〕秣陵，江寧，今建康也。謂自臨賀徙杭州長史。〔百家注引孫汝聽曰〕秣陵，江寧。謂自臨賀徙杭州長史也。

〔一九〕〔注釋音辯〕〔百家注引孫汝聽曰〕自杭州召入爲王傅。

〔二〇〕〔注釋音辯〕〔百家注引孫汝聽曰〕自王傅徙太子詹事。

〔二一〕〔注釋音辯〕童（宗説）云：頡，奚結切。頏音杭，又音剛，與「亢」同。飛而上曰頡，飛而下曰頏。〔韓醇詁訓〕頡，奚結切。頏音抗，又音岡。飛而上曰頡，飛而下曰頏。

〔二二〕〔蔣之翹輯注〕厲，惡也。《詩》：「降此大厲。」按：見《詩經·大雅·瞻卬》。

〔二三〕〔注釋音辯〕貞元十五年，子厚妻楊氏卒，年二十二。無子。〔蔣之翹輯注〕《史記·外戚世家》：「或不能成子姓。」此謂子厚妻楊氏無子，故云。按：百家注本引孫汝聽曰楊氏卒爲「貞元十五年八月一日」。

〔二四〕章士釗《柳文指要》上《體要之部》卷四〇：「挈然，疑與孑然通用。」

〔二五〕［百家注引王儔補注］十二年曰紀。按：陳景雲《柳集點勘》卷三：「永貞元年子厚謫永，至是凡十三年，故曰『黜伏逾紀』。」

〔二六〕［注釋音辯］童（宗説）云：瞪，丈證切，直視。潘（緯）云：真耕切。［韓醇詁訓］瞪，澄應切，直視貌。按：百家注本引作張敦頤曰。

〔二七〕［注釋音辯］［韓醇詁訓］（滋）視裔切。

〔二八〕［注釋音辯］［百家注引孫汝聽曰］表，謂墓闕。

【集　評】

《王荆石先生批評柳文》卷一〇：起冠冕。

祭穆質給事文①

昭祭于給事五丈之靈。自古直道，鮮不顛危，禍之重輕，則繫盛衰。矯矯明靈，克丁聖時②，形軀獲宥，三黜無虧〔一一〕。賢良發策，始振其儀，天子動容，敬我直辭〔二〕。載之策府，命以諫司〔三〕，抗姦替否，與正爲期。奏書百上，知無不爲，誰謂劉賈〔四〕，英風莫追。給事黄門，奉職樞機，封還付外，動獲其宜〔五〕。無曠爾位，惟公在斯。達道之行，實惟交友，患難相死，其廢自久③。公實毅然，誓均悔咎，挺身立氣，不改其守。黜刺南荒，義言盈口〔六〕，封章致命，志期殞首。邈矣高標，誰嗣于後？王命南下，郡符東剖〔七〕，流滯湮淪，殲此遐壽。嗚呼哀哉！

公之伯仲，信惟先執④〔八〕，感激之風，道同義立。中司守直，奸權是襲，致之徽纆〔九〕，誣以賄入。瑣瑣其徒，榜訊愈急〔一〇〕，詔下三司，議于洛邑。噫我先君，邦憲是輯〔一一〕，平反群枉，大迕三揖⑤〔一二〕。危法旋加，譖言俄及，左宦夔國⑥〔一三〕，義夫掩泣。邪臣既黜，乃進其級〔一四〕，端于庶僚，直聲允集。虔虔小子，夙奉遺則，公在郎位，再罹擯抑〔一五〕。時忝憲司，竊分枉直，抗詞犯長，有志無力。惟韓洎劉〔一六〕，同憤霑臆，道之不行，銜媿罔極。公在左掖，議登秋官〔一七〕，先定于志，將發其難。決白無狀，以申禍端，秉心撰詞，義不可干〔一八〕。會逢友累〔一九〕，曾莫自安，感于褚中〔二〇〕，有涕汍瀾〔二一〕。嗚呼哀哉！

壽宫久翳，狼荒萬里，禮不可違，誠不可弭。抽哀洩憤，舒文致美，願遡海風，以窮洛涘。清明如在，神鑒何已，嗚呼格思，以慰勤止。

【校　記】

①注釋音辯本、詁訓本注：「一本作『祭穆撫州文』。」

②世綵堂本注：「丁，一作生。」

③自，《全唐文》作「日」。何焯《義門讀書記》卷三七：「『自』作『日』。」

④惟，詁訓本作「爲」。

⑤迕，注釋音辯本、詁訓本作「忤」。

⑥宦，原作「官」，據注釋音辯本、詁訓本改。

【解　題】

［韓醇詁訓］據傳：質舉賢良方正，累擢至給事中，元和四年坐與楊憑善，出爲開州刺史，卒。然此文謂「黜刺南方，義言盈口」，又云「王命南下，郡符東剖，留滯湮淪，殲此遐壽」，必是自開移撫，未行而卒也。公謂「欲遡海風，以窮洛涘」，文蓋柳州作，豈質元和十二三年間方自開遷撫故耶？所謂「公之伯仲，信爲先執」，蓋穆贊、穆質、穆員、穆賞，皆見於《先友碑陰記》云。［百家注引孫汝聽曰］質，河内人。祕書監寧之子。按：《舊唐書·穆質傳》：「（元和）五年，坐與楊憑善，出爲開州刺史。未幾卒。」未言刺撫州事。林寶《元和姓纂》卷一〇河南穆氏：「質，給事中，撫州刺史。」穆質當任爲撫州刺史。陳景雲《柳集點勘》卷三：「此文無年月可考，案馬總以元和八年除廣南帥，有薦質自代

狀，其殁必在子厚剌柳後，故有『狼荒萬里』及『顛溯海風』語。穆氏祖墓在洛之屬邑偃師首陽山，給事蓋返葬於此，故曰洛涘。」陳考是。穆質卒當在元和十年，亦即此文作年。李肇《唐國史補》卷中：「貞元中，楊氏、穆氏兄弟，人物氣概不相上下。或言楊氏兄弟賓客皆同，穆氏兄弟賓客各殊，以此爲優劣。」又：「穆氏兄弟四人：贊、質、員、賞。時人謂贊俗而有格，爲酪；質美而多入，爲酥；員爲醍醐，言粹而少用；賞爲乳腐，言最凡固也。」

【注釋】

〔一〕［百家注引韓醇曰］《論語》：「孔子曰：『直道而事人，焉往而不三黜？』」按：見《論語·微子》。

〔二〕［注釋音辯］貞元元年，德宗策賢良，問以天旱，穆質對言：「兩漢故事，三公當免，卜式著議，弘羊可烹。」德宗喜之。［百家注引孫汝聽曰］貞元元年九月，德宗策賢良方正能言極諫科，問以天旱，質言：「兩漢故事，三公當免，卜式著議，弘羊可烹。」德宗深嘉之，擢第三等。

〔三〕［注釋音辯］［百家注引孫汝聽曰］穆質以制策，自畿尉遷左補闕。

〔四〕［注釋音辯］［百家注引王儔補注］劉向、賈誼。

〔五〕［注釋音辯］質累遷給事中，政事得失，未嘗不盡言。［百家注引孫汝聽曰］元和初，鹽鐵、轉運諸院擅繫囚，笞掠嚴楚，人多死。質奏請與州縣參決，自是不冤。王承宗反，用内官吐突承璀爲招討使，四年十月，質與度支使李元素極言其不可。明日，削承璀四道兵馬使，帝頗不悦，以質爲太子左庶子。

〔六〕〔注釋音辯〕〔百家注引韓醇曰〕元和四年七月，京兆尹楊憑貶臨賀尉，質坐與憑善，貶開州刺史。

〔七〕〔注釋音辯〕或云自開州移撫州，未及行而卒耳。〔百家注〕見題注。按：穆質已至撫州刺史任，見解題。

〔八〕〔注釋音辯〕《記·曲禮》云：「見父之執。」執，友也。穆贊、穆質、穆員、穆賞，並祕書監穆寧之子，見子厚《先友碑陰記》。

〔九〕〔韓醇詁訓〕（纆）音墨，索也。《易》：「繫用徽纆。」按：百家注本引童宗説注與韓注略同。

〔一〇〕〔注釋音辯〕榜，薄庚切，箠也。穆贊擢侍御史，鞫盧岳妻分財事，持平不阿，中丞盧佋與宰相竇參誣贊受金，捕送獄，侍御史杜倫希其意，鍛鍊甚急。〔韓醇詁訓〕搒音彭，笞擊也。瑣瑣其徒，謂楊瑗、胡珦、韋顗用意推鞫之。〔百家注引孫汝聽曰〕贊字相明，累擢侍御史，分司東都。陝虢觀察使盧岳妻分財不及妾子，妾訴之，贊鞫其事。御史中丞盧佋欲重妾罪，贊持平不許，佋與宰相竇參共誣贊受金，捕送獄。侍御史杜倫希其意，鍛鍊甚急。榜音彭，訊音信。

〔一一〕〔注釋音辯〕同上。贊弟賞詣闕撾登聞鼓訟冤，詔三司使柳鎮、李覬、楊瑀覆治，無之。猶出爲郴州刺史，鎮亦坐貶夔州司馬。按：百家注本引孫汝聽注同。

〔一二〕［注釋音辯］反，字袁切。《漢書》「平反」注：「幡罪人辭，使從輕也。」忤，五故切。《左傳》哀公二年：「三揖在下。」注：「三揖，卿、大夫、士。」［百家注引孫汝聽曰］三揖，三公也。按：見《左傳》襄公三年。

〔一三〕［注釋音辯］謂子厚之父坐貶夔州司馬。《前漢》：「謀左官之律。」注：「仕於諸侯曰左官。」按：見《漢書·諸侯王表》。

〔一四〕［注釋音辯］［百家注引孫汝聽曰］貞元八年，竇參貶，乃召質爲刑部郎中。按：陳景雲《柳集點勘》卷三：「案『質』當作『贄』，質之兄也。且此注亦非進級，乃對上左官言之，謂先侍御自竇參既貶，從夔州召還，由殿中遷侍御也。『端於庶僚』四句，皆申言侍御立朝風節。自『公在郎位』至『銜媿罔極』，乃謂給事官郎署時坐累遠貶，己爲御史，不能如先人之抗章平反，爲有忝遺則耳。諦觀下文，舊注之昧於文義自見。」

〔一五〕［韓醇詁訓］［百家注引張敦頤曰］擯，必刃切，斥也。

〔一六〕［注釋音辯］監察御史韓泰、劉禹錫。［韓醇詁訓］謂韓泰、劉禹錫也。

〔一七〕陳景雲《柳集點勘》卷三：「案左掖謂官給事也。唐時稱門下省爲東省，亦曰左掖，給事屬門下，故云爾。『議登秋官』以下，言己身竄惡地，名在刑書，給事特有意建議爲之湔洗，適亦坐累左遷，未酬其志。然仰荷高義，與已脱謫籍同，故曰『感于褚中，有涕汍瀾』也。」

〔一八〕［百家注引孫汝聽曰］謂將白公之枉。

〔一九〕［注釋音辯］累，力僞切。謂坐與楊憑善而坐貶謫。按：百家注本引作張敦頤曰。

〔二〇〕［注釋音辯］褚，中吕切。《左傳》成公三年：「荀罃之在楚也，鄭賈人有將寘諸褚中以出，既謀之，未行，而楚人歸之。賈人如晉，荀罃善視之，如實出己。」［韓醇詁訓］褚，展吕切，絮裝衣也。

〔二一〕［注釋音辯］潘（緯）云：汍，胡官切。瀾，落官切。《選》「涕垂睫而汍瀾」，注：「涕泣闌干。」按：見《文選》陸機《弔魏武帝文》。

【集評】

儲欣《河東先生全集録》卷六：穆氏兄弟，古之遺直。序兩姓交情，亦可感。

何焯《義門讀書記》卷三七：起四句，涵蓋穆之兄弟及其先公與子厚所遭言之。

祭吕衡州温文①

維元和六年歲次辛卯，九月癸巳朔某日②，友人守永州司馬員外置同正員柳宗元，謹遺書吏同曹〔一〕、家人襄兒，奉清酌庶羞之奠③，敬祭于吕八兄化光之靈。嗚呼天乎，君子何厲〔二〕？天實仇之〔三〕。生人何罪？天實讎之。聰明正直，行爲君子，天則必速其死。道德仁義，志存生人，天則必夭其身。吾固知蒼蒼之無信④〔四〕，莫莫之無神⑤，今於化光之殁，怨逾深而毒逾甚⑥，故復呼天以云云。

天乎痛哉！堯舜之道，至大以簡。仲尼之文，至幽以默。千載紛争，或失或得，倬乎吾兄，獨取其直⑦。貫于化始，與道咸極。推而下之，法度不忒，旁而肆之，中和允塞⑧。道大藝備，斯爲全德〔五〕。而官止刺一州〔六〕，年不逾四十⑨，佐王之志，没而不立，豈非修正直以召災⑩，好仁義以速咎者耶？宗元幼雖好學⑪，晚未聞道⑫，洎乎獲友君子，乃知適於中庸⑬，削去邪雜，顯陳直正⑭，而爲道不謬，兄實使然⑮。嗚呼！積乎中不必施於外，裕乎古不必諧於今，二事相期⑯，從古至少，至於化光，最爲大甚。理行第一〔七〕，尚非所長，文章過人，略而不有，夙志所蓄⑰，巍然可知。貪愚皆貴，險很皆老，則化光之夭厄，反不榮歟？所慟者志不得行，功不得施⑱，蚩蚩之民⑲，不被化光之德；庸庸之俗，不知化光之心。斯言一出⑳，内若焚裂，海内甚廣，知音幾人㉑？自友朋彫喪，志業殆絶，唯望化光，伸其宏略㉒，震耀昌大，興行於時㉓，使斯人徒㉔，知我所立。今復往矣，吾道息矣㉕！雖其存者㉖，志亦死矣！臨江大哭，萬事已矣〔八〕！窮天之英㉗，貫古之識，一朝去此，終復何適㉘？

嗚呼化光，今復何爲乎㉙？止乎行乎？昧乎明乎？豈蕩而爲太空，與化無窮乎？將結而爲光耀，以助臨照乎㉚？豈爲雨爲露以澤下土乎？將爲雷爲霆以泄怨怒乎？豈爲鳳爲麟、爲景星爲卿雲〔九〕，以寓其神乎？將爲金爲錫、爲圭爲璧，以栖其魄乎？豈復爲賢人以續其志乎？將奮爲神明以遂其義乎㉛？不然，是昭昭者其得已乎？其不得已乎？抑有知乎？其無知乎？彼且有知，其可使吾知之乎？幽明茫然，一慟腸絶㉜。嗚呼化光，庶或聽之㉝。

【校記】

①《英華》題作「祭吕郎中文」，《文粹》題作「祀吕衡州化光文」。

②九月癸巳，《文粹》作「八月癸亥」，且無「某日」二字。

③奉，《英華》作「以」。

④信，《英華》作「知」。

⑤莫莫，《英華》作「寞寞」，《文粹》、《全唐文》作「漠漠」。蔣之翹輯注本：「莫莫，與『漠漠』同。」

⑥怨，《文粹》、《全唐文》作「悲」。二「逾」字，《英華》作「愈」。

⑦直，《英華》作「真」。

⑧允，原作「永」，據諸本改。《尚書·舜典》有「温恭允塞」之句，作「允」是。

⑨四，《英華》作「肆」，《文粹》作「五」。

⑩世綵堂本注：「修，一作循」。

⑪ 幼，《英華》作「少」。

⑫ 此句《文粹》作「未聞其道」。

⑬ 適，《英華》作「識」。

⑭ 陳，《英華》作「彰」。

⑮ 兄實，《英華》作「吾兄」。

⑯ 期，注釋音辯本、游居敬本及《文粹》作「勘」，《英華》、《全唐文》作「兼」。注釋音辯本注：「一本『勘』作『期』字。」何焯《義門讀書記》卷三七：「『期』作『勘』。」

⑰ 夙，原作「素」，據諸本改。二字可通用。蓄，《英華》作「著」。

⑱ 注釋音辯本、游居敬本無「行功不得」四字。

⑲ 民，《文粹》作「甿」。

⑳ 斯，《英華》作「此」。

㉑ 音，《英華》作「者」。

㉒ 伸，詁訓本作「神」。

㉓ 興，《英華》作「與」。

㉔ 原注與世綵堂本注：「一無『徒』字。」此句《英華》作「德使斯人」。

㉕ 息，《英華》作「窮」。

㉖存，《英華》作「大」。
㉗英，《文粹》作「學」。
㉘此，《英華》作「矣」，「終」作「又」。
㉙《英華》重「化光」二字，無「復」字。
㉚上二句「而」原闕，據注釋音辯本、詁訓本及《英華》、《文粹》等補。臨照，《英華》作「照臨」。
㉛神明，注釋音辯本、詁訓本及《英華》作「明神」。
㉜暘，《文粹》作「長」。
㉝或，《文粹》作「幾」。《英華》「聽之」下尚有「尚饗」二字。

【解　題】

〔注釋音辯〕吕温字化光，一字和叔。〔韓醇詁訓〕作之年月具本篇。温之生平，公嘗爲《衡州刺史東平吕君誄》極所稱道，蓋不獨於此文見之也。按：此文作於元和六年，文中已明載。

【注　釋】

〔一〕〔注釋音辯〕書吏姓名。〔百家注引孫汝聽曰〕同曹，人名，爲書吏。
〔二〕〔百家注引童宗説曰〕厲，惡也。

〔三〕［蔣之翹輯注］仇音求。

〔四〕［百家注引孫汝聽曰］《莊子》：「天之蒼蒼，其正色耶？」按：見《莊子·逍遥遊》。

〔五〕［百家注引孫汝聽曰］温從陸質治《春秋》、梁肅爲文章，勇於藝能，咸有所祖。

〔六〕［百家注引孫汝聽曰］元和三年十月，貶温均州刺史。議者不厭，再貶道州刺史。五年，移守衡州。

〔七〕［百家注引孫汝聽曰］温在衡州，治有善狀。［蔣之翹輯注］理行，本作「治行」，避諱也。

〔八〕［百家注引孫汝聽曰］（元和）六年八月，温卒於衡州。十月二十四日，藁葬江陵。

〔九〕［注釋音辯］卿，即「慶」字。

【集評】

吴子良《荆溪林下偶談》卷一：柳子厚《祭吕衡州文》云……後秦少游《弔鎛鍾文》全倣此……然子厚又倣《楚辭·卜居》篇耳。

《王荆石先生批評柳文》卷一〇：感慨悲呼，淋漓涕泗，百發不暇止。

陸夢龍《柳子厚集選》卷四：淋漓楮墨。

蔣之翹輯注《柳河東集》卷四〇：懷形於辭意之表，整而不整，亂而不亂，纏綿悃惻，《離騷》似之。

張伯行《唐宋八大家文鈔》卷四：悼痛之辭，不覺近乎憤懟矣。其文之激楚飛動，足以達情而宣志，是才人本色。

儲欣《河東先生全集録》卷六：末出入《莊》、《騷》。

何焯《義門讀書記》卷三七：「豈爲鳳爲麟」二句：柳子亦自道云爾。寓其神，棲其魄，則今所傳之文章也。

焦循批《柳文》卷二一：此柳子祭文之變格，然氣完神肅，終非亂頭粗服可比。

林紓《韓柳文研究法·柳文研究法》：《祭吕衡州文》至沈痛。以子厚與之同貶，物傷其類故耳。一矢口即咎天，其曰「聰明正直，行爲君子，天則必速其死。道德仁義，志存生人，天則必夭其身。吾固知蒼蒼之無信，莫莫之無神，今於化光之殁，怨逾深而毒逾甚，故復呼天以云云」，詞之激切，似非明者之言。蓋子厚《天説》中已斥言天之無知，又因衡州之早死，乃益憤戾，遂至口不擇言。試問：八司馬不附王叔文，天又將如之何？實則叔文與伾，到底有罪無罪，雖以子厚之善辯，而亦不敢言其無罪。因罪人而至於流貶以死，將怨人乎？將怨天耶？鄙意文人多自負，又多護前，往往不自知己之短，似能文以占人間之勝地，即有小過，亦當爲己原諒，一經取戾，即大發牢騷，此通病也。子厚深信衡州之道德文章，似不應收局如是。就文論文，就其交情論交情，亦自成其氣幹。其曰「道大藝備，斯爲全德」，期許衡州，不無太過。然不如此説成，則下文「官止刺一州，年不逾四十」，亦不見其沈痛。又言己聞道咸賴化光，則朋友切磋之感，固應有此一副眼淚。「所慟者志不得行，功不得施」，及「朋友凋喪，志業殆絶」語，此非專哭衡州之言，是子厚欲從流謫之後，洗宥前眚，恢復其初志意，託痛哭衡州之文，一傾吐之耳。至云道息志死，似衡州之亡，而己之願力，亦與之俱亡，此所以宜哭也。末幅將衡州死後精靈，遶入空中摹繪，音長而韻哀，是謫宦傷逝之情懷，文人不平之騷怨。

祭李中丞文

維貞元二十年歲次甲申，五月某朔〔一〕，二十二日，故吏儒林郎守侍御史王播、將仕郎守殿中侍御史穆贇①、奉議郎行殿中侍御史馮遐〔二〕、承奉郎守監察御史韓泰〔三〕、宣德郎行監察御史范傳正〔四〕、文林郎守監察御史劉禹錫、承務郎監察御史裏行柳宗元、承務郎監察御史裏行李程等〔五〕，謹以清酌之奠，敬祭于故中丞贈刑部侍郎李公之靈。

惟公堅貞守道，潔廉成德，當官秉彝，卓爾孤直。高節外峻，純誠内植，臨事不回，執心無惑。矯矯勁質②，擢於天枝〔六〕，式是邦族，粲其羽儀。發跡内史〔七〕，參其軍事，自下劘上③〔八〕，直詞屢至。于後受邑，歷撫疲人，公去逾久，人滋詠呻〔九〕。復從京邑，辟署司録，振其綱條，端我甸服〔一〇〕。黠吏屏氣，貪官窒慾〔一一〕。赫赫有命，登于王庭，邦賦以修，國用是經。實抗其長，以奉準程〔一二〕，校其簿書，無失奇贏〔一三〕。進爲正郎，勾會是專〔一四〕。乃刺于商，虎節登山〔一五〕，化埆爲沃〔一六〕，致夷於艱。道途謳歌，有詔徵還。丞我御史〔一七〕，執其憲矩，糾逖之志〔一八〕，直清是舉。慎擇寮吏，必薪之楚〔一九〕。終始七載，不忘祇勤，事無觀瞻，道有屈伸。皂囊密啟〔二〇〕，忠懇屢陳。令望逾重，名卿是屬，拖紳遽聞〔二一〕，卷衣已復〔二二〕。禮備賵贈④〔二三〕，恩加命服，窀穸有時〔二四〕，歲月逾蹷。

播等猥備官屬，況當薦延，承其規模，奉以周旋。近或逾月，遠則累年，咸承至公，官守獲全。故事盡在，遺風藹然，俯仰庭除，顧慕潺湲〔二五〕。致誠一觴，拜訣堂筵。嗚呼哀哉！

【校記】

①贊，注釋音辯本注：「當作『質』字。」百家注本引孫汝聽注及世綵堂本注：「穆質，誤作『贊』字。」陳景雲《柳集點勘》卷三云：「案穆贊貞元八年登進士第，見《唐科名記》。穆質乃子厚先友，當柳子官御史，質方爲省郎，非同僚也。有《祭穆給事文》可以參證。」《竇氏聯珠集》卷四有竇庠《太原送穆贊南遊》詩。

②質，原作「節」，據注釋音辯本、游居敬本、世綵堂本、蔣之翹輯注本及《全唐文》改。注釋音辯本注：「一本『質』作『節』字。」世綵堂本注：「一本作節。」

③上，原作「下」；下，原作「上」，據諸本改。

④ 賵贈，詁訓本作「贈賵」。注釋音辯本注：「潘本『贈』作『賻』。賵，芳鳳切。賻，符遇切。《公羊》曰：『車馬曰賵，貨財曰賻。』注：『皆助生送死之禮。』」世綵堂本注：「一作賻。」

【解　題】

［注釋音辯］御史官屬共祭。［韓醇詁訓］中丞名字未詳。文謂「始終七載，不忘祇勤」，當是貞元十四年已拜御史中丞也。作之年月具本篇。按：陳景雲《柳集點勘》卷三：「中丞名汶，出宗室大鄭王房之裔，故曰『發自天枝』。唐制：三院御史有缺，大夫及中丞舉之。貞元之季，御史臺久不除大夫，臺事實中丞專掌。王播以汶薦，由盩厔除監察御史。則自播以下諸人入臺，皆出其薦可知。故曰『猥備官屬，況當薦延』也。」陳考是。《新唐書·王播傳》：「補盩厔尉。以善治獄，御史中丞李汶薦爲監察御史。」李肇《唐國史補》卷上：「李汶爲商州刺史，渭南尉張弘毅過商州，汶意謂必來干我以請餽食，須臾吏報弘毅發去矣。汶曰：『未嘗有也。』及拜御史中丞，首請爲監察御史，於是弘毅有時望。」此文作於貞元二十年。

【注　釋】

〔一〕［百家注引孫汝聽曰］五月甲戌朔。

〔二〕何焯《義門讀書記》卷三七：「王播等八人者，惟馮邈無聞焉，可謂極一時之妙選矣。所云『慎擇寮吏，必薪之楚』者，真無愧詞，惜乎失其名也。」

〔三〕［百家注引孫汝聽曰］（韓）泰字安平。

〔四〕［百家注引孫汝聽曰］（范）傳正字西老，貞元十年舉進士。

〔五〕［百家注引孫汝聽曰］（李）程字表臣。

〔六〕［百家注引孫汝聽曰］中丞，宗室。

〔七〕［注釋音辯］［百家注引孫汝聽曰］古内史地，今鳳翔府。按：陳景雲《柳集點勘》卷三：「案鳳翔乃漢右扶風地，秦之内史則漢、唐京兆也。『發跡』二句言中丞始爲京兆從事，下云『復從京邑，辟署司録』，蓋自府從事出爲畿令，入爲府掾首耳。」

〔八〕［注釋音辯］潘（緯）云：劘，眉披切。《前漢》「賈山自下劘上」，注「厲也」。［百家注引孫汝聽曰］《漢書贊》：「賈山自下劘上。」孟康曰：「劘，謂剴切之也。」劘音磨。按：見《漢書·賈鄒枚路傳贊》。

〔九〕［百家注引童宗説曰］詠呻，歌詠。

〔一〇〕［百家注引張敦頤曰］甸服，謂畿甸也。

〔一一〕［注釋音辯］屏，必郢切。［百家注引劉崧曰］《易》：「君子以懲忿窒慾。」

〔一二〕［百家注引童宗説曰］準程，法令。

〔一三〕［注釋音辯］奇音羈，羸音盈，謂殘餘物也。［韓醇詁訓］奇音羈，與畸同，《説文》「殘田也」。羸音盈，《説文》「有餘賈利也」。

〔一四〕〔注釋音辯〕勾，古侯、古族二切。會，古外切，計也。〔韓醇詁訓〕會，古外切，總合也。按：百家注本引作童宗説曰。

〔一五〕〔注釋音辯〕〔百家注引孫汝聽曰〕出爲商州刺史。〔韓醇詁訓〕《周官·小行人》：「建天子之六節，山國用虎節。」按：見《周禮·秋官司寇·小行人》。

〔一六〕〔注釋音辯〕童（宗説）云：塉音籍，薄土也。磽确爲塉。〔韓醇詁訓〕塉音籍，薄土也。按：百家注本引作張敦頤曰。

〔一七〕〔百家注引孫汝聽曰〕自商州召爲御史中丞。

〔一八〕〔韓醇詁訓〕逖音迪。〔百家注〕又音惕。

〔一九〕〔注釋音辯〕〔百家注引孫汝聽曰〕《毛詩》：「翹翹錯薪，言刈其楚。」注：「楚，雜薪之中，尤翹翹者。」按：見《詩經·周南·漢廣》。

〔二〇〕〔韓醇詁訓〕見上「屢皂其囊」注。〔蔣之翹輯注〕《漢官儀》：「凡章奏，言密事用皂囊。」已見九卷《吕温誄》。

〔二一〕〔注釋音辯〕〔韓醇詁訓〕拖，徒可切，引也。《論語》云：「疾，君視之，東首，加朝服拖紳。」按：見《論語·鄉黨》。

〔二二〕〔注釋音辯〕卷與捲同。復，始死之招魂也。《禮記·喪大記》曰：「復者，皆升自東榮，中屋履危，北面三號，捲衣投於前。」［韓醇詁訓］復，招魂復魂也。朝服，大夫以玄赬，世婦以襢衣，士爵弁，士妻以稅衣，皆升自東榮，中屋履危，北面三號，卷衣投於前。按：百家注本引孫汝聽曰與韓注略同。

〔二三〕［百家注引王儔補注］隱元年《穀梁傳》：「乘馬曰賵。」賵，方鳳切。按：陳景雲《柳集點勘》卷三：「禮備賵贈，贈謂贈刑部侍郎。一作『賻』，非。」

〔二四〕［注釋音辯］窀，之倫切，厚也。穸音夕，夜也。《左傳》：「窀穸之事。」注：「猶長夜也。」［韓醇詁訓］窀，株倫切。穸音夕。按：見《左傳》襄公十三年。

〔二五〕［韓醇詁訓］潺，鉏山切。湲，胡鰥切。

【集評】

《王荆石先生批評柳文》卷一〇：合詞陳美，僅而不俗。

焦循批《柳文》卷二一：應酬之作，不苟如是。

爲韋京兆祭杜河中文

維年月日甲子，京兆尹韋夏卿謹以清酌之奠〔一〕，敬祭于故河中節度贈禮部尚書杜公之靈〔二〕。自古謀帥，恒在諸儒，晉登郤縠①，亦以《詩》、《書》〔三〕。爰及近代，二柄殊途，授鉞之臣，率由武夫。時惟明靈，道冠學徒，天子有命，總其戎車。何以邦之？維絳及蒲〔四〕，有山有河，殿此大都〔五〕。焜燿昌時〔六〕，振宣後學，命服之盛，光于列岳。謂保豐福，永縻王爵，壽如何期，神不可度〔七〕。嗚呼哀哉！

大曆之歲，詔徵茂才，時忝同道②，俱起草萊〔八〕。懷策既陳，綸言焕開，考第居甲，自天昭回。分命邦畿〔九〕，步武獲陪，同志爲友，星霜屢迴。長我十年，禮宜兄事〔一〇〕，周游歡洽，莫不如志。于後多幸，謬列周行〔一一〕，又同制書，並命文昌。及余稍遷，吏部爲郎，公屬中兵，此焉分行〔一二〕。再獲聯事，東西相望〔一三〕，出處同道，樂惟其常③。後余出刺，九載南服〔一四〕，公自左輔，遂膺推轂〔一五〕。我勤魏闕④，爰總九流〔一六〕，誰謂河廣？顒言莫由〔一七〕。烹魚之問，往復相疇〔一八〕，惠好斯厚，惟以綢繆〔一九〕。余弟宗卿，獲庇仁宇⑤，命佐廉問，忘其愚魯〔二〇〕。假以羽翼，俾之騫翥⑥〔二一〕，惠文峩峩〔二二〕，赤紱在股〔二三〕，榮映斯極，從容何補？承慶惟深，報恩無所〔二四〕。嗚呼哀哉！

天子震悼，哀我良臣，密印追贈，尚書禮殷〔二五〕。四方興嗟，況此故人，循念平昔，徘徊悲辛。卜葬斯及，禮儀畢陳，敬薦行潦〔二六〕，洩哀兹辰。嗚呼哀哉！

【校記】

① 郤，原作「郄」，注釋音辯本同，可通用。

② 原注與注釋音辯本、詁訓本、世綵堂本注：「（道）一作科。」

③ 世綵堂本注：「惟，一作謹。」

④ 世綵堂本注：「勤，一作覲。」

⑤ 庇，原作「芘」，據注釋音辯本、詁訓本改。

⑥ 鶱，原作「騫」，諸本同，據《文選》張衡《西京賦》「鳳鶱翥於甍標」改。

【解題】

［注釋音辯］韋夏卿祭杜確。［韓醇詁訓］杜河中，確也。德宗貞元十四年九月，以太常卿爲同州刺史。十五年十二月，自同州爲河中尹、河中絳州節度使。十八年三月，以河中尹、行軍司馬鄭元代之。夏卿之爲京兆尹在十七年十月，而十九年三月，李實已爲京兆，則杜公之死，當在十八年矣。文是時作。［百家注］注具本篇。

【注釋】

［一］［百家注引孫汝聽曰］夏卿字雲客，京兆萬年人。貞元十七年十月，自吏部侍郎爲京兆尹。

〔二〕［百家注引孫汝聽曰］貞元十五年十二月，以同州刺史杜確爲河中尹、河中晉絳觀察使。

〔三〕［注釋音辯］郄，乞逆切。《左氏》作郤，俗從叒。縠，胡穀切。《左傳》僖公二十七年：「晉作三軍，謀元帥，趙衰曰：『郤縠可。説禮樂而敦《詩》、《書》。』」［韓醇詁訓］《左傳》僖公二十七年：「晉作三軍，謀元帥，趙衰曰：『郤縠可。臣亟聞其言矣，説禮樂而敦《詩》、《書》。』」

〔四〕［注釋音辯］州名，並屬河中。［百家注引孫汝聽曰］即謂河中。［蔣之翹輯注］絳、蒲，並州名。唐屬河中，今屬山西平陽府。

〔五〕［注釋音辯］殿，大練切。鎮也。

〔六〕［韓醇詁訓］焜音混，燿音耀。

〔七〕［注釋音辯］（度）待洛切。

〔八〕［注釋音辯］［百家注引孫汝聽曰］大曆二年，夏卿與弟正卿及確，同舉賢良方正高第。

〔九〕［注釋音辯］［百家注引孫汝聽曰］夏卿初爲高陵主簿。

〔一〇〕［注釋音辯］《記・曲禮》：「十年以長，則兄事之。」

〔一一〕［注釋音辯］潘（緯）云：行，户剛切。《詩》：「寘彼周行。」注：「行，列也。置周之列位。」箋：「謂朝廷臣也。」《左傳》襄公十五年注：「周，偏也。言偏於列位。」

〔一二〕［注釋音辯］［百家注引孫汝聽曰］夏卿爲吏部員外郎，確爲兵部員外郎。

〔一三〕［注釋音辯］［韓醇詁訓］望音忘。

〔一四〕［注釋音辯］夏卿自給事中出爲常、蘇二州刺史。按：百家注本引孫汝聽注又曰：「前後九年。」

〔一五〕［注釋音辯］推，通回切。《史記》：「王者之遣將也，跪而推轂。」貞元十五年，以同州刺史杜確爲河中尹、河中晉絳觀察使。［百家注引孫汝聽曰］左輔，謂同州。自同帥河中，故云「遂膺推轂」也。馮唐曰：「王者遣將，跪而推轂。」按：見《史記·馮唐列傳》。

〔一六〕［注釋音辯］貞元十五年，夏卿爲吏部侍郎。九流，九品也。按：百家注本引孫汝聽注作貞元十六年。

〔一七〕［百家注引王儔補注］《詩》：「誰謂河廣？一葦杭之。」言自京至河中甚近，欲往而不能也。按：見《詩經·衛風·河廣》。

〔一八〕［韓醇詁訓］（醻）音酬。［百家注引王儔補注］《文選》古樂府：「客從遠方來，遺我雙鯉魚。呼兒烹鯉魚，中有尺素書。」醻音讎。

〔一九〕［注釋音辯］［韓醇詁訓］綢，直由切。繆，莫彪切。

〔二〇〕［注釋音辯］［百家注引孫汝聽曰］韋宗卿爲河中從事。［百家注引韓醇曰］《論語》：「柴也愚，參也魯。」按：見《論語·先進》。

〔二一〕［注釋音辯］騫音軒。翥，章恕切，飛舉也。［韓醇詁訓］［百家注引張敦頤曰］翥，章恕切。飛舉也。

〔二二〕［注釋音辯］惠文，冠也。秦時法吏，冠柱後惠文。［韓醇詁訓］惠文，冠也。《漢·張敞傳》：「秦時獄法吏，冠柱後惠文。」按：百家注本引韓醇注尚曰：「峩峩，高貌。」

〔二三〕［注釋音辯］紱音弗，《詩》作「芾」。諸侯以赤韋爲之，古蔽膝之象。此謂韋宗卿。［百家注引孫汝聽曰］《小雅》：「赤芾在股，邪幅在下。」注云：「太古蔽膝之象也。」按：見《詩經·小雅·采菽》。

〔二四〕［蔣之翹輯注］自「余弟」至此，俱説宗卿。

〔二五〕［百家注引童宗説曰］股，盛也。

〔二六〕［百家注引韓醇曰］《左氏》：「潢汙行潦之水，可薦於鬼神。」按：見《左傳》隱公三年。

【集評】

《王荆石先生批評柳文》卷一〇：朗潤。

何焯《義門讀書記》卷三七：可削。

爲韋京兆祭太常崔少卿文

維年月日甲子，京兆尹韋夏卿謹以清酌庶羞之奠，敬祭于亡友故大常少卿崔公之靈。

惟靈率是良志，蹈其吉德〔一〕，炳蔚文彩，周流學殖〔二〕。孔氏之訓，專其傳釋，黄老之言，探乎幽賾〔三〕。六書奥祕，是究是索〔四〕，叩爾玄關，保其真宅①。藝成行備，披雲騁跡，康莊未窮〔五〕，濛汜已極〔六〕。嗚呼哀哉！

夙歲同道，從容洛師〔七〕，接袂交襟，以遨以嬉。策駕嵩少〔八〕，泝舟瀍伊〔九〕，笑詠周星〔一〇〕，其樂熙熙。丹霄可望②，青雲可期，洛中十友，談者榮之〔一一〕。惟鄭洎齊，各登鼎司〔一二〕，或喪或存，山川是違。繄我夫子〔一三〕，宜相清時，命之不遐，孰不悽悲？嗚呼哀哉！

往佐居守〔一四〕，及爾同寮，笑遨交歡③，匪夕則朝。入同其室④，出聯其鑣〔一五〕，投文報章，既歌且謡。及我爲郎，優游吏部〔一六〕，公爲御史，持憲天路。文陛徐趨，眷戀相顧，歡愛之分，有加于素。自我于邁〔一七〕，歷刺東吴〔一八〕，離憂十年〔一九〕，復會名都。余爲侍郎，銓總攸居〔二〇〕，實得茂彦，奉其規模。聯事合情，又倍其初。我尹京兆〔二一〕，公亞奉常〔二二〕，步武相望，佩玉以鏘。謂保愉樂，長此翱翔，抱疾幾何，忽焉其亡。嗚呼痛哉！

原念往昔，愛均骨肉，我有書笥，盈君尺牘。寤言在耳，今古何速⑤，失涕興哀，匍匐往哭〔二三〕。撫筵一呼，心焉摧剥〔二四〕，日月逾邁〔二五〕，佳城遽卜〔二六〕。素車千里，逶迤山谷〔二七〕，晦爾精靈，藏之斧屋〔二八〕。嗚呼哀哉！丹旐即路，祖奠在庭，去此昭昭，就爾冥冥。敬陳洞酌〔二九〕，以告明靈，臨觴永慟，庶寫哀誠。嗚呼哀哉！伏惟尚饗。

【校　記】

①真，詁訓本作「直」。

②可，世綵堂本作「何」。

③世綵堂本注：「遨，一作傲。」

④世綵堂本注：「一作『入有同室』。」

⑤今古，詁訓本作「古今」。

【解　題】

［注釋音辯］韋夏卿。［韓醇詁訓］崔少卿，考之史傳未詳。惟摭諸表系，有崔隱甫之孫溉者一人，爲太常少卿，當即此也。文謂「夙歲同道，從容洛師」，又云「洛中十人，談者榮之，惟鄭洎齊，各登鼎司」，據《夏卿傳》：始在東都，傾心辟士，頗得才彦，其後多至卿相，世謂之知人。其以此耶？貞元十八年作。按：陳景雲《柳集點勘》卷三：「按韓説得之，但語猶未詳耳。文中言『惟鄭洎齊，各登鼎司』，謂齊映、鄭餘慶二相國也。『或喪或存，山川是違』，韋夏卿以貞元十七年除京兆尹，時齊已下世，鄭方遠謫，故云爾。又穆員作《溉母盧夫人誌》云『今之宰政與賢卿大夫，多溉之游』，宰政即謂齊相，時方秉政。以此證之，則少卿爲溉無疑矣。韋嘗爲留守從事，家居東都，員與其兄贊皆崔、韋深交，蓋洛中十友之二人也。」陳考甚是。闕名撰《寶刻類編》卷四：「崔溉（書）《少林寺廚庫記》，顧少

連撰，貞元十四年。洛。」

【注　釋】

〔一〕［百家注引孫汝聽曰］《左氏傳》：「孝敬忠信爲吉德。」按：見《左傳》文公十八年。

〔二〕［注釋音辯］（殖）丞職切。《左氏》：「夫學，殖也。」注：「殖猶生長也。」按：見《左傳》昭公十八年。

〔三〕［注釋音辯］（賾）士革切。

〔四〕［注釋音辯］六書，一曰象形，二曰指事，三曰會意，四曰假借，五曰形聲，六曰轉注。並字學。按：百家注本引孫汝聽注引作《周禮》，見《周禮・地官司徒・保氏》。鄭玄注：「六書：象形、會意、轉注、處事、假借、諧聲也。」

〔五〕［注釋音辯］《爾雅》：「道五達謂之康，六達謂之莊。」［韓醇詁訓］康莊，道路也。《説文》：「五達謂之康，六達謂之莊。」［百家注引王儔補注］康莊，大道也。《爾雅》：「五達謂之康，六達謂之莊。」《史記》：「有康莊之衢。」按：見《爾雅・釋宫》。

〔六〕［注釋音辯］潘（緯）云：氾音似。《楚辭》注：「氾，水涯也。言日出東方湯谷之中，暮入西極濛水之涯。」［韓醇詁訓］《楚辭・天問》：「出自湯谷，次於濛氾。」注云：「氾，水涯也。言日出東方湯谷之中，暮入西極濛水之涯也。」［百家注引孫汝聽曰］《淮南子》：「淪於蒙谷，是謂定昏。」蒙汜已極，言將死也。按：孫引見《淮南子・天文》。

〔七〕［注釋音辯］《書・洛誥》：「朝至於洛師。」唐東都。［百家注引童宗説曰］謂在東都。

〔八〕［注釋音辯］嵩，失弓切。少，失照切。嵩高、少室，二山名，在河南府。［韓醇詁訓］嵩山、少室山，在河南府登封縣。

〔九〕［注釋音辯］泝音素。瀍、伊，二水。［韓醇詁訓］瀍水、伊水，在河南府河南縣，皆本洛州也。按：百家注本引韓醇注尚曰：「《書》：『伊洛瀍澗。』伊、瀍，二水名。」

〔一〇〕［注釋音辯］《左傳》：「一星終矣。」謂十二年。［百家注引劉崧曰］周星，謂十二年也。按：周星即歲星。歲星十二年在天空循環一周，因此以周星稱十二年。所引見《左傳》襄公九年。

〔一一〕［百家注引韓醇曰］據《夏卿傳》：始在東都，傾心辟士，頗得才彦，其後多至卿相，世謂之知人。按：洛中十友是韋夏卿爲東都從事時事，時崔溉亦爲東都僚佐。其時尚有穆贊、穆員兄弟。

〔一二〕［注釋音辯］鄭餘慶、齊映。［百家注引孫汝聽曰］鄭餘慶、齊映，並仕至宰相。

〔一三〕［注釋音辯］繄，烏兮、烏帝二切。

〔一四〕［百家注引孫汝聽曰］謂佐東都留守。

〔一五〕［注釋音辯］（鑣）卑驕切，馬銜也。［韓醇詁訓］悲嬌切，《説文》「馬銜也」。

〔一六〕［百家注引孫汝聽曰］夏卿自長安令入爲吏部員外郎。

〔一七〕［百家注引王儔補注］邁，往也。《詩》：「從公于邁。」按：見《詩經・魯頌・泮水》。

〔一八〕〔百家注引孫汝聽曰〕夏卿自給事中出刺常、蘇二州。

〔一九〕〔百家注引孫汝聽曰〕離憂，謂離别之憂。夏卿在二州凡九年。

〔二〇〕〔百家注引孫汝聽曰〕夏卿自蘇州召爲吏部侍郎。銓，謂銓次也。

〔二一〕〔百家注引韓醇曰〕貞元十七年十月，以夏卿爲京兆尹。

〔二二〕〔百家注引孫汝聽曰〕謂爲太常少卿。

〔二三〕〔百家注引韓醇曰〕《詩》：「凡民有喪，匍匐救之。」按：見《詩經·邶風·谷風》。

〔二四〕〔注釋音辯〕〔韓醇詁訓〕（剥）普木切。

〔二五〕〔百家注引劉崧曰〕《書》：「日月逾邁，若弗云來。」按：見《尚書·泰誓》。

〔二六〕〔百家注引孫汝聽曰〕《西京雜記》：「佳城鬱鬱，三千年見白日，吁嗟滕公居此室。」按：見《西京雜記》卷四。

〔二七〕〔注釋音辯〕逶，於危切。迤，余支切。〔韓醇詁訓〕逶，於危切。迤音移，委曲也。按：百家注本引作張敦頤曰。

〔二八〕〔注釋音辯〕《禮記·檀弓》：「孔子曰：『吾見若覆夏屋者矣，見若斧者矣。馬鬣，封之謂也。』」〔韓醇詁訓〕《禮記》：「孔子之喪，有自燕來觀者，子夏曰：『聖人之葬人，與人之葬聖人也，子何觀焉？昔者夫子言之曰：吾見封之若堂者矣，見若坊者矣，見若覆夏屋者矣，見若斧者矣。』」注云：「覆謂茨瓦也。夏屋，今之門廡也，其形旁廣而卑。斧形，旁殺刃土而長。」按：

見《禮記・檀弓上》。

〔二九〕〔注釋音辯〕《詩・大雅》：「洞酌彼行潦。」注：「水之薄者，遠酌取之。」〔百家注引孫汝聽曰〕《詩》：「洞酌彼行潦。」注云：「洞，遠也。行潦，流潦，水之薄者，遠酌取之。」按：見《詩經・大雅・洞酌》。

【集評】

儲欣《河東先生全集録》卷六：洛中十友，總言一時交游之盛，未必皆韋幕賓。

何焯《義門讀書記》卷三七：可削。

爲李京兆祭楊凝郎中文

維貞元十九年歲次癸未，四月辛巳朔①，某日，檢校工部尚書、京兆尹、司農卿李實〔一〕，謹以清酌庶羞之奠，敬祭于故兵部郎中楊公之靈〔二〕。惟靈清標霜潔，馨德蘭熏〔三〕，沖和茂著，孝友彰聞。濬發洪緒，激揚清芬〔四〕，思侔德祖〔五〕，學紹子雲〔六〕。瑩彼靈府，彬其英文，吐論冠時，舒華軼群〔七〕。百氏之奥，一言可分，旁貫釋老，豈伊典墳〔八〕？

謂躡公相〔九〕，贊揚聖君，高山安仰〔一〇〕？逝水沄沄〔一一〕。嗚呼哀哉！

惟是伯仲，並爲士則〔一二〕，連擢首科〔一三〕，迭居顯職。公之懿美，發自朋僚，播于四方，令聞克昭。炯然獨識，卓爾孤標，翼翼其容，羽儀清朝。載筆東掖，動無不紀〔一四〕，起草南宫，時論增美〔一五〕。大梁有艱，天子是使〔一六〕，密勿之謀〔一七〕，唯道是履。復歸郎署②，職兹中兵〔一八〕，簡稽無撓，以考其成〔一九〕。英風未攄，沉痾遽嬰〔二〇〕，孰云積善？降以促齡。昔歲江表，獲同宴語〔二一〕，謬爲好仁，不我遐阻。公之元兄〔二二〕，復惠德音，優游多暇，眷眄逾深〔二三〕。情言盈耳③，尺素相尋，冀兹競爽〔二四〕，焜燿儒林。及此彫落，秖摧我心。嗚呼哀哉！

遣車就引〔二五〕，哀挽先路〔二六〕，迅風悽悲，頽景幽暮。傾都殄瘁〔二七〕，揮涕相顧，矧兹故人，誰任痛慕！潢汙一觴，詎寫平素？尚饗。

【校記】

① 巳，諸本皆作「未」，據陳垣《二十史朔閏表》，貞元十九年四月辛巳朔，故改。

② 原注：「一作『歸服郎署』。」詁訓本注：「（復歸）一云歸服。」世綵堂本注：「一作『歸復郎署』。」

③ 情，注釋音辯本、游居敬本作「清」。

【解　題】

〔注釋音辯〕李實。〔韓醇詁訓〕李京兆實也。貞元十九年四月，公時爲藍田尉作。〔蔣之翹輯注〕貞元十五年三月，以司農卿李實爲京兆尹。十九年正月楊凝卒，子厚嘗爲撰墓碣。此文時爲藍田尉代作。

【注　釋】

〔一〕〔百家注引孫汝聽曰〕貞元十五年三月，以司農卿李實爲京兆尹。

〔二〕〔百家注引韓醇曰〕楊凝字懋功，弘農人。是歲正月卒，公嘗爲凝墓碣。

〔三〕〔百家注引孫汝聽曰〕德馨，《書》所謂「明德惟馨」也。按：見《尚書·君陳》。

〔四〕〔百家注引童宗説曰〕芬，謂芬芳，芬，符文反。

〔五〕〔注釋音辯〕〔百家注引程敦厚曰〕思，蘇浤切。後漢楊修字德祖。

〔六〕〔注釋音辯〕楊雄。二事並楊姓。〔蔣之翹輯注〕揚雄字子雲。

〔七〕〔注釋音辯〕軼音逸。

〔八〕《左傳》昭公十二年：「是能讀三墳、五典、八索、九丘。」杜預注：「皆古書名。」

〔九〕〔注釋音辯〕〔韓醇詁訓〕躡，泥輒切。

〔一〇〕〔百家注引王儔補注〕《詩》：「高山仰止。」《禮記》：「夫子歌曰：『泰山其頽乎？梁木其壞乎？哲人其萎乎？』子貢曰：『泰山其頹，則吾將安仰？梁木其壞，哲人其萎，則吾將安放？夫子殆將病也。』」按：見《詩經·小雅·車舝》、《禮記·檀弓上》。

〔一一〕［百家注引孫汝聽曰］《論語》：「子在川上曰：『逝者如斯夫，不捨晝夜。』」按：見《論語·子罕》。

〔一二〕［注釋音辯］凝兄憑、弟凌，皆有名於時。［百家注引孫汝聽曰］凝兄憑、弟凌，皆有名於時。《陳寔碑》云：「言爲士範，行爲士則。」按：《陳寔碑》事見《太平御覽》卷三六二。陳景雲《柳集點勘》卷三：「案伯仲專指凝、憑言之，觀下『元兄競爽』諸語可見，注並及弟，贅矣。」

〔一三〕［注釋音辯］大曆九年，憑中進士第。十三年，凝中進士第。按：百家注本引孫汝聽注楊憑、楊凝皆作「中進士第一」。

〔一四〕［注釋音辯］掖，夷益切。凝爲右史，書事不回。［百家注引孫汝聽曰］《禮記》：「史載筆，士載言。」東掖，謂爲起居郎。《禮記》又曰：「言則左史書之，動則右史書之。」凝爲右史，書事不回，故云「動無不紀」。按：見《禮記·曲禮上》及《玉藻》。

〔一五〕［注釋音辯］凝遷司封員外郎，革正封邑，申明嫡媵，正聲彰聞。［百家注引孫汝聽曰］遷尚書司封員外郎，革正封邑，申明嫡媵，事連權右，斥退勿憚，正聲彰聞。

〔一六〕［注釋音辯］貞元十二年，凝爲宣武軍節度判官。是時宣武帥李萬榮卒，其子擅領軍務。［百家注引孫汝聽曰］貞元十二年八月，凝自右司郎中檢校吏部郎中爲宣武軍節度判官。是時宣武帥李萬榮新卒，其子迺擅領軍務，故此云「大梁有艱」。按：陳景雲《柳集點勘》卷三：「貞元十二年，宣武帥李萬榮病篤，子迺謀擅領軍事，監軍執送京師，詔除東都留守董晉鎮宣武，以凝爲判官。舊注未明。」

〔一七〕［百家注引王儔補注］《詩》：「密勿從事，不敢告勞。」按：《詩經·小雅·十月之交》：「黽勉從事，不敢告勞。」

〔一八〕［注釋音辯］［百家注引孫汝聽曰］貞元十八年，凝起家爲兵部郎中。

〔一九〕［注釋音辯］《周禮·遂人》：「簡稽士卒兵器簿書。」注：「簡猶閱也，稽猶計也。」［百家注引孫汝聽曰］《周禮》：「以八成經邦治，二曰聽師田以簡稽。」《遂人》云：「稽其人民，簡其兵器，簡稽士卒兵器簿書。」簡猶閱也。稽猶計也，合也，合計其士之卒伍，閱其兵器，爲之要簿也。按：見《周禮·天官冢宰·大宰》及《地官司徒·遂人》。

〔二〇〕［注釋音辯］痾，於何切，病也。

〔二一〕［百家注引孫汝聽曰］嗣曹王皋爲江西觀察使，以實爲判官。

〔二二〕［注釋音辯］謂楊憑。［百家注引韓醇曰］凝之兄憑。

〔二三〕［百家注］眄音麪。

〔二四〕［注釋音辯］《左傳》昭公三年：「晏子曰：『二惠競爽，猶可，又弱一個焉。姜其危哉。』」按：百家注本引孫汝聽注較略。

〔二五〕［注釋音辯］潘（緯）云：遣，詰戰切。《禮記·雜記》注：「遣車載所包遣奠而藏之者。大夫以上，乃有遣車。」［韓醇詁訓］遣，詰戰切。見《户部郎中魏府君墓誌銘》注。［百家注引孫汝聽曰］《禮記》：「遣車視牢具。」視牢具者，言遣車多少，各如遣奠所包牲禮之數也。遣，去聲，詰戰切。按：見《禮記·雜記上》。

〔二六〕［注釋音辯］挽，無反切，引也。挽歌者，喪家之樂，執紼者相和之聲。

〔二七〕［百家注引韓醇曰］《詩》：「人之云亡，邦國殄瘁。」按：見《詩經·大雅·瞻卬》。

【集　評】

《王荆石先生批評柳文》卷一〇：亦無大奇。

爲安南楊侍御祭張都護文

維年月日，故吏某職官某，敬祭于故都護御史中丞張公之靈。交州之大，南極天際，禹績無施〔一〕，秦强莫制①。或賓或叛，越自漢世〔二〕。聖唐宣風，初鮮寧歲，稍臣卉服，漸化椎髻〔三〕。卒爲華人，流我愷悌。士燮之理〔四〕，惟公克繼，勤勞遠圖，敷贊嘉惠。銅柱南表，前功載修〔五〕，空道北出〔六〕，式遏蠻陬〔七〕。梯航連連，旌旆悠悠，輻湊都會〔八〕，皇威以流。方荷天寵，宜公宜侯，聲馳帝鄉，魄降炎州〔九〕。嗚呼哀哉！

公昔試吏〔一〇〕，時推清能。公昔乘軺〔一一〕，人知準繩，鰥嫠以安，征賦用登。柱史稍遷，郎曹繼昇〔一二〕，程功佐理，海裔斯澄〔一三〕。乃紀南方，專任是憑〔一四〕，禮分五玉，恩錫百朋〔一五〕。開府辟掾，群英攸屬，顧兹陋微，敢廁甄録〔一六〕。既受筐篚〔一七〕，載加命服，賜有楚冠，用慙豸角〔一八〕。星言赴命，注望幃幄②，視險如夷，瞻程非邈。伯氏左宦〔一九〕，爰滯中途，流連隱憂，言念涕濡。子姓莫在③，使命頓殊④。兢魂弔影，敢廢斯須，情留江徼〔二〇〕，夢結天隅。恩切有裕〔二一〕，義乖從役，顧慕長慟，展轉增惕。膂力猶在〔二二〕，中腸屢激，方俟銷憂，永期投跡。謙德不福〔二三〕，法星降災〔二四〕，庭懸遽徹〔二五〕，馹訃爰來〔二六〕。撫躬益恨，循顧增哀，瞻容莫及，報德何階？輤車北轅〔二七〕，中莫克諧，望拜徒至，音塵永乖。南州斗酒〔二八〕，庶寫幽懷。

【校　記】

①　秦强，詁訓本作「强秦」。

②　注釋音辯本注：「幃，一本作『帷』字。」可通用。

③　姓，世綵堂本作「姪」。

④　原注與注釋音辯本、詁訓本、世綵堂本注：「命，一作令。」

【解　題】

［注釋音辯］祭張舟。［韓醇詁訓］楊侍御未詳其名，或即楊憑之弟凌。然唐史雖謂凌終於侍御使，而《先友記》云凌以大理評事卒，則與史所載異矣，豈憑别一從父弟爲侍御史，故史云凌耶？張都護，公嘗爲之誌，所載與此皆合，今悉隨文附之。［世綵堂］楊侍御未詳。按：張都護爲張舟，卒於元和五年，時楊凌已故去多年，非是。陳景雲《柳集點勘》卷三：「楊侍御未詳其名，觀文中『伯氏左官』云云，殆憑之族弟也。據舊史：安南都護張舟奏破環王國在元和四年八月，而五年七月爲（馬）總自虔州刺史除安南都護，則舟必殁於五年夏矣。憑以四年七月自京尹謫臨賀尉，舟辟侍御入幕當適在此時，故侍御至中途而滯留。又云『子姓莫在』，觀子厚在永與憑子誨之書，誨之蓋以父謫官明年過永抵賀，亦憑初赴貶旁無子姓之一證。曰『情留江徼』者，謂賀江也。舟殁，逾歲返葬長沙，見集中張都護誌。時憑量移餘杭，侍御殆隨兄北旋，因與府主之喪相值湖湘也。」陳氏考此文作於元和五年，是。《新唐書·宰相世系表一下》楊氏越公房楊憑叔父有子邈，爲楊憑從父弟，《全唐詩》卷一八八韋應物有《途中寄楊邈裴緒示褒子》，即此人。楊凌岳父爲韋應物，韋有《郡中對雨贈元錫兼簡楊凌》、《送元錫楊凌》、《寄楊協律》諸詩，可知楊邈即楊憑、楊凌之從弟，則此楊侍御當即楊邈。

【注　釋】

〔一〕［百家注引孫汝聽曰］禹績，謂禹治水之功。

〔二〕〔百家注引孫汝聽曰〕漢武帝元鼎六年，平南越，置交趾郡。

〔三〕〔注釋音辯〕椎，傳追切。髻音計。〔百家注引孫汝聽曰〕《書》：「島夷卉服。」卉服，以草木爲衣。按：見《尚書·禹貢》。

〔四〕〔注釋音辯〕《三國吴志》：「士燮字彦威，漢末爲交趾太守，在郡二十年，疆場無事。」〔韓醇詁訓〕士燮，晉范文子也。此謂安南都護府治交趾云。按：見《三國志·吴書·士燮傳》。

〔五〕〔注釋音辯〕元和元年，張舟自安南經略副使遷都護、本管經略使，乃復銅柱，以正封略。〔韓醇詁訓〕謂公復銅柱爲正制也。事詳見誌注。〔百家注引孫汝聽曰〕舟患疆場之制，一彼一此，乃復銅柱，以正封略。銅柱本馬援爲之，至是興復，故云「前功載修」。

〔六〕〔注釋音辯〕〔百家注引孫汝聽曰〕「空」與「孔」同。《張騫傳》：「樓蘭、姑師小國，當空道。」按：見《漢書·張騫傳》。

〔七〕〔注釋音辯〕（陬）將侯切，聚居也，一曰隅也。

〔八〕〔韓醇詁訓〕輻音福。湊，千候切，《説文》「會也」。

〔九〕〔注釋音辯〕《禮記》：「體魄則降。」謂死也。按：見《禮記·禮運》。

〔一〇〕〔韓醇詁訓〕謂公爲蘄州蘄春主簿時也。

〔一一〕〔注釋音辯〕軺音遥，使者車。謂爲安南經略巡官。〔韓醇詁訓〕謂舟以左領軍衛兵曹爲安南經略巡官也。

〔一二〕［百家注引孫汝聽曰］謂舟三歷御史。［韓醇詁訓］謂公檢校尚書禮部員外郎也。

〔一三〕［注釋音辯］張舟三歷御史，檢校尚書禮部員外郎，轉禮部郎中，爲安南副都護充經略副使。

〔一四〕［韓醇詁訓］謂公爲安南副都護也。按：百家注本引孫汝聽注同。

〔一五〕［注釋音辯］［韓醇詁訓］謂遷檢校太子右庶子兼安南都護兼御史中丞，充本管經略招討安撫處置等使。

〔一六〕［注釋音辯］《尚書》：「修五禮五玉。」《毛詩·菁菁者莪》：「錫我百朋。」注：「古者貨貝，五貝爲朋。」百朋言得禄之多。［韓醇詁訓］《書》：「修五禮五玉。」注云：「修吉、凶、賓、軍、嘉之禮五等，諸侯執其玉。」《詩》：「錫我百朋。」箋云：「古者貨貝，五貝爲朋。」百朋言得禄之多也。［百家注引孫汝聽曰］五玉，謂公執桓圭，侯執信圭，伯執躬圭，子執穀圭，男執蒲圭。分，賜也。按：見《尚書·虞書》、《詩經·小雅·菁菁者莪》。

〔一六〕［注釋音辯］甄，稽延切。

〔一七〕《詩經·小雅·鹿鳴》毛傳：「燕群臣嘉賓也。既飲食之，又實幣帛筐篚，以將其厚意，然後忠臣嘉賓得盡其心矣。」

〔一八〕［注釋音辯］豸，澤買切。《續漢志》云：「獬豸，神羊，能别曲直。楚王嘗獲之，故以爲冠。」［韓醇詁訓］應劭《漢官儀》曰：「獬豸獸，主觸不直，故執憲者以其角形爲冠。」豸，丈蟹切。［百家注引孫汝聽曰］胡廣曰：《左傳》有「南冠而縶者」，則楚冠也。或謂之獬豸冠，一曰柱後惠文冠，執法者服之。

〔一九〕［注釋音辯］［百家注引孫汝聽曰］謂侍御之兄。

〔二〇〕［注釋音辯］［韓醇詁訓］（徼）音叫。

〔二一〕［注釋音辯］《詩》：「此令兄弟，綽綽有裕。」按：見《詩經·小雅·角弓》。

〔二二〕［注釋音辯］潘（緯）云：膂音吕，脊骨也，或從肉。此宜作「旅」。《詩》：「旅力方剛。」注：「旅，衆也。」按：見《詩經·小雅·北山》。

〔二三〕［百家注引孫汝聽曰］《易》：「鬼神害盈而福謙。」言舟爲謙德，而神不福也。

〔二四〕［百家注引孫汝聽曰］法星，熒惑。

〔二五〕［注釋音辯］《禮記》：「大夫無故不徹懸。」注：「懸，樂器鐘磬之屬，喪則徹之。」按：韓醇詁訓尚引正義曰：「無災變，則不去樂也。」見《禮記·曲禮下》。

〔二六〕［注釋音辯］馹音日，驛傳也。［韓醇詁訓］馹音日。

〔二七〕［注釋音辯］童（宗説）云：輤音茜，喪車也。［百家注引韓醇曰］輤，載柩之車蓋。大夫以布，士以葦席。輤，七見切。按：韓醇詁訓本同童宗説注。

〔二八〕［注釋音辯］後漢曹操祭橋玄墓曰：「隻雞斗酒，過相沃酹。」［百家注引王儔補注］《後漢·橋玄傳》：曹操祭玄墓文曰：「斗酒隻雞，過相沃酹。」按：何焯《義門讀書記》卷三七：「南州用徐孺子祭黄瓊事。」徐孺子祭黄瓊無斗酒事，何説未是。

【集評】

《王荊石先生批評柳文》卷一〇：佈置停美。

何焯《義門讀書記》卷三七：可削。

祭萬年裴令文

惟靈孝友之性，實惟天與，飾以儒書，洽其譽處〔一〕。枵然其量〔二〕，廓爾其宇，人以義來，我以身許。褰裳赴急，不避寒暑，交半域中，多容鮮拒。賢於博弈〔三〕，媚兹讌語，或泛或沉，兩得其所。考禮成文，墜章克舉〔四〕，展樂承職，音官式序〔五〕。既聯奏復〔六〕，亦圖筍簴〔七〕，播在奉常〔八〕，永傳儀矩。脱略細謹①，慠忽煩言，坦然自居，無顧仇怨〔九〕。卒成官謗，莫究禍源，坐黜中徙，再期騰騫②〔一〇〕。孰云蓄憤，遽此歸魂。嗚呼哀哉！

世稱姻黨，鮮克終吉，唯我與君，久而逾密。追惟淑德，嬪于君室〔一一〕，上順尊卑，下歡儔匹。致其孝敬，式是仁卹，爰及童孩③，處心勿失。君之仲季〔一二〕，茂於文術，游藝相從，操觚散帙〔一三〕。顧余蹇劣，廁跡奔逸〔一四〕，二紀于今，交情若一④。屢聞彫缺，互見遷黜，契闊伶俜〔一五〕，分形間質〔一六〕。方期末路，稍追曩日，時不我謀，於焉斯畢。營營衛尉⑤〔一七〕，獨守邦秩，想其永哀⑥，淮海蕭瑟⑦。嗚呼哀哉！

聞疾馳簡，其命未返，翩其訃書，來自番禺〔一八〕。塊守窮荒，山夔與居〔一九〕，有眉不申，有志不舒。況逢零悴，當此囚拘，拊膺長慟，長慟何如⑧？非禮無取，沉哀有餘。嗚呼哀哉！

【校記】

① 謹，世綵堂本、蔣之翹輯注本作「微」。

② 騫，原作「騫」，據注釋音辯本、世綵堂本改。

③ 及，世綵堂本作「友」。

④ 交情，詁訓本作「情交」。

⑤ 陳景雲《柳集點勘》卷三：「營營，似當作『煢煢』。上云『屢聞凋缺』，言封叔悼亡外兼有天倫之戚也。蓋前此仲、季二人，今止存其一，故有煢煢語。」

⑥ 陳景雲《柳集點勘》卷三：「『想』當作『相』。李迥季《裴長史碑》云『煙隧蒼茫，風相蕭瑟』。疑子厚用此。」

⑦ 蕭瑟，世綵堂本、蔣之翹輯注本作「蕭索」。

⑧ 原注與注釋音辯本、世綵堂本注：「一本作『天道何如』。」

【解　題】

〔注釋音辯〕裴墐字封叔。〔韓醇詁訓〕萬年令裴墐也。公嘗爲墐墓碣，云元和十二年七月卒，文必是時作。又云後夫人柳氏，即此所謂「追惟淑德，嬪於君室」者也。〔百家注集注〕萬年令裴墐，字封叔，河東聞喜人，太尉行儉之玄孫。公嘗爲墐墓碣，云元和十二年七月卒。按：即柳宗元姊夫。

【注　釋】

〔一〕〔百家注引孫汝聽曰〕《詩》：「是以有譽處兮。」注云：「遠國之君，稱揚德美，使聲譽常處於天子也。」按：見《詩經·小雅·蓼蕭》。

〔二〕〔注釋音辯〕潘（緯）云：枵，虛驕切，疑當作「呺」，虛大貌。《莊子》：「非不呺然大也。」〔韓醇詁訓〕枵，虛嬌切，虛大貌。〔百家注引王儔補注〕《莊子》：「非不呺然大也。」呺然，虛大貌。枵，許驕切，通作「呺」字。按：見《莊子·逍遥遊》。

〔三〕〔百家注引孫汝聽曰〕孔子曰：「不有博弈者乎？爲之猶賢乎已。」墐喜博羿，故云。按：見《論語·陽貨》。

〔四〕〔注釋音辯〕唐自開元制禮，亡《國恤》一章累聖陵寢，皆因事擥綴。裴墐佐杜黄裳聯奉崇陵、豐陵禮儀，乃撰《二陵集禮》，藏之南閣。〔韓醇詁訓〕謂公撰《二陵集禮》也。〔百家注引孫汝聽曰〕司空杜黄裳聯奉崇陵、豐陵禮儀，以墐爲佐。墐離紛尨，導滯塞，關百執事，條直顯遂，黄裳拱手以成。自開元制禮，諱去《國恤》章，累聖陵寢，皆因事擘綴，取一切乃已，有司卒無所徵。墐乃撰《二陵集禮》，藏之南閣。

〔五〕〔注釋音辯〕裴墐爲太常主薄，作《坐立二部伎圖》。〔韓醇詁訓〕謂公爲太常主簿，集樂事作《坐立二部伎圖》也。〔百家注引孫汝聽曰〕墐爲太常主簿，搜逖疑互，探抉遁隱，宿工老師，不得伏匿，皆來會堂下。耆股肱，役喉喙，以集樂事，作《坐立二部伎圖》。卿奇其績，起以爲丞云。

〔六〕〔注釋音辯〕謂《二陵集禮》。〔百家注引孫汝聽曰〕奏復，即謂集禮。

〔七〕〔注釋音辯〕（筍）音笋，以懸鐘磬者。橫曰筍，植曰簴。〔百家注引孫汝聽曰〕圖，畫也。筍簴，所以懸鐘磬者。橫曰筍，植曰簴。上思允切，下其吕切。

〔八〕〔百家注引孫汝聽曰〕奉常，即太常也。

〔九〕〔注釋音辯〕潘（緯）云：（怨）叶韻，音冤，讎也，恚也。《文選》：「空負百年怨。」〔百家注〕（怨）於元切。

〔一〇〕〔注釋音辯〕（騫）音軒，飛貌，下從「鳥」。裴墐爲金州猾吏所譖，御史按章具獄，再謫道州、循州爲佐掾。〔韓醇詁訓〕謂公爲萬年令，爲金州猾吏所誣奏，再謫道、循二州佐掾。會赦，量移吉州長史而卒也。〔百家注引孫汝聽曰〕墐爲萬年縣令，會金州猾吏來，揚言恐喝，以煩褻事曰：「不得三十萬，吾能爲禍。」墐大怒，召罵之，吏巧以聞，御史按章具獄，再謫道州、循州爲佐掾。

〔一一〕［注釋音辯］塤娶子厚之姊。［百家注引孫汝聽曰］塤夫人，公之姊也。

〔一二〕［注釋音辯］塤兄堅，弟埴、塤，皆有文。［百家注引孫汝聽曰］塤兄弟四人：堅、塤、埴、塤。

〔一三〕［注釋音辯］潘（緯）云：操，倉刀切。觚音孤。《選·文賦》：「或操觚而率爾。」注：「觚，木之方者。古人用之以書，猶今之簡也。」五臣注：「觚，木也。古人用以爲筆。」誤矣。

〔一四〕［注釋音辯］《莊子》：「顔回曰：夫子奔逸絶塵，而回瞠乎在後。」按：見《莊子·田子方》。

〔一五〕［注釋音辯］潘（緯）云：契，詰結切。《詩》：「死生契闊。」注：「勤苦也。」伶音零。俜，普丁切，行不正貌。一云猶零丁也，流落貌。按：所引見《詩經·邶風·擊鼓》。

〔一六〕［注釋音辯］間音閒，厠之「間」。

〔一七〕［注釋音辯］塤之兄弟。［百家注引孫汝聽曰］衛尉，塤之兄弟。

〔一八〕［注釋音辯］童（宗説）云：番音潘，禺音愚。番、禺，二山名。在南海，今廣州。［韓醇詁訓］番音潘。禺，魚容切。番、禺，二山名。在南海，今廣州，與循爲近，故云。按：裴塤當卒於循州，所謂量移吉州長史，未及赴任而卒也。

〔一九〕［注釋音辯］潘（緯）云：夔，渠追切。《國語》：「木石之怪曰夔、蝄蜽。」越人謂之山繅，人面猴身，能言，獨足。［韓醇詁訓］［百家注引孫汝聽曰］山夔，獸名也，如龍而一足。按：見《國語·魯語下》。

【集評】

儲欣《河東先生全集録》卷六：信難爲懷。

祭呂敬叔文

維年月日朔〔一〕，友人從内兄守永州司馬員外置同正員柳宗元，謹以酒肉之奠，致祭于亡友呂敬叔之魂。嗚呼！鞠躬歷聘〔二〕，或以不答，屠漁乖離〔三〕，夫何克合。大或不容，小或見遺，往來逢迎，今古參差〔四〕。惟子之中，忠勇充之，以誠與物，退受其疵。智謀宏長，辯論恢奇，巖峩博大①，與世異姿②。何付之器，而躓於時〔五〕？嘗曰余武，王功是期，誓耆其力〔六〕，以達皇威〔七〕。邊鄙不靖，俾供輿師〔八〕，諸侯順道，戎貊咸宜。今其没矣，哀志之違，知之無補，世又罕知。嗚呼哀哉！

昔與子游，尚疑其志，及觀其長，誠任其事。日異其能，歲增其智，進如川行，浩浩而遂。天乎有亡，中道是棄。余慎取友，惟心之虔，周游人間，餘二十年。擯辱非恥，升揚非賢，一貫于道，無四五焉。子之我知，不以事遷，言而見信，貌阻心傳。我黜終世，子夭於前，徒稱子志，誰信我言？與子俱已，孰云後先③！惟子之兄〔九〕，志同義比〔一〇〕，官刺一州，四十而死〔一一〕。子仕方初，百年有幾，如何默默，去我遄已〔一二〕！有穉之妻，有弱之子〔一三〕，海壖東周〔一四〕，號哭萬里。葬紖之行，獲出於此〔一五〕。爰陳酒肉，式嘉且旨，讀兹哀辭，以奠而誄〔一六〕。嗚呼敬叔，吾道已矣！尚饗。

【校　記】

①原注與注釋音辯本、詁訓本、世綵堂本注：「巖，一作巍。」

②姿，詁訓本作「資」。

③後，世綵堂本、蔣之翹輯注本作「我」。

【解　題】

〔注釋音辯〕吕恭字敬叔，吕温之弟。〔韓醇詁訓〕吕敬叔，恭也。公嘗爲《吕侍御恭墓誌》，卒以元和八年六月，年止三十有七，此公所以重惜之也。其曰「惟子之兄，志同義比，官刺一州，四十而死」，蓋言吕衡州温云。按：吕恭之母柳氏爲柳識之女，故柳宗元文首自稱「從内兄」。

【注　釋】

〔一〕〔百家注〕當是朔日。

〔二〕［注釋音辯］［韓醇詁訓］孔子也。［百家注引韓醇曰］謂孔子也。《論語》：「入公門，鞠躬如也。」歷聘，謂歷聘諸侯之國。按：見《論語·鄉黨》。

〔三〕［注釋音辯］太公望屠於朝歌，釣於渭濱。［韓醇詁訓］謂吕尚也。［百家注引孫汝聽曰］謂太公也。《楚辭》：「吕望之鼓刀兮，遭文王而得舉。」注云：「太公屠於朝歌，釣於渭濱，文王舉以爲師焉。」按：見《楚辭》屈原《離騷》。

〔四〕［注釋音辯］參，初金切。差，初宜切。

〔五〕［注釋音辯］躓音致。［韓醇詁訓］躓，知利切，跲也。按：百家注本引作童宗説曰。

〔六〕［注釋音辯］（耆）渠伊切，又音旨。《詩·頌》：「耆定爾功。」按：韓醇詁訓本略同。見《詩經·周頌·武》。

〔七〕［百家注引孫汝聽曰］恭尚氣節，有勇略，不事小謹。讀縱横書，理《陰符》、《握機》、《孫子》之術，曰：「我，師尚父冑也，大父及先人咸統兵，今天下將理平，蔡、兖、冀、幽涓戎猶負命。」蚤夜呼憤，以爲宜得任爪牙，畢力通天子命。作文章，咸道其志。

〔八〕［注釋音辯］［百家注引孫汝聽曰］《左傳》成公二年：「毋令輿師，陷入君地。」輿，衆也。吕恭爲山南西道掌書記、江西團練使參軍、桂管防禦副使、嶺南節度判官。

〔九〕［注釋音辯］謂吕温。［百家注引韓醇曰］恭兄温，字化光。

〔一〇〕［百家注引童宗説曰］《論語》：「義之與比。」按：見《論語·里仁》及《衛靈公》。

〔一二〕〔百家注引孫汝聽曰〕元和六年八月，温卒於衡州，年四十有一。

〔一三〕〔注釋音辯〕遄，市專切，疾速也。〔韓醇詁訓〕遄，淳沿切，《説文》「往來數也」。

〔一三〕〔百家注引孫汝聽曰〕恭妻裴氏，户部尚書延齡之女。有丈夫子三人：曰爽，曰環，曰特。女子三人：曰環，曰鸞，曰倩。穉，直吏切。

〔一四〕〔注釋音辯〕壖，而宣切。海壖，循州。敬叔死處。東周，洛陽。敬叔葬處。〔韓醇詁訓〕壖，而先切。〔百家注引孫汝聽曰〕海壖，謂循州。東周，謂洛陽。言恭死，其妻子以其柩如洛陽，附葬於大墓。壖，而宣切。按：呂恭卒於廣州，見柳文《呂侍御恭墓誌》。海壖當指廣州。

〔一五〕〔注釋音辯〕童（宗説）云：紖，直忍切，《説文》「牛繫也」，與「絼」通。《周禮・封人》：「置其絼。」此謂永州。〔韓醇詁訓〕紖，大刃切，與「絼」同，《説文》「牛繫也」。《周禮・封人》：「置其絼。」公時在永，呂殁廣州，其孤爽等以其柩如洛陽，祔葬於大墓，故云「獲出於此」也。〔百家注引孫汝聽曰〕謂喪過永州。

〔一六〕〔注釋音辯〕（誄）魯水切。

【集　評】

《王荆石先生批評柳文》卷一〇：情詞兩至。

陸夢龍《柳子厚集選》卷四：讀之珊珊。

蔣之翹輯注《柳河東集》卷四〇：精旨悽惻。

儲欣《河東先生全集録》卷六：思者不可爲太息。

焦循批《柳文》卷二一：文生於情，信然。又：自然哀切。

祭崔君敏文①

夫產崑崙者難爲玉〔一〕，植鄧林者難爲木〔二〕。公以令望，顯于華族，藝邃六書②〔三〕，學該七録③〔四〕，耽此黄老〔五〕，恬於寵辱。入補黑衣〔六〕，出參甸服〔七〕。紀綱淮海，政令惟肅〔八〕，宰制岳濱④，周於仁育〔九〕。儲闈典議，直清攸屬〔一〇〕，久次推能，二州繼牧〔一一〕。至于是邦，率由舊俗，和易勿亟，優游自足。既有少吏⑤，勤于庶獄⑥〔一二〕，妖巫殄除⑦，淫祠翦覆〔一三〕。出令三歲，人無怨讟〔一四〕，進律未行〔一五〕，歸神何速！

某咸以罪戾⑧，謫兹炎方，公垂惠和，枯槁以光。嗚鑾適野〔一六〕，泛鷁沿湘〔一七〕，廣筵命樂，華燭飛觴。高歌屢舞，終以無荒〔一八〕，紛慮斯屏⑨，憂懷暫忘。良時不再，斯樂難常，今其奈何？顧慕感傷⑩。嗚呼哀哉⑪！

室有迭去，川無息流，追懷曩辰，怳若夢游。奠徹中寢〔一九〕，魂還乘舟⑫〔二〇〕，邦人永思，㓝匐隱憂。况我懷德，心焉若抽，潔誠可鑒，蘋藻非羞。

【校　記】

①《英華》「君」上有「使」。
②邃，原作「還」，注釋音辯本作「遂」，此據詁訓本、世綵堂本、《英華》及《全唐文》改。
③七，詁訓本作「十」。
④制，《全唐文》作「治」。
⑤少，《英華》作「小」。
⑥勤于，《英華》作「亦勤」。
⑦巫，原作「誣」，據何焯校本改。
⑧世綵堂本注、蔣之翹輯注本：「咸，一作頃。」作「頃」者就自己而言，作「咸」者，則是多人共祭也。
⑨屏，原作「併」，據《英華》、《全唐文》改。
⑩感，《英華》作「增」。
⑪「哀哉」二字原闕，據《英華》補。
⑫乘，《英華》作「棄」。

【解　題】

〔注釋音辯〕永州刺史。〔韓醇詁訓〕崔君敏，即朝散大夫永州刺史崔公也。公嘗爲之誌，所載甚詳。元和五年九月在永州卒，文蓋是時作。按：崔君名敏。

【注　釋】

〔一〕〔百家注引孫汝聽曰〕《爾雅》：「西北之美者，有崑崙墟之璆琳琅玕也。」按：見《爾雅·釋地》。

〔二〕〔百家注引韓醇曰〕《列子》：「夸父道渴而死，生鄧林。鄧林彌廣數千里焉。」按：見《列子·湯問》，又見《山海經·海外北經》。

〔三〕〔注釋音辯〕字書也。〔韓醇詁訓〕《周官》：「保氏掌教國子以六藝，五曰六書。」注：「象形、會意、轉注、處事、假借、諧聲也。」〔百家注引韓醇曰〕《周禮·保氏》：「掌教國子六藝，五曰六書。」注云：「六書：象形、會意、轉注、指事、假借、諧聲。」按：見《周禮·地官司徒·保氏》。

〔四〕〔注釋音辯〕阮孝緒所集。〔百家注引孫汝聽曰〕梁普通中，有處士阮孝緒，字士宗，博采宋、齊以來王公之家，凡有書記，參校官簿，更爲七録：一曰經典録，紀六藝；二曰紀傳録，紀史傳；三曰子兵録，紀子書；四曰文集録，紀詩賦；五曰伎術録，紀數術；六曰佛録，七曰道録。

〔五〕〔注釋音辯〕耽，丁含切。〔韓醇詁訓〕躭，都含切。

〔六〕［注釋音辯］《戰國策》：「左師觸龍曰：『願得補黑衣之數，以衛王宫。』」謂崔敏以千牛備身佐環衛也。［韓醇詁訓］謂公以千牛備身佐環衛也。《戰國策》：「左師觸龍言於趙太后曰：『老臣賤息，舒祺最少，不肖，願令得補黑衣之數，以衛王宫。』」按：見《戰國策·趙策四》。

〔七〕［注釋音辯］敏爲盩厔、三原、藍田尉。三邑皆屬京兆。［韓醇詁訓］謂公爲盩厔、三原、藍田尉也。［百家注引孫汝聽曰］敏更盩厔、三原、藍田尉，仍有大故，三徙同位。三邑皆屬京兆，故云甸服。

〔八〕［注釋音辯］《書·禹貢》：「淮海惟揚州。」謂敏遷揚州録事參軍。［韓醇詁訓］謂公爲揚州録事參軍也。［百家注引孫汝聽曰］遷揚州録事參軍。揚州，吴楚都會，政令煩挐，貢奉叢沓，一日不茸，鐫誚四至，敏爲之優游有裕。《書》曰：「淮海惟揚州。」紀綱，即謂録事參軍也。

〔九〕［注釋音辯］謂爲許州臨潁、汝州龍興令。［韓醇詁訓］謂公爲許州臨潁、汝州龍興令也。

〔一〇〕［注釋音辯］（屬）之欲切。謂自揚州入爲太子司議郎。［韓醇詁訓］謂公爲太子司議郎也。

［百家注引孫汝聽曰］自揚州入爲太子司議郎。典即司也。《書》曰：「直哉惟清。」屬，之欲切。按：見《尚書·舜典》。

〔一一〕［注釋音辯］［韓醇詁訓］謂爲歸州刺史，遷永州。

〔一二〕［百家注引孫汝聽曰］永之俗，户爲胥徒，凌虐鰥寡，以盗邦賦。敏修整部吏，黜侵陵牟漁者數百人，以付信於下，而徵貢用集。

〔一三〕［韓醇詁訓］謂公擒戮妖帥，毁君蒿淫昏者千餘室也。事詳見誌。［百家注引孫汝聽曰］永人家有禨禋，驅扇愚蒙，以神訛言，敏擒戮妖帥，毁薰蒿淫昏之祀千餘室，以舉正群枉，而里閭克和。事詳見墓誌。

〔一四〕［注釋音辯］（讟）徒谷切。

〔一五〕［百家注引韓醇曰］《禮記・王制》：「有功德於民者，加地進律。」律，法也。

〔一六〕［百家注引孫汝聽曰］鑾，鈴也。鳴鑾，謂驅馬而鑾鳴。

〔一七〕［注釋音辯］童（宗説）云：鷁，倪歷切，亦作鶂。船首畫鷁。［韓醇詁訓］鷁，倪歷切。［百家注引孫汝聽曰］鷁首，船名。其首畫鷁，因以爲稱。鷁，倪益切，亦作「鷊」字。按：世綵堂本云亦作「鶃」字。

〔一八〕［百家注］（王儔）補注：《詩》：「屢舞僛僛。」童（宗説）曰：《詩》：「好樂無荒。」按：見《詩經・小雅・賓之初筵》及《唐風・蟋蟀》。

〔一九〕［百家注引孫汝聽曰］徹，去也。中寢，路寢也。

〔二〇〕［百家注引孫汝聽曰］謂遷神於舟，歸葬故里。

【集評】

儲欣《河東先生全集録》卷六：短歌勝於痛哭。

祭段弘古文

世病乎直，人悦其和，行而不容，雖聖奈何？提其信義，誰與同波？硜硜以終〔一〕，堅不可磨〔二〕。游得其仁，友擇其益〔三〕，始如可進①，終會于厄。精誠介然，將貫金石，追恩懷舊，興詞憤激。君昔來辱〔四〕，備聞嘉言，宵會北堂，晝宴南軒。去適于越〔五〕，不日其旋，載除我居，望爾北轅。今者之來，丹旐有翩，閟兹英志，限此中年〔六〕。嗚呼哀哉！

居實斯貧②，有子而幼〔七〕，孰云履信，惟天所祐〔八〕？道途之資，敢廢于舊〔九〕，志君之行，銘石斯授〔一〇〕。有潔其觴，有楚其豆，庶鑒于誠，臨兹饗侑。

【校　記】

①如，詁訓本作「於」。

②居，詁訓本作「君」。

【解　題】

［韓醇詁訓］段弘古，公嘗爲之誌，此本不載，已别列之外集。觀其以直游諸公間，而卒不克用，惜哉！元和九年卒於桂州，永州刺史崔公能，以公及劉禹錫之薦知之，及致其喪來永，爲具費歸葬於澧。公之文，當其喪之過永而祭之也。

【注　釋】

〔一〕［注釋音辯］硜，丘耕切，堅勁貌。［韓醇詁訓］硜，丘耕切。［百家注引孫汝聽曰］孔子曰：「言必信，行必果，硜硜然小人哉！」硜，苦行切。按：見《論語·子路》。

〔二〕［韓醇詁訓］《論語》：「不曰堅乎？磨而不磷。」按：見《論語·陽貨》。

〔三〕［注釋音辯］弘古見李景儉、吕温，留門下，夜與言，不知日出。温卒，景儉逐，乃南見劉禹錫、柳宗元，二人言於崔公，公時治永州，知其賢。［百家注引孫汝聽曰］隴西李景儉、東平吕温，高氣節，尚道藝，聞其名，求見，大歡，留門下。或一歲，或半歲，夜與言，不知日出。温卒，景儉逐，前右拾遺張宿與然諾，南見中山劉禹錫、河東柳宗元，二人者言於御史中丞崔公，公時降治永州，知其信賢，徼其去。又南抵容州竇群，途過桂，桂守拒不爲禮，憤怒發病，死逆旅中。

〔四〕［百家注引孫汝聽曰］謂初過永州。

〔五〕［注釋音辯］弘古南抵容州竇群，過桂，桂守拒不爲禮，憤怒發病，死逆旅中。［百家注引孫汝聽曰〕謂往容州。

〔六〕〔百家注引孫汝聽曰〕元和九年閏八月十六日卒。〔蔣之翹輯注〕閟音祕。

〔七〕〔百家注引孫汝聽曰〕弘古死時，二子知微、知章皆未冠。

〔八〕〔百家注引程敦厚曰〕《易》：「履信思乎順，又以尚賢也，是以『自天祐之，吉，無不利』。」

〔九〕〔百家注引孫汝聽曰〕弘古死時，崔公爲出涕，命特贈賻，致其喪來永州，哭而祭之。爲具道里費，歸葬澧州。

〔一〇〕〔百家注引孫汝聽曰〕公爲段弘古作誌銘。

哭張後餘辭　并序①

後餘，常山張氏，孝其家，忠其友，爲經術，甚邃而文。少余七年，頗弟畜之。與之居，終日沖然〔一〕，忘其有，人與之言，鏗爾而厲〔二〕，辯而歸乎中。凡人有道而不顯於世，則曰非其世也②。道而得乎世，然猶不顯③，則曰命。命之微不可知，知而索乎外者，曰性與貌。後餘之性可謂良矣，其貌可謂肅矣④。博實弘裕，宜爲大官耇老，求其所以夭賤，無可得焉。既得進士〔三〕，明年，疽發髀卒〔四〕。後餘之死，人咸痛之，曰：「天之佑善人而殺是子，何也？」激者曰：「天之殺，恒在善人，而佑不肖。」莊周之説以爲人之君子，天之小人〔五〕，張君豈天所謂小人者耶？是二者，又非論之適也。吾謂善與惡、夭與壽、貴與賤，異道而出者也，無取喜怒於其中。道之出者多⑤，其合焉者固少，是以君子之難貴且壽也。後餘母老而喪良子，東西者助之哭焉，況其知者耶？然後餘不與諂冒者同貴，不與悖亂者同壽，歸潔乎身〔六〕，聞道而死〔七〕，雖勿哭焉可也。嗚呼！向使既聞道而且貴且壽⑥，則其顯庸也遠矣⑦，又烏能勿痛乎？遂哭之以辭⑧：

嗟嗟張君，善不必壽。惟道之聞，一日爲老。人皆反是，百稔猶幼〔八〕。子之優游，是亦黄耇〔九〕。嗟嗟張君，寵不必貴。尊嚴爲人，早服高位。淫詖肆慾，銀艾淪棄〔一〇〕。子之崇高，無媿三事〔一一〕。吾見皤皤而童〔一二〕，赫赫而辱，進襦袴於几杖⑨，負泥塗於冕服，已雖有餘，人視不足。子之跡不混乎其間者，幸也，宜賀而弔，宜歌而哭，吾其過乎？與其寵而加貴，善而加壽，道施于人，慶及其母⑩，從容邦家，樂我朋友，豈不光裕顯大歟？而不克也，則弔而哭者，其無過乎？嗚呼！

【校　記】

①注釋音辯本此篇在《祭李中明文》後。世綵堂本注：「此篇一本在《祭李中明文》後。」原題無「并序」二字，據注釋音辯本補。《英華》「後」作「俊」。

②原注與注釋音辯本、詁訓本、世綵堂本注：「一無『則曰』二字。」

③猶，原作「而」，據注釋音辯本、蔣之翹輯注本及《全唐文》改。注釋音辯本注：「猶，一本作『而』字。」詁訓本注：「（而）一作猶。」原注與世綵堂本注：「然而，一作然猶。」何焯《義門讀書記》卷三七：「『而』作『猶』。」

④肅，《英華》作「温」。原注與注釋音辯本、世綵堂本注：「一本無『可謂肅矣』字。」

⑤世綵堂本、蔣之翹輯注本注：「一作『道之出其離焉者固多』。」何焯《義門讀書記》卷三七：「『道之出者多』，重較本作『道之出其離焉者固多』。」

⑥「向」下原有「更」，既，《英華》作「其」。注釋音辯本無「向」字，並注：「（嗚呼）一本此下有『向』字。」

⑦庸，《英華》作「榮」。

⑧《英華》「辭」下有「云」字。

⑨几，詁訓本作「機」。

⑩原注與世綵堂本注：「（其母）一作『于母』。」其，注釋音辯本、游居敬本、《全唐文》作「于」。

【解題】

［韓醇詁訓］作之年月未詳。惟辭謂既得進士，明年疽發髀卒，當在京師時作也。附次貞元十八

年文。按：韓愈《五百家注昌黎文集》卷一七《與祠部陸傪員外薦士書》：「有沈杞者，張弦者，尉遲汾者，李紳者，張後餘者，李翊者，或文或行，皆出群之才也。」注：「元和二年，後餘中進士第。」與楊敬之、王參元、吴武陵爲同年進士。陳景雲《柳集點勘》卷三：「案《登科記》：後餘元和二年進士，則此文乃三年在永州作。」陳説可從。

【注釋】

〔一〕［百家注引童宗説曰］沖，和也，持中切。

〔二〕［韓醇詁訓］鏗，丘耕切。［百家注引童宗説曰］厲，嚴正也。鏗，丘耕切。

〔三〕［百家注引孫汝聽曰］元和二年中進士第。

〔四〕［韓醇詁訓］疽，子余切。髀音陛。［百家注引張敦頤曰］《説文》：「髀，股也。」音陛。疽，子余切。

〔五〕《莊子·大宗師》：「畸人者，畸於人而侔於天，故曰天之小人，人之君子；人之君子，天之小人也。」

〔六〕［百家注引王儔補注］《孟子》：「或遠或近，或去或不去，歸潔其身而已。」按：見《孟子·萬章上》。

〔七〕［百家注引王儔補注］《論語》：「朝聞道，夕死可矣。」按：見《論語·里仁》。

〔八〕〔百家注引孫汝聽曰〕百稔，百歲也。

〔九〕〔百家注引孫汝聽曰〕《詩》：「内尊事黄耇。」黄耇，老者之稱。按：《詩經·大雅·生民》毛傳：「内睦九族，外尊事黄耇。」

〔一〇〕〔注釋音辯〕銀印、艾綬也。〔百家注引孫汝聽曰〕銀，銀印。艾，艾綬。言雖服銀艾，猶爲淪棄也。

〔一一〕〔蔣之翹輯注〕《書》：「六府三事。」《詩》：「擇三有事。」注：「三卿也。」按：見《詩經·小雅·十月之交》。《尚書·大禹謨》孔穎達疏以「正身之德、利民之用、厚民之生」爲三事。

〔一二〕〔注釋音辯〕皤，博何切。〔韓醇詁訓〕皤音婆，老人白也。按：百家注本引作童宗説曰。

【集評】

黄震《黄氏日鈔》卷六〇：《祭張後餘辭》引莊周之説，以爲人之君子，天之小人，子厚怨天隨寓而發也。

陸夢龍《柳子厚集選》卷四：婉而陡。

蔣之翹輯注《柳河東集》卷四〇：辭極有致，讀之惻惻傷懷。

錢謙益《徐巨源哀詞》：昔韓退之《哀獨孤申叔》曰：「衆萬之生，孰非天耶？將下民之好惡蒼茫無端而暫寓於其間耶？」柳子厚《哭張後餘》謂激者曰：「天之殺恒在善人，而佑不肖。」是二者，其論皆不及孟子。孟子論天下無道有道，德力相役，而蔽之曰：「是二者天也，順天者存，逆天者亡。」有道無道皆天，豈暫寓耶？順存而逆亡，豈但殺善耶？孟子之論則通矣。（《牧齋有學集》卷三七）

儲欣《河東先生全集録》卷六：翻案語，悲壯。

何焯《義門讀書記》卷三七：「吾謂善與惡」至「無取喜怒於其中」：仍是《天説》之意，然較渾融。……「然後餘不與諂冒者同貴」：「諂」與「惂」同。後繫以詞，纏綿激壯。

焦循批《柳文》卷二二：變化不拘，卻非油滑一派。

祭李中明文

維年月日，柳某謹以清酌庶羞之奠，致祭于亡友中明之靈①。夫子之道，邈以恒兮〔一〕，夫子之志，勵以兢兮。求中慊末，若履冰兮，敦仁以孝，實烝烝兮〔二〕。唯毁死虧禮，其他莫懲兮②〔三〕。秉端守一，信厥明兮③，月踰歲長，行若登兮。外温其顔，内類直繩兮④。謾言來加，不遽陵兮，舉世群非，自視弘兮。庶優游于道，大賚是承兮〔四〕。掩冤舒抑，與類升兮，胡茫茫其不信⑤，卒以禍仍兮？豈韜忠哀信⑥，鬼所憎兮？將教言吾欺，終不可徵兮〔五〕。吾方期子于暮，冀有興兮⑦，今而棄余，志若崩兮。若將援而上⑧〔六〕，喪厥肱兮。怛其殞心⑨，交背膺兮。

水之綿綿，山萬層兮。又淫以雨雪，紆委硱磳兮〔七〕。鵾鶹夜啼⑩〔八〕，群暝凝兮。魂鬼以行⑪，中道㱥殑兮⑫〔九〕。魑魅搗呵〔一〇〕，曷可憑兮？聊致吾憤⑬，斯言孰稱兮？

【校　記】

① 「維年月日柳某謹以清酌庶羞之奠」十四字原闕，據《英華》補。

② 原注：「一本作『帷毀無虧禮莫徵兮』。」注釋音辯本、詁訓本注：「一本作『誰毀無虧禮莫徵兮』。」世綵堂本注：「一本作『惟毀無虧禮莫徵兮』。韓『死』作『無』。」《英華》即作「雖毀無虧禮莫徵兮」。

③ 明，《英華》作「朋」。

④ 直繩，注釋音辯本、游居敬本作「繩直」。

⑤ 胡，《英華》作「而」。

⑥ 原注與注釋音辯本、詁訓本、世綵堂本注：「裒，一作裹。裒信，一作履誼，一作履信。」

⑦ 期，《英華》作「冀」。冀，《英華》作「翼」。

⑧ 上，《英華》作「止」。

⑨其殞心，《英華》作「殞而心」。

⑩鴟，注釋音辯本、詁訓本作「鴉」。注釋音辯本注：「『鴉』與『鴟』同。」詁訓本注：「鴉音鴟。」啼，《英華》作「號」。

⑪原注與注釋音辯本、世綵堂本注：「一本『鬼』作『思』。」鬼，《英華》作「思」。

⑫𣨼殑，《英華》作「淩兢」。

⑬憤，原作「慎」，並注：「孫（汝聽）曰：『慎』當作『憤』。」注釋音辯本注：「慎，一本作憤。」世綵堂本注：「『慎』當作『憤』。」故據改。

【解　題】

［注釋音辯］李行敏字中明。［韓醇詁訓］公嘗《答韋中立書》云：「來南六七年，二年冬，幸大雪」。文謂「水之綿綿，山萬層兮」，又云「淫以雨雪，紆委硱礩兮」，此必在永時作也。［百家注引孫汝聽曰］李行敏字中明，趙郡贊皇人。按：柳文《亡友故祕書省校書郎獨孤君墓碣》所列友人中有李行諶元固、行敏中明兄弟。王定保《唐摭言》卷四：「貞元十二年，李贄以大宏詞振名，與李敏同姓、同年、同登第、又同甲子（及第時俱二十五歲），又同門，贄嘗答行敏詩曰：『因緣三紀異，契分四般同。』」「李敏」爲「李行敏」之訛。二人之名，計有功《唐詩紀事》卷五〇作李摯、李行敏。可知李行敏與柳宗元貞元十二年同登博學宏詞第。

【注釋】

〔一〕［百家注］恒，胡登切。

〔二〕［百家注引孫汝聽曰］《書》：「克諧以孝，烝烝乂。」烝烝，孝貌。按：見《尚書·堯典》。

〔三〕［百家注引孫汝聽曰］襄三十一年《左氏》：「公薨，立公子野爲嗣，九月癸巳卒，毁也。」注：「過哀毁瘠以致滅性。」

〔四〕［百家注引孫汝聽曰］《論語》：「周有大賚，善人是富。」按：見《論語·堯曰》。

〔五〕［百家注引童宗説曰］徵，考也。

〔六〕［百家注］掾，于涓切。

〔七〕［注釋音辯］張（敦頤）云：硱，綺兢切。磳，字登切，並石貌。［韓醇詁訓］硱，期矜切。磳，士冰切，又音增，石貌。

〔八〕［注釋音辯］（鵃）充脂切，鳶屬。鵂音休。鵂鶹，惡鳥名。或音「鴞」者誤。［韓醇詁訓］鵃音鴟，鵂音休。［百家注引孫汝聽曰］《莊子》：「鴟鵂夜撮蚤，察毫末，晝出瞋目而不見丘山。」鴟與鵂鶹，二鳥名，皆惡鳥也。鵂音鴞。按：見《莊子·秋水》。

〔九〕［注釋音辯］童（宗説）云：殑，力升切。殑，《集韻》巨興切，《唐韻》其矜切。殑殑，鬼出貌。殑，又其極切。殑殑，欲死貌。［韓醇詁訓］殑音陵，殑音兢。鬼出貌。

〔一〇〕［注釋音辯］魑，丑知切，鬼屬。魅，莫覬切，老精物。撝音麾，指撝也。呵，虎何切，責也，怒也，與「訶」同。〔韓醇詁訓〕魑，抽知切。魅音媚。

楊氏子承之哀辭 并序

楊氏子承之既冠，有成人之道，其明年四月，不幸而夭。其外姻解人柳宗元爲之慟且出涕①〔一〕。噫！是子也，氣淳以愿，志專以勤②，確然而直方③，吾未知其止也。作辭賦書論，其言甚偉，余方愛之，謂可以爲器者④，故不知慟且出涕，況其親戚者乎？凡天之生物也不類，精麄紛厖⑤〔二〕，賢愚混同，或遠而合，或親而殊⑥，然則雖人親戚⑦，亦將有不克知其美者。若楊氏子者，其親戚皆賢咸得知之者也。使知之⑧，徒以增其悲愁怨號之聲⑨，無爲也⑩。用是爲之辭，以相其哀焉〔三〕。

葆醇熙兮承貞則〔四〕，懿文章兮好循直。誠耿介兮又綽寬，學之勤兮行彌專。質圭璋兮文虎豹，超淩厲兮馳聖道。力未具兮志求通，道之遠兮足先窮。有母嗷嗷兮有弟哀號〔五〕，世父孔悲兮湘水滔滔〔六〕。去昭曠兮沉幽寞⑪，魂冥冥兮竟難託⑫。死者静兮生者愁，子之淑兮徒增憂。志甚良兮命甚蹙⑬，子之生兮又何欲？悲吾心兮動吾神⑭，誰使子兮淑且仁？嗚呼已兮不可追⑮，終怨苦兮徒何爲⑯？

【校記】

①《英華》無「柳」字。

②勤，《英華》作「强」。

③然，《英華》作「焉」。

④爲，《全唐文》作「成」。

⑤原注與世綵堂本注：「一本作『精麄厖亂』。」厖，注釋音辯本作「痝」，並注：「（紛厖）一本作『痝亂』。」詁訓本注：「（紛厖）一作『厖亂』。」

⑥殊，《英華》作「疏」。

⑦世綵堂本注：「（人）一作『聖人』。」

⑧《英華》「使」下有「之」。

⑨悲愁，《英華》作「愁悲」。

⑩爲，《英華》作「益」。

⑪寞，《英華》作「漠」。

⑫原注與注釋音辯本、世綵堂本注：「難，一作誰。」

⑬兩「甚」字，《英華》作「其」。

⑭心，原作「耳」，據《全唐文》改。世綵堂本、蔣之翹輯注本注：「吾耳，一作『于身』。」

⑮ 兮，原作「乎」，據《英華》改。

⑯ 原注與注釋音辯本、世綵堂本注：「徒，一作獨。」

【解題】

［注釋音辯］楊憑之姪。［韓醇詁訓］考之表系，楊憑之子姪皆以「之」字爲名，曰渾之，曰後之，曰敬之是也。獨不詳承之所自，然必憑之姪。蓋詞謂「世父孔悲兮湘水滔滔」，世父，伯父也。據《水經》「馮水出臨賀下」，注：「湘水。」此必元和四五年間憑謫臨賀時作。按：陳景雲以爲楊承之乃楊凌子。《柳集點勘》卷三云：「世父謂承之伯父湖南廉使憑也。憑以貞元十八年之官湘水，在其境内又三年移江西，哀詞序中但言承之以既冠之明年四月夭，而不著其年。觀『湘水滔滔』句，必在憑未移江西前，殆殁於湖南使院也。承之與弟敬之皆憑季弟凌之子，凌最早殁，故哭承之者，獨有母及弟耳。又韓子與敬之書在貞元十七年，承之未夭之前，書言李翺稱敬之之文遠其兄甚，兄即承之也。柳子言承之所作辭賦書論甚偉，蓋其文已甚傳於時，故韓、柳之言云爾。敬之，唐史有傳，而承之無聞焉。又《世系表》中並漏其名，故詳著之，以補史氏之略。」陳説有理。文云「世父孔悲」，言楊憑因楊承之夭亡而悲傷，非謫臨賀也。故此文貞元間作於楊憑爲湖南觀察使時，貞元十九年或二十年較爲相近。

【注釋】

〔一〕［百家注引孫汝聽曰］《左氏傳》：「天子七月而葬，同軌畢至。士逾月，外姻至。」公娶楊凝女，而承之，凝諸子也。按：見《左傳》隱公元年。柳宗元所娶爲楊憑之女，孫云楊凝，誤。

〔二〕［百家注引童宗説曰］厖，雜也。

〔三〕［注釋音辯］相，息亮切。［蔣之翹輯注］相，去聲。

〔四〕［百家注引韓醇曰］葆，守也。

〔五〕［注釋音辯］［韓醇詁訓］噭音叫。

〔六〕［百家注引孫汝聽曰］父之兄弟，先生爲世父，後生爲叔父。孔，甚也。世父當是楊憑。

【集評】

儲欣《河東先生全集録》卷六：「死者静兮生者愁」眉批：片語入禪。餘悉騷詞三昧。

焦循批《柳文》卷一一：神氣完足。

柳宗元集校注卷第四十一

祭　文①

舜廟祈晴文

年月日，某官某，敢用牲牢之奠，昭祭于虞帝之神。帝入大麓，雷雨不迷〔一〕。帝在璿璣，七政以齊〔二〕。九澤既陂，錫禹玄圭〔三〕，至德神化，後誰與稽②？勤事南巡，祀典以躋，此焉告終〔四〕，宜福遺黎。廟貌如在，精誠不睽〔五〕。今陽德愆候③，有渰淒淒〔六〕，降是水潦，混爲塗泥。岸有善崩〔七〕，流或斷堤，泛濫疇隴，陂陁圃畦④〔八〕。恒雨獲戾〔九〕，循咎增悽，忍茲嘉生〔一〇〕，均彼蓬藜？敢望誅黑蜧⑤〔一一〕，抶陰蜺〔一二〕，式乾后土〔一三〕，以廓天倪〔一四〕。粢盛不害〔一五〕，餘糧可棲〔一六〕，或簸或溲〔一七〕，爲酒爲醯⑥。鎗鎗笙鏞〔一八〕，坎坎鼓鼙〔一九〕，百代祀德〔二〇〕，甿心不攜〔二一〕。豈獨蘋藻，徵諸澗溪〔二二〕？帝其聽之，無作神羞。

【校　記】

①詁訓本標作「祭文十五首」。

②誰，注釋音辯本、游居敬本作「王」。

③愆，注釋音辯本作「僁」，並注：「僁與愆同。」

④陂，注釋音辯本、詁訓本、游居敬本作「坡」。

⑤原注與注釋音辯本、世綵堂本注：「蜧音戾。一本作蜦。」

⑥醯，注釋音辯本、詁訓本、世綵堂本作「醓」。注釋音辯本、世綵堂本注：「『醓』即『醯』字。」

【解　題】

［注釋音辯］代永州刺史作。［韓醇詁訓］按史，舜葬於九疑，實惟零陵。零陵，永州治也。文謂「勤事南巡，祀典以躋，此焉告終，宜福遺黎」，此必在永代其州刺史作。其時日則不可得而考。［百家注引韓醇曰］《史記》：「舜南巡狩，崩於蒼梧之野，葬於江南九疑，是爲零陵。」零陵，永州治也。公在永州代其州刺史作。［蔣之翹輯注］《九疑山志》云：「舜廟在舜源峰下。」按舊志在大陽溪，蓋三代時也。今遺址在白鶴觀前，土人呼爲大廟。秦漢以來立祠玉琯巖前，至唐湮廢，刺史元結奏立於郡城之西。僖宗朝，長沙胡曾權延唐令，始請於朝，復立於玉琯巖下。有敕建舜廟碑，今亦廢。

按：韓醇所引見《史記·五帝本紀》。李吉甫《元和郡縣圖志》卷二九道州：「九疑山在（延唐）縣東南一百里，舜所葬也。九山相似，行者疑惑，故爲名。舜廟在山下。」

【注釋】

〔一〕［百家注引孫汝聽曰］《書》：「納於大麓，烈風雷雨弗迷。」《説文》云：「林屬於山爲麓。」麓音鹿。按：見《尚書·舜典》。

〔二〕［百家注引孫汝聽曰］《書》：「在璿璣玉衡，以齊七政。」注云：「在，察也。璣、衡，王者正天文之器。七政，日月五星。」按：見《尚書·舜典》。

〔三〕［百家注引王儔補注］《禹貢》：「九川滌源，九澤既陂。」九澤，謂九州之澤。陂，澤陂也。又曰：「禹錫玄圭，告厥成功。」注云：「禹功加於四海，故堯錫之玄圭以彰顯之。」按：見《尚書·禹貢》。

〔四〕［注釋音辯］此謂零陵郡。［百家注］見題注。

〔五〕［蔣之翹輯注］睽，怪違切。按：睽，乖離。

〔六〕［百家注引孫汝聽曰］《詩·大田》之辭曰：「有渰凄凄，興雨祈祈。」注云：「渰，雲興貌。」按：見《詩經·小雅·大田》。

〔七〕［注釋音辯］《史記》：「岸善崩。」謂喜崩也。［百家注引孫汝聽曰］《史記·河渠書》：「自徵引洛水至商顔山下，岸善崩。」注云：「善崩，喜崩也。」

〔八〕［韓醇詁訓］陁，唐何切。［蔣之翹輯注］陂，讀與「坡」同。

〔九〕［百家注引王儔補注］《書》：「狂恒雨若。」注云：「君行狂妄，則常雨順之。」戾，罪戾也。按：見《尚書·洪範》。

〔一〇〕［百家注引孫汝聽曰］《楚語》：「神降之嘉生。」注云：「嘉生，善物。」按：見《國語·楚語下》。

〔一一〕［注釋音辯］童（宗説）云：蜧音戾，或從戾，神蛇也。［韓醇詁訓］音戾。《淮南子》曰：「黑蜧，神蚪，潛泉中而居，天將雨則躍。」按：《淮南子·齊俗》：「致雨不若黑蜧。」高誘注：「黑蜧，神蛇也。潛於神淵，蓋能興雲雨。」

〔一二〕［注釋音辯］抶音秩，擊也。蜺與霓同，虹也。［韓醇詁訓］抶音秩，擊也。《春秋元命苞》云：「虹蜺者，陰陽之精。」又《月令章句》云：「陰陽不和，即生此氣。虹見有青赤色，常依陰雲，而晝見於日衝。」按：見《初學記》卷二引《春秋元命苞》、《藝文類聚》卷二引蔡邕《月令章句》。

〔一三〕［百家注引童宗説曰］后土，謂地。見《楚辭》。［世綵堂］宋玉《九辯》：「皇天淫溢而秋霖兮，后土何時兮得乾。」

〔一四〕［百家注引童宗説曰］倪，界也。［世綵堂］字出《莊子》。按：《莊子·齊物論》：「和之以天倪。」郭象注：「天倪者，自然之分也。」

〔一五〕［百家注引孫汝聽曰］桓六年《左氏》：「奉盛以告曰：『潔粢豐盛。』」謂其三時不害，而民和年豐也。

〔一六〕［百家注引孫汝聽曰］棲，猶委也。

〔一七〕［注釋音辯］（溲）音搜，淅米聲。［百家注引孫汝聽曰］《詩·生民》：「誕我祀如何？或舂或揄，或簸或蹂，釋之叟叟，烝之浮浮。」叟叟，聲也。

〔一八〕［百家注引孫汝聽曰］《尚書》：「笙鏞以間，鳥獸蹌蹌。」按：見《尚書·益稷》。

〔一九〕［百家注引孫汝聽曰］坎坎，鼓聲。鼛，小鼓也。

〔二〇〕［百家注引孫汝聽曰］《左氏傳》曰：「盛德必百世祀。」按：見《左傳》昭公八年。

〔二一〕［百家注引童宗説曰］攜，貳也。

〔二二〕［百家注引孫汝聽曰］《左傳》：「澗溪沼沚之毛，蘋蘩藴藻之菜，可薦於鬼神，可羞於王公。」按：見《左傳》隱公三年。

【集　評】

儲欣《河東先生全集録》卷六：諸祭神文並雅健。

何焯《義門讀書記》卷三七：未見大手，然非俗韻。

雷塘禱雨文

惟神之居，爲坎爲雷①〔一〕，專此二象②，宅于巖隈。風馬雲車③，肅焉徘徊④，能澤地産⑤〔二〕，以祛人災⑥。神惟智知⑦，我以誠往⑧，欽兹有靈，爰以廟饗⑨。苟失其應，人將安仰⑩？歲既旱暵，害兹生長〔三〕，敢用昭告，期于肸蠁〔四〕。某自朝受命⑪，臨兹裔壤，莅政方初⑫，庶無淫枉。廉潔自持⑬，忠信是仗⑭，苟有獲戾，神其可罔⑮。擢擢嘉生〔五〕，惟天之養，豈使粢盛〔六〕，夷於草莽。騰波通氣〔七〕，出地奮響，欽若成功⑯，惟神是奬。

【校　記】

①爲坎，原作「於坎」，據諸本改。

②原注與詁訓本、世綵堂本注：「（象）一作狀。」

③原注與注釋音辯本、詁訓本、世綵堂本注：「馬，一作軿。」雲，詁訓本作「雷」。

④原注與注釋音辯本、詁訓本、世綵堂本注：「焉，一作然。」

⑤原注與詁訓本、世綵堂本注：「澤，一作宅。」

⑥原注與詁訓本、世綵堂本注：「祛，一作抶。」

⑦此句原注與詁訓本、世綵堂本注：「一作『誠爲致敬』。」

⑧原注與詁訓本、世綵堂本注：「我，一作敬。」又，注釋音辯本、詁訓本、《全唐文》上二句在「爰以廟饗」句下。

⑨原注與詁訓本、世綵堂本注：「饗，一作享。」世綵堂本注：「一本『神惟智知』二句在此下。」

⑩原注與詁訓本、世綵堂本注：「將，一作神。」

⑪原注與詁訓本、世綵堂本注：「朝，一作從。」

⑫原注與詁訓本、世綵堂本注：「（方初）或作『一方』。」

⑬廉潔，注釋音辯本、詁訓本作「潔廉」。

⑭原注與詁訓本、世綵堂本注：「是，一作猶。」

⑮注釋音辯本注：「（罔）潘本作調。」詁訓本注：「一作調。」

⑯原注與詁訓本、世綵堂本注：「成，一作神。」

【解　題】

〔注釋音辯〕柳州作。一本載於韓文者誤。〔韓醇詁訓〕元和十年作。或載之《韓文公集》，非是。蓋公嘗志其從父弟宗直之殯，謂元和十年召爲柳州，七月南來，宗直嘗從謁雨雷塘，則此文爲公之作，蓋非文公之文明也。〔百家注引孫汝聽曰〕柳州雷山，兩崖皆東西，雷水出焉。蓄崖中曰雷塘，能出雲氣，作雷雨，變見有光。禱用俎魚、豆彘修形，稰稌陰酒，虔則應。元和十年十月，公至柳州數日，同其弟宗直謁雨雷塘，故有此文。〔世綵堂〕事見（宗直）志中。

【注釋】

〔一〕［百家注引孫汝聽曰］坎，北方。震，東方。雷即震也。震爲雷。

〔二〕［百家注引孫汝聽曰］澤，潤澤也。《周禮》：「以地産作陽德。」按：見《周禮·春官宗伯·大宗伯》。

〔三〕［注釋音辯］暵音漢，熱氣也。長，丁丈切。［韓醇詁訓］音罕，又音漢，乾也。按：百家注本引童宗説注同韓醇注。

〔四〕［注釋音辯］肸，黑乙、許訖二切。蠁音享，猶冥漠也。一云濕生蟲。［韓醇詁訓］肸，黑乙切，又許訖切。《説文》：「蠁，布也。」蠁音響。［百家注引孫汝聽曰］肸蠁，猶冥漠也。

〔五〕［百家注］嘉生，見上注。

〔六〕［注釋音辯］粢音咨。盛，平聲。

〔七〕［百家注引童宗説曰］《易》：「山澤通氣。」按：見《周易·繫辭上》。

【集評】

陸夢龍《柳子厚集選》卷四：其詞直。

儲欣《河東先生全集録》卷六：公記固云「禱虔則應」，此文誠慤，可謂曰虔。

祭纛文

維年月日，某官以牲牢之奠，祭于纛神〔一〕。惟昔澧有大特①，化爲巨梓，秦人憑神，乃建茸頭〔二〕。是爲兵主，用以行師。漢宗蚩尤〔三〕，亦作靈旗〔四〕。既類既禡〔五〕，指于有罪，北面詔盟，抗侯以射〔六〕。雖有古典，今棄不用。惟兹之制，神實守祀。

有蠢黄孽〔七〕，保固虐人〔八〕，俾兹太平，猶用戎律。天子有命，施威于下，惟守臣某，董衆撫師〔九〕。秉羽先刃〔一〇〕，出用兹日，敢脩外事〔一一〕，爰薦求牛〔一二〕。庶無留行，以殄有罪，國有祀典，屬于神明。傷夷大命〔一三〕，無敢私顧，惟克勝敵，以全天兵。去兹蝨蟞〔一四〕，達我涵育，收厥隸圉②，役于校人〔一五〕。海隅黎獻〔一六〕，永底于理。無或頓刃〔一七〕，以爲神耻。急急如律令〔一八〕。

【校記】

① 注釋音辯本注：「澧，潘本作灃，恐非。」

② 隸，原作「𨽻」，諸本皆同，據注引《周禮》之文，實即「隸」字，故改。

【解　題】

［注釋音辯］元和十四年裴行立討黄賊，因作。此本注云：「爲裴中丞。」［韓醇詁訓］纛音導，又音毒。以旄牛尾爲之，在左騑馬首。故文謂「灃有大特，化爲巨梓，秦人憑神，乃建茸頭」，正謂此也。元和十四年代裴中丞行立討黄賊時作。［蔣之翹輯注］《二儀實録》云：「纛，皂繒爲之，似蚩尤之首。軍祭纛，用白馬爲牲。」按：陳景雲《柳集點勘》卷四《文安禮柳集年譜附》亦云：「《上裴相狀》當繫（元和）十四年《謝討黄賊表》前，而以《轉牒》次表後，今皆誤。又有祭纛、禡牙二文，並應次牒後。譜亦失載。」

【注　釋】

〔一〕［注釋音辯］以旄牛尾爲之，在左騑馬首。音道，又音毒。［百家注引孫汝聽曰］纛，羽葆幢也，軍行則有之。

〔二〕［注釋音辯］案《史記》秦文公二十七年，「伐南山大梓，豐大特」。注：「徐廣曰：今武都故道有怒特祠，圖大牛，上生樹本，有牛從木中出，後見於灃水之中。」《列異傳》曰：「秦文公時，梓樹化爲牛，以騎擊之，不勝。或墮地髻解，被髮，牛畏之入水。故秦因是致旄頭騎以先驅。」茸謂庬茸，亂也。按：見《史記·秦本紀》、《藝文類聚》卷九四引《列異經》。韓醇詁訓本僅引《史記》。百家注本先引韓醇，後引孫汝聽有《列異傳》之文，並曰：「與公（韓醇）所記，少有不同，未知孰是。旄頭即纛也。《漢官儀》曰：『舊選羽林爲旄頭，被髮先驅。』蓋起於此。」

〔三〕［注釋音辯］《前漢・高祖紀》：「祭蚩尤於庭。」［韓醇詁訓］漢高祖立爲沛公，祠黄帝，祭蚩尤於沛庭，而釁鼓，旗幟皆赤。應劭曰：「蚩尤，古天子，好五兵，故祠祭之，求福祥也。」

〔四〕［百家注引孫汝聽曰］《史記》：「漢武帝爲伐南越，告禱太一，以牡荆畫幡日月北斗登龍，以象天一三星，爲太一鋒，名曰靈旗。爲兵禱，則太史奉以指所伐國。」按：見《史記・孝武本紀》。

〔五〕［注釋音辯］禡音駡，師祭也。《史記》：「漢武帝爲伐南越，以牡荆畫幡爲太一鋒，名曰靈旗。爲兵禱，則太史奉以指所伐國。」［韓醇詁訓］禡音駡。類、禡，皆師祭也。［百家注引孫汝聽曰］《詩・皇矣》曰：「是類是禡，是致是附。」《禮・王制》曰：「天子將出征，類於上帝，禡於所征之地。」類，祭天。禡，師祭也。禡音駡。按：孫引見《詩經・大雅・皇矣》。

〔六〕［注釋音辯］《周禮・秋官・司盟》云。抗，苦浪切。《詩・賓之初筵》：「大侯既抗。」注：「抗，舉也，舉鵠而棲之於侯也。」［百家注引王儔補注］《詩》：「終日射侯，不出正兮。」抗侯以射者，謂張侯以射之。按：所引見《詩經・小雅・賓之初筵》及《齊風・猗嗟》。

〔七〕［注釋音辯］孽，妖也。謂黄少卿。［百家注引孫汝聽曰］蠢，動也。黄謂黄少卿。孽，妖孽也。

〔八〕［百家注引童宗説曰］固，險固也。

〔九〕［百家注］孫（汝聽）曰：桂管觀察使裴行立也。童（宗説）曰：董，督也。

〔一〇〕［百家注引孫汝聽曰］《莊子》：「叔孫敖甘寢秉羽，而郢人投兵。」或云：羽，翼也。按：見《莊子·徐无鬼》。

〔一二〕［注釋音辯］《禮記》：「外事以剛日。」［百家注引孫汝聽曰］《禮記》：「外事以剛日，内事以柔日。」外事，即謂兵事。按：見《禮記·曲禮上》。

〔一三〕［注釋音辯］［百家注引孫汝聽曰］《周禮·牛人》：「祭祀共其享牛求牛。」求牛者，禱祀求福之牛。按：見《周禮·地官司徒·牛人》。

〔一三〕［百家注引童宗説曰］傷夷大命，謂死也。

〔一四〕［注釋音辯］張（敦頤）云：（蝥蟹）上音矛，下音賊，並食苗蟲。［百家注引孫汝聽曰］《詩》：「去其螟螣，及其蟊賊。」《爾雅》云：「食苗心曰螟，食葉曰螣，食節曰蟹，食根曰蟊。」皆食禾之蟲也。蟊音矛，蟹音賊。按：韓醇詁訓本同張注。所引見《詩經·小雅·大田》及《爾雅·釋蟲》。

〔一五〕［注釋音辯］隸，郎計切，役也。圉，養馬者。校音效。《周禮》：「蠻役掌役，校人掌馬。」［百家注引孫汝聽曰］隸，奴隸。《左氏傳》：「馬有圉，牛有牧。」圉，養馬者也。《周禮》：「校人掌王馬之政。」言收黄孽以養馬者也。按：《周禮·秋官司寇·蠻隸》：「蠻隸掌役，校人養馬。」孫引見《周禮·夏官司馬·校人》及《左傳》昭公七年。

〔一六〕黎，齊也，衆也。黎獻，即齊獻。

〔一七〕［注釋音辯］潘（緯）云：頓，徒困切。通作「鈍」。《左傳》襄公五年：「甲兵不頓。」注：「頓，壞也。」

〔一八〕李匡乂《資暇集》卷中：「急急如律令，符祝之類末句。『急急如律令』者，人皆以爲如飲酒之律令，速去不得滯也。一説：漢朝每行下文書，皆云『如律令』，言非律非令之文書行下，當亦如律令，故符祝之類末句有『如律令』之言。並非也。案律令之『令』字宜平聲，讀爲零。（原注：音若《毛詩》『盧重令』之『令』，若人姓令狐氏之『令』也。）律令是雷邊捷鬼，學者豈不知之？此鬼善走，與雷相疾速，故云如此鬼之疾走也。」程大昌《演繁露》卷一二：「今道流符咒家，凡行移悉倣官府制度，則其符咒之云『如律令』者，是倣官文書爲之，不必鑿言雷鬼也。」

【集　評】

蔣之翹輯注《柳河東集》卷四一：此於祭文中最爲典質高古。

禡牙文

維年月日，某官某，以清酌少牢之奠，禡于軍牙之神〔一〕。秦定百越〔二〕，漢開九郡〔三〕，自兹編列，同于諸華。天寶兆亂，北方荐役，惟是南荒①，久稽討伐。藩蠻怙險，乳字生聚，悖慠威命，虐夷齊人。黄姓陋孽〔四〕，實恣盜暴②，僮壯殺老，掠敚使臣〔五〕，梟視洞窟〔六〕，以逃大戮。

今皇帝受天景命〔七〕，敷于有仁，凡百凶毒，罔不震伐。齊魯剿殄③〔八〕，趙魏顯化④〔九〕，溥天之下，咸順帝理。唯是瑣眇〔一〇〕，尚恣昏頑，致天震怒，命底于罰〔一一〕。官臣某欽率邦典⑤〔一二〕，統戎于征〔一三〕，惟爾有神，懋揚迺職。敢告無縱詭類，無劉我徒〔一四〕。鏃刃鋒鍔〔一五〕，畢集于兇躬，鎧甲干盾〔一六〕，咸完于義軀。焚煬蕩沃〔一七〕，往如行虛，俾人懷于安，以靖離之隅〔一八〕，在是舉也。往，欽哉，無作神羞。急急如律令。

【校　記】

①荒，諸本作「方」。

②盜暴，注釋音辯本、游居敬本作「暴盜」。

③原注：「齊魯，一作『齊青』。」注釋音辯本、詁訓本注：「魯，一作青。」世綵堂本注：「一作『青齊既殄』。」（齊魯）一作『齊青』。」剿，原作「誼」，諸本同，此據《全唐文》改。

④世綵堂本、蔣之翹輯注本注：「顯，或作亦。」

⑤世綵堂本注：「官，一作守。」

【解　題】

［注釋音辯］事同上篇。［韓醇詁訓］《周官·典瑞》：「掌牙璋以起軍旅，以治兵守。」注云：「牙璋，瑑以爲牙。牙齒，兵象，故以牙璋發兵。」又《兵書》曰：「牙旗者，將軍之精。凡始豎牙必以剛日。剛日者，謂上剋也。兵牙之日，吉氣來應，大勝之徵。」與前文同時作。按：亦元和十四年爲裴行立討黄少卿作。

【注　釋】

〔一〕［注釋音辯］禡音罵，師祭也。《兵書》曰：「牙旗者，將軍之精。凡始豎牙，必以剛日。剛日者，謂上剋也。兵牙之日，吉氣來應，大勝之徵。」

〔二〕［注釋音辯］秦始皇三十三年，取百越之地，以爲南海、桂林、象郡。［韓醇詁訓］秦始皇併天下，分爲三十六郡。平百粤，又置閩中、南海、桂林、象郡四郡。「粤」與「越」同。按：百家注本引孫汝聽注與上略同。

〔三〕［注釋音辯］漢武帝元鼎六年，定越地，以爲南海、蒼梧、鬱林、合浦、交趾、九真、日南、朱崖、儋耳郡。［韓醇詁訓］《漢·地理志》：「黄帝畫野分州。堯遭洪水，分絶爲十二州。禹制九州。周克商，改禹徐、梁二州，合之於雍、青。分冀州之地爲幽、并。漢興，至武帝，攘卻胡越，開地斥境，南置交趾，北置朔方之州，兼徐、梁、幽、并夏周之制，改雍曰涼，改梁曰益，凡十三部，置刺史。」按：百家注本引孫汝聽曰與注釋音辯本略同。

〔四〕［注釋音辯］童（宗説）云：孽，魚列切，蠥通用。［韓醇詁訓］魚列切。

〔五〕［注釋音辯］「敓」與「奪」同。使，去聲。［韓醇詁訓］敓音奪。

〔六〕［注釋音辯］梟，堅堯切。

〔七〕［注釋音辯］憲宗也。［百家注引孫汝聽曰］《詩》：「景命有僕。」景命，明命也。按：見《詩經·大雅·既醉》。

〔八〕［注釋音辯］謂誅東平李師道。［百家注引孫汝聽曰］《書》：「我乃劓殄滅之。」齊魯，謂東平李師道。按：見《尚書·盤庚中》。

〔九〕［注釋音辯］［百家注引孫汝聽曰］趙謂承德軍節度使王承宗，以德、棣二州，歸於有司。魏謂魏博節度使田弘正，以所管六州，請吏於朝。故云顯化。

〔一〇〕［百家注引童宗説曰］瑣眇，小貌。

〔一一〕［百家注引孫汝聽曰］《書》：「皇天震怒。」《書》：「底商之罰。」底，致也。按：皆見《尚書·泰誓上》。

〔一二〕［注釋音辯］［百家注引孫汝聽曰］裴行立也。《左傳》襄公十八年：「其官臣偃實先後之。」注：「官臣，守官之臣。」

〔一三〕［百家注引童宗説曰］于，往也。

〔一四〕［注釋音辯］《左傳》成公十三年注：「虔、劉，皆殺也。」［韓醇詁訓］劉音流。釋云：「剋也，殺也。」［百家注引孫汝聽曰］《詩》：「無縱詭隨。」詭類，謂凶醜。劉，《釋詁》云：「剋也，殺也。」按：見《詩經・大雅・民勞》、《爾雅・釋詁上》。

〔一五〕［注釋音辯］鏃，子木切，矢末也。鍔，五各切，劍端也。［百家注引童宗説曰］鏃，《説文》：「利也。」鍔，劍也。鏃，作木切。

〔一六〕［注釋音辯］鎧，苦蓋切，甲也。盾，竪允切，干也。［韓醇詁訓］鎧，口代切，甲也。［百家注引童宗説曰］鎧亦甲也，盾亦干也。鎧，可亥切。

〔一七〕［注釋音辯］煬，餘亮切。

〔一八〕［注釋音辯］南方也。［韓醇詁訓］［百家注引孫汝聽曰］離，南方之卦也。

祭井文

致祭于水土之神。惟神蓄是玄德，演爲人用〔一〕，不窮之養，功齊乳湩〔二〕。惟古有制，八家所共〔三〕，是邦闕焉，官守斯恐。蘊利兹久，閟靈則深①，爰告有神，惟惻我心②〔四〕。卜兹利兆，于彼城陰，神斯有仁，是鑒是臨。惟昔善崩〔五〕，今則堅好，惟昔遞石③，今則順道。終古所無，聿從心禱，非神是與，人力焉保？發自玄冥，成于富媪〔六〕，克長厥靈〔七〕，不愛其寶。敬修報禮，式薦蘋藻。

【校記】

①閟，原作「閉」，據諸本改。

②惻，原作「測」，據注釋音辯本、游居敬本及《全唐文》改。

③原注與注釋音辯本、詁訓本、世綵堂本注：「遞，一作匝。」陳景雲《柳集點勘》卷三：「舊注『遞一作匝』，恐皆非是。似當作『遻』，與《祭楊詹事文》『亦莫有遻』之『遻』同。遻，逆也。乃對下文『順道』爲切。」

【解題】

［注釋音辯］元和十一年刺柳州作。［韓醇詁訓］公集有《井銘》，在元和十一年三月，此文同時作。按：班固《白虎通義》卷上《五祀》：「冬祭井，井者水之生，藏任地中，冬亦水王，萬物伏藏。」

【注釋】

〔一〕［注釋音辯］《國語》：「夫水土演而民用也。」注：「水土氣通爲演。」［百家注］童（宗説）曰：玄，幽也。張（敦頤）曰：演，溢也。按：所引見《國語·周語上》。

〔二〕［注釋音辯］湩，多貢、覩勇二切，乳汁也。［韓醇詁訓］覩勇切，又多貢切，乳汁也。［百家注引文讜曰］《易·井》：「彖曰：井養而不窮也。」

〔三〕［注釋音辯］黄帝制井田，鑿井其中，八家共之。［百家注引孫汝聽曰］《孟子》曰：「方里而井，井九百畝，其中有公田，八家皆私百畝。」是八家共一井也。按：見《孟子·滕文公上》。

〔四〕［注釋音辯］《易·井卦》：「井渫不食，爲我心惻。」

〔五〕［注釋音辯］《前漢·溝洫志》：「岸善崩。」善猶喜也。［百家注］善崩，見上注。

〔六〕［注釋音辯］媪，烏皓切，女老稱。《前漢·郊祀歌》：「后土富媪。」注：「坤爲母，故稱媪也。」［百家注引孫汝聽曰］水神號曰玄冥。《禮樂志》：「后土富媪。」張晏注云：「媪，老母稱也。坤爲母，故稱媪。」按：所引爲《郊祀歌·帝臨》，見《漢書·禮樂志》。

〔七〕陳景雲《柳集點勘》卷三：「克長厥靈，郭璞《江賦》：『咨五才之並用，實水德之靈長。』」

【集評】

儲欣《河東先生全集録》卷六：記井、祭井，小文結構。

何焯《義門讀書記》卷三七：似過於工妙，然未易與俗人道也。

乾隆敕纂《御選唐宋文醇》卷一八：按朱子云：柳子厚文有所倣者，極精，如自解諸書，並是倣子長《報任安書》。今觀此文，亦絶似兩漢人語也。

禜門文

禜于城門之神。惟神配陰含德，司其翕闢，能收水沴〔一〕，以佑成績。淫雨斯降，害于粢麥〔二〕，野夫興憂，官守增惕。諸陰既閉①〔三〕，休徵未獲〔四〕，敬用瓢齊〔五〕，以展周索〔六〕。納其雲氣，復我川澤。惟神是依，式佇來格。

【校記】

①陰，原作「陽」，據諸本改。注釋音辯本注：「陰，一本作陽，誤。」

【解題】

〔注釋音辯〕祈晴也。禜音泳，祭名。〔韓醇詁訓〕《周禮·鬯人之職》：「禜門用瓢齎。」注云：「禜謂營酇所祭。門，國門也。」《春秋傳》曰：「日月星辰之神，則雪霜風雨之不時，於是乎禜之。山川之神，則水旱厲疫之災，於是乎禜之。」《禮記》曰：「雩禜，祭水旱也。」據文云「禜於城門之神」，又云「淫雨斯降，害於粢麥」，豈次前篇在柳州作歟？禜音詠。按：所引見《周禮·春官宗伯·鬯人》、《左傳》昭公元年、《禮記·祭法》。此文爲祈晴祭門神而作。唐有此俗，如《舊唐書·五行志》載：

「(天寶)十三載秋，京城連月澍雨，損秋稼。九月，遣閉坊市北門，蓋井，禁婦人入街市，祭玄冥、大社、禜門。」

【注釋】

〔一〕［注釋音辯］沴音戾，妖也，又徒典切。［百家注引童宗説曰］沴，妖沴，音戾。

〔二〕［百家注引孫汝聽曰］《左傳》：「天作淫雨，害於粢盛。」粦亦麥也。按：見《左傳》莊公十一年。

〔三〕［注釋音辯］《前漢》：「董仲舒治國，以《春秋》災異之變，推陰陽所以錯行，故求雨閉諸陽，縱諸陰。其止雨反是。」按：百家注本引孫汝聽注引作《漢書》，並云：「謂若閉南門禁舉火，及開北門水灑人之類。」見《漢書·董仲舒傳》。蓋求雨閉陽縱陰，止雨閉陰縱陽。

〔四〕［百家注引孫汝聽曰］《洪範》：「八庶徵，曰休徵，曰咎徵。」按：見《尚書·洪範》。

〔五〕［注釋音辯］童(宗説)云：(瓢齊)上婢遥切，下在兮切。《周禮·鬯人》：「禜門用瓢齊。」杜子春：(齊)音資。［韓醇詁訓］瓢，婢遥切。齎音齊。謂取甘瓠割去柢，以齊爲尊。按：百家注本引韓醇注尚曰：「瓢，婢遥切。齊，在西切，或音咨字。」《周禮·春官宗伯·鬯人》作「瓢齎」。何焯《義門讀書記》卷三七：「齊音咨。」

〔六〕［注釋音辯］索，悉各切。《左傳》定公四年「周索」注：「索，法也。」潘(緯)云：索，色格切。

《周禮》："國索鬼神而祭祀。"乃臘祭也。[百家注引孫汝聽曰]定四年《左氏》："疆以周索。"索，法也。

祭六伯母文①

維貞元十七年歲次辛巳，二月癸巳朔，二十五日丁巳，姪男華州華陰縣主簿纁〔一〕，謹以清酌庶羞之奠，敬祭于六伯母之靈。伏惟天錫壽考②〔二〕，神資淑德，高明而和，柔惠且直，敬長慈幼，宗姻仰則，不偕貴位③，孰不悽惻？嗚呼哀哉！

移天夙喪，丁此閔凶〔三〕，主器繼夭〔四〕，莫承于宗。懿彼賢女④，孝誠自中，温温良人，竟揚德風。承順必敬，滑甘則豐，致養有榮，其道克終〔五〕。天禍弊族，遠承哀訃〔六〕，纏牽官事⑤，奔哭無路。亦既請告，聿來京師，以號以呼，祗拜堂帷。子姓彫落，宗門日衰，託于外姻，陳此靈儀〔七〕。幼女號戀〔八〕，誓言固之，仁賢見容〔九〕，曲遂其私。内顧孱眇〔一〇〕，祗益摧悲，誠愧于人，豈曰得宜？今歲調選〔一一〕，獲參士林，主其簿書，于華之陰。受禄雖微，莫遂曩心，夙駕東征〔一二〕，祖輤將臨〔一三〕。朔望是違，哀懷豈任？嗚呼哀哉！

【校　記】

①詁訓本題作「叔父祭六伯母文」。

②壽考，注釋音辯本、游居敬本、蔣之翹輯注本及《全唐文》作「考壽」。

③世綵堂本、蔣之翹輯注本注：「偕，一作階。」

④世綵堂本注：「懿，一作粲。」何焯《義門讀書記》卷三七：「『懿』作『粲』。臨邛令三女作粲。」

⑤纏，原作「繼」，據諸本改。原注與注釋音辯本、世綵堂本注：「（事）一作仕。」詁訓本作「仕」，並注：「一作事。」

【解　題】

〔注釋音辯〕臨邛令之妻李氏也，子厚代叔父作。〔韓醇詁訓〕公之叔父有四，纁居其次焉。〔百家注引孫汝聽曰〕清池令從裕子二人：察躬，爲德清令；某，爲臨邛令。六伯母，臨邛之夫人李氏也。按：此文爲柳宗元代其叔父柳纁作。六伯母，於柳宗元爲伯祖母。貞元十七年作於京師。據「主其簿書，於華之陰」之句，柳纁時被任爲華陰主簿，爲之官前祭其伯母李氏之喪作。

【注　釋】

〔一〕〔注釋音辯〕（纁）許雲切。〔百家注引孫汝聽曰〕公叔父四，纁居其次。

〔二〕［百家注引孫汝聽曰］貞元十六年六月二十九日李氏卒，年八十一。

〔三〕［注釋音辯］《文選》：「二十移所天。」注：「女子在家則天父，嫁則天夫。移所天，謂嫁夫也。」［百家注引孫汝聽曰］移天，謂夫也。言臨邛令早卒。《左傳》云：「少遭閔凶。」按：《文選》潘岳《寡婦賦序》：「少喪父，母適人，而所天又隕。」故以天謂夫。「閔凶」見《左傳》宣公十二年。

〔四〕［注釋音辯］《易》：「長子主器。」［百家注引孫汝聽曰］《易》：「主器者莫若長子。」李氏子終於宣州旌德尉。

〔五〕［注釋音辯］李氏三女壻：李伯和、王紓、陳萇，皆賢。貞元十六年，王氏女扶侍至京師，遇疾，卒於陳氏。［百家注引孫汝聽曰］李氏三女，皆得良壻。隴西李伯和爲揚子丞，太原王紓爲右補闕，潁川陳萇爲校書郎、渭南尉。貞元十六年，王氏女定省扶侍，自揚州至於京師，道路遇疾，遂館於陳氏。以諸壻之良、諸女之養，無不得志焉。

〔六〕［注釋音辯］（訃）芳遇切。

〔七〕［注釋音辯］自小斂至於大斂，二壻實參主之。有孫二人，長曰曹郎，奉之以縗，而正於位。［百家注引孫汝聽曰］李氏卒於平康里陳氏之第。自小斂至於大斂，二壻實參主之。有孫二人，長曰曹郎，奉之以縗，而正於位。

〔八〕［注釋音辯］謂陳萇之妻。［百家注引孫汝聽曰］幼女，即陳萇之室也。

〔九〕［注釋音辯］謂陳萇。

〔一〇〕［注釋音辯］孱，鉏山切。柳纁自謂。

〔一一〕［注釋音辯］（調選）並去聲。

〔一二〕［百家注引孫汝聽曰］謂纁將往於華陰也。

〔一三〕［注釋音辯］童（宗説）云：軷，蒲發切，道祭。［韓醇詁訓］軷音跋，道祭也。

【集　評】

何焯《義門讀書記》卷三七：早歲文，情詞兼爾欵至。

祭獨孤氏丈母文

維年月日〔一〕，某以清酌之奠，祭于獨孤氏丈母之靈。惟靈育德涵仁，克生賢子，生而不淑，未壯而死〔二〕。名播九圍〔三〕，望高群士，雖微禄位，人羨其美。在抱無孫，承家乏祀，孝女良壻，式遵燕喜①〔四〕。某曩與子重，道契義均，知心爲貴，實在斯人。奉養宜繼，將致其勤〔五〕，竟罹禍謫，逾紀漂淪〔六〕。夙志斯阻，微衷莫申，冀榮末路，私願獲陳。遽此承訃，天乎不仁②。嗚呼哀哉！

昔也高堂，世悲其獨，今兹玄室，孝道當復〔七〕。神感昭融，不疾而速，靈識逾濬，承歡載穆。式致其安，寧寘其毒？願言有知，以慰幽躅〔八〕。

【校　記】

①式，注釋音辯本、詁訓本、游居敬本及《全唐文》作「適」。

②乎，《全唐文》作「胡」。

【解　題】

〔注釋音辯〕獨孤申叔之母。〔韓醇詁訓〕夫人，獨孤申叔之母也。申叔字子重，少有間稱，年二十七而卒，故云「克生賢子，未壯而死」，又云「曩與子重，道契義均」也。其云「自罹禍謫，逾紀漂淪」，蓋公自永貞元年乙酉謫官，至元和十一年丙申爲一紀耳。按：韓説可從。何焯《義門讀書記》卷三七：「友之母稱丈母。」丈母爲對女性長輩的尊稱，如稱男性長輩爲丈人。

【注　釋】

〔一〕〔百家注引孫汝聽曰〕元和年。

〔二〕〔注釋音辯〕獨孤申叔字子重，卒年二十七。〔百家注引孫汝聽曰〕獨孤申叔字子重，貞元十八年四月五日卒，年二十七。《禮記》：「三十曰壯，有室。」按：見《禮記·曲禮上》。

〔三〕［百家注引孫汝聽曰］《詩》：「帝命式於九圍。」注云：「九圍，九州。」按：見《詩經·商頌·長發》。

〔四〕［百家注引孫汝聽曰］《詩》：「魯侯燕喜。」注云：「燕喜，飲也。」按：見《詩經·魯頌·閟宮》。

〔五〕［百家注引孫汝聽曰］公言將致其勤於獨孤母也。

〔六〕［百家注引孫汝聽曰］公謫永、柳二州。

〔七〕［百家注引孫汝聽曰］言申叔將孝於地下也。

〔八〕［注釋音辯］躅，除玉切。

祭從兄文

嗚呼！我姓嬋嫣〔一〕，由古而蕃，鐘鼎世紹，圭茅並分。至于有國，爵列加尊，聯事尚書，十有八人。中遭諸武，抑壓䭆冤①，踣弊不振〔二〕，數逾百年。近者紛紛，稍出能賢，族屬旍曜〔三〕，期復于前。君修其辭，楚越猶傳〔四〕，從事諸侯，假守郡藩②〔五〕。人謠吏畏，威惠咸宣。神乎我欺，命返不延③〔六〕，興起之望，是越是愆。歲首去我，將濱海堧，留遊歡娛④，涉月彌旬。夜爇膏炬，晝凌風煙〔七〕，理策嶇嶔〔八〕，縻舟潺湲〔九〕。將辭又醉，既往而旋⑤。今者之來，徒御淒然，垂帷襜襜〔一〇〕，飛旐翻翻。升拜無形，合哭誰聞⑥？逝歸從祔，于鄧之原。銘墓有詞〔一一〕，發我狂言，祗陳其悲，匪暇于文。觴有旨酒，豆有豣肩〔一二〕，伊奠之菲，而誠孔繁。靈耶罔耶？有涕漣漣。

【校記】

①壓，注釋音辯本、游居敬本、蔣之翹輯注本及《全唐文》作「遏」。

②守，原作「乎」，據詁訓本改。原注與世綵堂本注：「假乎，疑作『假守』。」注釋音辯本注：「乎，疑當作守。」柳文《故大理評事柳君墓誌》即作「假守支郡」，故改。

③上二句《全唐文》作「神胡不佑命不能延」。

④遊，《全唐文》作「連」。

⑤既，注釋音辯本、游居敬本及《全唐文》作「就」。

⑥原注與注釋音辯本、世綵堂本注：「合，一作洽。」詁訓本作「洽」，並注：「一作合。」

【解題】

〔注釋音辯〕柳寬字存諒，子厚五從族兄。〔韓醇詁訓〕據文云「銘墓有詞，發我狂言」，以集考之，公嘗爲《大理評事柳君墓誌》，即公之從兄也。諱寬，字存諒。文又云「假守郡藩」，蓋寬嘗爲邕州，見集之《馬退山茅亭記》。文又云「歲首去我，將濱海壖」，與誌所謂「柩於海壖」者皆合，當即寬無疑也。［百家注引孫汝聽曰］公從兄名寬，字存諒。唐濟、房、蘭、廓四州刺史楷，生夏縣令繹，繹生司議郎遺愛，遺愛生御史開。開葬鄧州，生寬。按：韓醇引《馬退山茅亭記》以證柳寬曾假守邕州，誤。《馬退山茅亭記》爲獨孤及所作，非柳文。柳文《故大理評事柳君墓誌》云柳寬爲嶺南節度推官、荆南永安軍判官。唐黄州齊安郡，本隋永安郡，永安當指黄州，故柳寬假守之地當是黄州。章士釗《柳文指要》上《體要之部》卷四一：「此文四字句一韻到底，極魏晉間名手下筆，追感愴悽之能事。」柳寬卒元和六年，此文亦是年作。

【注釋】

〔一〕［注釋音辯］童（宗説）云：（嬋嫣）上音蟬，下于虔切，長貌。［韓醇詁訓］嬋音蟬。嫣，于虔切，長貌。［百家注引孫汝聽曰］揚雄賦：「有周氏之嬋嫣。」注云：「嬋嫣，連也。」嬋音蟬。嫣，于連切。按：見揚雄《反離騷》。嬋嫣，長遠貌。

〔二〕［注釋音辯］潘（緯）云：踣，蒲北、匝候二切。［韓醇詁訓］踣，蒲比切。

〔三〕［注釋音辯］「旍」與「旌」同。［韓醇詁訓］旍音旌，與旌同。旌，旗也。曜，弋笑切。與耀同。照曜，光也。

〔四〕［百家注引孫汝聽曰］寬讀其世書，揚於文詞，南方之人，多諷其什。

〔五〕〔注釋音辯〕柳寬從事廣南，假守支郡。〔百家注引孫汝聽曰〕寬從事嶺南，其地多貨，其民輕亂，寬能以簡惠和柔匡弼所奉。寬假守支郡，海隅以寧，鬭狠仇怨，敦諭克順。從遷于荆，綏戎永安，仍專郡治，致用休阜。是時蜀寇始滅，邦人瘡痍，懷寬之澤，咸忘其痛。

〔六〕〔注釋音辯〕寬中厲氣嘔泄，卒，年四十七。〔百家注引孫汝聽曰〕荆南府罷，爲游士，出桂陽，下廣州，中厲氣嘔泄，卒於公館，元和六年八月七日也。年四十七。並見墓誌。

〔七〕〔注釋音辯〕童（宗説）云：凌，虧丁切，《説文》曰「欲上也」。

〔八〕〔注釋音辯〕（嶔）音欽，或作「嶔」，同。〔韓醇詁訓〕〔百家注引童宗説曰〕嶇音區，嶔音欽。高險貌。

〔九〕〔注釋音辯〕〔韓醇詁訓〕〔百家注引張敦頤曰〕潺，鉏山切。湲，于權切，水流貌。

〔一〇〕〔注釋音辯〕張（敦頤）云：襜，蚩占切，垂貌，衣蔽前。〔韓醇詁訓〕蚩占切，衣蔽前也。

〔一一〕〔百家注引韓醇曰〕公嘗爲《大理評事柳君墓誌》，即寬誌也。

〔一二〕〔注釋音辯〕「豘」與「豚」同，小豕也。〔百家注〕豘音豚。

祭弟宗直文

維年月日〔一〕，八哥以清酌之奠，祭于亡弟十郎之靈。吾門凋喪，歲月已久①，但見禍謫，未聞昌延，使爾有志，不得存立。延陵已上，四房子姓，各爲單子②，慥慥早夭〔二〕，汝又繼終，兩房祭祀，今已無主。吾又未有男子，爾曹則雖有如無，一門嗣續，不絶如綫〔三〕。仁義正直，天竟不知，理極道乖，無所告訴。

汝生有志氣，好善嫉邪，勤學成癖，攻文致病〔四〕。年過三十③，不禄命盡〔五〕，蒼天蒼天，豈有真宰？如汝德業，尚早合出身，由吾被謗年深，使汝負才自棄。志願不就，罪非他人，死喪之中，益復爲媿。汝墨法絶代，識者尚稀④〔六〕，及所著文，不令沉没，吾皆收録，以授知音〔七〕。文類之功〔八〕，更亦廣布，使傳於世人，以慰汝靈。知在永州，私有孕婦，吾專優恤，以俟其期。男爲小宗，女亦當愛，延子長大，必使有歸。撫育教視，使如己子。吾身未死，如汝存焉。

炎荒萬里，毒瘴充塞⑤，汝已久病，來此伴吾。到未數日，自云小差，雷塘靈泉，言笑如故。一寐不覺，便爲古人〔九〕。茫茫上天，豈知此痛？郡城之隅，佛寺之北，飾以殯紨〔一〇〕，寄於高原。死生同歸，誓不相棄，庶幾有靈，知我哀懇。

【校記】

①原注與世綵堂本注：「已，一作自。」詁訓本作「自」，並注：「一作已。」

②此句原注與注釋音辯本、世綵堂本注：「一作『各有單緒』。」詁訓本作「各有單緒」，並注：「一作『各爲單孑』。」

③過，原作「纔」。原注與注釋音辯本、詁訓本、世綵堂本注：「一本作『年過三十不掛命書』。」按《志從父弟宗直殯》云「凡業成十一年，年三十三不舉」，則柳宗直享年三十三，當作「年過三十」，故據改。

④識者，原作「知音」，據注釋音辯本、游居敬本、《全唐文》改。下文已有「知音」字，故改。原注與世綵堂本注：「一本云『識者尚希』。」注釋音辯本注：「一本作『稀音尚希』。」

⑤充，詁訓本作「允」。

【解題】

〔注釋音辯〕〔百家注引孫汝聽曰〕子厚同祖異父弟，字正夫。〔韓醇詁訓〕集有《志宗直殯》，云元和十年七月卒，文亦是時作也。

【注釋】

〔一〕〔注釋音辯〕元和十年七月。〔百家注引孫汝聽曰〕元和十年七月二十四日。

〔二〕〔注釋音辯〕〔韓醇詁訓〕慥，七到切。按：慥慥當是人名，柳宗元從弟，然未知爲誰。

〔三〕［注釋音辯］（綫）即「線」字。係《公羊傳》句。按：《公羊傳》僖公四年：「中國不絶若綫。」

〔四〕［百家注引孫汝聽曰］宗直讀書，不廢早夜，以專故得上氣病，臚脹奔逆。每作，害寢食，難俯仰。時少間，又執業以興，呻痛詠言，雜莫能知。

〔五〕［百家注引孫汝聽曰］宗直爲進士，凡業成十一年，年三十三不舉，卒。

〔六〕［百家注引孫汝聽曰］善操觚牘，得師法甚備，融液屈折，奇峭博麗，知之者以爲工。

〔七〕［百家注引孫汝聽曰］作文辭淡泊尚古，謹聲律，切事類。

〔八〕［注釋音辯］宗直撰《西漢文類》四十卷。［百家注引孫汝聽曰］撰《漢書》文章爲四十卷，賦、頌、詩、歌、書、奏、詔、策、辨、論之類，各以類分，號《西漢文類》。宗元爲之序，行於世。

〔九〕［百家注引孫汝聽曰］公爲柳州，是歲七月，宗直南來從之，道加瘧寒，數日良已。又從謁雨雷塘神所，還戲靈泉上，洋洋而歸。卧至旦，呼之無聞，就視，神形離矣。見誌。

〔一〇〕［注釋音辯］紖，丈忍切，棺索。［韓醇詁訓］注見《祭吕敬叔文》。

【集評】

《王荆石先生批評柳文》卷一〇：情深氣結，畢見於詞。

蔣之翹輯注《柳河東集》卷四一：悽情哀旨，與昌黎《祭十二郎文》上下。所不如者，昌黎之抑揚跌宕，愈令人腸斷耳。

金聖歎批《才子古文》卷一二：《祭十二郎》摇曳，《祭十郎》荒促。其摇曳也，蓋爲得之訃聞。其荒促也，乃爲萬里炎荒，躬親撫殮。蓋彼自有不得不摇曳之情，此又有更摇曳不得之情也。若其痛毒，直是一種。

孫琮《山曉閣選唐大家柳柳州全集》卷四：兹篇云「好善嫉邪，勤學成癖」，「及所著文，不令沉没，吾皆收録，以授知音」。其惓惓若此，乃知子厚之爲十郎哀者，文學之事重，而兄弟之情，因此而更深焉。雖不似《祭十二郎》之纏綿，而沈樸懇摯，少許勝多。

儲欣《河東先生全集録》卷六：韓《祭十二郎文》是放聲長號，柳卻嗚咽如有節族而不成聲，皆哀之至也。

林紓《韓柳文研究法·柳文研究法》：子厚《祭弟宗直文》，不如昌黎《祭十二郎文》綿亘其哀音，然真摯處，乃不之遜。「四房子姓，各爲單孑」，則宗直之死，於柳氏大有關係。可知宗直亡，而子厚又未有男子，宗直在客，子厚流貶異鄉，骨肉相依爲命，而宗直又捨之而去，則單孑之中，又獨存爲單孑，幾於心緒茫亂，不知所爲，但有呼天咎恨而已。至「知在永州，私有孕婦，吾專優恤，以俟後期。男爲小宗，女亦當愛，延子長大，必使有歸。撫育教視，使如己子。吾身未死，知汝存焉。」此數行中，無盡深情，無窮體恤，大意均根上文「四房子姓，各爲單孑」而來。外婦之子，亦允爲小宗，則柳氏之衰可知。至此幾於凡爲宗直所屬意者，皆形寶貴。語語從至情中流出，無一矯僞。末寫厝棺蕭寺之慘狀，臨棺痛哭之誓詞。

祭姊夫崔使君簡文①

某年月日，某謹以清酌庶羞之奠，祭于永州刺史博陵崔公之靈②。天之生人，或哲或愚，君取其英，爰曜于初③。譽動京邑④〔一〕，施于方隅，密勿書奏，元侯是俞〔二〕。蜀寇内侮，禍聯羌髳〔三〕，君出顯畫，披攘其徒，南平劍門，西獲戎俘〔四〕。超受刑曹，留總南都⑤〔五〕，移刺連州⑥〔六〕，下民其蘇。道不可常，病惑中途，悍石是餌，元精以渝〔七〕。雷謗爰興，按驗增誣⑦〔八〕，始雖進律〔九〕，終以論辜。溟海浩浩，而君是踰。崇山茫茫⑧〔一〇〕，而君是居。厥弟抗憤，叫于天衢⑨〔一一〕，天子憫焉，訊以文書。御史既斥⑩，連帥是除⑪〔一二〕，期復中壤，遽淪別區〔一三〕。喪還大浸，又溺二孤〔一四〕，痛毒荐仍，振古所無。何謫于天，降此翦屠？柩不及歸，寓葬荒墟〔一五〕，將葺將就，誓還里閭。嗚呼哀哉⑫！

君之子姓，惟自我出，母儀先虧⑬〔一六〕，父訓又失。煢煢相視⑭〔一七〕，撫悼增恤，咸冀其才，以大家室。惟昔與君⑮，年殊志匹，晝咨夕討⑯，期正文律。實契師友，豈伊親昵，誰謂斯人，變易成疾？良志莫踐，乖離永訣。嗚呼哀哉⑰！

永山之西，湘水之東，殯紖以出，斧屋爰封〔一八〕。神非久留，息駕于中，書石爲誌，世德斯崇〔一九〕。手𦧲以酹⑱〔二〇〕，涕出焉窮⑲。

【校　記】

①《英華》題無「姊夫」二字。

②「某年月日某謹以清酌庶羞之奠祭于」十五字原闕，據《英華》補。

③曜，《英華》作「輝」。

④邑，《英華》作「師」。

⑤總，《英華》作「守」。

⑥州，注釋音辯本、詁訓本、《英華》、《全唐文》作「部」。注釋音辯本注：「部，一本作州。」

⑦誣，《英華》作「誰」。

⑧崇，原作「嵩」，據《英華》、《全唐文》改。百家注本引孫汝聽注、世綵堂本注：「嵩山，當作『崇山』。」注釋音辯本注：「嵩，疑當作崇。」

⑨天，原作「康」，據《英華》改。康衢指大路，天衢指京城的街道，代指京城。崔簡弟鳴冤於京，作「天」是，故改。

⑩御，詁訓本作「節」。

⑪帥，《英華》作「師」。

⑫《英華》無「哀哉」二字。
⑬先，《英華》作「既」。
⑭視，注釋音辯本、游居敬本、蔣之翹輯注本作「祖」，《全唐文》作「值」。祖指祖道，餞行，作「祖」亦可通。
⑮昔，《英華》作「今」。
⑯討，原作「計」，據世綵堂本及《英華》改。
⑰《英華》無「哀哉」二字。
⑱手興，《英華》作「拜手」。
⑲涕出，《英華》作「出涕」。

【解　題】

［注釋音辯］元和七年藁葬永州。［韓醇詁訓］公集有《永州刺史流驩州崔君權厝誌》，即簡也。誌云元和七年正月卒，八月柩至永，遂藁葬於社之北。文是時作。［百家注引孫汝聽曰］簡字子敬，博陵安平人，中書令仁師五世孫。娶柳氏，公之伯姊也。［世綵堂］元和七年作。

【注　釋】

［一］［注釋音辯］［百家注引孫汝聽曰］崔簡貞元五年中進士第，旋入山南西道節度使府爲掌書記，

至府留後。

〔二〕［百家注引孫汝聽曰］《詩》：「密勿從事。」密勿書奏，即謂爲掌書記。俞，允也。按：《詩經・小雅・十月之交》：「黽勉從事，不敢告勞。」《漢書・楚元王劉交傳》附劉向引作「密勿從事」。二者義同，勤勉盡力之意。

〔三〕［注釋音辯］潘（緯）云：髳，茂侯切，夷名。羌在西蜀，髳在巴蜀。叶韻，髳讀如「謨」。［注釋音辯］音矛。

〔四〕［百家注引孫汝聽曰］劉闢叛命，簡說其節度嚴礪，請爲之備，礪從之。南敗蜀虜，西遏戎師，其慮皆簡之自出。《書》曰：「及庸、蜀、羌、髳、微、盧、彭、濮人。」注云：「羌在西蜀，髳在巴蜀，皆夷狄名。」按：見《尚書・牧誓》。

〔五〕［注釋音辯］［百家注引孫汝聽曰］簡在山南凡五徙職，六增官，至刑部員外郎。爲府留後。

〔六〕［注釋音辯］［百家注引孫汝聽曰］謂簡自山南西道府遷連州刺史。

〔七〕［注釋音辯］簡後餌五石，病瘍且亂。按：百家注本引孫汝聽注尚云：「不承於初。渝，變也。」

〔八〕［注釋音辯］［百家注引孫汝聽曰］簡自連州徙永州，未至，而連州人訴簡，御史按章具獄，坐流驩州。

〔九〕［注釋音辯］《記・王制》：「有功德於民者，加地進律。」注：「律，法也。」

〔一〇〕［注釋音辯］崇山，驩兜所放處，在驩州界。［百家注引孫汝聽曰］《書》曰：「放驩兜於崇山。」

崇山，在驩州界。

〔一一〕［世綵堂］四達爲衢，五達爲康，六達爲莊。按：見《爾雅·釋宮》。

〔一二〕［注釋音辯］簡幼弟詒闕訟冤，天子爲之黜連帥，罷御史。［百家注引孫汝聽曰］簡得罪，其幼弟詒闕訴冤。天子爲之黜連帥，罷御史，及小吏咸死，投之荒外，而簡不克復。

〔一三〕［百家注引孫汝聽曰］元和七年正月二十六日，死於驩州。

〔一四〕［注釋音辯］簡子處道、守訥奉簡之喪踰海水，遇暴風，二孤溺死。［百家注引孫汝聽曰］《莊子》：「大浸稽天而不没。」大浸，謂漲潦也。按：見《莊子·逍遥遊》。「没」作「溺」。

〔一五〕［百家注引孫汝聽曰］簡柩至永州，八月甲子，宗元稾葬於社之北四百步。

〔一六〕［注釋音辯］［百家注引孫汝聽曰］簡妻柳氏先簡十年而卒。

〔一七〕［注釋音辯］焭，渠營切，憂也。與煢、惸同。［韓醇詁訓］焭與惸同，憂也。

〔一八〕［注釋音辯］《記·檀弓》：「封有若覆夏屋者矣，有若斧者矣。」［韓醇詁訓］（殯紖）見《祭呂敬叔文》。（斧屋）見《祭崔少卿文》。［百家注］殯紖、斧屋，注並見上。

〔一九〕［百家注］見題注。

〔二〇〕［注釋音辯］童（宗説）云：斞音拘，挹也，酌也。酹，魯外切。［韓醇詁訓］斞音拘，挹也，酌也。

又祭崔簡旅櫬歸上都文①

嗟乎崔公之柩②〔一〕！嘻乎崔公！楚之南，其土不可以室。或坋而頹〔二〕，或确而崒〔三〕，陰流泄漏，瀸没渝溢〔四〕。碩鼠大蟻，傍穿側出，虧疎脆薄，久乃自窒。不如君之鄉，式堅且密③。嘻乎崔公！楚之南，其鬼不可與友。躁戾佻險〔五〕，睒𥇀欺苟④〔六〕，朘賤暗昒〔七〕，輕嚚妄走〔八〕，不思己類，好是群醜⑤。不如君之鄉，式和且偶。日月甚良，子姓甚勤，具是舟𦨣〔九〕，寧君之神。去爾夷方，返爾故鄰〔一〇〕，弈弈其歸，宜樂且欣。君死而還，我生而留，遠矣殊世⑥，曷從之遊？酹觴于座，與涕俱流。

【校記】

① 詁訓本題作「又祭崔簡文」。《英華》題作「祭崔使君神柩歸上都文」。旅櫬，注釋音辯本、游居敬本作「神柩」。注釋音辯本注：「神柩，一本作『旅櫬』。」詁訓本注：「一本作『祭神柩歸上都文』。」原注與世綵堂本注：「一本無『旅櫬歸上都』字。」

② 嗟，注釋音辯本、世綵堂本、游居敬本、《英華》、《全唐文》作「嘻」。注釋音辯本注：「嘻，一本作

『嗟』字。」

③式，《英華》作「或」。且，《英華》作「或」。

④眒，《英華》作「神」。

⑤是，《英華》作「事」。

⑥遠，《英華》作「永」。

【解題】

〔韓醇詁訓〕據簡元和七年既稾葬於永，公謂三年將復故葬，且云後三年辭當備，蓋自七年至十年爲三年。公元和十年正月已召至京師，而此文謂「君死而還，我生而留」，則當是元和九年作矣。

【注釋】

〔一〕〔注釋音辯〕柩，巨救切。

〔二〕〔注釋音辯〕坋，符吻切，塵也。〔韓醇詁訓〕坋，房吻切。

〔三〕〔注釋音辯〕确音慤，磽確切，山多大石。崒，昨没、昨律二切。《詩》注云：「崒者，崔嵬。」〔韓醇詁訓〕确音慤，多大石也。崒，昨没切，又昨律切。按：百家注本引童宗説曰：「《爾雅》：确，山多大石也。」《爾雅・釋山》：「多大石，礐。」陸德明音義：「礐字，或作确。」

〔四〕［注釋音辯］瀸，思廉切，《爾雅》：「泉一見一否爲瀸。」郭璞曰：「纔有貌。」按：韓醇詁訓本、百家注本引孫汝聽注未引郭璞注。見《爾雅·釋水》。

〔五〕［注釋音辯］佻音超，輕也，媮也。［韓醇詁訓］佻音迢。按：百家注本引張敦頤注與注釋音辯本略同。

〔六〕［注釋音辯］睒，矢冉切，暫視貌，又驚視貌。眒，書刃切，張目也。［韓醇詁訓］睒音閃，暫視也。眒，試刃切，張目也。按：百家注本引作童宗説曰。

〔七〕［注釋音辯］脞，坐果切，細碎無大略。曶，古「忽」字。［韓醇詁訓］脞，坐果切。曶音忽。按：《説文》：「曶，目冥遠視。」《廣韻》：「遠視，不正視。」

〔八〕［注釋音辯］［韓醇詁訓］嚚音銀。按：輕嚚，輕賤。

〔九〕［注釋音辯］張（敦頤）云：轝，音筡，舁車也。［百家注引童宗説曰］轝，舁車也，音預。

〔一〇〕［百家注引孫汝聽曰］簡歸葬長安少陵北。

【集評】

《王荆石先生批評柳文》卷一〇：可亂騷。

茅坤《唐宋八大家文鈔》卷二八：讀之輒涕洟已。

陸夢龍《柳子厚集選》卷四：不忍讀。

蔣之翹輯注《柳河東集》卷四一：雖不作騷調，其蹊徑全自《招魂》中來。哀怨無盡。

孫琮《山曉閣選唐大家柳柳州全集》卷四：滴自己淚，是文生於情，能滴崔簡淚，是情生於文。文耶？情耶？文耶？淚耶？千古至文，不出於情，豈獨死生之際！金聖歎曰：一篇短短招魂文字，妙在對崔簡柩滴自己淚。

儲欣《河東先生全集録》卷六：祭死哭生，祭歸哭留，騷歌腸斷。

乾隆敕纂《御選唐宋文醇》卷一八：此亦倣《楚辭·招魂》。末云死還生留，樂死而哀生，宛如「巴東三峽巫峽長，猿啼三聲淚沾裳」也。

祭崔氏外甥文①

年月日，八舅、十舅以酒肉之奠②〔一〕，敬祭外甥韋六、小卿之魂③。嗚呼！生有孝姿，淑且茂兮。謂吉其終，道克就兮。胡典而喪〔二〕？離厥咎兮。蹈道而違〔三〕，死誰祐兮？豈汝之昧，不能究兮？將奪之鑒，使昏霧兮〔四〕。反復攬予，哀何救兮？骨肉無從，魂焉覯兮？庶幾來歸，餕以侑兮〔五〕。酒實于觴，肉盈豆兮。豈伊異人，余所授兮。來耶否耶？歆氣臭兮。

【校　記】

①原注與注釋音辯本、詁訓本、世綵堂本注：「一本作『崔君筵側祭二甥文』。」

②「以酒肉之奠」五字原闕，據世綵堂本、蔣之翹輯注本及《全唐文》補。

③原注與世綵堂本注：「一本無此上文。」詁訓本即無以上文字，並注：「篇首有『年月日八舅十舅以酒肉之奠敬祭外甥韋六小卿之魂』字。」

【解　題】

［注釋音辯］即處道、守訥，逾海溺死者。［韓醇詁訓］即簡之子，曰處道，曰守訥。以奉簡之喪踰海，不幸暴風溺死。此必喪至永後，次前《祭崔使君文》作。按：此文元和七年作於永州。

【注　釋】

〔一〕陳景雲《柳集點勘》卷三：「文中十舅，乃子厚從弟宗直，《祭宗直》文呼十郎是也。」

〔二〕［百家注］典，主也。

〔三〕［蔣之翹輯注］蹈道字見《穀梁傳》。云「蹈道」則未也。

〔四〕［注釋音辯］童（宗説）云：霿，武賦切，與「霧」同。［韓醇詁訓］霿與霧同。

〔五〕［注釋音辯］［百家注引孫汝聽曰］餕音俊。《禮記》注：「食餘曰餕。」言祭簡之餘以祭二甥。

〔韓醇詁訓〕餕音俊，熟食也。按：《禮記·祭統》：「夫祭有餕。……尸亦餕鬼神之餘也。」孫注是。

【集評】

王之績《鐵立文起》前編卷五：王懋公曰：（祭文）散文如韓愈《祭十二郎文》，韻語散文如蘇軾《祭歐陽公文》……騷體如柳宗元《祭崔氏外甥女文》，儷體如李白《爲竇氏小師祭璿和尚文》。

祭崔氏外甥女文

叔舅宗元祭于二十六娘子之靈①。凡我諸甥，惟爾爲首，甥於我氏②，恩顧彌厚。惠明貞淑，仁愛孝友。女德之全，素風斯守，播於族屬，芬馨自久③。恭惟伯姊〔一〕，道茂行高，上承下訓，克敬能勞。夙有儀則，刑于汝曹，雖云性善④，抑自良陶。汝之先君〔二〕，以文誨我，周流辯論，有疑必果。恒革其非，以成其可，孰云具美？易以生禍。汝及諸弟，流離莫從，幸獲我依，以慰困窮。歸之令族，有蔚其容，方冀榮壽，遽罹災凶〔三〕。嗚呼哀哉！

汝自艱酷，二弟繼終，海門之哀，今古罕同。騈也英文〔四〕，敷暢洽通⑤，實期振耀⑥，弘我儒風，又茲夭閼〔五〕，神理何蒙！盛德餘慶，宜福其豐⑦，胡然降戾，惟禍之逢？嗚呼哀哉！

前歲詔追，廷授遠牧〔六〕，武陵便道，往來信宿〔七〕。幸茲再見，緩我心曲。猶且輕別，瞻程務速，孰知自此，遂間幽躅〔八〕？臨視無路，遡風慟哭，怛然自中⑧，如刃之觸。邛阜有位，青烏載卜〔九〕，道途尚艱，歲月逾邁。方俟歸紖〔一〇〕，再期奠沃，寄哀斯文，心焉往復。嗚呼哀哉！

【校記】

① 世綵堂本、蔣之翹輯注本注：「一作『維年月日叔舅宗元以酒肉之奠祭于薛氏婦崔氏二十六娘子之靈』。」

② 原注：「一作『生於我氏』。」注釋音辯本、世綵堂本注：「甥，一本作生。」何焯《義門讀書記》卷三七：「『甥』一作『生』。」

③ 原注與詁訓本、世綵堂本注：「芬，一作棻。」

④ 性善，蔣之翹輯注本、《全唐文》作「惟性」。何焯《義門讀書記》卷三七：「『惟性』作『性善』。」

⑤ 洽，注釋音辯本、游居敬本、蔣之翹輯注本作「浩」。何焯《義門讀書記》卷三七：「『浩』作『洽』。」

⑥ 實，注釋音辯本、游居敬本、蔣之翹輯注本作「賞」。何焯《義門讀書記》卷三七：「『賞』作『實』。」

⑦ 豐，注釋音辯本作「曹」，濟美堂本作「遭」。何焯《義門讀書記》卷三七：「『遭』作『豐』。」

⑧ 然，注釋音辯本、游居敬本、蔣之翹輯注本作「焉」。

【解　題】

〔注釋音辯〕簡之女，名媛，嫁朗州司户薛巽。〔韓醇詁訓〕崔氏，即簡之女諱瑗，嫁朗州員外司户河東薛巽，元和十二年六月卒。公時在柳也。誌曰「某月日遷柩於洛，某月日祔於墓，在北邙山南、洛水東」，故曰「邙阜有位」云。按：崔氏卒元和十三年，此文亦元和十三年作。見柳文《朗州員外司户薛君妻崔氏墓誌》解題。

【注　釋】

〔一〕〔注釋音辯〕崔氏之母，子厚姊也。

〔二〕〔注釋音辯〕謂崔簡。〔百家注引童宗説曰〕崔簡。

〔三〕〔百家注〕卒之年月見題注。

〔四〕崔騈，崔媛之弟。

〔五〕〔注釋音辯〕夭，於表切。閼音遏。《莊子·逍遥》：「賞儒莫之夭閼。」此文謂崔氏弟處道、守訥奉其飄蓬度海，遇風溺死。崔騈即卿郎，亦死也。〔世綵堂〕《莊子》：「莫之夭閼。」此謂崔氏二子溺死，騈亦死也。按：《祭崔氏外甥文》之韋六、小卿即渡海溺死之處道、守訥，而崔騈則别是一弟。

〔六〕〔注釋音辯〕元和十年，子厚召至京師，又出爲柳州刺史。〔百家注引孫汝聽曰〕元和十年三月十三日，以公爲柳州刺史。

〔七〕［注釋音辯］武陵即朗州。［百家注引孫汝聽曰］武陵，朗州，去柳最近。按：時崔媛之夫薛巽由連州連山縣尉移朗州員外司户參軍，崔氏遂枉道柳州省其舅父。

〔八〕［注釋音辯］［韓醇詁訓］（躅）除玉切。［蔣之翹輯注］間，去聲。

〔九〕［注釋音辯］崔氏葬北邙山南。《青烏》乃相墓書。［韓醇詁訓］《相冢書》曰：「青烏子稱：山三重相連，名傘山，葬之出二千石。」按：見《太平御覽》卷五六〇引《相冢書》。

〔一〇〕［注釋音辯］（紖）又忍切，棺索。

【集評】

焦循批《柳文》卷二一：直起。

祭外甥崔駢文

祭于卿郎之魂。嗚呼！天恡靈奇〔一〕，取不可貪，既睿又力，神誰以堪？汝不是思，而縱其志。盜其管籥，褰其篋匱，抽深抉密，擔重揭貴①〔二〕。守吏失職，訴帝行事。果殄爾躬，以寧其位，豈不信耶？不然，無鬼誅之行〔三〕，而中道夭死，有拔萃之材②，而三見廢委〔四〕。仁充其軀，毒中骨髓，其何以爲累也？兄弟逾十，我出惟八〔五〕，既孤數祀，中分存没。我爲汝舅，汝爲我甥，求仁具得，爲藝繼成。天下莫倫，古罕並行，人而思之，幾不欲生。嗚呼哀哉③！

既致其愛，祇極其哀，秦越萬里〔六〕，心魂徘徊。念與汝别，桓公之臺〔七〕，顧余猶壯，視爾如孩。戲抽佛筴〔八〕，前次淹隈〔九〕，笑頷即路④，嗚鞘不迴〔一〇〕。豈云古今，自此而乖？孰爲鬼神，忍是陰誅？得疾之日，兄弟莫在，謁醫問巫，卒以幽昧。葬之東野，誰賵誰會〔一一〕？既虞以奠，誰主誰酹〔一二〕？孤魂冥冥，何託何逝？嗚呼哀哉！

刑曹繼之〔一三〕，以病告余，銜憂驅使，裹藥操書。雖驚狀劇⑤，猶恃神扶，豈知所賴，終以誤吾。我自得罪，無望還都。想爾新墓，少陵之隅，何時歸祔，圯土下呼〔一四〕。漬淚徹壙⑥〔一五〕，以沾以塗，此心未慊，秪益摧紆⑦。累見于夢，寧知有無？寄之哀辭，惟俎及壺〔一六〕。嗚呼哀哉！

【校記】

①擔，詁訓本作「襜」，並注：「襜，蚩占切，衣蔽前也。」世綵堂本注：「擔，都甘切，或作襜，蚩占切。」作「襜」非是。

②萃，注釋音辯本、游居敬本、蔣之翹輯注本作「類」。
③詁訓本無「哀哉」二字。
④領，詁訓本作「領」。
⑤劇，原作「遽」，據諸本改。
⑥漬，原作「清」，據諸本改。
⑦益，詁訓本作「蓋」。

【解　題】

〔注釋音辯〕崔簡之子。〔韓醇詁訓〕騈當是處道、守訥之昆弟也。文謂「我自得罪，無望還都」，此在永時作。按：此文首云「祭下卿郎之魂」，《祭崔氏外甥文》云祭韋六、小卿，小卿爲崔守訥，此卿郎則爲崔騈也，非一人。陳景雲《柳集點勘》卷三：「桓公之臺，桓公未詳。一作『柏觀』。『戲抽佛策』語，其人或是釋子耶？『刑曹繼之』，案繼之，楊嗣復字也。嗣復父於陵見《石表先友記》，則子厚與繼之蓋夙有通門之契者。繼之以元和十年遷刑部員外郎，十三年四月鄭餘慶爲詳定禮儀使，奏爲判官，改禮部員外郎。此文乃未改官前作。又《祭甥女崔媛文》中有『騈也英文，又兹夭閼』語，媛卒於十二年，蓋騈之亡亦在是歲也。」陳云此文作於柳州，甚是。崔騈卒在其姐崔媛之前，當於元和十二年末或十三年初，亦即此文作年。其卒則在長安，故卒訊爲楊嗣復所告知也。又按：唐闕名

《玉泉子》、《太平廣記》卷二六五引《芝田録》、王讜《唐語林》卷七皆有崔駢，唐文宗、武宗時人，曾爲汾州、洺州等州刺史，顯非崔簡之子，别是一崔駢。

【注釋】

〔一〕［注釋音辯］「悋」即「吝」字。［韓醇詁訓］悋音吝。

〔二〕［注釋音辯］童（宗説）云：揭，丘桀切，舉也。又巨列切，負也。又去列切，高舉也。喻駢之多能。［韓醇詁訓］重，傳容切。揭，丘傑切，舉也。又巨列切，負也。［世綵堂］擔，都甘切。

〔三〕［注釋音辯］《莊子》：「爲不善者鬼誅之。」［世綵堂］鬼誅字出《莊子》，見上注。按：《莊子·庚桑楚》：「爲不善乎顯明之中者，人得而誅之。爲不善乎幽間之中者，鬼得而誅之。」

〔四〕此句謂駢之父崔簡、兄處道、守訥三人已前卒。

〔五〕［注釋音辯］《左傳》成公十四年：「我之自出。」注：「外甥也。」謂柳氏所生八子。

〔六〕［百家注引童宗説曰］秦，長安。

〔七〕《全唐詩》卷八六張説《遊龍山静勝寺》：「每上襄陽樓，遥望龍山樹。……南識桓公臺，北望先賢墓。」則桓公臺當在江陵。

〔八〕［注釋音辯］「筴」即「策」字，今謂之籤。［韓醇詁訓］與策同。按：謂在佛寺求籤。

〔九〕［注釋音辯］童（宗説）云：（沲限）上待何切，下烏回切，水曲也。［韓醇詁訓］沲，徒何切。隈，烏回切，水曲也。

〔一〇〕［注釋音辯］童（宗説）云：鞘音梢，又音笑，刃室也。潘（緯）云：《選》詩：「長鋏鳴鞘中。」［韓醇詁訓］鞘音筲，又音笑，鞭也。［百家注引張敦頤曰］鞘，鞭也，音筲。又刀室也，音肖。按：張注是。鳴鞘，即揚鞭。潘緯所引詩句見《文選》張協《雜詩十首》七。

〔一一〕［注釋音辯］賵，撫鳳切，贈送死也。［百家注引孫汝聽曰］《公羊傳》：「車馬曰賵。」按：見《公羊傳》隱公元年。

〔一二〕［注釋音辯］酹，魯外切。虞，祭名。《禮記》：「葬既已竟，豈若速反而虞祭，以安神靈？」［韓醇詁訓］虞，虞祭也。《禮記》曰：「豈若速反而虞乎？」疏曰：「葬既已竟，神靈須安，豈若速反虞祭安神乎？」按：見《禮記·檀弓上》。

〔一三〕繼之，楊嗣復字。見解題。

〔一四〕［韓醇詁訓］圮，彼美切，毁也。［百家注引童宗説曰］圮，毁也，被美切。

〔一五〕［韓醇詁訓］漬，疾智切，漚也。［百家注引張敦頤曰］漬，漚也，疾智切。

〔一六〕何焯《義門讀書記》卷三七：「惟俎及壺，謂身不得俱也。」

【集　評】

《王荆石先生批評柳文》卷一〇：怨毒之狀，淫淫滿紙。上諸祭文寫情工於叙事。

陸夢龍《柳子厚集選》卷四：每聞歌聲，輒唤奈何。

儲欣《河東先生全集録》卷六：憤激。

柳宗元集校注卷第四十二

古今詩①

同劉二十八院長述舊言懷感時書事奉寄澧州張員外使君五十二韻之作因其韻增至八十通贈二君子

弱歲遊玄圃〔一〕，先容幸棄瑕〔二〕。名勞長者記，文許後生誇〔三〕。鶡翼嘗披隼〔四〕，蓬心賴倚麻②〔五〕。繼酬天祿署③〔六〕，俱尉甸侯家〔七〕。憲府初收跡，丹墀共拜嘉〔八〕。分行參瑞獸〔九〕，傳點亂宮鴉〔一〇〕。執簡寧循枉〔一一〕，持書每去邪〔一二〕。鸞鳳標魏闕〔一三〕，熊武負崇牙〔一四〕。辨色宜相顧，傾心自不譁。金爐仄流月，紫殿啟晨赮〔一五〕。未竟遷喬樂〔一六〕，俄成失路嗟〔一七〕。還如渡遼水〔一八〕，更似謫長沙〔一九〕。別怨秦城暮〔二〇〕，途窮越嶺斜〔二一〕。訟庭閑枳棘〔二二〕，候吏逐麇麚〔二三〕。三載皇恩暢，千年聖曆遐〔二四〕。朝宗延駕海④〔二五〕，師役罷梁溠〔二六〕。京邑搜貞幹〔二七〕，南宮步渥洼〔二八〕。世推材是梓⑤〔二九〕，人仰驥中驊〔三〇〕。欻刺苗人地〔三一〕，仍逾贛石崖〔三二〕。禮容垂琕琫〔三三〕，戎備響錏鍜〔三四〕。寵即郎官舊，威從太守加〔三五〕。建旟翻鷙鳥〔三六〕，負弩繞文蛇〔三七〕。册府榮八命⑥〔三八〕，中闈盛六珈⑦〔三九〕。肯隨胡質矯〔四〇〕，方惡馬融奢〔四一〕。褒德符新换〔四二〕，懷仁道併遮〔四三〕。俗嫌龍節晚〔四四〕，朝訝介圭賒〔四五〕。禹貢輸苞匭〔四六〕，周官賦秉秅〔四七〕。雄風吞七澤〔四八〕，異産控三巴〔四九〕。即事觀農稼，因時展物華。秋原被蘭葉，春渚漲桃花〔五〇〕。令肅軍無擾，程懸市禁貰〔五一〕。不應虞竭澤〔五二〕，寧復歎棲苴〔五三〕。蹀躞騶先駕〔五四〕，籠銅鼓報衙〔五五〕。染毫東國素〔五六〕，濡印錦溪砂〔五七〕。貨積舟難泊，人歸山倍畬〔五八〕。吴歈工折柳〔五九〕，楚舞舊傳芭〔六〇〕。隱几松爲曲〔六一〕，傾罇石作汙〔六二〕。寒初榮橘柚〔六三〕，夏首薦枇杷。祀變荆巫禱〔六四〕，風移魯婦髽〔六五〕。已聞施愷悌〔六六〕，還覩正奇衺〔六七〕。慕友慚連璧〔六八〕，言姻喜附葭〔六九〕。沉埋全死地，流落半生涯。入郡腰恒折〔七〇〕，逢人手盡叉〔七一〕。敢辭親恥汙〔七二〕，唯恐長疵瘕〔七三〕。善幻迷冰火〔七四〕，齊諧笑柏塗〔七五〕。東門牛屢飯〔七六〕，中散蝨空爬〔七七〕。逸戲看猿鬭⑧，殊音辨馬撾〔七八〕。渚行狐作孽〔七九〕，林宿鳥爲殝〔八〇〕。同病憂能老〔八一〕，新聲麗似姱⑨〔八二〕。豈知千仞墜，祇爲一毫差。守道甘長絶，明心欲自剄〔八三〕。貯愁聽夜雨，隔淚數殘葩。梟族音常聒〔八四〕，豺群喙競呀⑩〔八五〕。岸蘆翻毒蜃，磎竹鬭狂麛〔八六〕。野鶩行看弋〔八七〕，江魚或共扠。瘴氛恒積潤〔八八〕，訛火亟生煆〔八九〕。耳静煩喧蟻〔九〇〕，魂驚怯怒蛙〔九一〕。風枝散陳葉，霜蔓綖寒瓜⑪。霧密前山桂，冰枯曲沼遺〔九二〕。思鄉比莊舄〔九三〕，遯世遇眭夸⑫〔九四〕。漁舍茨荒草〔九五〕，村橋卧古槎〔九六〕。御寒衾用罽〔九七〕，挹水勺仍椰〔九八〕。窗蠹惟潛蝎〔九九〕，甍涎競綴蝸〔一〇〇〕。引泉開故竇，護藥插新笆〔一〇一〕。樹怪花因槲〔一〇二〕，蟲憐目待蝦〔一〇三〕。驟歌喉易嗄〔一〇四〕，饒醉鼻成皻〔一〇五〕。曳捶牽羸馬〔一〇六〕，垂蓑牧艾猳〔一〇七〕。已看能類鼊〔一〇八〕，猶訝雉爲鷨〔一〇九〕。誰采中原菽〔一一〇〕，徒巾下澤車〔一一一〕。俚兒供苦筍，傖父饋酸樝〔一一二〕。勸策扶危杖，邀持當酒茶。道流徵袒裼⑬，禪客會袈裟。香飯舂菰米〔一一三〕，珍蔬折五茄〔一一四〕。方期飲甘露〔一一五〕，更欲吸流霞〔一一六〕。屋鼠從穿穴，林狙任攫拏〔一一七〕。春衫裁白紵，朝帽掛烏紗。屢歎恢恢網〔一一八〕，頻摇肅肅罝〔一一九〕。衰榮困蓂莢⑭〔一二〇〕，盈缺幾蝦蟇〔一二一〕。路識溝邊柳，城聞隴上笳〔一二二〕。共思捐珮處〔一二三〕，千騎擁青緺〔一二四〕。

【校記】

①注釋音辯本標作「詩」。詁訓本標作「古今詩七十六首」。

②賴，原作「類」，據注釋音辯本、詁訓本、鄭定本及游居敬本改。

③「酬」爲「讎」之訛。原注與諸本皆注曰：「『酬』當作『讎』。」

④駕，原作「架」，據蔣之翹輯注本及《全唐詩》改。

⑤推，濟美堂本、蔣之翹輯注本作「帷」。梓，諸本皆注：「一本作杍。」

⑥世綵堂本注：「八，一作三。」鄭定本作「三」。
⑦原注與詁訓本、世綵堂本皆注曰：「闈，一作闌。」
⑧猿，注釋音辯本作「猴」，注曰：「一本作猿。」
⑨麗，原作「厲」，據注釋音辯本、詁訓本、游居敬本改。
⑩喙，詁訓本作「啄」。
⑪諸本皆曰：「綖，一作縋。」綖可釋爲遷延、接連，可通。縋，掛也，於義更切。
⑫遇，詁訓本作「慕」。注釋音辯本注：「遇，一作恭。」
⑬裋，注釋音辯本及鄭定本、蔣之翹輯注本皆作「短」。注釋音辯本曰：「潘（緯）云：短，一本作裋，音豎，裋布長襦也。褐毛布之衣也。」裋、短可通。《史記·秦始皇本紀》「夫寒者利裋褐」，裴駰集解引徐廣曰：「裋，一作短，小襦也。」
⑭困，蔣之翹本及《全唐詩》作「因」。

【解　題】

［注釋音辯］劉禹錫、張署。［韓醇詁訓］劉二十八，禹錫也。初與公同爲監察御史，故曰院長。張員外，署也。貞元十九年與韓吏部、李方叔三人爲幸臣所讒，俱爲縣令南方。韓集中有與張貶謫時道途唱和詩十三章。張後爲澧州刺史，韓誌其墓。公此詩蓋貞元二十一年貶永州司馬後作。

按：韓愈《韓昌黎全集》卷三〇《唐故河南令張君墓誌銘》：「歲餘遷尚書刑部員外郎，守法争議，棘棘不阿，改虔州刺史……改澧州刺史。」張署遷刑部是在元和五年，此後刺虔州，轉澧州。此詩云「褒德符新换」，則張署新自虔州轉澧州也。劉禹錫《酬竇員外郡齋宴客偶命柘枝因見寄兼呈張十一院長元九侍御》詩自注：「員外郎兼節度判官佐平蠻策，張初罷郡，元方從事。」時竇常爲節度判官，元積爲從事，隨嚴綬討溆州蠻張伯靖，爲元和八年五月事。此時張署已罷澧州刺史。則張署自虔轉澧約在元和七年，宗元此詩當亦作於是年。

【注釋】

〔一〕［注釋音辯］崑崙山有玄圃，出美玉。以喻京城之多賢才。［韓醇詁訓］東方朔《十洲記》：「崑崙山有三角，一角正西北名玄圃臺。」［百家注引孫汝聽曰］弱歲，謂弱冠也。增城、縣圃、閬風，崑崙之山三重也。縣圃出美玉，以喻京城多賢才。

〔二〕［韓醇詁訓］西漢《鄒陽傳》：「以左右先爲之容也。」《禮記》：「瑜不掩瑕。」［百家注引孫汝聽曰］容，文采也。按：見《漢書·鄒陽傳》鄒陽獄中上書與《禮記·聘義》。

〔三〕［韓醇詁訓］陳平門多長者車。《語》云：「後生可畏。」按：見《論語·子罕》。「長者」謂張署，「後生」自謂。何焯《義門讀書記》卷三七：「子厚弱冠升名，遽呼未遇者爲後生，毋乃器識之淺歟？」此説誤。陳景雲《柳集點勘》卷四：「子厚齒少於澧州十五，故稱之爲長者，自謂後生。」

〔四〕［注釋音辯］鷃音晏，小鳥也。隼，思允切，鷙鳥。［韓醇詁訓］《傳》云：「鷃披隼翼。」鷃音晏。《莊子》：「斥鷃，小鳥也。」隼音筍。［百家注集注］《説文》：「隼，祝鳩也。」《傳》云：「鷃披隼翼。」按：《亢倉子·君道》：「今夫以隼翼而被之鷃，視不明者，正以爲隼，明者視之乃鷃也。」庾信《哀江南賦》：「隼翼鷃披，虎威狐假。」即此意。

〔五〕［韓醇詁訓］《荀子》：「蓬生麻中，不扶自直。」《莊子》：「夫子猶有蓬之心也夫。」謂不直也。［百家注引孫汝聽曰］《莊子》：「夫子猶有蓬之心也夫。」注云：「蓬非直達者也。」按：見《荀子·勸學》與《莊子·逍遥遊》。何焯《義門讀書記》卷三七云：「發端三聯，統謂與張、劉分手之切，故下云『讎天禄』。」以上僅云與張署，未涉劉。

〔六〕［注釋音辯］天禄，閣名，漢藏書處。張署貞元中舉進士、博學宏詞，爲校書郎。子厚亦爲集賢殿正字。「酬」當作「讎」，謂校讎也。［韓醇詁訓］漢揚雄校讎天禄閣。［百家注引孫汝聽曰］天禄，閣名。漢世以藏祕書。天禄，獸也，因以爲名。

〔七〕［注釋音辯］張署爲京兆武功尉，子厚亦爲藍田縣尉。［韓醇詁訓］甸侯，《書》甸服、侯服是也。上四聯蓋謂與張同以進士舉博學宏詞，交遊相依。張爲校書郎、武功尉，公爲集賢殿正字、藍田尉之意。按：古於王畿周邊，每五百里爲一區劃，以距離遠近分爲侯服、甸服等五等，爲五服。此處「甸侯」謂甸服、侯服，指京兆府。

〔八〕［注釋音辯］張署至武功，拜監察御史。子厚亦自集賢殿正字爲監察御史。劉禹錫與子厚同爲御史，故曰院長。［韓醇詁訓］謝靈運《晉書》：「漢官：尚書爲中臺，御史爲憲臺，謁者爲外臺，是爲三臺。」又，御史所居之署，漢謂之御史府。張衡《西京賦》「青瑣丹墀」注：「丹墀，階也，以丹塗之。」公貞元十九年，與張同爲監察御史。故此對已下，皆言其御史時相從於朝之意。［百家注引孫汝聽曰］《左氏》：「敢不拜嘉。」按：見《左傳》襄公四年。陳景雲《柳集點勘》卷四：「案柳子始除正字，繼調藍田尉，由尉擢御史，非自正字入臺也。」

〔九〕［注釋音辯］瑞獸，獬豸也。［百家注引孫汝聽曰］參，間也。瑞獸，獬廌。按：《晉書·輿服志》：「獬豸，神羊，能觸邪佞。」《舊唐書·輿服志》：「法冠，一名獬豸冠，以鐵爲柱，其上施珠兩枚，爲獬豸之形，左右御史臺流内九品以上服之。」

〔一〇〕《新唐書·儀衛志上》：「（朝日）御史大夫領屬官至殿西廡」，「監察御史二人立於東西朝堂甎道以涖之。平明，傳點畢，内門開，監察御史領百官入。」

〔一一〕［韓醇詁訓］沈約爲御史中丞，彈奏王源文云：「源官品應黄紙，臣輒奉白簡以聞。」任昉爲中丞，彈曹景宗亦云：「謹奉白簡。」又崔篆御史箴曰：「簡上霜凝，筆端風起。」蓋御史劾奏以簡也。［百家注引孫汝聽曰］《左傳》：「齊南史氏聞太史盡死，執簡以往。」簡謂簡策。按：見《左傳》襄公二十五年。《南齊書·謝超宗傳》袁彖奏：「超宗品第未入簡奏，臣輒奉白簡以聞。」《梁書·王亮傳》任昉彈奏范縝：「縝位應黄紙，臣輒奉白簡。」韓注誤引。

〔一二〕［注釋音辯］漢有治書侍御史，後漢曰持書御史。［韓醇詁訓］後漢蔡邕舉高第，補侍御史，又轉持書御史，遷尚書。持書，亦御史銜也。按：見《後漢書·蔡邕傳》。

〔一三〕［韓醇詁訓］《周禮》：「乃縣治象之法於象魏。」鄭司農云：「象魏闕也。」《莊子》：「身在江湖之上，心游魏闕之下。」按：見《周禮·天官冢宰·大宰》、《莊子·讓王》。

〔一四〕［注釋音辯］唐諱虎字，以武字代。［韓醇詁訓］《周官》：「熊虎爲旂。」熊武即熊虎也。牙謂牙旗也。宋鄭鮮《祭牙文》：「崇牙既建，義鋒增厲。」［世綵堂］《詩》：「設業設虡，崇牙樹羽。」注：「崇牙，上飾。」《周禮》：「贏者以爲筍虡。」注：「贏，虎屬。」唐諱虎，改作武。按：見《詩經·周頌·有瞽》。

〔一五〕［注釋音辯］（赮）音遐，赤色。［韓醇詁訓］赮音遐，赤色也。謂曉起日光射殿宇也。《漢紀》云：「神光降集紫殿。」［百家注引孫汝聽曰］言金爐之灰，如流月之狀；紫殿之啟，如晨赮之色。自「弱歲游玄圃」至此，皆叙其與張歷仕及同爲御史之意。

〔一六〕［韓醇詁訓］此已下言張與韓、李皆謫爲縣令南方之意。「遷喬」字見《孟子》。［百家注引孫汝聽曰］未竟，未終也。《詩》：「出自幽谷，遷于喬木。」按：見《詩經·小雅·伐木》。

〔一七〕［注釋音辯］貞元十九年，署自監察御史貶爲郴州臨武縣令。

〔一八〕［注釋音辯］李白云：「亭伯流離放遼海。」［韓醇詁訓］李白詩：「屈平顦顇滯江潭，亭伯流離放遼海。」按：所引李白詩爲《單父東樓秋夜送族弟況之秦時凝弟在席》。

〔一九〕［注釋音辯］賈誼事。［韓醇詁訓］賈誼事漢文帝，爲絳、灌、馮敬之屬妬害之，謫爲長沙王太傅。

〔二〇〕［百家注引孫汝聽曰］言别於長安。

〔二一〕［百家注引孫汝聽曰］越嶺，即謂郴州。

〔二二〕［百家注引孫汝聽曰］後漢仇香爲考城主簿，縣令王涣謂曰：「枳棘非鸞鳳所棲，百里豈大賢之路。」按：所引見《後漢書·循吏傳·仇覽》。

〔二三〕［注釋音辯］章（宗説）云：麃，音加，牝鹿也。［韓醇詁訓］麋音眉。麃音加，牡鹿也。［百家注］一作「麏麃」。麏，音君，麞也。

〔二四〕［韓醇詁訓］張自貞元十九年癸未至元和元年乙酉憲宗即位，爲三年矣。故云三載。

〔二五〕［韓醇詁訓］「朝宗」字見《禹貢》。［百家注引孫汝聽曰］駕海，猶航海也。

〔二六〕［注釋音辯］溠，側加切，水名。《左傳》莊公四年：「除道梁溠。」注：「作橋於溠水上。」［韓醇詁訓］溠音槎，水名。梁溠，作橋於溠水上也。按：《左傳》莊公四年：「令尹鬬祁、莫敖屈重除道梁溠，營君臨隨。」杜預注：「溠水，在義陽厥縣西，東南入鄖水。」

〔二七〕［韓醇詁訓］謂張，憲宗立，拜京兆府司録也。［百家注引孫汝聽曰］署自臨武量移江陵掾，自江陵掾入爲京兆府司録參軍。按：王充《論衡·語增》：「夫三公鼎足之臣，王之貞幹也。」

〔二八〕［注釋音辯］渥，乙角切。洼，爲瓜切，水名。《前漢》：「馬生渥洼水中。」此謂張署自臨武移江陵掾，自江陵掾爲京兆府司録參軍，遷尚書刑部員外郎。［韓醇詁訓］張繼爲禮、刑二部員外郎也。洼音蛙。渥洼，水名。《武帝紀》：「馬生渥洼水中。」

〔二九〕［百家注引孫汝聽曰］梓，良木。《書》：「若作梓材。」按：見《尚書·梓材》。

〔三〇〕［百家注引童宗説曰］騂騮，駿馬也。

〔三一〕［注釋音辯］署出爲虔州刺史，古三苗地也。潘（緯）云：欻，諸韻，皆作欻，許勿切，從二火。《莊子釋文》云「欻生之芝」也。張平子賦：「欻神化而蟬蜕兮。」惟二子從三火，況物切。［韓醇詁訓］謂張出爲虔州刺史也。虔屬江南道，三苗之國在焉，故曰苗人地。

〔三二〕［韓醇詁訓］贛音紺，虔州縣名，又音貢，水名，出豫章。［百家注引孫汝聽曰］崖與涯同音。［世綵堂］贛，縣名，屬虔州。有章、貢二水合流，有三百里贛石。

〔三三〕［注釋音辯］⿰王畢音必，一本作琕，佩刀下飾也。琫，莫孔切，佩刀上飾。［韓醇詁訓］⿰王畢音必，一作琕，補鼎切，玉也。琫，邊孔切，佩刀下飾。《詩》：「鞞琫容刀。」按：《詩經·小雅·瞻彼洛矣》：「君子至止，鞸琫有珌。」「⿰王畢」同「珌」。

〔三四〕［注釋音辯］童（宗説）云：錏鍜，音鵶遐，頸鎧也。［韓醇詁訓］錏音鵶，鍜音霞。《説文》：「錏鍜，頸鎧也。」

〔三五〕［韓醇詁訓］張仍以刑曹刺澧州也。

〔三六〕［韓醇詁訓］《周官》：「鳥隼爲旟，龜蛇爲旐。」又云：「州里建旟。」旟音餘，剥鳥皮毛置之竿頭爲之。隼，鷙鳥也。故云翻鷙鳥。按：見《周禮·春官·司常》。

〔三七〕［韓醇詁訓］繞文蛇，謂旐也。《司馬相如傳》：「縣令負弩矢先驅。」［百家注引孫汝聽曰］《漢書》：「司馬相如奉使西南夷，至蜀，縣令負弩矢先驅。」文蛇，謂畫爲蛇文。按：見《漢書·司馬相如傳》。

〔三八〕［韓醇詁訓］《周禮·宗伯》：「以九儀正邦國，八命作牧。」注：「謂侯伯有功者，加命得專征伐於諸侯。」鄭司農云：「一州之牧，王之三公亦八命。」按：「八」字入聲，於律不協，當如世綵堂本注作「三」。「三命」亦有出處。《禮記·王制》：「大國之卿不過三命。」章士釗《柳文指要》下《通要之部》卷一二：「按『八』字明明梗韻，子厚未必肯如此下字。《正考父鼎銘》云：『一命而僂，再命而傴，三命而俯。』詩取此三命意正愜，注失所引。」

〔三九〕［注釋音辯］珈音加。《詩》云：「副笄六珈。」珈，婦人首飾之盛者也。［韓醇詁訓］《詩》：「君子偕老，副笄六珈。」珈音加，婦人首飾之盛者。韓吏部作《張公墓誌》云公娶河東柳氏子，則公與張爲親，故言及中闈也。按：引《詩》見《詩經·鄘風·君子偕老》。

〔四〇〕［注釋音辯］晉胡質爲荆州刺史，其子威告歸，賜絹一匹。威曰：「大人清白，不審於何得此？」質曰：「是吾俸禄之餘。」唐劉子玄作《史通》，譏其矯。［韓醇詁訓］胡質仕魏太祖時，性沈實内察，不以節檢物，所在見思。既卒，詔書褒述質清行，賜其家錢穀。按：所注胡質事見《三國志·魏書·胡質傳》及裴松之注引《晉陽秋》。

〔四一〕［注釋音辯］後漢馬融，居宇器服多有侈飾。常坐高堂，施絳紗帳。［韓醇詁訓］後漢馬融爲南郡太守，居宇器服，多存侈飾。常坐高堂，前授生徒，後列女樂。［百家注引孫汝聽曰］後漢馬融，達生任性，不拘儒者之節。居宇器服，多存侈飾。常坐高堂，施絳紗帳，前授生徒，後列女樂。嘗爲南郡太守，大將軍梁冀奏融在郡貪濁，免官。按：見《後漢書·馬融傳》。

〔四二〕［韓醇詁訓］《漢文帝紀》：「初與郡守爲銅虎符、竹使符。」張晏曰：「符以代古之珪璋，從簡易也。」師古曰：「與郡守爲符者，謂各分其半，右留京師，左以與之。」今郡守多用分符、合符事，謂此也。張自虔州改澧州，故曰符新换。

〔四三〕［注釋音辯］謂署遷澧州刺史。［韓醇詁訓］寇恂嘗爲潁川太守，後從車駕擊隗囂，至潁川，百姓遮道曰：「願從陛下復借寇君一年。」乃留寇。［百家注引孫汝聽曰］謂署赴澧州，虔人懷其仁惠，遮道留之。按：見《後漢書·寇恂傳》。

〔四四〕［韓醇詁訓］《周禮·掌節》：「凡邦國之使節，山國用虎節，土國用人節，澤國用龍節。」注云：「使節，使卿大夫聘於天子、諸侯，行道所執之信也。」

〔四五〕［注釋音辯］《詩·韓奕》：「以其介圭，入覲于王。」［韓醇詁訓］《詩》：「錫爾介圭，以作爾寶。」箋云：「圭長尺二寸謂之介，非諸侯之圭，故以爲寶。」賒音奢。［百家注引孫汝聽曰］《詩》：「以其介圭，入覲于王。」介圭，大圭也。賒，遠也。言其入覲之晚。按：見《詩經·大雅·韓奕》及《崧高》。

〔四六〕［注釋音辯］《禹貢》荆州：「苞匭菁茅。」［韓醇詁訓］《禹貢》「苞匭菁茅」，苞，橘柚也。匭，匣也，荆州所貢。澧屬山南道，即古荆州之地云。

〔四七〕［注釋音辯］秅，側加切，米數也。《周禮・秋官・掌客》注：「十六斛曰秉，四秉曰筥，十筥曰稯，十稯曰秅。」［韓醇詁訓］《周禮・秋官・掌客》：「掌四方賓客之牢禮餼獻，飲食之等數，與其政治。凡諸侯之禮，上公，車米眂生牢，牢十車，車秉有五籔。車禾眂死牢，牢十車，車三秅。」注引《聘禮》曰：「十斗曰斛，十六斗曰籔，十籔曰秉。每車秉有五籔，則二十四斛也。四秉曰筥，十筥曰稯，十稯曰秅。每車三秅，則三十稯。」稯，猶束也。秅，宏加反。稯，一作緫。

〔四八〕［注釋音辯］司馬相如賦：「楚有七澤。」［韓醇詁訓］司馬相如《子虛賦》：「楚有七澤，嘗見其一，未覩其餘也。臣所見者曰雲夢。」［百家注引孫汝聽曰］《楚辭》宋玉曰：「此特大王之雄風也。」按：孫注引爲宋玉《風賦》。

〔四九〕［注釋音辯］劉璋改永寧爲巴郡，以固陵爲巴東郡，徒龐義爲巴西大守，是爲三巴。又《寰宇志》：「閬、白二水東西流，三曲如巴字，是謂三巴。」其地與澧州相接。［韓醇詁訓］《華陽國志》曰：「武王克商，封其子宗姬於巴，故漢末益州牧劉璋以墊江以上爲巴郡，江州至臨江爲永寧郡，朐忍至魚腹爲固陵郡，巴遂分矣。璋復改永寧爲巴郡，以固陵爲巴東，徙龐義爲巴西太守，是爲三巴。」又樂史《寰宇記》於渝州記云：「閬、白二水東西流，三曲如巴字，是謂三巴。」其説又不同。然公詩意，謂張所治澧州屬山南東道，而劉璋所分三巴之地屬山南西道及劍南道，山南、劍南二道相接，故曰控三巴也。按：所引見《華陽國志》卷一及《太平寰宇記》卷一三六。

〔五〇〕《漢書・溝洫志》「來春桃華水盛」，顔師古注：「蓋桃方華時，既有雨水，川谷冰泮，衆流猥集，波瀾盛長，故謂之桃華水耳。」

〔五一〕［注釋音辯］（貰）音賒，賒也，諸史多音式遮、時夜二切。［韓醇詁訓］貰音奢。貰，買也。［百家注引童宗説曰］程，法也。貰，貸也，音奢。

〔五二〕［注釋音辯］《史記》：「竭澤而漁，明年無魚。」［百家注引孫汝聽曰］《史記》孔子曰：「竭澤涸魚，則蛟龍不合陰陽。」虞，防也。按：《孔子家語·困誓》：「竭澤而漁，則蛟龍不處其淵。」《吕氏春秋·孝行·義賞》：「竭澤而漁，豈不獲得，而明年無魚。」

〔五三〕［注釋音辯］苴，鉏加切，水中浮草。今作葅字。《詩》「如彼棲苴」，注：「樹上之棲苴。」［韓醇詁訓］今爲葅字。苴，鋤加切，水中浮草也。［百家注引孫汝聽曰］《詩》：「如彼歲旱，草不潰茂，如彼棲苴。」注云：「苴，水中浮草。言天下之人，如旱歲之草，皆枯槁無潤澤，如樹上之棲苴。」按：見《詩經·大雅·召旻》。

〔五四〕［注釋音辯］蹀躞音蹀燮，馬行貌。騶音鄒，厩禦。［韓醇詁訓］蹀音牒，躞音燮。蹀躞，行貌。騶音鄒，厩禦也。

〔五五〕［注釋音辯］籠銅，鼓聲也。按：胡震亨《唐音癸籤》卷二四：「古樂府《秦女休行》『朣朧擊鼓赦書下』，朣朧，鼓聲也。唐人所用字不同，沈佺期『籠僮上西鼓』，柳子厚『籠銅鼓報衙』，第取其音之同耳。」

〔五六〕［注釋音辯］絹，素也。［韓醇詁訓］韋誕，非紈素不下筆。素，帛也。

〔五七〕［注釋音辯］丹砂也。［韓醇詁訓］砂，丹砂也。《本草》：「丹砂多出蠻洞錦州界。」

〔五八〕［注釋音辯］（畬）音賒。吴楚燒山而種田曰畬田。［韓醇詁訓］音奢，火種田也。

〔五九〕［注釋音辯］歈音俞，歌也。徐鉉曰：「渝水之人善歌舞，漢高祖采其聲，後人因加此字。」《選》：「吴歈越吟。」又古樂府有《折楊柳曲》。［韓醇詁訓］梁元帝《纂要》曰：「齊歌曰謳，吴歌曰歈。」宋玉《招魂》云：「吴歈蔡謳奏大吕。」古樂府有《折楊柳曲》。桓伊善笛，撰《折楊柳》，尤爲奇妙，後人不能盡其指訣也。歈音俞。

〔六〇〕［注釋音辯］（芭）音巴。《楚辭》「傳芭兮代舞」，注：「芭，巫者所持香草。」［韓醇詁訓］《文選》「越艶楚舞」。後漢傅毅《舞賦》云：「宋玉曰：臣聞激楚結風，陽阿之舞，材人之窮觀，天下之至藝。」《晉·禮樂志》：「巴郡善歌舞，高祖愛其舞，詔樂府習之，今巴渝舞是也。」巴舞疑是此。而諸本作「芭」，未詳。

〔六一〕［注釋音辯］隱，於靳切，據也。唐李泌取松樛枝以隱背，其名曰養和，後得如龍形者，以獻帝。［百家注引孫汝聽曰］《孟子》：「隱几而卧。」隱，據也，於靳切。松爲曲者，以松爲曲几。按：見《孟子·公孫丑下》。

〔六二〕［注釋音辯］童（宗説）云：汙，合作「窊」，音洼。《禮》有「鑿地曰汙」。汙，烏瓜切。［韓醇詁訓］今爲「窊」字，音哇。汙樽字見《禮記》。隱几而卧見《孟子》。［百家注］（汙）音蛙，今作「窊」字。孫（汝聽）曰：《禮記》：「汙樽而抔飲。」鑿地曰汙。石作汙者，以石爲汙樽也。按：

《禮記·禮運》「汙樽而抔飲」，鄭玄注：「汙尊，鑿地爲尊也。抔飲，手掬之也。」汙、窊、漥三字同，石尊也。

〔六三〕〔百家注引童宗説曰〕橘小者曰柚。

〔六四〕〔韓醇詁訓〕《史記·封禪書》：「荆巫，祠堂下、巫先、司命、施糜之屬。」蓋荆楚之俗好巫，故曰荆巫。

〔六五〕〔注釋音辯〕童（宗説）云：髽，莊華切，婦人喪髻。《檀弓》云：「魯婦髽而弔。」〔韓醇詁訓〕《檀弓》：「魯婦人之髽而弔也，自敗於臺駘始也。」蓋魯襄公四年，臧文仲與邾戰於臺駘，魯人迎喪者髽。髽，側加反，喪髻也。〔百家注引韓醇曰〕《左傳》：「邾人伐鄫，臧紇救鄫，侵邾，敗於狐駘，國人逆喪者皆髽。魯於是乎始髽。」按：見《左傳》襄公四年。

〔六六〕《左傳》僖公十二年：「愷悌君子，神所勞矣。」杜預注：「愷，了也。悌，易也。」

〔六七〕〔注釋音辯〕（奇衺）音羈邪。〔韓醇詁訓〕衺音斜。《周禮》：「比長各掌其比之治，親有罪奇衺則相及。」注：「衺，猶惡也。」〔百家注引韓醇曰〕自「未竟遷喬樂」至此，皆叙張出爲南方令，及改刺二州之意。按：所引見《周禮·地官司徒·比長》。

〔六八〕〔注釋音辯〕晉夏侯湛與潘岳友善，同輿接茵，謂之連璧。〔韓醇詁訓〕晉潘岳、夏侯湛並美姿容，每止，同輿接茵，京都謂之連璧。按：所引見《晉書·夏侯湛傳》。

〔六九〕〔注釋音辯〕《前漢·中山靖王傳》「葭莩之親」。張署娶柳氏也。〔韓醇詁訓〕《漢書·中山靖王傳》：「今群臣非有葭莩之親。」顔師古曰：「葭，蘆也。莩者，其筩中白皮至薄者也。」前言「中闈盛六珈」，此又云「附葭」，蓋張壻於柳氏，則與公爲親矣。此以下皆自叙其貶黜之意。

〔七〇〕〔韓醇詁訓〕陶潛曰：「吾不能爲五斗米折腰，拳拳事鄉里小人耶。」按：見《宋書·隱逸傳·陶潛》。

〔七一〕〔韓醇詁訓〕《馬援傳》：「豈有知其無成，而但萎腇咋舌，叉手從俗乎？」按：見《後漢書·馬援傳》。

〔七二〕《漢書·晁錯傳》顔師古注：「汙，辱也。」

〔七三〕〔注釋音辯〕童（宗説）云：上才支切，下音遐。〔百家注〕古牙切。張（敦頤）曰：病也。

〔七四〕〔注釋音辯〕幻，胡辦切。《列子》云：「冬起雷，夏造冰。」〔韓醇詁訓〕《列子》：「窮數達變因形移易者，謂之化，謂之幻。」音胡辦切。〔百家注〕幻，胡辦切，怪也。按：見《列子·周穆王》。

〔七五〕〔注釋音辯〕《莊子》云：「《齊諧》者，志怪者也。」《東方朔傳》隱語曰「老柏塗」。塗音荼。〔韓醇詁訓〕《莊子》：「《齊諧》者，志怪者也。」《東方朔傳》：「時有幸倡郭舍人滑稽不窮，因曰：『臣願復問朔隱語，不知，亦當榜。』即妄爲諧語曰：『令壺齟，老柏塗，伊優啞，狋吽牙。何謂也？』朔曰：『令者命也。壺者，所以盛也。齟者，齒不正也。老者，人所敬也。柏者，鬼之庭也。塗，漸沮徑也。伊優啞者，辭未定也。狋牛牙者，兩犬争也。』舍人所問，朔應聲對，無能窮者。」師古曰：「柏者言鬼神，尚幽暗，故以松柏之樹爲庭府。漸洳，浸濕也。塗，丈加切。」〔世綵堂］塗音茶。按：塗、荼、茶，三字同音。所引見《莊子・逍遥遊》及《漢書・東方朔傳》。楊慎《丹鉛雜録》卷四：「塗字從余，余有三音：一音餘剩之餘。又音蛇，今人姓有佘氏，即余之轉注，而俗書從入從示作佘，乃小兒强作解事也。一音賒，故畬字從余，可證也。《東方朔傳》『老柏塗』，解曰：塗者，漸洳徑也。柳子厚詩：『善幻迷冰火，齊諧笑柏塗。』叶入麻韻。又雨多塗則滑而顛，得其音矣。李義山《蜀爾雅》云：『《禹貢》厥土惟塗泥，《夏小正》寒日滌凍塗，二塗字音，在巴、茶之間。蓋禹本蜀人，故塗泥、凍塗皆叶蜀音。今蜀人目濡土曰塗泥，肉爛曰塗肉，蓋禹時已有此音。』蜀之土音亦古矣。」

〔七六〕［注釋音辯］《淮南子》：「齊威公送客東門之外，甯戚方飯牛，叩角而商歌。」［韓醇詁訓］《淮南子》曰：「甯戚欲干齊桓公，困窮無以自達，於是爲商旅，將車以適於齊。暮宿於郭門飯牛，車下望見桓公，乃擊牛角而商歌。桓公聞之曰：『異哉歌者！』命後車載之。」［百家注引孫汝聽曰］王逸注《楚辭》云：「甯戚修德不用，退而商賈齊東門外，桓公夜出，甯戚方飯牛，叩角而商歌。桓公聞之，知其賢，舉爲客卿。」按：見《淮南子・道應》。

〔七七〕［注釋音辯］晉嵇康爲中散大夫，遺山濤書曰：「性復多蝨，爬搔無已。」［韓醇詁訓］晉嵇康爲中散大夫，山濤爲吏部郎，舉康自代。康爲濤《絶交書》，有云：「危坐一時，痹不能摇，性復好蝨，爬搔無已。」

〔七八〕［注釋音辯］童（宗説）云：撾，莊華切。《左氏》：「繞朝贈士會以策。」注：「撾也。」《禰衡傳》

「撾鼓」。〔韓醇詁訓〕撾，張瓜切，箠也。按：何焯《義門讀書記》卷三七：「馬撾疑亦蠻中事，當更考之。」馬撾指馬鞭聲，以馬鞭之聲分辨有無朋友來訪也。無典。

〔七九〕〔注釋音辯〕（孽）魚列切。〔韓醇詁訓〕孽，魚列切，與蠥同，《説文》「魚獸蟲蝗之怪謂之蠥」。〔百家注集注〕妖孽也。《莊子》：「孽狐爲之祥。」按：陳景雲《柳集點勘》卷四：「狐即射工也。《與李建書》云：『永州於楚爲最南，僕閑即出游，游復多恐，近水即畏射工、沙虱，含怒竊發，中人形影，動成瘡痏。』」陳説是。《詩經·小雅·何人斯》「爲鬼爲蜮」，毛傳：「蜮，短狐也。」陸璣《毛詩草木鳥獸蟲魚疏》卷下：「蜮，短狐也，一名射影。」孽即「蠥」字。

〔八〇〕〔注釋音辯〕童（宗説）云：瘥，咨邪切，病也，本作瘥。〔韓醇詁訓〕瘥音嗟，病也。

〔八一〕何焯《義門讀書記》卷三七：「同病謂劉。」

〔八二〕〔注釋音辯〕（姱）苦瓜切，美好也。

〔八三〕〔注釋音辯〕張（敦頤）云：剄，於加切，自刎也。出《吴語》。〔韓醇詁訓〕剄音鴉，頸也。按：《國語·吴語》：「自剄於客前以酬客。」即自刎。

〔八四〕〔注釋音辯〕梟，堅堯切，不孝鳥。〔韓醇詁訓〕梟，堅堯切，不孝鳥也。按：聒，擾耳之聲。

〔八五〕〔注釋音辯〕童（宗説）云：呀，虚牙切。唅呀，張口貌。〔韓醇詁訓〕呀，虚牙切，張口貌。

〔八六〕〔注釋音辯〕童（宗説）云：麞音麻，牛名，出巴中，重二千斤。〔韓醇詁訓〕磎音溪。麞音麻，牛也。〔百家注引孫汝聽曰〕麞牛，獸名，重千斤，出巴中。

〔八七〕［注釋音辯］張（敦頤）云：鶩，莫卜切，又亡遇切。

〔八八〕［百家注引童宗説曰］氛，祥氣。按：瘴氛指瘴氣，古稱南方鬱勃蒸熏之氣爲瘴氣，可致人疾病。

〔八九〕［注釋音辯］童（宗説）云：煅，虚加切，火氣。［韓醇詁訓］訛火，野火也。煅，虚加切，火氣也。

〔九〇〕［注釋音辯］晉殷師患耳聰，聞牀下蟻動，謂之牛鬭。［百家注引韓醇曰］《晉·殷仲堪傳》：「父師嘗患耳聰，聞牀下蟻動，謂之牛鬭。」

〔九一〕［注釋音辯］《韓非子》：「越王出，見怒蛙，乃爲之式，曰爲其有氣也。」［韓醇詁訓］《韓非子》：「越王伐吳，欲人之輕死也。出，見怒蛙，乃爲之式。從者曰：『奚敬於此？』王曰：『爲其有氣故也。』」按：見《韓非子·内儲説上·七術》。

〔九二〕［注釋音辯］蘧音遐，美蕖葉。［韓醇詁訓］蘧音遐。《爾雅》：「芙蕖，其葉蘧。」按：見《爾雅·釋草》。

〔九三〕［注釋音辯］《史記·陳軫傳》：「越人莊舄仕楚執珪，有頃而病，使人聽之，猶尚越聲也。」［韓醇詁訓］《史記》：「越人莊舄仕楚執珪，有頃而病。楚王曰：『舄，越之細鄙人也。今仕楚執珪，貴富矣，亦思越不？』中謝對曰：『凡人之思故，在其病也。彼思越則越聲。』使人往聽之，尚猶越聲也。」

〔九四〕［注釋音辯］眭，息隨切。《北史·隱逸傳》：「眭夸，高尚不事，寄情丘壑。」［韓醇詁訓］《北史》：「胜誇高尚不仕，寄情丘壑。崔浩奏，徵爲中郎將，辭疾不赴。州郡逼遣，不得已。既入京都，遂遯去。」

〔九五〕［百家注］茨，覆也。

〔九六〕［注釋音辯］童（宗説）云：槎，鉏加切，水中浮木。

〔九七〕［注釋音辯］罽音計，西域毳布，織毛爲之，蓋氈類也。［韓醇詁訓］罽音計，織毛也。

〔九八〕［注釋音辯］挹，伊入切。勺，市若切。椰，餘遮切。揶揄。［韓醇詁訓］椰音耶，木名。樹如椶櫚，子殼可以爲器。《交州記》：「椰子中有漿，飲之得醉。故後人取其殼爲酒器。如酒中有毒，則酒沸起。但今皆漆其裏，則全失椰子之意矣。」［百家注引孫汝聽曰］《異物志》云：「椰子，木名。出交州。樹高五六丈，無枝條，其葉如束蒲，背面相似。在其上，實如瓠，横破之可作椀。或微長如括蔞子，從破之可爲爵。」

〔九九〕［注釋音辯］蝎，胡葛切，蠹蟲。

〔一〇〇〕［注釋音辯］甍，謨耕切。［百家注引童宗説曰］甍，屋棟，莫耕切。

〔一〇一〕［注釋音辯］笆音巴，籬有刺者。［韓醇詁訓］笆音巴，竹之有刺者。［百家注引童宗説曰］竹籬也。

〔一〇二〕［注釋音辯］羅青斛、木槲，花多生於古樹朽壞中。［韓醇詁訓］槲，胡谷切，花中有木槲花，多生於古樹朽壞中。［百家注引童宗説曰］木槲花，南方所有，多生於古樹朽壞中。

〔一〇三〕［注釋音辯］《嶺表録異》：「海鏡，蟹爲腹。水母，蝦爲目。水母，蛇也。有口無目，蝦隨，食其涎。人或取之，則欻然而没，蓋蝦有所見耳。」［韓醇詁訓］《嶺表録異》：「海鏡，蟹爲腹。水母，蝦爲目。水母者，閩人謂之蛇，渾然凝潔，大如覆帽，腹如懸絮，有口而無目。常有蝦隨之，食其涎，浮涎水上。人或取之，則欻然而没，乃蝦有所見耳。」

〔一〇四〕［注釋音辯］嗄，所嫁、於介二切，聲敗也。［韓醇詁訓］嗄，於邁、所嫁二切，聲敗也。《老子》曰：「號而不嗄。」按：嗄，啞也。

〔一〇五〕［注釋音辯］皻音查，鼻上皰。［韓醇詁訓］皻音查，鼻上皰也。按：黄震《黄氏日鈔》卷六〇：「切意。此世俗所謂酒皻鼻。」

〔一〇六〕［百家注引張敦頤曰］捶，即箠也。

〔一〇七〕［注釋音辯］猳音加，牡豕也。《左傳》定公十四年「盍歸吾艾猳」，注：「艾，老也。」《字林》作豭，謂三毛聚居者。［韓醇詁訓］猳音加，壯豕也。［百家注引孫汝聽曰］猳，雄豕也。

〔一〇八〕［注釋音辯］能，奴來切，三足鼈。［韓醇詁訓］能，囊來切。《爾雅》：「鼈三足，能。」按：見《爾雅·釋魚》。

〔一〇九〕［注釋音辯］鶽，户花切，鳥名，似雉。［韓醇詁訓］鶽音華，山雉名也。

〔一一〇〕［韓醇詁訓］《詩》：「中原有菽，庶民采之。」按：見《詩經·小雅·小宛》。

〔一一一〕［注釋音辯］《周禮》：「巾車，巾飾也。」後漢馬少游乘下澤車，注：「爲車行澤者欲短轂。」［韓醇詁訓〕馬援曰：「吾從弟少游，常哀吾多大志，曰：『士生一世，但取衣食裁足，乘下澤車，駁款段馬，鄉里稱善，人斯可矣。』」注云：「車人爲車行澤者欲短轂，短轂則利也。」〔百家注引孫汝聽曰〕《周禮》有巾車。陶淵明辭：「或命巾車。」按：見《後漢書·馬援傳》。

〔一二〕〔注釋音辯〕童（宗説）云：傖，士衡切。《晉陽秋》云：「吴人謂中國人爲傖。」樝音查。〔韓醇詁訓〕傖，士衡切。吴人謂楚人爲傖。樝音查，果也。〔百家注集注〕樝音查，果也，《説文》云「似梨而酢」。

〔一三〕〔注釋音辯〕潘（緯）云：菰，攻乎切，通作苽，彫胡也，可炊可飯。〔韓醇詁訓〕菰音孤，草名。《廣雅》：「蔣，菰其米，謂之凋胡，可炊以爲飯。」

〔一四〕〔韓醇詁訓〕茄音加。《本草》：「五茄葉可作蔬菜食。」〔百家注引韓醇曰〕五茄，藥名。

〔一五〕〔注釋音辯〕《宋録》曰：「新安王子鸞、豫章王子尚，詣雲濟道人於八公山，濟設茶茗，尚味之曰：『此甘露也，何言茶茗？』」〔韓醇詁訓〕《宋録》曰：「新安王子鸞、豫章王子尚，詣曇濟道人於八公山，濟設茶茗，尚味之曰：『此甘露也，何言茶茗？』」按：見陸羽《茶經》卷下引《宋録》，道人爲曇濟。

〔一六〕〔注釋音辯〕《抱朴子》：「項曼都修道山中，忽遊紫府，飲流霞一杯。」〔韓醇詁訓〕《抱朴子》：「項曼都修道山中，忽遊紫府，飲流霞一盃。忽思家，爲上帝所斥，河東呼爲斥仙人。」按：見《抱朴子·祛惑》。

〔二七〕［百家注］狙，七余切，猿狙也。

〔二八〕［百家注引童宗説曰］《老子》：「天網恢恢。」（恢）音魁。

〔二九〕［注釋音辯］罝，咨邪切，兔網。［韓醇詁訓］《詩》：「肅肅兔罝。」按：見《詩經·周南·兔罝》。

〔三〇〕［韓醇詁訓］《帝王代紀》：「堯時有草，夾階而生。每月朔日生一莢，至望日則落一莢，月小則餘一莢。王者以是占曆，名之蓂莢。」按：見《説郛》弓五九皇甫謐《帝王世紀》。

〔三一〕［注釋音辯］《淮南子》「月中有蟾蜍」，注：「蟾蜍，蝦蟇也。」［百家注引孫汝聽曰］《禮記·禮運》曰：「月三五而盈，三五而缺。」《五經通義》曰：「月中有兔與蟾蜍。蟾蜍，即蝦蟆也。」按：見《淮南子·精神》。

〔三二〕［注釋音辯］笳，古牙切，胡人卷蘆葉吹之。

〔三三〕［注釋音辯］《楚辭》：「捐余玦兮江中，遺余佩兮澧浦。」張署爲澧州刺史，故云然。［韓醇詁訓］《楚詞》：「捐余玦兮江中，遺余珮兮澧浦。」王逸云：「屈原既放逐，常思念君，設欲遠去，猶捐玦珮置於水涯，冀君求己，示有還意。」［百家注引孫汝聽曰］澧浦，今澧州也。署爲其州刺史，故及之。按：所引見屈原《九歌·湘君》。

〔三四〕［注釋音辯］緺，古華切，青紫色綬。東郭先生拜二千石，佩青緺出宮門。［韓醇詁訓］東郭先生拜二千石，佩青緺，出宮門，行謝主人。緺，古華切，綬也。［百家注引韓醇曰］自「慕友慙聯璧」至此，皆自叙其貶黜之意。按：見《史記·滑稽列傳》褚少孫補。

【集評】

《新刊增廣百家詳補注唐柳先生文》卷四二王儔補注引曾氏《筆墨閒録》：子厚長韻，屬對最精。如以「死地」對「生涯」，「中原菽」對「下澤車」，「右言」對「左轄」，皆的對。至於「香飯舂菰米，珍蔬折五茄」，假「菰」爲孤獨之「孤」，以對「五」也。

黄徹《䂬溪詩話》卷七：臨川愛眉山雪詩能用韻，有云「冰下寒魚漸可叉」，又「羔袖龍鍾手獨叉」。蓋子厚嘗有「江魚或共叉」，又云：「入郡腰常折，逢人手盡叉。」

謝榛《四溟詩話》卷一：作詩不可用難字，若柳子厚《奉寄張使君八十韻》之作，篇長韻險，逞其學問故爾。

徐師曾《文體明辨序説·和韻詩》：此外又有因韻而增爲之者，如唐柳宗元《河東集》有《同劉二十八院長（禹錫）述舊言懷感時書事奉寄澧州張員外使君（署）五十二韻之作因其韻增至八十》是也。

孫月峰（鑛）評點《柳柳州全集》卷四二：「文許後生誇」下：首四句自叙。「鶡翼」以下，入張、劉同官意。「俄成失路嗟」下：此下單叙張事。「還覩正奇衺」下：此下叙己事。題云通贈二君子，然篇中並不及劉，蓋夢得與子厚同貶，自叙内即含贈劉意耳。「千騎擁青緺」下：收歸寄張。總評：屬對工，用事摘字最巧。雖多合掌對，然卻不甚板。排置有法，可謂金聲玉振。增韻體亦前所未有。

蔣之翹輯注《柳河東集》卷四二：屬對極工，而詞不窒，故無癡重之弊，此長律所難。

汪森《韓柳詩選》：「紫殿啟晨赧」下：此段總叙交情，兼及劉亦在内，以劉亦同爲御史也。「還覩正奇衺」下：此處叙移刺澧州事特詳，正爲與永州相較生情，乃一篇用意處也。其詳風物之變自佳。「言姻喜附葭」下：「慕友」二句乃承上啟下之法，是從張而轉入自叙也。「新聲厲似姱」下：「同病」指劉，「新聲」謂所寄詩也。此處見與劉同作詩意。「徒巾下澤車」下：此下頗有掛冠之願，而以懷友之思結之。「千騎擁青緺」下：結出思張之意。捐佩，謂澧州也。共思，兼劉院長在内。總評：局度寬，格律緊，韻脚險，屬對精，於此見柳詩力量。又：前半是述舊，後半是感時。總因柳州與張同爲御史，故起處揭出此意，而下乃分叙其遭遇也。又：柳詩雅鍊整密，其勝人處亦自好學中得來，固非小家數所能仿佛也。長律尤其奇偉。又：用韻極奇險而無字不典，無意不穩。六麻韻中字幾盡矣，而筆力寬綽有餘，此可悟長詩用險韻之法。

宋長白《柳亭詩話》卷三〇：大曆以前，用險韻者不過數字而止，韓孟聯句始濫觴矣。如皮襲美《新秋書懷寄魯望三十韻》用三爻，《江南書情二十韻》用十五咸，魯望皆步韻和之。元微之《江邊四十韻》亦用三爻，《痁卧三十韻》用九佳，白樂天《和令狐公二十二韻》用十四鹽。柳柳州《述舊感時詩》用六麻，增至八十韻，愈出愈奇。始覺髯蘇叉尖二字未足多也。

管世銘《讀雪山房唐詩序例·五排凡例》：柳子厚《同劉二十八述懷言情八十韻》，韻愈險而詞愈工、氣愈勝，最爲長律中奇作，稱柳詩者，未有及之者也。

金湛生《粟香隨筆》三筆卷一：柳子厚《同劉二十八述舊言情八十韻》，韻愈險而詞愈工、氣愈勝，最爲長律中奇作。稱柳詩者，未有及之者。劉夢得《歷陽書事七十韻》，亦足旗鼓相當。

近藤元粹《柳柳州集》卷二：奇語錯出，足見其才鋒。雖然，此等詩徒見鬬奇，非渾然温厚之真面目。又評「祇爲一毫差」：子厚之差，恐不得謂一毫。又評「風枝散陳葉」一聯：警聯續出，才鋒不可當。

弘農公以碩德偉材屈於誣枉左官三歲復爲大僚天監昭明人心感悦宗元竄伏湘浦拜賀未由謹獻詩五十韻以畢微志

知命儒爲貴〔一〕，時中聖所臧〔二〕。處心齊寵辱，遇物任行藏〔三〕。關識新安地〔四〕，封傳臨晉鄉〔五〕。挺生推豹蔚〔六〕，遐步仰龍驤①〔七〕。幹有千尋竦，精聞百鍊鋼②〔八〕。茂功期舜禹〔九〕，高韻狀羲黄③。足逸詩書囿，鋒搖翰墨場。雅歌張仲德〔一〇〕，頌祝魯侯昌〔一一〕。憲府初騰價〔一二〕，神州轉耀鋩〔一三〕。右言盈簡策〔一四〕，左轄備條綱〔一五〕。響切晨趨珮，煙濃近侍香。司儀六禮洽〔一六〕，論將七兵揚〔一七〕。合樂來儀鳳〔一八〕，尊祠重餼羊〔一九〕。卿材優柱石〔二〇〕，公器擅巖廊〔二一〕。峻節臨衡嶠〔二二〕，和風滿豫章〔二三〕。人歸父母育〔二四〕，郡得股肱良〔二五〕。細故誰留念，煩言肯過防〔二六〕。璧非真盜客〔二七〕，金有誤持郎〔二八〕。龜虎休前寄〔二九〕，貂蟬冠舊行〔三〇〕。訓刑方命吕〔三一〕，理劇復推張〔三二〕。直用明銷惡，還將道勝剛。敬逾齊國社〔三三〕，恩比召南棠〔三四〕。希怨猶逢怒〔三五〕，多容競忤强。火炎侵琬琰〔三六〕，鷹擊謬鸞凰〔三七〕。刻木終難對〔三八〕，焚芝未改芳〔三九〕。遠遷逾桂嶺〔四〇〕，中徙滯餘杭〔四一〕。顧土雖懷趙〔四二〕，知天詎畏匡〔四三〕。論嫌齊物誕〔四四〕，騷愛遠遊傷〔四五〕。麗澤周群品〔四六〕，重明照萬方〔四七〕。斗間收紫氣〔四八〕，臺上掛清光〔四九〕。福爲深仁集，妖從盛德禳。秦民啼畎畝〔五〇〕，周士舞康莊〔五一〕。采綬還垂艾〔五二〕，華簪更截肪〔五三〕。高居遷鼎邑〔五四〕，遥傅好書王〔五五〕。碧樹環金谷〔五六〕，丹霞映上陽〔五七〕。留歡唱容與〔五八〕，要醉對清涼〔五九〕。故友仍同里，常僚每合堂。淵龍過許劭，冰鯉弔王祥。許侍郎尹河南，許司業分司東都，工舍人居憂在洛，皆弘農公平生親友。④〔六〇〕玉漏天門静〔六一〕，銅駝御路荒〔六二〕。澗瀍秋瀲灩〔六三〕，嵩少暮微茫〔六四〕。遵渚徒云樂〔六五〕，沖天自不遑〔六六〕。降神終入輔〔六七〕，種德會明敭〔六八〕。獨棄傖人國〔六九〕，難窺夫子牆〔七〇〕。通家殊孔李〔七一〕，舊好即潘楊〔七二〕。世議排張摯〔七三〕，時情棄仲翔〔七四〕。不言縲紲枉〔七五〕，徒恨纆牽長⑤〔七六〕。賈賦愁單閼〔七七〕，鄒書怯大梁〔七八〕。炯心那自是，昭世懶佯狂⑥〔七九〕。嗚玉機全息〔八〇〕，懷沙事不忘〔八一〕。戀恩何敢死，垂淚對清湘〔八二〕。

【校記】

① 遐，詁訓本作「高」。

②鋼，原作「剛」，據諸本改。

③狀，諸本皆曰：「一作上，又作抶。」

④諸本皆注曰：「公自注云：『許侍郎尹河南，許司業分司東都，王舍人居憂在洛，皆弘農公平生親友。』」今將宗元自注移入正文，用小字表示。

⑤牽，原作「徽」，據世綵堂本改。原注與注釋音辯本、詁訓本等皆注曰：「徽，一作牽。」世綵堂本作「牽」，並云：「纆牽長，出《戰國策》。一本以『牽』爲『徽』，非。」

⑥注釋音辯本、詁訓本注：「世，一本作代。」原當作「代」，「世」字乃後人回改。

【解題】

［注釋音辯］楊憑，弘農人。中丞李夷簡彈憑貪汙潛侈，貶臨賀尉。後入爲王傅。子厚時爲永州司馬，以詩獻之。［韓醇詁訓］弘農公，楊憑也。憑本傳：「御史中丞李夷簡與憑有隙，劾奏憑不法，由京兆尹貶臨賀尉。俄徙爲杭州長史。以太子詹事卒。」按憑貶在元和四年，而詩序云「三歲復爲大僚」，蓋自元和四年己丑至七年壬辰爲三歲矣。是歲立遂王宥爲皇太子，肆赦，故詩有「重明照萬方」之語，詩蓋是時作也。但詩又云「高居遷鼎邑，遥傅好書王」，此公集祭憑文中所謂「入傅王國，嘉聲聿興」者也，當是憑自杭州後遷諸王傅分司東都，在未爲詹事時，而史不載是事耳。此詩之獻，豈憑在東都時耶？［百家注集注］弘農公，楊憑也。字虚受，一字嗣仁，虢州弘農人。先是御史中丞李夷

簡彈憑前爲江西觀察，貪汙僭侈，貶臨賀尉。其後自外入爲王傅。公是時爲永州司馬，作詩以獻之。

按：韓醇説是。兩唐書《楊憑傳》叙憑事甚簡，《新唐書・楊憑傳》僅云其貶臨賀尉後，「俄徙杭州長史，以太子詹事卒」。當是徙杭州長史不久即改諸王傅分司東都也。此詩作於元和七年。

【注釋】

〔一〕［百家注引童宗説曰］孔子曰：「不知命，無以爲君子。」按：見《論語・堯曰》。

〔二〕［注釋音辯］《中庸》謂仲尼曰：「君子而時中。」［百家注引張敦頤曰］《禮記》：「君子之中庸也，君子而時中。」臧，善也。

〔三〕《論語・述而》：「用之則行，舍之則藏。」

〔四〕［注釋音辯］《漢武帝紀》注：「樓船將軍楊僕耻爲關外民，乞徙東關，以家財給其用。於是徙關於新安，去弘農三百里。」［韓醇詁訓］新安，縣名，隸河南府。［百家注引孫汝聽曰］《漢武帝紀》：「元鼎三年冬，徙函谷關於新安。」應劭曰：「時樓船將軍楊僕數有大功，耻爲關外民，上書乞徙東關，以家財給其用度。武帝亦好廣闊，於是徙關於新安，去弘農三百里。」

〔五〕［注釋音辯］楊朗爲秦將，有功，封臨晉君。［韓醇詁訓］臨晉縣屬河中府。［百家注引孫汝聽曰］《楊氏譜》：「楊朗爲秦將，有功，封臨晉君。」

〔六〕［韓醇詁訓］《易》：「君子豹變，其文蔚也。」［百家注］蔚然，文章之貌。按：見《周易・革》。

〔七〕［韓醇詁訓］《魏書》陳琳曰：「今將軍龍驤虎步，高下在心。」［百家注］驤，躍也。按：見《三國志·魏書·陳琳傳》。

〔八〕［百家注］（鋼）堅鐵也。韓（醇）曰：《文選》：「何意百錬鋼，化爲繞指柔。」按：所引爲劉琨《重贈盧諶》詩。

〔九〕［百家注引童宗説曰］《書》：「時乃功，懋哉。」「懋」與「茂」通。按：見《尚書·大禹謨》。

〔一〇〕［注釋音辯］《詩·六月》「張仲孝友。」［韓醇詁訓］《詩·小雅》：「侯誰在矣，張仲孝友。」注：「張仲，賢臣。」

〔一一〕［注釋音辯］《閟宫》詩云。［韓醇詁訓］《魯頌》四篇皆頌僖公也。其《閟宫》篇云：「俾爾熾而昌」，「俾爾昌而熾」，「俾爾昌而大」。

〔一二〕［注釋音辯］貞元中，憑爲監察御史。［韓醇詁訓］憑嘗爲監察御史，故云憲府。按：應劭《漢官儀》：「尚書爲中臺，御史爲憲臺。」

〔一三〕［注釋音辯］神州謂京師。［韓醇詁訓］（鋩）音芒。［百家注引孫汝聽曰］鄒衍言：「九州之外，有神州赤縣。」此言神州，謂京師也。按：見《史記·孟子列傳》附鄒衍。

〔一四〕［注釋音辯］憑嘗爲起居舍人，乃右史。右史記言。［韓醇詁訓］謂憑嘗爲起居舍人也。起居舍人一曰右史，即古所謂「言則右史書之」者也。唐制：起居郎掌録天子起居法度。天子御正殿，則郎居左，舍人居右，有命俯陛以聽，退而書之，季終以授史官。

〔一五〕［注釋音辯］慿爲左司員外郎。轄，胡轄切。《天文志》：「轄星附軫，主王侯，左轄爲同姓。」《唐六典》：「左右丞掌管轄省事。」故杜甫《上左丞詩》云：「左轄頻虚位。」［韓醇詁訓］謂慿嘗爲左司員外郎也。唐左丞掌管轄諸司，糾正省内，通判都省事。左司員外，掌副左丞所管諸司事者也，故亦稱左轄。按：轄星見《晉書·天文志上》。

〔一六〕［注釋音辯］慿嘗爲禮部郎中。《禮記·王制》篇：「六禮：冠、昏、喪、祭、鄉、相見。」［韓醇詁訓］謂慿嘗爲禮部、兵部二郎中也。《周禮》「司徒修六禮，以節民性。」謂冠一、昏二、喪三、祭四、鄉五、相見六也。

〔一七〕［注釋音辯］慿嘗爲兵部郎中。魏置五兵尚書，謂中兵、外兵、騎兵、别兵、部兵。晉太康中，分中兵、外兵各爲左右曹，後魏遂爲七兵尚書。［韓醇詁訓］七兵，本始於《周禮》「司徒掌五兵」者也。至魏置五兵尚書，謂中兵、外兵、騎兵、别兵、都兵爲五。晉太康中，乃分中兵、外兵各爲左右，與舊五兵爲七曹，後魏遂爲七兵尚書。而七兵之名自此立矣。

〔一八〕［韓醇詁訓］謂慿嘗爲太常少卿也。《書》：「簫韶九成，鳳凰來儀。」［百家注］儀，匹也。按：見《尚書·益稷》。

〔一九〕［注釋音辯］慿嘗爲太常少卿。［百家注引韓醇曰］《論語》：「子貢欲去告朔之餼羊，子曰：『賜也，爾愛其羊，我愛其禮。』」注云：「牲生曰餼。」二句皆謂慿嘗爲太常少卿也。按：見《論語·八佾》。

〔二〇〕［百家注引孫汝聽曰］襄二十六年《左氏》：「晉卿不如楚，其大夫則賢，皆卿材也。」

〔二一〕［百家注引孫汝聽曰］《漢書》：「虞舜之時，臨於巖廊之上。」晉灼曰：「巖廊，巖峻之廊。」按：見《漢書·董仲舒傳》。

〔二二〕［注釋音辯］衡山屬湖南。謂憑爲湖南觀察使。［百家注引孫汝聽曰］貞元十八年九月，憑自太常少卿爲湖南觀察使。衡嶠，衡山也。在衡州，屬湖南道。

〔二三〕［注釋音辯］豫章，洪州。謂憑遷江西觀察使，治洪州。［韓醇詁訓］謂憑嘗爲湖南、江西觀察使也。江西道理洪州，即豫章郡也。衡山，南嶽也，在衡州，屬湖南道云。［百家注引孫汝聽曰］永貞元年十一月，憑自湖南遷江西觀察使。江西觀察使治洪州。豫章，即洪州郡名也。

〔二四〕《孟子·梁惠王上》：「爲民父母，行政不免於率獸而食人，惡在其爲民父母也。」

〔二五〕［注釋音辯］前漢《季布傳》：「文帝曰：河東吾股肱郡。」［百家注引孫汝聽曰］《漢書·季布傳》：「河東，吾股肱郡，故特召君爾。」《書》：「股肱良哉。」按：見《尚書·益稷》。

〔二六〕［百家注引孫汝聽曰］《左傳》：「嘖有煩言。」按：所引見《左傳》定公四年。杜預注：「煩言，忿事。」《舊唐書·楊憑傳》：「憑在江西，（李）夷簡自御史出，官在巡屬，憑頗疏縱，不顧接之，夷簡常切齒。及憑歸朝，修第於永寧里，功作併興，又廣蓄妓妾於永樂里之别宅，時人大以爲言。夷簡乘衆議，舉劾前事，且言修營之僭，將欲殺之。」兩句指此事。

〔二七〕［注釋音辯］張儀遺楚相書曰：「我不盜而璧，若笞我。」［韓醇詁訓］張儀遊説諸國，嘗從楚相飲。已而，楚相亡璧，門下意張儀，曰：「儀貧無行，必此盜君相之璧。」共執張儀，掠笞數百，不服，釋之。按：見《史記·張儀列傳》。何焯《義門讀書記》卷三七：「夷簡奏憑前在江西日贓罪，故先著此一聯。」

〔二八〕［注釋音辯］直不疑爲郎，同舍告歸，誤持同舍郎金去，不疑買金償之。［韓醇詁訓］直不疑爲郎，事文帝。其同舍有告歸，誤持其同舍郎金去。已而同舍郎覺亡，意不疑，不疑謝有之，買金償。後告歸者至而歸金，亡金郎大慙。［百家注引孫汝聽曰］憑性素簡傲，接下脱略，人多怨之。及歷二鎮，尤事奢侈。按：直不疑事見《史記·萬石張叔列傳》。

〔二九〕［注釋音辯］衛宏《漢舊儀》：「二千石銀印、龜鈕。」漢文帝初與郡守爲銅虎符。謂憑解江西觀察使。［韓醇詁訓］謂憑自江西觀察使入爲左散騎常侍也。龜，印也。衛宏《漢舊儀》：「列侯、丞相、將軍皆黄金印，龜鈕。中二千石亦銀印，龜鈕。」虎，符也。漢文帝初與郡守爲銅虎符。

［百家注引韓醇曰］曰「休前寄」者，謂去官也。

〔三〇〕［注釋音辯］謂憑召還爲左散騎常侍。潘（緯）云：貂，都聊切。鼠屬。《後漢志》：「侍中、中常侍加黄金璫，附蟬爲文，貂尾爲飾。」注：「金取堅剛，蟬居高飲潔，貂内壹得而外温潤。」［韓醇詁訓］貂蟬，冠也。晉太始中，通直散騎常侍亦虎冠。貂，丁聊切。［百家注引韓醇曰］右「貂蟬」二句，謂憑元和初解江西觀察，召還爲左散騎常侍。按：見《後漢書·輿服志下》。

〔三一〕［注釋音辯］謂憑爲刑部侍郎。《尚書·吕刑》：「穆王訓夏贖刑。」［韓醇詁訓］謂憑自散騎爲刑部侍郎也。《周書・吕刑》:「穆王訓夏贖刑，作吕刑。」孔穎達曰:「吕侯見命，爲天子司寇，以穆王命作書，訓暢夏禹贖刑之法，以訓告天下也。」

〔二二〕［注釋音辯］謂憑爲京兆尹。漢張敞能理劇，爲京兆尹。［韓醇詁訓］謂憑自刑部爲京兆尹也。《漢書》:「張敞爲膠東相，自請治劇郡，非賞罰無以勸善懲惡。後守京兆尹。京兆典京師，長安中浩穰，於三輔尤爲劇，入守者輒以罪過罷。唯趙廣漢及敞爲久任。」按：見《漢書・張敞傳》。

〔二三〕［注釋音辯］漢石慶爲齊相，齊國爲立石相社。［韓醇詁訓］漢石慶爲齊相，齊國慕其家行，大治，爲立石相祠。按：見《史記・萬石張叔列傳》。

〔二四〕［注釋音辯］《詩・甘棠》云。［韓醇詁訓］《詩・甘棠》，美召伯也。詩云：「蔽芾甘棠，勿翦勿伐，召伯所茇。」蓋國人被其德，故敬其樹也。按：見《詩經・召南・甘棠》。

〔二五〕［注釋音辯］《語》云：「怨是用希。」［韓醇詁訓］不念舊惡，怨是用希。見《論語》。［百家注引王儔補注］《論語》:「怨是用希。」《詩》:「逢彼之怒。」謂憑雖能希怨，而猶不免逢人之怒者也。按：見《論語・公冶長》及《詩經・邶風・柏舟》。

〔二六〕［百家注］（琬琰）上音宛，下音剡。孫（汝聽）曰：《尚書》:「火炎崑岡，玉石俱焚。」琬琰，玉圭名。按：見《尚書・胤征》。

〔二七〕［百家注引孫汝聽曰］言憑誤遭彈擊也。憑爲京尹，其年七月，御史中丞李夷簡奏憑前在江西日贓罪，及他不法事，詔刑部尚書李鄘、大理卿趙昌即臺參訊，貶臨賀尉。先是，夷簡自御史出，官在巡屬，憑頗疎縱，不顧接之，夷簡切齒。及憑歸朝，修第於永寧里，功作併興，又廣蓄妓妾於永樂里之别宅，謗議頗讙。故夷簡舉劾，將欲殺之。及下獄，置對數日，未得其事。夷簡持之益急。上聞，且貶焉。按：《史記·酷吏列傳》：「（義）縱以鷹擊毛摯爲治。」後以稱御史彈劾爲鷹擊。

〔三八〕［注釋音辯］憑在江西，李夷簡自御史出，官在巡屬，憑不顧接之。曰是夷簡舉劾之，下獄置對，遂貶焉。［韓醇詁訓］《路温舒傳》「刻木爲吏期不對」，顔師古曰：「畫獄木吏尚不入對，况真實乎！」司馬遷《報任少卿書》曰：「士有畫地爲牢誓不入，削木爲吏議不對，定計於鮮也。」按：見《漢書·路温舒傳》。

〔三九〕［韓醇詁訓］《抱朴子》曰：「慮巫山之失火，恐芝艾之併焚。」按：見《抱朴子·嘉遁》。

〔四〇〕［注釋音辯］謂憑貶臨賀尉。［韓醇詁訓］謂憑自京兆貶臨賀尉也。臨賀屬賀州，隸廣南道。桂嶺，賀州名山。按：李吉甫《元和郡縣圖志》卷三七嶺南道賀州：「桂嶺在（桂嶺）縣東十五里。」

〔四一〕［注釋音辯］謂之遷餘杭長史。［韓醇詁訓］謂憑繼徙杭州長史也。杭州，餘杭郡。

〔四二〕［注釋音辯］《史記》：「廉頗一爲楚將，無功，曰：『我思慕趙人。』」［百家注引孫汝聽曰］《史記》：「廉頗一爲楚將，無功，曰：『我思用趙人。』」廉頗本趙將故也。按：見《史記·廉頗列傳》。

〔四三〕［注釋音辯］《論語》云。［韓醇詁訓］子畏於匡，曰：「天之未喪斯文也，匡人其如予何？」按：見《論語·子罕》。百家注本引作童宗説云。

〔四四〕［注釋音辯］《莊子》有《齊物論》篇。［百家注］誕，虚誕也。

〔四五〕［注釋音辯］《楚辭》有《遠遊》章，屈原所作。［百家注引孫汝聽曰］《楚辭》有《遠遊》章，屈原之所作也。

〔四六〕［百家注引孫汝聽曰］《易》「麗澤兑」，注：「麗，猶連也。澤，謂德澤。」按：見《周易·兑》。

〔四七〕［注釋音辯］元和七年，立遂王爲皇太子，肆赦，憑方召入。［百家注］孫（汝聽）曰：《易》：「重明以麗乎正，乃化成天下。」韓（醇）曰：篇首題云「三歲復爲大僚」，蓋憑自元和四年己丑貶，至七年壬辰爲三歲。是歲立遂王宥爲皇太子，肆赦，故此又有「麗澤周群品，重明照萬方」之句。

〔四八〕［注釋音辯］《晉書》：「斗牛之間有紫氣，雷焕掘得劍。其夕，氣不復見。」［韓醇詁訓］《晉書》：「斗牛之間有紫氣，雷焕曰：『寶劍之精，上徹於天，在豫章。』豐城令掘獄，果得雙劍。」［百家注引孫汝聽曰］《晉書》：「吴之未滅也，斗牛之間常有紫氣。吴平之後，紫氣愈明。豫章人雷焕曰：『此寶劍之精，上徹於天耳。在豫章豐城。』張華即補焕爲豐城令。掘獄中，果得雙劍也。」按：見《晉書·張華傳》。

〔四九〕［百家注引童宗説曰］清光，鏡也。［韓醇詁訓］元和七年，立皇太子肆赦也。

〔五〇〕［百家注引孫汝聽曰］謂秦民思之也。

〔五一〕［注釋音辯］《爾雅》：「道五達謂之康，六達謂之莊。」［韓醇詁訓］《爾雅》：「四達謂之衢，五達謂之康，六達謂之莊。」按：見《爾雅·釋宫》。

〔五二〕［注釋音辯］童（宗説）云：晉灼注《漢書》：「盭，草名，似艾，可染緑，因以爲綬。」焦贛《易林》曰：「二千石官白艾綬。」［韓醇詁訓］焦贛《易林》曰：「二千石官，白艾綬也。」按：《漢書·百官公卿表》：「晉灼曰：盭，草名也，出琅邪平昌縣，似艾，可染緑，因以爲綬名也。」

〔五三〕［注釋音辯］肪，音方，脂也。魏文帝書：「玉白如截肪。」［韓醇詁訓］魏文帝《與鍾繇書》曰：「竊見玉書，稱玉白如截肪。」肪音方。［百家注引孫汝聽曰］魏文帝《與鍾繇書》曰：「竊見玉書，稱美玉白如截肪。」華簪更勝肪，謂以玉爲簪也。

〔五四〕［注釋音辯］《左傳》宣公三年：「武王遷九鼎於洛邑。」［韓醇詁訓］當是憑自杭州召回，還諸王傅分司東都也。周成王時，遷九鼎於洛邑。洛邑即唐東都。［百家注引孫汝聽曰］《左氏》：「武王克商，遷九鼎於洛邑。」遷鼎邑，即謂洛陽也。

〔五五〕［注釋音辯］謂憑遷王傅居洛陽也。《史記》：「梁懷王好書，故令賈誼傅之。」［韓醇詁訓］《史記》：「賈誼爲梁懷王太傅。梁懷王，文帝之少子，愛而好書，故令賈生傅之。」又：「淮南王安爲人好書鼓琴。」［百家注］孫（汝聽）曰：又《漢書》：「景帝子河間獻王修學好古，實事求是。從民得善書，必爲好寫與之，留其真。故得書多，與漢朝等。是時，淮南王安亦好書。」韓（醇）

曰：二句謂憑自杭州召還，遷諸王傅，居洛陽也。集有《祭憑文》，云「入傅王國，嘉聲聿興」，謂此。

〔五六〕［注釋音辯］石崇别館在河陽。［百家注引孫汝聽曰］《晉書》：「石崇有别館在河陽之金谷，一名梓澤。」按：酈道元《水經注》卷一六穀水：「金谷水東南流，逕晉衛尉卿石崇之故居。」

〔五七〕［注釋音辯］唐上陽宮在東都洛陽。［百家注引孫汝聽曰］上陽，宮名。按：《舊唐書・地理志一》東都：「上陽宮在宮城之西南隅，南臨洛水，西拒穀水，東即宮城。」

〔五八〕［注釋音辯］潘（緯）云：與音預。按：《楚辭》屈原《九歌・湘夫人》：「時不可兮驟得，聊逍遥兮容與。」容與，安閒自得貌。

〔五九〕［百家注引孫汝聽曰］謂憑爲王傅，留歡、要醉，與之爲好也。

〔六〇〕［注釋音辯］今按後漢許劭兄虔亦知名，時人稱平輿淵有二龍。又晉王祥卧冰，雙鯉躍出。［韓醇詁訓］許侍郎，孟容也。王舍人，仲舒也。東漢許劭，汝南平輿人，兄虔亦知名，汝南人稱平輿淵有二龍焉。晉王祥性至孝，母嘗欲生魚。時天寒冰凍，祥解衣，將剖冰求之，冰忽自解，雙鯉躍出，持之而歸。［百家注引孫汝聽曰］（許劭）此喻許孟容、許司業也。（王祥）此喻王仲舒也。按：陳景雲《柳集點勘》卷四：「仲舒官中舍在柳子没後，前此但以考功郎知制誥，亦得稱舍人者，蓋以職同耳。如劉夢得有《哭獨孤郁舍人》詩，郁亦以郎官典誥，未嘗正除舍人也。又于邵、元稹皆以他官知制誥，而邵自言忝西掖舍人。稹與同寮諸舍人會食閣下，足知其官曹一也。」許劭事見《後漢書·許劭傳》，王祥事見《晉書·王祥傳》。《舊唐書·憲宗紀下》：「(元和七年二月)壬寅，以兵部侍郎許孟容爲河南尹。」至元和八年十一月爲裴次元所代。林寶《元和姓纂》卷六晉陵許氏：「鳴謙……生孟容、仲輿、季同。孟容，兵部侍郎、京兆、河南尹。仲輿，國子司業。季同，金部郎中。」則許司業即許仲輿，孟容之弟。

〔六一〕［韓醇詁訓］張衡《漏水轉渾天儀制》曰：「以銅爲器，再疊差置，實以清水，下各開孔，以玉虯吐漏水入兩壺。左爲晝，右爲夜。」按：見《初學記》卷二〇引。

〔六二〕［注釋音辯］華延儁《洛陽記》：「兩銅駝在宫之南街，東西相向，高九尺，洛陽謂之銅駝陌。」按：《太平御覽》卷一五八引陸機《洛陽記》：「洛陽有銅駝街，漢鑄銅駝二枚，在宫南西會道相對。俗語曰：『金馬門外集衆賢，銅駝陌上集少年。』」

〔六三〕［韓醇詁訓］《書》曰：「我乃卜澗水東，瀍水西，惟洛食。」瀲，力驗切。灩音艷，水動貌也。［百家注引韓醇曰］澗、瀍，二水名。按：所引見《尚書·洛誥》。

〔六四〕［注釋音辯］嵩山東爲太室，西爲少室，以其下者有石室也。在洛中。［韓醇詁訓］戴延之《西京記》：「嵩山其東謂太室，西謂少室，嵩其總名，即中嶽也。在洛中。」

〔六五〕［注釋音辯］《詩》「鴻飛遵渚」，謂周公居東都。［韓醇詁訓］《詩·九罭》，美周公也，周大夫刺朝廷之不知也。詩云：「鴻飛遵渚，公歸無所。」言鴻，大鳥也，不宜同鳧鷖之屬循渚也。［百家注引孫汝聽曰］《詩》「鴻飛遵渚」，注：「鴻，大鳥，不宜與鳧鷖之屬飛而遵渚。以喻周公今與凡人處東都之邑，失其所也。」憑今亦居東都，故公又引此詩以喻之。按：所引見《詩經·豳風·九罭》。

〔六六〕［韓醇詁訓］淳于髡説齊威王曰：「國中有大鳥，三年不蜚又不鳴，王知此鳥何也？」王曰：「此鳥不飛則已，一飛沖天。」按：見《史記·滑稽列傳》。

〔六七〕［注釋音辯］《詩·崧高》「維嶽降神」。［韓醇詁訓］「維嶽降神，生甫及申」，見《大雅·崧高》篇。

〔六八〕［注釋音辯］「敭」與「揚」同。《書·大禹謨》：「臯陶邁種德。」［百家注引孫汝聽曰］《書》：「臯陶邁種德。」又曰：「明明揚側陋。」揚，亦作「敭」。

〔六九〕［注釋音辯］此下子厚自述。潘（緯）云：傖，鉏庚切，吴人駡楚人曰傖。［韓醇詁訓］傖音士衡切，注見前詩矣。按：何焯《義門讀書記》卷三七：「子厚自述。」

〔七〇〕［韓醇詁訓］「夫子之牆數仞」，見《論語》。［百家注引童宗説曰］《論語》：「夫子之牆數仞。」按：見《論語·子張》。

〔七一〕［注釋音辯］後漢孔融見李膺，曰：「融與君累世通家。」［韓醇詁訓］後漢孔融，孔子二十世孫也。時河南尹李膺以簡重自居，非當時名人及與通家者，皆不得見。融欲觀其人，語門者曰：「我是李君通家子弟。」膺請融曰：「高明祖父嘗與僕有舊恩乎？」融曰：「然先君孔子，與君先人李老君同德比義，而相師友。則融與君累世通家。」衆坐莫不歎息。按：見《後漢書·孔融傳》。

〔七二〕［注釋音辯］子厚娶憑弟之女。潘岳《懷舊賦》：「余十二而獲見東武楊君，遂申之以姻好。」楊君名肇，以女妻岳。［韓醇詁訓］潘、楊世爲婚姻。潘岳作《楊仲武誄》曰：「潘楊之睦，有自來者。」公爲楊憑之壻，故及之。［百家注引孫汝聽曰］潘岳《懷舊賦》曰：「余二十而獲見於父友東武戴侯楊君，始見知名，遂申之以姻好。」楊君名肇，以女妻岳。公娶憑弟凝之女，故及之。按：柳宗元《祭楊憑詹事文》云「子壻謹以清酌庶羞之奠，昭祭于丈人之靈」，《與楊京兆憑書》云「獨恨不幸獲託姻好而早凋落」，則宗元所娶爲楊憑之女而非楊凝之女，童注、孫注皆誤，韓注是。

〔七三〕［注釋音辯］《史記》：「張摯，釋之之子。官至大夫，免。以不能取容當世，故終身不仕。」［韓醇詁訓］《史記》：「張釋之子曰張摯，字長公。官至大夫，免。以不能取容當世，故終身不仕。」按：見《史記・張釋之列傳》。

〔七四〕［注釋音辯］《吴志》：「虞翻字仲翔，性不協俗，多見謗毁，坐徙丹陽尉。」［韓醇詁訓］《吴志》：「虞翻字仲翔，孫權以爲騎都尉。翻數犯顔諫争，權不能悦，又性不協俗，多見謗毁。坐徙丹陽尉。」按：見《三國志・吴書・虞翻傳》。

〔七五〕［百家注引童宗説曰］《論語》：「雖在縲絏之中，非其罪也。」按：見《論語・公冶長》。紲同絏。

〔七六〕［百家注引童宗説曰］《易》「係用徽纆」，纆，墨繩。按：纆牽即馬韁繩。《戰國策·韓策三》：「馬，千里之馬也。服，千里之服也。而不能取千里，何也？曰：子纆牽長。」《文選》張華《勵志》：「纆牽之長，實累千里。」李善注：「千里之馬，繫以長索，則爲累矣。」

〔七七〕［注釋音辯］單，多寒切。閼，於歇切。太歲在卯曰單閼。賈誼《鵩賦》曰：「單閼之歲，鵩集予舍。」［韓醇詁訓］賈誼貶長沙，有鵩入其舍，乃作賦云：「單閼之歲，鵩集余舍。」閼，烏葛切。單閼，太歲在卯也。

〔七八〕［注釋音辯］鄒陽遊梁，從獄中上書。［韓醇詁訓］鄒陽上書梁孝王，王怒，欲殺之。陽乃在獄中上書，梁王立出之。［百家注引孫汝聽曰］鄒陽事梁孝王，介於羊勝、公孫詭之間。勝等疾陽，惡之孝王，王怒，下陽吏，將殺之。陽乃從獄中上書，王立出之。按：見《史記·鄒陽列傳》。

〔七九〕［韓醇詁訓］箕子懼紂，佯狂爲奴。［百家注引孫汝聽曰］《史記》：「箕子乃佯狂爲奴。」按：見《史記·殷本紀》。

〔八〇〕［百家注引童宗説曰］玉，謂珮也。

〔八一〕［注釋音辯］屈原既放逐，乃作《懷沙》之賦，自投汨羅而死。

〔八二〕［百家注引孫汝聽曰］公在永州，州有湘水。自「獨棄傖人國」已下，皆公自叙己意。

【集評】

《新刊增廣百家詳補注唐柳先生文》卷四二引曾氏《筆墨閒録》：「銅駝御路荒」下：此對妙同老杜矣。

孫月峰（鑛）評點《柳柳州全集》卷四二：「遇物任行藏」下：起四句泛論，點出大意。「金有誤持郎」下：預點出見誣意，蓋事正在此時耳。「垂淚對清湘」下：此自叙一段最得鍊意之妙，借事驅使，不爲事縛。

汪森《韓柳詩選》：「遇物任行藏」下：起四句虛冒，下乃述其門第人品。「憲府」以下又詳叙其所歷之官，而推出左官之故也。「獨棄傖人國」下：「獨棄」以下乃自叙，意即題中所云「竄伏湘浦，拜賀未由」者也。帶「夫子牆」一筆作轉，筆法極緊。總評：春容而能精鍊，其筆力不減少陵，然須見其脱化處。又：使事屬對之工，無一懈筆，此程不識之行軍也。雖其比擬不無過當之處，然用意則精切矣。

何焯《義門讀書記》卷三七：比前詩尤工，字字鎔冶經史，無半點草料。

酬韶州裴曹長使君寄道州吕八大使因以見示二十韻一首 并序①

韶州幸以詩見及②，往復奇麗，邈不可慕，用韻尤爲高絶，余因拾其餘韻酬焉。凡爲韶州所用者置不取，其聲律言數如之。

金馬嘗齊入〔一〕，銅魚亦共頒③〔二〕。疑山看積翠〔三〕，湞水想澄灣〔四〕。標榜同驚俗〔五〕，清明兩照姦。乘軺參孔僅，韶州嘗隨潘户部出征賦。④〔六〕按節服侯狦。道州昔使絶域，遂無猾夏之虞。⑤〔七〕賈傅辭寧切〔八〕，虞童髮未鬜〔九〕。秉心方的的〔一〇〕，騰口任㘖㘖〔一一〕。聖理高懸象〔一二〕，爰書降罰鍰〔一三〕。德風流海外，和氣滿人寰。禦魅恩猶貸〔一四〕，思賢淚自潸〔一五〕。在亡均寂寞⑥，零落間惸鰥⑦〔一六〕。夙志隨憂盡，殘肌觸瘴瘝〔一七〕。月光搖淺瀨⑧，風韻碎枯菅〔一八〕。海俗衣猶卉〔一九〕，山夷髻不鬟〔二〇〕。泥沙潛虺蜮〔二一〕，榛莽鬬豺獌〔二二〕。循省誠知懼，安排祇自憪⑨〔二三〕。食貧甘莽鹵〔二四〕，被褐謝孄媥⑩〔二五〕。遠物裁青罽〔二六〕，時珍饌白鷴〔二七〕。長捐楚客珮〔二八〕，未賜大夫環〔二九〕。異政徒云仰，高蹤不可攀。空勞慰顦顇，妍唱劇妖嫻〔三〇〕。

【校　記】

①注釋音辯本、游居敬本題無「并序」二字。

②幸，注釋音辯本、游居敬本作「因」。

③亦，詁訓本作「或」。

④諸本皆注云：「公自注云：韶州嘗隨潘户部出征賦。」今將作者自注移入正文。

⑤諸本皆注云：「公自注云：道州昔使絶域，遂無猾夏之虞。」今將自注移入正文。

⑥在，原作「存」，據注釋音辯本、世綵堂本、游居敬本等及《全唐詩》改。章士釗《柳文指要》下《通要之部》卷一二：「『在亡』若易作『生死』或『存亡』，便無味之極。即此見柳州錘鍊功深。」

⑦零，詁訓本作「寥」。

⑧世綵堂本注：「月，一作日。」鄭定本作「日」。

⑨𢝌，鄭定本、世綵堂本、濟美堂本作「痌」。蔣之翹輯注本認爲作「痌」非是。

⑩褐，詁訓本作「葛」。

【解　題】

〔注釋音辯〕裴曹長未詳其名。吕道州名温。〔韓醇詁訓〕吕道州，温也。刺道州當元和四五年間。裴韶州，名字未詳。題云「曹長」，必嘗與公同在禮部者。詩在永州作。〔百家注集注〕吕道州名温，字化光，元和三年十月自御史知雜貶均州刺史，再貶道州刺史。公此詩永州作。按：《舊唐書·吕温傳》：「（元和）三年貶道州刺史，五年轉衡州。」是詩云「風韻碎枯菅」，節令爲秋，當作於元和四年。韶州裴使君，陳景雲《柳集點勘》卷二論《與裴塤書》云：「蓋塤之從昆弟嘗酬其詩，十三兄嘗得數書，集中有《酬裴韶州》詩，疑即其人。韶、永道近，故頻得書也。新史《世系表》中有韶州刺史裴禮，亦未審是一人否也。」《新唐書·宰相世系表一上》中眷裴氏有裴禮，韶州刺史，與裴墐、裴埴、裴塤爲同輩，當即此人。

【注釋】

〔一〕［注釋音辯］《前漢》：「待詔金馬門。」［韓醇詁訓］《公孫弘傳》：「待詔金馬門。」［百家注引孫汝聽曰］漢武帝時有東門京者，善相馬，鑄作銅馬法獻之。有詔立於魯班門外，因號曰金馬門。賢才待詔於此。按：金馬門見《史記·滑稽列傳》及《後漢書·馬援傳》。

〔二〕［注釋音辯］《唐志》：「銀菟符改爲銅魚符，易守令則給之。」［韓醇詁訓］隋制，京官五品以上佩銅魚符。唐武德改太守爲刺史，號爲使持節諸軍事，而實無節，但頒銅魚符而已。［百家注引孫汝聽曰］《唐志》云：「高祖入長安，罷隋竹使符，頒銀菟符，其後改爲銅魚符，易守令則給之。」共頒，言温與裴同出爲刺史也。按：魚符見《新唐書·車服志》。

〔三〕［注釋音辯］九疑山在道州。［韓醇詁訓］九疑山在零陵。［百家注引孫汝聽曰］疑山，謂九疑山也。按：李吉甫《元和郡縣圖志》卷一九道州：「九疑山在（延唐）縣東南一百里，舜所葬也。九山相似，行者疑焉，故爲名。」

〔四〕［注釋音辯］湞，陟盈切，湞水在韶州。［百家注引孫汝聽曰］湞，水名，陟盈切，《説文》「水出南海龍川，西入溱」。在今韶州界。灣，水曲也。按：李吉甫《元和郡縣圖志》卷三四韶州：「湞水在（曲江）縣東一里。」

〔五〕［百家注引孫汝聽曰］《後漢書》：「海内希風之流，共相標榜。」注云：「標榜，猶相稱揚也。」按：見《後漢書·黨錮傳序》。

〔六〕［注釋音辯］今按：漢孔僅領天下鹽鐵，以喻潘孟陽爲度支鹽鐵副使。［韓醇詁訓］潘户部孟陽也。傳亦不載韶州名字。孔僅，漢武帝時爲大農丞，舉行天下鹽鐵。見《貨殖傳》。［百家注引孫汝聽曰］《漢書·食貨志》：「孔僅，南陽大冶。武帝時，鄭當時進言之，爲大農丞。」貞元二十一年七月，以户部侍郎潘孟陽爲度支鹽鐵副使，以裴爲屬。孔僅以喻孟陽也。

〔七〕［注釋音辯］今按：漢宣帝時，稽侯𤟤號呼韓邪單于。𤟤，所姦切。此謂吕温副張薦爲吐蕃弔祭使。［韓醇詁訓］侯𤟤，匈奴名。見《漢·匈奴傳》。［百家注引孫汝聽曰］按節，持節也。節以竹爲之，柄長八尺，以髦牛尾爲旄三重，取象竹節，因以爲名。《漢書·匈奴傳》：「虚閭權渠單于子稽侯𤟤號呼韓邪單于。」貞元二十年五月，以史館修撰、祕書監張薦爲入吐蕃弔祭使，以温爲副。

〔八〕［注釋音辯］賈誼爲長沙王太傅。［韓醇詁訓］賈誼謫爲長沙王太傅，過湘水，作文以弔屈原。

〔九〕［注釋音辯］䰉，音班，半白也。謂虞翻。［韓醇詁訓］指虞翻也。虞翻年十二，客有候其兄，不過翻，翻追與之書，客奇之。䰉音班。按：《三國志·吴書·虞翻傳》裴松之注引《虞翻别傳》載翻上孫權書，有「形容枯萃，髮白齒落，雖未能死，自悼終没」之語。《廣韻·删韻》：「䰉，髮半白。」通斑。

〔一〇〕《淮南子·説林》：「的的者獲，提提者射。」高誘注：「的的，明也。」

〔一一〕［注釋音辯］《韓子》云：「其鬬嚬嚬。」張（敦頤）云：嚬，音顔，争也。［韓醇詁訓］嚬音顔，争貌。《韓子》云：「其鬬嚬嚬。」按：引文見《韓非子·揚權》。

〔一二〕［百家注引童宗説曰］《易》：「懸象著明，莫大乎日月。」按：見《周易·繫辭上》。

〔一三〕［注釋音辯］《史記·張湯傳》「爰書」注：「爰，换也。謂以文書代换其口詞。」《尚書·吕刑》注：「六兩曰鍰。」鍰，户關切，黄鐵也。此謂吕温貶斥。［百家注引孫汝聽曰］《史記》：「張湯掘熏得鼠及餘肉，劾鼠掠治，傳爰書，訊鞫論報。」注：「爰，换也，謂以文書代换其口詞。」《書》「其罰百鍰」，注云：「六兩曰鍰，鍰，黄鐵也，一曰錢也。」此謂温得罪貶斥。

〔一四〕［注釋音辯］《左傳》文公十八年：「投諸四裔以禦魑魅。」此子厚自述。［百家注引孫汝聽曰］文十八年《左氏》：「投之四裔以禦魑魅。」注云：「魑魅，山林異氣所生，爲人害者。」恩猶貸，公自言雖被竄謫，猶未至死，是爲寬貸也。」

〔一五〕［注釋音辯］潸，所姦切，出涕貌。［百家注］（潸）所班切。孫（汝聽）曰：思賢，謂思裴、吕也。《詩》「潸然出涕」。《説文》：「潸，涕流貌。」按：見《詩經·小雅·大東》，「然」作「焉」。

〔一六〕［百家注引韓醇曰］惸，渠云切，獨也。鰥，孤頑切。《孟子》：「老而無妻曰鰥。」按：《周禮·秋官司寇·大司寇》鄭玄注：「無兄弟曰惸。」及《孟子·梁惠王上》。

〔一七〕［注釋音辯］痡，五還切，童（宗説）云：痹也。［韓醇詁訓］五還切，痹也。

〔一八〕［注釋音辯］菅，古顔切。茅屬。［百家注引童宗説曰］茅也。

〔一九〕［韓醇詁訓］《書》「島夷卉服」，注：「南海島夷草服葛越。卉，草也。葛越，南方布名。」按：《漢書·地理志上》「島夷卉服」顔師古注：「卉服，絺葛之屬。」

〔二〇〕［百家注引孫汝聽曰］鬟，謂曲髮爲髻也。

〔二一〕［注釋音辯］蜮，越逼切，短狐。［韓醇詁訓］蜮，射工蟲也。見下《嶺南江行》注。［百家注引孫汝聽曰］《詩》：「爲鬼爲蜮。」蜮，水弩。按：虺，毒蛇。見《詩經·小雅·何人斯》。

〔二二〕［注釋音辯］貙音蠻，豺類也。［百家注引童宗説曰］狼屬，似狸。按：《爾雅·釋獸》：「貙獌似貍。」許慎《説文解字》：「獌，狼屬。」

〔二三〕［注釋音辯］憪，音閑，《説文》「愉也」。［韓醇詁訓］音閑，《説文》「愉也」。

〔二四〕［百家注引孫汝聽曰］《詩》：「自我徂爾，三歲食貧。」按：見《詩經·衛風·氓》。莽鹵，意同鹵莽，謂荒僻之地。

〔二五〕［注釋音辯］（斕斒）上音闌，下逋閑切。［韓醇詁訓］斕音闌。斒音逋閑切。斕斒，色不純也。［百家注引孫汝聽曰］色不純貌。《後漢書》「衣裳斒斕，語言侏離」是也。按：引見《後漢書·南蠻傳》。

〔二六〕［注釋音辯］（罽）居罽切。［韓醇詁訓］音計，織毛也。［百家注引童宗説曰］織毛爲之。

〔二七〕《禽經》「鷴鷺之潔」，張華注：「鷴，白鷴。似山雞而色白，行止閑雅。」

〔二八〕［注釋音辯］《楚詞》：「捐余玦兮江中，遺余珮兮澧浦。」按：所引爲屈原《九歌·湘君》。

〔二九〕［注釋音辯］《穀梁》注：「大夫待放於竟，君賜之環則還。」［韓醇詁訓］《荀子》：「召人以瑗，絶人以玦，反絶以環。」注云：「古者臣有罪，待放於境，三年不敢去。與之環則還，與之玦則絶。」［百家注引孫汝聽曰］《説文》云：「環，璧也。肉好若一謂之環。」宣二年《穀梁傳》注：「禮，三諫不聽則去，待放於境。三年，君賜之環則還，賜之玦則往。」按：韓注見《荀子·大略》及楊倞注。

〔三〇〕［注釋音辯］嫺，音閑，《説文》「雅也」。［百家注引童宗説曰］妖嫺，謂閑雅。

【集評】

《新刊增廣百家詳補注唐柳先生文》卷四二引曾氏《筆墨閒録》：《酬韶州裴使君二十韻》尤見奇險之功，蓋「山」字韻不比「遐」字之多也。

徐師曾《文體明辨序説·和韻詩》：又有拾其餘韻，凡爲所用者置不取，如《河東集》載《酬韶州裴曹長使君（名未詳）寄道州吕八大使（温）因以見示二十韻》，自序云：「韶州幸以詩見及，往復奇麗，邈不可慕，用韻尤爲高絶，余因拾其餘韻酬焉，凡爲韶州所用者置不取，其聲律言數如之。」是也。

孫月峰（鑛）評點《柳柳州全集》卷四二：「湞水想澄灣」下：起四句總説，如破題然。「妍唱劇妖嫺」下：「妖」字終未雅。總評：拾餘韻格，前所未有。此亦只是鬬險。

姜宸英《緑楊紅杏軒詩集序》：余以爲蕭散沖淡，固柳之所以爲妙。而柳之長篇古律縋險出奇，七言古詩鍛鍊精刻，實不主沖淡一家。若其《酬韶州裴使君》諸詩之用險仄韻，《遊南亭叙志》諸詩之出奇無窮，固非退之不能辦，而「漢家三十六將軍」長歌之排突雄悍，尤與退之争勝於毫釐者也。學柳不先識其似韓者，而遽求之於蕭散沖淡，將有如韓之所謂頽墮委靡，不可收拾，而詩家之峥嶸氣象，索然無餘地矣。（《湛園集》卷一）

毛奇齡《古今通韻》卷四：柳宗元《酬韶州裴曹長使君》排律二十韻有嚬字、嫺字，皆宋韻無有。「嫺」似與「媥」互出字。又有鬜字、獌字、瘝字，此則《禮韻》所删去者。又有「管」字，疑「菅」字之誤。

汪森《韓柳詩選》：「湞水想澄灣」下：「齊入」、「共頒」，兼言裴、吕，疑山、湞水，則分言之。下四句亦然。「思賢淚自潸」下：「禦魅」句轉入自己，「思賢」句帶上，見筆法。「零落間惸鰥」下：「在亡」二句，正見同在南方而益動懷思也。「妍唱劇妖嫺」下：結意收出酬和本旨。總評：觀小序意，專以用韻見奇，然裴之所用者平，而公之所用者險，非大手筆不能如此雅馴。又：用韻奇險，不讓昌黎。然昌黎之用險韻也，以險峻之氣馭之，而河東則一歸之典雅，使險者帖然不覺，皆能事也。

酬婁秀才將之淮南見贈之什①

遠棄甘幽獨〔一〕，誰言值故人②。好音憐鎩羽〔二〕，濡沫慰窮鱗〔三〕。困志情惟舊③，相知樂更新〔一四〕。浪游輕費日，醉舞詎傷春。風月歡寧間，星霜分益親〔一五〕。已將名是患④，還用道爲鄰。機事齊飄瓦〔一六〕，嫌猜比拾塵〔一七〕。高冠余肯賦〔一八〕，長鋏子忘貧〔一九〕。晼晚驚移律〔二〇〕，睽攜忽此辰⑤〔二一〕。開顔時不再，絆足去何因〔二二〕？海上銷魂別〔二三〕，天邊弔影身。祇應西澗水〔二四〕，寂寞但垂綸。

【校 記】

① 什，注釋音辯本、詁訓本、游居敬本作「作」。

② 言，《全唐詩》作「云」。

③ 諸本皆注曰：「困，一作同。」陳景雲《柳集點勘》卷四：「『困』一作『同』爲是。《禮記》鄭注『同志曰友』。又子厚有送秀才序，言相識在未第之前，則有舊久矣。」陳説是。

④ 蔣之翹輯注本注：「是，一作自。」

⑤ 睽，注釋音辯本、世綵堂本作「暌」。

【解 題】

〔注釋音辯〕婁圖南。下篇同。〔韓醇詁訓〕婁秀才，圖南也。集有送之淮南序，在元和五六年間。二詩皆當同是時作。〔百家注引韓醇曰〕婁秀才，圖南也。侍中師德之後。按：據林寶《元和姓纂》卷五原武婁氏，婁師德生思穎，思穎生志學，志學生圖南。則圖南爲師德之曾孫。柳宗元尚有《送婁圖南秀才遊淮南將入道序》，稱其「後十餘年，僕自尚書郎謫來零陵，覯婁君……因爲余留三年」，《序飲》云「客有婁生圖南者」，後者作於元和四年，則是詩作於元和四年或五年爲近是。

【注釋】

〔一〕〔百家注引韓醇曰〕公自言得罪遷斥也。

〔二〕〔注釋音辯〕鎩，音殺，又所介切，殘也。〔韓醇詁訓〕《詩》：「載好其音。」鎩，所介、山戞二切。《選》：「鎩翮由時至。」鎩，殘也。〔百家注引韓醇曰〕好音以喻圖南，鎩羽以自喻。按：百家注本引韓醇注兼引《詩經·魯頌·泮水》「懷我好音」，非是。章士釗《柳文指要》下《通要之部》卷一二：「《詩》『載好其音』，又『懷我好音』，此詩所用乃前者，非後者也。若用後者，則爲差對。」「載好其音」見《詩經·邶風·凱風》。

〔三〕〔注釋音辯〕《莊子》：「魚相與處於陸，相呴以濕，相濡以沫。」〔韓醇詁訓〕《莊子》：「泉涸，魚相與處於陸，相呴以濕，相濡以沫。」按：見《莊子·大宗師》。

〔四〕〔百家注引孫汝聽曰〕《楚辭·九歌》：「樂莫樂兮新相知。」

〔五〕蔣之翹輯注本：「間字、分字，並去聲。」

〔六〕〔注釋音辯〕《莊子》：「雖有忮心，不怨飄瓦。」〔百家注引孫汝聽曰〕《莊子》：「有機事者必有機心。」又曰：「雖有忮心，不怨飄瓦。」按：「忮心」見《莊子・達生》，「機心」見《莊子・天地》。

〔七〕［注釋音辯］《家語・在厄》篇：「孔子厄於陳蔡，子貢得米，顔回炊之於壞屋之下。有埃墨墮飯中，顔回取而食。子貢望見，以爲竊食也。」［韓醇詁訓］孔子窮於陳蔡之間，亡日，不嘗粒食。顔回得米而爨之，孔子望見回攫其甑中飯而食之。飯熟，及進於孔子，孔子曰：「今夢見先君，食潔欲饋。」回曰：「不可。向者炱煤入甑中，棄食不祥，回因攫而食之。」孔子嘆曰：「所信者目，所恃者心。今心、目不足信而恃矣，弟子識之矣。」煤，煙塵。因拾煙塵，孔子於是疑惑。**按**：韓引見《吕氏春秋・審分・任數》。

〔八〕［注釋音辯］《楚詞》：「高余冠之岌岌兮，長余佩之陸離。」**按**：此爲屈原《涉江》中句。

〔九〕［注釋音辯］鋏，古協切。《史記》：「馮讙彈其劍而歌曰：長鋏歸來兮，食無魚。」［韓醇詁訓］《史記》：「馮讙聞孟嘗君好士，躡屩而見之。孟嘗君置傳舍。十日，問傳舍長曰：『客何爲？』答曰：『馮先生甚貧，猶有一劍耳。』又蒯緱。彈其劍而歌曰：『長鋏歸來乎，食無魚。』」鋏，古協切。**按**：見《史記・孟嘗君列傳》，又見《戰國策・齊策四》。《史記》作馮驩，《戰國策》作馮諼。

〔一〇〕［注釋音辯］潘（緯）云：晼，於阮切。晼晚，日暮也。《選》：「老晼晚而將及。」［百家注］晼音宛。童（宗説）曰：晼晚，日昳。**按**：《文選》陸機《歎逝賦》「老晼晚其將及」，劉良注：「晼晚，日暮也。」

〔一一〕《文選》謝靈運《南樓中望所遲客》：「即事怨睽攜，感物方悽慘。」睽攜即睽攜，分離。

〔一二〕［注釋音辯］絆音半，羈也。《選》：「猶絆良驥之足。」［百家注引童宗説曰］絆音半，羈絆也。按：所引見《文選》吴質《答東阿王書》。

〔一三〕［百家注引孫汝聽曰］江淹賦：「黯然銷魂，惟别而已。」按：見《文選》江淹《别賦》。

〔一四〕［百家注引孫汝聽曰］西澗，永州水名。

【集　評】

孫月峰（鑛）評點《柳柳州全集》卷四二：柳律詩大約以屬對妙。

何焯《義門讀書記》卷三七：發端直貫注「銷魂」「弔影」一聯。

近藤元粹《柳柳州集》卷二：辭旨悽惋，怨意自深，是其境遇使然也。

酬婁秀才寓居開元寺早秋月夜病中見寄①

客有故園思〔一〕，瀟湘生夜愁〔二〕。病依居士室〔三〕，夢繞羽人丘〔四〕。味道憐知止〔五〕，遺名得自求。壁空殘月曙〔六〕，門掩候蟲秋。謬委雙金重〔七〕，難徵雜珮酬〔八〕。碧霄無枉路②〔九〕，徒此助離憂。

【校 記】

① 月夜，詁訓本作「夜月」。

② 世綵堂本注：「枉，一作往。」

【解 題】

此婁秀才仍爲婁圖南。開元寺即永州之開元寺。此詩作於上一首之前，約元和四年作。

【注 釋】

〔一〕〔注釋音辯〕謂婁圖南。〔百家注引孫汝聽曰〕客謂婁秀才圖南也。

〔二〕〔百家注引孫汝聽曰〕瀟湘，二水名，在永州界。按：《詩話總龜》前集卷一六引陶岳《零陵總記》：「瀟水在永州西三十步。自道州營道縣九疑山中，亦名營水。湘水在永州北十里。出自桂林海陽山中，經靈渠北流至零陵北，與瀟水合。二水皆清泚一色，高秋八九月，雖丈餘可以見底。自零陵合流，謂之瀟湘。」

〔三〕〔韓醇詁訓〕維摩居士丈室也。按：《維摩詰所説經》載維摩居士病，即以神力空其居室，除去所有及諸侍者，唯置一牀而卧。

〔四〕［注釋音辯］《楚詞》「仍羽人於丹丘」，注：「羽人之國，人得道，身生毛羽也。丹丘晝夜常明。」［韓醇詁訓］《楚詞》：「仍羽人於丹丘。」注云：「《山海經》曰：有羽人之國，不死之民。或曰：人得道，身生羽毛也。丹丘晝夜常明也。」按：見《楚辭·遠遊》及王逸注引《山海經》。何焯《義門讀書記》卷三七云此句「謂婁將入道」。

〔五〕［百家注引孫汝聽曰］《老子》：「知足不辱，知止不殆。」

〔六〕［百家注］（曙）音樹，「署」同。

〔七〕［注釋音辯］《文選·擬四愁》曰：「何以贈之雙南金。」［韓醇詁訓］《選》：「佳人遺我緑綺琴，何以贈之雙南金。」按：所引爲張衡《擬四愁詩》。

〔八〕［注釋音辯］《詩》「雜佩以報之」，注：「珩、璜、琚、瑀、衝牙之屬。」［韓醇詁訓］《詩》：「知子之好之，雜珮以報之。」注：「雜珮者，珩、璜、琚、瑀、衝牙之屬。」按：見《詩經·鄭風·女曰雞鳴》。

〔九〕［百家注引孫汝聽曰］枉路，猶言徑路也。

【集　評】

蘇軾《書柳子厚詩》：柳柳州《酬婁秀才寓居開元寺早秋病中見寄》……元符己卯十一月十九

日，忽得龍川信，寄此紙，試書此篇。（《蘇軾文集》卷六七）

葉夢得《石林詩話》卷上：蔡天啟云：嘗與張文潛論韓柳五言警句，文潛舉退之「暖風抽宿麥，清雨捲歸旗」，子厚「壁空殘月曙，門掩候蟲秋」，皆爲集中第一。

曾季貍《艇齋詩話》：柳子厚「壁空殘月曙，門掩候蟲秋」，語意極佳。東湖（徐俯）詩云：「明月江山夜，候蟲天地秋。」蓋出於子厚。

《新刊增廣百家詳補注唐柳先生文》卷四二引王儔補注：張文潛嘗論公此聯爲集中第一。洪駒父則云「明月江山夜，候蟲天地秋」，最爲奇警。

瞿佑《歸田詩話》卷上：宋蔡天啟與張文潛論韓柳五言警句，文潛舉退之「暖風抽宿麥，清雨捲歸旗」，子厚「壁空殘月曙，門掩候蟲秋」，皆爲集中第一。今考之，信然。

孫月峰（鑛）評點《柳柳州全集》卷四二：起有逸思。律中帶古意。

陸夢龍《柳子厚集選》卷四：勻。

蔣之翹輯注《柳河東集》卷四二：得句最清利。

汪森《韓柳詩選》：起極超，似王孟。「壁空」二句，聲光俱見，正在「曙」字、「秋」字用得活耳。

薛雪《一瓢詩話》：賈長江「獨行潭底影，數息樹邊身」只堪自愛，柳子厚「壁空殘月曙，門掩候蟲秋」恨少人知。

陳衍《石遺室詩話》卷一四：蘇堪平日論詩，甚注意寫景，以爲不易於言情，較難於敘事。所舉名句,若柳州之「壁空殘月曙,門掩候蟲秋」,「回風一蕭瑟,林影久參差」,……皆各極超妙者。

初秋夜坐贈吴武陵

稍稍雨侵竹,翻翻鵲驚叢[一]。美人隔湘浦[二],一夕生秋風。積霧杳難極,滄波浩無窮。相思豈云遠,即席莫與同。若人抱奇音,朱絃絚枯桐[三]。清商激西顥[四],泛灩凌長空。自得本無作,天成諒非功。希聲閟大樸[五],聾俗何由聰。

【解題】

[韓醇詁訓]吴武陵,永州流人也。來永州在元和三年。公下有《簡武陵》詩,當四年秋。此詩亦同時作。[百家注引孫汝聽曰]武陵,永州流人。來永州在元和三年。公有此贈,又有《簡武陵》詩。按:《新唐書·文藝傳下·吴武陵》:「吴武陵,信州人。元和初擢進士第。……初,柳宗元謫永州,而武陵亦坐事流永州,宗元賢其人。」武陵元和二年進士及第。韓醇云此詩作於元和四年秋,可從。

【注釋】

[一]《文選》劉楨《贈徐幹》:「輕葉隨風轉,飛鳥何翻翻。」翻翻,猶翩翩。

〔二〕〔注釋音辯〕謂吴武陵。〔百家注引孫汝聽曰〕美人,謂吴武陵。

〔三〕〔注釋音辯〕潘(緯)云:緪,居曾、古鄧二切,與「絚」同。《淮南子》:「大絃緪則小絃絶。」《楚辭》「緪瑟兮交鼓」,注:「緪,急張絃也。」〔韓醇詁訓〕緪,古鄧切,急張也。〔百家注引孫汝聽曰〕《禮記》:「清廟之瑟,朱絃而疏越。」朱絃,謂以朱絲爲絃也。《楚辭》:「緪瑟兮交鼓。」緪,古鄧切,急張也。枯桐,謂琴也。按:所引爲屈原《九歌·東君》中句。

〔四〕〔注釋音辯〕(顥)音浩。漢《西顥》歌曰:「西顥沆碭,秋氣肅殺。」按:所引歌見《漢書·禮樂志》。

〔五〕〔百家注引韓醇曰〕《老子》:「大音希聲。」

【集評】

孫月峰(鑛)評點《柳柳州全集》卷四二:寄興高遠,猶有建安遺意。

蔣之翹輯注《柳河東集》卷四二:有筆意,蕭散自得。

唐汝詢《唐詩解》卷一〇:此因離索而想其抱負也。雨灑鵾鶩,懷人之念舉。彼武陵者,隔湘浦而居,離别經秋矣。欲往從之,則有積霧蒼波之阻。所思非遠,竟不獲與之同席也。且其人抱高世之具,而不爲人知,我安得不念之哉!奇音、清商等語,借琴曲以形容其才華,非實有師襄之技。不然,烏足爲柳州重乎?

周珽《删補唐詩選脈箋釋會通評林》卷一二：首觸於雨灑鵾鷩，動懷人之念。次阻於霧積波浩，起聚首之思。既美其人有奇抱，末惜其世無知音。

賀裳《載酒園詩話又編·柳宗元》：宋人詩法，以韋柳爲一體，方回謂其同而異，其言甚當。余以韋、柳相同者神骨之清，相異者不獨峭淡之分，先自憂樂之别。如《贈吴武陵》曰：「希聲閟大樸，聾俗何由聰」，《種朮》曰「單豹且理内，高門復何如」，韋安有此憤激？《遊南亭夜還叙志》曰：「知罃懷褚中，范叔戀綈袍」，《湘口館》曰：「升高欲自舒，彌使遠念來」，韋又安有此愁思？東坡又謂柳在韋上，此言亦甚可思。柳構思精嚴，韋出手稍易，學韋者易以藏拙，學柳者不能覆短也。

汪森《韓柳詩選》：柳詩五言古清迥絶塵，人以爲近陶，不知其兼似大謝也。

吴昌祺《删訂唐詩解》卷五：題曰贈，非相隔也。言君隔湘浦，乘風而至，衝霧凌波，而人不遠矣。然有不能同者，蓋其胸中如清廟之瑟，可以激清風、湧流水，天成之妙，非俗所知，豈吾所能同乎？按武陵薦（杜）牧之事，殊有奇氣，故子厚稱之。唐（汝詢）解存參。

沈德潛《唐詩别裁集》卷四：「一夕生秋風」下：風神。「天成諒非功」下：千古文章神境。「聾俗何由聰」下：下半借琴以喻文才，董庭蘭一輩人，未能知也。

何焯《義門讀書記》卷三七：起二句暗藏「風」字。「積霧杳難極」一聯：起「遠」字。

高步瀛《唐宋詩舉要》卷一：「即席莫與同」下：以上秋夜憶武陵。「朱絃緪枯桐」下：借琴以喻其文。「聾俗何由聰」下：結出感慨之意，喻武陵，亦以自喻也。又總評：風神淡遠，意象超妙。

晨詣超師院讀禪經①

汲井漱寒齒，清心拂塵服。閑持貝葉書〔一〕，步出東齋讀。真源了無取〔二〕，妄跡世所逐。遺言冀可冥②，繕性何由熟〔三〕？道人庭宇静〔四〕，苔色連深竹③。日出霧露餘，青松如膏沐〔五〕。澹然離言説，悟悦心自足。

【校　記】

①　禪，詁訓本作「蓮」。

②　諸本皆曰：「遺，一作遺。」

③　百家注王儔補注引《筆墨閒録》云：「山谷學徒筆此詩於扇，作『翠色連深竹』，『翠色』語好，而『苔色』義是。」

【解　題】

〔韓醇詁訓〕亦在永州也。按：宗元《霹靂琴贊引》記零陵湘水西有震餘之枯桐，超道人取以爲三琴，疑即此超師。則此詩確作於永州，而年月無可考。

【注釋】

〔一〕［注釋音辯］西域有貝多樹，國人以其葉截翦而寫書，謂之貝葉靈文。［韓醇詁訓］西域經多以貝多葉書之。［百家注引孫汝聽曰］西域有貝多樹，國人以其葉寫經，故曰貝葉書。按：段成式《酉陽雜俎》前集卷一八：「貝多，出摩伽陀國，長六七丈，經冬不凋。此樹有三種，一者多羅娑力叉貝多，二者多梨婆力叉貝多，三者部婆力叉多羅梨，並書其葉，部闍一册，取其皮書之。貝多是梵語，漢翻爲葉。貝多婆力叉者，漢言樹葉也。西域經書用此三種皮葉，若能保護，亦得五六百年。」

〔二〕此指佛教真諦。

〔三〕［注釋音辯］《莊子》「繕性」，注：「繕，治也。」［百家注引孫汝聽曰］《莊子》「繕性於俗」，注云：「繕，治也。」按：《莊子·繕性》：「繕性於俗學，以求復其初。」

〔四〕［注釋音辯］謂超師。［百家注引童宗説曰］道人，即謂超師。

〔五〕［百家注引孫汝聽曰］《詩》：「豈無膏沐，誰適爲容。」如膏沐者，言霧露之餘，松柏皆如洗沐也。按：見《詩經·衛風·伯兮》。《文選》曹植《求通親親表》「膏沐之遺」，吕延濟注：「膏，脂也。沐，甘漿之屬。」女子洗沐所用。

【集　評】

《苕溪漁隱叢話》前集卷八引范温《詩眼》：世俗所謂樂天《金針集》殊鄙淺，然其中有可取者，鍊句不如鍊意，非老於文學，不能道此。又云鍊字不如鍊句，則未安也。好句要須好字，如李太白詩「吴姬壓酒唤客嘗」，見新酒初熟，江南風物之美，工在「壓」字。老杜《畫馬》詩「戲拈秃筆掃驊騮」，初無意於畫，偶然天成，工在「拈」字。柳詩「汲井漱寒齒」，工在「汲」字。

又前集卷一九引范温《詩眼》：子厚詩尤深遠難識，前賢亦未推重。自老坡發明其妙，學者方漸知之。余嘗問人：「柳詩何好？」答云：「大體皆好。」又問：「君愛何處？」答云：「無不愛者。」便知不曉矣。識文章者，當如禪家有悟門。夫法門百千差别，要須自一轉語悟入。如古人文章，直須先悟得一處，乃可通其他妙處。向因讀子厚《晨詣超師院讀禪經》詩一段，至誠潔清之意，參然在前。「真源了無取，妄跡世所逐。微言冀可冥，繕性何由熟。」真妄以盡佛理，言行以盡薰修，此外亦無詞矣。「道人庭宇静，苔色連深竹。」蓋遠過「曲徑通幽處，禪房花木深」。「日出霧露餘，青松如膏沐。」予家舊有大松，偶見露洗而霧披，真如洗沐未乾，染以翠色，然後知此語能傳造化之妙。「澹然離言説，悟悦心自足。」蓋言因指而見月，遺經而得道，於是終焉。其本末立意遺詞，可謂曲盡其妙，毫髮無遺恨者也。

許顗《彦周詩話》：柳柳州詩，東坡云在陶彭澤下，韋蘇州上。若《晨詣超師院讀禪經》詩，即此語是公論也。

《唐詩品彙》卷一五：劉（辰翁）云：妙處言不可盡，然去淵明尚遠，是唐詩中轉换耳。

元好問《木庵詩集序》：假使參寥子能作柳州《超師院晨起讀禪經》五言，深入理窟，高出言外，坡又當以蔬筍氣少之耶？（《遺山集》卷三七）

陸夢龍《柳子厚集選》卷四：似陶。

陸時雍《唐詩鏡》卷三七：起語往往整策。「道人」四語，景色㵾霸如沐。

顧璘批點《唐詩正音》卷三：「閑持貝葉書」下：全失選詩蹊徑。

唐汝詢《唐詩解》卷一〇：此讀經而迷，覽物而悟也。言清潔身心，取經以讀，專精如此，而不獲其真源。彼世之所逐，特其妄跡耳。然言尚可冀其默悟，性何由洽之使純一哉！今觀草木自得之天，而性在是矣。是以不待言説而心自悟也。經豈必深讀哉！

周珽《删補唐詩選脈箋釋會通評林》卷一二：讀經本期悟悦真源，如世徒逐紙上遺言，衹循忘跡，而已迷日甚，曷取繕性爲也？故清潔身心，以事言説，何如覽物性自得之天，而性自多了然耶？楊慎曰：不作禪語，卻語語入禪，妙，妙。吴山民曰：起清極。「道人」二語幽境。「離言説」三字，是真悟。唐汝詢曰：首二句，如此讀經，便非熟入。「真源」四句得禪理之深者。「道人」四句語入禪。悟悦心自足，經可無讀矣。

蔣之翹輯注《柳河東集》卷四二：此詩亦爾爾，《詩眼》乃極稱之。如「日出霧露餘，青松如膏沐」二句，亦是常景常語，謂其能傳造化之妙，可乎？獨一結極解脱，極玄澹，妙，妙。

汪森《韓柳詩選》：胸無真得而作心性語，終是捕風捉影之談耳。若陶公則實有所見，是春風沂水之流，與佛氏迥别。

吴昌祺《删訂唐詩解》卷五：言佛家真源在一無所取，世所逐者皆妄耳。我欲忘言而悟，則治性殊難。偶對晨光，又如有得也。《詩眼》論結如遺經而得道，唐（汝詢）因解真源句爲讀經無得，不知結乃轉换語耳。

何焯《義門讀書記》卷三七：「妄跡世所逐」：妄跡，其達摩所謂有爲法乎？「日出霧露餘」一聯：日來霧去，清松如沐，即去妄跡而取真源也。故下云澹然有悟。

章燮《唐詩三百首注疏》：「清心」句：言漱井水，内可以清心；拂塵服，外可以去垢。謂内外潔净誠心，方可讀禪經也。首四句：總起。「真源」四句：正寫禪經也。「道人」以下：言超師院之景幽閒清净，游目賞心，反得雅趣也。

贈江華長老

老僧道機熟，默語心皆寂。去歲别春陵〔一〕，沿流此投跡〔二〕。室空無侍者，巾屨唯掛壁。一飯不願餘，跏趺便終夕〔三〕。風窗疏竹響，露井寒松滴。偶地即安居，滿庭芳草積。

【解　題】

［韓醇詁訓］江華，道州縣名也。道州即古之舂陵，自道沿流亦可至永，故詩謂「去歲別舂陵，沿流此投跡」也。按：《新唐書·地理志五》江南道道州江華郡，領縣五，中有江華。韓説是。此詩作於永州，年月無考。

【注　釋】

〔一〕［注釋音辯］道州也。按：李吉甫《元和郡縣圖志》卷二九道州：「舂陵故城在（延唐）縣北五十里。長沙定王封中子買爲舂陵侯是也。」

〔二〕謂江華長老自道州來永州，遂於永小住。

〔三〕［注釋音辯］潘（緯）云：跏，古牙切，足坐也。趺，風無切，足也。佛云「結跏趺坐」。《義聲論》云：「以兩足趺加致兩膝，如龍蟠結。」《念誦經》云：「全跏趺是如來坐，半跏趺是菩薩坐。」［韓醇詁訓］跏音加，屈足也。趺音膚，足也。［百家注引童宗説曰］跏音加，屈足坐也。趺音夫，足也。

【集　評】

都穆《南濠詩話》：昔人詞調，其命名多取古詩中語，如《蝶戀花》取梁簡文詩「翻階蛺蝶戀花情」，《滿庭芳》取柳柳州詩「滿庭芳草積」，《玉樓春》取白樂天「玉樓宴罷醉和春」。

邢昉《唐風定》卷五：柳詩氣色鮮新，此首尤可見。

何焯《義門讀書記》卷三七：「風窗疎竹響」二句：借竹風松露喻老僧之真寂也。

姚範《援鶉堂筆記》卷四〇：按「室空無侍者」，用《維摩詰經》。

方東樹《昭昧詹言》卷七：「去歲」句倒入。

近藤元粹《柳柳州集》卷二：贈方外人，故詩亦清逸，無努目掀髯之狀。

巽上人以竹間自採新茶見贈酬之以詩

芳叢翳湘竹〔一〕，零露凝清華①。復此雪山客〔二〕，晨朝掇靈芽〔三〕。蒸煙俯石瀨②〔四〕，咫尺凌丹崖。圓方麗奇色〔五〕，圭璧無纖瑕③〔六〕。呼兒爨金鼎，餘馥延幽遐。滌慮發真照，還源蕩昏邪。猶同甘露飯，佛事薰毗耶〔七〕。咄此蓬瀛侶〔八〕，無乃貴流霞〔九〕。

【校記】

① 露，詁訓本作「落」。

② 世綵堂本注：「石，一作古。」

③ 諸本皆注曰：「璧，一作玉。」

【解題】

［韓醇詁訓］巽上人，重巽也。巽時居永州龍興寺，此在永州作也。按：韓説是。柳宗元《送巽上人赴中丞叔父召》云「凡世之善言佛者……楚之南則重巽師」，即此人。宗元貶永，始居龍興寺西軒，與重巽爲鄰，則是詩元和初所作。可繫元和二年春。

【注釋】

〔一〕［注釋音辯］謂茶也。［百家注引孫汝聽曰］芳叢，茶樹也。

〔二〕釋尊曾於雪山修行。《涅槃經》卷一四：「善男子，過去之世，佛曰未出，我於爾時作婆羅門，修菩薩行。……我於爾時住於雪山，其山清浄，流泉浴池，樹林藥木，充滿其地。」

〔三〕［注釋音辯］［百家注引張敦頤曰］掇，丁活切，採也。［韓醇詁訓］掇，都活切，拾取也。

〔四〕［韓醇詁訓］（瀨）音賴，水流沙上也。

〔五〕《文選》張衡《南都賦》：「珍羞琅玕，充溢圓方。」李善注：「圓方，器也。」此謂竹器。

〔六〕《詩經·衛風·淇澳》：「有匪君子，如金如錫，如圭如璧。」本喻君子美德，此以喻新茶。

〔七〕［注釋音辯］毗，頻脂切。《維摩詰經》：「時化菩薩以蒲鉢香與維摩詰，飯香普薰毗耶離城及三千大千世界。時維摩詰語舍利佛等，諸大聲聞仁者可食如來甘露味飯。大悲所薰，無以限意食之，使不消也。」按：韓醇詁訓注同。所引見《維摩詰所説經下·香積佛品》。

〔八〕［注釋音辯］潘（緯）云：咄，當没切。［百家注引孫汝聽曰］蓬萊、方丈、瀛洲，海中三神山。蓬瀛侶，謂仙人也。按：《説文解字》：「咄，相謂也。」

〔九〕［注釋音辯］項曼都遊紫府，飲流霞酒。［韓醇詁訓］見第一詩注。按：王充《論衡·道虚》：「（項）曼都好道學仙，委家亡去，三年而返。家問其狀，曼都曰：『去時不能自知，忽見若卧形，有仙人數人將我上天，離月數里而止。……口飢欲食，仙人輒飲我以流霞一杯。每飲一杯，數月不飢。』」

【集評】

汪森《韓柳詩選》：起四語極得茶品。

近藤元粹《柳柳州集》卷二：風調清迥。

零陵贈李卿元侍御簡吴武陵

理世固輕士，棄捐湘之湄。陽光竟四溟〔一〕，敲石安所施〔二〕？鎩羽集枯幹〔三〕，低昂互鳴悲①。朔雲吐風寒②，寂歷窮秋時〔四〕。君子尚容與，小人守兢危。慘悽日相視，離憂坐自滋。樽酒聊可酌，放歌諒徒爲。惜無協律者，窈眇絃吾詩〔五〕。

【校　記】

① 低、互，注釋音辯本分別作「伍」、「牙」，注曰：「伍即低字，牙即互字。」按「牙」爲「㸦」之形訛，即「互」字。

② 此句詁訓本作「朔風吐雲寒」。

【解　題】

〔注釋音辯〕李深源、元克己。〔韓醇詁訓〕零陵，永州郡名。吴武陵，公前有《初秋夜贈》之詩。集中又有《小丘記》，云李深源、元克己時同游。深源、克己，即李卿、元侍御也。時在元和四年九月。此詩云「朔風吐雲寒，寂歷窮秋時」，亦是時作。**按**：韓説可從。李深源即李幼清，《與李睦州論服氣書》之李睦州也。

【注　釋】

〔一〕〔百家注引童宗説曰〕陽光，謂日。竟，滿也。**按**：四溟，四海。

〔二〕［注釋音辯］敲，口交切，作「㪣」非。《選》潘安仁詩：「欻如敲石火。」［百家注引孫汝聽曰］敲石，擊石出火也。《選》潘安仁詩：「欻如敲石火，瞥若截道飆。」敲，口交切。按：《文選》潘岳《河陽縣作二首》一作「熲如槁石火」。

〔三〕［注釋音辯］鎩，所拜、所八二切。按：鎩羽指羽毛摧殘之鳥。

〔四〕《文選》江淹《雜體詩·王徵君微》「寂歷百草晦」，李善注：「寂歷，凋疏貌。」吕向注：「寂歷，閑曠貌。」

〔五〕［注釋音辯］潘（緯）云：窈音杳，眇音渺。《前漢紀》注：「讀曰要妙。」［百家注引孫汝聽曰］窈眇，琴聲。按：窈眇，通「幼眇」。李治《敬齋古今黈》卷三：「《中山靖王勝傳》：『每聞幼眇之聲，不知涕泣之横集也。』師古曰：『幼音一笑反，眇音妙。幼眇，精微也。』治曰：幼音窈，眇如字。幼眇，猶言幽咽也。」

【集評】

孫月峰（鑛）評點《柳柳州全集》卷四二：古鍊，耐細玩，是有意脱唐。

陸夢龍《柳子厚集選》卷四：澹蕩。

汪森《韓柳詩選》：哀怨，是《楚騷》之遺。

近藤元粹《柳柳州集》卷二：悲惋微至。

界圍巖水簾

界圍匯湘曲〔一〕，青壁環澄流〔二〕。懸泉粲成簾，羅注無時休。韻磬叩凝碧，鏘鏘徹巖幽。丹霞冠其巔，想像淩虛游。靈境不可狀，鬼工諒難求。忽如朝玉皇，天冕垂前旒〔三〕。楚臣昔南逐，有意仍丹丘〔四〕。我今始北旋①，新詔釋縲囚〔五〕。采真誠眷戀〔六〕，許國無淹留。再來寄幽夢，遺貯催行舟。

【校記】

① 我今，注釋音辯本等皆作「今我」。

【解題】

［注釋音辯］元和十年正月。［韓醇詁訓］詩云「今我始北旋」，蓋公自元和元年貶永，至是十年春召還，經巖下而作也。［百家注引王儔補注］公自永州召還，經巖下作。按：諸家注是也。劉履《風雅翼》卷一三：「界圍巖在永州。」

【注　釋】

〔一〕［注釋音辯］童（宗説）云：匯，胡對切，又上聲。

〔二〕［韓醇詁訓］《選・琴賦》：「丹崖嶮巇，青壁萬尋。」按：所引爲嵇康《琴賦》。

〔三〕［百家注引孫汝聽曰］言水簾之狀，如冕旒之垂。按：《淮南子・主術》：「古之王者，冕而前旒。」旒指冕前垂掛之串珠。

〔四〕［注釋音辯］《楚辭・遠遊》章：「仍羽人於丹丘。」按：韓醇注本同。王逸注《楚辭》：「丹丘，晝夜常明也。」

〔五〕［注釋音辯］《左傳》：「知罃曰：兩釋纍囚。」謂元和十年詔宗元等赴上都。［百家注引孫汝聽曰］元和十年，詔追公等赴上都。按：見《左傳》成公三年。

〔六〕［注釋音辯］《莊子》：「是謂采真之遊。」按：見《莊子・天運》。郭象注：「遊而任之，則真采也。采真，則色不僞矣。」

【集　評】

《新刊增廣百家詳補注唐柳先生文》卷四二引曾氏《筆墨閒録》：此詩奇麗工壯。始言水簾之狀，不甚言，但發二語云：「忽如朝玉皇，天冕垂前旒」，簡而工矣。

孫月峰（鑛）評點《柳柳州全集》卷四二：寫景如謝，然多用單語，覺骨力更勝。

陸夢龍《柳子厚集選》卷四：淨。

汪森《韓柳詩選》：體物極工，「玉皇」句尤見奇闢。

宋長白《柳亭詩話》卷二：柳子厚《水簾詩》：「靈境不可狀，鬼工諒難求。忽如朝玉皇，天冕垂前旒。」骨力傲岸，撑拄全篇。

古東門行

漢家三十六將軍〔一〕，東方靁動横陣雲〔二〕。雞鳴函谷客如霧〔三〕，貌同心異不可數。赤丸夜語飛電光〔四〕，徼巡司隸眠如羊①〔五〕。當街一叱百吏走〔六〕，馮敬胸中函匕首〔七〕。兇徒側耳潛愜心〔八〕，悍臣破膽皆杜口②〔九〕。魏王卧内藏兵符〔一〇〕，子西掩袂真無辜〔一一〕。羌胡轂下一朝起〔一二〕，敵國舟中非所擬〔一三〕。安陵誰辨削礪工③〔一四〕，韓國詎明深井里〔一五〕。絶臏斷骨那下補④〔一六〕，萬金寵贈不如土〔一七〕。

【校　記】

①眠如羊，詁訓本作「如眠羊」。原注與注釋音辯本、詁訓本、世綵堂本等注曰：「眠，一本作眼，一

本作狠，皆非是。」

②杜，世綵堂本、濟美堂本作「吐」。

③工，原作「功」。原注與諸本皆注曰：「功，當作工。」據改。

④臙，原注與世綵堂本注：「或作膗。膗，《唐韻》作咽，項也。」注釋音辯本、游居敬本、《全唐詩》作「膗」。注釋音辯本曰：「潘（緯）云：膗，諸韻無此字。疑與胭同。《廣韻》：項也。童（宗說）云同上。一本『膗』作『腕』，音稅。注云：秦晉謂肌曰腕。」下，諸本皆曰：「一作可。」世綵堂本曰：「『下』字一作『可』。可，一作『暇』。」

【解　題】

［注釋音辯］鮑明遠樂府有《東門行》。此詩蓋諷盜殺武元衡事。元衡爲相，宅在京師靜安里。元和十年六月，將朝出里，東陽有賊自暗中突出射之，從者散走，遂遇害於路。［韓醇詁訓］鮑明遠樂府詩嘗有《東門行》。東門謂長安城門也。觀公詩意，蓋託以諷當時盜殺武元衡事。先是，王承宗以朝廷析鎮拒命，上怒，削官爵，遣吐突承璀討之。宿師，久無功。會淄青、盧龍數表請赦，乃詔浣雪，畀以故地。及吴元濟反，承宗與李師道上書請宥，使人白事中書，悖慢不恭，武元衡叱去。承宗怨，乃與李師道謀殺元衡。故此詩首句引七國事，謂承宗之變亦起於削地也。其曰：「赤丸夜語飛電光，徼巡司隸眠如羊。」謂元衡入朝，出靖安里第，夜漏未盡，賊乘暗呼曰：「滅燭。」射殺元衡，而邏司

傳譟，莫知主名也。其曰：「當街一叱百吏走，馮敬胸中函匕首。」謂賊始一呼，而徒御格鬭不勝，皆駭走，遂害元衡也。其曰：「魏王卧内藏兵符，子西掩袂真無辜。」蓋盜殺宰相，朝堂不知也。其曰：「安陵誰辯削礪工，韓國詎明深井里。絶臏斷骨那下補，萬金寵贈不如土。」蓋是時初不知主名，而吏卒不敢窮捕，後下詔積錢東、西市，以募告者，而王士則、王士平始以賊聞也。時當元和十年六月，公是年正月自永州召回，三月十四日復出爲柳州。此詩當是聞變後作。按：諸家解此詩，皆以爲爲盜殺武元衡而作，是也。陳景雲《柳集點勘》卷四云：「柳子《古東門行》及劉夢得《靖安佳人怨》詩，皆爲盜殺武相元衡事而作。武相遇盜於所居靖安坊之東門，故劉、柳題詩云爾。先是，二人既坐伾、文黨，謫佐遠州。元和中召還，方冀進用，又俱出刺嶺外。時武相當國，二人深憾之，此二詩所由作也。史言伾、文之黨初召還，諫官交章，力言其不可用，尋有遠郡之斥。蓋當時君、相亦採公議行遣，非緣政府之忮矣。憾時宰者，蓋褊心之未化，二詩俱不作可也。」以爲子厚此詩有幸災樂禍之意，則冤枉子厚矣。章士釗《柳文指要》下《通要之部》卷一二云：「全篇語語用事，幾同爲事類作賦，看不出作者真實用意，然大體不出表同情於受害人。」「論者謂子厚幸災樂禍，鄙意殊不敢謂然。」「全篇氣象萬千，只表弔歎而不及其他，獨末一句略帶陽秋，微欠莊重，不免爲白璧之瑕爾。」又按：《東門行》爲樂府古題。吴兢《樂府古題要解》卷上：「右古詞云：『出東門，不顧歸。』言士有貧不安其居者，拔劍將去，妻子牽衣留之，願共餔糜，不求富貴，且曰『今時清，不可爲非』也。若鮑照『傷禽惡弦驚』，但傷離别而已。」又按：關於此詩之風格，章士釗《柳文指要》下《通要之部》卷一二云：「《古東門行》沉雄頓挫，神似昌谷（李賀），爲中唐出色當行之體裁，子厚特偶爾乘興爲之，非其本質如是也。中如『赤丸夜語飛電光，徼巡司隸眠如羊』一韻，隱含鬼氣，咄咄逼人，尤爲酷肖長吉。」

【注釋】

〔一〕［注釋音辯］漢景帝三年，七國反，周亞夫將三十六將軍往擊之。此謂吴元濟反，武元衡請遣兵討之。王承宗、李師道請宥元濟，白事中書，元衡斥去，遂謀殺元衡。［韓醇詁訓］《吴王濞傳》：「孝景帝前三年，七國反。書聞，天子乃遣太尉條侯周亞夫將三十六將軍往擊吴楚。」［百家注引孫汝聽曰］漢景帝三年，七國反。上乃拜中尉周亞夫爲太尉，將三十六將軍往擊吴楚。

〔二〕［百家注引孫汝聽曰］《史記·天官書》：「陣雲如立垣。」

〔三〕［注釋音辯］《史記》：「孟嘗君逃，夜半至函谷關。關法，雞鳴而出客。乃詐爲雞鳴而去。」此謂李師道、王承宗密遣人入關刺宰相。［韓醇詁訓］秦西有隴關，東有函谷關。《史記》：「孟嘗君去齊，變姓名以出關。夜半至函谷。關法，鷄鳴而出客。孟嘗君恐追至，客有能爲鷄鳴，而鷄盡鳴，遂發傳，出。」按：見《史記·孟嘗君列傳》。百家注本引孫汝聽注同。楊士弘《唐音》卷三：「此謂承宗、師道遣人入關刺元衡也。貌同心異，言入關客多，而不可辨也。」

〔四〕［注釋音辯］前漢《尹賞傳》：「長安少年受賕報仇，相與探丸爲彈，得赤丸者斫武吏，得黑者斫文吏。」［韓醇詁訓］前漢《尹賞傳》：「長安中姦滑浸多，閭里少年群輩殺吏，受賕報仇。相與探丸爲彈，得赤丸者斫武吏，得黑者斫文吏，白者主治喪。城中薄暮塵起，剽劫行者，死傷横道，枹鼓不絶。」按：百家注本引孫汝聽注與韓注同。見《漢書·酷吏傳·尹賞》。

〔五〕［注釋音辯］徼，古弔切。《前漢》「中尉掌徼巡京師」，師古曰：「徼謂遮遶也。」又：「司隸掌察三輔。」謂賊射元衡，邏司傳噪，莫知主名，如方眠之羊，不能禦暴。［韓醇詁訓］周官以掌徒隸而巡察，故云司隸校尉。漢以京師爲司隸校尉，部置京兆尹。中興以洛陽爲司隸校尉，部置河南尹。蓋司隸乃巡察之職，而眠如羊，是不知有變矣。眠，一作很，一作眼，非是。四皓謂太子將兵，無異以羊將狼，蓋弱不能以敵强，而況又眠耶。［百家注引孫汝聽曰］《漢書·百官表》：「中尉掌徼巡。」注云：「徼，遮繞也。」司隸，謂司隸校尉，掌察三輔。

〔六〕［注釋音辯］謂賊乘暗呼曰：「滅燭！」元衡徒御散走，遂害元衡，取顱骨而去。

〔七〕［注釋音辯］前《賈誼傳》：「雖有悍如馮敬者，適啟其口，匕首已陷其胸矣。」［韓醇詁訓］《賈誼傳》：「陛下之臣，雖悍如馮敬者，適啟其口，匕首已陷其胸矣。」注云：「敬爲御史大夫，奏淮南厲王，誅之。」又云：「始欲發言，節制諸侯王，則爲刺客所殺。」［百家注］匕，卑履切。孫（汝聽）曰：《賈誼傳》：「陛下之臣，雖有悍如馮敬者，適啟其口，匕首已陷其胸矣。」如淳云：「馮敬，無擇子，名忠直，爲御史大夫。奏淮南厲王，誅之。」《通俗文》曰：「匕首，劍屬。」按：見《漢書·賈誼傳》。

〔八〕［注釋音辯］謂李師道、王承宗等。按：楊士弘《唐音》卷三：「兇徒謂王承宗、李師道反側之徒。側耳謂耳傾以聽也。愜心謂快意也。」

〔九〕［注釋音辯］元衡既死，朝臣懼，爭勸帝罷兵。吏卒不敢窮捕。按：楊士弘《唐音》卷三：「悍臣謂勇悍之臣。杜口謂閉塞其口。此言元衡既死，朝臣驚懼，爭勸帝罷兵，吏卒不敢窮捕凶人也。」

〔一〇〕［注釋音辯］《史記》：「魏將晉鄙兵符在王卧内，如姬竊與公子無忌。無忌合符，晉鄙不聽，力士朱亥擊殺晉鄙，奪其軍。」［韓醇詁訓］《史記》：「秦圍趙邯鄲，魏公子無忌姊爲平原君夫人，數遺魏王及公子書，請救。魏王使晉鄙將兵十萬衆救之。秦使使告魏，敢救者必移兵先擊之。魏王恐，使人止晉鄙。侯生曰：『嬴聞晉鄙之兵符常在王卧内，而如姬最幸，力能竊之。』如姬果盜晉鄙兵符與公子。公子與朱亥俱行，至鄴，矯魏王令代晉鄙軍，遂將其軍，進擊秦軍，秦軍解去。」［百家注引孫汝聽曰］《史記》：「魏安釐王使將軍晉鄙將十萬衆救趙，實持兩端以觀望。王弟信陵君無忌之客侯生曰：『嬴聞晉鄙之兵符在王卧内，而如姬最幸，力能竊之。公子誠一開口請如姬，如姬必許諾，則得虎符，奪晉鄙軍，北救趙而西卻秦，此五伯之伐也。臣客朱亥，力士，可與俱。晉鄙不聽，可使擊殺之。』」按：見《史記·信陵君列傳》。

〔一一〕［注釋音辯］《左傳》哀公十六年：「楚白公殺子西於朝，子西以袂掩面而死。」［韓醇詁訓］《左傳》哀十六年：「楚太子子木暴虐於其私邑，鄭人殺之。其子曰：『勝在吴。』子西欲召之，葉公曰：『吾聞勝也詐而亂，無乃害乎？子必悔之。』弗從。召之，使處吴境，爲白公請伐鄭。子西曰：『鄭未節也。』他日又請，許之。未起師，晉人伐鄭，楚救之，與之盟。勝怒曰：『鄭人在此，讎不遠矣。』勝自厲劍，子期之子平見之曰：『王孫何自厲也？』曰：『將以殺爾父。』平以告子西，子西曰：『勝如卵余翼而長之，楚國第我死，令尹、司馬，非勝而誰？』勝聞之曰：『令尹之狂也，得死，乃非我。』吴人伐愼，白公敗之。請以戰備獻，許之，遂作亂。秋七月，殺子西、子期於朝，而劫惠王。子西以袂掩面而死。」按：上二句之解最歧。章士釗《柳文指要》下《通要之部》卷一二云：「上句用信陵君奪晉鄙軍事，下句用楚白公殺子西事。此謂賊用計，而朝廷漫無察覺。」亦非是。「魏王卧内藏兵符」，謂謀討淮蔡而兵符在内，兵實不發，朝廷猶豫不決也。「子西掩袂真無辜」，謂變起於京城，元衡之徒死也。

〔二〕［注釋音辯］司馬相如曰：「是胡越起於轂下，而羌夷接軫也。」［百家注引孫汝聽曰］司馬相如諫疏曰：「陛下好陵阻險，射猛獸，卒然遇軼材之獸，駭不存之地，是胡越起於轂下，而羌夷接軫也。」按：所引見《史記·司馬相如列傳》。

〔三〕［注釋音辯］吴起曰：「舟中之人，皆敵國也。」［韓醇詁訓］吴起謂魏武侯曰：「君若不修德，舟中之人，皆敵國也。」按：所引見《史記·吴起列傳》。

〔四〕［注釋音辯］《史記》：「梁孝王使人刺殺袁盎於安陵郭門外，刺者置其劍，劍著身。視其劍新治，問長安中削礪工，工曰：『梁王子其來治此劍。』以此知而發覺之。」［韓醇詁訓］《史記·袁盎列傳》：「盎病免居家，景帝時使人問籌策。梁孝王欲求爲嗣，袁盎進説，其後語塞，梁王以此怨盎。曾使人刺盎安陵國門外。」《梁孝王世家》太史公曰：「刺者置其劍，劍著身。視其劍新治，問長安中削礪工。工曰：『梁郎某子來治此劍。』以此知而發覺之，發使者捕逐之。」按：百家注本引孫汝聽注與韓注同。韓注「太史公曰」當作「褚先生曰」，因此下文字爲褚少孫所補，非《史記》正文。

〔一五〕［注釋音辯］《史記》：「刺客聶政刺殺韓相俠累，因自皮面抉眼，自屠出腸。韓取屍暴於市，莫知誰子。其姊嫈哭之曰：『是軹縣深井里聶政也。』」［韓醇詁訓］《史記》：「聶政，軹深井里人。濮陽嚴仲子與韓相俠累有隙，仲子聞軹人聶政之勇，乃使政刺俠累。俠累方坐府上，兵衛甚衆，聶政直入上階，刺殺俠累。因自皮面抉眼，自屠出腸。韓人暴其屍於市購問，莫能識。其姊嫈，聞而往，哭之曰：『是軹深井里聶政也。以妾在，重自刑，以絶從。妾奈何畏殁身之誅，終滅賢弟之名。』遂死於屍旁。」按：百家注本引孫汝聽注與韓注同。事見《史記·刺客列傳》。

〔一六〕［韓醇詁訓］𦢊音穰，秦晉謂肌曰𦢊。按：絶肌即肉斷也。

〔一七〕楊士弘《唐音》卷三：「萬金寵贈謂元衡已死，雖受榮贈，竟何益哉！」

【集評】

《苕溪漁隱叢話》前集卷二一引《蔡寬夫詩話》：劉禹錫、柳子厚與武元衡素不叶，二人之貶，元衡爲相時也。禹錫爲《靖安佳人怨》以悼元衡之死，其實蓋快之。子厚《古東門行》云……雖不著所以，當亦與禹錫同意。古東門，用袁盎事也。

劉克莊《後村詩話》後集卷二：子厚《古東門行》、夢得《靖安佳人怨》，皆爲武相元衡作也。柳云：「當街一叱百吏走，馮敬胸中函匕首。兇徒側耳潛愜心，悍臣破膽皆杜口。」猶有嫉惡憫忠之意。夢得「昨夜畫堂歌舞人」之句，似傷乎薄。世言柳、劉爲御史，元衡爲中丞，待二人滅裂。果然，則柳賢於劉矣。

瞿佑《歸田詩話》卷上：彼劉夢得之《靖安佳人怨》、柳子厚之《古東門行》，其於武元衡，則真幸之矣。

顧璘批點《唐詩正音》卷五：頗多故實，略乏風度。

《删補唐詩選脈箋釋會通評林》卷二四：韓仲韶（醇）曰：此詩諷當時盜殺武元衡而作。周珽曰：猰貐哮吼，騶虞兔殞，得不使英雄血成碧于古！

孫月峰（鑛）評點《柳柳州全集》卷四二：「悍臣破膽皆杜口」下：悍臣，事有來歷，故佳。以下略嫌用事多。總評：頗似李長吉，應是元和一時習氣。

陸夢龍《柳子厚集選》卷四：詩佳矣，意不憐武相，何耶？

蔣之翹輯注《柳河東集》卷四二：語語典實，而氣亦雄悍。

汪森《韓柳詩選》：「悍臣破膽皆杜口」下：上句賊發倉卒，而莫之禁禦。下句輦轂有儆，而討賊計疏。蓋深爲當局者致諷也。總評：爲武元衡事而作，句句都用故事隱射，此亦諷諫之體也。然卻自《離騷》中化出，微婉入情。

何焯《義門讀書記》卷三七：「赤丸夜語飛電光」：赤丸暗寓武氏。「魏王卧内藏兵符」：言元衡既主用兵，又不能驅駕諸將，師老於外，變作於内，懷慙入地，深笑其智小謀大也。「子西掩袂真無辜」：真無辜，言豈真無辜耶？「敵國舟中非所儗」：「非所儗」謂非平生排斥之人，忽出所備之外也。「絶臏斷骨那下補」：「下」一作「可」，然「下」字較勝。言如何下手也。重校「下」一作「暇」。

喬億《劍溪説詩又編》：盜殺武元衡，與韓相俠累何異，非國家細故也。柳子厚《古東門行》直指其事，其義正，其詞危，可使當日君相動色。而劉夢得置國事勿論，乃爲《靖安佳人怨》詩，觀其小引，似與武有不相能者。顧夢得在左官遠服，當不以私廢公，爲國惜相臣，又況其死以國事，胡托爲女子悽斷之詞，而猶以爲裨於樂府，過矣。（歸愚先生曰：正論不磨。）

又：或問：盜殺武元衡事，而題曰《古東門行》，何義？曰：漢樂府有《東門行》，鮑照嘗擬之。武之遇盜被害在靖安里東門，故借漢樂府題詠其事。「雞鳴函谷客如霧」：三字妙。「赤丸夜語飛電光」：爲劍客傳神，讀之悚慄。「敵國舟中非所擬」：「魏王」以下，似雜出不倫，及細按其用意，在每句下三字，固自有條不紊也。「萬金寵贈不如土」：結言死者不可復生，徒寵贈無益也。似寬實緊。

總評：諷諭迫切，而叙事渾古，筆亦沉雄有力。詩旨欲大索刺客，聲罪致討，而終篇不露，是爲深厚。此詩精悍，得明遠（鮑照）之神。

寄韋珩

初拜柳州出東郊〔一〕，道旁相送皆賢豪。迴眸炫晃別群玉〔二〕，獨赴異域穿蓬蒿。炎煙六月咽口鼻〔三〕，胸鳴肩舉不可逃〔四〕。桂州西南又千里，灕水鬬石麻蘭高〔五〕。陰森野葛交蔽日〔六〕，懸蛇結虺如蒲萄。到官數宿賊滿野，縛壯殺老啼且號。飢行夜坐設方略，籠銅枹鼓手所操〔七〕。奇瘡釘骨狀如箭①〔八〕，鬼手脱命争纖毫。今年噬毒得霍疾〔九〕，支心攪腹戟與刀。邇來氣少筋骨露，蒼白瀄汩盈顛毛〔一〇〕。君今矻矻又竄逐〔一一〕，辭賦已復窮詩騷。神兵廟略頻破虜〔一二〕，四溟不日清風濤。聖恩儻忽念行葦〔一三〕，十年踐踏久已勞②〔一四〕。幸因解網入鳥獸③〔一五〕，畢命江海終遊遨。願言未果身益老，起望東北心滔滔〔一六〕。

【校　記】

① 世綵堂本注：「奇，一作剜。」

② 踏，詁訓本及《全唐詩》作「蹈」。

③ 鳥，詁訓本作「禽」。

【解　題】

〔注釋音辯〕韋正卿之子。〔韓醇詁訓〕公元和十年自永召還，再出刺柳州。六月過嶺，故有「炎煙咽口鼻」之語。又云「今年噬毒得霍疾」，當元和十二年也。是年王師討淮蔡，故云：「神兵廟略頻破虜，四溟不日清風濤。」此詩即其年作。珩，正卿之子也。集中有答其書云。〔百家注引韓醇曰〕珩，正卿之子。集有《答珩示韓愈相推以文筆事書》。按：陳景雲《柳集點勘》卷四：「貞元之季，韓子薦士十人於陸傪，其一爲韋群玉。《書》曰：『群玉，京兆從子，賢而有才。』京兆謂夏卿。群玉蓋夏卿弟正卿子。説者以此詩『回眸炫晃別群玉』句證群玉即珩，殆應舉時偶以字行，後復初名耳。案《世系表》，正卿子有珩，無群玉。又柳子《酬楊侍郎》詩，有『貞一南來送彩箋』句，貞一亦侍郎族叔，字與此詩舉珩字正同。則珩即群玉之説，得之也。表不載珩字，又逸其官爵，觀是詩『矻矻竄逐』語，是已入仕而左官。後歷江州刺史，則大和中事也。別見《地理志》。（黄中按：元微之有《韋珩除京兆府美原令制》，則長慶初也。）」林寶《元和姓纂》卷二京兆諸房韋氏：「正卿生珩、瓘。」珩，貞元二十一年進士及第，元和元年制科及第。長慶元年爲監察御史兼河陽節度參謀，見《唐會要》卷七六、《册府元龜》卷五一〇。韓注以爲此詩作於元和十二年，非是。詩云「君今矻矻又竄逐」，《册府元龜》卷九二五：「蘇表，元和中以討淮西策干宰相武元衡，元衡不見，以監察御史宇文籍舊從事，使召表而訊之，因與表狎。後捕駙馬王承系，並窮按其門客，而表在焉。表被鞫，因言籍與往來，故籍坐貶江陵府士曹參軍，又被（貶）左衛騎曹參軍楊敬之爲吉州司户參軍，右神武倉曹韋衍（按：珩之誤）

爲温州司倉參軍，祕書省正字薛庶回爲柳州司兵參軍，太子正字王參元爲遂州司倉參軍，鄉貢進士楊處厚爲邛州太邑尉，並坐與表交游故也。左羽林將軍王翊元坐月給蘇表錢三千，左授右領軍衛將軍。（原注：籍爲監察御史，王承宗反，詔捕其弟駙馬承系之賓客，其中有爲誤識者，坐貶江陵户曹。）」王承宗遣盜刺殺宰相武元衡，詔捕其弟王承系，並下詔討伐王承宗，事在元和十年，見《舊唐書·憲宗紀下》。韋珩被貶亦在元和十年，故此詩元和十年作於柳州。「清風濤」亦指討王承宗而非指討淮西事。

【注釋】

〔一〕［百家注引孫汝聽曰］元和十年三月，以公爲柳州刺史。

〔二〕［百家注引孫汝聽曰］群玉，群賢也。按：陳景雲謂群玉即韋珩之字，則解「群玉」爲雙關，更妥。

〔三〕［注釋音辯］咽，烏結切，塞也。

〔四〕［百家注引韓醇曰］六月，公過嶺。

〔五〕［注釋音辯］灕，力支切，即桂州也。「麻藺」當作「藺麻」，山名，在桂州理定縣。［韓醇詁訓］灕水出零陵。［百家注引孫汝聽曰］灕音離，水名。出陽海山，即桂江也。藺麻，山名。在今桂州理定縣。今本作「麻藺」，恐誤。按：童注與孫注是也。樂史《太平寰宇記》卷一六二桂州理定

〔六〕縣：「蘭麻山屬縣界，在府城西南二百里。從府向柳州路經此山，過溪百餘里方至。」劉恂《嶺表録異》卷中：「野葛，毒草也。……或説此草蔓生，葉如蘭香，光而厚。其毒多著於生葉中。」

〔七〕［注釋音辯］枹音孚，擊鼓杖。籠銅，枹聲也。［韓醇詁訓］枹音膚，擊鼓杖也。

〔八〕［注釋音辯］潘（緯）云：釘，丁、訂二音。醫書有釘瘡。按：「釘」通「疔」。

〔九〕［百家注引童宗説曰］霍疾，謂霍亂。

〔一〇〕［注釋音辯］瀄，則瑟切。汩，越筆切。《國語》注：「顛，頂。毛，髮也。」［韓醇詁訓］瀄，側瑟切。汩，越筆切。［百家注引孫汝聽曰］瀄汩，水流貌。《國語》：「班序顛毛，以爲民紀統。」注云：「顛，頂。毛，髮也。」按：此以瀄汩形容毛髮披散貌。顛毛，見《國語·齊語》及韋昭注。

〔一一〕［注釋音辯］童（宗説）云：矻，口黠切，與硈同，《爾雅》曰「固也，石堅也」，又口骨切。按：陳景雲《柳集點勘》卷四：「君今矻矻又竄逐，注：矻與硈同。《爾雅》曰『固也』，似不切本義。《漢書·王褒傳》注：『矻矻，健作貌。』下『詞賦』句，正言其馳騁翰墨之勤也。」陳説是。《漢書·王褒傳》：「勞筋苦骨，終日矻矻。」顔師古注引應劭曰：「矻矻，勞極貌。」

〔一二〕［百家注引韓醇曰］時用兵討淮蔡，故云。按：當是討鎮州王承宗。

〔一三〕《詩經·大雅·行葦》：「敦彼行葦，牛羊勿踐履。」毛傳：「行，道也。」鄭玄箋：「草物方茂盛，以其終將爲人用，故周之先王爲此愛之。」正用其意。

〔一四〕〔注釋音辯〕子厚得罪，今十餘年。〔百家注引孫汝聽曰〕《詩》：「敦彼行葦，牛羊勿踐履。」注云：「行，道也。」公得罪至是十餘年矣。

〔一五〕〔注釋音辯〕湯去三面網。〔百家注引孫汝聽曰〕《史記》：「湯出，見野張網四面，祝曰：『自天下四方，皆入吾網。』湯曰：『嘻，盡之矣。』乃去其三面。」《莊子》曰：「入獸不亂群，入鳥不亂行。」按：見《史記·殷本紀》及《莊子·山木》。

〔一六〕〔注釋音辯〕東北，珩所謫處。

【集　評】

汪森《韓柳詩選》：「獨赴異域穿蓬蒿」下：起言初謫別友，便帶思韋之意。「君今矻矻又竄逐」下：轉入寄韋之情。「起望東北心滔滔」下：結還寄韋。「身益老」收「初」、「念」字，所謂十年之久也。總評：奇崛之氣亦略與昌黎同。然韓詩高爽，柳詩沉鬱，若老杜則兼之矣。

近藤元粹《柳柳州集》卷二：一結有悲涼之氣。

奉和楊尚書郴州追和故李中書夏日登北樓十韻之作依本詩韻次用

郡樓有遺唱，新和敵南金〔一〕。境以道情得，人期幽夢尋。層軒隔炎暑，迥野恣窺臨。鳳去徽音續〔二〕，芝焚芳意深〔三〕。游鱗出陷浦，唳鶴逷仙岑〔四〕。風起三湘浪，雲生萬里陰。宏規齊德宇，麗藻競詞林。静契分憂術，閑同遲客心〔五〕。驊騮當遠步〔六〕，鶗鴂莫相侵〔七〕。今日登高處，還聞梁父吟〔八〕。

【解　題】

〔注釋音辯〕郴，丑林切。楊於陵、李吉甫。〔韓醇詁訓〕楊尚書於陵也。據傳，元和十一年以罪貶郴州。此詩當在柳作。〔百家注引孫汝聽曰〕尚書名於陵，字達夫。元和十一年四月，自户部侍郎判度支貶郴州刺史，坐供軍有闕也。先是，貞元中，李吉甫爲郴州刺史，有《北樓詩十韻》，至是於陵和之，公亦和焉。郴音琛。按：楊於陵事見兩《唐書》本傳。楊於陵與李吉甫之詩皆佚。

【注　釋】

〔一〕〔注釋音辯〕貞元中，李吉甫爲郴州刺史，有《北樓詩十韻》。元和十一年，户部侍郎判度支楊於陵貶郴州刺史，坐供軍有闕也。和吉甫韻。子厚又依韻和之。〔韓醇詁訓〕南金注在前《酬婁秀才早秋》詩中。〔百家注引孫汝聽曰〕《選》詩：「佳人遺我緑綺琴，何以贈之雙南金。」南金，良金也。按：即《文選》張衡《擬四愁詩》。

〔二〕〔百家注引孫汝聽曰〕《詩》：「太姒嗣徽音。」徽，美也。按：《詩經·大雅·思齊》鄭玄箋：

「嗣太任之美音，謂續行其善教令。」

〔三〕［注釋音辯］謂吉甫已去，於陵被謫。［韓醇詁訓］見上《獻弘農公》詩注。［百家注引孫汝聽曰］鳳去以比吉甫，芝焚以比楊尚書也。按：陳景雲《柳集點勘》卷四：「鳳去謂吉甫去官，芝焚則傷其逝。陸士衡《歎逝賦》『芝焚而蕙歎』。芳意深者，殆即蕙歎意乎？」陳説是。

〔四〕陳景雲《柳集點勘》卷四：「劉夢得《和楊侍郎初至郴州題郡齋》詩有『城頭鶴立』之語，自注：『《蘇躭傳》云：後化爲仙鶴，止城東北隅樓上。』案躭，郴人。詩中鶴唳句蓋用躭事。以此句例之，上二句亦必切本州故事，但未詳所出耳。又『陷浦』亦不曉其義，或『陷』字有誤。」按：《明一統志》卷六六郴州：「陷浦，在州城北二十里，一名陷池。相傳昔有萬氏居此，一旦雷雨，全家皆陷，故名。」蘇躭事見《太平廣記》卷一三引《神仙傳》。

〔五〕［注釋音辯］潘（緯）云：遲音稺，待也。《易》：「遲歸有時。」［韓醇詁訓］遲音值，待客也。

〔六〕［百家注引童宗説曰］騂騮，良馬名。

〔七〕［注釋音辯］鶗鴂，音遲決，鳥名。立夏鳴，則衆芳歇。猶讒邪所蔽，不得進也。［韓醇詁訓］鶗音題。鴂，古穴切。鶗鴂，鳥名，春三月鳴，則草木雕傷。張平子《思玄賦》：「恃己知而華予兮，鶗鴂鳴而不芳。」謂恃己之華盛，冀時知我，而鶗鴂之鳴，使衆草不芳。猶讒邪所閉，不得進也。［百家注］鶗音提，又大系切。鴂，古穴切。孫（汝聽）曰：《離騷》曰：「恐鵜鴂之先鳴兮，使夫百草爲之不芳。」鵜亦作鶗。鶗鴂，一作杜鵑，常以立夏鳴，鳴則衆芳皆歇。

〔八〕〔注釋音辯〕梁甫吟，樂府曲名。諸葛亮好爲之。〔韓醇詁訓〕陸士衡《雜擬詩》：「齊僮梁父吟，秦娥張女彈。」注：「梁父吟，樂府曲名也。諸葛亮躬耕隴畝，好爲《梁父吟》。」按：《三國志·蜀書·諸葛亮傳》：「亮躬耕隴畝，好爲《梁父吟》。」

【集評】

何焯《義門讀書記》卷三七：「閑同遲客心」：謝康樂《南樓中望所遲客》詩見《文選》中，其詩乃孟夏作，此句用事最深密。

陳景雲《柳集點勘》卷四：韓子《送廖道士序》云：「衡山之南，最高而横絶南北者曰嶺。郴之爲州，在嶺之上。測其高下，得三之二。」則郡樓之峻，眺望之遠，從可知矣。「層軒」一聯，證以韓序，彌見其工警也。

楊尚書寄郴筆知是小生本様令更商榷使盡其功輒獻長句

截玉銛錐作妙形〔一〕，貯雲含霧到南溟〔二〕。尚書舊用裁天詔漢以尚書郎作詔文①〔三〕，内史新將寫道經〔四〕。曲藝豈能裨損益〔五〕，微辭祇欲播芳馨〔六〕。桂陽卿月光輝徧〔七〕，毫末應傳顧兔靈〔八〕。

【校　記】

①原注與五百家注本、世綵堂本皆注曰：「本注云：漢以尚書郎作詔文。」注釋音辯本、詁訓本脱一「郎」字。知是柳宗元自注，故移入正文。

【解　題】

［注釋音辯］楊於陵。［韓醇詁訓］公謫永州時，永與郴接，故題云「知是小生本樣」，蓋公在永時有所製也。與前詩同時作。按：韓説可從。此筆樣似原創於宗元，流傳至郴州，楊於陵寄回，欲其再作改進。

【注　釋】

〔一〕［注釋音辯］張（敦頤）云：銛，思廉切，利也。［韓醇詁訓］銛音孅，利也。［百家注引孫汝聽曰］截玉銛錐，謂錐之可截玉者。銛，利也，音孅。按：元好問《唐詩鼓吹》卷一郝天挺注：「以竹作管，故云截玉。白樂天詩云：『策目穿如札，毫鋒利似錐。』」趙臣瑗《山滿樓箋注唐詩七言律》卷四：「截玉，以玉爲管也。」筆一般以竹爲管，但亦有以玉爲管者。

〔二〕［百家注引孫汝聽曰］南溟，南海。謂郴州也。按：《唐詩鼓吹》卷一郝天挺注：「《書法苑》云：王逸少裁成之妙，煙霏霧結，斷而復連，鳳翥龍盤，斜而復正。鄭虔草書，如風送雲收，霞催月上。今言貯雲含霧，言筆未經用也。柳州近海，故曰南溟。」胡以梅《唐詩貫珠》卷五八：「今詩謂早已含貯雲霧，待揮寫以施妙用，亦兼以山川迢遞，長途中穿雲冒霧行來，空管中尚留雲霧。」胡説近似。南溟當指柳州。

〔三〕［百家注引孫汝聽曰］《漢官儀》曰：「尚書郎主作文書起草，夜更直五日於建禮門内。」按：此句謂己曾爲禮部員外郎起草詔令。

〔四〕［注釋音辯］晉王羲之爲會稽内史，爲山陰道士寫《道德經》，籠鵝而歸。［韓醇詁訓］《王羲之傳》：「山陰有道士養好鵝，羲之固求市之。道士云：『爲寫《道德經》，當舉群相贈耳。』羲之欣然寫畢，籠鵝而歸。」《右軍帖》中云「右將會稽内史琅琊王羲之」。［百家注引孫汝聽曰］内史以比楊尚書。

〔五〕［百家注引孫汝聽曰］曲藝，小藝。謂書學也。

〔六〕［百家注引孫汝聽曰］芳馨，謂楊尚書治行。按：《唐詩鼓吹》卷一郝天挺注：《文選·登徒子好色賦》云：「宋玉爲人體貌閑麗，口多微辭。」注云：「微妙之辭也。」

〔七〕［注釋音辯］桂陽，郴州也。《書》：「卿士惟月。」按：《尚書·洪範》：「王省惟歲，卿士惟月。」孔安國傳：「卿士各有所掌，如月之有别。」此謂楊於陵。

〔八〕［注釋音辯］《楚辭》「顧兔在腹」，謂月中有兔也。［韓醇詁訓］《楚詞》：「夜光何德，死則又育。厥利維何，而顧兔在腹。」言月中有兔，居月之腹顧望也。［百家注引孫汝聽曰］詩意謂此筆當是顧兔之毫。按：見屈原《天問》。

【集評】

孫月峰（鑛）評點《柳柳州全集》卷四二：小題。寫意工。次句大有風致。

廖文炳《唐詩鼓吹注解》卷一：首言筆之美利，猶未經用而寄於柳州。漢尚書用以裁詔，王内史用以寫經，我無尚書、内史之才，雖有小藝，無補於時，不過微末之詞，藉此以播其芳馨耳。末云尚書卿月，光昭宇内，兔得顧而孕，乃有是筆之妙也。

汪森《韓柳詩選》：結句甚巧，然近纖。

朱三錫《東喦草堂評訂唐詩鼓吹》卷一：一寫筆，二寫寄，三、四美之之詞。美之云者，所以重其寄也。五、六謙之之詞。謙之云者，益所以重其寄也。末用卿月顧兔作結，正寫尚書筆之妙耳。

趙臣瑗《山滿樓箋注唐詩七言律》卷四：起手先下個「作妙形」三字，便有以言乎形則既妙矣之意。次句方落「寄」字。三、四雖是少用典故，爲管城設色，然實以尚書、内史稱美楊於陵也。五、六故作低昂之致，豈能裨損益，是無事此筆也。祇欲播芳馨，是又不能不藉此筆也。末聯收到「令便商榷，使盡其功」，而因卿以及月，因月以及兔，湊合神奇，不可思議。

南省轉牒欲具江國圖令盡通風俗故事①

聖代提封盡海壖〔一〕，狼荒猶得紀山川〔二〕。華夷圖上應初録〔三〕，風土記中殊未傳〔四〕。椎髻老人難借問〔五〕，黄茆深峒敢留連〔六〕。南宮有意求遺俗，試檢周書王會篇〔七〕。

【校　記】

①江，注釋音辯本、詁訓本作「注」。

【解　題】

〔韓醇詁訓〕詩有「海壖」、「狼荒」之句，當在柳州作。按：韓説可從，但具體年月未詳。江國，即江與國也。江國圖，即地域圖之類。

【注　釋】

〔一〕〔注釋音辯〕壖，而緣切，江海邊地。〔百家注引孫汝聽曰〕《漢書·食貨志》「提封萬井」，李奇注曰：「提，舉也，舉四封之内也。」海壖，江海邊地。按：「提封萬井」爲《漢書·刑法志》中文。

〔二〕［百家注引童宗説曰］狼荒，荒遠之地。

〔三〕《舊唐書·德宗紀下》：「（貞元十七年）宰相賈耽上《海内華夷圖》。」

〔四〕［注釋音辯］晉周處有《風土記》十卷。［百家注引孫汝聽曰］《晉書》：周處有《風土記》十卷。

〔五〕［注釋音辯］《前漢·西南夷傳》：「自滇以北皆椎髻。」注謂髻如椎之形也。［韓醇詁訓］椎，直追反。西漢《西南夷傳》：「自滇以北此皆椎髻。」注謂髻如椎之形也。

〔六〕［注釋音辯］峒音洞，山穴也。［韓醇詁訓］下有《柳州峒氓》詩，蓋柳州之民，多有居岩峒間者矣。按：古稱西南少數民族居住之地爲峒。

〔七〕［注釋音辯］周武王時，遠國歸款，周史集其事爲《王會篇》。見今《汲冢周書》第五十九篇。按：韓醇詁訓本同。

【集評】

汪森《韓柳詩選》：字字雅飭，不入浮響，此子厚所長。

近藤元粹《柳柳州集》卷二評「風土記中殊未傳」：好典故，又好句調。

與浩初上人同看山寄京華親故

海畔尖山似劍鋩，秋來處處割愁腸。若爲化得身千億〔一〕，散上峰頭望故鄉。

【解　題】

〔韓醇詁訓〕浩初，即龍安海禪師弟子也。下又有《浩初上人欲登仙人山》詩，蓋在柳州，時元和十一年作。〔百家注集注〕浩初，潭州人，龍安海禪師弟子。自臨賀至柳州謁公。集又有《浩初上人欲登仙人山》詩及《送浩初序》。按：楊士弘《唐音》卷七：「柳子厚《送浩初上人序》稱其閑其性，安其情，曰通《易》、《論語》意。浩初，長沙龍安寺如海禪師弟子也。」劉禹錫《劉賓客文集》卷二九《海陽湖别浩初師并引》記浩初「前年省柳儀曹於龍城」，又云其省柳前曾弔楊憑之喪，楊憑卒於元和十二年，則浩初赴柳州亦當在元和十二年。韓説誤。

【注　釋】

〔一〕〔五百家注引童宗説曰〕千萬曰億。按：楊士弘《唐音》卷七：「身千億，《佛經》：釋伽佛千百億化身。」

【集　評】

蘇軾《書柳子厚詩》：僕自東武適文登，並海行數日，道傍諸峰，真若劍鋩。誦柳子厚詩，知海山多爾耶？（《蘇軾文集》卷六七《題跋》）

又《對韓柳詩》：韓退之詩云：「水作青羅帶，山如碧玉簪。」柳子厚詩云：「海上群山若劍鋩，秋來處處割愁腸。」東坡爲之對云：「繫悶豈無羅帶水，割愁還有劍鋩山。」此可編入詩話也。（同上。按：韓醇詁訓本引蘇舜卿《子美詩話》云：「韓退之詩：『水作青羅帶，山爲碧玉簪。』柳子厚詩云：『海上尖山似劍鋩，秋來處處割愁腸。』陸道士云：『二公當時不相計會，如做成一屬對。』子美爲之對曰：『繫懣豈無羅帶水，割愁還有劍鋩山。』又云：『僕自東武適文登，並海行數日，道傍諸峰，真若劍鋩。誦柳子厚詩，知海山多爾耶？每風自四山而下，振動大木，掩冉衆草，紛紅駭緑，翁勃香氣。』」百家注王儔補注亦引上述文字，作「東坡曰」，且至「海山多爾耶」止。上述文字爲《東坡題跋》中語，韓注誤引。）

陸游《老學庵筆記》卷二：柳子厚詩云：「海上尖山似劍鋩，秋來處處割愁腸。」東坡用之云「割愁還有劍鋩山」。或謂可言「割愁腸」，不可但言「割愁」。亡兄仲高云：晉張望詩曰「愁來不可割」，此「割愁」二字出處也。

周紫芝《竹坡詩話》：議者謂子厚南遷，不得爲無罪，蓋未死而身已在刀山矣。

瞿佑《歸田詩話》卷上：柳子厚詩：……或謂子厚南遷，不得爲無罪，蓋雖未死而身已上刀山矣。

此語雖過，然造作險諢，讀之令人慘然不樂，未若李文饒云：「獨上高樓望帝京，鳥飛猶是半年程。碧山似欲留人住，百匝千遭繞郡城。」雖怨而不迫，且有戀闕之意。

《删補唐詩選脈箋釋會通評林》卷五六：顧璘曰：悲語。周珽曰：留滯他山，愁腸如割，到處無可慰之地，因同上人欲假釋家化身神通，少舒鄉國之想。固遷客無聊之思，發爲無聊之語耳。

蔣之翹輯注《柳河東集》卷四二：意旨恍惚，是自無聊之詞。議者謂子厚南遷，不爲無罪，身雖未死，而已在刀山矣。可爲善謔。焦竑曰：此詩子厚已開宋人門户，故爲子瞻所取。

再至界圍巖水簾遂宿巖下①

發春念長違〔一〕，中夏欣再覯。是時植物秀，杳若臨玄圃〔二〕。歊陽訝垂冰〔三〕，白日驚雷雨。笮簣潭際起，鸛鶴雲間舞〔四〕。古苔凝青枝，陰草濕翠羽〔五〕。蔽空素彩列，激浪寒光聚。的皪沉珠淵〔六〕，鏘鳴捐珮浦〔七〕。幽巖畫屏倚，新月玉鈎吐。夜涼星滿川，忽疑眠洞府②。

【校記】

① 詁訓本無「遂」字。

②原注與諸本皆注曰：「一本作『恍惚迷洞府』。」

【解題】

［注釋音辯］元和十年五月。［韓醇詁訓］公元和十年春正月自永召還過巖下，嘗有詩在前，此詩所謂「發春念長違」者也。是年三月出刺柳州，五月復經從，故有「中夏欣再覩」之句。按：韓説是。

【注釋】

〔一〕《楚辭·招魂》：「獻歲發春兮，汩吾南征。」

〔二〕［注釋音辯］層城、閬風、玄圃，皆在崑崙。［韓醇詁訓］東方朔《十洲記》：「崑崙山有三角，一角正西北名玄圃臺。」

〔三〕［注釋音辯］童（宗説）云：歊，許嬌切，熱氣出貌。

〔四〕［百家注引孫汝聽曰］鸛，古玩切。《詩》：「鸛鳴于垤。」鸛鶴，水鳥，皆見此水簾而舞。［蔣之翹輯注］笙簧，言水聲也。鸛鶴，二鳥名，俱色白。此言水之自高而下，如二鳥舞雲間耳。按：所引見《詩經·豳風·東山》。

〔五〕翠羽，謂翡翠鳥。《禽經》：「背有采羽曰翡翠。」張華注：「狀如鵁鶄而色正碧，鮮縟可愛。飲啄於澄瀾洄淵之側，尤惜其羽，日濯於水中。」

〔六〕［注釋音辯］的，丁歷切。皪音歷。［韓醇詁訓］班孟堅《東都賦》：「賤奇麗而不珍，捐金於山，沉珠於淵。」［百家注引韓醇曰］的皪，白貌。

〔七〕［注釋音辯］《楚辭》：「捐余珮兮澧浦。」［韓醇詁訓］《楚詞・九歌》：「遺余珮乎澧浦。」按：《楚辭・九歌・湘君》：「捐余玦兮江中，遺余珮兮澧浦。」

【集　評】

陸時雍《唐詩鏡》卷四七：晶閃。琢若鬼斧，未免傷雅。

孫月峰（鑛）評點《柳柳州全集》卷四二：側韻排律，鍛語亦工，然之逐聯平遞去，無甚深致。

汪森《韓柳詩選》：前詩澹遠，此詩刻畫，各見其妙。「古苔」二句，葱蒨可喜。

近藤元粹《柳柳州集》卷二評「欹陽訝垂冰」下：形容絶佳。

詔追赴都迴寄零陵親故

每憶纖鱗游尺澤，翻愁弱羽上丹霄〔一〕。岸傍古堠應無數〔二〕，次第行看别路遥。

【解　題】

［注釋音辯］此下至《詔追赴都》詩，並元和十年北還道中作。［韓醇詁訓］元和十年北還道中作，下至《灞亭上》詩皆同。按：童注與韓注是。陳景雲《柳集點勘》卷四《文安禮柳集年譜附》：「《詔追赴都回寄零陵親故》詩、《過衡山見新花開卻寄弟》詩、《汨羅遇風》詩、《北還登漢陽北原題臨川驛》詩、《界圍巖水簾》詩、《戲贈》詩、《追南來諸賓》詩，案諸詩皆元和十年春作，譜繫九年，非也。柳子以九年冬奉詔追，至明年春始就道，如《萬石亭記》乃十年正月五日在永州作。而《再宿界圍巖》詩云『發春念長違，仲夏欣再睹』是也。又《萬石亭記》亦作於永州，非抵柳後文，當繫至《灞亭》詩前。」

【注　釋】

〔一〕［百家注引童宗説曰］丹霄，青雲也。

〔二〕［注釋音辯］潘（緯）云：堠，古茂切。《拾遺録》曰：「禹治水所穿鑿處，皆有泥封記，使玄龜印其上，此封堠之始。」又《山海經》：「黃帝遊幸天下，有記里之鼓，道路記以里。」堠起軒轅時也。

過衡山見新花開卻寄弟

故國名園久別離，今朝楚樹發南枝〔一〕。晴天歸路好相逐①，正是峰前迴雁時〔二〕。

【校記】

①好，詁訓本作「兩」。

【解題】

陳景雲《柳集點勘》卷四：「味詩意，蓋已北還而弟尚留永，故寄詩促其行耳。以《祭從弟宗直文》參證，似所寄即宗直也。」陳説可從。作於元和十年。

【注釋】

〔一〕［百家注引孫汝聽曰］大庾嶺上梅，南枝落，北枝開。

〔二〕［注釋音辯］衡山有回雁峰。［百家注引孫汝聽曰］衡山有五峰：紫蓋、天柱、芙蓉、石廩、祝融等。孔安國《尚書》注：「鴻雁之屬，九月而南，正月而北。」左思《蜀都賦》曰：「木落南翔，冰泮北徂。」按：范成大《驂鸞録》：「登回雁峰，郡南一小山也。世傳陽鳥不過衡山，至此而回。」祝穆《方輿勝覽》卷二四衡州：「回雁峰在衡陽之南。雁至此不過，遇春而回，故名。或曰：峰勢如雁之回。」

【集評】

吴曾《能改齋漫録》卷五：衡州有迴雁峰，皆謂雁至此不復過，自是而迴北耳。余按柳子厚《過衡州見新花開卻寄弟》詩云……蓋子厚自永還闕，過衡州正春時，適見雁自南而北，故其詩云爾。豈專謂雁至此而迴乎？乃古今考柳詩不精故耳。

蔣之翹輯注《柳河東集》卷四二：後二語澹宕，亦有恨意。劉辰翁曰：酸楚。

汪森《韓柳詩選》：末句兼括二意，極工。「雁」切寄弟，「迴雁」指過衡山，「迴雁時」則見新花之候也。

汨羅遇風

南來不作楚臣悲〔一〕，重入脩門自有期〔二〕。爲報春風汨羅道，莫將波浪枉明時。

【解題】

［注釋音辯］汨，莫歷切，屈原所沉江。［韓醇詁訓］屈原投汨羅而死，公方召回，故云「不作楚臣悲」也。［百家注引童宗説曰］《説文》：「長沙汨羅淵，屈原所沉之水。」按：酈道元《水經注》卷三八湘水：「汨水又西爲屈潭，即汨羅淵也。屈原懷沙自沉於此，故潭以屈爲名。」

【注釋】

〔一〕〔注釋音辯〕謂屈原。

〔二〕〔注釋音辯〕《楚辭·招魂》云：「魂兮歸來，入脩門些。」〔韓醇詁訓〕宋玉《招魂》云：「魂兮歸來入修門。」注：「修門，郢城門也。」

【集評】

汪森《韓柳詩選》：觀前後數詩，意極悽惻，君子於此不能不動憐才之歎。

朗州竇常員外寄劉二十八詩見促行騎走筆酬贈①

投荒垂一紀〔一〕，新詔下荆扉。疑比莊周夢〔二〕，情如蘇武歸〔三〕。賜環留逸響〔四〕，五馬助征騑〔五〕。不羨衡陽雁，春來前後飛。

【校記】

①騎，詁訓本作「驛」。世綵堂本注：「呂本有『因以奉呈』四字。」何焯《義門讀書記》卷三七：「重校呂本有『因以奉呈』四字。按四字當有，末二句乃呈劉也。」

【解　題】

［注釋音辯］竇常，爲朗州刺史。［韓醇詁訓］劉二十八，禹錫也。公初與劉同貶，今例召至京師。詩云「投荒垂一紀」，蓋自永貞元年至元和十年爲十一年也。［百家注引孫汝聽曰］竇常字中行，元和七年冬，自水部員外郎爲朗州刺史。先是劉禹錫與公同貶，今例召至京師，常有此寄，公因酬贈。按：諸家所注是也。《舊唐書·竇常傳》：「元和六年，自湖南判官入爲侍御史，轉水部員外郎。出爲朗州刺史。」此詩乃元和十年正月作。

【注　釋】

〔一〕［百家注］十二年曰一紀。

〔二〕［韓醇詁訓］《莊子》：「昔者莊周夢爲胡蝶，栩栩然胡蝶也。自喻適志與，不知周也。」［百家注引孫汝聽曰］《莊子》：「莊周夢爲胡蝶，栩栩然胡蝶也。自喻適志與，不知周也。俄然覺，則蘧蘧然周也。不知周之夢爲胡蝶與？胡蝶之夢爲周與？」按：見《莊子·逍遥遊》。

〔三〕［韓醇詁訓］蘇武使匈奴，爲匈奴留者十九年。始以强壯出，及還，鬚髮盡白。［百家注引孫汝聽曰］蘇武使匈奴，留十九年不遷遣。至昭帝立，乃得歸。按：見《漢書·蘇武傳》。

〔四〕［韓醇詁訓］見上《酬裴韶州》詩注。按：《荀子·大略》：「絶人以玦，反絶以環。」楊倞注：「古者以有罪，待放於境，三年不敢去。與之環則還，與之玦則絶。」

〔五〕〔注釋音辯〕童（宗説）云：騑音非，驂旁馬也。〔韓醇詁訓〕《墨客揮犀》云：「世謂太守爲五馬，或云：《詩》曰：『孑孑干旟，在浚之都。素絲組之，良馬五之。』鄭注謂《周禮》州長建旟。漢太守比州長，法御五馬，故云。或曰：古乘駟馬車，至漢太守出則增一馬，事見《漢官儀》也。又《古今風俗通》曰：王逸少出守永嘉，庭列五馬，繡鞍金勒，出則鞚之。故永嘉有五馬坊焉。」〔百家注〕孫（汝聽）曰：《古樂府》：「使君從南來，五馬立踟躕。」五馬，言（竇）常也。童（宗説）曰：騑，驂旁馬也。助征騑，即謂促其行騎也。按：韓引見彭乘《墨客揮犀》卷四。

【集評】

近藤元粹《柳柳州集》卷二：喜意溢於楮表。

離觴不醉至驛卻寄相送諸公

無限居人送獨醒〔一〕，可憐寂寞到長亭〔二〕。荆州不遇高陽侶①〔三〕，一夜春寒滿下廳〔四〕。

【校記】

① 高，詁訓本作「南」。

【解　題】

此亦詔追赴都途中所作。

【注　釋】

〔一〕［韓醇詁訓］屈原曰：「衆人皆醉，惟我獨醒。」按：見《楚辭·漁父》。

〔二〕［注釋音辯］傳舍也。［韓醇詁訓］庾子山《江南賦》：「十里五里，長亭短亭。」五里一短亭，十里一長亭也。［百家注引孫汝聽曰］長亭短亭，乃傳舍也。

〔三〕［注釋音辯］漢酈食其高陽酒徒。［百家注引孫汝聽曰］《漢書》酈食其曰：「吾高陽酒徒，非儒人也。」按：陳景雲《柳集點勘》卷四：「此用《世説》山季倫爲荆州酣醉高陽池事。舊注但云漢酈食其語，未爲得解。」陳説是。《晉書·山濤傳》附山簡：「簡每出嬉遊，多之池上，置酒輒醉，名之曰高陽池。」

〔四〕［百家注引童宗説曰］下廳，猶下舍也。

【集　評】

孫月峰（鑛）評點《柳柳州全集》卷四二：是戲語。

陸夢龍《柳子厚集選》卷四：意深。

北還登漢陽北原題臨川驛

驅車方向闕〔一〕，迴首一臨川。多壘非余恥〔二〕，無謀終自憐。亂松知野寺，餘雪記山田。

惆悵樵漁事，今還又落然〔三〕。

【解題】

〔注釋音辯〕漢陽屬郢州。〔韓醇詁訓〕漢陽，鄂州縣也。〔百家注引孫汝聽曰〕漢陽，在唐屬郢州。按：陳景雲《柳集點勘》卷四：「案唐沔州治漢陽，隸鄂岳觀察使所領，非郢州屬縣，注誤。時王師伐蔡，分道並進，鄂部正當東南一面，故有『多壘』句，言蔡寇未平也。」陳説是。唐沔州漢陽郡治漢陽，寶曆二年併入鄂州。見《新唐書·地理志五》。作於元和十年。

【注釋】

〔一〕向闕，指還京。

〔二〕〔注釋音辯〕《禮記·曲禮上》：「四郊多壘，此卿大夫之辱也。」注：「壘，軍壁也。數見侵伐，則多壘。」

〔三〕〔蔣之翹輯注〕落然，字不成句，疑誤。按：「落」可訓爲「廢」。落然即荒廢。如白居易《自詠》：「回面顧妻子，生計方落然。」《哭李三》：「落然身後事，妻病女嬰孩。」

【集評】

黃徹《䂬溪詩話》卷六：臨川「道德文章吾事落」，《南華》「夫子盍行邪，無落吾事」，乃柳詩有「惆悵樵漁事，今還又落然」，恐亦用此。

近藤元粹《柳柳州集》卷二：五、六意態自然，不煩雕琢。

善謔驛和劉夢得酹淳于先生

水上鵠已去〔一〕，亭中鳥又鳴①〔二〕。辭因使楚重〔三〕，名爲救齊成〔四〕。荒壠遽千古，羽觴難再傾〔五〕。劉伶今日意〔六〕，異代是同聲〔七〕。

【校記】

① 亭，詁訓本作「庭」。

【解　題】

［注釋音辯］驛在襄州之南，即放鵠之所。［韓醇詁訓］《倦游録》云：「襄州南有驛名善謔，蓋唐之善謔驛，乃淳于髡放鵠處也。」按髡傳：髡滑稽多辯，數使諸侯，未嘗屈辱。齊威王時，楚發兵加齊，齊王使淳于髡之趙請救兵，趙王與之精兵十萬，革車千乘。楚王聞之，夜引兵而去。詩所用事本此。元和十年北還過襄州作。［百家注引孫汝聽曰］驛在襄州之南，即淳于髡放鵠之所。今訛爲善謔驛。按：祝穆《方輿勝覽》卷三二襄陽府：「館驛善謔驛，襄州有驛名善卻，唐之善謔驛也，乃淳于髡放鵠處。柳宗元《和劉禹錫善謔驛奠淳于先生》者，即此地。」葉廷珪《海録碎事》卷四下：「善謔驛在宜城縣北十五里，淳于髡墓在其後，以此得名。」

【注　釋】

〔一〕［注釋音辯］《史記》：「齊使淳于髡獻鵠於楚，出邑門，飛其鵠。揭空籠往見楚王，曰：『臣不忍鵠之渴，出而飲之，俄飛。吾欲刺腹而死，恐人議王以鳥獸之故，令士自殺。欲買而代之，是不信而欺吾王也。』楚王曰：『齊有信臣若此哉！』厚賜之財。」按：見《史記·滑稽列傳》。百家注本引孫汝聽注與此大同小異。

〔二〕［注釋音辯］《史記》：「齊威王喜隱，髡説之以隱曰：『國中有大鳥，止王之庭，三年不蜚又不鳴，王知此鳥何也？』王曰：『不飛則已，一飛沖天。不鳴則已，一鳴驚人。』」按：亦見《史記·

滑稽列傳》。百家注本引孫汝聽注與此略同。

〔三〕［百家注］見上注。

〔四〕［注釋音辯］齊威王八年，楚大發兵伐齊，齊王使髡之趙請救。趙王與之精兵十萬，革車千乘。楚聞之，引兵去。按：亦見《史記·滑稽列傳》。

〔五〕［韓醇詁訓］宋玉《招魂》「瑶漿密酌實羽觴」，注：「觴，酒器也，插羽於其上。」

〔六〕［注釋音辯］此以劉伶比夢得也。［百家注引孫汝聽曰］劉伶，以譬禹錫。

〔七〕［百家注引童宗説曰］《易》：「同聲相應。」

【集　評】

孫月峰（鑛）評點《柳柳州全集》卷四二：「鵠去」往事，「鳥鳴」見景，一正一借，相形來，甚有致。

何焯《義門讀書記》卷三七：發端自比當日遠貶之久，忽遇詔追也。

【附　録】

劉禹錫《題淳于髡墓》：生爲齊贅壻，死作楚先賢。應以客卿葬，故臨官道邊。寓言本多興，放意能合權。我有一石酒，置君墳樹前。（百家注本、世綵堂本附劉詩於柳詩前，注釋音辯本引入注文中，韓醇詁訓本則未引。又載《劉夢得文集》外集卷七）

詔追赴都二月至灞亭上

十一年前南渡客，四千里外北歸人。詔書許逐陽和至〔一〕，驛路開花處處新。

【解　題】

〔注釋音辯〕灞水在京城之左。〔韓醇詁訓〕灞音霸，水名，在京城之左。此將入京時作也。按：韓説是。李吉甫《元和郡縣圖志》卷一京兆府：「白鹿原在（萬年）縣東二十里，亦謂之霸上。漢文帝葬其上，謂之霸陵。」元和十年作。

【注　釋】

〔一〕《史記·秦始皇本紀》引之罘刻石：「時在中春，陽和方起。」即二月。

【集　評】

范晞文《對牀夜語》卷五：「鴿墜霜毛落定僧」，「寒螿發定衣，坐石鳥疑死」，又「螢入定僧衣」，非衲子親歷此境，不能道也。若「萬里八九月，一身西北風」，「七千里外一家住，十二峰前獨自行」，行脚之作也。上聯則沈佺期「五湖三畝宅，萬里一歸人」；下聯則柳子厚「一十年前南渡客，四千里外北歸人」。

近藤元粹《柳柳州集》卷二：快意可想。

李西川薦琴石

遠師騶忌鼓鳴琴〔一〕，去和南風愜舜心〔二〕。從此他山千古重〔三〕，殷勤曾是奉徽音〔四〕。

【解　題】

〔注釋音辯〕西川節度使李夷簡。薦，藉也。〔韓醇詁訓〕不詳其作年月。〔百家注引孫汝聽曰〕元和八年正月，以山南東道節度使李夷簡爲西川節度使。薦，藉也。按：李夷簡曾爲山南東道節度使，治襄陽，向柳宗元借支琴之石事當在襄陽。則此詩當爲宗元元和十年奉詔還京經襄陽時作。吴汝綸《柳柳州集點勘》曰：「李西川即夷簡，陷楊憑者，故語含譏諷。」柳宗元在永州，有《謝襄陽李夷簡尚書委曲撫問啟》，則夷簡與宗元無隙，譏諷之説非也。

【注　釋】

〔一〕［注釋音辯］《史記·田敬仲世家》：「騶忌子以鼓琴見齊威王。」按：韓醇詁訓本同。

〔二〕［注釋音辯］《家語》：「舜作五絃之琴，以歌《南風》。」［韓醇詁訓］《家語》：「舜作五絃之琴，以歌《南風》。」《文中子》曰：「子騄而鼓《南風》，釣者曰：『嘻！非今日事也，其有虞氏之心乎？』」按：見《孔子家語·辨樂》及王通《中説·禮樂》。

〔三〕［注釋音辯］《詩·鶴鳴》云：「他山之石。」［百家注引孫汝聽曰］《詩》：「它山之石，可以爲錯。」按：見《詩經·小雅·鶴鳴》。

〔四〕［百家注引孫汝聽曰］徽音，美音也。《詩》：「太姒嗣徽音。」按：《詩經·大雅·思齊》「太」作「大」，二字通用。

同劉二十八哭呂衡州兼寄江陵李元二侍御

衡岳新摧天柱峰〔一〕，士林顦顇泣相逢〔二〕。祇令文字傳青簡〔三〕，不使功名上景鐘〔四〕。三畝空留懸磬室〔五〕，九原猶寄若堂封〔六〕。遥想荆州人物論，幾迴中夜惜元龍〔七〕。

【解　題】

［注釋音辯］吕衡州名温，元和六年。是時監察御史元稹貶江陵士曹參軍。或云元、李二侍御即李深源、元克己。［韓醇詁訓］李、元二侍御，即前李深源、元克己也。劉夢得集亦有《哭吕衡州》詩。據公作《吕衡州誄》云：「温以元和六年九月卒。」詩是時作。［百家注引孫汝聽曰］元和六年九月，衡州刺史吕温卒。元侍御名稹，是時稹自東臺監察御史貶江陵士曹參軍。按：陳景雲《柳集點勘》卷四：「舊注但云是時監察御史元稹貶江陵士曹參軍，而不悉李侍御爲何人。兼引或説元、李二侍御是李深源、元克己，尤爲疎誤。深源、克己皆零陵遷客，與江陵無涉。又深源嘗歷太府卿，非侍御也。此所寄者，乃李景儉耳。景儉由御史謫江陵掾，與元稹同幕。稹有《哭吕衡州》詩，亦見集中。蓋亦吕之宿好，而景儉則尤其死友，故子厚兼寄元、李二人。」陳説是。韓愈《韓昌黎全集》外集卷一〇《順宗實録》卷五：「（王）叔文最所賢重者李景儉，而最所謂奇才者吕温。叔文用事時，景儉持母喪在東都，而吕温使吐蕃半歲，至叔文敗方歸，故二人皆不得用。」《舊唐書·李景儉傳》：「貞元末，韋執誼、王叔文東宫用事，尤重之，待以管、葛之才。叔文竊政，屬景儉居母喪，故不及從坐。」則劉、柳與吕温、李景儉皆永貞革新集團中人。吕温因出使吐蕃，李景儉因居喪，故不在「八司馬」之列。時李景儉受竇群事牽連，坐貶江陵户曹參軍。

【注釋】

〔一〕［注釋音辯］衡山五峰，其一曰天柱。此喻呂衡州。［韓醇詁訓］衡山，南嶽也。天柱乃衡山諸峰之一，公意藉以喻衡州耳。按：王讜《唐語林》卷二：「衡山五峰，曰紫蓋、雲密、祝融、天柱、石廪。」

〔二〕［注釋音辯］顑頷，即憔悴字。

〔三〕［韓醇詁訓］後漢《吴祐傳》：「祐父恢欲殺青簡以寫經書。」注云：「殺青者，以火炎簡令汗，蓋取其易書，復不蠹，謂之殺青，亦謂之汗簡。」［百家注引孫汝聽曰］上古以竹簡寫書。

〔四〕［注釋音辯］《國語·晉語》：「令狐文子曰：其勳銘於景鐘。」［韓醇詁訓］《周禮》：「鳧氏爲鐘。」鐘帶謂之篆，篆間謂之枚，枚謂之景。［百家注引孫汝聽曰］景鐘，大鐘也。襄十九年《左氏》「季武子作林鐘以銘魯功」是也。按：陳景雲《柳集點勘》卷四：「『不使功名上景鐘』，注《晉語》令狐文子曰：其勳銘於景鐘。案《晉語》悼公使令狐文子佐新軍，曰：『昔魏顆退秦師於輔氏，其勳銘於景鐘。』則景鐘非文子語也，注誤。」《國語·晉語七》：「魏顆以其身卻退秦師於輔氏，親止杜回，其勳銘於景鐘。」韋昭注：「景鐘，景公鐘。」

〔五〕［注釋音辯］《左傳》僖公二十六年：「齊侯曰：室如懸磬。」亦作罄。［韓醇詁訓］《左氏》：「室如懸磬，野無青草。」［百家注引孫汝聽曰］僖二十六年《左氏》：「齊侯謂展喜曰：室如懸磬，野無野草，何恃而不恐？」按：王觀國《學林》卷一：「又此『磬』字非訓『盡』，許慎《説文》曰

『罄器中空』也。室如懸罄者，如懸一器，其中空而無物耳。」

〔六〕［注釋音辯］《禮記·檀弓》：「吾見封之，有若堂者矣。」注：「築土爲壟，堂形，四方而高。」又九原，晉卿大夫之墓地。［韓醇詁訓］《檀弓》：「文子曰：武也得全要領，以從先大夫於九原。」注：「晉卿大夫之墓地在九原。」又：「夫子曰：吾見封之若堂者矣。」注：「封築土爲壠，堂形，四方而高。」按：《唐詩鼓吹評注》卷一何焯眉批：「《呂衡州誄》云：藁葬於江陵之野。」章士釗《柳文指要》下《通要之部》卷一二：「時化光（呂温）是藁葬於江陵之野，故曰『猶寄若堂封』。」

〔七〕［注釋音辯］《魏志》：「陳登字元龍。許汜、劉備在荆州論天下人，汜曰：『陳元龍湖海之士，豪氣不除。』備曰：『元龍文武膽志，當求之於古耳。』」陳登卒時年三十九，呂温卒時年四十一，故以相比。［韓醇詁訓］《魏志》：「陳登字元龍，在廣陵有威名，年三十九卒。後許汜與劉備並在荆州牧劉表坐，表與備共論天下人，汜曰：『陳元龍湖海之士。』備因言曰：『若元龍文武膽志，當求之於古耳，造次難得比也。』」［百家注引孫汝聽曰］時李、元二侍御皆在江陵，故用此事。按：見《三國志·魏書·陳登傳》。

【集　評】

《竹莊詩話》卷八引范温《詩眼》：《哭呂衡州》詩，足以發明呂温之俊偉。《哭凌員外》詩，書盡準平生。

廖文炳《唐詩鼓吹注解》卷一：首言温之死，士林相逢者，莫不悲泣而顣頞。蓋惜其傳文字於青簡，未勒功名於景鐘也。且官清而貧，室如懸磬，今已物化，見其封若高堂耳。昔劉備知惜元龍，豈二侍御而不惜衡州哉！

蔣之翹輯注《柳河東集》卷四二：使事甚切，而且化。

黄周星《唐詩快》卷一一：哀輓詩中最爲得體。

汪森《韓柳詩選》：「九原」句：用經傳事，極穩貼。

金聖歎《貫華堂選批唐才子詩》卷五上：（前解）衡岳五峰，天柱其一。吕温卒於衡州，故遂以天柱比之。士林憔悴者，言此一株既萎，便已不復成林也。泣相逢之，爲言我方泣，不謂劉二十八亦來泣，於是遂同泣也。三、四，則其泣之之辭也。（後解）五，言吕之不能自葬也。六，言無人曾謀葬吕也。夫朋友死而不得葬，此亦後死者之責也。然則與其幾回惜之，無寧一抔掩之。遥寄江陵二子，其必有以處此矣。

何焯《義門讀書記》卷三七：元微之有《哭吕衡州》詩六首。「九原猶寄若堂封」：杜《哭王彭州倫》：「之官方玉折，寄葬與萍漂。」同此意也。

朱三錫《東嵒草堂評訂唐詩鼓吹》卷一：吕温卒於衡州，故以天柱峰比之。泣相逢，言與劉同哭也。三、四傷其才不逢時，五、六哀其貧不能葬，七、八寫寄江陵二侍郎，故即以劉荆州比之。言下有責望二公之意。

胡以梅《唐詩貫珠》卷三三：名家必一句擒題。起處妙在是哭。呂在衡州，推尊現成，不可移易。「顛頷」二字，更寫得淋漓有神。罄室，言其原籍。堂封，則謂旅葬之處。結言寄江陵之意也。

【附　録】

劉禹錫《哭呂衡州時余方謫居》：一夜霜風凋玉芝，蒼生絶望士林悲。空懷濟世安人略，不見男婚女嫁時。遺草一函歸太史，旅墳三尺近要離。朔方徙歲行將滿，欲爲君刊第二碑。（百家注本、世綵堂本附，又載《劉夢得文集》卷一〇）

奉酬楊侍郎丈因送八叔拾遺戲贈詔追南來諸賓二首①

六　言②

貞一來時送綵牋〔一〕，一行歸雁慰驚弦〔二〕。翰林寂寞誰爲主〔三〕，鳴鳳應須早上天〔四〕。

一生判卻歸休，謂著南冠到頭〔五〕。冶長雖解縲紲〔六〕，無由得見東周〔七〕。

【校　記】

①丈，注釋音辯本、詁訓本誤作「文」。

②《全唐詩》無題目，列《奉酬楊侍郎丈因送八叔拾遺戲贈詔追南來諸賓二首》之二，甚是。「六言」非題，當是作者小注。

【解　題】

［注釋音辯］侍郎楊於陵。［韓醇詁訓］楊侍郎於陵也。元和十年到京後未除官時作。按：陳景雲《柳集點勘》卷四：「拾遺名歸厚，字貞一，行八，侍郎於陵之族叔。元和七年自拾遺貶國子主簿。晚歷典大州，太和中卒。劉夢得祭文中有『一斥不復，君門邈然』語，蓋自拾遺左官後，回翔於外久矣。則侍郎送之南行，而詔追諸公相值於途，正其遷謫失意時也。翰林寂寞，即用其家子雲翰林主人及『惟寂惟寞』之語以比貞一。言今雖垂翅，行當沖霄，故以鳴鳳上天儗之。白樂天《池上篇序》有『弘農楊貞一與青石三』語。」元和七年十二月，楊歸厚自左拾遺貶爲國子主簿，見《舊唐書·憲宗紀下》。《新唐書·藝文志三》醫術類《楊氏産乳集驗方》三卷，注云：「楊歸厚。元和中自左拾遺貶鳳州司馬，號州刺史。」陳説是。此詩元和十年至京師作。

【注釋】

〔一〕［百家注引王儔補注］彩牋，即楊侍郎戲贈之什也。

〔二〕［百家注引王儔補注］一行歸雁，以況南來諸賓。驚弦，言初自遷謫而歸。

〔三〕［百家注引孫汝聽曰］潘岳詩：「如彼翰林鳥，雙飛一朝隻。」翰林，鳥棲之林。按：《漢書·揚雄傳》：「上《長楊賦》，聊因筆墨之成文章，故籍翰林以爲主人，子墨爲客卿以諷。」揚雄《解嘲》：「惟寂惟寞，守德之宅。」此句言楊歸厚。

〔四〕［注釋音辯］喻楊侍郎。［百家注引孫汝聽曰］鳴鳳，以喻楊侍郎。言早上天，爲翰林衆鳥之主。按：此注非是。此句仍言楊歸厚也，陳説是。

〔五〕［注釋音辯］《左傳》：「鍾儀南冠而縶，鄭人所獻楚囚也。」［百家注引孫汝聽曰］《左傳》「有南冠而縶者」。胡廣曰：「南冠，楚冠也。秦滅楚，以賜執法近臣，號柱後惠文冠。」［世綵堂注］南冠，楚冠也。坡翁嘗用此。按：鍾儀事見《左傳》成公九年。

〔六〕［百家注引童宗説曰］《論語》：「子謂公冶長可妻也，雖在縲紲之中，非其罪也。」按：見《論語·公冶長》。

〔七〕［百家注引孫汝聽曰］見，猶至也。東周，洛陽也。言不得至洛陽也。按：楊歸厚當是將赴洛陽，故此句謂己不得與之同去。

【集　評】

葉寘《愛日齋叢鈔》卷三：詩之六言，古今獨少。洪氏云編《唐人絶句》，七言七千五百首，五言二千五百首，合爲萬首，而六言不滿四十，信乎其難也。後村劉氏選唐宋以來絶句，至續選始入六言。其叙云：「六言尤難工，柳子厚高才，集中僅得一篇。惟王右丞、皇甫補闕所作妙絶今古，學者所未講也。」

商山臨路有孤松往來斫以爲明好事者憐之編竹成援遂其生植感而賦詩

孤松停翠蓋，託根臨廣路。不以險自防，遂爲明所誤。幸逢仁惠意，重此藩籬護。猶有半心存，時將承雨露。

【解　題】

［注釋音辯］援音爰，籬也。［韓醇詁訓］元和十年三月後，赴柳州道中作。詩蓋有自况之意。按：觀詩中「幸逢仁惠意」之語，疑此詩爲由永州回京時作。樂史《太平寰宇記》卷一四一商州上洛縣：「楚山，《帝王紀》：南山曰商山。又名地肺山，亦稱楚山。」

【集　評】

胡仔《苕溪漁隱叢話》後集卷二六：柳子厚、王介甫以道傍大松，人多取以爲明，各以詩惜之。子厚意雖自謂，語反成晦，不若介甫語顯而意適也。……余頃過衡嶽，夾道古松最盛，正有此患，雖嶽祠相近，官不能禁也。

衡陽與夢得分路贈别

十年顦顇到秦京〔一〕，誰料翻爲嶺外行〔二〕。伏波故道風煙在〔三〕，翁仲遺墟草樹平〔四〕。直以慵疎招物議，休將文字占時名。今朝不用臨河别，垂淚千行便濯纓〔五〕。

【解　題】

［注釋音辯］子厚浮舟適柳州，夢得登陸赴連州。［韓醇詁訓］《劉夢得集》有《重至衡陽傷柳儀曹》詩並引，云：「元和乙未歲，與故人柳子厚臨湘水爲别，柳浮舟適柳州，余登陸赴連州。後五年，余從故道出桂嶺，至前别處，而君殁於南中，因賦詩以投弔。」詩云：「憶昨與故人，湘江岸頭别。我馬映林嘶，君帆轉山滅。馬嘶循故道，帆滅如流電。千里江蘺春，故人今不見。」元和乙未即十年也。是時，公與劉例召至京師，又皆出爲刺史，至衡陽分路云。按：韓説是。此詩作於元和十年。

【注釋】

〔一〕［注釋音辯］召赴京師。

〔二〕［百家注引孫汝聽曰］元和十年二月，公召至京師。三月出爲柳州刺史。

〔三〕［注釋音辯］漢武帝時，南越相呂嘉反，遣伏波將軍路博德出桂陽，下湟水。謂子厚適柳，夢得適連，皆度桂嶺，乃伏波故道。［韓醇詁訓］《漢武帝紀》：「南越王相呂嘉反，遣伏波將軍路博德出桂陽，下湟水。」公如柳，劉如連，皆過桂嶺而去，故所經乃伏波故道歟？［百家注引孫汝聽曰］《後漢》：「伏波將軍馬援南征交趾。」按：《後漢書·南蠻傳》：「（建武）十六年，交趾女子徵側及其妹徵貳反。……十八年，遣伏波將軍馬援、樓船將軍段志，發長沙、桂陽、零陵、蒼梧兵萬餘人討之。」謂所經乃馬援之途也。《唐詩鼓吹》卷一郝天挺注：「後漢馬援拜伏波將軍，南討交趾，道出衡陽，至今廟存焉。時子厚與禹錫同出衡陽，有《伏波神祠》，云『一以功名累，翻思馬少游。蒙蒙篁竹下，有路出壺頭』是也。」

〔四〕［注釋音辯］《魏志》：「明帝鑄銅人二，號曰翁仲。」又《水經注》：「鄗南千秋亭壇廟之東，枕道有兩石翁仲，南北相對。」此謂墓前石人也。按：韓醇詁訓本與童注同。姚寬《西溪叢語》卷下：「劉禹錫云『翁仲遺墟草樹平』。《魏略》云：『明年景初元年，徙長安鐘簴、駱駝、銅人承露盤。盤折，銅人重，不可致，留於霸城。大發卒，鑄作銅人二，號曰翁仲，列坐於司徒門外。』《後漢》：『鄗南千秋亭有石壇，壇廟之東，枕道有兩石翁仲，南北相對。』」何焯《義門讀書記》

卷三七：「沈佺期《渡南海入龍編》詩：『尉佗曾馭國，翁仲久游泉。』亦以翁仲爲嶺外事，但檢之不得其原。皇甫録《近峰聞略》云：『阮翁仲，安南人。身長三丈二尺，氣質端勇，事秦始皇守臨洮，聲振匈奴。秦範其像，置司馬門外。匈奴使來見之，猶以爲生。』惜不載所出何書。出桂陽，下湟水，正連州地。題云分路，則翁仲句，乃適柳之路也。」

〔五〕［百家注引孫汝聽曰］《孟子》：「滄浪之水清兮，可以濯我纓。」按：《唐詩鼓吹》卷一郝天挺注：「漢李陵《别蘇武》詩曰：『嘉會難再遇，三載爲千秋。臨河濯長纓，念别悵悠悠。』」柳詩用李陵詩意。

【集評】

黄徹《䂬溪詩話》卷五：柳「十年憔悴到秦京，誰料翻爲嶺外行」。王（安石）「十年江海别常輕，豈料今隨寡嫂行」。柳「直以疏慵招物議，休將文字趁時名」。王「直以文章供潤色，未應風月負登臨」。柳「十一年前南渡客，四千里外北歸人」。又「一身去國六千里，萬死投荒十二年」。蘇（軾）「七千里外二毛人，十八灘頭一葉身」。黄（庭堅）「五更歸夢三千里，一日思親十二時」。皆不約而合，句法使然故也。

曾季貍《艇齋詩話》：柳子厚與劉夢得相别云：「今朝不用臨河别，垂淚千行便濯纓。」用蘇、李贈别詩云：「臨河濯長纓，念别悵悠悠。」

《瀛奎律髓彙評》卷四三：方回：柳子厚永貞元年乙酉自禮部員外郎謫永州司馬，年三十三矣，是時未有詩。元和十年乙未詔追赴都，三月出爲柳州刺史。劉夢得同貶朗州司馬，同召，又同出爲連州刺史。二人者黨王叔文得罪，又才高，衆頗忌之，憲宗深不悦此二人。踈慵招物議，既不自反，尾句又何其哀也？其不遠到可覘。夢得乃特老壽，後世亦鄙其人云。紀昀批：五、六乃規之以謹慎韜晦，言已往以戒將來，非追叙得罪之由。虚谷以爲不自反，失其命詞之意。許印芳評：次聯與首聯不黏。占，去聲。末句「行」字音杭。

謝榛《四溟詩話》卷四：《孺子歌》：「滄浪之水清兮，可以濯我纓。」《孟子》、屈原兩用此語，各有所寓。李陵《與蘇武》詩：「臨河濯長纓，念子悵悠悠。」此偶然寫意爾。沈約《渡新安江貽遊好》詩：「願以潺湲水，沾君纓上塵。」所謂襲故而彌新，意更婉切。柳宗元《衡陽別劉禹錫》詩：「今朝不用臨河別，垂淚千行便濯纓。」至怨至悲，太不雅矣。

《王荆石先生批評柳文》卷一一：音響琅琅，惜結句弱。

孫月峰（鑛）評點《柳柳州全集》卷四二：「休將」字妙。總評：起兩句點得事明。三、四點景，渾雅。五、六中首聯。末以惜別意，結格最穩。

廖文炳《唐詩鼓吹注解》卷一：此與劉禹錫同至衡州而別。首言先貶十年在外，形容憔悴。後召還長安，將圖大用，豈料復爲嶺外之行耶？經伏波之舊道而風煙在，覩翁仲之遺墟而草樹平。吾輩疏懶性成，已招物議，而文章高占時名，易取讒妬，亦不可以此自多也。昔李陵云：「臨河濯長纓，念别悵悠悠。」今余與夢得不用臨河而别，垂淚千行，便如河水之足以濯纓矣。其何以爲情哉！

汪森《韓柳詩選》：結語沉著，翻臨河濯纓語，可悟用古之法。

金聖歎《貫華堂選批唐才子詩》卷五上：（前解）永貞元年，子厚等以附王叔文，八人皆貶。至元和十年，例召至京師，又皆出爲刺史。此一、二，蓋紀實也。三、四，紀其分路處也。馬援爲隴西太守，斬羌首以萬計，教羌耕牧屯田。翁仲爲臨洮太守，身長二丈三尺，匈奴望見皆拜。今二人流離播越，乃正過其處也。不苦在嶺外行，正苦在到秦京。蓋嶺外行是憔悴又起頭，反不足又道。到秦京是憔悴已結局，不圖正不然也。細細吟之。（後解）《莊子》曰：「人臣之於君，義也，無所逃於天地之間，奚暇至於悦生而惡死。夫子其行矣。」有罪無罪，其勿辯也，自是千古至論。今看先生微辯附王一案，又是千古妙文。看他只將漁父鼓枻一歌，輕輕用他「濯纓」二字，便見已與夢得實是清流，不是濁流，更不再向難開口處多開一口，而千載下人早自照見冤苦也。慵疏，一罪也。文字，二罪也。此是先生親供招伏也。除二罪外，先生無罪，信也。

《唐詩鼓吹評注》卷一何焯批：路既分而彼此相望，不忍遽行，惟有風煙草樹，黯然欲絶也。前此遠竄，猶云附麗伾、文，今説雪詔退，復出之嶺外，則真爲才高見忌矣。慵疏，指《玄都看花》絶句之屬。

管世銘《讀雪山房唐詩序例·七律凡例》：起句之工於發端，如柳宗元：「十年憔悴到秦京，誰料翻爲嶺外行。」落句以語盡意不盡爲貴，如柳宗元：「今朝不用臨河别，垂淚千行便濯纓。」

朱三錫《東喦草堂評訂唐詩鼓吹》卷一：一、二，紀實也。三、四，紀分路處也。五、六，辨冤也。七、八，叙別也。先生以附王叔文論貶，復奉命召至闕下，是數年憔悴，至此已將結局矣。不料又出爲刺史，是顛頟又起頭來。細玩起聯詩意，先生不苦於嶺外行，而正苦於到秦京也。昔馬伏波南征，道經衡陽。翁仲，係古墓前石人。曰故道，是分路處所聞，實事虛寫。曰遺墟，是分路處所見，虛事實寫，藉以作對耳。楚三閭大夫被讒見放，奈君命大義，不敢言怨，假作漁父問答之辭，發洩一腔忠憤，曰世人皆濁我獨清，世人皆醉我獨醒，是一篇主意。今先生微辨王叔文一案，一以慵疏取罪，一以文字取罪，輕輕用「濯纓」兩字以見清濁之分，有罪無罪，千載下自有定論，無容更置一喙也。

趙臣瑗《山滿樓箋注唐詩七言律》卷四：十年憔悴，不爲不久。到秦京，意謂是憔悴結局矣，而翻爲嶺外之行，則又是憔悴起頭，此真人所不料也。三、四不過是記其分路處，而「風煙在」、「草樹平」，一片淒涼境界，便堪弔出離人無數眼淚。下乃放筆直書，究竟吾得何罪而至於此，則慵疏一罪也，文字二罪也。然慵疏之招物議，天使之也。故曰「直以」。直以者，無可奈何之詞也。文詞之占時名，自取之也。故曰「休將」。休將者，悔而戒之之詞也。噫！既不善媚人矣，又可令才名高出人上乎？難乎免於今之世矣。垂淚千行，言及此不得不放聲大哭也。怨天乎？尤人乎？只是自嗤其性之懶，自恨其才之高而已矣。

金湝生《粟香隨筆》三筆卷一：凡律詩最重起結，七言尤然。起句之工於發端，如賈曾「銅龍曉闢問安迴，金絡春遊博望開」，……柳宗元「十年憔悴到秦京，誰料翻爲嶺外行」，張籍「聖朝特重大司空，人詠元和第一功」，……落句以語盡意不盡爲貴，如王維「飽食不須愁内熱，大官還有蔗漿寒」，……劉禹錫「若問舊人劉子政，如今白首在南徐」，柳宗元「今朝不用臨河别，垂淚千行便濯纓」，……皆足爲一代楷式。

近藤元粹《柳柳州集》卷二：慷慨凄婉，情景俱窮，直堪隕淚。又：劉再謫蓋原於文字之禍，故第六云如此。

【附録】

劉禹錫《再授連州至衡州酬柳柳州贈别》：（［韓醇詁訓］公前有《衡陽與夢得分路贈别》詩，此夢得所以酬之也。下贈答四詩皆同時。）去國十年同赴召，渡湘千里又分歧。重臨事異黄丞相，（［注釋音辯］《前漢》：黄霸爲潁川太守，徵守京兆尹，坐發民治馳道，乏軍興，有詔歸潁川太守官。後爲丞相。劉夢得自謂初貶連州，今又出刺連州，爲重臨也。）三黜名慚柳士師。（［百家注引韓醇曰］《論語》：「柳下惠爲士師，三黜。」禹錫初貶連州刺史，再貶朗州司馬，又除連州，是爲三黜。按：柳宗元亦三黜。）歸目併隨迴雁盡，愁腸正遇斷猿時。桂江東過連山下，（［注釋音辯］桂江即灕水，在柳州城外。連山即連州。）相望長吟有所思。（［百家注引孫汝聽曰］《選》詩有《君子有所思》篇。）

重别夢得①

二十年來萬事同〔一〕，今朝岐路忽西東。皇恩若許歸田去，晚歲當爲鄰舍翁。

【校　記】

①注釋音辯本、詁訓本皆列此篇於本卷倒數第七首。按：四部叢刊影武進董氏影宋本《劉夢得文集》外集卷七列此詩爲劉禹錫作，而無劉禹錫答詩，蓋誤將柳詩爲劉詩，非是。

【解　題】

［五百家注引童宗説曰］此公再與夢得別詩。

【注　釋】

〔一〕［百家注引孫汝聽曰］貞元九年公與禹錫同舉進士，其後出處略同，至是二十三年矣。

【集　評】

《王荆石先生批評柳文》卷一一：便落宋調。

汪森《韓柳詩選》：二十年、今朝、晚歲，筆法相生之妙。

近藤元粹《柳柳州集》卷二：交情可想。

【附　録】

劉禹錫《答重别》：（〔注釋音辯〕此夢得答重别詩。）弱冠同懷長者憂，臨岐回想盡悠悠。耦耕若便遺身世，（〔百家注引童宗説曰〕《論語》：「長沮、桀溺耦而耕。」耦耕，並耕也。）黄髮相看萬事休。

三贈劉員外①

信書成自誤〔一〕，經事漸知非。今日臨岐别②，何年待汝歸③？

【校　記】

① 注釋音辯本、詁訓本皆列此篇於本卷倒數第五首，且題無「劉員外」三字。

② 岐，原注與注釋音辯本、世綵堂本皆注曰：「一作湘。」

③ 待，原誤作「休」，據諸本改。按：四部叢刊影武進董氏影宋本《劉夢得文集》外集卷七列此詩爲劉禹錫作，而無劉禹錫答詩，非是。

【解　題】

〔五百家注引童宗説曰〕此公復贈夢得。

【注　釋】

〔一〕《孟子·盡心下》：「盡信書則不如無書。」

【集　評】

汪森《韓柳詩選》：前二語自是閱歷之言，可爲躁進者戒。

近藤元粹《柳柳州集》卷二：經世練磨之語。

【附　録】

劉禹錫《答三贈》：（［注釋音辯］此夢得答三贈詩。）年方伯玉早，（［注釋音辯］蘧瑗字伯玉，行年六十而六十化。按：當引《淮南子·原道》「蘧伯玉年五十而有四十九年非」之語。蓋元和十年劉禹錫年四十五，柳更少一歲，距六十歲遠矣，而距五十歲則近。）恨比四愁多。（［韓醇詁訓］張衡出爲河間相，鬱鬱不得志，爲《四愁詩》。按：張衡《四愁詩》：「我所思兮在桂林，欲往從之湘水深。」當用此意。）會待休車騎，（［注釋音辯］謝朓《休沐東還》詩曰：「還邛歌賦似，休汝車騎非。」）相隨出罻羅。（［注釋音辯］罻音尉，小網。［百家注引孫汝聽曰］《禮記·王制》：「鳩化爲鷹，然後設罻羅。」）

再上湘江

好在湘江水，今朝又上來。不知從此去，更遣幾時迴①？

【校　記】

① 時，注釋音辯本、世綵堂本、濟美堂本皆作「年」。

【解　題】

［韓醇詁訓］次前篇。［百家注引孫汝聽曰］湘水出零陵陽海山，至巴丘入江。

【集　評】

蔣之翹輯注《柳河東集》卷四二：淒絶，一言腸斷矣。

宋長白《柳亭詩話》卷六：外苦中甘，超出「去國投荒」之句，進境也。

清水驛叢竹天水趙云余手種一十二莖①

篸下踈篁十二莖，襄陽從事寄幽情〔一〕。祇應更使伶倫見〔二〕，寫盡雌雄雙鳳鳴〔三〕。

【校　記】

①原注與詁訓本、五百家注本、世綵堂本題下注：「別本此詩次《善謔驛》後。」清，世綵堂本、濟美堂本作「青」。世綵堂本於「云」字下注：「吕本『云』作『公』。」

【解　題】

〔韓醇詁訓〕元和十年北還道中作。襄陽從事即趙公也，名字不詳。按：疑「趙云余」即人名。

【注　釋】

〔一〕〔百家注引孫汝聽曰〕襄陽從事，即謂天水趙也。

〔二〕〔韓醇詁訓〕伶倫，樂師也。黄帝使伶倫取嶰谷之竹，斷兩節而吹之，爲黄鍾之宫。

〔三〕〔注釋音辯〕黄帝使伶倫取竹嶰谷，制十二筩，以聽鳳之鳴。其雄鳴六，雌鳴亦六。〔百家注引孫汝聽曰」《漢書·律曆志》：「黄帝使伶倫取竹嶰谷，制十二筩，以聽鳳之鳴。其雄鳴爲六，其雌鳴亦六。」按：亦見《吕氏春秋·仲夏·古樂》，高誘注：「伶倫，黄帝臣。」

長沙驛前南樓感舊　昔與德公别於此①

海鶴一爲别〔一〕，存亡三十秋〔二〕。今來數行淚，獨上驛南樓。

【校　記】

①　諸本皆曰：「公自注云：昔與德公别於此。」今據《全唐詩》將自注移於題下。

【解　題】

〔韓醇詁訓〕元和十年赴柳州道中作。按：陳景雲《柳集點勘》卷四：「案長沙驛在潭州。韋沼《潭州别杜甫》詩『江畔長沙驛，相逢纜客船』是也。此詩赴柳州時作，年四十三。觀詩中『三十秋』語，則驛前之别甫十餘齡耳。蓋隨父在鄂時，亦嘗渡湘而南。」德公未詳。

【注　釋】

〔一〕［百家注引孫汝聽曰］海鶴以譬德公。

〔二〕［百家注引孫汝聽曰］貞元初至此。

【集　評】

陸夢龍《柳子厚集選》卷四：好起句。

俞陛雲《詩境淺説續編》一：一死一生，乃見交情，況歷三十年之久重過南樓。歷歷前程，行行老淚，山陽聞笛之情，馬策西州之慟，無以過之。知子厚篤於朋友之倫矣。

桂州北望秦驛手開竹逕至釣磯留待徐容州

幽逕爲誰開，美人城北來〔一〕。王程儻餘暇〔二〕，一上子陵臺〔三〕。

【解　題】

［注釋音辯］謂容管經略使徐俊。［韓醇詁訓］《舊史》：「元和十年，以長安令徐俊爲容管經略使。」徐容州即俊也。公是年三月出爲柳州，而徐之除在公之後，故公先至桂州，留詩以待之。按：

《舊唐書·憲宗紀下》：「（元和十年三月）壬戌，以長安令徐俊爲邕管經略使。」邕管治邕州，非容州也。陳景雲《柳集點勘》卷四：「子厚以元和十年三月乙酉除柳州，長安令徐俊亦即以是月壬戌授容管經略使，並見舊史《憲宗紀》。但史以『容』爲『邕』，乃傳寫之誤，當據此詩及《酬徐中丞》詩正之。子厚蓋先徐就道，故留題桂驛云爾。」陳説是。據《新唐書·陽惠元傳》附陽旻：「容州西原蠻反，授本州經略招討使，擊定之。進御史大夫，合邕、容兩管爲一道。」《穆宗紀》：「（元和十五年七月乙卯）邕管經略使楊（陽）旻卒。」則元和十年授容管經略使者確爲徐俊，但受邕管經略使陽旻節制。桂州，爲桂管經略使治所。秦驛，即秦城驛。范成大《驂鸞録》：「二十三里過秦城，秦築五嶺之戍，疑此地是。」雍正《湖廣通志》卷一一道州：「彭祖石在（寧遠）縣南。《明一統志》：地名彭祖村，有池。池内有石若釣磯，上有人跡，世傳彭祖嘗至此。」釣磯，疑指此。

【注釋】

〔一〕［百家注引孫汝聽曰］美人，謂徐容州。按：《戰國策·齊策一》：「城北徐公，齊國之美麗者也。」故以喻徐俊。

〔二〕［百家注引孫汝聽曰］王程，王事也。

〔三〕［注釋音辯］後漢嚴光字子陵，隱於釣臺，後人名其釣處爲嚴陵瀨焉。按：韓醇詁訓本與百家注本引孫汝聽注略同。李吉甫《元和郡縣圖志》卷二五睦州：「嚴子陵釣臺在（桐廬）縣西三十里浙江北岸也。」此借喻釣磯。

登柳州城樓寄漳汀封連四州

城上高樓接大荒[一]，海天愁思正茫茫[二]。驚風亂颭芙蓉水[三]，密雨斜侵薜荔牆[四]。嶺樹重遮千里目①，江流曲似九迴腸[五]。共來百越文身地[六]，猶自音書滯一鄉。

【校　記】

①目，注釋音辯本、世綵堂本、濟美堂本作「月」。原注與五百家注本、世綵堂本注：「劉僩云：一本作『雲駛去如千里馬，江流曲似九回腸』，未知孰是。」音辯本注：「一本作『雲駛去如千里馬』。」

【解　題】

［注釋音辯］永貞元年，子厚與韓泰、韓曄、劉禹錫、陳諫、凌準、程异、韋執誼皆以附王叔文貶，號八同馬。凌準、執誼皆卒貶所。程异先召用。元和十年，子厚等五人例召至京師，又皆出爲刺史。子厚爲柳州，泰爲漳州，曄爲汀州，諫爲封州，禹錫爲連州。［韓醇詁訓］公六月到柳，此詩是年夏所寄也。按：韓説可從。

【注　釋】

〔一〕［百家注引孫汝聽曰］《山海經》有《大荒經》。按：《唐詩鼓吹》卷一郝天挺注：「左思《吴都賦》云：『出乎大荒之中，行乎東極之外。』《爾雅》曰：『大荒海外彌廣，無所不連。』」

〔二〕《唐詩鼓吹》卷一郝天挺注：「柳州近海，故曰海天。」

〔三〕［注釋音辯］潘（緯）云：颭，職琰切，《集韻》「風動物也」，《廣韻》「風吹落水也」。［百家注］颭，式冉切。孫（汝聽）曰：芙蓉，荷花。按：屈原《離騷》：「製芰荷以爲衣兮，集芙蓉以爲裳。」

〔四〕［注釋音辯］薜，蒲計切。荔，郎計切。《離騷》「貫薜荔之落蕊」，注：「薜荔，香草。緣木而生。」按：韓醇詁訓本略同。

〔五〕［注釋音辯］司馬遷云：「腸一夕而九回。」［韓醇詁訓］司馬遷《報任少卿書》云：「腸一夕而九迴。」

〔六〕［韓醇詁訓］《越世家》：「文身斷髪，被草萊而邑焉。」［百家注引孫汝聽曰］《莊子》：「越人斷髪文身。」按：見《史記・越王勾踐世家》、《莊子・逍遥遊》。《唐詩鼓吹》卷一郝天挺注：「《史記》：楚大敗越，殺王無疆，越以此散。諸侯子争立，或爲君，或爲王，故爲百越。」

【集　評】

《瀛奎律髓彙評》卷四方回評：韓泰爲漳州，韓曄爲汀州，陳諫爲封州，劉禹錫爲連州。陸貽典曰：子厚詩律細於昌黎，至柳州諸詠，尤極神妙，宣城、參軍之匹。查慎行曰：起勢極高，與少陵「花近高樓」兩句同一手法。紀昀批：一起意境闊遠，倒攝四州，有神無跡。通篇情景俱包得起。三、四賦中之比，不露痕跡。舊説謂借寓震撼危疑之意，好不著相。趙熙曰：神運。

孫緒《無用閒談》：元遺山編《唐詩鼓吹》，以柳子厚《登柳州城樓》詩寘之篇首，此詩果足以壓卷歟？李、杜無容論矣。高、岑、王、孟而下，得意句比此詩奚啻什百，而遺山去取乃若此。（《沙溪集》卷一二）

陸時雍《唐詩鏡》卷三七：語氣太直。

唐汝詢《唐詩解》卷四四：此登樓覽景，慕同類也。言樓高與大荒相接，海天空闊，愁思無窮，驚風密雨，愈添愁矣。況嶺樹重疊，既遮我望遠之目，江流盤曲，又似我腸之九迴也。因思我與諸君同來絶域，而又音書久絶，各滯一鄉，對此風景，情何堪乎！

《删補唐詩選脈箋釋會通評林》卷四五：周珽訓：城樓與海天相接，地何荒僻也。登此自不覺愁思茫茫，多所傷感矣。以貶黜之感比驚風，以指摘之臣比密雨，謂我輩如芙蓉、薜荔，幽香可愛，不免有亂颭、斜侵之傷也。嶺樹句言不得相見，江流句言致思轉折。末言同來絶域，莫能音問時通，所謂愁思正茫茫也。大抵小人黨與，心連意結，得寵互逞奸惡，失寵相圖進復，怨天尤人，曾無悔悟。

如子厚才高當世，何門不可曳裾，逐逐蠅附一王叔文，貶竄誠所不免。猶然邪黨是懷，情見乎詞，文章雖美，然非有德之言。其與劉夢得云「直以庸疏招物議，休將文字占時名」，又「重臨事異黄丞相，三黜名慚柳士師」，豈乏自反之明耶？卒以柳州自終，嗟夫！周敬曰：思致亦工，感詞亦藻。顧璘曰：次聯又下中唐一格。徐禎卿曰：何其悽楚至此，悔之晚矣。後之失身權奸者，戒之哉！戒之哉！唐汝詢曰：起句高遠，次句便弱。五、六漸入巧境。貶謫況堪憫。

孫月峰（鑛）評點《柳柳州全集》卷四二：頸聯取對，巧而不勁。

廖文炳《唐詩鼓吹注解》卷一：此子厚登城樓懷四人而作。首言登樓遠望，海闊連天，愁思與之瀰漫，不可紀極也。三、四句惟驚風，故云亂颭；惟細雨，故云斜侵。有風雨蕭條、觸物興懷意。至嶺樹重遮、江流曲轉，益重相思之感矣。當時共來百越，意謂易於相見，今反音訊疎隔，將何以慰所思哉！

陸夢龍《柳子厚集選》卷四：覼縷。

汪森《韓柳詩選》：柳州諸律詩格律嫺雅，最爲可玩。又：結語最能兼括，卻自入情。

金聖歎《貫華堂選批唐才子詩》卷五上：（前解）此前解恰與許仲晦《咸陽城西門晚眺》前解便是一副印版，然某獨又深辨其各自出好手，了不曾相同。何則？許擅場處，是其第二句抽出七字，另自向題外方作離魂語，卻用快筆颼地疾接怕人風雨，便將上句登時奪失，於是不覺教他讀者亦都心神愕然。今先生擅場，卻是一句下個高樓字，二句下個海天字。高樓之爲言，欲有所望也。海天之爲言，無奈並無所望也。於是心絶、氣絶矣。然後下個「正」字，「正」之爲言，人生至此，已是入到一十八層之最下一層，豈可還有餘苦未喫，再要教喫？今偏是驚風、密雨，全不顧人，亂颭、斜侵，有加無已，雖盛夏讀之，使人無不灑灑作寒，默然無言。然則可悟許妙處是三、四句奪失第二句，此妙處是三、四句加染第二句，正復徹底相反，云何説是印版也？（後解）此方是寄四州也。五，望四州不可見也。六，思四州無已時也。七、八言若欲離苦求樂，固不敢出此望，然何至苦上加苦，至於如此其極，蓋怨之至也。

吴喬《圍爐詩話》卷三：盛唐不巧。大曆以後，力量不及前人，欲避陳濁麻木之病，漸入於巧。……柳子厚之「驚風亂颭芙蓉水」、「桂嶺瘴來雲似墨」，更著色相。

吴昌祺《删訂唐詩解》卷二一：本言腸之九迴，而反言江流似之也。

何焯《義門讀書記》卷三七：吴喬云：中四句皆寓比意。驚風密雨喻小人，芙蓉薜荔喻君子。亂颭、斜侵，則傾倒中傷之狀。嶺樹句喻君門之遠，江流句喻臣心之苦，皆逐臣憂思煩亂之詞。

沈德潛《唐詩别裁集》卷一五：從登城起，有百端交集之感。驚風、密雨，言在此而意不在此。《嶺南江行》詩中射工、颶母，亦然。

屈復《唐詩成法》卷一〇：一登樓，二情，中四所見之景，然景中有愁思在。末寄四州。嶺樹遮目，望不可見。江曲九迴，腸斷無已時也。柳州詩屬對工穩典切，情景悲涼，聲調亦高。刻苦之作，法最森嚴，但首首一律，全無跳擲之致耳。

王堯衢《唐詩合解箋注》卷一一：首句：擒題面，以「高」字爲眼。「海天」句：登樓一望，只見海連著天。觸目生愁。「嶺樹」句：望不能及遠也。其去京師，蓋比知幾千里矣。末句：以同在百越，而尚間隔如此，又安得京華之書信、故里之鄉書哉？總評：前解登樓寫愁，後解因愁寄友。

朱三錫《東喦草堂評訂唐詩鼓吹》卷一：起曰高樓接大荒是憑高望遠、目極千里也。次曰海天愁思是一望無際，觸景傷懷也。愁思茫茫下一「正」字，言今被斥遠方，已到十分苦境，偏是驚風密雨，全不顧人，亂颭斜侵，有加無已，愁思不愈難爲情乎？五是望四州而不可即，六是思四州而無已時，即所云滯一鄉也。曰共來，曰猶是，愁之深、怨之至也。驚風密雨，有寓無端被讒、斥逐驚懷之意，又寓風雨蕭條、觸景感懷之意。《詩三百篇》鳥獸草木各有所託，唐人寫景，俱非無意，讀詩者不可不細心體會也。

胡以梅《唐詩貫珠》卷三八：柳州之南，直之廣東廉州濱海，所以接大荒，而又云海天也。驚風亂颭，密雨斜侵，皆含内意，謂世事尷尬不安，風波未息。嶺，五嶺。江，即柳江，今名左江。遮千里之目，使不見故鄉鄰郡，而愁腸一日九迴耳。引物串合，沉著淋漓。結承五、六。……《離騷》：「搴薜荔兮水中，采芙蓉兮木末。」今兩物同用，本於此，寫騷人之幽怨。而《九歌·山鬼》章曰：「若有人兮山之阿，被薜荔兮帶女蘿。」則又有暗射詭祕之意。荷花又謂草芙蓉，《楚辭》又云：「芙蓉始發，雜芰荷些。紫莖屏風，文緑波些。」今詩之用，總括《騷》怨，探其來歷，則句皆有根有味。

光聰諧《有不爲齋隨筆》壬：子厚《登柳州城樓》詩「嶺樹重遮千里目」，此非言樹之重也。蓋先以永貞元年貶永州，至元和十年始召至京，旋又出爲柳州，故云「重遮」。誤會言樹，則不知其痛之深。

黄叔燦《唐詩箋注》卷五：登樓淒寂，望遠懷人。芙蓉薜荔，皆增風雨之悲；嶺樹江流，彌攪迴腸之痛。昔日同來，今成離散，蠻鄉絶域，猶滯音書，讀之令人慘然。

方東樹《昭昧詹言》卷一八：六句登樓，二句寄人。一氣揮斥，細大情景分明。

近藤元粹《柳柳州詩集》卷二：感觸傷懷，使人慘然。王翼雲云：前解登樓寫愁，後解因愁寄友。

高步瀛《唐宋詩舉要》卷五：「猶自音書」句：吴（汝綸）曰：更折一筆，深痛之情，曲曲繪出。

俞陛雲《詩境淺説丙編》：唐代韓柳齊名，皆遭屏逐。昌黎藍關詩見忠憤之氣，子厚柳州詩多哀怨之音。起筆音節高亮，登高四顧，有蒼茫百感之概。三、四言臨水芙蓉，覆牆薜荔，本有天然之態，乃密雨驚風，横加侵襲，致嫣紅生翠，全失其度。以風雨喻讒人之高張，以薜荔、芙蓉喻賢人之擯斥，猶《楚辭》之以蘭蕙喻君子，以雷雨喻摧殘，寄慨遥深，不僅寫登樓所見也。五、六言嶺樹雲遮，所思不見，臨江遲客，腸轉車輪，戀闕懷人之意，殆兼有之。收句歸到寄諸友本意，言同在瘴鄉，已傷謫宦，况音書不達，雁渺魚沉，愈悲孤寂矣。

柳州寄丈人周韶州

越絶孤城千萬峰〔一〕，空齋不語坐高舂〔二〕。印文生緑經旬合，硯匣留塵盡日封①。梅嶺寒煙藏翡翠〔三〕，桂江秋水露鰅鱅〔四〕。丈人本自忘機事〔五〕，爲想年來憔悴容。

【校　記】

① 世綵堂本注：「留，吕本作流。」

【解　題】

〔韓醇詁訓〕與下《登峨山》詩、《寄盧衡州》詩，一云秋水，一云秋日，一云秋霧，皆元和十一年秋也。按：韓説是。雍正《廣東通志》卷三八《名宦志》：「周君巢，太原人。元和初爲韶州刺史。其治以廉静爲主，材幹亦裕。然好餌藥求長生，柳宗元馳書戒之，君巢遂卻藥，益勤於政，韶人戴之。」柳宗元《答周君巢餌藥久壽書》，亦稱其爲丈人，當即此人。林寶《元和姓纂》卷五江陵周氏：「監察御史周子諒，京兆人。生頌，大理寺司直。生居巢，循州刺史。」岑仲勉《元和姓纂四校記》校「居」爲「君」之訛，即此周君巢。

【注　釋】

〔一〕〔百家注引孫汝聽曰〕《越絶》，書名。言越之絶境。按：元好問《唐詩鼓吹》卷一郝天挺注：「《越絶書》云：『何謂越絶？越者國之姓氏也，絶者絶也。勾踐抑强扶弱，絶惡反之於善也。』」柳詩當指柳州。

〔二〕［注釋音辯］潘（緯）云：《淮南子》曰：「日出於淵隅，是謂高春。」今按此文意，謂坐睡也。［百家注引孫汝聽曰］《淮南子》曰：「日經於泉隅，是謂高春。頓於連石，是謂下春。」高春，日晏也。按：高春見《淮南子・天文》，孫注是。然其義解者不一。姚寬《西溪叢語》卷下：「柳子厚詩云『空齋不語坐高春』，薛能詩云『隔江遥見夕陽春』。或云見春米，大非也。《淮南子》云：『日至於虞淵，是謂高春。』注云：『虞淵，地名。高春，時始戌，民碓春時也。』」《苕溪漁隱叢話》後集卷一六引《藝苑雌黄》云：「薛能詩：『山屐經過滿徑蹤，隔溪遥見夕陽春。』人多不知夕陽春爲何等語。予考之《淮南子》曰：『日經於泉隅，是謂高春。頓於連石，是謂下春。』注：『尚未冥，上蒙先春曰高春。將欲冥，下蒙悉春曰下春。』《南史・陳本紀》云：『求衣昧旦，仄食高春。』柳子厚詩云：『空齋不語坐高春。』」俞弁《逸老堂詩話》卷上：「余讀梁元帝詩云：『暮春多淑氣，斜景落高春。』又《納涼》云：『高春斜日下，佳氣滿欄盈。』當以日入處爲是。二説戌與巳皆誤。」

〔三〕［百家注引童宗説曰］梅嶺，今大庾嶺是也。按：祝穆《方輿勝覽》卷三七南雄州：「梅嶺，在始興，即大庾嶺，一名塞嶺。在五嶺東。」《太平御覽》卷九二四引《異物志》：「翠鳥似燕，翡赤而翠青，其羽可以爲飾。」

〔四〕［注釋音辯］童（宗説）云：（鰅鱅）上魚容切。魚皮有文，出樂浪，又音隅。下音庸，魚名也。

［韓醇詁訓］鰅，愚容切，鱅音庸，魚名。［百家注引孫汝聽曰］《楚辭·大招》曰：「鰅鱅短狐，王虺騫之。」《説文》云：「狀如犁牛。」按：《唐詩鼓吹》卷一何焯批：「鰅鱅皆魚名，鈍吟以爲鬼蜮，不知出何書。此聯皆自比空負文彩，不得飛躍也。」解「鰅鱅」爲魚名或鬼蜮類，皆可通，然意味有别。

〔五〕［百家注引王儔補注］《莊子》：「有機事者，必有機心。」［世綵堂注］《莊子》：「漢陰丈人曰：有機事者，必有機械。」按：見《莊子·天地》。

【集評】

徐𤊹《徐氏筆精》卷四：柳子厚柳州詩云：「印文生緑經旬合，硯匣留塵盡日封。」印文生緑，公事絶少；硯匣留塵，私事亦稀。投荒情況，不盡淒涼，況十二年之久乎？李杜韓柳，輒遭放逐，往往文生於情，信夫富貴之言難工也。

廖文炳《唐詩鼓吹注解》卷一：此子厚自言在越而思丈人，坐高舂而不語也。印不用而文没，硯不磨而塵封，其宦況何寂寞耶！煙藏翡翠，水露鰅鱅，梅嶺桂江之蕭寂可見。余也身遭放逐，憔悴已甚，若丈人之機械盡忘，優游自適，當想予憔悴之容也。

金聖歎《貫華堂選批唐才子詩》卷五上：（前解）孤城者，柳州城也。越絶者，言與韶州越絶也。千萬峰之爲言，自柳望韶不可得見也。空齋不語坐高舂者，先生先自述其盡忘機事有如此者。三、四再寫，言己雖爲柳州刺史，其實與諸獦獠不開一口，不寫一字，不做一事也。（後解）前解先自述竟，此解乃始寄問丈人也。梅嶺者，韶州之嶺。桂江者，韶州之江。寒藏翡翠，秋露鰅鱅，言韶之瘴癘亦不減於柳也。然則丈人處此，爲復亦如我之兀坐不事一事乎？爲復不堪所事而已至於憔悴乎？所謂同疾相憐之至情也。

賀裳《載酒園詩話又編·柳宗元》：柳五言詩猶能强自排遣，七言則滿紙涕淚。如「桂嶺瘴來雲似墨，洞庭春盡水如天」，「鵝毛禦臘縫山罽，雞骨占年拜水神」，「山腹雨晴添象跡，潭心日暖長蛟涎」，「桂嶺寒煙藏翡翠，桂江秋水露鰅鱅」，「驚風亂颭芙蓉水，密雨斜侵薜荔牆」，「蒹葭淅瀝含秋露，橘柚玲瓏透夕陽」，「歸目併隨迴雁盡，愁腸正遇斷猿時」。只就此寫景，已不可堪，不待讀其「一身去國六千里，萬死投荒十二年」矣。

《瀛奎律髓彙評》卷四：何焯：五、六自比，空喻文彩不得飛躍也。紀昀：「梅嶺」二句指周一邊說，然突入覺無頭緒，又領不起第七句，殊不妥適。傳頌口熟不覺耳。許印芳：此皆意不相貫之病，非細心人卻看不出。無名氏（甲）：柳州推激風騷，兼能精煉。評語謂其工於老杜，誠亦有之。然正爲其工，所以不及老杜，此又評語所未發也。蓋老杜無求工之跡，而氣象自然高大，而又未嘗不工，所以合於《三百篇》。若有意求工，又是人爲，不可與化工同論矣。

朱三錫《東喦草堂評訂唐詩鼓吹》卷一：孤城，柳城也。千萬峰，言自柳望韶，不可得見也。空齋不語坐高春，自言其機事盡忘，亦如予之兀坐無事，憔悴不堪也。言下有同病相憐之意。

近藤元粹《柳柳州集》卷二：悽惋欲絶。

登柳州峨山①

荒山秋日午，獨上意悠悠②。如何望鄉處，西北是融州③〔一〕。

【校　記】

①原注：「一本作岷山，非是。」詁訓本注：「一作岷山。」注釋音辯本注：「『峨』或作『岷』者非。」

②上，詁訓本作「步」。

③北，詁訓本作「州」。

【解　題】

〔百家注引孫汝聽曰〕峨山，見公柳州山水諸記。〔蔣之翹輯注〕峨山，山名見子厚柳州山水諸記。《一統志》作鵝山，在柳州府城西，山顛有石如鵝。按：亦元和十一年作。雍正《廣西通志》卷一六柳州府：「鵝山在城西二里，隔江十里。水自半嶺噴出，流小河入大江，遠望如雙鵝飛舞。又名深峩山。唐柳宗元有詩。」楊士弘《唐音》卷六張震注：「柳州，古百粤地。梁置龍州，唐改柳州。峨山在柳州。」

【注　釋】

〔一〕［韓醇詁訓］柳州北接融州也。［百家注引孫汝聽曰］融州，在柳州北三十里。按：楊士弘《唐音》卷六張震注：「融州，古百粤地。漢爲鬱林郡潭中縣，蕭齊置齊熙郡，梁置東寧南昆州，隋改融州，唐因之。」

【集　評】

《唐詩品彙》卷四三：劉（辰翁）云：漸近自然。

李攀龍《唐詩選》卷六：玉遮（王穉登）曰：令人自遠。

顧璘批點《唐詩正音》卷一二：悲。

唐汝詢《唐詩解》卷二三：以故鄉在西北，而登山以望，乃鄉不可見而見融州，何耶？按子厚家河東，以柳視之，當在西北。

周珽《删補唐詩選脈箋釋會通評林》卷四九：按子厚家河東，以柳視之，當在西北，融隔其間，故望只見也。唐汝詢曰：望鄉不可見，而見融州，悲極，卻不説出。

陸夢龍《柳子厚集選》卷四：無限。

蔣之翹輯注《柳河東集》卷四二：此樣語痛至，讀自有省，本不須著一字。

吴昌祺《删訂唐詩解》卷一二：眼前妙語，何其神也。河東在北，若西北則京師也。

得盧衡州書因以詩寄

臨蒸且莫歎炎方〔一〕，爲報秋來雁幾行。林邑東迴山似戟〔二〕，牂牁南下水如湯〔三〕。蒹葭淅瀝含秋霧〔四〕，橘柚玲瓏透夕陽。非是白蘋洲畔客〔五〕，還將遠意問瀟湘〔六〕。

【解　題】

此詩亦作於元和十一年。盧衡州，名未詳。

【注　釋】

〔一〕［注釋音辯］臨烝縣屬衡州。［百家注引孫汝聽曰］臨蒸，縣名，後改爲衡陽。

〔二〕［注釋音辯］林邑，漢象林縣，馬援鑄銅柱處。

〔三〕［注釋音辯］牂牁，音臧柯，繫船杙也。楚遣莊蹻伐夜郎，至且蘭，椓船於岸而步戰。既滅夜郎，以且蘭有椓船牂牁處，乃改其名爲牂牁。《史記》：「牂牁江廣數里，出番禺城下。」［韓醇詁訓］林邑、牂柯，皆西南蠻夷地。［百家注引孫汝聽曰］《華陽國志》云：「楚頃襄王時，遣莊蹻伐夜郎，至且蘭，椓船於岸而步戰。既滅夜郎，以且蘭有椓船牂牁處，乃改其名爲牂牁。」按：

分别見《史記·西南夷列傳》及《華陽國志》卷四。

〔四〕［百家注］韓（醇）曰《詩》：「蒹葭蒼蒼，白露爲霜。」孫（汝聽）曰：陸璣《草木疏》云：「蒹，水草。葭，蘆葦。」淅音析。瀝音歷。按：韓引爲《詩經·秦風·蒹葭》。

〔五〕［注釋音辯］《南史》：「柳惲爲吴興太守，嘗爲《江南曲》云：『汀洲採白蘋，落日江南春。』」

〔六〕《唐詩鼓吹》卷一郝天挺注：「問盧衡州也。」

【集評】

孫月峰（鑛）評點《柳柳州全集》卷四二：「蒹葭」二句：二景聯分大小，是層數。

廖文炳《唐詩鼓吹注解》卷一：首句是慰盧君。言君居此，莫嗟炎熱之方。余因雁書時至，而覺山利如戟，水流如湯，雨滴蒹葭，日映橘柚，皆動吾以遐思也。念昔柳惲爲治地，道貶吴興太守，猶非絶境。今余所居非地，聊述貶謫之意而問之盧衡州耳。

陸夢龍《柳子厚集選》卷四：遠。

蔣之翹輯注《柳河東集》卷四二：「透」字下得新奇，不然，並「玲瓏」字亦無趣字。

金聖歎《貫華堂選批唐才子詩》卷五上：（前解）此因盧有書來，甚歎臨蒸之熱，而先生報之也。言君乃以臨蒸爲不可耐，又豈知有不可耐如余柳州之尤甚者乎？三、四極寫柳州之與臨蒸，其大不相同且有如此也。（臨蒸即今雲陽。）（後解）言若臨蒸則余方欲勤勤致問之矣。蒹葭已淅瀝耶？橘柚正玲瓏耶？安得旦暮之間，遂能置身於其地耶？夫余本吴人也，所謂白蘋洲畔之客也。然則吴人亦思吴耳，胡爲卻思臨蒸？此非余之思臨蒸，余實思乎臨蒸之於柳州，其遠去且有不啻數十百倍者。夫人方且思之，而予乃更歎之，是何爲者也？

何焯《義門讀書記》卷三七：「蒹葭淅瀝含秋霧」一聯：霧，《鼓吹》作「雨」。秋雨即蒹葭之聲，夕陽即橘柚之色也。細按之，作「霧」爲是。乃嶺外風景，遇霧多見日晚也。「非是白蘋洲畔客」二句：注中當並引「洞庭有歸客，瀟湘逢故人」二句，落句乃顯。

紀昀《瀛奎律髓刊誤》卷四：一説謂盧以衡州爲炎，其地猶雁所到，若我所居，則林邑、牂牁之間，更爲遠矣。於理較通而不免多一轉折，存以備考。六句如畫。

朱三錫《東嵒草堂評訂唐詩鼓吹》卷一：一、二因盧衡州有書而報之也。三、四因盧衡州歎臨蒸之熱而自言柳州之山水尤爲不堪也。五、六又因柳州之不堪而致問臨蒸也。故結云「還將遠意問瀟湘」也。夫先生豈真思臨蒸耶？只因柳州之與臨蒸其相去有數十百倍者，不得不致問臨蒸也。言外有極感慨意。

胡以梅《唐詩貫珠》卷一二：詳詩意，必盧衡州來書，謂衡遠在天南炎熱之地，亦言謫官不得意者。子厚答詩，言君地且莫歎爲炎方，我之處境更陋，用報君之雁書幾行而述之。蓋林邑、牂牁，本南徼之極處，而我柳州已與相近，所以山水無情，如戟如湯，含瘴毒意，蒹葭淅瀝，秋雨飄風，橘柚玲瓏，夕陽慘澹。玲瓏是叢樹中透露也。其蕭條景況，天涯隔遠，以爲何如乎？予遷謫雖非如柳惲爲吴興白蘋洲畔之客，然喜得亦如「瀟湘逢故人」，敢將我遠謫以問之，豈不比君更遠乎？全用柳惲《江南曲》内語意，而「遠」字本於惲作。且挽到起句，暗應三、四，通身結出路遠。己又姓柳，攢簇得妙。

趙臣瑗《山滿樓箋注唐詩七言律》卷四：盧書必是特歎臨蒸之炎熱，故報之如此。言爾勿嫌衡陽地惡，爾亦不知吾柳州之惡，真不啻十倍於衡陽也。林邑在其東，牂牁在其南，以言乎山，則山似戟，無一寸坦道也。以言乎水，則水如湯，無一勺平波也。是豈特臨蒸之堪歎已乎？若爾衡陽，則水有蒹葭，秋雨至而其聲淅瀝，可以娱耳；山有橘柚，夕陽留而其影玲瓏，可以悦目，何爲不足羈高賢之駕乎？我本吴人，所謂白蘋洲畔之客也，而今則非是矣。方與林邑、牂牁異言異服之人錯處而鄰居，在其意固無日不瀟湘之上、蒹葭橘柚之間，人方慕之羨之，而爾顧咨嗟而太息之何耶？又：二之所謂報，報以三、四之柳州風土也。句法順。八之所謂問，問其五、六之臨蒸景物也。句法倒。

黄叔燦《唐詩箋注》卷五：衡陽有迴雁峰，俱以言盧之來信也。且莫歎，正興起下二聯，以見柳州之不如林邑。二語見山水之奇險。蒹葭一聯，言瘴霧濛濛，透夕陽者，惟橘柚耳。見風土之惡也。末二句，言不似柳惲之貶吴興，故將遠意問之，正所以報書也。

近藤元粹《柳柳州集》卷三：頸聯尤妙。

答劉連州邦字

連璧本難雙〔一〕，分符刺小邦〔二〕。崩雲下灕水〔三〕，劈箭上潯江〔四〕。負弩啼寒狖〔五〕，鳴枹驚夜狵①〔六〕。遥憐郡山好，謝守但臨窗〔七〕。

【校　記】

① 驚，何焯校本作「警」。疑是。

【解　題】

〔注釋音辯〕劉禹錫。〔韓醇詁訓〕詩猶紀其經途之意，蓋初到柳州時作。〔百家注引童宗説曰〕答連州刺史劉禹錫詩，猶紀其經途之意，蓋初到柳州時作也。按：二家説可從。則作於元和十年。

【注　釋】

〔一〕〔韓醇詁訓〕連璧注於此卷第一詩中矣。〔百家注引孫汝聽曰〕潘岳、夏侯湛號爲連璧。詳見上注。按：《世説新語·容止》：「潘安仁、夏侯湛並有美容，喜同行，時人謂之連璧。」

〔二〕［韓醇詁訓］分符亦見上注。

〔三〕［韓醇詁訓］瀧水，出零陵。按：李吉甫《元和郡縣圖志》卷三七桂州：「桂江，一名瀧水，經（臨桂）縣東，去縣十步。」楊僕平南越，出零陵，下瀧水，即謂此也。」

〔四〕［韓醇詁訓］柳州州治在潯江北。按：李吉甫《元和郡縣圖志》卷三七龔州：「龔江，一名潯江，亦名都泥江，在（平南）縣南五十步。」

〔五〕［注釋音辯］童（宗説）云：狖，余救切。鼠屬，善旋。［百家注引孫汝聽曰］《漢·司馬相如傳》：「縣令負弩矢先驅。」狖，余救切。獸名，似猿。按：《淮南子·覽冥》高誘注：「狖，猿屬也。長尾而昂鼻也。」

〔六〕［注釋音辯］張（敦頤）云：（狵）犬多毛。亦作厖。［韓醇詁訓］桴音膚，擊鼓杖也。狵音尨，犬多毛也。按：百家注本引韓醇注曰：《説文》：「犬多毛也。」

〔七〕［韓醇詁訓］指謝安石也。謝安石嘗爲吴興太守。按：謝靈運、謝朓皆曾爲州郡太守，故此「謝守」難以指實。

【集評】

孫月峰（鑛）評點《柳柳州全集》卷四二：險韻即用險句，亦係有意。

嶺南江行

瘴江南去入雲煙，望盡黄茆是海邊〔一〕。山腹雨晴添象跡〔二〕，潭心日暖長蛟涎〔三〕。射工巧伺游人影〔四〕，颶母偏驚旅客船〔五〕。從此憂來非一事①，豈容華髮待流年。

【校　記】

① 非，詁訓本作「無」。

【解　題】

［韓醇詁訓］元和十年秋作。按：韓説可從。此詩當是柳宗元赴柳州刺史任，由桂州赴柳州途中作。

【注　釋】

〔一〕《唐詩鼓吹》卷一郝天挺注：《元和志》：「廉州春謂青草瘴，秋謂黄茆瘴，中多死者。」按：繆荃孫校輯《元和郡縣圖志闕卷佚文》卷三廉州：「瘴江，州界有瘴名，爲合浦江。自瘴江至此，瘴癘尤甚，中之者多死，舉體如墨。春秋兩時彌盛，春謂春草瘴，秋謂黄茅瘴。」

〔二〕周去非《嶺外代答》卷一：「象州郡治西樓，正面西山，忽起白雲，狀如白象，移時不滅。然不可常見。」何焯《義門讀書記》卷三七：「《近峰聞略》：廣西象州，雨後山中遍成象跡，而實非有象也。」

〔三〕［注釋音辯］蛟於江内吐涎，人爲涎制，不得去，遂没江中。［百家注引孫汝聽曰］南方池塘溝港中往往有蛟，或於長江内吐涎，人爲涎制不得去，遂没江中。按：彭乘《墨客揮犀》卷三：「蛟之狀如蛇，其首如虎，長者至數丈，多居溪潭石穴下，聲如牛鳴。岸行或溪谷者，時遭其患。見人先以腥涎澆之，既墜水，即於腋下吮其血，血盡乃止。」

〔四〕［注釋音辯］《博物志》：「江南有射工蟲，長一二寸，有弩，形氣射人，不治則殺人。」即蜮也。［韓醇詁訓］《博物志》：「江南有射工蟲，長一二寸。口中有弩，形氣射人，不治則殺人。」《毛詩》「爲鬼爲蜮」，陸璣疏云：「蜮一名射影。南人將入水，先以瓦石投水中，令水濁，然後入。」又《春秋》莊公十八年「有蜮」，疏云：「含沙射人影也。」按：《詩經·小雅·何人斯》「爲鬼爲蜮」，鄭玄箋：「蜮狀如鼈，三足，一名射工，俗呼之水弩，在水中含沙射人。一云射人影。」前引見張華《博物志》卷三。

〔五〕［注釋音辯］颶音具。《嶺表志》云：「南海秋風，雲物有暈如虹者，謂之颶母，必有颶風。」［韓醇詁訓］《嶺表志》云：「南海秋風，雲物有暈如虹者，謂之颶母，必有颶風。」《嶺南録異記》

云：「嶺嶠夏秋，雄風曰颶，發日午，至夜半止。仆屋僵樹，颺屋瓦若飛蝶。累年一發，或一歲再三。」颶音具，又其遇切。按：所引見劉恂《嶺表録異》卷上。李肇《唐國史補》卷下：「南海人言，海風四面而至，名曰颶風。颶風將至，則多虹蜺，名曰颶母。」宋長白《柳亭詩話》卷二八：「《嶺表録》云：『春夏間有暈如虹，謂之颶母，必有暴風。』柳子厚詩『颶母偏驚估客船』。房千里《投荒雜録》云：『南方諸郡皆有颶風，以其四面風俱至也。』作『颶』字者非。蘇叔黨有《颶風賦》。」

【集　評】

王會昌《詩話類編》卷二八：宗元以附伾、文被罪，（李）德裕以同列相擠致禍，觀其詩句，則一時風俗景象，皆畏土也，而流離困苦，何以堪之。二公之才之行，皆有可取，非純於小人者也，而卒貶死於炎荒之地，哀哉！

孫月峰（鑛）評點《柳柳州全集》卷四二：兩首寫嶺南實事，堪入地志。且鍛語甚工，雖無深致，亦自可喜。

廖文炳《唐詩鼓吹注解》卷一：此叙嶺南風物異於中國，寓遷謫之愁也。言瘴江向南，直抵雲煙之際，一望皆是海邊矣。雨晴則象出，日煖則蛟游，射工之伺影，颶母之驚人，皆南方風物之異者。是以所愁非一端，而華髮不待流年耳。

陸夢龍《柳子厚集選》卷四：雅韻。

宋長白《柳亭詩話》卷二三：近體詩有一篇之中，疊字數見。如「龍池躍龍龍已飛」，「杜牧司勳字牧之」之類，人所識也。……柳子厚《種柳》詩云：「柳州柳刺史，種柳柳江邊。」自云戲題。陶淵明《止酒》詩，連用「止」字二十。梁湘東王《春日》詩十八句，「春」字凡二十三。鮑泉和之，用「新」字凡三十，尤奇。

屈復《唐詩成法》卷四：一人地，二種柳。三、四承一、二。五、六柳。七結五、六，八結一、二。「談笑」還題「戲」字。「故」字起下句。「好作」二字緊承五、六，言柳之垂陰聳幹，生意無窮，而己之在世有限。題雖曰戲，而意則一字一淚。

近藤元粹《柳柳州集》卷三：種柳柳州，柳果爲一典故矣。

柳州二月榕葉落盡偶題

宦情羈思共悽悽①，春半如秋意轉迷。山城過雨百花盡②，榕葉滿庭鶯亂啼。

【校　記】

① 宦，原作「官」，據注釋音辯本、詁訓本、世綵堂本等改。

②過，詁訓本作「遇」。

【解　題】

［注釋音辯］榕音容。初生如葛藟，緣木後乃成樹。［韓醇詁訓］元和十一年二月也。［百家注引王儔補注］《藝苑雌黄》云：「閩、廣有木名榕，音容。子厚集有《柳州二月榕葉落盡》詩云『榕葉滿庭鶯亂啼』。坡詩『卧聞榕葉響長廊』，又云『即今榕葉下亭皋』，即此木也。其木大而多陰，可蔽百牛，故字書有寬庇廣容之説。」［世綵堂注］《嶺物録異》：「榕樹，葉如冬青，秋冬不凋。根鬚繚繞，枝幹屈盤。」按：作於元和十一年春，韓説可從。嵇含《南方草木狀》卷中：「榕樹，南海、桂林多植之。葉如木麻，實如冬青，樹幹拳曲，是不可以爲器也。其本稜理而深，是不可以爲材也。燒之無焰，是不可以爲薪也。以其不材，故能久而無傷。其蔭十畝，故人以爲息焉。」陳師道《後山談叢》卷三：「蔡州壺公觀有大木，世亦莫能名也。……世傳漢費長房遇仙者處，木即縣壺公者。沈丘令張戣，閩人，嘗至蔡，爲余言：『乃榕木也。嶺外多有之，其四垂旁出，無足怪者。柳子厚柳州詩云：「榕葉滿庭鶯亂飛」者是也。』」《藝苑雌黄》所云，亦見《苕溪漁隱叢話》後集卷一一引。

【集　評】

《唐詩品彙》卷五二：劉（辰翁）云：其情景自不可堪。

唐汝詢《唐詩解》卷二九：羈旅戚矣，春半如秋，則又使我意迷也。花盡葉落，豈二月時光景耶？蓋柳州風氣之異如此。

陸夢龍《柳子厚集選》卷四：自在而深。

蔣之翹輯注《柳河東集》卷四二：落句悠然自遠。

宋長白《柳亭詩話》卷二三：閩、粵之間，其樹榕有大葉、細葉二種。紛披輪囷，細枝著地，遇水即生，亦異品也。前人取爲詩料，始於柳子厚「榕葉滿庭鶯亂啼」。蘇子瞻有「卧聞榕葉響長廊」，楊誠齋有「榕葉梢頭訪古臺」，程雪樓有「老榕能識舊花驄」，湯臨川有「榕樹蕭蕭倒掛啼」。此外無有專詠者。

王堯衢《唐詩合解箋注》卷六：首句：子厚之刺柳州，雖非坐謫，然邊方煙瘴，則仕宦之情與羈旅之思，自覺含淒而可悲。「春半」句：羈人最怕是秋，今春半而木葉盡落，竟如秋一般，使我意思轉覺迷亂也。「山城」句：柳州多山，故曰山城。雨過花盡，真春半如秋矣。末句：閩、廣有木名榕，大而多陰。初生如葛，緣木後乃成樹。鶯啼時而葉落，又春半如秋矣。

黄叔燦《唐詩箋注》卷九：炎方氣暖，春半已百花俱盡。榕葉滿庭，蕭疎景況，故曰如秋。柳州卑暑之地，言物候之異致如此。

浩初上人見貽絶句欲登仙人山因以酬之

珠樹玲瓏隔翠微〔一〕，病來方外事多違〔二〕。仙山不屬分符客〔三〕，一任凌空錫杖飛〔四〕。

【解　題】

［注釋音辯］仙人山在柳州。［韓醇詁訓］仙人山在柳州。前有《與浩初同看山》詩，此當次其後。按：樂史《太平寰宇記》卷一六八柳州：「仙人山在州西南山上，有石形如仙人。」《明一統志》卷八三柳州府：「仙人山在武宣縣西四十里，上有石形如仙人。唐柳宗元詩：『寒江夜雨聲潺潺，曉雲遮盡仙人山。』」作於元和十二年。

【注　釋】

〔一〕［韓醇詁訓］珠樹，見下《海石榴》詩注。［百家注引孫汝聽曰］珠樹，亦言樹木之美者。［蔣之翹輯注］《山海經》：「珠樹在厭火國北，生赤水上。其爲樹如柏，葉皆珠。」此言珠樹，亦止言木之美者耳。《爾雅》：「山未及上曰翠微。」按：徐增《而庵説唐詩》卷一一：「《淮南子》：海外三十六國，三珠樹在其東北方。玲瓏，玉樹之聲也。」玲瓏當釋爲美好貌。

〔二〕〔百家注引孫汝聽曰〕方外，謂游方之外。按：《莊子·大宗師》：「孔子曰：彼游方之外者也，而丘游方之内者也。」

〔三〕〔韓醇詁訓〕分符，見上第一首詩注。按：分符客，宗元自謂。分符謂守地方長官。

〔四〕〔蔣之翹輯注〕《圖經》：「舒州潛山最奇絶，而山麓尤勝。誌公與白鶴道人欲之，同謀於梁武帝。帝以二人悉俱靈通，俾各以物識其地，得者居之。道人曰：『某以鶴止處爲記。』誌公曰：『某以卓錫處爲記。』已而鶴去，至麓將止，忽聞空中錫飛聲，誌公之錫先卓焉。」按：《文選》孫綽《遊天台山賦》「應真飛錫以躡虚」，李周翰注：「執錫杖而行於虚空，故云飛也。」錫杖爲僧人出行時所持之杖，亦名智杖、德杖。蔣注所引亦見陳耀文《天中記》卷三六引《釋氏要覽》。

【集評】

李攀龍《唐詩選》卷七：玉遮（王穉登）曰：甚著題。

顧璘批點《唐音》卷一三：（末句）惡語。

唐汝詢《唐詩解》卷二九：山水雖美，臨眺無期，不能無羨錫杖之飛。

《删補唐詩選脈箋釋會通評林》卷五六：李夢陽曰：意深詞足。唐汝詢曰：語峻。閒雅，有感悟格。周珽曰：方外之交，任其自由自在。局於方之内者，不無忻羨之思。

陸夢龍《柳子厚集選》卷四：欲仙。

吴昌祺《删訂唐詩解》卷一五：言倦於登眺，惟爾所適也。

徐增《而庵説唐詩》卷一一：珠樹既隔於翠微，我又因病來，於方外仙佛之事，多不預聞。且仙山不屬刺史所轄，上有凌空之錫，但憑飛去便了，以詩貽我作甚。此詩最得體。

胡薇元《夢痕館詩話》卷二：杜、韓七絶皆未工，而柳則工。如《浩初上人》一首云（全詩略）。

雨中贈仙人山賈山人

寒江夜雨聲潺潺〔一〕，曉雲遮盡仙人山。遥知玄豹在深處〔二〕，下笑羈絆泥塗間〔三〕。

【解　題】

［注釋音辯］賈鵬。［韓醇詁訓］即前賈鵬也，元和十一年冬作。按：當作於元和十年冬。仙人山見前詩注。

【注　釋】

〔一〕［百家注］（潺）鉏山切。［世綵堂注］流水聲。

〔二〕［注釋音辯］《列女傳》：「陶荅子妻曰：南山有玄豹，霧雨七日不下食。」按：韓注、孫注略同。

劉向《列女傳》卷二陶荅子妻諫荅子曰：「妾聞南山有玄豹，霧雨七日而不下食，何也？欲以澤其毛而成文章也，故藏而遠害。」

〔三〕［蔣之翹輯注］《莊子》：「楚聘莊子，曰：楚有神龜，死三年矣，王乃笥藏之。此龜寧其死留骨而貴乎？寧其生曳尾於泥塗乎？」按：見《莊子·秋水》。此典於此處義不切。《左傳》襄公三十年：趙孟問其縣大夫曰：「使君之辱在泥塗久矣。」遂使助爲政。羈絆泥塗謂仕途坎坷也。

別舍弟宗一

零落殘魂倍黯然①〔一〕，雙垂別淚越江邊〔二〕。一身去國六千里，萬死投荒十二年〔三〕。桂嶺瘴來雲似墨②〔四〕，洞庭春盡水如天。欲知此後相思夢，長在荆門郢樹煙〔五〕。

【校　記】

① 魂，蔣之翹輯注本、《全唐詩》作「紅」。

② 桂，原作「松」，據諸本改。

【解　題】

［韓醇詁訓］公之從兄弟見於集者有宗一、宗玄、宗直，其世系皆不可詳。詩云「萬死投荒十二年」，自永貞元年乙酉至元和十一年丙申也。詩是年春作。按：韓説可從。

【注　釋】

〔一〕［百家注引孫汝聽曰］江淹賦曰：「黯然銷魂，唯别而已。」按：引自《文選》江淹《别賦》。

〔二〕唐汝詢《唐詩解》卷四四：「越江未詳所指，疑即柳州諸江也。按柳州乃百越地。」

〔三〕《唐詩鼓吹》卷一郝天挺注：《漢・馬援傳》：朱勃上書曰：「竊見伏波將軍拔自西州，欽慕聖義，間關阻難，觸冒萬死，孤立群貴之間，傍無一言之助。馳深淵，入虎口，豈顧計哉！」投荒者，謂投竄於荒服外也。

〔四〕李吉甫《元和郡縣圖志》卷三七賀州：「桂嶺，在（桂嶺）縣東十五里。」樂史《太平寰宇記》卷一六一賀州：「桂嶺山在（桂嶺）縣東北一百五里，高三千餘丈。東接連州，北連道州。山有桂竹、桂木。」

〔五〕［注釋音辯］宗一將遊之處。［百家注引孫汝聽曰］荆、郢，宗一將遊之處。

【集評】

周紫芝《竹坡詩話》：柳子厚《别弟宗一》詩云……此詩可謂妙絶一世，但夢中安能見郢樹煙？「煙」字只當用「邊」字，蓋前有「江邊」故耳。不然，當改云「欲知此後相思處，望斷荆門郢樹煙」。如此卻是穩當。

《瀛奎律髓彙評》卷四三：方回：此乃到柳州後，其弟歸漢、郢間，作此爲别。投荒十二年，其句哀矣，然自取之也。爲太守尚怨如此，非大富貴不滿願，亦躁矣哉。（許印芳評：末數語深文曲筆，全是誣罔古人，故曉嵐抹之。）何焯：五、六起下夢不到。落句用《韓非子》張敏事。紀昀：語意渾成而真切，至今傳頌口熟，仍不覺其濫。「煙」字趁韻。許印芳：語意真切，他人不能勦襲，故得歷久不濫。末句「煙」字當是「邊」字，因與次句重複，故改之。然或改次句以就末句，或改末句以就次句，皆宜更易詞語，方能使兩句完好。乃不肯割愛，但改重複之字，牽一「煙」字湊句，此臨文苟且之過也。

何孟春《餘冬敘録》卷閏三：宋人詩話有極可笑者，引柳子厚《别弟宗一》詩：「欲知此後相思夢，長在荆門郢樹煙。」謂夢中安得見郢樹煙？此真癡人説夢耳。夢非實事，煙正其夢境模糊，欲見不可，以寓其相思之恨，豈問是耶？固哉高叟之爲詩也。

唐汝詢《唐詩解》卷四四：此亦在柳而送其弟入楚也。流放之餘，驚魂未定，復此分别，倍加黯然，不覺淚之雙下也。我之被謫，既遠且久，今又與弟分離，一留桂嶺，一趨洞庭，瘴癘風波，爾我難堪矣。弟之此行，當在荆、郢之間。我之夢魂，常不離夫斯土耳。

《删補唐詩選脈箋釋會通評林》卷四五：顧璘曰：詞太整，殊覺氣格不遠。唐陳彝曰：次聯真悲真痛，不覺其淺。唐孟莊曰：結亦悠長。

孫月峰（鑛）評點《柳柳州全集》卷四二：頷聯是學少陵《恨别》起二句。

廖文炳《唐詩鼓吹注解》卷一：此言既遭遷謫，殘魂黯然，又遇兄弟睽離，故臨流而揮淚也。去國極遠，投荒極久，幸一聚會，未幾又别。而瘴氣之來，雲黑如墨，春光之盡，水溢如天。氣候若此，能不益增其離恨乎？自此别後，懷弟之夢，長在荆門郢樹之間而已。若後會期，豈可得而定哉！

陸夢龍《柳子厚集選》卷四：猿鳴三聲淚沾衣。

黄周星《唐詩快》卷一一：真可謂黯然銷魂。

王夫之《唐詩評選》卷四：情深文明。

汪森《韓柳詩選》：三、四句法極健，以無閑字襯貼也。

金聖歎《貫華堂選批唐才子詩》卷五上：（前解）殘魂者，剩魂也。剩魂者，言初被貶時，魂被驚斷，其未斷時剩猶到今也。零落者，言此剩魂已不成魂，只是前魂之所零星散落者也。倍黯然者，言此零星散落之魂，萬萬不堪又遭怖畏，而不意又有舍弟之别去也。三、四再申被貶到今，魂之零落，其萬萬不堪又有舍弟之别者如此。（後解）此寫舍弟之别去之後也。雲似墨，言不可往也。水如天，言又不可歸也。不可往者，自是吾弟憂我之至情，我非不之知也。無奈不可歸者，又爲吾君命我之大義，我又不能逃也。然則住又不可，歸又不得，歸又不得，住又不可，我惟有心折於荆門前後而已矣。

金聖歎《與沈麟長龍升》：三四只得十四字，而於其中下得四數目字者，如高達夫「百年將半仕三已，五畝就荒天一涯」，真是絶代妙筆。後來乃又有柳子厚「一身去國六千里，萬死投荒十二年」，便更於十四字中，下郤六數目字，此所謂强中更有强中手也。（《聖歎尺牘》）

吴昌祺《删訂唐詩解》卷二一：子厚本工於詩，又經困窮，益爲之助。柳州之貶，未始非幸也。

沈德潛《唐詩别裁集》卷一五：「桂嶺」句：自己留柳。「洞庭」句：弟之楚。

何焯《義門讀書記》卷三七：「一身去國六千里」：《通典》：柳州龍城郡去西京五千四百七里。「欲知此後相思夢」二句：《韓非子》：張敏與高惠二人爲友，每相思不得相見，敏便於夢中往尋，但行至半路即迷。落句正用其意，承五、六來，言柳州夢亦不能到也。注指荆、郢爲宗一將遊之處，非。

《唐詩鼓吹評注》卷一何焯批：擬《恨别》而起，結較巧。

薛雪《一瓢詩話》：講解切不可穿鑿傅會，議論切不可欹刻好奇。未能灼見，不妨闕疑。如竹坡老人駁柳子厚《别弟宗一》詩末句……此語已屬夢中説夢。後又改云：「欲知此後相思處，望斷荆門郢樹煙。」是魘不醒矣。殊不知别手足詩，辭直而意哀，最爲可法。觀此一首，無出其右。

馬位《秋窗隨筆》：《竹坡詩話》……予謂非是。既云夢中，則夢境迷離，何所不可到，甚言相思之情耳。一改「邊」字，膚淺無味。若易以「處」字、「望斷」字，又太直，不成詩矣。詩以言情，豈得沾沾以字句求之？宋人論詩，吾所不取，唯嚴儀卿詩話是正派。

朱三錫《東嵒草堂評訂唐詩鼓吹》卷一：既曰殘魂矣，又曰零落者，言余一身被斥，魂已驚斷，零星散落，萬萬不堪再增苦惱。今又遭舍弟之别，雙垂眼淚，故曰倍黯然也。三、四是叙未别之前，五、六是叙既别之後。去國言其遠，投荒言其久，「雲似墨」言不可居，「水如天」言不得歸。弟兄遠别，後會無期，殊方異域，度日如年，真一字一淚也。

趙臣瑗《山滿樓箋注唐詩七言律》卷四：魂而曰殘，其零落可知。黯然，平日也。倍黯然，今日也。此句喝起下「雙垂」，别淚一落，正注明「倍」字意也。三、四申寫平日之黯然，勿作對偶看。一身也而至於萬死，去國也而至於投荒，六千里也而至於十二年，其魂有不零落者乎？五、六申寫今日之倍黯然。桂嶺，身所羈留之處也。洞庭，弟所宦遊之處也。瘴雲如墨，春水如天，二境並舉，美惡判然。今也弟固不堪伴兄，兄又不能就弟，其淚有不雙垂者乎？一結趁勢迴抱，言只有夢中相見之一途而已。夫相思云者，兄既思弟，弟亦思兄也。今乃曰「長在荆門郢樹煙」，是但容兄之夢越洞庭而去，不願弟之夢踰桂嶺而來也。先生之不安於柳如是。

許印芳《詩法萃編》卷八：柳子厚此詩「桂嶺」一聯，《寄盧衡州》云：「蒹葭淅瀝含朝露，橘柚玲瓏透夕陽。」《柳州峒氓》云：「青箬裹鹽歸峒客，緑荷包飯趁虚人。」古律備體，鉅細畢舉，善寫情狀，可爲後學楷模。

胡以梅《唐詩貫珠》卷一四：宗元初與劉禹錫同貶，出爲邵州刺史，不半道貶永州司馬。後同召，復出爲柳州，而别其弟之作也。幾番嚴命摧殘，所以驚魂零落，今此離情，倍覺黯然。

【解　題】

范攄《雲溪友議》卷中《南黔南》：「先柳子厚在柳州，吕衡州温嘲謔之曰：『柳州柳刺史，種柳柳江邊。柳館依然在，千株柳拂天。』」以此詩爲吕温作。吕温卒元和六年，安得預知宗元刺柳事？其不足信明矣。劉斧《青瑣高議》前集卷一：「柳宗元字子厚，晚年謫授柳州刺史。……民歌曰：『柳州柳刺史，種柳柳江邊。柳色依然在，千株緑拂天。』」云此詩爲柳州之民頌揚宗元德政之歌，雖爲小説家言，疑近似之。或是宗元據民歌改寫而成。

【注　釋】

〔一〕李吉甫《元和郡縣圖志》卷三七柳州：「柳江，在（馬平）縣南三十步。」

〔二〕〔百家注引孫汝聽曰〕定九年《左氏》：「思其人，猶愛其樹。」按：《左傳》定公九年杜預注：「召伯決訟于蔽芾小棠之下，詩人思之，不伐其樹。」

【集　評】

吴寬《題墨竹贈邵楚雄行》：柳州刺史詩猶在，種柳何如種竹清。便向滇南長孫子，郡人須繫使君名。（《匏翁家藏稿》卷一三）

孫月峰（鑛）評點《柳柳州全集》卷四二：興致灑落，正以戲佳。

童（宗説）曰：《易》：「幽人貞吉。」按：韓引爲顔延年《拜陵廟》詩。

〔八〕［百家注引孫汝聽曰］奇姿，謂所栽松。

【集評】

陸夢龍《柳子厚集選》卷四：（第二首）悠然。

汪森《韓柳詩選》：二詩古澹，得比興之意。

近藤元粹《柳柳州集》卷三：（第一首）風神散朗，鬱然蒼秀。（第二首）清人喜唱古詩平仄論，余殊不信。紀曉嵐云：出句五仄則對句第三字必平，唐人定格。此詩「勁色」句五仄，而對句第三字亦仄，然則紀説之不足信可知矣。

種柳戲題

柳州柳刺史，種柳柳江邊〔一〕。談笑爲故事，推移成昔年。垂陰當覆地，聳幹會參天。好作思人樹〔二〕，慚無惠化傳。

②見，詁訓本作「得」。
③安，五百家注本作「在」。

【解　題】

［韓醇詁訓］柳州作，元和十年冬也。按：柳宗元《送賈山人南遊序》云「刺柳州……居數月，長樂賈景伯來」，賈鵬當即此賈景伯。則賈鵬於宗元至柳州後來訪，居未久而南遊。韓説可從。

【注　釋】

〔一〕［百家注引童宗説曰］朽，枯也。别，異也。言芳朽各異耳。
〔二〕［百家注引孫汝聽曰］玄功，天功。
〔三〕［百家注引童宗説曰］《詩》「桃之夭夭」，夭夭，桃花貌。按：見《詩經·周南·桃夭》。
〔四〕［百家注引孫汝聽曰］《文選》古詩：「離離山上苗，鬱鬱澗底松。」按：所引爲左思《詠史八首》一，二句當乙轉。
〔五〕［注釋音辯］蒔，上吏切。［韓醇詁訓］蒔，時吏切，别種也。
〔六〕［注釋音辯］童（宗説）云：（葱蘢）音怱龍。［百家注］（蘢）盧紅切。童（宗説）曰：葱蘢，翠色。
〔七〕［韓醇詁訓］顔延之詩：「幼壯困孤介，末暮謝幽貞。」謂幽静貞吉之道也。［百家注］夙，素也。

【集評】

陸夢龍《柳子厚集選》卷四：「榮賤俱爲累」：一句語到。

沈德潛《唐詩別裁集》卷一二：榮賤，合己與中丞言之。

酬賈鵬山人郡内新栽松寓興見贈二首

芳朽自爲別〔一〕，無心乃玄功〔二〕。夭夭日放花〔三〕，榮耀將安窮？青松遺澗底〔四〕，擢蒔兹庭中〔五〕。積雪表明秀，寒花助葱蘢〔六〕。幽貞夙有慕①〔七〕，持以延清風。

其二

無能常閉閤，偶以静見名②。奇姿來遠山〔八〕，忽似人家生。勁色不改舊，芳心與誰榮？喧卑豈所安③，任物非我情。清韻動竽瑟，諧此風中聲。

【校記】

① 幽貞，世綵堂本、《全唐詩》作「貞幽」。

酬徐二中丞普寧郡内池館即事見寄

鵷鴻念舊行〔一〕，虚館對芳塘。落日明朱檻，繁花照羽觴〔二〕。泉歸滄海近，樹入楚山長。榮賤俱爲累，相期在故鄉。

【解　題】

〔注釋音辯〕普寧即容州。〔韓醇詁訓〕徐中丞即前《望秦驛》詩云徐容州者也。按《地理志》：容州普寧郡防禦經略。而徐俊爲容管經略，當是俊無疑。然此題云中丞，考之史，不載也。按：韓説是。唐觀察使、經略使例可帶中丞銜。

【注　釋】

〔一〕〔百家注引孫汝聽曰〕鵷鴻，公自喻。鵷音冤。〔蔣之翹輯注〕鵷鴻，喻徐中丞。按：鵷鴻飛行有序，以喻朝班。二人當曾同朝爲官。

〔二〕〔百家注〕羽觴，見上詩注。

朱三錫《東嵒草堂評訂唐詩鼓吹》卷一：通首極言柳州之惡，中四句皆異服殊音也。既曰異服殊音不可親矣，而結又云「欲投章甫作文身」，是先生憂憤之極，以寓自傷之意耳。

胡以梅《唐詩貫珠》卷四八：郡城南去爲通津之處，所以諸峒皆於此來往。其服飾蠻音與中土各别，情不相入，故不可親也。其出而辦鹽，皆以青箬裹之歸峒。其來而趁集，皆攜緑荷包飯爲餱糧。寒無所服，鵝毛縫罽，占禱年成，雞骨祈神。若有事至公庭，須用重譯通辭，豈不煩難。顧未如棄衣冠爲蠻夷，方可習其夷音耳。雖挽到殊音爲愁重譯，言然亦以中朝既不我與，當逃諸荆蠻，乃憤世無聊之語也。

趙臣瑗《山滿樓箋注唐詩七言律》卷四：「不可親」三字，是一篇之主。其所以不可親，以異服殊音之故。而先裝首句者，見郡城猶可，其餘所轄州縣，乃至愈遠愈甚也。中二聯總是寫其俗之陋，爲不可親之實也。歸峒之客，即趁墟之人，出則包飯，入則裹鹽，有似於儉而未敢以儉許之。鵝毛禦臘，一事也。雞骨占年，又一事也。縫山罽而已，拜水神而已，疑近於古而不得以古稱之。七，一頓。八，一掉。公庭之上，必煩重譯，此真不容令人不愁。況彼之不宜於章甫，猶我之不宜於文身，而彼既不能離我，我又不能卻彼，將如何而後可？於是忽作一想，曰：必也去我一人之威儀，徇彼數州之風俗，庶幾得以相安於無事也乎。嗟嗟，此豈於不可親之中曲求其可親之法哉？言及此，其傷心有甚焉者矣。

近藤元粹《柳柳州集》卷三：可爲一篇風土記。

然。又：全以鮮脆勝。三、四如畫。何焯：後四句言歷歲逾時，漸安夷俗，竊衣食以全性命。顧終不之召，亦將老爲峒氓，豈復計其不可親乎？哀怨不可讀。

廖文炳《唐詩鼓吹注解》卷一：子厚見柳州人異俗乖，風土淺陋，故寓自傷之意。首言自郡城而至廣南，皆通津也。其異言異服已難與相親矣。彼歸峒者裹鹽，趁墟者包飯，鵝毛以禦臘，雞骨以占年，皆峒俗之陋者。不幸謫居此地，是以愁問重譯，欲投章甫而作文身之氓耳。

陸夢龍《柳子厚集選》卷四：有情事。

汪森《韓柳詩選》：格法與前首略同。異服殊音，與結句「重譯」、「文身」相爲照應。中四語寫峒氓，點染極工。

宋長白《柳亭詩話》卷一：韓昌黎詩：「衙時龍户集，上日馬人來。」柳河東詩：「青箬裹鹽歸洞客，緑荷包飯趁墟人。」龍户，謂入海探珠者。馬人，相傳是伏波軍人遺種。洞，謂穴居。墟，乃市集之所。非身歷天南者，不能悉其風景。

薛雪《一瓢詩話》：山谷「荷葉裹鹽同趁虚」，明明是柳子厚「青箬裹鹽歸峒客，緑荷包飯趁虚人」之句，未免飽飣之醜。

何焯《義門讀書記》卷三七：後四句言歷歲踰時，漸安夷俗，竊衣食以全性命。顧終已不召，亦將老爲峒氓，無復結綬彈冠之望也。「欲投章甫作文身」：言吾當遂以居夷老矣，豈復計其不可親乎？首尾反覆呼應，語不多而哀怨已至。

〔五〕［韓醇詁訓］《前漢紀》：「越裳氏重譯獻白雉。」按：《淮南子・泰族》：「夷狄之國，重譯而至。」《漢書・平帝紀》顏師古注：「譯謂傳言也。道路絶遠，風俗殊隔，故累譯而後乃通。」

〔六〕［注釋音辯］《莊子》：「宋人資章甫而適諸越，越人斷髮文身，無所用之。」［韓醇詁訓］《儒行》：「孔子居魯，冠章甫之冠。」《莊子》：「宋人資章甫而適越，越人斷髮文身，無所用之。」

按：見《禮記・儒行》及《莊子・逍遥遊》。

【集　評】

黄徹《䂬溪詩話》卷三：柳遷南荒，有云：「愁向公庭問重譯，欲投章甫作文身。」太白云：「我似鷓鴣鳥，南遷懶北飛。」皆褊忮躁辭，非畎畝惓惓之義。杜云：「馮唐雖晚達，終覲在皇都」；「愁來有江水，安得北之朝。」其賦張曲江云：「歸老守故林，戀闕悄延頸。」乃心王室可知。

《瀛奎律髓彙評》卷四：方回：柳柳州詩精絶工緻，古體尤高。世言韋柳，韋詩淡而緩，柳詩峭而勁。此五律詩，比老杜則尤工矣。杜詩哀而壯烈，柳詩哀而酸楚，亦同而異也。又《南省牒令具注國圖風俗》有云：「華夷圖上應初識，風土記中殊未傳。」非孔子不陋九夷之義也。年四十七，卒於柳州，殆哀傷之過歟？然其詩實可法。馮舒：柳固工秀，然謂過於杜，則不然。查慎行：律詩掇拾碎細，品格便不能高。若入老杜手，别有鎔鑄爐鞲之妙，豈肯屑屑爲此。虚谷謂柳州五章比老杜尤工一言，以爲不如，覽者毋爲所惑可也。紀昀：評韋、柳確，評杜、柳之異亦確，惟云五律工於杜，則不也。［百家注引韓醇曰］楚人謂竹皮曰箬，可以茨舟。

〔二〕［注釋音辯］童（宗説）云：虚，市也。《青箱紀録》云：「嶺南村市，滿時少，虚時多，故謂之虚。」［韓醇詁訓］嶺南謂村市爲虚，蓋市之在，有人則滿，無人則虚。而嶺南村市滿時少，虚時多，故謂之虚，不亦宜乎？出《青箱紀録》。按：錢易《南部新書》辛：「端州以南，三日一市，謂之虚。」吴處厚《青箱雜記》卷三：「嶺南謂村市爲虚。柳子厚《童區寄傳》云：『之虚所賣之。』又詩云：『青箬裹鹽歸峒客，緑荷包飯趁虚人。』即此也。」黄徹《䂬溪詩話》卷五：「凡聚落相近，期某日集，交易闐然，其名爲虚。柳云『緑荷包飯趁虚人』，臨川云『花間人語趁朝虚』，山谷『筍葉裹鹽同趁墟』，『人集春蔬好趁墟』。」

〔三〕［注釋音辯］罽，居例切。邕管溪洞不産絲纊，民多以木綿、茆花、鵝毛爲被，故人家家養鵝。二月至十月擘取耎毳，積以禦寒。［韓醇詁訓］罽音計，織毛也。按：劉恂《嶺表録異》卷上：「南道之豪酋，多選鵝之細毛，夾以布帛，絮而爲被，復縱横衲之，其温柔不下於挾纊也。」

〔四〕［注釋音辯］前漢《郊祀志》「越祠雞卜」，注：「持雞骨如鼠卜。」［韓醇詁訓］《漢書·郊祀志》：「粤祠雞卜，自此始。」李奇曰：「持雞骨卜，如鼠卜。」按：《漢書·郊祀志下》：「乃命粤巫立粤祝祠，安臺無壇，亦祠天神帝百鬼，而以雞卜。上信之，粤祠雞卜自此始用。」注引李奇曰：「持雞骨卜，如鼠卜。」段公路《北户録》卷二：「南方逐除夜及將發船，皆殺鷄擇骨爲卜，傳古法也。」

柳州峒氓

郡城南下接通津，異服殊音不可親。青箬裹鹽歸峒客〔一〕，緑荷包飯趁虚人〔二〕。鵝毛禦臘縫山罽①〔三〕，雞骨占年拜水神〔四〕。愁向公庭問重譯〔五〕，欲投章甫作文身〔六〕。

【校　記】

①縫，詁訓本作「逢」。

【解　題】

〔注釋音辯〕峒，通作洞。〔韓醇詁訓〕元和十二年正月作。按：詩作於柳州，然未必是元和十二年，具體已不可考。

【注　釋】

〔一〕〔注釋音辯〕箬，而灼切。〔韓醇詁訓〕箬，而灼反，《説文》「楚人謂竹皮曰箬」。峒音洞，山穴耳。三述異也。以下皆可憂之事，加之以貶謫飄零，不止一端，髮必頓白，尚能緩待流年，老而後白乎？然中四句亦夾内意，謂天顔將霽而餘氣未消，日色雖融而黏帶猶在，暗傷播蕩未曾斷絶也。巧伺、偏驚，下得用力，其内意可見。而以此推之，則腹與心亦近乎人道。旅客謂己，皆非泛用也。

金湕生《粟香隨筆》二筆卷五：嶺西古稱蠻荒，風景絶異。李義山詩云：「虎當官道鬬，猿上驛樓啼。」柳子厚詩云：「山腹雨晴添象跡，潭心日暖長蛟涎。」皆在嶺西作也。

黄叔燦《唐詩箋注》卷五：此言柳州山川風物之惡異於他鄉。起二句寫其大局，象跡、蛟涎，時時出没；射工、颶母，往往傷人。官之者能無憂？絶言不至於死不止也。

洪亮吉《北江詩話》卷五：有心作衰颯之詩，白香山是也。如「行年三十九，歲暮日斜時。」夫年始三十九，何便至歲暮日斜？此有心作衰颯之詩也。若無心作衰颯之詩，則亦非佳兆。如顧況之「老夫年七十，不作多時别」，柳宗元之「從此憂來非一事，豈容華髮待流年」等詩是矣。

俞陛雲《詩境淺説丁編》：「山腹雨晴添象跡，潭心日暖長蛟涎」：柳州謫官以後諸詩，多紀嶺南殊俗。此聯與「射工巧伺游人影，颶母偏驚旅客船」句，紀其風物之異也。《寄友》詩云：「林邑東回山似戟，牂牁南下水如湯」，紀山川之異也。《峒氓》詩云：「青箬裹鹽歸峒客，緑荷包飯趁虚人。鵝毛禦臘縫山罽，雞骨占年拜水神。」紀俗尚之異也。就見聞所及，語意既新，復工對仗，非親歷者不能道之。

近藤元粹《柳柳州集》卷三：起得有奇氣。

陸夢龍《柳子厚集選》卷四：字字圓稱。

汪森《韓柳詩選》：中四語極寫柳州風土之惡，故結語以「從此憂來」作收。三、四「添」字、「長」字，五、六「巧伺」、「偏驚」，俱見筆法。

《瀛奎律髓彙評》卷四：查慎行：急於富貴人，遭不得磨折，便少受用，學道人定不爾爾。尾句亦不值如此氣索。紀昀：雖亦寫眼前現景，而較元白所叙風土，有仙凡之别。此由骨韻之不同。許印芳：五、六果有憂讒畏譏之意，舊説不爲穿鑿。五、六舊説借比小人，殊穿鑿。

沈德潛《唐詩别裁集》卷一五：中二聯俱寫風土之異，不分淺深。

薛雪《一瓢詩話》：詩有通首貫看者，不可拘泥一偏。如柳河東《嶺南郊行》一首，之中瘴江、黄茆、海邊、象跡、蛟涎、射工、颶母，重見疊出，豈復成詩？殊不知第七句云「從此憂來非一事」，以見謫居之所。如此種種，非復人境，遂不覺其重見疊出，反若必應如此之重見疊出者也。

王壽昌《小清華園詩談》卷下：刺惡之詩……如柳子厚射工、颶母之辭……雖甚切直，而終不失爲風雅之遺。

朱三錫《東嵒草堂評訂唐詩鼓吹》卷一：一、二寫地，言瘴江、海外，一望雲煙也。三、四寫景，嶺南山水皆在所望之中矣。五、六寫物，即七之「憂非一事」也。極言景物之異，以見所居之非地耳。

胡以梅《唐詩貫珠》卷四八：題曰郊行，則瘴江似指柳江。然柳州之直南去六百餘里方抵廣東廉州府之海，詩中所言海邊，蓋南望中想像之辭。總之地方荒僻，一片雲煙與黄茆，似乎直抵近海近藤元粹《柳柳州集》卷末評《竹坡詩話》：此首與韓退之「雲横秦嶺」詩相似，然韓則忠正罹禍，柳則邪佞受罰，爲不同耳。

高步瀛《唐宋詩舉要》卷五：姚（鼐）曰：結句自應用「邊」字，避上而用「煙」字。步瀛按：「郢樹邊」太平凡，即不與上複，恐非子厚所用，轉不如「煙」字神遠。

奉和周二十二丈酬郴州侍郎衡江夜泊得韶州書并附當州生黄茶一封率然成篇代意之作

丘山仰德耀，天路下征騑〔一〕。夢喜三刀近〔二〕，書嫌五載違。凝情江月落，屬思嶺雲飛。會入司徒府，還邀周掾歸〔三〕。

【解題】

〔注釋音辯〕郴州侍郎，楊於陵也。韶州，即周二十二丈。〔韓醇詁訓〕郴州侍郎，楊於陵也。韶州，疑即《周韶州詩》名字，亦不詳。據於陵貶在元和十一年，此詩當十二年夏秋作也。按：楊於陵被貶郴州刺史在元和十一年，見兩唐書《楊於陵傳》，韓説可從。周二十二丈即韶州刺史周君巢，參《柳州寄丈人周韶州》詩注。

【注　釋】

〔一〕〔注釋音辯〕（騑）音非，馬也。

〔二〕〔注釋音辯〕晉王濬爲廣漢太守，夢懸三刀於其屋梁上，驚覺，意甚惡之。主薄劉毅曰：「三刀爲州字，又益一者，明府其臨益州乎？」〔韓醇詁訓〕王濬爲廣漢太守，夜夢三刀懸於卧室梁上，李毅曰：「三刀爲州字。」按：見《晉書·王濬傳》。注釋音辯本「李毅」誤作「劉毅」。

〔三〕〔世綵堂〕後漢袁安爲司徒，辟周榮爲掾。按：見《後漢書·周榮傳》。此以周榮喻周君巢。疑周君巢曾爲楊於陵僚屬。

【集　評】

近藤元粹《柳柳州集》卷三：「凝情」二句：情致纏綿。

殷賢戲批書後寄劉連州并示孟崙二童　吾家有右軍書，每紙背庾翼題云：「王會稽六紙。」二月三十日甞觀。①

書成欲寄庾安西〔一〕，紙背應勞手自題〔二〕。聞道近來諸子弟〔三〕，臨池尋已厭家雞〔四〕。

【校　記】

①詁訓本注曰：「自注云：『吾家有右軍書，每紙背庾翼題云：王會稽六紙。二月二十日嘗觀。』」原注與五百家注本、世綵堂本作「公自注云」，且無「吾」及「嘗觀」三字。注釋音辯本作「本注云」，亦無「吾」、「嘗觀」三字。今將作者自注移於題下。

【解　題】

［韓醇詁訓］《因話録》云：「柳柳州書，後生多師效，就中尤長於章草，爲時所寶。湖湘以南，童稚悉學其書，頗有能者。」以此詩觀之，蓋有之矣。公與夢得聞問最數，殷賢戲題其書後，故舉庾翼之事爲寄。蓋劉家子弟當有學其書者。孟、崙二童，必夢得之子。殷賢不詳。當亦夢得家子弟耶？下有相酬贈七詩，皆當繼此篇，在元和十一年作。［百家注引孫汝聽曰］按《晉史》，王羲之字逸少，咸康中爲右軍將軍、會稽内史。庾翼爲安西將軍。按：章士釗《柳文指要》下《通要之部》卷一三：「子厚以詩寄劉，何以讓劉家子弟戲批其上？於理難通。且戲批作何語？了無交待，於事亦甚蹺蹊。如實論之，殷賢戲批書後云者，乃戲批殷賢書後之倒裝句法，集中如此倒裝之句甚夥，兹不贅載。蓋殷賢既爲劉家子弟，其人應在連州而不在柳州。殷賢雖後輩，而年長可以通書，則由連有書上子厚，大爲情理應有之事。子厚答其書，並於書後批寄一詩與夢得，尤爲題中應有之義。注家不解倒裝句，遂成此誤，遺留千年而未釋。」此解較韓説爲通達，可從。劉禹錫《劉夢得文集》卷二五《名

子説》：「長子曰咸允，字信臣。次曰同㢠，字敬臣。」未知是否即孟、崙。庾翼字稚恭，曾授都督江、荆、司、雍、梁、益六州諸軍事，又領南蠻校尉。見《晉書·庾翼傳》。宗元善書，見趙璘《因話録》卷三。

【注釋】

〔一〕〔注釋音辯〕晉庾翼爲安西將軍。

〔二〕〔注釋音辯〕子厚與夢得聞問最數，殷賢戲題其書後，故舉便翼書爲寄。

〔三〕〔注釋音辯〕孟、崙二童，疑夢得家子弟。按：陳景雲《柳集點勘》卷四：「案白樂天《序夢得唱和詩》云：『寫二本，一授夢得小兒，令收藏。』又觀後篇『羨君瓊樹』句，則孟、崙皆夢得少子也。」

〔四〕〔注釋音辯〕庾征西翼，書少時與右軍齊名，右軍後進，庾猶不分。在荆州與都下人書曰：「小兒輩厭家雞，學稚皆學逸少書。」〔韓醇詁訓〕張芝臨池學書，池水盡墨。南齊王僧虔論書云：「庾征西翼書，少時與右軍齊名，庾猶不分。在荆州與都下書云：『小兒輩乃賤家雞，皆學逸少書，須吾還叱之。』」首尾皆用庾翼、王羲之事。劉家子弟必有學其書者矣。〔百家注〕孫（汝聽）曰：王羲之曾與人書云：「張芝臨池學書，池水盡黑。使人耽之若是，未必後之也。」（王儔）補注：後山亦嘗用此事作詩云：「不解征西諸子弟，卻憐野鶩厭家雞。」按：見《晉書·王義之傳》及《南史·王僧虔傳》。

【集評】

《苕溪漁隱叢話》後集卷一一引《復齋漫録》：子厚《寄劉夢得》詩……蓋其家有右軍書，每紙背庾翼題云：「王會稽六紙。」其詩謂此也。故夢得有酬家雞之贈，乃答前詩，非子厚作也。其中有「柳家新樣元和腳」，人竟不曉。高子勉舉以問山谷，山谷云：取其字製之新。昔元豐中，晁无咎作詩文，極有聲，陳無己戲之曰：「聞道新詞能入樣，湘州紅纈鄂州花。」蓋湘州纈、鄂州花也。則「柳家新樣元和腳者」，其亦此類與？余頃見徐仙者，效山谷書，而無己以詩寄之曰：「蓬萊仙子補天手，筆妙詩清萬世功。肯學黄家元祐腳，信知人厄匪天窮。」則知山谷之言，無可疑。最後見東坡《柳氏求筆跡》詩：「君家自有元和手，莫厭家雞更問人。」其理雖同，但「手」字爲異。

孫月峰（鑛）評點《柳柳州全集》卷四二：此下八絶（按指劉、柳贈答八首絶句），雖非莊調，然借事發意，含譏帶謔，興趣固有餘。可想見二公風流雅致，足爲墨池故事，亦自可喜。

汪森《韓柳詩選》：戲筆往復，饒有生趣。

何焯《義門讀書記》卷三七：「臨池尋已厭家雞」：盧攜言：劉、柳並學書於皇甫閲，柳爲升堂，劉爲及門，宜有家雞之戲。附劉夢得《酬家雞之贈》「柳家新樣元和腳」，注言：「元和間有書名元和腳者，指公權也。」按趙璘《因話録》云：「元和中，柳柳州書，後生多師效，就中尤長於章草，爲時所珍。湖湘以南，童稚悉學其書，頗有能者。長慶以來，柳尚書公權，又以博聞彊識工書，不離近侍。柳氏言書者，近世有此二人。」是子厚先擅書名於元和之證，且未有乞書於子厚而反稱公權者也。注非。

【附録】

劉禹錫《酬柳柳州家雞之贈》：（［注釋音辯］劉夢得作，酬前《殷賢戲批書後》者。）日日臨池弄小雛，（［注釋音辯］喻二童。［百家注引孫汝聽曰］小雛，禹錫以喻孟、崙也。）還思寫論付官奴。（［注釋音辯］褚遂良撰《王右軍書目》，正書五卷。第一《樂毅論》四十四行，書付官奴。又行書五十八卷，其第十卷有《與官奴小女書》。官奴，羲之女也。時子厚未有男子。［韓醇詁訓］褚遂良撰《王右軍書目》，正書五卷。第一《樂毅論》四十四行，書賜官奴。又行書五十八卷，其第十九有《與官奴小女書》。官奴，蓋羲之女也。是時柳未有子，故夢得以此戲之。按：官奴，獻之小名，云羲之女，非。此劉以喻己子也。）柳家新樣元和腳，（［注釋音辯］山谷云：「取其字製之新。」或曰：柳公權元和間有書名，元和腳者，指公權也。［韓醇詁訓］指柳公權也。公權在元和間書有名。）且盡薑芽斂手徒。

重贈二首①

聞説將雛向墨池②，劉家還有異同詞③〔一〕。如今試遣隈牆問，已道世人那得知〔二〕。

其二

世上悠悠不識真，薑芽盡是捧心人〔三〕。若道柳家無子弟，往年何事乞西賓〔四〕？

【校記】

①此詩與前劉禹錫《酬柳柳州家雞之贈》及《疊前》、《疊後》諸詩，注釋音辯本、詁訓本皆列本卷《韓漳州書報徹上人亡因寄二絶》詩後。

②説，世綵堂本、濟美堂本作「道」。

③異，詁訓本作「黑」。

【解題】

［注釋音辯］子厚答酬家雞之贈詩。［韓醇詁訓］此公答前劉禹錫所酬也。

【注釋】

〔一〕［注釋音辯］劉向、子歆，父子所見異同，自相詰難。［百家注引孫汝聽曰］《漢書》：「劉向父子俱好古，博見彊志，過絶於人。歆以爲左丘明親見夫子，而公羊、穀梁在七十子後，傳聞之與親見，其詳略不同。歆數以難向，向不能非間也。」按：見《漢書・劉歆傳》。

〔二〕［注釋音辯］謝安問王獻之曰：「君書何如君家尊？」答曰：「固當不同。」安曰：「外論不爾。」答曰：「人那得知。」［韓醇詁訓］謝安問王獻之曰：「君書何如君家尊？」答曰：「人那得知。」按：見《晉書・王獻之傳》。

〔三〕［注釋音辯］《莊子》：「西施病心而矉其眉，里之醜人亦捧其心而矉其眉。」［韓醇詁訓］《莊子》：「西施病心而矉其里，其里之醜見而美之，歸亦捧心而矉其里。里之富人見之，堅閉門而不出。」［百家注］矉，蹙頞也。扶真切。按：見《莊子・天運》。朱翌《猗覺寮雜記》卷上：「子厚云『且盡薑牙斂手徒』，又云『薑牙盡是捧心人』。以手如薑牙。斂手，叉手也。又言捧心，則知爲手無疑。《相書》：『手如薑牙者貴。』」孫月峰（鑛）評點《柳柳州全集》卷四二云：「薑牙不得來歷，疑即謂五指捉筆如薑牙狀耳。」當從孫解，以薑牙喻小兒執筆學書狀。

〔四〕［注釋音辯］《西都賦》云：「有西都賓，問於東都主人。」此謂劉家就子厚求寫《西都賦》也。

【附録】

劉禹錫《答前篇》：（［注釋音辯］夢得答「聞説將雛」詩。［韓醇詁訓］此夢得答公前詩也。）小兒弄筆不能嗔，涴壁書窗且賞勤。（［注釋音辯］涴，烏卧切，汙也。羲之子獻之字子敬，七八歲時學書，羲之從後掣其筆，不脱。嘗出戲，見北館新白土壁白淨，子敬取帚沾泥汁，書「方丈」二字，觀者如堵。［韓醇詁訓］羲之爲會稽，子敬七八歲，羲之從後掣其筆不脱，歎曰：

「此兒書，後當有大名。」子敬出戲，見北館新白土壁白淨，子敬取箒沾泥汁書「方丈」二字，觀者如堵。涴壁事本此。按：《南史·齊高帝諸子傳下·江夏王蕭鋒》：「晨興不肯拂窗塵，而先書塵上，學爲書字。」書窗，典出此。）聞彼夢熊猶未兆，女中誰是衛夫人？（［注釋音辯］衛夫人名鑠，字茂猗，隸書充善，王右軍幼師之。在書法入妙品。［韓醇詁訓］《詩》云：「吉夢維何？維熊維羆，男子之祥。」衛夫人名鑠，字茂猗，隸書尤善，右軍少嘗師之。在法書入妙品。按《柳子厚墓誌》云：「子厚有子男二人，長曰周六，始四歲。」蓋生於元和十一年。詩作於周六未生時，柳未有子，故夢得又戲之以衛夫人也。）

《答後篇》：（［注釋音辯］夢得答「世上悠悠」詩。）昔日慵工記姓名，（［注釋音辯］前《項籍傳》「書足記姓名」。［韓醇詁訓］項籍少時，學書不成，季父梁怒之。籍曰：「書足以記姓名而已。」）遠勞辛苦寫西京。（［注釋音辯］《西都賦》。［百家注引孫汝聽曰］謂寫班固《西都賦》也。）近來漸有臨池興，（［注釋音辯］後漢張芝臨池學書，池水盡黑。［韓醇詁訓］臨池見上注。）爲報元常欲抗行。（［注釋音辯］《魏志》：鍾繇字元常。王右軍云：「吾書比之鍾繇，當抗行。比張芝，猶雁行也。」［韓醇詁訓］王右軍云：「吾書比之鍾、張，當抗行。」或謂過之。元常，鍾繇字也。）

疊前①

小學新翻墨沼波，羨君瓊樹散枝柯〔一〕。在家弄土唯嬌女②〔二〕，空覺庭前鳥跡多〔三〕。

【校記】

① 世綵堂本注：「呂韓本『疊前』作『重答』。」

②在、土，《全唐詩》作「左」、「玉」。吴汝綸《柳州集點勘》：「『土』疑爲『玉』。」

【解　題】

〔注釋音辯〕子厚答「小兒弄筆」詩。〔韓醇詁訓〕公又答夢得前所答二詩也。

【注　釋】

〔一〕〔百家注引王儔補注〕瓊樹枝柯，意以喻夢得子弟。

〔二〕〔注釋音辯〕左思《嬌女詩》：「吾家有嬌女，皎皎頗白皙。握筆利彤管，篆刻未期益。執書愛綈素，誦習矜所獲。」按：柳詩當作「左家弄玉」。《詩經·小雅·斯干》：「乃生男子，載寢之牀，載弄之璋。」弄玉即弄璋。此言吾家弄璋者卻唯有嬌女也。章士釗《柳文指要》下《通要之部》卷一三：「弄土，猶言弄瓦，亦兼會意雕刻。」有牽强之嫌。解弄土爲在地上刻畫，亦通。

〔三〕〔注釋音辯〕蒼頡觀鳥跡而作字。〔韓醇詁訓〕蒼頡觀鳥跡，因而遂滋，則謂之字。詩謂小女學書，其紙散落庭中，覺鳥跡之多也。〔百家注引孫汝聽曰〕謂弄土之跡猶鳥篆也。

疊後

事業無成恥藝成〔一〕，南宮起草舊連名〔二〕。勸君火急添功用，趁取當時二妙聲①〔三〕。

【校記】

①原注與五百家注本、世綵堂本注：「時字，一本作初。」

【解題】

〔注釋音辯〕子厚答「昔日慵工」詩。

【注釋】

〔一〕〔注釋音辯〕《禮記》：「德成而上，藝成而下。」按：韓注同。見《禮記·樂記上》。

〔二〕〔注釋音辯〕子厚與夢得嘗同爲尚書禮部員外郎。按：韓注同。陳景雲《柳集點勘》卷四：「南宮起草舊連名，注：子厚與夢得同爲尚書禮部員外郎。案柳子官禮部，劉爲屯田員外郎，非儀曹也。以皆爲尚書省屬，故云爾。南宫乃通謂尚書，不專指禮部。如《祭楊郎中文》中有『南宫起草』語，凝未嘗官禮部，即其證也。又唐人語多如此，注家未詳考耳。」

〔三〕［注釋音辯］晉衛瓘爲尚書令，與尚書郎索靖俱善書，時人號爲一臺二妙。［韓醇詁訓］晉衛瓘字伯玉，索靖幼安俱能書，爲尚書郎，時號一臺二妙。按：見《晉書·衛瓘傳》。

銅魚使赴都寄親友

嶺南支郡無綱官，考典帳典等，悉附都府至京。①

行盡關山萬里餘，到時閭井是荒墟②。附庸唯有銅魚使〔一〕，此後無因寄遠書。

【校記】

①原注與諸本皆注云：「自注云：嶺南支郡無綱官，考典帳典等，悉附都府至京。」故將作者自注移於題下。

②時、閭，詁訓本作「是」、「里」。

【解題】

［韓醇詁訓］在柳時作也。按：《舊唐書·職官志三》：「尹、少尹、别駕、長史、司馬掌貳府州之

事，以綱紀終務，通判諸曹。歲終則更入奏計。……功曹、司功掌官吏考課……户曹、司户掌户籍、計帳……」由宗元詩注觀之，嶺南州郡吏員頗闕，故歲終將政事報至都護府，由都護府派員入朝奏計。此詩當作於元和十年冬。

【注釋】

〔一〕［韓醇詁訓］《禮記·王制》注：「附庸，小城也。附庸者，以國事附於大國。」唐武德初，改太守爲刺史，加號爲使持節，而實無節，但頒銅魚符而已。

【集評】

陸夢龍《柳子厚集選》卷四：情至。

韓漳州書報徹上人亡因寄二絶

早歲京華聽越吟〔一〕，聞君江海分逾深。他時若寫蘭亭會，莫畫高僧支道林〔二〕。

其　二

頻把瓊書出袖中①〔三〕，獨吟遺句立秋風〔四〕。桂江日夜流千里〔五〕，揮淚何時到甬東〔六〕。

【校　記】

①瓊，詁訓本作「群」。

【解　題】

〔注釋音辯〕漳州韓泰也。靈徹，會稽僧。〔韓醇詁訓〕漳州韓曄（按：泰之訛）也。徹，靈徹也，字源澄。劉夢得嘗爲其文集序，紀其行跡甚詳。元和十一年終於宣州。詩是時作。〔百家注引孫汝聽曰〕韓漳州名泰。靈徹字源澄，會稽人。貞元中遊京師，名振輦下。緇流疾之，造飛語，因得罪，徙汀州。會赦，歸東越，吴楚間諸侯多賓禮招延之。元和十一年，卒於宣州開元寺，年七十一。按：靈徹事蹟見劉禹錫《劉夢得文集》卷二三《徹上人文集紀》。

【注　釋】

〔一〕〔注釋音辯〕劉禹錫作《靈徹文集序》云：「好篇什，從越客（嚴）維學爲詩。」〔韓醇詁訓〕《史記》：「莊舄，越人也。爲楚執珪，病而尚越吟。」劉夢得序靈徹：「會稽人，好篇章，從越客嚴維學爲詩。」［百家注引韓醇曰］越吟，見上注。徹，會稽人，故用此事。按：見《史記·陳軫列傳》。

〔二〕［注釋音辯］王羲之爲會稽内史，孫綽、李充、許詢、支遁等，皆與羲之同好。道林，支遁字也。［韓醇詁訓］王羲之嘗與桑門支遁遊，蘭亭修禊，遁亦與焉。故後人寫《修禊圖》，遁亦在其列。道林，遁之字也。［百家注引孫汝聽曰］王羲之爲會稽内史，會稽有佳山水，名士多居之。孫綽、李充、許詢、支遁等，皆以文義冠世，並築室東土，與羲之同好。道林，支遁字也。蘭亭在會稽山陰縣。按：事見《晉書·王羲之傳》。支遁，釋慧皎《高僧傳》卷四有其傳。

〔三〕［百家注引孫汝聽曰］《選》詩：「置之懷袖中，三歲字不滅。」按：《文選·古詩十九首》十七：「置書懷袖中，三歲字不滅。」

〔四〕［百家注引孫汝聽曰］遺句，謂靈徹詩也。

〔五〕《文選》江淹《雜體詩三十首·休上人》：「桂水日千里，因之平生懷。」

〔六〕［注釋音辯］甬東在會稽句章縣東海洲中。［韓醇詁訓］甬東，地名，在越。按：《左傳》哀公二十二年：「越滅吴，請使吴王居甬東。」杜預注：「甬東，越地。會稽句章縣東，海中洲也。」

柳州城西北隅種甘樹①

手種黄甘二百株，春來新葉徧城隅②。方同楚客憐皇樹〔一〕，不學荆州利木奴③〔二〕。幾歲開花聞噴雪，何人摘實見垂珠〔三〕。若教坐待成林日，滋味還堪養老夫。

【校　記】

①題及首句之「甘」，五百家注本及《全唐詩》均作「柑」。

②新，鄭定本作「枝」。世綵堂本注：「新，一本作枝。」

③州，原作「門」，據諸本改。

【解　題】

〔韓醇詁訓〕詩云「春來新葉遍城隅」，當元和十三年春也。按：柑樹爲元和十一年種，則定此詩爲元和十二年作，更爲合理。

【注釋】

〔一〕［注釋音辯］《楚辭》：「后皇嘉樹，橘來服兮。」［韓醇詁訓］《楚詞·惜往日》章：「后皇嘉樹，橘來服兮。」王逸云：「言皇天后土，生美橘樹，異於衆木。來服習南土，便其性也。屈原自喻才德如橘樹，亦異於衆也。」按：世綵堂注本作《楚辭·橘頌》，是。

〔二〕［注釋音辯］襄陽李衡種甘橘千株，臨死敕兒曰：「吾州里有千頭木奴，不責汝衣食。」吴末，橘成，歲得絹數千匹。［韓醇詁訓］《襄陽記》曰：「李叔平臨終，敕其子曰：『龍陽洲裏，有千頭木奴及甘橘。』歲得絹數千匹。」［百家注引孫汝聽曰］襄陽李衡種甘橘千株，臨死，敕兒曰：「汝母惡吾治家，故窮。然吾州里有千頭木奴，不責汝衣食，歲止一匹絹，亦可足用爾。」吴末，橘成，歲得絹數千匹。按：見《三國志·吴書·三嗣主孫休傳》裴松之注引《襄陽記》。

〔三〕《藝文類聚》卷八六引宗炳《頌》：「煌煌嘉實，磊如景星。南金其色，隋珠其形。」故以珠喻柑。

【集評】

《瀛奎律髓彙評》卷二七：方回：后皇嘉樹，屈原語也。摘出二字以對「木奴」，奇甚。終篇字字縝密。紀昀：語亦清切，惟格不高耳。許印芳：皇樹、木奴，小巧之句，何足稱奇？

何焯《義門讀書記》卷三七：結句正見北歸無復望矣。悲咽，以諧傳之。

《唐宋詩舉要》卷五引姚鼐評：結句自傷遷謫之久，恐見甘之成林也，而托詞反平緩，故佳。

吴闓生《古今詩範》卷一六：深文曲致，蓋恐其久謫不歸，而詞反和緩，所以妙也。

方東樹《昭昧詹言》卷一八：後半真率，不可法。

近藤元粹《柳柳州集》卷三：「方同楚客」二句：好典故，又好對句，何處得來？

聞徹上人亡寄侍郎楊丈

東越高僧還姓湯〔一〕，幾時瓊珮觸鳴璫①〔二〕。空花一散不知處，誰采金英與侍郎〔三〕？

【校　記】

① 璫，詁訓本作「鐺」。

【解　題】

〔注釋音辯〕靈徹，詩僧也。侍郎楊於陵。〔韓醇詁訓〕楊侍郎於陵也，時在郴州。前有《韓漳州報徹上人亡》詩，當次其後。

【注　釋】

〔一〕［注釋音辯］惠休上人俗姓湯，今靈徹上人亦姓湯也。［韓醇詁訓］宋桑門惠休姓湯氏，善於爲詩，嘗與謝靈運、鮑照之徒遊。靈徹亦姓湯，故云。按：《宋書·徐湛之傳》：「沙門惠休，善屬文，湛之與之甚厚，世祖使還俗。本姓湯。」劉禹錫《澈上人文集紀》：「上人生於會稽，本湯氏子。」

〔二〕［注釋音辯］瑲，都郎切，佩瑲也。按：章士釗《柳文指要》下《通要之部》卷一四：「瓊佩屬僧言，鳴瑲屬侍郎言。……《全唐詩》存徹詩十六首，中有《西林寄楊公》一首云：『日日愛山歸已遲，閑聞空度少年時。余身定寄林中老，心與長松片石期。』詩含諷勸之意彌顯。所謂楊公，不知即於陵否？」

〔三〕［注釋音辯］休上人《贈鮑照侍郎》詩曰：「玳枝兮金英，緑葉兮紫莖。不入君王杯，低采還自榮。」按：百家注本引孫汝聽注略同。姚寬《西溪叢語》卷下：「柳子厚《聞徹上人亡寄楊丈侍郎》云……蓋用慧林《菊問贈鮑侍郎》詩：『玳枝兮金英，緑葉兮紫莖。』鮑照有答詩，《類文》題作《菊問》，照集又云《贈答》。」

【集　評】

蔣之翹輯注《柳河東集》卷四二：用事亦巧洽，特先有故實而後合題者。

段九秀才處見亡友吕衡州書跡①

交侶平生意最親②，衡陽往事似分身〔一〕。袖中忽見三行字③〔二〕，拭淚相看是故人。

【校　記】

① 原注：「一本止作段秀才處。」五百家注本、世綵堂本注：「一本止作段秀才云云。」

② 吴汝綸《柳州集點勘》：「『侶』當作『吕』。子厚用事最精切。」按：《文選》顔延年《五君詠·向常侍》：「交吕既鴻軒，攀嵇亦鳳舉。」吕謂吕安。此以喻吕温。作「吕」是。

③ 忽，詁訓本作「或」。

【解　題】

〔注釋音辯〕段弘古、吕温。〔韓醇詁訓〕吕衡州，温也。集有《吕衡州誄》云「元和六年八月卒」。段九秀才，弘古也。吕衡州集亦有《贈段九秀才》詩，公集又有《祭段弘古文》及《墓誌》，亦云與吕温遊。然弘古亦卒於元和九年，則詩之作當元和七八年間也，公時在永州。

【注　釋】

〔一〕呂温卒於衡州刺史任。

〔二〕［百家注引孫汝聽曰］《選》詩「置之懷袖中，三歲字不滅」也。按：爲《古詩十九首》中「孟冬寒氣至」中語。

【集　評】

近藤元粹《柳柳州集》卷三：悲痛之語。

柳州寄京中親故

林邑山聯瘴海秋，牂牁水向郡前流〔一〕。勞君遠問龍城地〔二〕，正北三千到錦州〔三〕。

【解　題】

［韓醇詁訓］元和十三年秋作。龍城，柳州郡名。

【注釋】

〔一〕［注釋音辯］牂牁，音臧柯。［百家注引孫汝聽曰］樓邑、牂牁，並見上注。按：《舊唐書·地理志四》林州：「漢武帝開百越，於交趾郡南三千里置日南郡……其林邑，即日南郡之象林縣。……至貞觀中，其主修職貢，乃於驩州南僑置林邑郡以羈縻之，非正林邑國。」又融州：「驩水在（宣化）縣北，本牂牁河，俗呼鬱林江，即駱越水也。亦名温江。」

〔二〕［注釋音辯］龍城，柳州。按：《舊唐書·地理志四》柳州：「天寶元年，改爲龍城郡。乾元元年，復爲柳州，以州界柳嶺爲名。」

〔三〕［百家注引孫汝聽曰］錦州屬江南西道，至長安三千五百里。按：《舊唐書·地理志三》錦州：「垂拱二年，分辰州麻陽縣地並開山洞置錦州及四縣，改錦州爲盧陽郡。乾元元年，復爲錦州。」

【集評】

張邦基《墨莊漫録》卷五：唐人詩，行役異鄉，懷歸感歎而意相同者，如賈島云：「客舍并州已十霜，歸心日夜憶咸陽。無端更渡桑乾水，卻望并州是故鄉。」竇鞏云：「風雨荆州二月天，問人初雇峽中船。西南一望雲和水，猶道黔南有四千。」柳宗元云……（即此詩）李商隱云：「君問歸期未有期，巴山夜雨漲秋池。何時共翦西窗燭，卻話巴山夜雨時。」皆佳作也。

陸時雍《唐詩鏡》卷三七：末語堪悲。

汪森《韓柳詩選》：平實之言，自見酸楚，總由一真耳。

種木槲花

上苑年年占物華①〔一〕，飄零今日在天涯。祇應長作龍城守②〔二〕，剩種庭前木槲花。

【校　記】

① 占，世綵堂本作「重」，濟美堂本、蔣之翹輯注本作「古」。

② 應，注釋音辯本、《全唐詩》作「因」。吴汝綸《柳州集點勘》：「應，誤『因』。」

【解　題】

〔韓醇詁訓〕龍城，柳州郡名。在柳作也。〔蔣之翹輯注〕槲，音斛。槲樕，木名。唐武則天敕日置金鷄於大槲樹，號金鷄樹。按：李時珍《本草綱目》卷三〇：「槲有二種，一種叢生小者名枹，音孚，見《爾雅》。一種高者名大葉櫟，樹葉俱似栗，長大粗厚。冬月凋落，三四月開花，亦如栗。八九月結實，似橡子而稍短小。其蒂亦有斗，其實僵澀味惡，荒歲人亦食之。」

【注 釋】

〔一〕〔百家注引童宗説曰〕上苑，禁苑。

〔二〕〔注釋音辯〕柳州龍城郡。

【集 評】

徐𤊹《徐氏筆精》卷四：柳子厚貶柳州，《種木槲花》詩云……白樂天守忠州，《種荔支》詩云：「紅顆珍珠誠可羨，白鬚太守亦何癡。十年結子知誰在，自向庭前種荔支。」程師孟守福州，《種榕樹》詩云：「三樓相望枕城隅，臨去頻栽木萬株。試問國人來往處，不知還憶使君無。」柳詩近怨，白詩近達，程詩近誇。

摘櫻桃贈元居士時在望仙亭南樓與朱道士同處①

海上朱櫻贈所思〔一〕，樓居況是望仙時②〔二〕。蓬萊羽客如相訪〔三〕，不是偷桃一小兒〔四〕。

【校 記】

① 何焯校本云：「『時在望仙亭南樓與朱道士同處』十三字作題下小字注。」

② 世綵堂本注：「是，吕作植。」何焯校本云：「是，疑當作『值』。」

【解 題】

元居士、朱道士皆未詳。《漢書·司馬相如傳》相如《上林賦》「櫻桃蒲陶」顔師古注：「櫻桃，即今之朱櫻也。《禮記》謂含桃，《爾雅》謂之荆桃。」望仙亭疑即長安望仙樓。王溥《唐會要》卷三〇：「（貞元）十二年八月六日，户部尚書裴延齡奉敕修望仙樓，至十三日，令又築望仙樓東夾城。」唐長安多種櫻桃。王定保《唐摭言》卷三：「新進士猶重櫻桃宴。」則此詩作於貞元間。

【注 釋】

〔一〕［百家注引孫汝聽曰］古樂府有《君子有所思》篇。按：海上朱櫻，云此櫻桃爲仙果也。

〔二〕［注釋音辯］《史記》：「仙人好樓居。」［百家注引孫汝聽曰］《史記·封禪書》：「公孫卿曰：仙人好樓居。」

〔三〕［百家注引孫汝聽曰］蓬萊、方丈、瀛洲，海中三山，仙人居之。按：羽客，仙人之謂。

〔四〕［注釋音辯］東方朔三偷王母桃。［韓醇詁訓］《漢武帝内傳》：「帝好長生，七夕，西王母降其宫。有頃，索七桃，以四枚與帝，自食三枚。云：『此桃三千年一實。』時東方朔從殿東廂朱鳥牖中窺母，母謂帝曰：『此窺牖兒，嘗三來偷吾此桃者。』」〔百家注引孫汝聽曰〕《漢武故事》又云：「東都獻短人，帝呼東方朔，朔至。短人指朔謂上曰：『王母種桃，三千年一著子。此兒不良，已三過偷之矣。』」言仙人若訪元、朱二士，見此櫻桃，固非如東方朔偷桃者也。

【集　評】

近藤元粹《柳柳州集》卷三：湊合甚妙。

酬曹侍御過象縣見寄①

破額山前碧玉流〔一〕，騷人遥駐木蘭舟〔二〕。春風無限瀟湘憶②，欲採蘋花不自由〔三〕。

【校　記】

① 御，詁訓本作「郎」。

② 憶，五百家注本、世綵堂本、濟美堂本、蔣之翹輯注本及《全唐詩》皆作「意」。蔣之翹輯注本云：「意，一作思，去聲。」

【解　題】

［注釋音辯］象縣屬柳州。［韓醇詁訓］象縣，柳州縣也。曹侍郎不詳其名。元和十四年春作。

【注　釋】

〔一〕［蔣之翹輯注］《一統志》：「四祖山在黄州府黄梅縣西北四十里，一名破額。」按：王士禛《帶經堂詩話》卷一三：「黄梅五祖道場在東山，廣濟四祖道場曰西山，二山相去僅四十里。西山即破額山，柳宗元詩『破額山前碧玉流』是也。」王堯衢《唐詩合解箋注》卷六亦注曰：「破額山，在黄州府黄梅縣西北。」黄州有破額山，但顯非柳詩之破額山。柳州亦有破額山。樂史《太平寰宇記》卷一六八柳州：「洛容縣西北一百七十里元一鄉，皆漢潭中縣地，唐貞觀中置。銅盤山、破額山、龍降山、潭水、賀水、降巒山、犀角山、白露水、落艷水，已上並郡界之山水。此郡多大蟒，若害人，不聞哭聲則不去。」即此。

〔二〕［蔣之翹輯注］《述征記》：「七里洲中有魯班刻木爲舟，至今在洲。詩家云木蘭舟出此。」按：楊士弘《唐音》卷七張震注：「《述異記》：桂陽中多木蘭。七里洲中有魯般刻木蘭爲舟，至今在洲中。又木蘭，《本草》：木高數丈，葉似菌桂，皮如板桂，有縱横之文。」見舊題任昉《述異記》卷下。

〔三〕［注釋音辯］柳惲詩：「汀洲採白蘋。」按：柳惲《江南曲》：「汀洲采白蘋，日暖江南春。洞庭有歸客，瀟湘逢故人。」楊士弘《唐音》卷七張震注：「騷人言曹侍御也。採蘋花者，喻自獻也。《左傳》：『蘋蘩荇藻，可羞於王公。』蓋曹在湖湘，暫過柳州象縣。《三體詩》注詩意謂柳自獻於曹，懷意無限，而拘於罪謫，不自由也。」

【集　評】

黄徹《䂬溪詩話》卷四：臨川「蕭蕭出屋千尋玉，靄靄當窗一炷雲」，皆不名其物。然子厚「破額山前碧玉流」，已有此格。

周弼《三體唐詩》卷一高士奇輯注：採蘋花者，喻自獻也。《左傳》：「蘋蘩荇藻，可羞於王公。」蓋曹在湖湘，暫過柳州象縣，詩意謂欲自獻於曹，懷意無限，而拘於罪，不自由也。葉夢得詞云：「誰采蘋花寄取，但目送蘭舟容與。」語意本此。

顧璘批點《唐詩正音》卷一三：意活，所以難及。

陸時雍《唐詩鏡》卷三七：語有騷情。

唐汝詢《唐詩解》卷二九：山前水碧，侍御停舟於此，我之感春風而懷無限之思者，正欲採蘋瀟湘，以圖自獻，乃拘以官守，不自由也。按子厚初雖貶謫，而已被召其刺柳州，原非坐譴，圓至謂拘於罪者非。

周珽《删補唐詩選脈箋釋會通評林》卷五六：周弼爲實接體。何仲德爲警策體。

陸夢龍《柳子厚集選》卷四：夜聞馬嘶曉無跡。

黄生《唐詩摘鈔》卷四：「破額山前」句：見地，寫景。「騷人」句：叙事。「春風」句：硬裝。見時，致意。「欲采」句：語含比興。總評：意言己爲職事所繫，不得自由，特託采蘋寓興。言欲涉瀟湘采蘋而不得往，此意空與江水俱深也。《離騷》以香草比君子，此蓋祖之。朱之荆補評：駐，住也。騷人指侍御。因其有詩爲寄，故稱騷人。破額山，在湖廣黄州府黄梅縣。象縣在廣西柳州，相去甚遠，似不相涉。或疑象縣另有破額，或疑曹，黄人而過柳，而於下「瀟湘意」又不可解。愚意曹是舟行往黄，過柳未面，因以詩寄，柳乃酬之。首言所至之地，次言由此而去，駐舟於黄也。蘋花亦指曹。瀟湘江在湖廣，白蘋溪亦在湖廣。玩「遥」字，則知去路甚遠。

吴昌祺《删訂唐詩解》卷一五：不自由，忘其採也，《卷耳》之意。但上説曹，下自言，頗不相貫。得非以蘋自況，謂曹欲拔我於荒徼而力不能乎？又，黄梅與象縣絶遠，或彼自有破額山也。

沈德潛《唐詩别裁集》卷二〇：欲采蘋花相贈，尚牽制不能自由，何以爲情乎！言外有欲以忠心獻之於君而未由，意與《上蕭翰林書》同意，而詞特微婉。

沈德潛《説詩晬語》卷上：李滄溟推王昌齡「秦時明月」爲壓卷，王鳳洲推王翰「蒲萄美酒」爲壓卷，本朝王阮亭則云：「必求壓卷，王維之『渭城』、李白之『白帝』、王昌齡之『奉帚平明』、王之涣之『黄河遠上』，其庶幾乎？而終唐之世，無有出四章之右者矣。」滄溟、鳳洲主氣，阮亭主神，各自有見。愚謂李益之「回樂峰前」、柳宗元之「破額山前」、劉禹錫之「山圍故國」、杜牧之「煙籠寒水」、鄭谷之「揚子江頭」，氣象稍殊，亦堪接武。

徐增《而庵説唐詩》卷一一：破額山在黄州府黄梅縣西北四十里，此山不在象縣，何故舉此？想侍御從黄州而來耶？抑黄州人也？於破額山必一段勝事在。碧玉流，太白詩有「晉祠流水如碧玉」，句本此。騷人指侍御，因下有「瀟湘」二字也。侍御乘舟而駐此。木蘭舟出《述異記》：七里洲中有魯班刻木蘭爲舟，至今在洲中。詩家美其名，故用舟必稱木蘭也。湘水之源出於廣西陽海山，至永州與瀟水合，故稱瀟湘。其中蘋花欲一採之以獻，奈拘於官守，不得如吾意，故云不自由也。

王堯衢《唐詩合解箋注》卷六：瀟湘有蘋花，欲采以獻，奈拘於官守，不得自由，所以空寄懷思而已。柳惲詩云：「江州采白蘋，落日江南春。」語意本此。

王闓運《湘綺樓説詩》卷一：柳子厚云：「春風無限瀟湘意，欲采蘋花不自由。」責己恕人，庶可以怨。

俞陛雲《詩境淺説續編》二：柳州之文，清剛獨造，詩亦如之。此詩獨淡蕩多姿，可入《唐人三昧》集中。首二句叙明與友酬唱之地。後言瀟湘雲水，無限低回，欲采蘋花，不自知其何以。《楚辭》云：「折芳馨兮遺所思。」柳州此作，其靈均嗣響乎？集中近體，皆生峭之筆，不類此詩之含蓄也。